웃음치료 개론

이 광 재 지음

엘맨출판사

웃음예찬

데일 카네기

웃음은 별로 밑천이 들지 않으나
건설하는 것은 많으며

주는 사람에게는 해롭지 않으며
받는 사람에게는 넘치고

짧은 인생으로부터 생겨나서
그 기억은 길이 남으며

웃음이 없이 참으로 부자가 된 사람도 없고
웃음을 가지고 정말 가난한 사람도 없다.

웃음은 가정에 행복을 더하며
사업에 활력을 불어넣어주며
친구 사이를 더욱 가깝게 하고
피곤한 자에게 휴식이 되며

실망한 자에게는 소망도 되고
우는 자에게 위로가 되고
인간의 모든 독을 제거하는 해독제이다.

일단 웃어라. 그러면 놀라운 기적이 일어난다.

웃음은 신비한 힘을 갖고 있다. 웃음은 당신 안에 잠재되어 있는 에너지를 살아나게 하고, 단번에 모든 것을 긍정적으로 바꿔놓는다. 웃음은 고민을 잊게 하고, 불안감을 없애준다.

웃음은 마음의 평안을 주고, 즐거움을 선물한다. 웃음은 행복 항체이다. 웃음은 성격을 밝게 하고, 가정을 화목하게 하며, 건강을 안겨준다. "한 번 웃으면 한번 젊어진다."는 말대로 웃음은 아름다움과 젊음, 장수를 보장한다. 당신이 15초 동안 크게 웃을 때마다 이틀을 더 살게 된다. 웃음은 건강 바이러스다. 웃음은 사람을 끌어당기는 힘이 있다. 좋은 인간관계를 형성하게 하며, 번영하게 하고, 모든 일을 성공으로 이끄는 능력이 있다. 웃음은 성공 바이러스이다.

웃음은 모든 스트레스를 한 순간에 해결하는 명약이며, 모든 고통으로부터 해방시키는 마취제이다. 웃음은 상처를 낫게 하고, 암을 치료하며, 모든 질병을 치료하는 만병통치약이다. 웃음은 신이 인간에게 주신 최대의 선물이며, 특권이다. 웃으면 모든 일이 잘 되고 형통한다. 웃을 때 두뇌가 발달하여 공부도 잘한다. 웃음은 사람으로 여유 있게 하며, 자녀를 리더로 성장하게 한다. 웃을 때 사업도 잘되고 번창한다. 웃음은 만사형통의 열쇠다.

웃음은 굳어진 마음도 녹이며, 긍정적이며, 적극적이며, 자신감이 넘치는 담대한 사람으로 바꾸는 에너지가 있다. 그리하여 당신을 성공적인 사람이 되게 할 것이다. 성공하고 싶다면 웃는 능력을 키워라. 웃는 얼굴은 당신을 기적의 주인공으로 만들어 줄 것이다. 많이 웃으려면 웃는 사람과 늘 함께 하라. 특별히 웃음은 바이러스처럼 강한 전염성을 가지고 주변에 급속도로 전파되기 때문에 웃음 지으면 지을수록 웃을 일이 자주 만들어 진다. 웃을 일이 있어서 웃는 것이 아니라 웃기 때문에 웃을 일이 생길 것이다. 이제 우리 모두 웃음으로써 건강하고 밝은 살기 좋은 나라로 만들어 가야 할 것이다. 이 번 웃음치료사 1급 전문가 과정에서 훈련받은 분들이 우리 한국뿐만 아니라 지구촌을 웃음 열풍으로 이끄는 주역들이 되기를 바랍니다.

'웃음'이 없는 세상을
상상해 본적이 있습니까?

언젠가 '팔아버린 웃음' 이라는 제목의 책을 읽은 적이 있습니다. 웃음을 팔면 무엇이든 할 수 있는 능력을 주겠다는 악마의 유혹에 주인공 꼬마 아이가 웃음을 팔아버린 후 재산이나 다른 많은 것이 있음에도 시간이 지날수록 아이가 점점 불행해진다는 줄거리입니다. 결국 아이는 자신의 모든 걸 버리고 어렵게 웃음을 되찾게 된다는 내용입니다.

1분을 웃으면 10분간 에어로빅한 효과가 있고, 심폐기능을 활발히 해주는 효과가 있을 뿐 아니라, 엔돌핀이 증가해 하루를 웃으면 하루가 젊어진다는 옛말이 틀린 말이 아니라는 것이 과학적으로 입증되고 있습니다.

이처럼 웃음은 우리에게 상상할 수 없을 만큼의 큰 혜택을 줍니다. 그러나 어린 시절과는 달리 점점 사는 일에 찌들다 보면 어느새 한 번도 웃지 않고 지나치는 날이 하루하루 늘기 시작하여, 회색빛 거리에 무표정한 얼굴과 그늘진 모습이 현대를 살아가는 우리의 모습이 되어버린 것입니다.

고대 밀레투스는 웃음의 어원이 헬레(hele)이며, 그것은 건강(health)이라는 뜻으로 확장되었다고 언급하면서 웃음과 건강이 직결되었음을 강조하고 있습니다.

내과 진료를 받는 환자의 43%가 우울증을 앓는 것으로 조사되었습니다.

웃음은 긴장감을 없애주고, 스트레스를 없애는데 도움이 됩니다. 통계적으로 웃음 횟수가 늘면 가정의 이혼율이 절반이 되고, 노사갈등도 3분의 1로 줄어든다고 합니다. 이렇게 우리 삶에 풍요를 더해주는 웃음은 또한 전염력을 가지고 있습니다. 만나기만해도 기분 좋아지는 사람들이 있습니다. 그들의 공통된 모습은 활짝 웃는 반가운 표정입니다. 우리가 가족의 구성원으로 한 조직의 일원으로 나라의 한 국민으로 먼저 웃는 얼굴을 한다면 전염력이 강한 웃음은 산을 넘고 강을 건너 온 나라에 전해질 것이며, 더 이상 추운 마음을 지니지 않아도 될 것입니다.

아침에 일어나 거울을 보면서 가장 행복한 미소를 지어보고 나가서는 만나는 사람에게 최고의 웃음을 선물해 봅시다. 세상은 조금씩 환해지고, 희망과 기쁨을 함께 나누게 될 것이며 이는 우리 모두의 행복한 미래가 될 것입니다.

이번 웃음치료사 자격연수에 참여하신 여러분을 진심으로 환영하며 연수기간동안 새로운 도전에 대한 비젼과 밝은 미래를 준비하는 계기가 되시길 바랍니다.

끝으로 강의 원고를 제공해 주신 모든 교수님께 진심으로 감사드리며, 항상 웃음과 기쁨이 가득한 사회, 기쁨이 넘치는 삶이되기를 소망합니다.

사단법인 국제레크리에이션협회 이광재 박사

■ 차 례

◼ 차 례

◼ 부 록

웃음치료(Laugh Therapy)

1. 웃음의 정의

　웃음의 의미를 사전에서는 '쾌적한 정신활동에 수반되는 감정 반응' 이라고 기록하고 있다.

　즉 기쁨의 감정을 느낄 때 얼굴에 반응이 일어나 얼굴 근육을 움직여서 표정을 만들어 내는데 그것을 '웃음'이라고 한다. 기쁨의 자극이 있을 때 웃음이란 반응이 나타나게 된다.

　생리학적으로 웃음이란 우리가 기대하고 있던 상황이 다르게 펼쳐질 때나 고정관념이 깨어질 때 또는 상대방이 웃길 때 우리 입에서 저절로 터져 나오는 소리를 말한다.

　웃음이란 세계 모든 나라의 사람들이 사용하는 만국 공통어이며 가장 아름다운 언어이다.

2. 웃음의 어원

　주후 4세기 때 의사였던 밀레투스는 '인간의 특성' 이라는 책에서 "웃음은 헬라어로 겔로스(gelos)이고 말의 어원은 헬레(heae)인 데 그 의미는 건강(health)이다"라고 기록해 놓고 있다.

　우리보다 오래 전에 살았던 고대인들도 웃음은 건강하게 사는 지름길인 것을 알고 있었다는 사실에 놀라움을 감출 수 없다.

　'웃음치료'를　영어로 "래프 세라피(Laugh Therapy) 또는 "유머 세라피(Humor Therapy)라고 부른다.

3. 웃음치료의 의미

　웃음치료란 웃음으로 치료함을 말한다.

　신체적, 사회적, 정서적, 정신적, 사회적, 심리적, 영적으로 여러 가지 질병과 문제를 웃음으로 예방하거나 재활, 치료함을 말하며, 웃음치료법이란 오감을 자극하여 웃음을 유발하여 치료하는 것을 말한다.

　웃음은 긴장의 해독제요, 염려의 치료제요, 스트레스의 천적이다.

다시 말하면 스트레스를 해독시키는 최고의 수단이다.

이처럼 웃음으로 병을 고치는 치료법은 의학계에서 이미 시행되고 있다.

4. 웃음의 종류

일반적으로 웃음은 쾌감을 동반하는 감정반응인데, 구체적으로 웃음을 일으키는 원인으로는 여러 가지가 있으나 중요한 것으로는 다음과 같다.

1) 신체적 자극으로 일어나는 웃음

이것은 사람의 겨드랑이나 발바닥을 부드럽게 자극했을 때 일어나는 웃음이다.

2) 기쁨의 웃음

이것은 정말 힘들게 공부하여 바라던 대학시험에 합격했을 때나 직장을 구하기 위해 고생하며 마침내 채용되었다는 통지를 받았을 때 솟아나는 웃음이다.

3) 말을 대신하는 웃음

대화중에 상대방이 이미 알고 있는 부분을 말할 때 우리는 말 대신에 웃음으로 대신한다. 또 인사를 대신해서 사용할 때 웃음이다.

4) 빈 웃음

뇌피질과 자율중추신경의 정상적인 지능 관계를 잃은 인간의 웃음이다. 쉽게 말하면 머리가 돈 사람이 사람을 만났을 때 '히히'하고 웃는 웃음이다.

5) 재미있는 웃음

우리가 흔히 웃는 웃음으로 코미디나 희극을 보고 웃는 웃음이다.

다른 사람의 유머를 들으며 웃는 웃음이며, 새색시가 짓는 행복한 웃음, 선볼 때 처녀가 보이는 수줍은 웃음 등이 있다.

5. 웃음과 울음의 다양한 종류
1) 웃음의 종류

① 假笑(가소) : 거짓 웃음. 또는 꾸밈 웃음.

② 苦笑(고소) : 쓴 웃음, 또는 달갑지 않은 웃음.

③ 巧笑(교소) : 아양 떠는 웃음, 또는 귀염성 있는 웃음
④ 嬌笑(교소) : 애교 있고 요염한 웃음.
⑤ 冷笑(냉소) : 상대방을 깔보며 쌀쌀하게 웃는 웃음.
⑥ 微小(미소) : 소리 내지 않고 빙긋이 웃는 웃음.
⑦ 失笑(실소) : 참아야 할 자리에서 툭 터져 나오는 웃음.
⑧ 嘲笑(조소) : 조롱하는 태도로 웃은 웃음.
⑨ 嗤笑(치소) : 빈정거리며 웃는 웃음.
⑩ 爆笑(폭소) : 폭발하듯 갑자기 웃는 웃음.
⑪ 哄笑(홍소) : 큰 소리를 내며 웃는 웃음.
⑫ 喜笑(희소) : 기뻐서 웃는 웃음.

2) 울음(笑泣:소읍)
① 感泣(감읍) : 몹시 감격하여 우는 울음.
② 哭泣(곡읍) : 통곡하며 우는 울음.
③ 悲泣(비읍): 슬피 우는 울음.
④ 哀泣(애읍) : 애처롭게 슬피 우는 울음.
⑤ 怨泣(원읍) : 남을 원망하며 우는 울음.
⑥ 啼泣(제읍) : 소리높이여 우는 울음.
⑦ 涕泣(체읍) : 눈물을 흘리며 우는 울음.
⑧ 號泣(호읍) : 목 놓아 소리 내어 우는 울음.

3) 감정의 표현적 웃음
① 호탕한 웃음 : 덩치 큰 사람이 기분이 좋아 마음 놓고 웃는 모습
② 감동의 웃음 : 감동적인 순간을 만나거나 보았을 때 눈물과 소리 없이 웃는 모습
③ 함박웃음 : 통쾌한 장면을 보고 크게 웃는 모습
④ 조용한 웃음 : 종교적인 성인의 웃음
⑤ 자지러진 웃음 : 떼굴떼굴 구르면서 어쩔 줄 몰라 하며 웃는 모습
⑥ 얌전한 웃음 : 새색시가 조용히 손으로 입을 가리고 웃는 모습
⑦ 흐뭇한 웃음 : 아들, 딸들이 자랑스럽거나 바라던 일을 해 냈을 때 웃는 모습
⑧ 소탈한 웃음 : 만족감에서 나오는 웃음
⑨ 평온하고 온화한 미소 : 어린아이의 모습과 잠든 사람의 소리 없는 미소

4) 조롱과 비웃음

① 비웃음 : 상황이 앞뒤가 맞지 않을 때 웃는 모습

② 쓴웃음 : 두고 보자는 복수심이 불탈 때 웃는 웃음

③ 허탈한 웃음 : 기대심이 컸던 것이 일순간 무너졌을 때 웃는 웃음

④ 공포 웃음 : 무서움에 떨면서 눈이 크고 손을 저으며 내는 웃음

⑤ 비장의 웃음 : 죽음에 임할 때도 굽힘이 없이 오직 결심한 대로 이야기하며
　　　　　　　웃는 웃음

⑥ 놀란 웃음 : 생각지도 않은 상황이 벌어졌을 때

⑦ 기분 나쁜 웃음 : 소름끼치듯이 웃는 웃음.

⑧ 억지웃음 : 웃음의 여건이 아닌데 강제로 웃으라는 명령에 의해 웃는 웃음

⑨ 실없는 웃음 : 웃을만한 여건이 아닌데도 시도 때도 없이 웃는 웃음

⑩ 정치적 웃음 : 인위적 목적을 띤 웃음

6. 건강을 해치는 웃음의 양면성

웃음은 인간의 질병을 예방하고 또 질병을 치료하는데 상당한 효과가 있다.

웃음을 잘만 사용하면 스트레스로 가득한 복잡한 사회에서 정신적으로나 사회적으로 큰 도움이 된다.

하지만 맛있는 버섯에도 독버섯이 있듯이 모든 웃음이 다 약이 되는 것은 아니다. 어떤 웃음은 독이 될 수도 있다고 많은 웃음요법 학자들은 지적하고 있다.

건강한 웃음은 인간 사이에 유대관계를 높여주고 긴장감을 줄여주고

불안감을 해소시켜 주며 희망을 불어 넣어 우리에게 건강을 준다.

하지만 건강을 해치는 웃음은 냉소적 유머, 유해한 유머, 신랄한 유머, 모욕적 유머 등 이다. 이런 웃음은 인간 사이에 벽을 쌓고 분노와 스트레스를 증가시키며, 방어적인 공격성을 키우며, 부정적인 생각을 더하여 몸에 병을 초래한다.

그러므로 유머를 발휘할 때 다른 사람을 조소하거나 비꼬거나 상대의 신체적 장애에 대한 문제를 삼지 말아야 한다. 또한 상대의 감정을 해칠지도 모르는 성에 대한 소재를 가급적 피해야 한다.

미국의 루돌프 클라임스 박사는 '웃음이 건강을 주는 매우 효과적인 치료제이긴 하지만 몸에 해로운 웃음 또한 있다.'고 지적하면서 '다름 사람을 조소하는 것은 말하는 자신이나 그런 유머를 듣는 상대에게 상당한 손상을 준다.'고 말했다. 클라임스 박사는 웃음이야 말로 과거의 상처를 치료해주며 즉시 그 효과를 볼 수 있는 희망을 높여주는 값없는 건강제라고 지적했다.

7. 웃음과 질병치료

1) 감기의 치료

감기의 원인은 우리 몸에 바이러스가 침입했기 때문이다.

그런데 바이러스는 우리 몸이 약해졌을 때 침입한다. 우리 몸이 약해지는 원인은 여러 가지가 있겠으나 스트레스가 원인 중에 하나이다.

스트레스가 병을 일으킨다는 사실을 알려주는 단순한 실험이 있다.

어떤 집단에 설문지를 나눠주고 답을 받아 스트레스의 정도에 따라 네 그룹으로 나눴다. 이 사람들의 코에 감기 바이러스가 들어있는 액체를 넣었다.

실험결과 스트레스가 심한 사람들은 감기에 심하게 앓는 것으로 드러났다.

웃음의 효과를 실험하기 위해 웃기는 비디오를 본 그룹과 가만히 방에 앉아 있는 그룹의 침에서 IgA의 농도를 쟀다. IgA는 면역 글로블린의 하나로 감기 같은 가벼운 질병을 막아주는 일을 한다.

웃기는 비디오를 본 그룹의 침에서는 아무런 변화가 없었다. 웃음이 면역을 길러 준다는 사실이 밝혀진 것이다. 따라서 신나게 웃는 사람은 감기도 잘 안 걸린다.

※스트레스는 병을 불러오고 웃음은 병을 몰아낸다. 몸을 해치려는 스트레스와 웃음과 싸움을 하고 있다고 했을 때 우리는 웃음에 편을 들어주고 건강을 위해 함께 웃어야 한다.

2) 암의 예방효과

일본의 오사카 대학 대학원 신경기능학 팀은 웃음은 몸이 항생체인 T세포와 NK(Natural Killer 내추럴 킬러) 자연살상 세포 등 각종 항체를 분비시켜 더욱 튼튼한 면역체를 갖게 한다는 연구 결과를 발표하였다. 따라서 호탕하게 웃으면 암세포를 제거하는 NK세포 움직임을 활성화 시킨다는 사실을 확인했다.

코미디 프로나 웃음을 터뜨리게 만드는 프로를 보면 NK세포 활성화율은 3.9%나 높아지고 교양 프로를 보면 3.3%나 감소되는 것으로 나타났다.

웃음은 병균을 막는 항체인 '인터페론 감마' 의 분비를 증가시켜 바이러스에 대한 저항력을 키워주며 세포증식에 도움을 주는 것으로 밝혀졌다.

이것은 사람이 웃을 때 통증을 진정시키는 '엔도르핀'이라는 호르몬이 분비되기 때문이다.

18년간 웃음의 효과에 대해서 연구한 미국의 리버트 박사는 웃음을 터뜨리는 사람에게서 피를 뽑아 분석해 본 결과 암을 일으키는 종양세포를 공격하는 킬러 세포가 많이 생성되어 있음을 알 수 있었다고 말했다. 웃음이 인체의 면역력을 높여 감기와 같은 감염 질병을 예방함은 물론 암과 같은 성인병도 예방해 준다.

3) 유방암의 치료(유방암-크리스틴 클리퍼드)

유방암을 웃음의 치료법으로 이겨낸 크리스틴 클리퍼드는 미국 미네소타주 에디나에서 암 클럽을 운영하면서 웃음과 유머로 암을 이겨내는 방법을 전하고 있다.

그녀는 마흔 살에 유방암 진단을 받았다. 자신의 어머니도 유방암으로 사망했기 때문에 크리스틴은 절망과 두려움 속에서 수술을 받았다. 수술을 받은지 4주일이 되던 날 그녀는 한밤중에 새로운 사실을 깨달았다.

낮에 찾아온 친구와 실컷 웃은 덕택에 몸과 마음이 편해진 것이다.

그 때부터 그녀는 웃음과 유머로 암을 이겨내기로 했다. 그녀는 머리카락이 빠져나가는 화학요법과 살에 물집이 생기는 방사선 요법을 견뎌내고 끝내 암을 물리쳤다.

물론 그녀는 좋은 약을 복용하는 것을 잊지 않았다.

스트레스는 항암 주사의 효과를 떨어뜨린다. 이탈리아의 우딘대학의 소니아 조르넷은 쥐를 암에 걸리게 한 다음 항암 주사의 효과를 확인 했다.

암에 걸렸지만 편안한 상태에서 주사를 맞은 쥐들은 치료를 받지 않은 쥐들보다 더 오래 살거나 완전히 치료되었다.

하루 한 시간씩 다리에 플라스틱판을 묶어 스트레스를 준 쥐들은 주사를 맞지 않은 쥐처럼 빨리 죽었다.

스트레스는 면역체계를 무너뜨리지만 편하고 밝은 마음은 면역체계를 강하게 한다.

※우리가 잊지 말아야 할 것은 웃음의 요법도 좋은 약의 처방과 어우러지면 암도 물리칠 수 있다는 사실이다. 즉 똑 같이 좋은 약을 복용했어도 웃지 않는 사람보다 잘 웃고 웃음의 요법을 사용한 사람이 암에서 낫는 확률이 매우 높다는 사실이다.

4) 강직성 척수염 - 희귀한 관절염 - 노만 커전스)

노만 커전스(Norman Cousins)는 미국의 유명한 잡지 「토요 리뷰(Saturday Review)」의 편집장이었다.

그는 1964년8월 연결조직의 질환인 강직성 척수염(ankylosing spondylitis) 이라는 희귀한 관절염에 걸렸다. 이 병은 500명 중에 한 사람 정도가 치유가 가능한 치명적인 병이며, 관절 마디마디에 염증이 생겨 손가락을 정상적으로 움직이지 못할 정도로 극심한 고통이 수반되는 병이다.

의사는 이 질병이 중금속 오염으로 인해 발생했다고 지적하고 삶을 포기하라는 진단을 받았다. 이것은 노만 커즌스 박사가 미국 대표로 러시아를 친선 방문하면서 디젤차의 연기를 상당히 마셨기 때문에 일어난 것이라고 보았다. 당시 50세였던 그는 사랑하는 아내와 네 딸을 두고 도저히 포기할 수 없다고 생각하고 의사의 충고를 도저히 받아드릴 수 없었다.

그리고 500명 중 한 명이 살아날 가능성이 있다는 그 사실에 자신의 희망을 걸었다.

노만 커즌스는 극한적인 절망 속에서 살 수 있다는 희망적 삶으로 생각을 전환하면서 언젠가 읽었던 캐나다 의사인 한스 셀리(Hans Selye)박사가 1954년에 저술한 「삶의 스트레스」라는 제목의 건강 서적에서 강조한 내용이 섬광처럼 떠올랐다. 그것은 삶의 스트레스나 부정적인 생각은 육체에 화학적 변화를 일으켜 부신호르몬을 마르게 한다는 것을 기억했다.

노만 커즌스는 부정적인 생각이 인체에 병을 가져온다면 긍정적 감정은 병을 고칠 수 있다는 발상을 하게 되었다. 또한 구약성경의 '마음의 즐거움은 양약'이라는 구절도 떠올랐다. 그리고 당시 몇 년 전 아프리카의 람바레네에서 만난 알버트 슈바이처 박사가 들려주었던 '웃음의 신비한 효과'에 관하여도 생각하게 되었다.

그가 병원에 입원했을 때 적혈구 세포들이 시험관에 가라앉는 속도가 시간당 몇 밀리미터나 되는지를 측정하는 혈액 침전 율은 80이 넘었다.

독감 같은 질병은 30에서 40정도의 핼액 침전 율을 보이는데 60이나70이 넘어서면 의사들은 심각한 증세로 판단한다. 입원 후 1주일이 되자 115까지 올라갔다. 노만 커즌스 박사는 자신의 육체가 점점 죽음의 나락으로 떨어지고 있다는 것을 깨닫고 수동적으로 의사의 처방과 치료만을 바라보고 있을 것이 아니라 뭔가 적극적인 방법으로 질병과 싸워야겠다는 결심을 했다.

그의 주치의였던 윌리엄 힛지그(William Hitig)박사도 의학적인 요소 외에 웃음, 희망, 용기, 즐거운 정서가 질병치료에 도움이 된다는데 긍정적인 생각을 같이하고 폭소를 자아내는 각종 코미디 영화의 관람을 허용하고 간호사에게 유머집을 읽어주도록 부탁했다. 당시 가장 많은 웃음을 자아내는 '몰래 카메라'와 '막스 브라더스' 등을 주로 보면서 매일 배꼽을 잡고 웃었다.

웃음의 효과는 단번에 나타났다. 그는 진통제나 수면제를 먹지 않으면 도저히 잠을 잘 수 없었는데 10분 정도 폭소를 터뜨린 뒤에는 2시간을 편안하게 잘 수 있었다.

노만 커즌스는 웃음의 효과가 사라지면 자다가도 다시 웃음이 나는 영화를 보거나 유머집을 읽기도 하였다. 그런데 병원에서 폭소를 터뜨리는 것은 다른 환자에게 방해가 된다고 생각한 그는 병을 치료하기 위한 것이라고 하지만 웃고 즐기기에 병원은 적합한 장소가 아니었다. 즉시 퇴원하여 병원 가까운 곳에 조용한 호텔방을 병실로 마련했다. 병원에서 효과를 보았던 웃음요법 외에 비타민C를 복용하는 요법도 병행했다.

의사는 그에게 매일 아스피린26정과 페닐부타존12정을 처방했다.

항염증약인 이 약들은 독성을 지니고 있으며 온몸에 발진이 생기고 피부 속을 수백만 마리의 불개미 떼가 물어뜯는 것 같은 환각적인 불쾌감의 부작용 또한 극심했다. 통증을 제거하는 약물들에 중독되어 있는 체내에서 좋은 약물 효과를 기대하기란 어려웠다. 그런 이유에서 그는 심각한 염증문제를 해결하기 위해 비타민C(아스코르빈산)를 다량으로 복용하게 되었던 것이다.

호텔방으로 병상을 옮긴 후 많은 친구들을 불러 함께 코미디 영화를 보면서 마음껏 웃었다. 이런 웃음요법의 자기 치료를 통해서 8일 후에는 엄지손가락을 통증 없이 움직일 수 있게 되었고 혈액 침전 율 80을 고비로 점차 내려가지 시작했다. 물론 웃음요법만으로 하루아침에 병을 고친 것은 아니다.

의사가 권하는 치료와 약물 사용도 잊지 않았다. 그는 이런 웃음요법을 통하여 500명 중 한 명 낫는다는 희귀한 병에서 마침내 살아나게 되었다.

완쾌 될 때 까지 많은 고통과 치유의 과정이 있었지만 통증 없이 테니스와 골프와 승마를 즐길 수 있었으며 손을 떨지 않고 카메라의 셔터를 누를 수 있게 되었다.

노만 커즌스 박사는 병마에서 이겨낸 체험을 근거로 1968년 「질병의 해부」 라는 책을 발간해 뉴욕타임즈에 연 40주간 베스트셀러에 오를 정도로 관심을 받았다. 그는 50세를 넘기지 못한다는 선고를 받았으나 75세 까지 건강하게 살았다. 말년의 12년 동안 로스앤젤레스의 캘리포니아의대 의과대학의 교수로 재직하면서 웃음과 유머가 건강에 어떤 영향을 미치는가를 강의했다.

그는 죽기 1년 전인 1989년에 병에 대한 임상경험과 웃음건강학의 실질적인 효과를 입증한 데이터를 중심으로 웃음요법에 대해 상세히 저술한 「희망의 생물학」 이란 책을 내었다.

5) 관절염 치료

일본의 요시노 박사는 관절염 환자 26명에게 한 시간 동안 라쿠고(일본의 만담)를 읽어주면서 환자들을 웃겼다.

만담을 듣기 전과 듣고 난 후의 '인터루킨6' 라는 면역 물질의 변화를 비교해봤다. '인터루키6'은 염증이 생겼을때 백혈구들이 모이도록 정보를 전달하는 역할을 한다.

염증이 심할수록 그 수치는 올라간다. 그는 놀라움을 나타내며 이렇게 말했다. "이 실험에서 크게 놀란 것은 관절 류마티스 환자의 혈액 속에 있는 '인터루킨6'라는 물질이 고작 한 시간 만담을 읽어주고 웃게 만들었는데도 급격히 줄었다는 사실이다. 관절류마티스 환자들을 치료하면서 '인터루킨6'이 이렇게까지 낮출 수 있는 약은 없었다."

관절이 굳어가는 류마티스 관절염은 통증이 매우 심한 병이다.

하지만 요시노 박사의 환자들은 언제나 웃음을 잃지 않으려고 애를 쓴다.

이를 통해서 알 수 있는 것은 웃음이 뛰어난 치료제가 될 수 있음을 실험을 통해서 직접 확인된 것이다.

요시노 박사의 말을 사람들은 믿지 않았다. 그러나 그는 실험을 세 번씩이나 했고, 그 결과는 마찬가지였다.

6) 혈압 치료

세계웃음학회 회장을 역임한 패티우턴 여사는 병원에서 간호사를 중심으로 웃음부대를 만들었다.

어느 날 그녀는 캘리포니아 중부에 위치한 어느 병원의 병실을 찾았다. 물론 그녀가 만든 웃음부대와 동행했다.

그런데 그녀의 웃음부대는 그 날 간호사 복장을 하고 간 것이 아니라 광대의 모습을 하고 간 것이다.

그 병실의 환자는 모두 고혈압이나 뇌졸중, 뇌혈전 등 혈관과 심장병 계통의 병 등으로 고생하고 있는 환자들이었다.

그날, 간호사들이 광대 모양을 하고 병실에 들어서자 모두들 배꼽을 잡고 웃는 것이었다. 특히 간호사들은 주사를 놓기 전에도 광대 짓을 하고 주사를 놓자 환자들은 주사의 아픈 것도 잊어버리고 모두 '배가 아프도록' 웃는 것이었다.

그런데 놀라운 것은 그런 다음 환자들의 혈압을 측정해 본 결과 평균적으로 30~50은 떨어진 것이었다.

웃음치료법이 심장병이나 고혈압 환자에게 효과가 있다는 것을 안 그녀는 현재 캘리포니아 주에 500여명의 웃음부대를 창설하였다.

오늘날 미국 전역의 병원을 돌며 웃음치료를 하고 있는 '빅애플 서커스'의 시초이다

7) 심장병 치료

웃음이 심장병을 예방하는 데에 효과가 있는 것으로 밝혀졌다.

미국의 메릴랜드 대학의 메디컬 센터 예방심장학과의 마이클 킬러 박사는 미국심장학회 연례학술회의에서 발표한 연구 보고서에 의하면 심장병에 관해서는 웃음이 면역이라는 옛말이 맞는 것 같다고 하였다.

밀러박사는 웃음이 심장병에 도움이 되는 것인지 아니면 심장병환자들은 웃음을 잃게 되는 것인지는 확실치 않지만 심장병 병력이 있는 사람과 건강한 사람 각각 150명을 대상으로 조사 분석한 결과 이 같은 사실이 나타났다고 말했다.

밀러박사는 이들에게 설문조사를 통해 파티에서 자기와 똑같은 옷을 입은 사람을 발견했을 때나 웨이터가 자기 옷에 소스를 엎질렀을 때 어떤 행동을 보이겠는가 물어봤다.

그 결과 심장병 병력이 있는 사람은 웃음이나 유머로 이 난처한 상황을 넘기기 보다는 화를 내거나 적대감을 표시할 가능성이 건강한 사람들보다 훨씬 큰 것으로 나타났다. 이들은 기분 좋은 상황에서도 정상인보다 훨씬 웃음이 적은 것으로 발견되었다.

밀러 박사는 웃음이 어떤 이유로 긴장을 보호하는지 그 이유를 확실히 알지 못하지만 정신적인 스트레스는 혈관 내부의 보호막인 내피를 손상시키는 것이라고 말했다.

혈관의 내피가 손상되면 일련의 염증반응이 나타나면서 심장에 혈액을 공급하는 관상동맥에 지방과 콜레스테롤 일 수 있다고 말했다.

밀러 박사는 따라서 심장 건강을 유지하려면 운동, 저지방 식사와 함께 재미있는 비디오를 보면서 웃음을 잃지 않는 생활을 해야 한다고 말했다.

8) 다이어트에 효과

오늘날 수많은 사람들이 비만과의 전쟁을 치르고 있다. 햄버거와 같은 인스턴트식품이나 육식을 좋아하는 미국에서 전 국민의 3분의 2가 비만으로 고생을 하고 있으며, 우리나라 역시 비만으로 고민하거나 살과의 전쟁을 치르는 사람들이 점차 늘어가고 있다.

비만을 줄이는 데는 운동은 물론 식이요법 등 여러 가지가 있으나 웃음도 비만과의 전쟁에 효과가 있음이 연구 결과가 발표되어 많은 사람들을 놀라게 하고 있다.

미국 테네시 주 밴터비트 대학 연구진은 유럽비만학회에서 '10~15분간 웃을 경우 중간 크기의 초콜릿 한 개에 해당하는 열량(평균40~45칼로리)이 소모된다.'고 발표하였다.

이는 매우 적은 양으로 보이지만 매일 이렇게 웃는다면 1년이면 2Kg을 감량하는 효과를 가져 올 수 있다는 것이 연구진의 설명이다.

실제 이 칼로리의 소모량을 분 단위로 따져보면 3분에 약 3칼로리가 소모되는데 같은 시간 조깅을 했을 때의 칼로리 소모량과 같다.

연구진은 크게 한번 웃는 것은 10분간 빠르게 걷는 운동효과와도 같고 윗몸일으키기를 25번하는 만큼 건강한 신체를 유지할 수 있게 해준다고 하였다.

웃음의 의학적 학설 및 근거

1. 미국 인디아나주 볼 메모리얼 병원

미국 볼 메모리얼 병원 건강안내서를 보면 웃음이 수명을 늘린다고 소개한다. 웃음은 스트레스 호르몬인 코티졸의 양을 줄여주고 우리 몸에 유익한 호르몬을 많이 분비함을 통해서 15초 동안 크게 소리 내어 웃으면 수명이 이틀이나 연장된다는 것이다.

15초의 웃음으로 분비되는 엔돌핀의 양과 NK세포의 활성도 증가량이 면역계 등 우리의 몸에 미치는 영향을 수명으로 환산한 결과인 것이다.

2. 미국 UCLA 대학병원(이차크 프리드 박사)

최근에는 웃음이 인체에 여러모로 유익하게 영향을 미친다는 사실이 과학적으로 입증됐고 더 정확한 실체를 밝혀내기 위해 지속적인 연구를 계속하고 있다. 미국 UCLA대학병원의 이차크 프리드 박사는 1988년 3월 뇌 속에서 '웃음보'를 발견해 관심을 끌었다. 그는 간질을 치료하던 중 뇌에 발작을 일으키는 부분을 찾기 위해 16세 소년 환자의 옆머리에 전극을 부착해 자극을 주면서 치료하던 중 왼쪽 대뇌의 사지통제 신경조직 바로 앞에 표면적 4Cm²의 웃음보를 우연히 발견했다. 대뇌와 소뇌 중간에 위치한 500원짜리 동전 크기의 웃음보는 우리를 즐겁게도 하고 웃게도 하는 웃음을 관장하는 웃음 뇌라고 발표했다. 이 의료팀에 따르면 뇌수술 도중 우연히 뇌의 중간부분에 위치한 동그란 부분을 발견했고 그 부분을 자극한 결과 환자가 저절로 웃음을 터뜨렸다고 한다.

3. 미국 윌리엄 앤드 메리 대학교(심리학 교수 피더크 로스)

피더크 로스 교수에 의하면 웃음과 유머가 뇌의 전자파에 상당한 영향을 준다고 하였다.

유머 책을 읽을 때 웃음이 나오기 전에 1초의 10분의4동안 전류가 대뇌피질에 흐르는 것을 발견했다. 로크 박사의 연구에서 이 전류가 대뇌의 한 부분만 국한되어 작용하는 것이 아니고 두뇌의 전체에 걸쳐서 작용한다는 것을 발견하였다.

그 증거로 뇌를 다치고 회복된 환자의 공포감은 어느 특정한 두뇌에 국한되어 있어서 그 부위가 손상되지 않으면 그 감정은 여전히 존재하지만 웃음은 두뇌의 한 부분만 손상 받아도 치명적인 결과를 가져온다.

이것은 웃음이 두뇌의 어느 특정한 부분의 기능이 아니라 전체에 걸쳐 작용한다는 것을 의미한다.

즉, 왼쪽 뇌는 웃음의 언어의 내용에 관한 것에 작용한다면 오른 쪽 뇌는 많은 유머의 특성인 부조화와 모순을 분석하는 일을 한다.

따라서 웃음은 우리 뇌 전체의 운동을 활발하게 하는 촉진제 이다.

4. 미국 스텐포드대 (윌리엄 프라이 박사)

"웃음은 규칙적인 운동만큼 가치가 있다. 사람이 한번 웃을 때 에어로빅 5분의 운동량과 같으며 20분을 웃으면 3분 동안 격렬한 노 젓는 운동량과 같다." 고 말하고 있다. 웃음 요법 치료사들은 한번 쾌활하게 웃을 때 몸속의 650개의 근육 중 231개의 근육이 움직이며 얼굴근육은 15개가 움직여 많은 에너지를 소모한다고 설명한다.

5. 스웨덴 (노먼 커전스 박사)

환자가 10분 동안 통쾌하게 웃으면 2시간 동안 고통 없이 편안한 잠을 잘 수 있다. 웃음은 '내면세계의 깊숙한 마사지'이며 체내의 조깅이다.

6. 미국 미시간대 심리학 (로버트 자니언 박사)

웃을 때 전신이 이완되고 질병을 고치는 화학물질이 혈류로 들어가기 때문에 인체는 자연스러운 균형 상태로 돌아간다. 웃음은 부교감신경을 자극해 심장을 튼튼히 뛰게 하며 몸 상태를 편안하게 해 준다.

7. 일본 오사카 대학원 (신경기능학 팀)

웃음은 병균을 막는 항체인 '인터페론 감마'의 분비를 증가시켜 바이러스에 대한 저항력을 키워주며 세포조직의 증식에 도움을 준다.

웃으면 백혈구의 일종으로 암세포를 공격하는 혈액중의 내추럴 킬러(NK) 세포의 움직임을 활성화하기 때문에 많이 웃는 사람일수록 NK 세포의 활동력을 높여서 암이 걸릴 확률이 적어진다.

8. 미국 존스홉킨스 병원

환자들에게 나눠주는 '정신건강'이라는 책자에서 '웃음은 내적 조깅(Internal jogging)이라는 서양 속담을 인용해 웃음은 순환기를 깨끗이 하고 소화기관을 자극하며 혈압을 내려준다고 소개했다.

9. 스위스 바젤 웃음 국제학술회의(98.10.9)

웃음에 관한 국제학술회의가 스위스 바젤에서 열렸었는데 한 보고서는 독일인이 40년 전에 비해 하루 웃는 회수가 3분의 1로 줄었고, 어린이가 하루 400회 웃는 데 비해 성인은 15회 밖에 되지 않는다고 지적하면서 웃음부족이 성인건강에 나쁜 영향을 미치고 있다고 우려하고 있다.

이 회의에서 독일인 정신과 전문의 미하엘 티체 박사는 웃음이 스트레스를 진정시키고 혈압을 낮추며, 혈액순환을 개선하며, 면역체계와 소화기관을 안정시키는 작용을 한다고 지적하고 그 이유는 웃을 때 통증을 진정시키는 호르몬이 분비되기 때문이라고 설명했다.

(조기폐경 25% / 남자들의 고환 정자수 30% 감소는 면역체계 이상 때문)

10. 미국 메릴랜드대학 메디컬센터 예방심장학과 (마이클 밀러 박사)

웃음이 심장병을 예방하는데 효과가 있는 것으로 밝혀졌다. 미국 메릴랜드대학 메디컬센터 예방심장학과의 마이클 밀러 박사는 미국심장학회(AHA)연례 학술회의에서 발표한 연구보고서에서 심장병에 관한 한 '웃음이 명약'이라는 옛말이 맞는 것 같다고 밝혔다. 밀러 박사는 웃음이 심장병 예방에 도움이 되는 것인지 아니면 심장병 환자들은 웃음을 잃게 되는 것인지는 확실치 않지만 심장병 병력이 있는 사람과 건강한 사람 각각 150명을 대상으로 실시한 조사 분석결과 이 같은 사실이 나타났다고 밝혔다.

밀러 박사는 이들에게 설문조사를 통해 파티에서 자기와 똑같은 옷을 입은 사람을 발견했을 때나 웨이터가 자기 옷에 소스를 엎질렀을 때 어떤 행동을 보이겠느냐고 물었다. 그 결과 심장병 병력이 있는 사람들은 웃음이나 유머로 이 난처한 상황을 넘기기보다는 화를 내거나 적대감을 표시할 가능성이 건강한 사람들보다 훨씬 큰 것으로 나타났다. 이들은 기분 좋은 상황에서도 정상인보다 훨씬 웃음이 적은 것으로 밝혀졌다. 밀러 박사는 웃음이 어떤 이유로 심장을 보호하는 효과가 있는지는 알 수 없으나 정신적인 스트레스는 혈관 내부의 보호막인 내피를 손상시킨다고 밝혔다.

혈관의 내피가 손상되면 일련의 염증반응이 나타나면서 심장에 혈액을 공급하는 관상동맥에 지방과 콜레스테롤이 쌓일 수 있다고 말했다.

밀러 박사는 따라서 심장건강을 유지하려면 운동, 저지방 식사와 함께 재미있는 비디오를 보면서 웃음을 잃지 않는 생활습관을 권하고 싶다고 말했다.

11. 미국의 리버트 박사

　　18년간 웃음의 의학적 효과를 연구해 온 미국의 리버트 박사는 웃음을 터뜨리는 사람에게서 피를 뽑아 분석해 보면 암을 일으키는 종양세포를 공격하는 '킬러 세포(Killer cell)'가 많이 생성돼 있음을 알 수 있다고 밝혔다. 웃음이 인체의 면역력을 높여 감기와 같은 감염질환은 물론 암과 성인병을 예방해 준다는 것이다.

12. 의학전문지 「뉴 잉글랜드 저널 오브 매디신」(76.12월호)

　　소리 내어 웃는 웃음은 명약이다.

　　신경외과 병원장들은 강직성 척추염 환자에게 항상 소리 내어 웃기를 권한다. 강직성 척추염이란 서로 분리되어 움직여져야 할 경추(목뼈)-요추(허리뼈)들이 달라붙어 로봇처럼 뻣뻣해지는 병이다. 처음엔 요추강직으로 허리를 굽히지 못하나 병이 악화되면 목뼈까지 굳어지게 된다. 그런데 내가 만난 이들 환자는 대부분 잘 웃지 않는 사람들이었다. 나는 그 때 마다 「TV 코미디를 보며 크게 웃으세요」, 유머집 「헬프미 추기경을 사서 보세요」 라며 소리내 웃는 웃음 요법을 처방하였다.

　　미국 캘리포니아 의대 한 교수는 의학 전문지 「뉴 잉글랜드 저널 오브 매디신」 76년 12월호에서 이 병에 걸렸던 노만 커전스라는 사람의 회복과정을 소개했다. 환자 5백명 중 1명꼴로 회복이 가능하다는 이 병에 걸린 커전스는 웃음을 모르고 살아왔던 사람. 마침내 그의 몸은 드라마틱하게 변형돼 거의 팔다리를 움직일 수 없게 됐다. 온몸이 쑤시고 아파 잠을 잘 수도 없었다.

　　커전스는 어느 날 병실에서 코미디 영화를 보다 너무 우스워 배꼽을 잡고 10분정도 웃었다. 그러자 통증이 가셨다. 커전스는 통증이 나타날 때마다 그 코미디 영화를 다시 틀었고 때로는 간호사에게 유머 책을 읽어 달라고 부탁했다. 한바탕 웃고 나면 통증이 가셔 편하게 잠잘수 있었다. 그는 결국 건강을 회복했다.

웃음의 가치와 웃음치료의 이해

1. 웃음의 가치를 인정하라

첫 인상은 두 번 줄 수 없다는 말이나 미소는 최고의 유니폼이라는 말은 웃음이 대인관계에 미치는 영향의 중요성이 얼마나 큰지를 잘 보여주는 사례라 할 수 있다.

웃음은 자신감의 표현이다.
웃음은 승자의 표정이다.
웃음 건강의 상징이다
웃음은 행복의 표현이다

웃는 사람은 그만큼 인정받고 성공의 길이 열린다. 사람들은 웃는 사람 주변으로 몰려들기 때문이다.
무심코 별 뜻 없이 웃는 웃음 속에는 다음과 같은 엄청난 효과가 숨어있다

1) 경영학 측면에서

웃음은 생산성을 향상시키고 팀원을 이루게 하며 고객만족을 이끌어 낸다. 또한 재미있는 일터로 환경을 바꾸어 일을 즐겁게 하는 직장분위기를 만들어 나간다. 노사카 레이코는 '웃음은 최고의 전략'이라고 말한다. 밥로스는 '유머 감각을 갖는 데는 돈이 들지 않는다. 그러나 유머 감각을 갖지 못하면 많은 비용을 초래 할 수 있다'고 주장한다.

2) 의학적인 측면에서

실증적인 연구를 통하여 웃음의 효과가 나타나고 있다. 웃음이 많은 사람은 심장이 튼튼하다거나 웃음은 내적인 조깅이라는 말은 웃음이 인체에 미치는 영향을 잘 대변해 주고 있다. 뿐만 아니라 웃을 때는 인터페론 감마라는 항체를 분비시켜 면역력을 높여 주는 것으로 나타나고 있다. 리버트 박사는 웃음과 건강이라는 주제를 갖고 20여년 간 연구한 결과 웃은 사람의 피를 뽑아 분석한 결과 암세포를 죽이는 킬러 세포가 생성된다는 결과를 발표하기도 했다. 제임스 웰스는 웃는 사람은 실제로 웃지 않는 사람에 비하여 더 오래 산다. 건강

이라는 것이 사실은 웃음의 양에 달려 있다는 것을 제대로 아는 사람은 그리 많지 않다고 말한다. 또한 당신이 웃고 있는 한 위궤양은 절대 악화되지 않는다고 패티우텐는 웃음의 중요성을 역설하고 있다.

3) 생리학적인 측면에서

웃음은 감염률이 높다. 바이러스성 효과가 크기 때문에 주변 환경을 즐겁게 하고 확산 속도가 빠르다. 웃음이 많은 사람에게 사람이 몰려드는 이유는 그 효과가 직접적이고 순간에 벽을 허물기 때문이다.

4) 매너학 측면에서

웃음은 어느 정도의 친절도를 갖고 있는가를 보여주는 척도가 된다. 웃음이 경쟁력이라는 말은 국제화 시대에 미소전략의 중요성을 대변하는 말이다. 이에 대해 따뜻한 미소는 친절을 뜻하는 '만국의 공통언어'라고 웰리엄 아서 워드는 강조한다.

5) 일상생활 측면에서

웃음은 엔돌핀을 분비하여 대인관계를 부드럽게 하고 긍정적인 사고를 통하여 삶을 즐겁고 신나게 만드는 효과가 있다. 웃음치료사들에 의하면 자연스런 웃음이든 억지웃음이든 인체에 미치는 효과는 똑같다고 한다.

웃음을 통한 자기 변화, 리더십의 역량을 높여 나가야 한다. 이제 웃음은 경쟁력이며 자신의 존재 가치를 높이는 전략중의 전략이다

매일 아침 다음과 같이 크게 외치면서 하루를 시작하라
나는 웃는다. 그러므로 건강하다.
나는 웃는다. 그러므로 인정받는다.
나는 웃는다. 그러므로 꿈이 있다.
나는 웃는다. 그러므로 내 주변에 사람들이 모여든다.
나는 웃는다. 그러므로 성공한다.

웃음은 내게 있어 능력이며 무기다

2. 유머 13단계 업그레이드 시키는 방법

1) 재미나는 일을 상상하며 즐겨라

: 유머는 재미나는 상황 속에 자신을 몰아넣고 웃음 지을 수 있는 여유를 갖는데서 발생한다. 과거의 재미있었던 유머를 기억하고 웃어 보는 것도 좋은 습관이다.

2) 매일 거울보고 웃는 연습을 하라

: 유머는 웃음을 끌어내는 일이다. 그러기 위해서는 나부터 먼저 웃을 수 있는 능력과 표정관리가 중요하다. 매일 거울 앞에서 웃는 연습을 하다 보면 나도 모르는 사이에 저절로 웃는 얼굴을 갖게 된다.

3) 어린아이의 눈으로 세상을 보라

: 유머는 순수한 마음에서 나온다. 어린이에게서 웃음과 유머를 배워라. 웃음에 관한 한 그들은 어른의 스승이다.

4) 유머노트를 만들어라

: 재미나는 이야기를 수집하고 이를 나만의 유머로 만들어 나간다. 그리고 남에게서 들은 유머를 노트하여 수시로 읽어 보고 더 세련된 상황에 적용해 본다.

5) 하루에 한 번 이상 유머사이트에 접속하라

: 타고나는 유머리더는 없다. 다만 훌륭한 유머전문가는 학습에 의하여 만들어진다. 유머가 경쟁력인 만큼 꾸준한 학습이 요구된다.

6) 타인의 유머에 적극적인 반응을 보여라

: 유머적인 사람과 어울리고 반응하다보면 나도 모르는 사이에 유머감각이 뛰어나게 된다. 적극적인 관심과 벤치마킹하는 것이 유머리더로 대성하는 길이다.

7) 모임이나 회의에 참석 할 때는 반드시 유머를 갖고 나가라

: 유머적인 사람이 모임이나 회의를 리드 할 수 있다. 그리고 유머적인 사람주변에 항상 사람들이 모여든다. 유머는 자신의 존재가치를 두 배로 높일 수 있는 비결이다.

8) 항상 열 가지 이상의 유머를 외워라

: 언제 어느 상황에서도 유용하게 쓸 수 있는 유머 10가지는 필수다. 가능하면 최근의 유머를 외우고 가장 좋은 방법은 스스로 만들어 사용하는 것이다. 자칫 이미 유행하고 있는 유머는 썰렁함을 줄 수 있음을 명심한다.

9) 마음속에 스트레스를 몰아내라

: 스트레스는 웃음의 적이다. 반대로 유머는 스트레스를 죽이는 킬러다 유머리더에겐 스트레스가 없다는 공통점이 있다.

10) 억지로 라도 웃어라.

: 억지웃음도 인체에 미치는 효과는 동일하다는 것이 입증되고 있다. 당신의 비즈니스에 지금 당장 재미를 추가하라. 그리고 재미를 거래하라.

11) 유머적인 사람에겐 적이 없다는 것을 기억하라

: 21세기 리더의 조건은 유머다. 유머는 리더십을 발휘하게 도와주는 핵심역량이며 자신의 실수나 단점을 극복하게 해 주는 힘이 있다. 유머감각이 곧 당신의 차별성을 나타낸다.

12) 독서를 게을리 하지 마라

: 유머는 순간적인 기지와 순발력이 생명이다. 평소에 다독하는 습관이 유머리더를 만들어 준다. 가능한 한 재미있는 글이나 유머 퀴즈 등을 자주 접한다.

13) 웃음으로 인생 짱되기

① 하루에 세 번 이상, 한 번에 15초 이상 웃어라.
② 하루에 한 번 이상 유머 사이트에 접속하라.
③ 유머적인 사람과 어울려라 그리고 적극적으로 반응하라
④ 억지로 라도 웃어라. 몸은 억지웃음과 진짜 웃음을 구분하지 못한다.
⑤ 크고 길게 웃어라. 광대뼈 근육까지 사용하고, 특히 날숨을 이용하는 것이 좋다.
⑥ 배와 온몸으로 웃어라. 웃음은 내장 마사지 역할을 한다.
⑦ 박수를 치면서 웃어라. 혈액순환이 잘 되어 저절로 기분이 좋아진다.
⑧ 일어나자마자 웃어라. 아침의 첫 번째 웃음은 보약 중의 보약이다.
⑨ 함께 웃어라. 혼자 웃는 것보다 33배 이상 효과가 크다.
⑩ 모임이나 회의 시에는 반드시 유머를 가지고 가라.

3. 유머지수를 개발하라.

1) 유머적인 습관(Habit)을 길러나가야 한다.

　유머를 존중하고 유머를 사랑하며 유머를 익히는 습관은 유머리더로 성공하는데 지름길이다. 여기에는 웃는 습관, 인생을 즐기는 습관이 포함된다. 웃음은 능력이 아니라 습관에 불과하다는 말이 있다. 매사를 긍정적으로 바라보는 습관, 즐겁게 일을 받아들이는 습관, 동료들과 원만한 인간관계를 유지하는 습관, 일을 재미있게 하기 위한 노력 등이 모두가 유머적인 리더로 가는 길이다. 유머리더는 많이 웃는 것만으로는 부족하다. 웃음 속에는 인간적이면서 상대방을 배려하는 사랑과 리더십에 뿌리를 두어야 한다. 성공하는 습관, 유머리더로 나아가는 길은 당신이 오늘 무엇을 보고 그것을 어떻게 받아들이는가에 크게 좌우된다.

　웃는 습관을 길들여라
　웃음이 내일을 열어준다고 생각하라
　유머가 경쟁력이라고 생각하라
　웃으면서 일하라
　유머로 행동하라

　당신은 허점투성이고 잘 하는 일 보다는 못하는 일이 많으며 항상 부족한 존재다. 하지만 이러한 단점을 슬기롭게 극복하고 당신을 돋보이게 하며 튀어보이게 하는 것이 있으니 그것은 바로 유머감각이다. 유머로 무장하라. 이제는 일터에, 모임에, 회의장에, 거래처에, 놀이터에 갈 때는 당신만을 지켜줄 수 있는 유머를 점검하고 유머로 철저히 무장하라. 그러면 당신은 따뜻한 사람, 인정이 넘치는 사람, 적이 없는 사람, 선한 사람으로 기억 될 것이다.

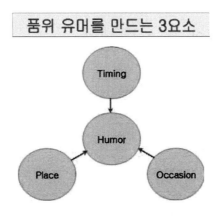

품위 유머를 만드는 3요소

2) 언제나 어디에서든지 써먹을 수 있는(Ubiquitous) 유머 실력을 갖추는 일이다.

어느 정치인이 뇌물수수 혐의로 재판을 받고 있었다.
"이봐요, 당신 뱃속에 뭣이 들어 있기에 국민들은 당신에게서 구린내가 난다고 말하는 게요?"
"재판관 님 뱃속에 들어 있는 것과 똑같은 것이 있을 뿐입니다"
"난 절대 뇌물을 먹은 적이 없소, 하늘에 대고 맹세하오 "
"도둑이 제 발 저리시나요? 제가 말하는 것은 똥을 말하는 겁니다"

  아침형 바람이 한참 불면서 직장인들 사이에서는 아침의 몇 분을 어떻게 활용하느냐가 관건이 되고 있다. 소위 일찍 일어나는 새가 벌fp 잡는 다는 논리다. 무작정 따라가다 오히려 낮에 업무능력이 떨어지는 실패하는 사례도 속출하고 있다. 아침형 인간, 과연 바람직한가를 놓고 어느 기업에서 토의가 활발히 진행되고 있었다.
"맹과장은 아침에 일어나면 제일 먼저 무슨 일을 하나요?"
"네, 저는 제일 먼저 30분 정도 조깅부터 합니다. 뭐니 뭐니 해도 뛰는 것만큼 활력을 주는 것은 없는 것 같아요"
"강대리는?"
"저는 어학 공부를 합니다. 집에서 평소 보다 한 시간 일찍 나와 직장 근처 학원을 3개월 째 다니고 있습니다."
"미스 유는?"
"저는 단전호흡을 시작했어요, 하루의 출발이 새로워 졌습니다."
자신의 경험과 아침형 인간의 성공사례 등을 놓고 열띤 토의가 벌어지고 있는데 박 과장에게는 이들처럼 아침에 일찍 일어나 뭔가를 시도한다는 것은 도저히 불가능한 일이었다.
드디어 박과장에게 질문이 들어왔다
"그러면 마지막으로 박과장은 아침에 잠자리에서 일어나면 무슨 일부터 하는지 말해 보세요?"
늦잠꾸러기인 박과장이 잠시 머뭇거리더니 입을 열었다.
"네 저는 일어나자마자 바지부터 입는데요?"
  순간 토의장은 웃음바다로 변했고 평소에 늦잠꾸러기인 자신을 구차하게 변명할 것 없이 유머 한 방에 평정하고 말았다.
어느 화장실에 다음과 같은 문구가 있었다. 내용인즉 금연을 권장하는 캠페인인데, "왜 산에 호랑이가 없는 줄 아십니까? 호랑이가 담배 피던 시절, 그 호랑이들은 모두가 폐암으로 죽었다는 전설이 있습니다"

금연이라는 상투적이고 딱딱한 문구 보다 얼마나 유머적이고 설득력이 있는 문장인가?

부자가 되는 가장 확실한 방법이라는 주제로
성공학 강좌가 열리고 있는 강의실,
"지금부터 부자가 되는 확실한 노하우를 전해드립니다"
한 시간 동안 진행된 강좌에서 별 새로운 것을 얻을 수 없다고 판단한 김가난 씨가 그렇고 그런 강의에 시간만 빼앗겼다고 불평하며 한 마디 던졌다.
"선생님 강좌를 듣고 보니 누구나 다 아는 내용이고 정말 부자가 되는 방법을 배울 수 없군요"
"제 강의가 재미가 없나요?"혹은 제 강의에 무슨 문제라도 있나요? 말씀해 보시지요!
순간 강의실은 얼어붙었고 시선이 불평한 사람에게로 쏟아졌다.
당황한 김가난씨는 어쩔 줄 몰라 하다 한 마디 던졌다
"네, 확실한 부자는 결혼을 해서 아들을 낳으면 된다는 거죠"

모든 청중들이 웃음을 터트렸고 아슬아슬했던 분위기는 순식간에 사라졌다.

"미소는 호의를 전달하는 심부름꾼"이라고 데일 카네기는 말한바 있다. 빙산을 녹이는 것은 태양만이 아니다. 우리들 마음속에 숨어있는 진실하고 인간적인 웃음, 이것이면 족하다
　　이것이 바로 유머의 힘이다. 이것이 유머리더십이다. 이것이 바로 유머 있는 사람들의 처신이다. 만약에 위의 사례에서처럼 난처하고 당황한 순간에 유머가 없었다면 얼마나 민망스럽고 어색하며 곤란한 상황을 겪어야 했겠는가? 아마 쥐구멍이라도 들어가고 싶은 심정이었을 것이다. 그러나 재치 있는 유머 한마디가 그를 빛나게 하고 돋보이게 하며 당당하게 만들었다. 유머리더는 언제나 어디에서든지 시공을 초월하여 유머의 힘을 이용할 수 있는 이른바 유비쿼터스 유머감각을 익혀야 한다. 유머감각만 제대로 갖춘다면 어떤 위기도 난관도 지혜롭게 극복하고 자신의 존재를 귀하게 드러낼 수 있다. 그러기 위해서는 꾸밈이 없고 솔직한 요소를 찾아내어 유머로 각색하고 내 것으로 만들 수 있는 아이디어가 필요하다. 일상생활 속에서 진실을 찾아라. 누구와 어느 문제로

만나더라도 자연스럽게 나눌 수 있는 유머를 마음속에 담아라. 유머는 쥐구멍으로 들어가야 할 상황에서 당신을 구출하고 빛나게 만들어 줄 것이다.

3) 유머는 도덕적인 내용(Moral)을 담아야 한다.

도덕적이지 못한 유머는 오히려 민망함과 어색함을 연출하고 유머를 꺼낸 사람이 오히려 궁지에 몰리는 경우를 보게 된다. 유머의 소재는 인간적이고 만인이 공감 할 수 있는 정서를 담아야 한다. 그것이 유머의 생명이다. 누구를 골탕 먹이기 위한 방편이라거나 위기를 극복하고 난처한 상황을 벗어나기 위한 방편이 되어서는 안 된다. 그러므로 유머의 소재는 일상생활 소의 진실하고 성실한 태도에서만 나올 수 있다.

우리나라는 정치에 대한 불신이 높고 정치인 스스로가 믿음을 주지 못하는 처신을 하다 보니 이를 빗댄 블랙유머들이 곧잘 입에 오르내린다.

"이봐 김 이사, 홍보실에 박 부장을 국회로 보내야겠어"
"왜요, 사장님?"
"내가 그동안 그 친구를 쭉 지켜봤는데, 국회로 가면 일을 잘할 것 같네.
그 친구는 그쪽 체질이야"
"기왕에 그렇게 결정하셨다면 잘 됐군요,
앞으로 로비 하는 데는 별 어려움이 없겠어요"
"아니 그게 아니고, 그 사람 거짓말이 수준급이잖아"

어느 정치연구소에서 정치 지망생을 대상으로 정치인이 빨리 되는 길에 관한 강좌가 열렸다.

"자, 그럼 여러분들은 정치가로 변신하는데 지름길은 무어라고 생각합니까?
각자의 의견을 말해 보시오"
"재력이 있어야 합니다"
"줄이 있어야죠. 어디 저 혼자 크는 놈 봤습니까?"
"서울대를 나와야 합니다"
"운동권에서 잔뼈가 굵어야 합니다"
"정치지도자로서의 신망과 믿음을 주어야 합니다"

"다 거짓입니다"
"뭐가 다 거짓이라는 거죠?"
"거짓말이라는 얘기죠"

　우리나라 사람들의 입장에서 볼 때는 중국 사람들이 목욕도 잘 안하고 지저분하다는 인상을 갖고 있다. 그래서 중국인의 지저분함을 빗댄 우스갯소리도 많다.

한국인과 중국인, 그리고 돼지가 한 방에 들어가서
누가 오래 버티나 인내심을 테스트하기로 했다.
"제일 먼저 나온 것은?"
"물론 한국인이다"
"그럼 두 번째로 나온 것은?"
"－－－－－－－－?"
"그렇다. 돼지다"

　어느 시골 한적한 마을에 신부님의 강론이 시작되었는데, 강론 주제는 천당을 확실하게 가는 법이었다.
"천당에 들어가는 가장 확실한 방법은 무어라고 생각하시나요?
여러분들의 믿음을 이야기 해 보세요"
"매일 기도해야쥬~"
"뭐니 뭐니 해도 착해야 겠지유~"
"도둑질하면 안돼유~"
"가나한 사람을 도와야되겠쥬~"
그 중의 술기운이 있는 어느 신자가 대답했다
"뭐 그리 복잡혀, 일단 죽어야지"

4) 마음을 열어야(Open)한다.

　마음을 열지 못하면 아무것도 들어가지 못하고 더욱이 아무것도 나올 수 없다. 지금 있는 그대로 살아야 한다. 마음은 나와 세상을 연결하는 통로나 마음이 닫히면 나는 세상으로부터 고립된다. 유머는 열린 마음에서 나온다. 리더는 머리가 아니라 마음이 열려야한다. 리더십은 머리에서 흘러나오는 것이 아니라 마음에서 우러나오는 것이다. 마음을 연다는 것은 자신을 잘 다스리는 것을 말한다. "사람의 모든 기관은 마음에 의해서 좌우된다. 그러므로 세상에서 가장 강한 사람은 자신의 마음을 다스릴 수 있는 사람이다"라고 탈무드는 가르치고 있다. "중요한 것은 눈으로는 볼 수 없다. 중요한 것은 오직 마음으로만 볼 수 있다"고 생텍쥐베리는 말한 바 있다. 또한 슈바이처 박사도 "인간의 미래는 인간의 마음속에 있다"며 마음을 열고 닦을 것을 권하고 있다.

유머리더가 되고 싶은가. 그러면 마음부터 열어라. 그대는 쓸모없이 머리만 열려 있는지도 모른다. 하지만 마음이 열리지 못하면 그대에게서 어찌 너그러움을, 여유로움을, 인간적임을, 유머를 기대 할 수 있겠는가. 마음을 여는 것은 세상을 받아들이는 것을 말한다. 머리가 열린다고 해서 동료의 어려움을 대신하고 이웃을 사랑하지는 못한다. 오직 마음이 열릴 때만 가능한 일이다. 예수도 행복의 근원은 마음에 있음을 외치지 않았던가. 다음은 예수가 2000년 동안 가르쳐온 참된 행복이다(마태복음:5:3-10)

5) 책을 많이 읽어야(Reading) 한다.

리더는 책을 많이 읽는 사람을 말한다. 그래서 Leader는 Reader를 말한다. 리더는 늘 앞서가는 사람, 누군가를 이끌고 가는 사람, 비젼을 제시하고 여러 사람을 통합하고 각기 다른 의견을 갖고 있는 사람을 하나로 묶을 수 있는 사람이다. 유머리더로 성공하기 위한 다섯 번째 조건은 바로 책을 많이 읽는 것이다. 책이든 신문이든 잡지든 그것이 무엇이든 다독해야 한다. 다른 사람의 마음속에 잠들어 있는 잠재능력을 자극하고 무뚝뚝한 사람들의 심금을 울려 웃음을 이끌어 내는 데는 그 만한 노하우와 아이디어가 필요하다.

환이는 방학 동안에 동화책을 읽지 않고 매일 텔레비전만 보다가 아빠에게 꾸지람을 들었다
"환아, 그렇게 텔레비전만 보면 어떻게 하니 동화책을 읽어야지.
텔레비젼에 나오는 아나운서처럼 말 잘 하는 사람이 되고 싶지 않니?"
"응, 난 나중에 커서 아나운서처럼 말 잘하는 사람이 될 거야"
"그럼 어서 동화책을 읽으렴.
아나운서들은 어려서부터 책을 많이 읽은 사람들이란다.
그래서 그렇게 말을 잘하는 게야"

"그래요 아빠, 그럼 뭘 동화책을 읽어? 직접 텔레비전을 보면 되지"

　21세기의 부자의 개념은 돈을 많이 갖고 있는 사람이 아니라 아이디어를 많이 갖고 있는 사람이다. 지식정보화 사회에서는 무한 복제가 가능하고 언제든지 응용할 수 있는 참신한 아이디어를 누가 많이 갖고 있느냐에 따라 조직이나 개인의 성패가 좌우된다고 볼 수 있다.　유머감각을 길러나가는 길은 다양한 일을 거리를 통하여 정보를 얻고 아이디어를 짜내는 일이다. 읽을거리를 많이 접하는 사람이 참신한 아이디어를 얻을 수 있다. 책만큼 훌륭한 리더는 없다고 한다. 유머리더십을 발휘하기 위해서는 읽는 습관을 생활화하는 것이 바람직하다.

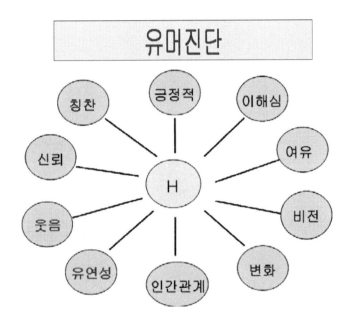

웃음치료의 긍정적 효과

웃음 심리학의 전문가 폴 에크만 박사는 사람들이 특정 감정 표현을 흉내 내면, 몸도 그와 같은 생리적인 효과를 낸다는 '안면 피드백 이론'을 주장했다. 대뇌의 감정 중추는 표정을 관장하는 운도 중추와 인접하여 서로 영향을 주고 받기 때문이라고 그렇다면 가짜 웃음도 긍정적인 효과가 있다고 말할 수 있다.

1. 웃음의 효과

미국의 임상심리학자 스티브 설티노프 박사는 억지로 웃어도 우리 몸은 생각보다 큰 영향을 받는다고 강조한다.

웃음이 암을 비롯한 여러 가지 질병을 극복하고 건강을 유지하는데 도움이 된다고 말하면 누구나 한번쯤은 '도대체 웃을 일이 있어야지 웃지, 기분이 좋아야 얼굴 표정이 좋을 것이고 또 그래야 웃음도 나올 것 아닌가' 하는 생각이 들 것이다. 하지만 적어도 의학적으로는 외적 환경이나 기분과 상관없이 무조건 억지로라도 웃는 것이 건강에 도움이 된다고 한다.

2. 웃음은 뇌를 식혀준다.

두한족열(頭寒足熱) 머리를 차갑게 하라는 것은 비단 동양에서만 강조되는 것이 아니다. 민간요법은 배격하고 철저히 과학적인 검증을 요구하는 서양의학에서도 머리를 차갑게 해야 좋다는 말에는 이견이 없다. 차가운 머리를 강조하는 것은 동서고금을 막론하고 통용되는 건강수칙중의 하나이다.

그런데 웃기만 해도 머리가 차가워진다는 것이 의학적으로 인정을 받고 있다. 크게 웃으면, 벌어진 입을 통해 외부의 찬 공기가 대량 유입되기 때문에 머리의 온도가 낮아진다는 것이다.

한마디로 웃음이 뇌의 냉각기, 즉 스트레스 등으로 과부하가 걸린 뇌를 식혀주는 기능을 하고 있다는 뜻이다.

3. 웃음은 뇌를 자극한다.

억지웃음이 필요한 이유는 눈, 코, 입 등 얼굴을 움직이는 근육의 신경은 바로 뇌와 연결되어있다. 따라서 불쾌하고 짜증나는 일만 있고 도대체 웃을 일이 없더라도 억지로 웃으면 얼굴 근육의 신경이 뇌를 자극하게 된다.

그렇게 되면 뇌는 마치 즐거운 일이 있었던 것처럼 엔돌핀과 같은 면역력을 높이는 신경전달 물질을 분비한다는 것이다.

미국 캘리포니아 대학의 연구에 슬픈 연기를 오래 한 배우 일수록 우울증과 같은 정신질환에 걸릴 확률이 높아진다고 한다.

슬픈 배역에 맞게 표정관리를 하느라 일반 사람들에 비해 웃을 기회가 적은 것이 그 원인으로 분석된다.

4. 웃음의 치료기법

1) 웃음의 요령

① 먼저 웃을 때 가슴을 펴고 웃어라.

입은 크게 벌린 상태에서 큰 소리로 손바닥을 치면서 웃어야 한다.

② 입이 '찢어질 만큼' 웃어라.

크게 웃어야 눈 밑의 신경을 자극해 쾌감호르몬의 분비를 촉진한다.

③ 날숨으로 15초 이상 웃어라.

처음엔 5초 이상을 웃기도 벅차지만 연습을 반복하다 보면 점차 웃는 시간도 늘어나고 그만큼 쾌감호르몬의 분비도 증가한다.

④ 배가 출렁일 만큼 온몸으로 웃어라.

혈액순환이 촉진되고 숙변 제거와 다이어트에도 도움을 준다.

⑤ 억지웃음은 3주 연습하면 내 것이 된다.

3주간 이상 반복하여 웃으면 자연스럽게 웃을 수 있고 웃음이 언제 들어도 매력적인 웃음이 된다.

2) 웃음 치료기법의 실제

(1) 웃음 기법

① 함박웃음

입에 손가락을 옆으로 해서 1개 넣고 크게 하하하하하하.... 웃는다.

이런 식으로 손가락수를 늘리고 마지막은 주먹을 넣고 해 본다.

짝꿍을 마주보고 해보면 더 재미있다.

② 박장대소

손뼉을 크게 치며 웃음은 하하하로 크게 길게 배꼽이 빠지도록 웃는다.

③ 책상대소

박장대소와 동일한 방법으로 책상을 두드리면서 웃는다.

발도 함께 구르면서 하면 더욱 효과적이다.

④ 뱃살대소

박장대소와 동일한 방법으로 자기 뱃살을 두드리면서 크게 신나게 웃는다.

⑤ 사자웃음

혀를 길게 내밀고 눈은 뒤집고 두 손은 아랫배를 치고 머리는 도리도리 좌우로 흔들며 크게 소리를 내면서 웃는다. 옆 사람과 서로 마주보고 손은 사자 갈퀴처럼 앞으로 하고 머리를 흔들며 웃는다.

⑥ 거울웃음

손바닥을 거울이라고 생각하고 손바닥을 보며 표정을 지으며 "나는 행복해" "나는 즐겁다", "나는 나를 사랑해" 하며 웃는다. 거울이 앞에 있지 않더라도 언제 어디서나 혼자서 손을 보며 아름답게 미소를 지으며 하하하~ 멋지게 웃어라. 옆의 짝꿍과 함께 거울이 되어 웃으라. 한사람은 거울이고 한사람은 웃는다. 거울은 상대가 웃는 표정과 행동, 웃음을 그대로 따라 한다.

⑦ 펭귄웃음

양손을 엉덩이 골반에 손바닥을 펴서 붙이고 엄마 펭귄을 서로 따라다니며 신나게 웃는다. 이때 입모양을 오므리고 발동작은 보폭을 짧게 움직이며 재미있게 진행하고 아빠펭귄, 아기펭귄 순으로 서로 따라다니며 신나게 웃어본다.

⑧ 무릎반사 웃음

무릎을 약간 구부리고 어깨와 손은 힘을 다 빼고 무릎을 위로 아래로 흔들며 큰 소리로 하하! 하하하!~ 하하! 하하하! 매일 20분 정도 한다.
미국에서 호호웃음 다이어트에 가장 많이 사용하는 기법이다. 매일 반복하면 저절로 체력이 강해지며 소화가 잘되고 무릎관절에 효과가 있다.

⑨ 폭소웃음

폭소를 할 때는 발끝부터 온 몸의 독소를 위로 끌어올려서 입으로 모아 밖으로 크게 소리 내어 웃는 웃음이다.

⑩ 조개웃음

손을 가슴 앞에서 작게 벌리면서 하하하하~ 하다가 점점 크게 벌리면서 손의 넓이만큼 웃음소리를 크게 하는 법이다

⑪ 개다리 웃음

여러 사람, 가족이 함께 모여서 개다리 춤을 추면서 아하하하하하~ 날숨으로 크게 웃는다, 아에이오우 한자씩 뒤에다 하하하하를 넣어서 하면 더욱 효과적이며 음악을 활용하면 더욱 좋다.

⑫ 롤러코스터 웃음

양손을 앞으로 뻗어서 오른팔부터 쓰다듬으며 아~~~~

왼쪽팔도 쓰다듬으며 우~~~~

이마부터 머리 뒤로 이~~~~

잔에 음료수를 다르면서 아하하~~~~

짝과 함께 따라주고 오호호~~~~

멋있게 마시고 던지며 이히히~~~~

⑬ 새 웃음

처음 웃음을 끌어올리기 힘이 들때 하는 웃음 기법이다. 작은 웃음을 웃을
수 있도록 작은 날개 짓과 함께 하하 소리를 내면 된다.

⑭ 비행기 웃음

어린아이와 같은 심정으로 돌아가 고정된 표현의 억제 판을 깨부수고 자
유롭게 내 감정을 동작과 웃음에 실어 날려 보는 기법이다.

⑮ 마음웃기

"나는 행복해", "사랑해"를 외치며 자신의 가슴을 끌어안으며 행복한 미
소를 끌어낸다.

'당신은 사랑받기 위해 태어난 사람' 음악을 틀어 놓는다.

음악을 들으며 자신의 존귀함을 깨닫고 천하보다 귀하고 값진 자신의 존
재를 사랑할 수 있는 마음을 갖게 한다.

5. 기타 웃음의 기능

① 웃음은 감기예방약이다. 웃기는 비디오를 본 그룹과 가만히 방에 앉아있는
그룹의 침에서 1gA의 농도를 실험해본 결과 웃기는 비디오를 본 그룹의
침에서는 1gA의 농도가 증가하고 다른 그룹은 변화가 없었다. 여기서 1gA
은 면역 글로불린의 하나로 감기와 같은 바이러스의 감염을 막아주는 역할
을 한다. 즉 각종 면역세포들과 면역그로불린, 사이토카인, 인터페론 등이
증가되어 있고 코티졸 등 각종 스트레스 호르몬이 감소되었다는 것이다.

② 웃으면 뇌에서 엔돌핀 생성이 촉진되어 기분이 좋아지고 건강에 좋다. 웃음
은 스트레스와 긴장에 대한 최고의 해소책이자 스트레스 자체의 발생을 막
아주는 예방주사이다.

③ 웃음은 체내 면역체를 강화시켜 주는 세균의 침입이나 확산을 막아주는 천
연적인 진통제인 엔돌핀을 분비시켜 육체의 고통을 덜어주는 무형의 보약
이다.

④ 백혈구는 바이러스, 암 등과 싸우는데 웃음은 이와 같이 백혈구 생명력을
강화시키는 역할을 한다.

⑤ 웃음은 암도 치료한다. 일본의 오사카대 대학원 신경 강좌팀은 웃음은 몸이 항체인 T세포와 NK(내추럴 킬러)세포 등 각종 항체를 분비시켜 더욱 튼튼한 면역체를 갖게 한다. 호쾌하게 웃으면 암세포를 제거하는 NK세포의 움직임을 활성화시킨다는 사실을 확인했다. 코미디 프로를 보면 NK세포 활성화율 3.9% 높아지고 교양프로를 보면 3.3% 감소한다. 웃음은 병균을 막는 항체인 '인터페론 감마'의 분비를 증가시켜 바이러스에 대한 저항력을 키워주며 세포조직의 증식에 도움을 주는 것으로 밝혀졌다. 이는 사람이 웃을 때 통증을 진정시키는 '엔돌핀'이라는 호르몬이 분비되기 때문이다.

⑥ 웃을 때 심장박동수가 2배로 증가하고 폐 속에 남아있던 나쁜 공기를 신선한 산소로 빠르게 바꿔준다.

⑦ 웃음은 근육, 신경, 심장, 뇌, 소화기관, 장이 총체적으로 움직여 주는 운동 요법 이다.

⑧ 웃음은 모르핀보다 수백 배 강한 엔케팔린 호르몬을 분비시켜 통증을 경감시킨다.

⑨ 최근 IMG 증후군인 명예퇴직, 감봉, 정리해고 등 말만 들어도 가슴이 답답하고 식은땀이 나는 등 두려움에 사로잡히며, 여러 가지 정신적 스트레스에 노출되어있다. 이로 인하여 두통, 불면증, 위산과다, 소화성 궤양, 당뇨, 고혈압, 협심증, 우울증 등의 질환에 시달리고 있는데 이러한 병을 예방하고 치료할 수 있는 것이 웃음이다.

⑩ 불치병이 웃음으로 치유됐다는 사실을 지켜본 의학계는 치료 방법을 재검토하기 시작했다. 환자 자신의 몸속에 내재해 있는 자연 치유력을 중요하게 여기게 된 것이다. 유머 치료법, 마음-육체의 의학 등 새로운 시도들이 속속 선보였다. 소리 내어 웃는다는 전신을 움직이는 것, 근육, 신경, 심장, 뇌, 소화기관이 총체적으로 작용한다. 손으로 피부와 근육을 마사지하는 것을 외부 마사지라 한다면 웃음은 내장을 마사지하는 내부 마사지인 셈이다. 소리 내어 웃는 것은 또 훌륭한 유산소 운동이다. 윗 몸통, 폐, 심장, 어깨, 팔, 복부, 횡경막, 다리 등 모든 근육이 움직인다. 생리학적으로 하루에 1백-2백번 정도 소리 내어 웃으면 10분간 조깅하는 것과 같은 효과를 갖는다고 알려져 있다.

⑪ 소리 내어 웃으면 통증을 느끼는 신경계를 마비시켜 진통 효과를 준다. 웃으면 「엔돌핀」과 「엔케팔린」이라는 2개의 신경 펩타이드의 분비가 촉진되는데, 이것은 통증을 억제하는 물질들이다.

⑫ 87년 코간박사는 「행동의학」 저널에 「불편을 느낄 때 소리 내는 웃음의 효과」란 논문을 발표, 소리 내어 웃는 것이 임상에서 환자의 통증을 없

애 준다고 발표했다.

⑬ 그 밖에 소리 내어 웃는 웃음은 근육의 긴장을 이완시켜 주고 교감 신경계의 스트레스를 어루만져 준다. 심호흡을 하는 것과 같은 효과가 있으며 혈액순환도 촉진된다.

⑭ 91년 9월 영국 웨스터버밍햄 보건국은 마침내 「웃음소리 클리닉」의 개설을 허가했다. 웃음을 질병 치료법으로 인정한 것이다.

⑮ 웃음요법은 이미 실제 치료에 적용되고 있다. 독일의 이동병원에선 매주 1회씩 어릿광대를 불러 환자들을 웃기고 있으며, 일부 기업들은 사원들은 '웃음세미나'에 참석시키고 있다. 현재 인도에는 전국적으로 2백50여개 웃음운동 클럽이 활동 중이다.

웃음은 정신적, 육체적 건강에 큰 도움을 준다. 인도에선 건강을 위한 '웃음운동'DLL 유행하고 있다. 가정과 직장에서 일과를 시작하기에 앞서 한바탕 웃음으로 컨디션을 조절하는 것이다. 웃음운동은 인도의 전통 수행법인 요가에서 비롯된 것으로 원숭이 웃음, 노새 웃음 등 여러 종류가 있다.

⑯ 웃음의 효과로는 배가 아플 때까지 눈물이 나올 때까지, 숨을 쉴 때까지, 크게 웃고 난 뒤에는 기분이 좋아지고 후련해짐을 알 수 있으며, 웃고 나면 굳어진 어깨도 풀리고, 스트레스도 사라진다.

⑰ 최근 미국에선 많이 웃고 나면 굳어진 어깨도 풀리고 스트레스도 사라진다.

⑱ 우리 몸에는 내장을 지배하는 교감신경과 부교감신경 등 두 가지 자율신경이 있다. 놀람, 불만, 초조, 짜증 등은 교감신경을 예민하게 만들어 심장을 상하게 하는 등 해를 끼치며, 웃음, 폭소 등은 부교감 신경을 자극시켜 심장을 진정시키고 몸을 안정시켜 주는 역할을 한다. 웃음은 스트레스와 분노, 긴장을 완화해 심장마비와 같은 돌연사도 예방해 준다.

⑲ 폭소는 긴장을 이완시키고 혈액순환을 도와주며 질병에 대한 저항력도 길러 준다. 웃을 때의 주름은 긴장과 근육을 풀어주고 얕은 주름이 생긴다. 그러나 화낼 때의 주름은 깊고 딱딱하고 강하다.

숫자로 살펴본 웃음 키워드

1. 1분의 힘

실제 의사들의 연구 보고에 의하면 1분 동안 웃는 것은 10분 동안 에어로빅을 한 효과와 맞먹는다고 한다.

또한 웃음은 혈압을 낮추고 심장 혈관과 폐 기능을 활발하게 하며 혈중 산소량과 엔도르핀을 증가시켜 면역체계를 강화하고 스트레스 호르몬도 감소시킨다. 암세포를 잡아먹는 NK세포와 T세포, 통증을 완화시켜 주는 엔케팔린 등 다양한 물질들을 생성하기도 한다.

실제로 웃음치료를 통해 암을 이겨냈다는 이들의 이야기가 이를 증명해 주고 있다.

2. 1995년에는 무슨 일이 있었나?

웃음치료는 언제 시작된 것일까. 1995년 3월 인도의 카타리나 박사가 '웃음 클럽 인터내셔널'을 창립 한 때로 거슬러 올라가야 할 것이다.

그는 가식적인 웃음이라도 의학적 효과 면에서 자연적인 웃음과 다를 바 없다는 임상 데이터를 바탕으로 클럽을 개설하였다. 다섯 명으로 시작 된 이 클럽의 멤버는 일주일도 되지 않아 1백여 명으로 증가했고, 한 달 후에는 수천 명으로 늘어났다. 박사의 사무실에는 미소 짓지 말고 크게 웃으라는 의미의 'Don't Smile'이라는 표어가 걸리게 되었으며 이를 시작으로 그는 웃음치료라는 길에 첫 발을 내딛게 되었다.

3. 200배나 강한 효과

웃는 동안 뇌에서는 21가지의 화학물질들이 쏟아진다. 그 중 하나가 익숙한 엔도르핀이다.

엔도르핀이라는 단어는 엔더지니스(endogenous 내인성)와 모르핀(morphine 아편)의 합성어로 '몸속의 아편' 이라는 의미를 가진다.
이 엔도르핀은 모르핀 보다 200배나 강한 진정 효과가 있다는 것 또한 우리가 크게 웃을 때 모르핀 보다 300배 강한 앤케팔린과 같은 자연 진통제가 만들어지기도 한다니 웃음은 천연진통제라 불러도 무리가 없을 것이다.

4. 122세까지 살자

전 세계적으로 가장 오래 산 사람은 누구일까? 기네스북에서는 1995년 122세의 일기로 사망한 프랑스의 잔 칼망 할머니를 세계 최장수 인물로 기록하고 있다. 그녀는 노환으로 청력과 시력을 거의 잃은 상태였지만 사망하기 전까지 활달했으며, 정신도 또렷했다고 전한다.

생전의 인터뷰에서 그녀는 다음과 같이 말했다.

"나의 장수 비결은 좋은 추억을 좋은 영화처럼 항상 기억하고 웃으며, 나쁜 추억이라면 빨리 잊어버리는 것이다." 그녀가 그토록 오래 살 수 있었던 것은 '긍정적 사고방식과 가치관' 때문이라고 할 수 있는 것. 또한 옛 소련의 연구에서는 89세 이상의 노인 중 약 90%가 항상 웃기를 좋아하는 사람들이었다고 밝히기도 했다. 웃으면 오래 산다. 그것도 아주 행복하게 웃자.

5. 5~7년은 젊어진다.

웃고 있는 시간에는 생체 나이가 5~7년은 젊어진다. 힘도 무려 10~20퍼센트 강해진다.

그러나 어린아이들이 하루 400번 웃는 것에 반해 어른들은 고작 7번 정도밖에 웃지 않는다고 한다. 그래서 어떤 이는 웃음이 줄어드는 것을 노화의 한 원인이라고 이야기하고 있다.

웃으면 젊게 살 수 있다. 수십만원을 들여 주사 맞고 수백만원을 들여 수술을 해서라도 더 젊어지기 위해 노력하지 않던가. 그저 웃는 것만으로도 젊게 살 수 있다는데 한번 웃어보자. 공짜로 젊어질 수 있다는 사실에 또 한 번 웃음이 난다.

6. 7월 10일은 무슨 날?

'펀(fun)경영'으로 유명한 재미교포 기업인, 진수테리. 그녀는 미국을 대표하는 100대 기업인으로 선정되었는가 하면 ABC방송이 선정한 아시안 지도자에 오르기도 했다. 성공의 비결을 묻는 인터뷰에서 진수테리는 이렇게 말했다. "제 성공 비결요? 별 것 없어요. 사람들에게 활짝 웃어 보인 것뿐이랍니다. 사실 그녀도 '당신 얼굴에 웃음이 없다'는 지적을 받을 정도로 긴장된 상태로 일을 했다. 그러던 어느 날 '펀(fun)'을 실천하기로 마음을 먹었다. 그랬더니 표정이 달라지고 어느새 웃는 얼굴이 되었으며 사람들이 그녀를 보고 웃기 시작했고 사람들은 그녀를 기다리기 시작했고, 강연을 부탁하는 횟수가 늘더니, 결국에는 펀 경영을 컨설팅 해주는 CEO의 자리에 까지 올랐다. 심지어 샌프란시스코에서는 7월 10일을 '진수테리의 날'로 정하기까지 했다.

7.우리가 평생 동안 웃는 시간은 얼마나 될까?

　　어느 연구 기관에서는 사람의 일생을 80년이라고 가정하고 우리가 하는 행동들의 시간을 파악해 보았다. 우선 잠자는 시간은 26년, 일하는 시간은 21년, 식사 시간은 6년, 그리고 기다리는 시간도 6년이다. 그런데 우리가 웃는 시간은 고작 22시간에 불과했다. 하루에도 못 미친다는 사실이 새삼 놀라울 따름이다.

웃음의 성경적 근거

1. 성경적 웃음치료의 이해

성경에서 가장 많이 언급되는 술어 중 하나가 "두려워 말라"이다.

또 "항상 기뻐하라"와 관련된 웃음(laughter)은 32회, 기쁨(gladness)은 512회, 총 544번 정도 언급되어 있고 '두려워 말라'가 356번 정도 언급되어 있다.

결국 두려워 말라는 1년 동안 한 번씩 위로와 격려를 통하여 평강을 얻도록 권면하는 말로 이해해도 될 것이다. 이처럼 웃음과 기쁨을 누리며 살아가는 것이 우리의 실생활에서 얼마나 중요한가를 새삼 깨닫게 하고 있다.

우리는 성경대로 주 안에서 마음껏 기뻐하고 웃고 마음껏 울 수 있어야 한다. 그동안 우리는 하나님을 진지하고 엄숙하신 하나님으로 이해해온 경향이 짙다. 하나님의 웃음과 기쁨을 상상함은 쉽지 않을 것이다.

하나님이 우리 인간에게만 주신 최고의 선물인 웃음을 성경적으로 조명하면서 몇 가지 웃음에 대한 효능을 알아보자.

2. 웃음의 성경적 조명과 웃음치료

1) 웃음은 하나님의 선물

"사람이 사는 동안에 기뻐하며 선을 행하는 것보다 나은 것이 없는 줄을 내가 알았고 사람마다 먹고 마시는 것과 수고함으로 낙을 누리는 것이 하나님의 선물인줄을 또한 알았도다." (전도서3:12~13)

지혜자 솔로몬의 인생노년에 웃음에 대한 고백이다.

그만큼 웃으며 사는 것이 인생에 있어서 중요하다는 것이다.

오늘날 웃음을 잃어버리고 사는 사람들이 많은데 웃음을 잃었다는 것은 그만큼 만족이 없고 생각이 복잡하다는 것이다.

웃음을 잃어버리고 사는 사람들에게 이 시대에 필요한 것이 웃음일 것이다.

우리가 인생을 살면서 기쁘게 웃고 살면서 선을 행하는 것 보다 나은 것이 없다고 할 정도로 기쁘게 웃고 사는 것이 중요하다는 것이다.

이 시대는 웃음이 필요하다. 웃음으로 행복해 질 수 있다. 행복해서 웃는 것이 아니라 웃으면 행복해진다. 이 땅에서 천국의 기쁨을 맛보며 웃으며 살아야 한다.

내 마음에서 먼저 웃음 천국이 이루어 져야 한다.

"하나님의 나라는 먹는 것과 마시는 것이 아니요 오직 성령 안에서 의와 평강과 희락이라"

(로마서14:17)

2) 웃음은 기적을 일으킨다.

"사라가 가로되 하나님이 나로 웃게 하시니 듣는 자가 다 나와 함께 웃으리로다." (창21:6)

이삭(Isaac)은 축복과 웃음이란 뜻이다. 이것은 웃음과 기쁨이란 뜻을 가지고 있다.

아브라함의 아내 사라가 그 아들 이삭을 낳게 될 것이라는 말을 듣고 이렇게 웃었다.

"하나님이 나로 웃게 하시니 듣는 자가 다 나와 함께 웃으리로다."고 하였다. 진정한 웃음이란 하나님으로부터 성령의 도우심이 있을 때 나타나는 기쁨을 수반한 생리적 현상이다.

아브라함의 언약, 복의 근원이 이삭으로 확증된 사건은 '기쁨과 웃음의 재조명이다'라고 해도 과언은 아닐 것이다.

창세기 17장 17절을 살펴보면 "아브라함이 엎드리어 웃으며 심중에 이르되 백세된 사람이 어찌 자식을 낳을까 사라는 구십세니 어찌 생산하리요 하고" 아브라함은 터져 나오는 웃음을 주체할 수 없어 데굴데굴 구르고 싶지 않았을까? 이처럼 어이없는 농담은 일평생 동안 처음 듣는 일일 것이다. 하나님은 진정한 예배를 통하여 하나님이 정녕 기뻐하시는 일을 우리가 함으로써 불가능을 웃음으로 현실화 시키시고 성취케 하신다.

웃음 생활을 순종하면 많은 기적을 나타나게 하신다.

내가 준비가 없고 불안, 염려, 근심이 있을 때 만족함과 평안이 있을 수 없다. 이때 사단 마귀가 개입하게 된다. 하나님의 사람은 항상 기뻐하며 즐거이 춤을 추어야 한다.

사라 역시 이 소식을 듣고 황당함으로 웃지 않을 수 없었다.

창세기 18장 12~15절을 보면 "사라가 속으로 웃고 이르되 내가 노쇠하였고 내 주인도 늙었으니 내가 어찌 낙이 있으리요(12절), 여호와께서 아브라함에게 이르시되 사라가 왜 웃으며 이르기를 내가 늙었거늘 어떻게 아들을 낳으리요 하느냐(13절), 여호와께 능치 못한 일이 있겠느냐 기한이 이를 때에 내가 네게로 돌아오리니 사라에게 아들이 있으리라(14절), 사라가 두려워서 승인치 아니하여 가로되 내가 웃지 아니하였나이다. 가라사대 아니라 네가 웃었느니라(15절) 여기서 우리가 알아야 할 것은 두려우면 웃을 수 없고 기쁨이 있을 수 없다는 사실이다.

90세에 사라는 경수가 끊어진 상태에서 하나님이 약속하신지 25년 만에 웃음이란 이름의 이삭을 주셨다. 이삭이 태어나자 사라는 기쁨과 경이로움에 사로잡혀 불임과 절망을 뚫고 생명과 사랑과 웃음이 깃들게 되었다.

이삭의 갈보리 사건은 기쁨과 웃음을 잃어버린 자에게 기쁨과 웃음을 회복 할 것을 예표하신 사건이다. 그래서 구약에 선지자들을 통하여서도 끊임없이 그분이 오셔서 다시 기쁨을 회복하고 웃음꽃 피는 세상을 만들 것을 약속하신다.

3) 웃음이 가득한 자를 쓰신다.

"그때에 웃음이 가득하고 우리 혀에서 찬양을 찾았도다. 열방 중에서 말하기를 여호와께서 저희를 위하여 대사를 행하셨다"(시126:2)

오늘날 하나님 앞에서 쓰임 받은 사람들을 보면 웃음이 가득하고 유머가 있는 사람을 쓰신다. 이 말의 의미는 웃기는 리더가 성공한다는 것이다.

하버드 의대 정신과 교수 조지 베일런트 박사는 1938년 이래 하버드대학교 졸업생 268명을 관찰해 성공과 웃음의 상관관계를 연구했다.

60년간 연구한 결과는 성적과 성공은 상관관계가 없다는 것이다.

일반적 인식과 달리 총명한 두뇌와 부유한 집안배경이 인생성공의 핵심요소가 아니었다.

베일레트 박사에 따르면 어떻게 어려움을 극복하느냐에 달렸고 그 어려움을 극복하는 가장 훌륭한 수단은 웃음이라는 것이다.

역경을 웃음으로 극복 할 줄 아는 삶들이 성공률이 가장 높다는 연구결과를 발표했다.

하나님도 진정 기쁨이 넘치고 웃음이 가득한 자를 찾으시고 쓰시기를 원하신다.

4) 웃으면 좋은 일이 생긴다.

"또 여호와를 기뻐하라 저가 네 마음의 소원을 이루어 주시리로다."(시37:4)

"저희가 평온함을 인하여 기뻐하는 중에 여호와께서 저희를 소원의 항구로 인도하시는도다." (시107:30)

'웃으면 복이 와요' 웃음은 성공의 키워드다. '항상 기쁘게 웃으면서 살라'고 우리 인간에게 웃음을 주신 것을 생각하면 너무너무 기뻐서 웃음이 절로 난다.

우리가 더욱 감사한 것은 기뻐하며 웃는 중에 하나님이 우리의 소원을 들어주신다는 것이다. 그러므로 우리는 늘 기쁨을 빼앗기지 말고 웃음을 잃지 말아야 할 것이다.

지금 당신이 늘 기뻐하며 웃고 있다면 성공을 쌓고 있는 것이다. 이미 성공을 예약해 놓은 것이다. 성공은 바로 당신의 것이다.

현재, 실패를 쌓았다고 생각한다면 이제부터 웃어보자 그러면 곧 성공이 다가올 것이다.

두려움과 좌절, 절망과 탄식을 웃음으로 날려버리고 성공의 그 날을 바라보고 웃자.

마땅히 성공을 기대하며 마음속에 기쁨이 넘쳐나는 웃음 스크린을 끊임없이 상영하라.

5) 웃으면 잔칫집 같이 늘 형통의 삶이 이루어진다.

"고난받는 자는 그 날이 다 험악하나 마음이 즐거운 자는 항상 잔치 하느니라"(잠15:15)

"금식이 변하여 유다족속에게 기쁨과 즐거움과 희락의 절기가 되리니 오직 너희는 진실과 화평을 사랑할찌니라"(스가랴8:19)

스가랴 선지자는 너희는 지금 마음에 괴로움이 있지만 반드시 곧 기뻐서 웃게 될 날이 올 것이다.

기쁨과 웃음의 축제의 절기가 올 것이다. 그러니 너희는 진실과 화평을 사랑하라고 하셨다.

고난 받는 자의 모습은 항상 패자라는 느낌을 가져다 주어 부끄러움과 불안감, 부정적인 열등감, 질투심이 생겨 이것으로 인해 사람들은 작은 성취감에는 축하할 줄 모르고 결국 약물중독, 알코올, 노름, 폭력, 타락으로 이끄는 불안들로 인해 좌절감을 불러일으킨다.

그러므로 슬픔과 억압 속에 있는 인간은 그 내면에 근본적인 변화를 일으키는 웃음을 통하지 않고서는 병약한 인생을 살아갈 수밖에 없다고 했던 것이다.

역사적으로 인생을 긍정적으로 살아간 선인들 중 아리스토텔레스는 "인간은 웃는 동물이다"

윌리엄 셰익스피어는 "당신의 마음을 웃음과 기쁨으로 가라 그러면 일천 가지의 해로움으로부터 막아주고 생명을 연장시켜 줄 것이다.

윌리엄 제임스는 "우리는 행복하기 때문에 웃는 것이 아니고 웃기 때문에 행복하다."

제임스 월쉬는 "웃는 사람은 실제적으로 웃지 않는 사람보다 더 오래 산다." 그렇다면 진정한 의미에서 볼 때 웃음이란 고난과 심한 고통과 억압으로 가득 찬 이 세상에서 기쁨으로 살아가야하는 당위성을 제공하게 된다.

결국 웃음을 통하여 하나님의 은혜가 임하며, 소망을 갖게 되고 환경이 좋지 못함에도 불구하고 웃고 기뻐할 때 웃고 난 후에는 반드시 즐거운 일이 찾아오고 희락이 따라온다.

6) 웃음은 병을 예방하고 치료한다.

"마음의 즐거움은 양약이라도 심령의 근심은 뼈로 마르게 하느니라"(잠 17:22)

"사람의 심령은 그 병을 능히 이기거니와 심령이 상하면 그것을 누가 일으키겠느냐"

(잠18:14)

웃음은 인간의 질병을 예방하고 치료하는데 상당한 효과가 있음이 분명하다.

마음의 즐거움에서 나오는 웃음은 양약이라고 한다. 약이라고 다 좋은 것은 아니지만 전혀 부작용이 없는 최고의 약이 있다면 그것은 웃음일 것이다. 어떤 글에 의하면 한번 크게 웃을 때마다 200만원 어치의 엔돌핀이 나온다고 한다.

보통 사람이 몸에 진통이 심하게 오면 모르핀 주사를 맞게 되는데 모르핀 주사 한 번 맞는데 10,000원 정도 한다고 한다. 그런데 한번 배꼽이 빠질 정도로 웃고 나면 모르핀의 200배의 진통효과와 치료효과를 가져오기 때문이다.

웃음은 암을 비롯한 우울증, 당뇨병, 관절염, 아토피, 소화불량, 심장병, 다이어트, 진통효과 등 그 외에도 다양한 질병들이 치료된 사례가 발표되고 있다.

또한 가정에서나 교회에서 서로 그리스도의 사랑으로 감격하고 활짝 웃는 행복한 웃음은 엔돌핀보다 치료 효과가 1000배나 높은 다이돌핀이 나온다고 한다.

결국 웃음은 코티졸과 같은 스트레스 호르몬을 억제시켜 각종 질병을 예방하고 치료에 도움이 된다는 것이 의학자들의 공통적인 의견이다.

많은 학자들이 이제 웃음이야말로 대체의학이 아니라 참 의학이라고 주장하고 있다.

그런데 이 웃음을 만드신 분이 우리 하나님이라는 사실이다. 병든 마음이 병든 몸을 낳고 즐거운 마음으로 웃고 사는 것이 좋은 건강법이라는 것이다. 억지로 웃는 것도 90% 효과가 있다고 한다. 유쾌! 상쾌! 통쾌! 하게 웃고 건강하게 살자.

7) 웃음은 얼굴을 빛나게 하며 삶에 활력을 준다.

"마음의 즐거움은 얼굴을 빛나게 하여도 마음의 근심은 심령을 상하게 하느니라"

(잠15:13)

마음의 즐거운 웃음이 얼굴을 빛나게 되는 것이 당연하다. 얼굴은 마음의 창문이기 때문이다.

미국의 심리학자인 쉐드 헴스테더 박사는 우리가 하루에 5~6만 가지 생각을 한다고 말한다. 그런데 문제는 그 생각 중에서 85%는 부정적인 생각이며 단 15%만이 긍정적인 생각이라고 한다. 85%의 부정적인 생각 속에 있으면 얼굴이 어두워진다. 반대로 웃으면 긍정적인 생각을 하게 되고 표정이 밝아진다.

웃음은 우리를 자신감 있게 하며 웃고 있는 순간 우리의 마음속에는 긍정적이고 희망적인 생각만이 가득 차게 된다.

사람의 마음은 두 가지의 감정을 한꺼번에 가질 수 없다.

웃으면서 부정적인 생각을 하는 사람은 없으며 찡그리면서 좋은 생각을 할 수도 없다.

사랑과 증오를 한꺼번에 지배할 수 없고 웃음과 화를 동시에 느낄 수 없다.

얼굴에 웃음을 실으면 몸이 웃음의 영향을 받아 편안한 상태가 되고 얼굴에 찡그림을 실으면 몸이 찡그림을 받아 우울해 지거나 불쾌해진다.

따라서 근육이 운동으로 길들여지듯이 성격과 마음도 길들여질 수 있다. 그러므로 웃는 훈련을 꾸준히 하면 밝은 성격을 만들 수 있고 얼굴에 빛이 난다.

웃음은 의학적인 가치뿐만 아니라 우리의 생활에 활력소가 되니 얼마나 좋은지 모른다. 일단 웃을 수만 있다면 우리는 마음뿐만 아니라 몸까지도 긍정적으로 변화할 수 있다.

그러므로 슬픈 일이 있어도 괴로운 일이 있어도 미소를 잃지 않으려고 노력해야 할 것이다. 왜냐하면 얼굴을 밝게 하고 웃으면 얼굴이 빛이 나고 마음이 밝아지고 나중에는 그것이 습관이 되어 누구를 만나도 어떤 환경에서도 좋은 인상을 줄 수 있는 사람이 되기 때문이다.

그리고 그 인생에도 영향을 끼치게 된다.

의학적으로 한번 웃으면 얼굴 마사지 효과가 나타난다. 전혀 돈이 들지 않는 천연화장품이 바로 웃음이다. 웃을 때 혈액 순환이 잘되어서 피부노화나 악화 현상을 막아준다.

가슴을 활짝 펴고 활짝 크게 웃어보자. 하하하하하하~

8) 웃으면 고통을 이기고 근심(스트레스)을 날려 보낸다.

"여자가 해산하게 되면 그때가 이르렀으므로 근심하나 아이를 낳으면 세상에 사람 난 기쁨을 인하여 그 고통을 다시 기억지 아니 하느니라"(요16:21)

"영영한 희락을 띠고 기쁨과 즐거움을 얻으리니 슬픔과 탄식이 달아나리로다"(사35:10)

항상 웃고 즐거운 자는 슬픔과 탄식이 달아나버린다. 이스라엘 백성들이 출애굽 하던 밤 좌우문설주에 양의 피를 바른 가정은 죽음의 재앙이 넘어 간 것처럼 웃음을 잃지 않고 기뻐하는 자 앞에서는 그 어떤 해로운 것들도 맥을 출수 없다.

기뻐하며 웃으면 고통과 분하고 억울한 마음 등 쌓이고 쌓인 나쁜 감정들을 날려 버릴 수 있다.

오늘날 우리의 생활은 스트레스로 가득하고 스트레스와 관련된 질병으로 점점 죽음의 나락으로 질주하고 있다. 70%이상의 질병이 스트레스와 관련이 있다. 고혈압, 심장병, 걱정, 불안, 기침, 감기, 신경계 파손, 소화성 궤양, 생리통, 불면증, 알레르기, 천식, 신경성 변비, 대장염, 심지어 암까지도 스트레스와 관련이 있다. 스트레스를 벗어나기 위해서 알코올, 담배, 약물에 젖어들고 있다. 그러나 이것들은 일시적인 방편이지 결국 더 많은 부작용을 초래함을 기억해야 할 것이다.

웃음은 긴장감을 없애주고, 스트레스를 없애는데 도움이 된다.

웃음은 모든 스트레스를 한 순간에 해결하는 명약이며, 모든 고통으로부터 해방시키는 마취제이다. 웃음은 상처를 낫게 하고, 웃으면 모든 일이 잘되고 형통한다. 웃음은 사람을 여유 있게 하고 사업도 잘되고 번창할 것이다. 웃음은 고통과 근심을 몰아내고 만사형통의 열쇠라는 사실을 잊지 말자.

9) 웃음은 신비의 에너지요, 힘이다.

"근심하지 말라 여호와를 기뻐하는 것이 너희의 힘이니라."(느헤미야8:10)

하나님이 우리와 함께 하시면 참 기쁨을 주는 마음과 함께 웃음이 회복된다. 신약에 와서 진정한 참 편안과 기쁨을 주는 웃음의 근원은 성령님이시다. 예수를 믿고 성령 안에서 웃을 때 그 배에서 생수 같은 기쁨이 흘러넘치는 참 웃음을 웃을 수 있게 된다. 예수님은 우리를 죄에서 건져주시고 부활하신 사실을 믿은 자들 가운데 참 기쁨이 있다.

다시 말해서 오직 성령으로만 진정한 웃음이 터져 나오는 것이다. 어떠한 시험이 오고 어려움이 찾아와도 낙심하지 말고 기뻐하며 웃음으로 극복하자. 하나님이 우리에게 주신 웃음의 축복을 누리며 에너지가 넘쳐나며 힘있는 삶을 살자. 그리고 인생을 건강하게 인생을 아름답게, 인생을 행복하게 살아보자.

10) 웃음 10계명을 지키자

① **크게 웃어라**

한번 크게 웃는 것은 조깅 10분의 효과가 있다. 크게 웃을수록 더 큰 웃음소리로 함께 하게 된다. 그리고 자신감이 생긴다.

② **억지로라도 웃어라**

억지로 웃어도 엔돌핀이 몸 전체에 흐르고 입가에 잔잔한 미소가 맺힌다. 우리의 뇌는 가짜 웃음과 진짜 웃음을 식별하지 못하므로 같은 효과가 있다. 다만 15초 이상 계속적으로 웃어야 효과가 있다.

③ **일어나자마자 웃어라**

아침에 웃는 웃음은 보약 중에 보약이다. 아침에 일어나 먼저 웃음의 준비운동을 하고 마음껏 그냥 크게 웃어라. 기분이 좋아 질 것이다.

④ **최선을 다해 웃어라**

자연살상세포(NK세포)가 나와 암도 도망간다. 웃지 않고 보낸 하루는 낭비한 하루이다. 웃음은 면역체계의 활성화를 가동시킨다. 최선을 다하여 웃자. 웃음에도 정성이 필요하다.

웃음의 원칙이 있음을 알고 순수한 웃음, 마음을 다한 웃음치료여야 한다.

⑤ **온 가족이 시간을 정해 놓고 매일 함께 웃어라.**

가정의 행복과 건강은 웃음이 책임진다. 혼자 웃는 것보다 여러 명이 같이 웃으면 33배 이상 효과가 있다.

⑥ 얼굴만 웃지 말고 마음과 내장까지 웃어라.

마음이 웃어야 진짜 웃는 것이다. 온 몸으로 정성스레 웃어라. 순수 열정의 마음, 아름다운 정신이 필요하다. 웃음은 내장의 조깅이다. 배가 출렁거리도록 크게 웃어라.

⑦ 즐거운 일을 상상하며 웃어라

웃으면 복이 오고 웃으면 웃을 일이 자꾸 생긴다.

자연스러운 웃음이 질병을 치유한다. 즐거운 생각은 즐거운 일을 만든다.

⑧ 힘들고 어려울 때 일수록 더 웃어라.

진정한 웃음은 어려울 때 웃는 것이다. 어려움이 오는 것은 웃으라는 사인이다.

웃어야 할 때 웃어야 한다. 웃음이 필요할 때 웃어야 한다.

⑨ 그럼에도 불구하고 웃어라.

웃다보면 고통은 사라지고 상황은 바뀌게 된다.

웃음은 상황을 변화시키고 문제를 해결하도록 도와준다.

⑩ 꿈과 비전을 상상하며 웃어라.

꿈과 웃음은 짝꿍이어서 한 집에 산다. 비전이 이루어졌음을 상상하면서 좋아해 보자.

그러면 마음의 평강이 싹을 피우게 될 것이다.

3. 성경에서의 웃음과 기쁨

1) 구약편

① 창1:31 - 하나님이 그 지으신 모든 것을 보시니 보시기에 심히 좋았더라. 저녁이 되며 아침이 되니 이는 여섯째 날이니라.

② 창21:6 - 사라가 가로되 하나님이 나로 웃게 하시니 듣는 자가 다 나와 함께 웃으리로다.

③ 전3:12~13 - 사람이 사는 동안에 기뻐하며 선을 행하는 것보다 나은 것이 없는 줄을 내가 알았고 사람마다 먹고 마시는 것과 수고함으로 낙을 누리는 것이 하나님의 선물인 줄을 또한 알았도다.

④ 시126:2 - 그때에 우리 입에는 웃음이 가득하고 우리 혀에는 찬양이 찼었도다. 열방 중에서 말하기를 여호와께서 저희를 위하여 대사를 행하셨다.

⑤ 슥9:9 - 시온의 딸아 크게 기뻐할찌어다. 예루살렘의 딸아 즐거이 부를찌

어다. 보라 내 왕이 네게 임하나니 그는 공의로우며 구원을 베풀
며 겸손하여서 나귀를 타나니 나귀의 작은 것 곧 나귀 새끼니라.

⑥ 사66:13 – 어미가 자식을 위로함같이 내가 너희를 위로할 것인즉 너희가
예루살렘에서 위로를 받으리니.

⑦ 사66:14 – 너희가 이를 보고 마음이 기뻐서 너희뼈가 연한 풀의 무성함
같으니라. 여호와의 손은 그 종들에게 나타나겠고 그의 진노는
그 원수에게 더하리라.

⑧ 슥2:10 – 여호와의 말씀에 시온의 딸아 노래하고 기뻐하라 이는 내게 임
하여 네 가운데 거할 것임이니라.

⑨ 잠14:13 – 웃을 때에도 마음에 슬픔이 있고 즐거움의 끝에도 근심이 있
느니라.

⑩ 시33:1 – 너희 의인들아 여호와를 즐거워하라 찬송은 정직한 자의 마땅
한 바니라.

⑪ 시68:3 – 의인은 기뻐하여 하나님 앞에서 뛰놀며 기뻐하고 즐거워할지어다.

⑫ 사35:10 – 영영한 희락을 띠고 기쁨과 즐거움을 얻으리니 슬픔과 탄식이
달아나리로다.

⑬ 느8:10 – 근심하지 말라 여호와를 기뻐하는 것이 너희의 힘이니라.

⑭ 시126:2~6 – 그때에 우리 입에는 웃음이 가득하고 우리 혀에서 찬양을
찾았도다. 열방 중에서 말하기를 여호와께서 저희를 위하여 대사
를 행하셨다. 여호와께서 우리를 위하여 대사를 행하셨으니 우리
는 기쁘도다. 여호와여 우리의 포로를 남방 시내들같이 돌리소서.
눈물을 흘리며 씨를 뿌리는 자는 기쁨으로 단을 거두리로다. 울
며 씨를 뿌리러 나가는 자는 정녕 기쁨으로 그 단을 가지고 돌아
오리로다.

⑮ 시37:4 – 또 여호와를 기뻐하라 저가 네 마음의 소원을 이루어 주시리로다.

⑯ 시107:30 – 저희가 평온함을 인하여 기뻐하는 중에 여호와께서 저희를
소원의 항구로 인도하시는도다.

⑰ 잠15:13 – 마음의 즐거움은 얼굴을 빛나게 하여도 마음의 근심은 심령을
상하게 하느니라.

⑱ 잠15:15 – 고난 받은 자는 그 날이 다 험악하나 마음이 즐거운 자는 항상
잔치하느니라.

⑲ 잠17:22 – 마음의 즐거움은 양약이라도 심령의 근심은 뼈로 마르게 하느니라.

⑳ 잠18:14 – 사람의 심령은 그 병을 능히 이기려니와 심령이 상하면 그것
을 누가 일으키겠냐.

⑳ 시90:14 − 웃음으로 네 입에 즐거운 소리로 네 입술에 채우시리니 아침에 주의 인자로 우리를 만족케 하사 우리 평생에 즐겁게 하소서.

2) 신약

① 요5:11 − 내가 너희에게 이름은 내 기쁨이 너희 안에 있어 너희 기쁨이 충만하게 하려 함이니라.

② 요16:22 − 지금은 너희가 근심하나 내가 다시 너희를 보리니 너희 마음이 기쁠 것이요 너희 기쁨을 빼앗을자가 없느니라.

③ 행13:52 − 제자들은 기쁨과 성령이 충만하니라.

④ 살전5:16 − 항상 기뻐하라.

⑤ 빌4:4 − 주안에서 항상 기뻐하라 내가 다시 말하노니 기뻐하라.

⑥ 약1:2 − 내 형제들아 너희가 여러 가지 시험을 만나거든 온전히 기쁘게 여기라.

⑦ 롬14:17 − 하나님의 나라는 먹는것과 마시는 것이 아니요 오직 성령 안에서 의와 평강과 희락이라.

⑧ 요16:21 − 여자가 해산하게 되면 그 때가 이르렀으므로 근심하나 아이를 낳으면 세상에 사람 난 기쁨을 인하여 그 고통을 다시 기억지 아니 하느니라.

⑨ 롬15:2 − 우리 각 사람이 이웃을 기쁘게 하되 선을 이루고 덕을 세우도록 할지니라.

⑩ 고전10:33 − 나와 같이 모든 일에 모든 사람을 기쁘게 하여 나의 유익을 구치 아니하고 많은 사람의 유익을 구하여 저희로 구원을 얻게 하라.

3) 조롱과 비웃음

① 렘 20:7 − 여호와여 주께서 나를 권유하시므로 내가 그 권유를 받았사오며 주께서 나보다 강하사 이기셨으므로 내가 조롱거리가 되니 사람마다 종일토록 나를 조롱하나이다.

② 렘 48:26~27 − 모압으로 취하게 할지어다. 이는 그가 나 여호와를 거스려 자만함이라 그가 그 토한 것에서 굴므로 조롱거리가 되리로다.

③ 애 3:14 − 나는 내 모든 백성에게 조롱거리 곧 종일토록 그들의 노랫거리가 되었도다.

④ 욥 12:4 − 하나님께 불러 아뢰어 들으심을 입은 내가 이웃에게 웃음받는 자가 되었으니 의롭고 순전한 자가 조롱거리가 되었구나.

⑤ 잠 10:23 − 미련한 자는 행악으로 낙을 삼는것 같이 명철한 자는 지혜로 낙을 삼느니라.

전인치유 및 웃음치료학

1. 전인이란 말의 의미

일반적으로 볼 때 사람의 구성 요소에 대하여 3가지 학설이 있다.

첫째, 일분설(Monotomy)로서 인간을 육체, 또는 신체로만 보는 견해다.

둘째, 이분설(Dichotomy)로서 인간을 영혼과 육체 두 가지 구성요소로 보는 견해다.

셋째, 삼분설(Trichotomy)로서 인간은 영, 혼, 육으로 구성되어 있다고 보는 견해다.

전인이란 용어는 삼분설 개념과 뜻을 같이 한다. 인간은 영, 혼, 육으로 되어 있으며(히4:12) 이 3가지 구성요소가 하나로 통일되어 하나의 전인적인 존재가 된 것이다. 사도바울은 우리의 온 영과 혼과 몸이 예수 재림 때 까지 흠 없게 보존되기를 원한다고 말하였다(살전5:23).

2. 치유란 말의 의미

치유란 말은 병든 육체뿐만 아니라 정신적으로 영적으로 병든 인간을 전인 적으로 치유하고 구원하는 것을 의미한다. 성경에 나타난 치유란 말은 인간의 영, 혼, 육, 전인 중에서 병들고 잘못된 부분을 고쳐서 하나님이 원래 창조하신 건강하고 아름다운 본래의 모습으로 회복시킨다는 의미가 담겨 있다.

폴 토우너는 치유에 대해서 언급하기를 "진정한 치유란 몸, 정신, 영혼의 합 일로 이루어지며 치유와 구원은 연합된 상태"라고 주장 하였다.

3. 영, 혼, 육을 함께 치유하는 것이 전인치유다.

사람은 영, 혼, 육으로 구성되어 있지만 따로 분리하여 생각할 수 없는 하나의 통합체이다. 3개의 구성요소는 서로 연관 되어 있고 의존적이다. 그래서 서로에게 영향을 미치게 되어 있다. 영에 문제가 있으면 혼(마음, 생각, 정신)에도 문제가 생기며 혼에 문제가 있을 때 육에도 영향이 미쳐서 몸도 마음도 병들게 된다. 그러므로 전인건강을 위해서는 영, 혼 ,육 전인을 치유해야 한다.

4. 질병의 근본원인을 치유 하는 것이 전인치유다.

현대의학은 몸에 질병으로 나타난 결과만을 치료하고 있다. 전인치유는 질병이 발생하게 된 근본 원인을 함께 치유하는 것이다.

질병의 원인을 보면 죄를 지을 때 발생하는 영적 요인에 의한 병, 여러 가지 스트레스와 마음이 상해서 발생하는 혼적 요인에 의한 병, 몸 안에 있는 조화와 질서 즉 자연법칙을 깨뜨리므로 발생하는 육적 요인에 의한 병이 있다. 그 외에도 유전적 요인과 병균에 의해서 그리고 자연환경적인 요인 등이 있다. 전인치유는 영적치유와 내적치유 그리고 자연치유 등 질병의 근본 원인을 제거하는 건강한 삶을 살도록 교육하고 훈련하여 스스로 질병을 극복할 수 있도록 하는데 있다.

5. 자생력 유전자를 활성화 하여 변이된 유전자를 치유하는 것이 전인치유다.

영적, 혼적, 육적요인과 환경 및 유전적 요인에 의해서 유전자가 변이 되어서 질병이 발생하지만 그러나 인간의 몸 안에는 변이된 유전자를 스스로 치유할 수 있는 자생력 유전자가 있다고 과학논문 잡지인 사이언스지에 발표 했다. 현대의학은 변이된 유전자를 치료하는데 초점을 맞추고 있다. 전인치유는 현대의학을 보완하여 자생력 유전자를 활성화하여 변이된 유전자를 우리 몸이 스스로 치유할 수 있도록 도와주는 프로그램을 운영한다.

6. 영성치유와 마음치유 그리고 현대의학과 보완 대체의학이 함께 하는 통합치유가 전인치유다.

영국의 로이드 존스는 "의학 자체가 사람의 전인을 다룰 수 있는가?"라고 질문했다. 21세기에 와서 치유는 반드시 전인치유가 되어야 한다는 필요성을 인식하고 있다. 현대의학은 눈부시게 발전했고 현대의학만이 할 수 있는 장점도 많이 가지고 있다. 그러나 현대의학만 가지고는 사람의 영, 혼, 육 전인을 치유할 수 없기 때문에 효과적인 전인치유를 위해서는 통합의학으로 가야하는 의학의 새로운 패러다임이 필요한 시기다.

7. 전인치유사역(Total Person Healing Ministry)

죄의 결과로 인하여 영적으로 병들고, 정신적으로 병들고, 상한 마음을 가진 자 그리고 귀신 들린 자와 육체적으로 병든 자들의 전인건강을 위하여 목회적인 차원에서 치유하고 돌보는 것을 의미한다.

[전인치유 과목 내용]

다음과 같이 성경적이면서 현대의학, 한의학, 심신의학, 양자의학, 보완대체의학적인 면에서 여러 가지 방법의 전인치유 과목이 있다.

1) 성서의학

"내 아들아 내 말에 주의하며 나의 이르는 것에 네 귀를 기울이라 …….
그것은 얻는 자에게 생명이 되며 그 온 육체의 건강이 됨이니라."(잠4:20~22)

(1) 격리법과 중세 흑사병

중세기 암흑시대를 어둡게 했던 흑사병은 14세기 때에만 네 사람 중에 한 사람의 한 사람의 생명을 앗아감으로 약 6백만 명이 이 병으로 사망했다.
미국 컬럼비아대학의 공중위생학 교수인 조지 로슨박사는 말하기를 의사들은 할 일이 없었으므로 지도적 역할은 교회가 담당했다. 교회는 구약성경에 구체화된 감염개념을 그 지도원리로 삼았다.
레위기 13장 46절 "병이 있는 날 동안은 늘 부정한 것이라. 그가 부정한즉 혼자 살되 진 밖에 살지니라."
구라파 여러 나라들이 이 성경의 전염병 환자 격리법을 흑사병에 적용하여 수백만 명의 생명이 구제 받았다.
만일 이 치사병(致死炳)이 줄어들지 않았다면 르네상스의 수많은 명성들이 출생하지도 못했을 것이며 태어났어도 제 명에 죽지 못했을 것이다.
이처럼 구라파 역사는 그 당시 사람들이 이스라엘에게 하신 하나님의 말씀을 실천하기 시작했던 까닭에 무서운 전염병에서 살아남을 수 있었다.
출15:26 "너희가 너희 하나님 나 여호와의 말을 청종하고…… 지키면 이 모든 질병의 하나도 너희에게 내리지 아니하리니……."

(2) 할례와 자궁경부암

『이라, 1, 캐프린』 박사와 그의 동료들도 『뉴욕 , 밸브』 병원에서 자기네의 기록을 조사하다가 유대인 여인들에게는 자궁경부암이 거의 없는 것을 발견하고 역시 놀랐다. 1949년에 『마요』 의원의 부인과 의사들은 568전의 자궁경부 암환자 중에는 단 한 사람의 유태인 희생자도 없었음을 발견했다. 『마요』 의원에 입원 환자 중 7%가 유태인이었으므로 568명중 약 40명의 유태인 자궁암환자가 있어야 할 것이었다. 그런데 단 한 명의 환자도 없었던 것이다.
1954년에 『보스톤』에서 86,214명을 검사한 결과 비유태계 여인의 자궁암

환자수는 유태인여자들보다 여덟 배 반이나 더 많았음이 판명되었다.

유태인 여자들의 자궁암이 비교적 적은 것은 무슨 까닭인가? 연구한 결과 이 굉장한 특혜는 유태인 남자들의 할례의 실시에서 온 것이며 이것은 지금으로부터 사천여년 전에 하나님께서 아브라함에게 실시하도록 명령하신 것으로 판명되었다.

할례문제에 곁들어 결정적이며 특이한 사실을 소개한다. 1964년 11월에 미국 의학협회지의 기사 중에 신생 남아의 할례가 왜 바람직스러운가에 대한 기사가 실렸다

『신생아는 생후 2일과 5일 사이에 출혈에 특히 민감해서 이때의 출혈은 널리 확대되기 쉬우며 이것은 내부의 여러 기관 특히 두뇌에 중대한 해를 주기 쉬우며 쇼크와 빈혈 때문에 죽음을 가져오기 쉽다』 출혈하기 쉬운 것은 피를 응고시키는 주 요서인 바이타민 K가 생후 5일 내지 7일까지 어린애기의 장관에서 만들어지지 않는다면 할례를 실시할 최초의 안전일은 8일째 즉 여호와께서 아브라함으로 하여금 이삭에게 할례 하라고 명령하신 바로 그날인 것이다.

정상적 혈액응고에 필요한 둘째 요소는 응혈소이다. 생후3일째의 어린 애기의 응혈소는 정상인의 33%에 불과하다. 이 기간에 외과수술을 받는 애기는 심한 출혈을 일으키기 쉽다. 응혈소가 제8일째에는 정상보다도 더 높은 수준인 110%까지 올라간다. 생후 8일된 애기는 평생의 어느 날보다도 응혈소를 더 많이 가지고 있는 것이다. 이리하여 바이타민 K와 응혈소 측정으로 미루어 볼 때 할례를 해야 할 가장 이상적인 날은 팔일 째라는 것을 알 수 있다.

현대의학은 이제야 이 사실을 발견했지만 하나님께서는 이미 사천년 전에 아브라함에게 할례를 처음으로 명하셨을 때 하나님은 "난 지 팔 일 만에 할례를 받을 것이라……."고 말씀하셨던 것이다. (창17:12)

2) 영성치유학

"사랑하는 자여 네 영혼이 잘 됨 같이…….

강건하기를 내가 간구하노라"   (요한3서2절)

세계보건기구(WHO)에서는 전에는 "건강이란 육체적으로, 정신적으로 그리고 심리 사회적으로 건전한 상태"라고 했는데 1988년부터는 여기에 "영적"인 요소를 추가 했다. 즉 "참으로 건강하기 위해서는 육체적, 정신적, 심리사회적으로 뿐만 아니라 영적으로도 건강해야 한다."는 것이다.

성블라시우스(St.Blasius)는 육체의 치유만으로는 치유가 완성될 수 없으며

영적 치유를 합병하여야 한다고 주장 했다. 1998년2월 하버드대학 건강 통신지에 "영성치유의 장을 마련하라"는 주제가 실렸다. 2004년5월 리더스 다이제스트지에 "미국 조지워싱턴 의과 대학생들이 영성치유를 원한다."는 기사를 실었다. 왜 영성치유를 해야 하는가? 영성치유를 해야 자생력 유전자가 활성화 되고 자생력 유전자가 활성화 되어야 변이된 유전자를 스스로 수리하여 병든 몸이 치유 받고 건강해지기 때문이다.

　영성치유의 방법은 무엇인가?

말씀치유, 찬양치유, 기도치유, 중보기도치유, 믿음치유, 내적치유, 회개치유, 안수치유 등이 있다.

3) 말씀 치유학

"저가 그 말씀을 보내어 저희를 고치사 위경에서 건지시는도다"(시107:20)

　말씀을 선포하는 시간에 강력한 전인치유의 역사가 일어난다.

질병은 유전자가 변이 되어서 생기는 것이다. 그러므로 질병이 고쳐지려면 변질된 유전자가 정상으로 돌아가야 한다.

　변질된 유전자가 정상으로 돌아가려면 변질된 유전자를 수리하는 자생력 유전자가 활성화 되어야 한다. 자생력 유전자는 하나님의 말씀을 들을 때 정상으로 움직인다. 그러므로 하나님은 말씀을 보내어 자생력 유전자를 움직여서 변질된 유전자를 수리하고 고치신다. 유전자는 하나님의 말씀에서 떠나면 꼬이고 병이 생긴다. 그러나 하나님의 말씀대로 살면 변이된 유전자가 정상으로 돌아가면서 치유가 된다. 또한 목회자가 레마의 말씀을 먹고 레마의 말씀을 선포하고 성도가 레마의 말씀으로 받을 때 치유의 역사가 일어난다.

4) 찬양 치유학

"내 영혼아 여호와를 송축하라……저가 네 모든 병을 고치시며"(시103:1~3)

　유전자가 변질 된 것은 우리 인간 자체가 하나님이 정해 놓으신 정 위치에 서 있지 않고 말씀에서 벗어나 있기 때문에 유전자도 정 위치에서 벗어나 변이 된 것이다. 하나님과 인간과의 사이에 인간이 서 있어야 할 정 위치는 무엇인가?

　바로 하나님을 찬양할 때 인간은 정 위치에 서 있게 된다.

주인 된 인간이 찬양하므로 정 위치에 서면 종속 되어있는 변이된 유전자도 정 위치로 돌아와 수리가 되므로 질병은 고침 받게 된다.

찬양의 3차원이 있다. 1차원은 노래, 2차원은 찬양, 3차원은 경배하는 차원이다. 성막으로 비유하면 노래는 뜰에 머물 차원이고 찬양은 성소에 들어간 차원, 경배는 지성소에 들어간 차원이다. 그러므로 찬양하다가 경배하는 차원에 들어가면 성령의 임재하심이 오면서 치유의 역사가 일어난다.

5) 믿음 치유학

"네 믿음이 너를 구원하였느니라 하시니 저가 곧 보게 되어
　　　　　　예수를 길에서 좇으니라." (막10:52).

하나님이 주시는 선물은 모두 믿음으로 받는다. 구원받을 믿음 있으면 구원받는다. 치유 받을 믿음 있으면 치유 받는다. 응답받을 믿음 있으면 응답받는다. 미국 의학협의 회보에 83세 불치병 노인이 강력한 믿음으로 병을 고친 사례를 근거로 믿음이 현대 의학으로 고칠 수 없는 질병을 고쳤다는 논문을 발표 했다. 로빈슨(D. Robinson)은 살 수 있다고 믿는 신념을 가진 암 환자는 투병의지가 없는 환자 보다 더 오래 산다고 주장 하였다. 따라서 양자 의학에서는 신념은 육체의 질병을 치유하는데 도움이 된다고 생각 한다.
　미국의 Duke의과대학 연구팀들이 조사해 본 결과 같은 약을 먹어도 이 약을 먹으면 완전히 낫는다고 믿고 먹는 사람은 의심하고 먹는 사람보다 훨씬 잘 낫는다는 임상결과를 발표 했다.

6) 기도 치유학

"믿음의 기도는 병든 자를 구원하리니 주께서 저를 일으키시리라"(약5:15)

(1) 기도치유

　하나님은 환자 본인의 기도를 들으시고 병을 치유하시며 강건케 하신다.
1998년10월8일자 네이처지에"기도는 뇌에 프라이밍(priming) 효과를 주며 정기적 활동 및 혈류량을 높여 기도 속에 감추어진 선행 자극을 유발하여 의식상의 인지 과정을 활성화 한다"라는 논문이 발표 되었다. 기도할 때 뇌의 피흐름이 빨라지게 되고 그 만큼 에너지의 공급이 늘어나고 뇌 세포의 활동을 높여 주므로 기도 속에 포함된 기도자의 소망이 신체의 변화를 발생 시킨다는 것이다.
양자의학에서는 기도는 육체의 질병을 치료할 수 있다고 생각한다.
미국의 내과 의사 도시(Larry Dossy)는 과거 2세기 동안 발표된 기도 치료

(prayer therapy)에 관한 160종의 문헌 조사를 한 결과 통계 처리에 전혀 하자가 없는 문헌들 중 2/3가 기도 치료 효과가 통계학적으로 유익하게 나타났다고 하였으며 따라서 기도 치료는 임상에 적극적으로 응용할 수 있다고 하였다.

(2) 중보기도 치유학

"한 백부장이 나아와 간구하여 가로되 주여 내 하인이 중풍병으로 집에 누워 몹시 괴로워하나이다……네 믿은 대로 될지어다 하시니 그 시로 하인이 나으니라." (마8:5-13)

하나님은 본인의 기도뿐만 아니라 다른 사람들의 중보기도를 받으시고 치유의 은혜를 베푸신다.
1988년 심장 전문의인 Randelph Byrd씨가 "중환자실에 있는 심장환자들에 끼친 중보기도의 영향"이란 논문을 발표했다. 센프란시스코 제네랄 병원에서 10개월간에 걸쳐서 조사했는데 본 조사에 응한 393명의 환자들에게 승낙서를 받은 후 크게 두 그룹으로 나누어 192명에게는 중보기도를 받게 하고 201명에게는 통제 그룹으로 나누었음(환자 자신들은 본인이 어느 그룹에 속했는지 알지 못함) 중보기도 팀은 기독교 신자들로 구성 되었으며 이들도 기도를 하는 대상 환자가 어떤 그룹에 속해 있는지 모르고 기도를 했다. 중보기도를 받은 측의 환자들에게는 심장 울혈증이 적었고(8대20), 이뇨제 사용이 적었고(5대15), 심폐마비(3대14), 폐렴(3대13), 항생제사용(3대17), 삽관법(intubation 0대12) 등 모든 면에서 좋은 효과가 났음이 밝혀졌다.

7) 안수 치유학
"병든 사람에게 손을 얹은즉 나으리라."(막16:18)

4복음서에서 41번의 치유역사 가운데 15번은 안수로 치유했다. 안수는 하나의 형식이 아니라 실제로 치유의 힘이 흘러나가는 통로가 된다.
성도의 몸은 성령이 거하는 성전이다. 그러므로 성도의 몸이 성령이 거하는 온전한 성전이 되면 성도의 몸은 의의 병기가 되며 능력의 통로가 된다.(하박국 3:4) 치유하는 광선과 권능이 손에서 나온다고 했다.
과학자들이 발견한 사실은 인간의 손은 300~900나노미터나 되는 전기적 에너지를 방출시킬 수 있고 손을 환자의 몸에 대면 손상된 세포들을 재생시키는 것을 확인하게 되었다. 예수님이 이 땅에 오셔서 수많은 환자들을 일일이 손을 얹어서 치료한 것은 조금도 이상한 일이 아니다.

일반인도 어느 정도 손에 자연적인 치유의 힘이 있는데 하물며 성령을 모신 하나님의 사람들은 더욱 놀라운 치유의 역사가 손을 얹을 때 나타난다.

그러므로 안수 요법은 병 고치는 은사를 받은 사람들에게 받는 것이 가장 효과적이다.

요즘 선진국에서는 안수 요법의 일환인 마사지 의술이 인기를 끌고 있다. 마사지 요법이 고혈압, 암, 심장병, 관절염, 두통, 스트레스 , 중풍, 파킨슨, 간질 등에 놀라운 효과가 입증 되면서 붐을 이루고 있다.

8) 성찬식 치유학

"이것은 하늘로서 내려온 떡이니 이 떡을 먹는 자는 영원히 살리라"(요6:58)

성찬식은 하나님과 성도가 수직 관계가 이루어지는 시간이며 동시에 성도와 성도사이가 수평 관계가 이루어지는 시간이기 때문에 치유역사가 많이 나타나는 시간이다. 성찬식은 거룩한 영적 의미가 있으며 성찬식을 통해서 하나님과 더 깊은 관계가 이루어지므로 치유가 나타난다. 성찬식은 주님이 직접 제정하신 것으로 주님의 상에 함께 참여하는 것이다. 조용한 찬양이 흐르는 가운데 성찬식을 하면서 병든 자를 위한 기도를 할 때 치유의 역사가 일어난다.

9) 회개 치유학

"여호와의 말을 청종하고…… 내 모든 규례를 지키면……
나는 너희를 치료하는 여호와임이니라." (출15:26)

사람이 죄를 지으면 삶의 질서가 깨지고 허랑방탕하게 되니 자연히 몸이 망가질 수밖에 없다. 그러나 회개하고 잘못된 삶의 방향을 고쳐서 의롭고 바르게 살면 하나님이 우리 몸 안에 창조해 놓으신 자생력 유전자들이 활성화 되면서 건강이 찾아오게 된다.

거듭난 영혼이 병들고 약해지는 이유는 죄를 지을 때 그 영혼이 병들고 약해진다. 다윗이 죄를 짓고 난 뒤 그의 영혼은 질식할 것 같은 상태가 되었으며 그의 마음도 정신도 황폐해 지고 병들게 되었다. 그러나 하나님 앞에서 눈물로 회개 했을 때 병든 그의 영혼은 치유함을 받고 다시 강건하게 되었다. 그러므로 죄를 지으면 중생한 영혼은 병들게 되고 회개 하므로 다시 치유 받고 강건해진다.

10) 묵상 치유학

"여호와여 내 입의 말과 마음의 묵상이 주의 앞에 열납되기를 원하나이다."
(시19:14)

인간은 영과 혼과(마음, 정신, 생각) 육체의 합일체이다.
그러므로 영은 수술이나 약이나 주사를 가지고는 치료할 수 없는 영역이다. 특히 마음의 병은 마음으로 치유해야 한다. 마음과 정신이 여러 가지로 갈라지면 육체가 고달프고 병이 생긴다. 하나만 집중적으로 생각나는 상태가 되어야 마음이 치료가 되고 건강해진다. 마음이 집중이 되고 하나가 되려면 뇌파가 내려가야 한다.
사람의 뇌에서는 0.5에서부터 25사이의 뇌파가 나오는데 분석해 보면 4차원으로 나눌 수 있다. 독일의 Hans Berger박사는 인간의 뇌를 1초당 주파수에 따라 4차원으로 구분하였다.

(1) 1차원 Beta주파수(14-25)

Beta파장이 나올 때는 외부의식 수준으로서 시각, 청각, 후각, 미각, 촉각 등 주로 물질세계를 의식하는 차원으로서 에너지가 많이 소모되는 상태가 된다.

(2) 2차원 Alpha주파수(8-13)

Alpha파장이 나올 때는 내부의식 수준으로서 정신세계를 의식하는 차원으로서 묵상을 통하여 집중적으로 이 단계에 들어갈 수 있는데 이때부터 몸이 이완되기 시작한다.

(3) 3차원 Theta주파수(4-7)

Theta파장이 나올 때는 심 내부 의식 수준으로서 묵상을 통하여 마음이 완전히 비워진 상태로서 이 상태가 되면 자아치료 능력이 발생하여 자연치유력이 극대화되고 질병이 치유되기 시작 한다.

(4) 4차원 Delta 주파수(0.5-3.5)

Delta파장이 나올 때는 무의식 수준으로서 깊은 잠을 잘 때 Delta파장이 나온다.
이 Delta파장이 나오면 자연치유의 역사가 일어난다. 그래서 잠을 잘 자고 나면 모든 피로가 풀리고 몸이 거뜬해지는 이유가 여기에 있다.

11) 생각 치유학

"우리의 온갖 구하는 것이나 생각하는 것에 더 넘치도록
능히 하실 이에게"(엡3:20)

생각을 치유하면 병든 육체가 치유된다. 보이지 않는 4차원의 세계가 보이는 3차원 세계를 만들었듯이 눈에 보이지 않는 자신의 내면의 세계인 영, 정신, 마음, 사고의 세계가 눈에 보이는 현실 세계를 만들어 간다. 생각은 꾸준히 어떤 형태를 찾으려 하며 항상 자신의 존재를 명백히 드러내려 한다. 생각은 눈에 보이는 모습을 형체화 하려는 본성이 있다.

개릿 포터는 6개월 정도 밖에 살 수 없다는 판정을 받은 말기 암 환자였다. 그는 아주 심한 악성 종양을 앓고 있어 방사선 치료도 효과가 없었다. 종양의 위치 때문에 수술도 불가능 했고 넘어져도 자기 힘으로는 도저히 일어설 기력조차 없었다. 그는 마음속으로 자신의 면역 시스템이 아주 강하다고 시각화 했다.

별들의 전쟁처럼 뇌를 태양계로, 종양은 태양계를 침입하는 나쁜 악당이라고 시각화 했던 것이다. 그리고 자기 자신을 종양과 맞서 싸워 이기는 전투 부대의 대장으로 시각화했다. 초기에는 상태가 조금 악화 되는 듯 했지만 점차 좋아지기 시작해 5개월 후 뇌 검사 결과 종양이 없어졌다. 이 시각화 방법은 방사선 치료 실패 후 채택한 유일한 치료 요법 이었다.

12) 언어 치유학

"누구든지 이 산더러 들리어 바다에 던지우라 하며 그 말하는 것이 이룰 줄 믿고 마음에 의심치 아니하면 그대로 되리라"(막11:23)

미국의 저명한 뇌신경과 의사가 뇌수술에서 놀라운 사실을 발견하게 되었는데 "언어 중추신경이 90% 이상의 모든 신경을 지배한다."는 것을 알게 되었다.
그래서 인간을 변화시키고 건강하게 하려면 인간의 언어부터 변해야 한다는 것이다.

잠언18:21절에서 "혀의 권세"라는 말을 사용했고 야고보서3:2에서 말은 능히 온몸도 굴레 씌운다고 말씀하셨다. 즉 사람의 몸은 사람의 입에서 나가는 말에 몸 전체가 영향을 받는다는 것이다. 그래서 병든 자를 고치려면 제일 먼저 말부터 바꾸어야 한다. "나는 병이 낫는다."라고 자꾸 시인하고 선포해야 다

른 신경도 그 말의 신경에 영향을 받아 병든 몸이 치유가 된다는 것이다. 질병은 유전자가 변질 되어서 병이 되는 것인데 병든 유전자를 정상적인 유전자로 바꾸어 놓는 방법 중에 한 가지가 말로 나았다고 선포하면 유전자는 주인의 말을 듣고 순응 한다는 것이다.

19세기에 프랑스의 에밀쿠에(Emile Coue)라는 정신과 의사는 다른 어떠한 치료도하지 않고 오로지 "날이 갈수록 나는 모든 면에서 점점 좋아지고 있다" 라는 말을 하루에 20번씩 두 차례 환자로 하여금 실행케 함으로써 루마티스, 심한 두통, 천식, 수족마비, 말더듬이, 결핵, 종양, 암 등을 치료할 수 있었다고 하였다. 따라서 양자 의학에서는 환자가 자신에게 치유에 관한 말을 자신에게 전달함으로써 육체의 질병을 치료할 수 있다고 생각한다.

13) 웃음 치유학

"마음의 즐거움은 양약이라도 심령의 근심은 뼈로 마르게 하느니라."
(잠17:22)

미국의 멕밀라 박사는 염려할 때 약 60여 가지 종류의 질병이 생긴다고 말했다. 그러나 웃을 때 병균과 암 세포를 공격하는 T임파구가 활성화 되고 N. K.세포가 300개~400개가 생성되며 혈액순환이 강화되고 얼굴 조깅 효과가 있으며 횡경막 긴장이 사라지고 3~4배의 산소를 마시게 된다. 1분간 웃으면 30분간 몸을 이완시킨 효과가 나타나고 엔돌핀, 세라토닌, 에스드로젠, 테스토스테론, DHEA, 옥시토신 등 온갖 몸에 필요한 호르몬이 방출 됩니다. 또한 스텐포드 대학의 프라이 박사는 웃음은 심리적 조깅이며 에어로빅이라고 말했다. 웃으면 면역체계를 억제하는 코티졸 생산을 억제 하게 된다.
웃지 않는 어린이는 성장이 늦고 질병을 일으킬 수 있다.

웃으면 면역체계가 증진되며 하나님 말씀대로 항상 기뻐하면 유전자가 춤을 추며 정상적으로 작동하게 된다. 일본 오사카 의과대학에서 연구한 결과 15초를 박장대소하고 웃을 때 이틀을 더 산다고 발표한바 있다. 또한 웃을 때 인터페론감마 라고 하는 신경호르몬이 나와서 B임파구와 T임파구가 활성화 되어서 면역력이 향상되며 또한 크게 웃을 때 흉선을 자극하여 면역 기능이 강화된다고 한다.

14) 심신의학

"사람의 심령은 그 병을 능히 이기려니와
심령이 상하면 그것을 누가 일으키겠느냐?" (잠18:14)

　　심신의학 이라고 하면 그 말 그대로 마음과 몸의 의학이다. 아직은 초보적인
단계에 머물러 있지만 21세기에 들어와서 거의 무한대의 가능성을 갖는 의학
으로 대두 될 전망이다. 심신의학은 요즈음 제3의학이라고 하는 기도치유에
대한 징검다리 역할을 해줄 가능성이 있다. 기도로 병을 고친다는 말이 황당하
고 근거가 없는 것이 아니고 과학적인 근거를 가지고 있음을 말해주고 있다.
　　양자의학에서는 사람의 심령은 모든 장기와 연결되어 있다고 한다. 그러므
로 심령이 상하면 그 심령과 연결되어 있는 장기가 질병이 생길 수밖에 없다.
현대인의 질병 중 약70%이상이 싸이코소메틱 이라고 한다. 즉 정신(마음)이
육체에 영향을 미쳐서 생긴 병 이라는 것이다. 그러므로 마음을 잘못 먹으면
병이 생기고 마음을 잘 먹으면 병을 고친다. 성경은 사람의 심령은 병을 능히
이긴다고 했다.

15) 내적 치유학

"상심한 자를 고치시며 저희 상처를 싸매시는도다"(시147:3)

　　내적 치유란 인간의 내면세계의 손상된 상한 감정 치유를 말하며 또한 과거
의 나쁜 기억의 치유를 말한다.
외부로부터 충격이나 자극을 받으면 위에 있는 뇌 속의 대뇌파에서 상황을 판
단해서 합리적으로 처리를 하게 되는데 감정이 자극을 받으면 위로(대뇌파)
안올라 가고 옆으로 아미그달라로 가서 부신피절로 내려간다. 한번 감정이 상
해서 아미그달라에 박히면 안 잊혀 진다.
　　충격을 받아 감정이 상하고 놀란 것일수록 아미그달라에 깊이 새겨지게 된다.
아미그달라에 입력된 상한 감정의 나쁜 기억에서 나오는 방법은　신앙치료법
과 묵상법이 있다. 묵상을 하면 밑으로 내려가는 부신피질이 차단이 된다. 마
음에 입은 내적 상처가 치유 되지 않고 계속 속에서 곪기 시작하여 병이 된 것
이 화병이라고 한다. 이것이 위장으로 내려가면 위가 상하고 간으로 가면 간이
상하고 폐로가면 폐가 상한다. 마음속에 나쁜 감정은 펩타이드 라고 하는 신경
전도 물질을 통해서 육체에 전달되어서 질병을 일으키게 된다.

16) 운동 치유학

"육체의 연습(운동)은 약간의 유익이 있으나 경건은 범사에 유익하니"
(딤전4:8)

질병을 예방하고 병든 몸을 치유하기 위해서는 운동은 필수적이다. 운동을 하면 다음과 같이 우리 몸 안에 여러 가지 좋은 현상이 일어난다.

혈액순환을 증가시켜 심장의 펌프 작용을 효과적으로 만들며 가만히 있을 때 보다 달릴 때 80배의 산소를 마신다. 동맥의 탄력성이 유지되도록 도우며 산소와 이산화탄소의 교환량을 증가시킴으로서 신체가 신진대사를 하고 남은 찌꺼기를 제거하도록 돕는다. 땀을 흐르게 하여 불순물의 제거를 촉진 시키고 내장의 운동을 증가 시킨다. 또한 두뇌에서 엔돌핀의 방출을 자극하여 우울증을 퇴치하고 기분전환을 도우며 신진대사와 신체의 에너지 체제를 조절해 준다. 스트레스를 중화시켜 더 큰 휴식과 깊은 수면을 가능하게 하고 면역 기능까지 증대 시킨다. 또한 자연치유력이 증대되고 암, 당뇨, 고혈압 예방 및 치료에 도움이 된다.

17) 햇빛 치유학

"내 이름을 경외하는 너희에게는 의로운 해가 떠올라서 치료하는 광선을 발하리니 너희가 나가서 외양간에서 나온 송아지 같이 뛰리라"(말4:2)

아침에 떠오르는 햇빛을 적당히 받으면 멜라토닉 호르몬이 나온다. 이 호르몬이 나오면 황산화제 역할과 항암제 역할을 하게 되고 잠을 잘 자게 된다. 또한 세라토닌 호르몬이 분비 되면서 기분이 좋아 지면서 우울증이 치료 되는데 도움을 준다.

일본인 신이치로씨는 말기암 환자였지만 아침 햇빛을 받고 암을 치유 했다는 사실에 놀랐다. 그는 갑자기 태양이 떠오르는 것을 보고 싶다는 강렬한 충동을 느꼈다. 그는 매일 아침마다 자신이 사는 아파트의 18층 옥상으로 올라가서 도쿄의 스카이라인을 바라보았다. 기도하는 자세로 두 손을 모으고 태양이 떠오르기를 기다렸다. 마침내 해가 떠올랐을 때 그는 햇살 한 줄기가 그의 가슴 속으로 들어가 자신의 몸에 에너지를 흘려보내는 것을 느꼈다고 한다.

18) 수면 치유학

"여호와께서 그 사랑하시는 자에게는 잠을 주시는도다."(시127:2)

뇌파가 내려갈수록 사람의 몸에 좋은데 잠잘 때 뇌파가 가장 낮게 내려간다. 뇌파가 내려갈수록 자연 치유력이 높아져서 몸 자체적으로 치유가 되고 피로가 회복이 된다. 자연 치유력이 가장 많이 나오는 시간대가 밤 10시~12시 사이입니다. 그래서 일찍이 자야 한다.

잠을 제대로 못자면 암과 연관된 호르몬이 불균형이 초래되어서 암에 걸릴 수 있고 암 세포가 증식될 수 있다. 잠을 잘 때 나오는 멜라토닉 호르몬은 암으로 이어질 수 있는 DNA의 손상을 차단하는 항산화 물질을 수행 한다. 그러므로 잠만 제때 잘 자도 각종 성인병을 예방 하는데 도움이 된다.

19) 물 치유학

"한 병 물이 있더라……
이에 일어나 먹고 마시고 그 식물의 힘을 의지하여 사십 주 사십 야를 행하여 하나님의 산 호렙에 이르니라."(왕상19:6-8)

사람의 몸은 70% 이상이 물로 되어있다. 뇌75%, 심장75%, 근육75%, 폐86%, 간86%, 신장83%, 혈액83%, 세포 약90%, 수정 후 3일째 태아100% 알카리수로 되어있다. 물만 잘 마셔도 질병을 예방하고 병든 몸이 치유 되는데 좋은 영향을 미친다.

(1) 물이 하는 역할은 다음과 같다.

영양공급, 산소공급, 신진대사, 몸 세포청소, 혈액을 중성내지 약알카리성 유지시킴, 체내의 열을 발산시켜 체온조절, 세포형태 유지시킴, 임파액의 활동, 혈액 순환을 강화해 준다.

(2) 물의 치료적인 역할은 다음과 같다.

몸(피)안에 독소 제거, 혈액의 끈기를 없애 뇌졸중, 중풍예방, 변비해소, 간장의 부담 가벼워짐, 방광염, 방광암 예방효과, 열 내림, 위, 십이지장궤양 공복시 통증 멎게 함. 알레르기 질병치유, 피로회복, 그 외 위장병, 심장병, 당뇨병, 혈관병, 신장병, 고혈압, 설사, 구토, 변비 등 성인병에 효과가 있으며 전신의 신진 대사를 좋게 하므로 사람을 건강하게 한다.

20) 음식 치유학

"당신의 종들을 열흘 동안 시험하여 채식을 주어 먹게 하고 물을 주어 마시게
한 후에……
열흘 후에 그들의 얼굴이 더욱 아름답고 살이 더욱 윤택하여 왕의 진미를 먹
는 모든 소년보다 나아 보인지라" (단1:12~15)

미국 국립 암 연구소에서 1985년도에 발표한 암 발생원인의 35%~60%가
음식 때문에 생긴다고 말한 것을 보면 식이요법이 중요함을 알 수 있다.
소고기를 불에 구울 때 벤조이피이렌 이란 발암물질이 나오며 아질산염이 단
백질과 만날 때 니트로사민이라고 하는 발암물질이 나오는데 아질산염은 착색
제와 방부제 속에 들어 있다.

그러므로 가공식품은 가능하면 피해야 한다. 설탕은 완전히 독약이다. 피를
끈끈하게 하여 뇌졸중, 심장질환, 암, 당뇨, 시력저하 등의 원인이 된다.

그러므로 육류는 가급적 피하고 하나님께서 최초로 인간에게 식물로 준 채
식과 과일을 주로 먹어야 하며 에스겔서 4장9절에 나와 있는 것처럼 밀, 보리,
콩, 팥, 조등 잡곡밥을 먹어야 한다.

21) 자연 치유학

"여호와 하나님이 동방의 에덴에 동산을 창설하시고
그 지으신 사람을 거기 두시고"(창2:8)

자연치유 중 한 테마로서의 산림욕은 다음과 같은 천연치유의 효과가 있다.
식물은 자기 방어의 한 수단으로 피톤치드(Phytoncide)라는 물질을 방출한다.
이 물질은 여러 가지 기능이 있어 인간의 육체에 영향을 끼치는데 특히, 테르
펜(Terpene)계통의 화학물질은 항생, 이뇨, 거담, 진통, 진정, 혈압강화, 살균,
살충등에 효과를 나타내며 특히 안정된 상태에서는 뇌파에 영향을 미쳐 알파
파장을 나오게 하는데 영향을 미친다. 또한 숲 속에서 따뜻한 햇볕을 받으며
금방 광합성 작용에 의해서 만들어진 오염되지 않은 맑은 공기와 바람소리, 새
소리, 물소리, 나뭇잎 소리, 풀벌레 소리를 들으며 묵상을 하면 상한 감정이 치
유가 되며 내적인 마음에 평안을 갖게 되고 병든 육체가 건강해 진다.

22) 상담 치유학

"내가 말하노니 내 말을 들으라. 나도 내 의견을 보이리라"(욥32:10)

병원에서 서로 다른 특성을 지닌 상담자들을 대상으로 4년간의 상담에 대한 임상 실험을 한 결과 피상담자들에게 다음과 같은 결과가 나왔다.

상담을 한 치료자들이 환자를 사랑하는 온정과 깊이 이해하는 감정을 가지고 성실하게 상담에 응했을 때 환자들이 나아졌다. 그러나 상담자들이 이러한 자질과 자세가 없이 환자들을 상담했을 때 환자들은 더 악화되었다. 이러한 사실들은 병원에 입원하지 않은 환자들에게도 같은 결과로 나타났다. 그러므로 환자를 치유하는 효과적인 상담을 위해서는 상담자의 자질과 함께 수준 높은 상담에 대한 교육과 실습이 절대적으로 필요하다.

23) 수지침 치유학

"그 손을 잡고 일으키시니 열병이 떠나고"(막 1:31)

사람은 하나의 세포로 시작하여 약 60조의 세포로 구성되어 있는 장년이 되기까지 유전자에 하나님께서 입력한 대로 세포가 분열을 거듭하면서 인체에 필요한 구성 요소인 각 장기가 생성되었다. 그러므로 인체는 각 지체가 별개의 것으로 분리되어 있는 것이 아니라 하나로 연결되어 있는 유기적인 조직체로 상호 영향을 미친다.

인체의 손바닥과 발바닥에는 오장육부 신경전체가 연결되어 있다. 그러므로 손바닥을 계속 침과 지압을 자극하면 연결되어 있는 인체의 약하고 병든 부분이 정상적인 세포로 활성화 되면서 치유의 역사가 일어나며 건강해 진다.

24) 이혈 치유학

"그 귀를 만져 낫게 하시더라."(눅 22:51)

귀의 모양이나 색깔, 형태, 반응 등을 보면 질병과 건강을 파악할 수 있다. 몸에는 12경락이 있고 경락은 자극을 전도하고 있으며 병리 변화를 반영하기 때문에 모든 신경이 연결되어 있는 귀를 통해서 병증을 진단할 수 있으며 질병예방과 또한 치료적인 역할도 할 수 있다. 귀의 구조를 살펴보면 바깥쪽의 외이와 안쪽의 중이 그리고 속의 내이로 구성되어 있는데 인체의 모든 부분에 신경이 연결되어 있으므로 필요한 부위를 지압 또는 마사지 시술을 함으로서 생명 에너지인 기의 흐름을 원활하게 하여 근육계, 순환계, 임파조직과 각 신경조직에 영향을 끼쳐 면역성을 향상시키고 몸의 자연치유력을 극대화 시켜 병을 치유하고 건강을 증진시킨다.

25) 스트레스 치유학

"너희는 따로 한적한 곳에 와서 잠깐 쉬어라"(막 1:31)

현대인들은 환경과 사람과 일을 통해서 온갖 스트레스에 시달리고 있다. 이 스트레스를 그때마다 풀어 주지 않아서 스트레스가 장시간 지속되어 만성이 되고 회복을 위한 휴식을 갖지 않으면 많은 질병의 원인이 되는 다음의 결과가 발생한다.

첫째로 면역체계에 이상이 생기고 고갈이 된다. 스트레스가 지속되면 면역체계가 이상이 생기면서 병에 걸릴 가능성이 높아진다. 감염성 질병이 쉽게 침입하고 한번 질병에 걸리면 잘 낫지 않는다.

둘째로 무통증 체계를 고갈 시킨다. 지속적으로 강한 스트레스를 받으면 몸은 많은 엔돌핀을 만들어내면서 통증 경보를 차단하게 되고 아드레날린과 분비가 증가되면서 통증경보를 방해할 수 있다.

또한 스트레스를 받으면 몸 안에 있는 변이된 암세포들이 단비를 맞은 것처럼 자라게 된다.

그러므로 온갖 스트레스로부터 자신을 지키는 법을 배우지 않으면 건강한 삶을 살 수 없다.

26) 경락 치유학

"예수께서 저희 눈을 만지시며 가라사대
너희 믿음대로 되라 하신대 그 눈들이 밝아진지라"(마 9:29)

오늘날 질병예방과 치료를 위해서 손으로 하는 경락 마사지가 동서양을 막론하고 선풍적인 인기를 끌고 있다. 12경락은 사람의 몸 안에 흐르고 있는 기혈의 통로이며 오장육부와 연결되어 있다. 사람이 건강하다는 것은 혈기왕성한 것을 말하며 따라서 경락은 기혈이 흐르는 통로이므로 이 통로가 원할 해야 혈과 기가 막히지 않고 잘 흐르므로 질병이 치료가 되고 건강한 삶을 살게 된다. 기혈이 잘 통하도록 하기 위해서 경락을 자주 하는 경락 마사지와 지압을 하므로 질병을 예방하고 병을 치료하는 방법으로 현대의학과 보완대체의학에서도 널리 사용하고 있다.

27) 면역학

"여호와의 말을 청종하고…… 내 모든 규례를 지키면
내가 애굽 사람에게 모든 질병의 하나도 너희에게 내리지 아니하리니

나는 너희를 치료하는 여호와임이니라"(출 15:26)

히포크라테스는 일찍이 "병은 우리들이 간직하고 있는 자연의 힘, 즉 자연 치유력으로 고칠 수 있다"고 역설했는데 이것은 우리 몸 안에 장치되어 있는 면역 시스템이 정상적으로 작동하면 스스로 질병을 극복할 수 있음을 의미한다. 질병이 발생하면 병원만을 의지 하는 사고방식은 왜 그런지 불안하다. 요즈음 환자자신이 주체가 되어서 자신의 건강은 자신이 지킨다는 생각으로 건강관리를 하는 것이 세계적인 흐름이다.

면역이란, 자신과 비자신을 인식하여 비자신을 배척하는 시스템이다. 다시 말하면 자신의 몸 안에 침입한 이물질을 찾아내서 이것을 죽이므로 몸을 지키는 기능이라고 말할 수 있다. 면역은 여러 가지 병의 발병, 발증, 진행에 깊이 관계하고 있다. 그러므로 질병이 있더라도 면역체계만 강하면 질병을 예방할 수 있고 또한 질병을 이길 수 있다.

똑같은 질병으로 수술을 한 환자라도 면역체계가 약한 사람은 재발하지만 반면 면역체계가 정상적인 사람은 재발하지 않고 건강을 유지 할 수 있다.

28) 유전자 치유학

"너를 지으며 너를 모태에서 조성하고 너를 도와 줄 여호와가 말하노라"
(사44:2)

21세기에 들어와서 현대의학은 눈부신 발전을 거듭하여 드디어 질병의 근본원인이 유전자의 변이에 있다는 것을 알게 되었다. 사람의 몸은 약 60조의 세포로 구성되어 있는데 그 세포 속에 세포핵이 있으며 세포핵 속에 46개의 염색체가 있고 염색체 사이에 DNA가 있으며 DNA 가운데서도 정보를 담고 있는 DNA를 유전자라고 한다. 유전자란 단백질을 만드는 암호이다. 모든 생물은 유전자의 암호에 따라 만들어지는 단백질로 생명을 유지할 수 있는 구조로 되어 있다. 유전자는 생물의 거의 모든 세포 안에 존재한다. 유전자는 자신의 DNA를 복제하며 몸을 만들기 위한 단백질을 만든다.

DNA의 암호는 핵산 염기로 되어 있으며 이것은 A(아데닌), G(구아닌), C(시토신), T(티민) 4가지로 구분된다. 질병은 바로 그 유전자에 변이가 발생할 때 생기는 것이며 현대의학에서 유전자치료란 환자에게 변이된 유전자나 환자의 몸속에서 기능을 향상시키고자하는 유전자를 외부에서 삽입하여 병을 치료하는 것이다.

현재 행해지고 있는 유전자 치료는 고장 난 유전자를 제거할 수 없는 상태에서 정상적인 유전자를 삽입하는 수준에 있다. 2001년 2월 16일자 싸이언스지에 우리 몸에는 변이된 유전자를 스스로 수리할 수 있는 자생력 유전자가 있다고 발표했다.

전인치유사역에서는 변이된 유전자(질병)를 스스로 치유할 수 있도록 자생력 유전자를 활성화 하는 방법을 시도한다. 인간의 유전자는 어떤 피조물보다도 유전자가 가장 많이 off 되어 있는 상태다. off 되어 있는 유전자가 on의 상태가 되도록 해야 한다. 유전자에는 on으로 해야 좋은 유전자와 off로 해야 좋은 유전자가 존재한다. 감동을 받을 때 좋은 유전자는 on 상태가 된다. 영성치유를 할 때 자생력 유전자가 활성화 되며 또한 우리의 마음이 좋은 음악을 들으며 감동을 받을 때 활성화 된다. 마음속의 간절한 생각을 유전자에 전해지며 영향을 미친다. 또한 긍정적이고 창조적인 언어는 유전자에 영향을 미쳐서 자생력 유전자를 활성화 시킨다. 유전자는 자극을 받을 때 발현이 된다. 자생력 유전자는 하나님의 말씀에서 힘을 얻는다. 그러므로 영성치유와 내적치유 그리고 자연치유를 할 때 자생력 유전자가 활성화 되어서 변이된 유전자(질병)를 스스로 치유한다.

29) 능력 치유학

" 예수께서 12 제자를 불러 모으사 모든 귀신을 제어하며
병을 고치는 능력과 권세를 주시고" (눅9:1)

▶ 마28:18~20 : 하나님 → 예수님 → 제자들 → 주의 종과 성도들 에게
　　　　　　　　　권세위임
▶ 요14:10 : "아버지께서 내 안에 계셔 그의 일을 하신다."
▶ 요14:12 : "나를 믿는 자는 나의 하는 일을 저도 할 것이요"

⊙ 권 세 : exousia(헬) = ex(밖으로) + ousia(존재) = "존재로부터 밖으로 나온" exousia : 지배, 완전한 통지 지배, 초인간적인 힘, 주님이 가지고 계시던 이 권세가 주님으로부터 완전히 우리에게 위임 되었다.

　★ 주님께로부터 받은 권세가 무엇인지 바로 알고 제대로 사용하자! ★
⊙ 예수님은 제자들에게 귀신을 제어하고 병을 고치는 능력과 권세를 주었다.
 – 예수의 이름은 질병의 힘을 이긴다.
 – 우리가 병자를 위해서 기도할 때 "예수의 이름으로" 명한다. "예수님의 이름으로" 라는 말은 "예수님의 권세로" 혹은 "예수님의 명령"을 라는 뜻이 된다.

예) 베드로와 요한은 위임된 예수님의 이름 권세를 사용하여 앉은뱅이를 일으켰다.

　행3:6 → 행3:16 : 그 이름이 고쳤다.

　"내게 있는 것으로"　=　위임된 권세 (예수이름을 사용할 권세)

　"네게 주노니"　=　사용함 (앉은뱅이가 일어남)

　★ 우리 안에도 천하보다 귀한 예수 이름을 사용할 권세가 있다 ★

　⊙ 예수님의 명령 앞에는

　① 자연도 순종　② 귀신도 순종　③ 질병도 순종　④ 사망도 순종

－ 예수님은 우리에게 당신의 이름을 사용하여 귀신도 질병도 고칠 수 있는 권세를 주셨다.

－ 치유 사역은 사탄과 능력 대결이다.

－ 성령의 능력과 예수 이름 권세를 사용하여 사탄과 능력대결에서 승리하여 병마를 물리치자!

30) 영적전쟁학

" 믿는 자들에게는 이런 표적이 따르리니
곧 저희가 내 이름으로 귀신을 쫓아내며" (막16:17)

[사탄과 귀신의 정체]

(1) 사탄의 정체 – 세 천사장 : 가브리엘, 미가엘, 루시퍼

　찬양을 맡았던 루시퍼가 타락하여 사탄이 됨(겔28:12~17) (사14:12~17)

　① 귀신의 정체 – 루시퍼의 반란에 가담한 천사들의 무리가 귀신들이 되었다.

　　　　　(계12:7~8, 유1:6)

　② 귀신의 세 부류

　　　ㄱ. 공중에서 활동하는 무리 (계12:7~10)

　　　ㄴ. 지상에서 활동하는 무리 (벧전5:8)

　　　ㄷ. 흑암(무저갱)에 갇힌 무리 (유1:6)

(2) 하나님의 나라와 사탄의 나라

　① 하나님의 나라 : 왕(주님), 보좌(하늘), 사자(천사들), 하나님의 군사(주의 종, 성도)

　② 사탄의 나라 : 왕(사탄), 위(지상), 사자(귀신들), 사탄의 군사(무당,술객들,불신자)

(3) 사탄과 귀신들이 하는 일
　　① 죄를 짓게 함　② 갈라놓음　③ 시험　　④ 병들게 함　⑤ 참소
　　⑥ 격동　　　　⑦ 도적질　⑧ 거짓말　⑨ 마음공격　⑩ 죽인다.

(4) 영적 전쟁의 전략적 요충지
　　① 생각　　② 마음　　③ 입술

(5) 사탄의 주력 부대
　　① 미혹의 영　　② 음란의 영　　③ 질병의 영

(6) 영적 전쟁에 승리 하는 비결
　- 그리스도의 군사로 훈련 받으라! (딤후2:3)
　- 하나님의 전신 갑주로 무장하라! (구원의 투구, 의의 흉배, 믿음의 방패,
　　복음의 신, 진리의 허리띠)
　- 성령의 능력을 힘 입으라! (두나미스)
　- 예수 이름 권세를 사용하라! (엑슈시아)
　- 말씀의 검을 잡으라!
　- 기도로 대장 되시는 주님과 무선 통신을 하라!
　- 영적 무기를 발사하여 사탄을 대적하라!
　　① 말씀 선포　② 간증　③ 믿음의 시인　④ 감사　⑤ 찬양

유전자 치유학

1. 유전자란 무엇인가?
1) 유전자는 단백질을 만드는 암호

유전자란, 간단히 말하자면 단백질을 만드는 암호이다. 생물은 유전자의 암호에 따라 만들어지는 단백질로 생명을 유지할 수 있는 구조로 되어 있다. 이 유전자는 생물의 거의 모든 세포 안에 존재한다.

생물 세포의 한가운데에는 핵이 있고, 그 안에 염색체가 있으며 염색체에는 DNA가 이중 나선으로 꼬여 있다. 그 DNA 중에서

유전을 위한 역할을 하고 있는 것만을 유전자라고 부른다. 단 예외도 있어서, 세포의 핵만이 아니라 미토콘드리아라는 부분 등에 들어 있는 것도 있다.

2) DNA의 기능에는 자기복제도 있다

유전자의 기능은 자신의 DNA를 카피하는 것(복제), 그리고 몸을 만들기 위한 단백질을 만드는 것이다.

피부나 모발 등 새로운 신체조직을 만들기 위해서는 세포가 분열 하여 증식되어야만 한다. DNA는 이중나선 모양으로 되어 있는데, 한 가닥씩으로 나뉘어져, 각각 쌍이 되는 염기를 만들어 카피를 시작하는 것이다.

단백질을 만들 때도 이 이중나선이 나뉘어진다. DNA는 단백질을 만드는 설계도이므로, 필요한 부분만을 mRNA(전령RNA)가 카피하여 핵 외의 리보솜이라는 곳으로 옮겨서 tRNA(전이RNA)가 운반해 오는 아미노산을 암호순으로 묶어서 단백질을 만드는 것이다.

3) DNA는 네 가지 암호의 조합

DNA의 암호는 핵산염기(산과 결합하는 성질의 물질)로 되어 있다.

이것은 A(아데닌), G(구아닌), C(시토신), T(타민)이다.

이 4개중에서 3개의 조합이 단백질을 만드는 재료(아미노산)를 지정하는 암호로 되어있다.

4) 유전자가 게놈이나 염색체와 어떻게 다른가?

유전자, 게놈, 염색체 모두 DNA로 된 물질이다. 그러나 작용이나 형태는 조

금씩 다르다.

① 유전자, 게놈, 염색체 모두 '본체'는 DNA

"눈이 아버지랑 똑같네" 사람에게 사람의 아기가 태어나고 개에게서 개의 새끼가 태어나는 것은 자명하다. 이렇게 '자신의 카피를 만드는 것'이 유전현상의 본질이다.

유전자, 게놈, 염색체는 모두 유전현상을 담당하며, 그 본체는 DNA다. 그런 의미에서 이 셋이 다 같다고도 할 수 있지만, 각각은 조금씩 차이가 있다.

게놈은 생물을 형성하기 위해 필요 충분한 유전정보, 즉 '설계도'라 할 수 있으며, 인간의 게놈은 24종류의 염색체고 구성되어 있다. 염색체 중에 실타래처럼 얽힌 긴 사슬 모양의 분자가 DNA로, 그 중 일부가 유전자의 작용을 한다.

② 염색체 한 쌍이 게놈

인간의 몸은 60조개나 되는 세포로 되어 있다. 이들 세포를 분열기에 특별한 방법으로 물을 들이면, 핵 속에 막대기 모양을 한 것이 나타난다. 이것이 염색체로 인간의 몸을 이루는 세포 1개마다 46개씩 들어 있다. 이 염색체를 풀어보면 그 안에 DNA가 꼬인 형태로 들어있다.

46개의 염색체 중 44개는 상염색체이며 2개씩 같은 것이 들어있다.
남은 2개는 성염색체로 여성은 X염색체를 2개, 남성은 X염색체와 Y염색체를 가지고 있다.

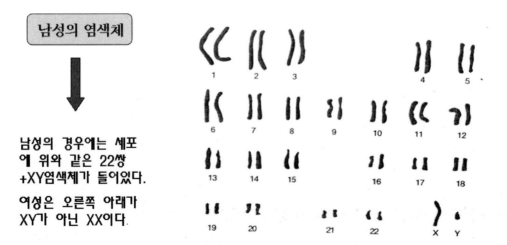

남성의 염색체

남성의 경우에는 세포에 위와 같은 22쌍 +XY염색체가 들어있다.

여성은 오른쪽 아래가 XY가 아닌 XX이다.

5) 유전자 작용을 하는 DNA는 3~5%

그럼 유전자와 DNA의 관계는 어떨까.

염색체를 구성하는 DNA는 디옥시리보핵산의 머리글자에서 따온 것으로 1887년에 스위스의 생리화학자 프리드리히 미샤가 백혈구 세포의 핵에서 발견했다. 발견 당시는 유전과의 관계를 몰랐으나 20세기 중반에 유전현상을 담당하는 물질임이 증명되었다.

또한 1953년에는 제임스 왓슨과 프란시스 크릭에 의해 DNA가 이중나선구조임이 발견됨에 따라, 본격적인 분자생물학(생체를 구성하는 고분자물질의 구조 및 기능면에서 생명현상을 구명하려는 생물학의 한 부문)의 막이 올랐다.

DNA가 모두 유전자는 아니다

염색체에 포함된 DNA에는 실제로 기능을 안 하는 부분이 많으며 기능을 하고 있는 DNA는 전체의 3~5%에 불과하다. 유전자라 할 수 있는 경우는 DNA가 기능하고 있는 경우만이다.

구체적으로 말하면, DNA의 유전암호에 따라 단백질이 만들어지거나 단백질이 만들어질 때 조절 등을 하고 있는 경우를 유전자라 부른다.

그 이외의 DNA는 유전자라 부를 수 없는 DNA이다. 그러나 신문기사 등을 보면, 일반적으로 DNA = 유전자라고 구분하는 경우가 많다.

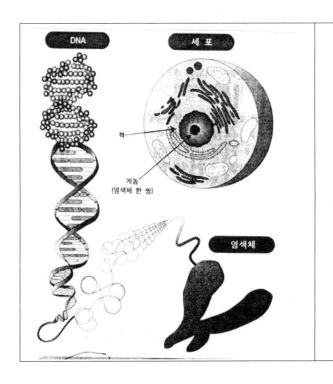

세포핵 속에 있는 염색체 한 쌍이 게놈 염색체를 풀면 이중나선 모양을 한 DNA가 된다.
DNA중 단백질을 만들거나 작용하는게 유전자이다.

6) 유전자의 발견

1953년 4월 생물학자 : 제임스 왓슨   물리학자 : 후란시스 크릭

2003년 4월 14일에 유전자 지도 완성 보고 발표

"이 설계가 가지는 뜻은 이제부터 읽어내야 한다. 내가 이것을 처음 발견했을 때 이것이 창세기에 기록된 하나님이 주신 복임을 깨닫지 못하고, 언제, 어디서, 누구에게로부터 왔는지는 알 수 없으나 이것은 분명히 유전되어 내려옴으로 유전자라 부르기 시작했다." …… 왓슨

과학자는 유전자가 자연 발생하여 진화된 것이 아님을 깨닫고 놀라고 있다.

2. 게놈 프로젝트

1) 각국에서 공동으로 연구해오던 게놈프로젝트가 아직 초보단계이지만 드디어 '인간유전자 지도'를 완성하는데 성공했다.

1990년 10월부터 미국 에너지부와 국립보건원이 주축이 되어 영국, 프랑스, 일본 등 18개국 정부가 참여한 '인간게놈프로젝트' 에는 30억 달러가 들어갔다.   이 계획은 달에 인간을 착륙시키기 위해 추진했던 '아폴로 계획' 보다 훨씬 큰 프로젝트이다.

사람은 한 개의 세포(수정란)로 시작된다. 한 개의 세포에서 한 생명이 시작된다. 수정란은 어머니에게서 나온 한 개의 난자세포와 아버지가 내보낸 한 개의 정자세포가 합쳐서 결국 46개의 염색체를 가진 정상세포가 되는 것이다.   이 염색체가 바로 유전자 덩어리다. 아버지, 어머니가 각각 사람을 형성하는 설계 물질인 유전자를 보내서 한 개의 수정란을 형성, '나'라는 한 인간을 만들어 낸다.   이 유전자에 사람의 설계가 있다는 사실은 1953년 왓슨과 크릭에 의해서 밝혀졌다. 이 유전자는 네 가지 (아데닌, 티민, 구아닌, 씨토신) 염기로 구성된 암호문을 가지고 있다.

유전자를 DNA라고 하는데 DNA란 핵산이란 뜻이다. 유전자 속의 염기에도 생명을 운전하는 특별한 단백질이 엮어내는 암호문이 들어 있다. 이 염기의 숫자는 약 30억 개로 추정되고 있다. 이 암호가 정확해서 생명을 운전하는 물질이 옳게 만들어지는 사람은 건강하고 이 암호가 잘못되어 생명물질이 잘못 만들어지는 사람은 결국 건강을 잃게 된다.

유전자 지도란 유전자라는 Gene과 염색체라는 Chromosome의 두 단어를 합성한 새로운 단어로서 보통 게놈(Genome)이라고 불립니다.

게놈은 세포에 담긴 유전정보 전체를 말한다.

2) 인간 유전자에는 한 인간을 만들어 내고 그의 생명활동을 유지하기 위한 모든 정보가 입력되어 있다.

이 정보에 변이가 생기면 병들고, 변이가 교정되면 건강을 되찾고 활동을 정지하면 죽는다.

3) 유전자가 생명 그 자체는 아니다.

- 유전자는 창조주가 입력한 생명의 정보를 간직한 단순한 물질이다.
- 유전자에 씌어 있지 않은 일은 우리 몸속에서는 일어나지 않는다.
- 유전자 수는 동, 식물, 인간 모두 큰 차이는 없다.
- 유전자에는 단백질을 합성하는 공식이 입력되어 있다.
- 유전자의 정보는 필요한 데 ON&OFF 자동장치가 되어있다.

4) 사람은 세포로 구성되어있다.

세포는 유전자의 설계대로 만들어진다.

모든 세포 중심부의 핵 속에는 유전자가 있다.

유전자는 생명현상을 집행하는 분자를 주관한다.

유전자에는 창조주가 입력하신 정보가 있다.

유전자는 하나님과 육체가 교통하는 곳이다.

유전자의 이상을 교정하는 자생력 유전자가 있다.

3. 생명의 설계도 유전자의 구조

유전자에는 막대한 정보가 적혀있다. 세포 속의 DNA에는 암호화된 정보가 정교하게 씌어있다.

'지구상에 살아있는 모든 생명은 완전히 동일한 암호를 사용하여 살아가고 있다'는 사실이다.

대장균에서 인간에 이르기까지 모든 생명체는 동일한 원리에 의해 살아가고 있는 것이다. 생물의 기본 단위는 세포이지만 세포의 작용은 유전자에 의해서 결정되고 유전자는 동일한 원리로 작동되고 있다. 기본원리가 동일하다는 것은 생물은 반드시 하나의 세포로부터 시작된다는 것을 의미한다.

유전자는 초미세 구조로 되어있다. 사람의 유전자 암호에는 약 30억 개의 화학 문자로 표시되는 정보가 중량이 1g의 2,000억 분의 1, 폭이 1mm의 50만분의 1이라고 하는 초 미세한 테이프 속에 씌어 있다.

이 초 미세 구조를 실감나게 느껴보기 위해서 예를 들어 설명해 보자. 1g의

2,000억 분의 1의 무게인 DNA를 현 지구상 60억 인구 분을 모아 놓아도 쌀 한 톨 정도의 무게이다.

부모로부터 자식에게 자식에게서 손자로 연결되는 생명의 기본단위는 세포인데 유전자는 세포의 핵 속에 DNA라고 하는 물질로 존재하고 있다. 유전자는 생명의 설계도이다.

DNA는 당과 인산이라는 물질이 간단한 구조로 반복적으로 연결된 2가닥의 긴 사슬과 같은 것이다. 특징적인 것은 그 두 가닥의 사슬이 서로 쌍을 이루어 우회전을 하는 나선상의 사다리와 같은 구조로 되어 있는 것이 특징이다.

이것을 우리는 '이중나선'이라고 부르고 있다. 이 사다리의 발판에 해당하는 부분에 생물의 모든 유전 정보가 네 개의 화학문자로 씌어 있는 것이다.

유전자 상에 배열하고 있는 30억 개의 A, T, C, G가 나타내는 정보를 유전 정보라고 부르고 있다. 그 30억 개의 정보는 책으로 만들면 1.000페이지의 책으로 1.000권 분량에 이른다.

인간처럼 정교하고 치밀한 생물의 구조가 겨우 이 4개 문자로 이루어진 정보에 의해서 결정된다는 것 자체가 놀랍지만 더욱 놀라운 것은 미생물을 포함해서 모든 생물의 유전자 기본 구조는 전부 같다는 것이다.

모든 동, 식물을 구성하는 기본단위는 세포다. 세포는 물질의 흡수와 단백질 합성, 이동 등 모든 생명현상에 관여하고 있다.

인간은 다세포 동물로 성인은 약60조개의 세포를 가지고 있다. 그러나 아메바와 박테리아 등은 1개의 세포를 지닌 단세포 동물이다.

세포는 또 내부에 핵을 지니고 있는지에 따라 원핵세포와 진핵세포로 분류된다. 핵이 없는 원핵세포는 세균 등에서 발견되며 나머지 동, 식물 핵을 지니고 있다.

보통 1개의 세포는 1개의 핵과 이를 둘러싼 세포질로 구성돼 있고 세포질에는 미토콘드리아와 리보솜, 소포체 등 각종 세포기관이 들어있다.

미토콘드리아는 여러 가지 효소를 가지고 끊임없이 에너지를 생산하며 소포체는 물질의 운반과 합성을 담당하고 있다. 또 리보솜은 단백질 합성 등에 관여하고 있다.

세포에는 이처럼 여러 가지 물질이 다양한 기능을 수행하고 있는데 그 중에서도 세포핵이 가장 중요한 구실을 한다.

"세포는 생명현상에 필요한 필수기능을 하고 있는데 세포핵은 그 중에서도 핵심"이라고 설명한다. 세포핵은 커다란 과립으로 세포에 핵이 없으면 생명 유지·성장 등 정상적 생명활동을 할 수 없다. 이는 생명현상을 조절하는 유전자가 핵 속 염색체에 들어있기 때문이다.

염색체는 1번부터 22번까지 22쌍의 일반 염색체와 2개의 성 염색체 등 총 46개가 있다.

각각의 염색체는 두 가닥의 DNA가 나선형으로 자리 잡고 있는데 각 가닥에는 아데닌(A) 구아닌(G) 시토신(C) 티민(T) 등 4개의 염기가 줄지어 있으며 맞은편 가닥의 염기와 서로 결합해 있다.

A는 T와 C는 G 하고만 결합하며 이 염기쌍은 일반 염색체 22개와 성 염색체 2개 등 모두 24개 염색체에 총 30억 개가 형성돼 있는 것으로 추정된다. 그러나 염색체 크기가 서로 다르기 때문에 염색체마다 염기쌍 숫자도 다르다.

이를 정리하면 1개의 세포에 30억 개의 DNA 염기쌍이 존재하며 한 인간을 구성하는 60조개 세포에는 각각 똑같은 배열의 염기쌍이 들어있는 것이다. 1개 세포에 들어 있는 DNA 길이는 약 2m이므로 한 인간에게 있는 DNA 길이는 120조m로 파악된다.

유전자는 30억 개 염기쌍 가운데 일정 부분으로 약 40만개로 추정되고 있다. 게놈은 이들 유전자 전체를 일컫는다. 여기에서 의문점이 생긴다.

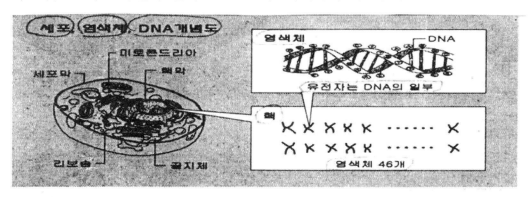

4. DNA 및 유전자는 사람의 몸 어디에 있는가?

[유전자는 몸속의 세포에 들어있다]

DNA 및 유전자는 신체의 특정 부위에만 있는 것이 아니라 인간신체를 형성하는 거의 모든 세포 안에 존재한다. 그것은 모근, 입안 점막, 혈액 등으로 DNA감정이 가능한 것을 봐도 알 수 있다. 그러나 예외적으로 적혈구세포에는 유전자가 없다.

인간은 약 60조 개의 세포가 모여서 형성된 다세포생물인데 그 개개의 세포에 핵이 있고 그 핵 속에는 염색체가 있다. 그리고 염색체를 자세히 들여다보면 DNA가 들어있다.

[유전자는 세포핵 이외에도 있다]

인간처럼 세포 속에 막으로 싸인 핵이 있고 그 안에 유전자가 들어 있는 생물을 진핵생물이라 한다. 인간만이 아니라 세균 등을 제외한 모든 동식물이 진핵생물이다.

실은 진핵생물은 핵 속만이 아니라 세포질의 미토콘드리아 안이나 엽록체 속에도 DNA를 가지고 있다. 이 DNA들은 모두 핵 내의 DNA와는 별도로 독립적으로 복제된다.

5. 유전자에 입력된 정보와 설계도

사람은 수정란이었을때부터 장차 키는 얼마나 크고, 생김새는 누구를 닮을 것인가가 이미 정해져 있다. 씨를 뿌린 사람이 아무리 황금색 열매를 기다려도 검은 콩나무에서 황금색의 콩을 수확할 수는 없다.

사람도 수정란에 입력된 설계도대로 성장을 하지 부모가 원하는 형태로 성장시킬 수 없다. 이처럼 자생력은 이미 입력된 대로만 성장하는 씨앗과도 같다. 그리하여 모든 생물은 유전자의 설계대로 즉 염색체 유전자의 덩어리에 담긴 설계도대로 태어나고 자라게 된다.

그렇다면 누가 씨앗의 특성을 정하고 입력한 것일까?

생명을 가진 모든 것은 자기들 마음대로 자라날 수 있는 게 아니라 조물주로부터 주어진 설계도대로 태어나는 것이다.

모든 생물이 갖고 있는 생명의 설계 유전자는 종에 관계없이 화학적 구조가 비슷하다. 다만 그 숫자(염색체)가 좀 다른데 사람의 염색체는 46개, 개는 22개, 소는 60개, 잉어는 104개, 원숭이는 54개, 고양이는 38개다.

모든 생물의 염색체 수는 정해져 있다. 모든 생물의 유전자 수가 이미 태고적부터 결정되어 있다는 말이다.

이 염색체를 이루는 유전자 속에 각 생물의 구조와 성질이 입력되어 있다. 모든 씨앗은 싹트기 전부터 이미 전체구조가 그려진 설계도를 간직하고 있다.

현대의학은 정말로 엄청난 발전을 하였다.

수정란이 세 번 분열하여 8개의 세포로 되어 아직도 나팔관 속에 있을 때 그중 한 세포를 끄집어내어 세포막을 쪼개고 속의 유전자를 펴서 판독하면 그 아이가 성인이 되었을 때의 모습을 예측할 수 있다.

이 아기는 성장하면 키는 몇 센티, 머리카락은 갈색, 곱슬머리, 성장이 끝나고 얼마 있으면 간에 암이 생길 것이라는 등 새아기의 장래의 모습까지 환히

읽을 수 있는 설계가 입력되어 있다. 이 조작을 '착상 전 진단'이라 부른다. 성경에는 착상 전 진단이 예언처럼 기록되어 있다.

"여호와의 말씀이 내게 임하니라 이르시되, 내가 너를 복중에 짓기 전에 너를 알았고, 네가 태에서 나오기 전에 너를 구별하였고 너를 열방의 선지자로 세웠노라"(렘1:4~5)

6. 갓 태어난 아기의 세포는 3조개

체중이 60Kg인 사람은 약 60조개의 세포를 가지고 있다. Kg당 약 1조개라는 계산이 나오는데, 갓 태어난 아기도 3조개의 세포를 가지고 있으며 이 세포 하나 하나가 ─ 예외가 있긴 하지만 ─ 모두 동일한 유전자를 갖고 있다.

하나의 세포 중심에는 핵막으로 둘러싸여 있는 핵이 있고 그 핵 속에는 유전자가 있다. 단 한 개의 세포(수정란)에서 시작해서 지금의 당신이 존재하는 것이다.

한 개의 수정란이 2개로 2개가 4개로, 4개가 8개로, 8개가 16개로……. 이런 방식으로 세포가 차례로 분열을 반복하여 그 어느 시점에서 '너는 손이 되어라' '너는 발이 되어라', '나는 뇌가 될 거다', '나는 간장이 되겠다.'는 식으로 각각 분담하여 어머니의 몸 안에서 분열을 계속하여 10개월 10일 만에 세포 수 약 3조 개의 아기가 되어 이 세상에 탄생하는 것이다.

그 후에도 세포는 점점 분열을 계속하지만 문제는 유전자이다.

유전자는 세포의 핵 속에 있고, DNA라고 하는 물질로 구성되어 있다.

그 구조 2가닥의 테이프와 같은 구조에 4개의 화학 문자로 표기된 정보가 씌어 있다. 이 정보가 바로 유전 정보이며 여기에 생명에 관한 모든 정보가 기록되어 있다.

사람 세포1개의 핵에 들어 있는 유전자의 기본 정보량은 30억 개의 화학 문자로 미루어져 있다. 만약 책으로 만들면 1,000페이지의 책으로 1,000권 정도가 된다. 그리고 우리들은 그 DNA에 씌어진 유전 정보에 의해서 살아가고 있는 것이다. 유전자는 60조개의 모든 세포에 이 정도의 엄청난 정보량을 동일하게 가지고 있다.

사람은 대단히 놀라운 존재이며 이 땅에 태어난 것 자체가 신비한 일이다.

생물이 태어날 확률은 '1언 엔짜리 복권에 100만회 연속해서 당첨될 정도'로 굉장한 일이다.

그러므로 인간은 태어난 것만으로도 대단한 '위업을 이루었다'는 것이고 살아있는 것만으로도 '기적중의 기적'이다.

7. 생명현상의 근본이 되는 단백질

DNA는 그 어느 부분을 떼어놓고 보아도 생명의 불가사의함을 느끼게 한다. 이처럼 미세하면서도 정밀한 생명의 설계도가 도대체 어떻게 만들어 지는가?

DNA는 단백질을 만드는 암호인 것이다. 단백질은 우리 몸속에서 물과 함께 가장 중요한 것이다. 몸의 구성 요소이면서 동시에 몸속에서 일어나는 각종 화학반응에 필요한 효소와 호르몬 등의 재fy가 되는 것이다. 즉 생명 현상의 근본이 되는 물질이다.

단백질은 20종류의 아미노산으로 구성되어 있다. 아미노산이 어떻게 조합을 이루는가에 따라서 단백질의 성질이 다르게 나타난다.

세포 속에 도서관이 있다고 생각해 보자. 세포가 무슨 일이든지 시작하려고 할 때에는 그 도서관에 가서 책을 펴 보고 무엇을 언제, 어떻게 만들면 좋을 것인가를 알아낸 후 작업을 시작한다.

책에 씌어 있는 내용은 유전정보이고 DNA로 구성된 유전자는 바로 책을 의미한다. 그렇지만 책은 어디까지나 책이기 때문에 아무리 맛있는 요리에 대한 것이 적혀 있다고 하여도 그것만으로는 배가 부를 수 없다.

요리가 만들어지지 않으면 그림 속의 떡일 뿐이다. 그래서 요리사인 RNA (리보핵산)가 등장한다. DNA에 씌어 있는 유전 정보는 일단 효소의 작용에 의하여 RNA로 옮겨지고 이 복사본인 RNA가 지시하는 대로 아미노산을 중합시켜서 단백질이 만들어지게 된다.

[유전자는 단백질의 설계도로써 작용한다]

자기복제에 버금가는 유전자의 기능은 유전정보에 토대를 둔 단백질 합성이다. 그때 유전정보는 DNA →RNA → 단백질로 이동한다.

DNA의 지령으로 장기마다 필요한 단백질이 만들어진다.

유전자가 아무리 자기 복제를 해도 그것만으로는 생물의 몸을 만들거나 생명현상을 영위하는 일은 할 수 없다. 단순히 DNA라는 물질의 카피가 만들어지는 것뿐이다. 동물이나 식물이 살아가기 위해서는 DNA의 유전 정보에 따라 단백질을 만들어낼 필요가 있다.

만들어진 단백질은 필요한 영양소를 세포 속에 공급하거나 그 영양을 바탕으로 하여 근육이나 머리카락 등 몸을 만들거나 생명현상을 영위하기 위해 필요한 효소로써 작용한다.

8. 유전자의 발현

인간 유전자의 발현은 주변의 환경 인자에 영향을 많이 받는다는 의미다. 그런데 이렇게 영향을 주는 환경 인자에는 물질적인 면만이 아니라 정신적인 면도 대단히 중요하다. 마음 자세에 따라서 유전자의 발현 자체가 크게 달라진다는 것이다.

정신적인 쇼크로 하루아침에 백발이 되어버린 것이 나쁜 유전자 발현이라고 본다면 감동은 좋은 유전자를 발현시키게 하는 방아쇠와 같은 것이라고 말한다. '병은 마음에서'라는 말이 있지만 비단 병뿐만이 아니다. 우리가 어떤 마음자세를 갖고 있느냐에 따라서 앞으로 다가올 미래가 결정된다는 것이다. 그러한 좋은 예로 플러스 발상을 들고 있다. 매사를 긍정적으로 생각하면 좋은 유전자들이 발현되어 생기 있고 희망찬 미래를 기대할 수 있다는 것이다.

인간은 '살아간다.'고 말하지만 자신의 힘만으로 살아가고 있는 사람은 지구상에 단 한 사람도 없다. 숨을 쉬는 것도 혈액이 순환하는 것도 우리들 자신이 노력하여 작동시키고 있는 것이 아니다. 호르몬계, 자율신경계 등이 자발적으로 움직이고 있기 때문에 우리들이 살아 있는 것이다.

이 호르몬계와 자율신경계의 움직임을 지배하고 있는 것이 유전자이다. 그렇다면 이들 유전자를 조종하고 있는 것은 도대체 무엇일까? 이처럼 정교한 조정을 담당하고 있는 존재를 나는 10여년 전부터 '썸씽 그레이트(something Great : 그 무엇인가 위대한 존재)' 라고 부르고 있다.

물론 이 위대한 존재는 눈에는 보이지 않고 좀처럼 느낄 수도 없지만 그런 존재가 있다는 것만은 사실이라고 느낀다.

9. 같은 원리의 유전자를 갖고 있는 생명체

유전자는 세포를 분열시키거나 부모의 형질을 자식에게 전달하는 것 외에도 우리 몸속에서 쉴 새 없이 일을 하고 있다.

유전자가 일을 하지 않으면 살 수 없다.

인간은 유전자가 일을 하지 않으면 말을 할 수 없고 언어 정보를 뇌로부터 받을 때도 유전자의 일이 필요하다.

물건을 들어 올릴 때나 피아노를 칠 때도 역시 유전자의 작용이 필요하다.

그런데 불가사의한 점은 그 유전자의 구조와 기본 원리는 모든 생물이 같다는 것이다. 지구상에는 대장균에서 동식물, 인간에 이르기까지 수백만 종의 생물이 존재한다.

여기서 이들이 모두 같은 원리의 유전자를 가지고 있다는 것은 모든 생물들의 기원이 동일하다는 것을 의미한다.

유전자에서 흥미로운 점은 원리는 같은데 그 조합에 따라 같은 것이 하나도 없다는 것이다. 한 쌍의 부모에게서 태어난 아기에게도 70조 개의 조합이 있다.

다른 시각에서 보면 이 세상에 태어난 것은 70조분의 1이라는 엄청나게 희박한 확률에서 선택되어 존재하고 있기 때문에 그 자체만으로도 우리의 생명이 얼마나 고귀한 것인가를 짐작할 수 있게 한다.

도대체 누가 이 엄청난 암호를 썼을까?

인간자신이 쓸 수 없다는 것은 누구나 다 알고 있다. 자연적으로 이루어진 것일까?

생명의 근본이 되는 재료는 자연계에 얼마든지 존재한다. 그러나 재료가 있다고 생명이 저절로 만들어졌다고는 생각 할 수 없다.

만약에 그런 일이 가능하다면 자동차 부품 한 세트를 준비해 두면 자동차가 저절로 조립될 것이다.

그런 일은 절대로 일어날 수 없다. 인간을 초월한 위대한 존재를 의식하게 된다.

10. 생명의 설계도

유전자의 세계는 접촉하면 할수록 굉장함을 느끼게 된다.

눈으로 볼 수 없는 작은 세포, 그 안의 핵이라는 부분에 담겨져 있는 유전자에는 단 4개의 화학 문자로 짜 맞추어져 표현되는 30억개의 막대한 정보가 적혀 있다.

그 문자도 A와 T, C와 G라는 식으로 분명하게 짝을 이루고 있다. 이 정보에 따라 우리들이 살아가고 있다.

지구상에 존재하는 모든 생물은 곰팡이 같은 미생물에서 식물, 동물, 인간까지 포함하면 줄잡아도 300백만 종, 많게 잡으면 2,000만 종이라고 알려져 있다. 이들 모든 생물이 동일한 유전자 암호에 의해 살아가고 있다.

과연 이런 일이 일어날 수 있을까?

그러나 현실적으로 존재하고 있기 때문에 부정할 수 없다.

이런 것을 보면 아무래도 썸씽 그레이트와 같은 위대한 존재를 상상하지 않을 수 없다.

우리들의 근본에는 뭔가 불가사의한 힘이 작용하고 있기 때문에 우리들은 살아가고 있다는 사실을 잊어서는 안 된다.

아무리 '스스로 살아 보자'고 기력을 다해 노력해 봐도 유전자의 작용이 멈추면 우리들은 일분일초도 살 수 없다.

지금 과학자는 생명에 대해서 여러 가지 것을 알게 되었지만, 그래도 가장 단순한 불과 세포 1개의 생명체인 대장균 하나도 만들 수 없다. 노벨상 수상자들이 모두 덤벼들어도 세계의 모든 부를 다 끌어 모아도 과학이 아무리 진보해도 단 한 마리의 대장균조차 만들 수 없다.

그렇다면 대장균과 비교해서 60조라는 천문학적인 수치의 세포로 이루어진 한 인간의 가치는 세계 모든 부, 세계의 모든 빼어난 지혜보다 월등하다고 해도 좋다. 우리들은 하나님으로부터 그만큼 굉장한 선물을 받고 있는 것이다.

유전자는 자손을 남기기 위해 자신을 복제한다. 유전자의 기능은 크게 나누어 두 가지이다. 하나는 자신을 카피하여 자손을 늘리는 '자기복제' 기능이다. 피부나 근육 등 체세포 복제와 자손을 남기기 위한 생식세포의 생성은 구조가 다르다.

대장균이나 수정란이 2배, 4배, 8배로 분열해 가는 모습인데 모든 경우에 분열하여 생긴 세포는 원래의 세포와 아주 똑같았다. 외견만이 아니라 세포 안에 들어 있는 염색체도 마찬가지다. 즉 세포가 카피되어진 것이다.

인간의 몸이 성장하거나 신진대사를 반복하기 위해서 피부나 손톱, 골수, 근육 등의 세포(체세포)가 분열하여 복제되어질 때에는 유전정보 담당 격인 DNA가 자기 복제함으로써 세포가 카피 되어진다.

11. 사람의 몸의 구성 요소

사람의 몸은 물질로 이루어져 있다.

물질이 세포를 만들고 그 세포는 수명이 있어서 한쪽에서 수명을 다한 세포는 죽고, 새로운 세포가 탄생해서 생명을 이어가고 있다. 세포의 성분을 보면 단백질이 55%, 지방이 42%, 탄수화물이 3%로 구성되어 있다. 몸 전체의 구성을 보면 물이 80%, 단백질이 15%, 지방이 3%, 탄수화물이 1%, 핵산이 1%로 되어 있다.

이들 물질은 예외 없이 산소, 질소, 탄소, 수소, 그리고 약간의 인으로 만들어 진다. 세상에서 보는 모든 물질은 예외 없이 위에 열거한 다섯 가지 원소로 만들어 졌다.

1998년 5월 29일자 《사이언스》 지에는 "우리는 진토로부터 생겼다"라는 논문이 발표되었다.

잠언 8장 22절~26절에는 '진토의 근원'이 하나님 창조하신 물질의 기본임을 알 수 있다. 사람, 식물, 동물, 산, 들, 바위, 지하의 모든 자원 등을 끝까지 쪼개 보면 모두다 예외 없이 위에 열거한 다섯 가지 원소로 되어있다.

양자물리학이 밝혀낸 사실에 의해서 사람의 몸의 구조 성분을 궁극적으로 추적해 들어가면, 사람의 육체는 세포이며 세포는 산소, 수소, 질소, 탄소의 원자가 엮어져 생겼고 원소는 '아원소 입자'가 모여서 생겼으며, '아원소 입자'는 정보를 가진 에너지로 텅 빈 공허다. 그런데 이 속의 정보는 유전자의 핵산 DNA속에 들어 있다.

이 DNA는 정보를 자신의 쌍둥이 격인 mRNA에 전해주고 mRNA는 정보를 복사하여 세포핵 밖으로 보낸다.

이 정보가 단백질 공장인 '리보솜'(ribosome)에 운반되면 리보솜의 공장장인 tRNA는 핵산속의 정보와 똑같은 단백질을 만들어 낸다. 이 단백질이 때로는 '효소', 때로는 '호르몬'(hormone), 때로는 '신경전도 물질'로서 생명을 운행한다.

그런데 이와 같이 중요한 '생명단백질'은 세포 앞에까지 운반되어 온 뒤, 신체 모든 세포가 가지고 있는 손과 같은 역할을 하는 '수용체'(受容體)가 이 '생명 단백질'을 받아 들여서 세포막을 통과시켜 세포 속으로 가져가야 비로소 그 세포의 유전자에 의해 필요한 작동을 하여 효과를 나타낸다.

12. 면역세포

1) 면역세포와 세균과의 전쟁

전인치유의 기적은 많은 면에서 면역계의 도움을 필요로 한다. 이제부터는 우리 몸속의 면역세포를 점검해 보자.

우리 몸의 면역세포는 식균세포(직접 침입자인 세균을 잡아먹는 세포)와 군대역할을 하는 임파구의 두 종류로 나누어진다.

면역세포는 70%는 식균세포이며, 중성구(Neutrophyl)와 탐식세포(Macrophage)로 이루어진 세포인데, 국내치안을 담당하는 경찰병력에 해당한다.

임파구는 국군 특전사와 같은 임무를 수행하는 살상임파구(Killer cell)와 국군주력부대와 같은 역할을 하는 T임파구(T-Lymphocyte), 병기창 역할을 하는 B임파구(B-Lymphocyte)로 나누어진다.

T임파구는 뼛속에서 탄생하여 흉선(胸線)에 가서 훈련을 받고, B임파구는 뼛속에 머무르면서 병기 생산의 능력을 터득한다.

신체표면의 자생력이 무너지면 세균이 몸속으로 들어가게 되는데 세균은 약 20분에 한번 씩 빠르게 번식한다.

체내에 성공적으로 들어온 세균 한 마리가 매 20분마다 번식을 하여 침입

후 6시간 반이 지나면 100만 마리로 불어난다.

세 시간이 더 지나 9시간째에는 약 1억 마리 정도로 불어난다.

여기에서 또 한 시간이 지나면 약 8억 마리로 불어나서 우리의 몸속은 온통 세균들로 득실거리게 된다.

이렇게 되면 아무리 멍텅구리 면역계라도 적이 전 국토에 침입하였을지 감지하고 뇌에 비상상태가 발생했음을 보고하게 된다.

뇌는 즉시 열을 발사하여 더 이상 세균이 번식하지 못하도록 막고, 환경을 세균에게 불리한 쪽으로 변화시켜 버린다. 우리 몸 안에서 이런 전쟁이 벌어지고 있는 동안 우리 몸은 열 때문에 오싹오싹 한기를 느끼게 된다.

세균이 몸속으로 들어올 때는 반드시 세균의 껍질에 해당하는 세균단백질을 남기며 이 이종단백질이 세균의 침입을 알리는 신호로 작용한다.

이 신호는 즉각적으로 경찰병력세포인 단구세포(Monocytes), 호중구(Neutroohille) 및 탐식세포(Macrophages)를 출동시켜 침입한 세균의 무장상태를 살피고 그 정보를 정규군(국군)세포인 임파구에게 제공하여 지원을 요청한다.

이때 경찰군세포가 발신하는 정보를 과학자들은 인터류킨-1이라고 부른다.

인터류킨-1의 신호를 접수한 임파구는 인터류킨-2를 생산하여 면역중앙정보부인 '형질세포'(Plasma cell)에 침입자의 무장상태를 통보, 그에 대응할 수 있는 특공무기인 '항체' 생산을 도모하여 특공대세포(killer cell)로 하여금 침입자를 공격하게 한다. 이때 면역세포가 발신하는 '인터류킨'은 면역세포 상호간에 작용할 뿐 아니라, 신체 모든 곳에 경각심을 불러일으켜 모든 세포를 활성화해 '싸이토카인'이라고 부른다. 싸이토가인의 싸이토(Cyto)는 '세포'라는 뜻이고 카인(Kine)은 '활력'이라는 뜻이다.

싸이토카인은 면역세포가 발신하는 핸드폰 신호로써 뇌에 전체적인 전투 진행상황을 상세하게 전달하여 전신적 방어태세를 갖추도록 기능한다. 동시에 혈관내벽세포를 자극하여 혈관을 전투 수행에 알맞도록 적응시킨다.

전투의 진행과정을 간략하게 정리해보면 다음과 같습니다.

세균침입 → 이종단백질 → 경찰세포 발동 → 무선 신호발산 → 인터류킨-1 → 국방군세포, 임파구 → 인터류킨2 → 모조임파구 → B임파구 → 항체 생산 → 특공대 임파구 → T임파구 전투개시 → 모든 세균 섬멸 → 전투승리 → 통제임파구 출현 → 모든 전투병력 원대복구 → 기억임파구 잔류

이상의 전투과정이 끝나면 인체가 회복된다.

이때 가장 중요한 것은 전투과정에서 많은 수의 세포들이 사체로 변한다는 사실이다. 이 죽은 세포는 인체에 독으로 작용한다. 그래서 죽은 세포들을 치

워버려야 새로운 세포들이 생성되는데 이런 과정이 바로 회복의 근본과정이다.

이 과정을 우리는 오랜 세월 동안 자생력이라 불러왔다.

그런데 아무리 현대의학이 발전했어도 죽은 세포를 치워버릴 수는 없다는 것이다. 더군다나 신생세포를 만들어 내는 일은 불가능하다.

오직 자생력만이 이 일을 감당할 수 있다.

2) 소화기 계통의 면역세포와 세균과의 전쟁

우리 몸에 면역세포가 있어서 외부의 침입자를 통제하고 박멸하는 능력, 즉 방어의 기능이 있다는 사실은 벌써 백 년 전부터 알려져 왔다.

피부에 사이다 병마개만한 크기의 동그라미를 긋고 현미경으로 들여다보면, 약1000개 이상의 구멍들마다에 세균, 바이러스, 곰팡이들이 우글우글 모여 살고 있다.

이 미생물들은 사람에게 해로운 존재만은 아니다. 이 미생물들은 사람의 신체에서 먹이를 얻는 대신에 유익한 일을 해주기도 한다.

피부에 기생하는 세균들은 베타-디펜싱(β-defensing)이라는 항생물질을 생산하여 본래부터 있는 세균은 기생하도록 허락하지만, 외부로부터 들어오는 세균은 침입하지 못하도록 막는다.

문에서 방문객을 검문하듯이 피부에 기생하는 세균들이 우리를 보호하고 있다. 피부에 기생하고 있는 미생물의 숫자는 그나마 적다. 입안을 들여다보면 끔찍할 정도로 많은 세균들이 와글댑니다.

목구멍을 지나서 위속으로 들어가면 아주 강력한 위산의 바다가 나온다. 여기서는 물론 세균이 살 수 없다. 이 강력한 위산의 바다 속에도 위궤양의 원인균인 '헤리코박타 파이로라이'라는 세균이 살고 있다. 하지만 이 '헤리코박타 파이로라이'는 항균 펩타이드를 생산하여 위에 염증이 생기는 것을 예방해 주는 역할도 담당한다.

위를 지나서 십이지장으로 내려가면 이번에는 강알칼리의 양잿물 바다가 나온다. 음식 중에 섞여서 들어온 세균들은 이 강산·강알칼리 바다를 통과하는 사이에 모두 박멸되어버린다.

같은 음식을 먹고서 어떤 학생은 식중독을 일으키고 어떤 학생은 멀쩡한 것일까?

이유는 자생력의 역할에 있다. 자생력이 정상적인 학생의 위에 들어간 식중독균은 강한 알칼리와 산의 바다를 지나면서 다 죽어버리지만 자생력이 현저히 떨어진 학생들의 위에 들어간 식중독균은 순식간에 치명적으로 번식하여

학생을 넘어뜨린다.

　자생력의 차이가 엄청난 결과의 차이를 가져온다.

면역세포가 자기 사명을 다하려면 면역세포의 활동을 관장하는

자생력 유전자가 깨어 있어야 한다.

　자생력 유전자를 깨우기 위해서는 "전인치유"가 필요하다.

13. 유전자의 변이로 발생하는 질병
1) DNA의 유전자정보에 이상이 생길 때
　　DNA의 유전자정보에 어떤 과오가 생기면 이 유전정보대로 결합 되는 아미노산의 결합 순서에도 과오가 생겨 지금까지 우리 몸속에서 볼 수 없었던 이상한 세포가 형성될 수밖에 없게 된다.

　　마치 어떤 기계에서 나오는 한글 글자의 순서에서 한 자만 달라지면 대단히 큰 과오가 생기게 되는 것과 똑같다.

　　예를 들면 이런 정보가 나왔다고 생각해보자! "ㄱ ㅣ ㅁ ㅈ ㅓ ㅇ ㅅ ㅜ ㄱ" 이라는 정보가 나오면, 우는 이것을 "김정숙"이라고 풀이한다. 그러나 한 글자가 달라져서 "ㄱ ㅣ ㅁ ㅈ ㅓ ㅇ ㅅ ㅜ ㄴ"이라는 정보가 나오면 우리는 이것을 "김정순"이라고 풀이하게 되므로 전혀 다른 별개의 사람이 되는 것이다.

　　이것은 다만 한 자 ㄱ이 ㄴ으로 된 것 뿐이다.

　　우리들의 몸의 DNA정보도 이와 똑같다.

　　그러므로, 유전자정보가 하나라도 잘못되면, 잘못된 아미노산의 결합 순서 때문에 암세포나 기형 등 돌연변이가 생긴다. 이 같이 유발 시키는 것은 방사선, 바이러스, 발암물질 등 많이 있다.

2) 질병의 대부분은 유전자의 작용
　　성인병(생활습관의병)의 경우는 무시할 수 없지만 생각했던 것 이상으로 유전적 요소가 강하게 작용하고 있다. 병의 대부분은 유전자의 작용에 의해서 나타난다. 유전자가 정상적인 상태에서 작용하지 않든가, 작용해서는 안 되는 유전자가 작용하여 병이 되어서 나타나게 된다.

유전자의 이상 원인은 크게 선천적인 경우와 환경인자에 의한 경우로 나눌 수 있다.

선천적으로 특정의 병에 걸리기 쉬운 사람이 환경인자가 좋았기 때문에 발병하지 않기도 한다.

발병되어야 할 유전자가 ON이 되지 않았기 때문이다.

유전자가 정상이면 병은 발생하지 않고 유전자에 이상이 생기면 병이 발생한다.

유전자가 다시 원형으로 돌아오면 병에서 회복하게 된다. 이와 같이 병의 시작, 치유, 회복 모두가 유전자와 관계가 있다.

유전자를 모르면서 정립된 한방, 양방 모두는 원인을 모르면서 치료를 시도한 학문이다. 그러나 한방의학은 많은 면에서 유전자 자체는 몰랐으나 생명 현상의 해석이 마치 유전자를 이해한 것같이 구성되어 있다.

유전자가 창조주의 작품이므로 창조주는 인간이 당할 병의 고통을 어떻게 대처할 수 있는지 성경에 제시하고 있다.

3) 암의 원인은 유전자의 변이

한때는 발암물질이 암의 원인 이라고 생각 했었다. 입으로 먹는 화학물질은 소화기관을 거치고 간을 거치며 세포막을 거쳐야 세포 중심부의 유전자를 망가뜨리고 암세포로 될 수 있다. 그 도중에는 해로운 물질을 해독하는 유전자가 곳곳에 산재해 있고 자생력유전자 또한 확실하게 활동을 하고 있다면 암의 발생은 쉬운 일이 아니다.

병이 발생하는데는 정상 유전자의 변형이 일어나야 하며 그 변형을 자가 수리하는 자생력유전자가 작동을 못할 때 발병한다. 거의 모든 병은 유전자의 작용에 의한다.

유전자가 정상인 형태로 작용하지 않는다든가 작용해서는 곤란한 유전자가 작용하기 시작하는 것이 병이다.

암은 분명히 유전자의 변이가 원인인데 한 유전자만 변이가 생긴다고 암으로 진행되지는 않는다.

염색체의 곳곳에 절단현상이 나타나고 유전자의 일부가 결손 되거나 복제되어야 비로소 암세포로 발전한다.

암을 일으키는 유전자에는 K-ras, H-ras의 세 가지가 있다.

암세포에는 30%이상 ras유전자가 보이며 췌장암에는 70-90%, 대장암에는 50%, 폐암에는 25-50%의 K-ras유전자가 암 억제 유전자 p-53보다 더 많이 나타나는 것을 볼 수 있다.

1999년 7월 29일 자 <네이쳐>지에 프랑스의 암 학자 조나단이 지난 15년 간 암세포를 연구하여 정상세포를 발암인자와 접촉 없이 유전자만으로 암세포로 전환되는 것을 보고 하였다.

2001년 5월 17일에는 영국 켐브리지 대학 핫친슨 암연구센터의 브루스 알폰더(Rruce Alponder)는 자생력 유전자만 활성 상태라면 어떠한 발암 조건이 세포에 와도 암은 발생할 수 없다고 발표했다.

4) 유전자 변이

서울대 김희발 교수팀의 연구에 의하면 인간의 유전자는 최대 3만개 정도이지만 실제로는 12만 여개의 역할을 하는 것으로 확인됐다. 이에 따라 유전자 분석을 통한 암. 백혈병 치료법 개발이 크게 앞당겨질 전망이다.

유전자는 최대 3만개 정도이지만 유전자 한 개가 평균 3.7개의 변이(Splicing:세포가 유전자 중 필요한 부분만 뽑아 재배치하는 것)를 일으켜 실제로는 유전자 12만개를 가진 효과를 보이고 있다.

연구진은 특히 뇌암, 위암 등 각종 암세포의 변이율을 분석한 결과 정상세포의 유전자 변이율 보다 2배정도 높은 사실을 확인 했다.

암 발병이 유전자의 변이와 관련성이 크다는 것이다.

5) 유전질환이란

유전질환은 부모의 비정상적인 유전자 또는 돌연변이DNA 배열 때문에 생긴 질병이 자손에게 전달되는 병을 가리킨다. 유전자 이상은 자연적으로 DNA가 잘못 복제되거나, 여러 가지 화학물질 및 환경적 요인들에 의해 일어나는 유전자 변이를 가리킨다.

생물이 성장하거나 새로운 자손을 만들기 위해 준비할 때 유전자의 본체인 DNA는 복제 본을 만드는데 이 때 잘못 복제되는 것을 막는 유전 체계가 있기는 하지만 여러 가지 요인에 의해 잘못 복제되기도 한다. 또 유전자 변이가 체세포에서만 생긴 경우에는 자손에게 그 질병이 유전되지 않지만, 부모의 생식세포에서 이상이 생기거나 아기가 형성되는 단계에서 이상이 생길 경우에는 자손에게 유전된다.

6) 英 캠브리지 연구소

인간의 23쌍 염색체 중에서 가장 크고, 면역 반응에 관계된 유전자들이 들어 있는 제 6번 염색체가 영국 연구팀에 의해 완전 해독 됐다.

캐임브리지 웰컴트러스트생거센터 인간게놈분석실장 스테판 베크박사는 6번 염색체에는 전체 인간게놈의 6%에 해당하는 2190개의 유전자가 들어 있다고 밝혔다.

특히 병원체로부터 인체를 보호하는 면역 반응과 관련한 유전자가 많아 박테리아나 바이러스에 감염됐을 때 사실상 이 염색체가 생사여부를 결정한다고 말할 수 있다고 베크박사는 설명했다.

베크박사는 6번 염색체의 유전자중 1557개는 특정기능을 가진 유전자이며 약 130개는 파킨슨병이나 유전성 혈색소증과 같은 특정 질병을 일으키도록 하는 유전자라고 말했다.

7) '세포경찰' P53유전자의 두 얼굴?

'세포경찰' '게놈의 수호자' 등으로 불리는 P53 유전자는 세포가 제멋대로 증식하는 것을 막는 인체의 대표적 암 억제 유전자다.

발암물질 등이 세포 내로 침투하면, 그로 인한 위험이 제거될 때 까지 세포분열을 억제함으로써 정상세포가 암 세포로 변하지 못하게 하는 것이 P53 유전자의 중요임무다. 따라서 P53 유전자의 기능에 이상이 생기면 암 발생 위험이 높다. 특히 유방암, 간암, 난소암 등은 P53 유전자와 매우 밀접한 관계가 있는 것으로 알려지고 있다.

8) 유전자와 질병

1번 유전자	대장암,전립선암,녹내장, 침해,알츠하인즈병	13번 유전자	유방암, 망막모 세포증
		14번 유전자	치매
2번 유전자	파킨스씨병, 대장암	15번 유전자	마판 증후군
3번 유전자	폐암	16번 유전자	크론씨병
4번 유전자	헌팅턴병, 파킨스병	17번 유전자	유방암
5번 유전자	탈모증, 여드름	18번 유전자	췌장암
6번 유전자	당뇨병, 간질, 백혈병	19번 유전자	동맥경화증
7번 유전자	비만	20번 유전자	면역결핍증
8번 유전자	조로증	21번 유전자	근위축증다운 증후군, 간질, 치매, 백혈병
9번 유전자	백혈병, 피부암		
10번 유전자	망막위축증	22번 유전자	백혈병
11번 유전자	심장마비	X 유전자	색맹, 근이영양증
12번 유전자	페닐케톤뇨증	Y 유전자	불임

(현재 약 8천여 개의 질병 유전자가 밝혀진 상태다) 병 하나에 10여개의 유전자가 관련됨

9) X염색체 완전해독

남녀 性 결정… 유전질환 정복 기대 美.英.獨 공동연구팀 을 통해서 남녀의 성을 결정하는 성염색체 가운데 여성을 나타내는 X염색체 구조가 완전히 해독 됐다. 이에 따라 여자가 남자와 다른 이유를 이해할 수 있게 되고, 지금까지 밝혀진 3199가지 유전질환 중 X염색체와 관련이 있는 307가지(약 10%) 유전질환에 대한 치료법 개발에도 큰 도움이 될 것으로 기대된다.

미국, 영국, 독일 과학자들이 참여한 공동 연구팀 일원인 영국 웰컴 트러스트 생거연구소의 마크로스 박사는 저명한 과학 전문잡지 '네이쳐' 17일자에 X염색체에는 전체 인간게놈 중 약 4%에 해당하는 1098개의 유전자가 들어 있는 것으로 확인됐다고 발표했다.

인간의 몸을 구성하고 있는 세포의 핵에는 남녀를 결정하는 성염색체 한 쌍을 포함해 개개인의 특성을 결정하는 유전자들이 들어있는 염색체가 23쌍 있는데 여자는 2개의 X염색체를, 남자는 X염색체와 Y염색체를 갖고 있다.

로스 박사팀은 X염색체의 유전자수가 Y염색체에 비해 많은 것은 상대적으로 초라한 다른 염색체(Y)를 보완하기 위한 것으로 보인다고 말했다.

로스 박사팀은 여성의 경우 두 개의 X염색체 중 한 개는 거의 활동하지 않는 것으로 알려져 왔으나 이번 연구결과 일부 유전자는 활동을 하는 것으로 밝혀졌다.

10) 수명연장 단서

염색체 끝부분인 '텔로미어'(telomere)의 길이를 늘려 개체의 수명을 연장시키는 실험에 국내 연구진이 최초로 성공했다.

연세대 생물학과 노화유전자기능연구센터 이준호 교수팀은 실험용 벌레인 예쁜 꼬마선충의 텔로미어 길이를 정상보다 30%정도 길게 만든 결과 개체의 평균 수명을 약 20일에서 23.8일로 20% 증가시켰다고 5일 밝혔다.

또 노화의 중요 지표 중 하나인 '내장에서 자가형광현상'이 발현되는 시기도 2~3일 늦어져 노화 속도도 지연 됐음을 확인했다.

"이에 따라 인체에서는 체세포의 텔로미어 길이가 다른 부작용 없이 길어지게만 된다면 노화를 늦출 수 있는 가능성을 열어준 셈이다.

14. 유전자의 on off
1) 유전자의 on off

인간은 60조 개의 세포로 구성되어 있다. 그 세포 속에는 막으로 둘러싸인 핵이 있고, 그 핵 속에는 유전자라는 약 30억 개의 막대한 정보가 들어 있다.

10,000권의 책에 해당되는 분량인데, 그 속에는'이럴 때에는 이렇게 작동하라'고 하는 지령 정보도 있다. 그것을 우리들은 유전자 ON/OFF라는 말로 표현한다. 그러면 거의 무한이라고 말할 수 있는 유전자가 각각 어느 때에 ON이 되고 어느 때에 OFF로 되는 것일까?

예를 들면, 인간은 사춘기가 되면 성호르몬이 분비된다. 남성은 남성답고, 여성은 여성다워진다. 이것은 그 때까지 OFF 상태였던 성호르몬의 유전자가 일제히 ON으로 작동되기 때문이다.

체내에는 일정한 시간이 지나야 움직이는 유전자가 있는데, 그것들은 우리의 의지와는 거의 무관하게 움직이기 시작한다. 가슴이 커진다거나 수염이 나기 시작하는 것이 바로 그것이다.

그러나 그것들이 환경이나 마음의 영향을 전혀 받지 않는 것은 아니다. 주위의 환경에 따라 빨라지기도 늦어지기도 한다.

최근에는 유전자가 사람의 성격과 기질, 행동 등에 어떤 형태로든 관여하고 있을 것이라는 쪽으로 연구가 활발하게 진행되고 있다. 정신작용이 유전자의 ON/OFF에 깊게 관계하고 있다.

2) 유전자가 가장 많이 OFF되어 있는 인간

인간의 유전자의 대부분은 OFF로 되어 있다. 대장균등은 OFF부분이 아주 적어서 가지고 있는 능력을 모두 발휘하며 살아가고 있다. 일반적으로 고등 동물일수록 OFF부분이 증가된다. 가장 OFF부분이 많은 것이 인간이다. ON으로 있던 유전자가 어떤 이유에서인가 OFF로 전환될 수도 있다.

인간의 능력은 미리 유전자에 씌어 있다. 인간의 유전자에서 지금 작동되고 있는 것이 5%에서 10%정도이고, 나머지는 잠자고 있는 상태로 존재한다.

즉, 세포 속의 유전자는 A, T, C, G로부터 구성된 30억 개의 막대한 유전정보를 갖고 있으면서 대부분 OFF상태로 있다.

3) 잠자고 있는 유전자가 눈을 뜰 때

잠자고 있는 유전자가 환경과 외부의 자극에 의해 눈을 뜬다. 환경과 외부로부터의 자극이라고 하면 일반적으로는 물질적인 요인만을 생각하는 경향이 많지만, 정신적인 요인도 포함된다. 정신적인 자극과 쇼크가 유전자에 미치는 영향, 즉 유전자와 마음의 관계가 주목을 받고 있다.

그것을 나타내는 현상들은 우리들의 주위에도 얼마든지 있다.

예를 들면 강한 정신적 쇼크를 받으면 단 하룻밤 사이에 머리카락이 하얗게 되기도 하고, 말기 암 환자가 불과 몇 개월이라는 시한부 선고를 받고도 1년이 지나고 2년이 지나도 멀쩡한 경우도 있다.

담배를 한 개비도 피운 적이 없는 사람이 폐암에 걸리는가 하면, 하루 100 개비나 피우는데도 건강한 사람이 있다. 염분을 많이 섭취하면 고혈압에 걸리기 쉬울 텐데 짜고 매운 것을 좋아하는 사람의 혈압이 정상인 사람도 있다. 이 모든 것은 유전자의 작동과 관계가 있다. 본인의 사고방식에 따라 어느 쪽으로든 조절할 수 있다는 사실이다.

예를 들면 암에 걸렸을 때, '낫는다'고 생각하는 사람과 '이젠 틀렸다'고 생각하는 사람은 암 자체가 다르게 변해 간다.

악성 고혈압인데 '나는 혈압이 낮다'라고 굳게 믿고 있으면 왠지 증세가 가벼워진다. 이런 일들은 유전자가 깊게 관계하고 있기 때문이다.

우연히 어떤 환경에 접하게 되면 그 때까지 잠들어 있던 유전자가 '기다렸다'는 듯이 활발하게 작동되는 경우가 있다. 그럴 때 인간은 변하게 된다. 마음을 바꾼다는 것은 마음의 변화가 지금까지 잠들어 있던 유전자를 활성화 시키는 것이다. 뭔가 정체되어서 일이 잘 풀리지 않는다고 느낄 때는 환경을 바꾸어 보는 것도 좋다. 새로운 것에 접한다는 것은 OFF가 되어있던 훌륭한 유전자를 눈뜨게 하는 절호의 기회다. 유전자 ON형 인간은 앞날에 대해서 지나치게 걱정하지 않으면서 현재 주어진 일에 전념하는 결단력이 있다. 인생을 충실하고 행복하게 살아가기 위해서는 마음을 통해서 유전자를 생동감 있게 해야 한다.

4) 마음가짐과 유전자의 ON/OFF

자연 치유력이라는 것은 몸이 스스로 병을 낫게 하는 것이라고 표현하지만, 실제로는 유전자가 명령하여 치료하고 있다. 몸속에 처음부터 병을 치유하는 프로그램이 있다는 얘기다.

기본적으로 우리들의 몸속에서는 유전자에 씌어져 있지 않은 일은 일어나지 않는다. 그렇지만 씌어있는 내용은 모두가 미리 결정 된 것이 아니라 일종의 즉흥적인 부분이 있음이 틀림없다.

병은 유전자의 소행이지만 환경 인자도 관계하고 있기 때문에 병을 일으키는 유전자를 가지고 있어도 발병하지 않는 경우도 있다. 그것은 그 유전자가 OFF로 되어 있기 때문이다.

그것이 어떤 시기 어떤 원인에 의하여 ON으로 전환되는 것이다.

유전자를 ON으로 하는 요소는 3가지가 있다. 유전자, 환경, 그리고 마음의 작용이다.

ON으로 하는 것이 좋은 유전자와 OFF로 하는 것이 좋은 유전자가 있다. 유전자 ON의 비결은 사물을 좋은 쪽으로 생각하는 것, 즉 플러스 발상이다. 플러스 발상은 엔트로피 감소 마이너스 발상은 엔트로피 증대를 유도한다.

암이라는 병을 치료하기 어려운 것은 발병 인자가 다양하기 때문이지만, 거기에 정신작용을 포함한 환경 인자가 크게 관계하고 있기 때문이다. 암 유전자에는 발암 유전자와 암 억제 유전자가 있어서 양자의 균형이 무너질 때 암에 걸린다. 균형이 깨어진다는 것은 발암 유전자는 ON, 암 억제 유전자는 OFF가 되는 것을 의미한다. 그 ON/OFF는 그 사람의 마음가짐에 따라서 다르게 나타난다.

또 암은 환경 인자가 크게 관여하고 있다고 하지만, 그 환경 인자에는 물리적인 영향만이 아니라 정신적인 영향도 있다.

환경이라면 공기, 소음, 물 오염 등 물리적인 측면이 강조되기 쉽다. 그러나 그런 환경이 영향을 미치는 심리적 측면을 포함하여 최종적으로는 마음의 문제가 크게 작용한다고 생각 된다.

마음가짐을 어떻게 갖느냐에 따라 좋은 환경인자로도 나쁜 환경인자로도 작용할 수 있다. 행복도 건강도 모두가 마음에서 출발한다.

환경이 절대적으로 좋은 상태라 해도 환경과 개체의 생명과는 상호작용을 하는 것이기 때문에 마음가짐이 그 환경을 좋다고 해석해야 그것이 좋은 환경으로 작용하게 된다. 좋은 환경, 나쁜 환경이라는 절대성은 없다.

5) 유전자와 환경이 인간에게 미치는 영향

유전자에는 네 개의 화학 문자 A, T, C, G로 표기하는 염기물질이 있는데 그것에 따라서 단백질이 만들어진다. 그 중에서 중요한 부위의 염기 하나가 손상을 입게 되면 그 유전자가 가지고 있는 정보대로 단백질이 만들어지지 않는다. 손이 되기 위해 필요한 결정적인 유전자 하나가 손상되면 손은 만들어지지 않는다.

유전자 위에 나열된 30억 개의 화학 문자가 나타내는 정보를 유전 정보라고 한다.

파리의 성(性)행동을 결정짓는 유전자 하나를 손상시키면, 지금까지 열심히 쫓아다니던 암컷에겐 관심도 없고 오히려 같은 수컷을 쫓아다닌다.

유전 외 정보에는 교육, 문화, 태어난 시대 배경, 태어난 나라의 지리적 배경 등이 있다.

머리가 좋은 것도 본래는 유전자에서 결정되지만 현실에서 능력으로 나타나는 것은 학습과 경험, 노력에 좌우되는 것이기 때문에 역시 후천적인 유전 외 정보의 영향이 크다고 생각된다.

어느 정도의 머리가 좋은 유전자를 갖고 있다고 해도 얼마만큼 공부했고 노력했는가에 따라서 상당한 차이가 있다. 예술가뿐만 아니라 과학자도 천재의 가계는 이어지지 않는다. 형제가 모두 천재인 경우도 거의 발견되지 않았다.

유전자는 변하지 않는 법인데 그런 차이가 발생하는 요인 중의 하나는 환경인자의 영향이고 또 하나는 유전자의 ON/OFF의 결과라고 생각할 수 있다.

6) 고유의 능력을 유전자 ON으로 끌어내라

나와 동일한 유전자를 가진 사람은 지구상에 아무도 없다. 그것이 얼굴 생김새뿐만 아니라 그 사람의 개성과 능력의 차이로 나타나고 있다.

사람은 누구나 굉장한 능력의 소유자다'라는 말을 문자 그대로 받아들여도 좋다. 그런데 지금 우리의 교육은 유전자 본연의 모습에 역행되어 있다.

기억력 중심으로 우열을 판단하는 주입식 교육이 최선인 양 행해지고 있다. 그렇지만 사람은 각자가 독자적이고 다양한 유전자를 가지고 있다. 그것이 ON이 되는 시기와 방법이 각각 다르다.

그러므로 획일적인 교육으로는 인간이 가지고 있는 능력의 일부밖에 끄집어 낼 수밖에 없다.

15. 자생력 유전자

1) 의성(醫聖) 히포크라테스와 자생력

의성 히포크라테스(B. C 460-375)는 다음과 같은 교훈을 남겼습니다.

"치유는 자연이 한다. 의사는 단지 자연의 조력자일 뿐이다."지금도 의학교육을 마치는 학도들은 졸업식에서'히포크라테스 선서'를 소리 높여 외친다. 외과의사가 환자를 수술하고 난 다음에 이때의 복구 작업과 재건축은 자생력의 몫이다. 다시 말해서, 자생력이 강한 환자는 똑같은 의사의 치료를 받으면서 병에서 해방될 수 있지만 자생력이 형편없이 약해진 환자는 의사의 정확한 처방대로 폐렴균이 모두 박멸되었음에도, 다시 회복하지 못한 채 패잔병처럼 영안실로 내려가게 된다.

한 예를 들면, 사고를 당하여 대퇴골에 복잡골절(뼈가 여러 조각으로 골절)

을 입은 환자에게 정형외과 의사는 골절을 당한 허벅지를 열고서 여러 조각으로 흩어진 뼛조각을 모두 제자리에 돌려놓은 뒤, 정성스레 나사를 박아 대퇴골의 원형을 복원한 다음 수술 부위를 꼼짝 못하게 고정시켜 놓는다.

외과의사가 할 수 있는 일은 여기까지다.

조각난 뼈들이 함께 붙는 일은 환자 자신의 뼛조각에서 골아세포라 불리는 뼈진을 생산하여 결합해야 가능하다.

결국은 자생력이 수술의 마지막 단계를 담당하는 것이다.

2) 자생력이란?

질병을 이겨내기 위해서는 우선 병에서 회복되리라는 간절한 마음을 가져야 한다. 강력한 바람은 하나의 에너지로 작용할 수 있다. 심칠뇌삼(心七腦三)이라는 옛말처럼 마음이 일곱 몫을 하고 뇌가 세 몫을 하는 것은 거의 사실이다.

즉, 마음이 모든 일을 한다는 것이다. 인체가 위험에 처하면 위험에서 탈출하여 생명을 유지하려는 본능의 힘이 발동하기 시작하는데, 이 힘이 바로 자생력입니다.

즉, 자생력이란?

① 인체의 발육과정 및 순서는 수정란에 선천적으로 입력되어 있다.

② 유전자에 선천적으로 입력된 정보대로만 인체생리가 진행되면 인체는 완전한 건강을 누릴 수 있다.

③ 인체의 기능은 지나쳐도 안 되고, 모자라도 안 되는 섬세하게 계획된 항상성을 유지한다.

④ 유전자는 내외적인 요인으로 변이(꼬이거나 끊어지는)를 발생한다.

⑤ 유전자의 변이는 곧 부실단백질(호르몬, 효소, 신경 전도물질 등)을 생산하게 된다.

⑥ 부실단백질은 생리적 기능을 떨어지게 하여, 드디어는 병을 야기 시킨다.

⑦ 기능저하로 본래의 건강상태를 지켜갈 수 없게 변이를 일으킨 세포는 세포사로 장사지내고 그 자리에 건강한 신생세포를 내어 인체를 건강하게 유지한다. 이와 같은 힘을 자생력이라 부른다.

⑧ 자생력이 건재하면 병에서 회복할 수 있으나, 자생력이 약하면 회복이 어렵다.

⑨ 몸은 마음의 지배를 받는다.

⑩ 자생력은 마음가짐에 따라서 강력해질 수 있다.

모든 질병은 유전자의 변이로부터 시작되며, 유전자의 변이는 자생력에 의

하여 원상으로 복구할 수 있다. 인간은 조물주로부터 자생력에 의해 건강하게 살도록 마련된 존재다.

1996년 여름 미국 <Time>지에 엄청난 기사가 실렸다. '믿음과 치유'(Faith and Healing)라는 기사로, 믿음이 병을 치유하는 능력이 있다는 증거를 많은 의사들의 증언을 통해 밝히는 기사였다.

이듬해 1997년 2월 14일자 <Science>지에는 미국 국립의료원과 Phillip Gold 등이 공동으로 '정신상태가 병에 대한 저항력을 높인다.'라는 주제의 글을 실었다.

"사람의 심령은 그 병을 능히 이기려니와 심령이 상하면 그것을 누가 일으키겠느냐" (잠18:14)

이어서, 1998년 10월에는 <Science>지에 유전자가 꼬인 것을 풀어주는 토포 아이소 메라제의 존재가 소개되기에 이르렀다.

이것은 병든 사람에게 스스로 다시 회복하는 능력이 있다는 사실을 과학적으로 증명한 사건이었다.

다시 말해서 인체에는 자생력이라 불리는 능력이 있어서 일단 병에 노출된 뒤에도 스스로 치유될 수 있는 힘을 갖고 있다.

우리 몸에는 유전자의 변이를 풀어주는 사랑의 효소 '토포아이소메라제'가 있다.

1999년 7월 1일자 <Nature>지에 실린 이스라엘의 와이쯔만 과학연구소의 A. Minsky 등이 기고한 바에 따르면, 유전자는 심한 스트레스를 받으면 자신을 보호하기 위해 결정체를 만든다.

유전자의 변이는 결과적으로 생명현상의 집행자인 각종 호르몬효소, 신경전도물질 등의 부실화로 이어지며, 이들의 기능저하 내지는 기능변질은 곧 질병을 의미한다. 이들의 불협화는 직접적으로 신경계통의 부 조율로 나타나서 신체의 항상성(恒常性)을 잃게 된다. 따라서 질병에서 회복되려면 유전자 발현 기전의 활성화가 이루어져야 한다(1993년 존 홉킨스 대학의 버트 보겔스타인 교수발표) 실제로 우리 세포에 이상이 생기면 간단한 변이(꼬이거나 찌그러지면)는 토포아이소메라제가 풀어서 원상복구하고, 이상이 심하여 유전코드에 이상이 생긴 경우에는 카스페이즈 핵산 분해효소와 핵산 중합효소, 핵산 봉합효소 등이 협력하여 유전코드를 재생시키며, 재생이 불가능한 상태일 때는 단백질카이네이즈가 P-53에게 정보를 제공하여 세포사(Apoptosis)로 불능세포를 없애버린다(Nature, vol;394, 13 August, 1998발표).

여러 요소들은 인체를 항상 원활하게 운행토록 보장해 주며, 생명의 총 사령

탑인 유전자에 이상이 생기면 언제라도 바로 고쳐 놓는다. 이것을 우리는 자생력이라 불러왔다.

3) 자생력유전자

유전자가 변질되어서 병이 되는데 변질 된 유전자가 있어도 자생력 유전자가 강하면 다시 건강이 회복이 된다. 자생력유전자의 활동이 없으면 암세포가 시작된다. 자생력유전자(Caretaker genes)의 실패가 암세포의 시작이다. 풀어 자생력유전자가 있다. 하루 평균 암세포가 최소 200개 이상 생긴다. 그러나 하나님은 자생력유전자를 통해서 치유하신다. 자신의 생각이 하나님의 말씀을 떠나면 유전자는 엉키고 꼬인다. 남을 용서하지 못하고 미워하면 유전자가 꼬인다. 마음과 정신과 생각이 잘못되면 유전자가 변이 된다. 나쁜 감정이 유전자를 변이시켜 병을 일으킨다. 그러나 믿음을 가지고 용서할 때 변이된 유전자를 정상으로 돌려놓는다.

유전자는 변화시키는 능력이 있다. 무정란 달걀 속에는 유전자는 없고 단백질과 콜레스테롤 뿐이다.

그러나 유정란 속에는 유전자가 있어서 뼈도 나오고 부리도 나오고 발도 나온다. 유정란은 이런 변화를 일으킨다. 입덧하는 산모는 못 먹어서 뼈만 남아도 정상적인 애기가 태어난다.

유전자 속에는 변화시키는 능력이 있다. 이런 세포를 줄기세포라고 한다. 이런 줄기세포 유전자를 이용하여 복제 인간을 만들려고 시도한다.

4) 자생력과 전인치유

하버드의대의 허버트 벤슨 교수는 "병의 원인은 자생력의 기능저하로 시작되고, 병의 치유는 자생력의 원상복귀를 통하여 유전자의 변이를 바로잡는데 있다."고 천명하면서 자생력을 극대화 시킬 수 있는 방법인 전인치유를 강조하고 나섰다.

그리고 전인치유는 창조주와의 관계개선을 통하여 이루어질 수 있음을 여러 가지 과학적 근거를 들어 역설하였다.

전인치유라 함은 현대의학의 치료와 영성훈련을 통한 치유를 적절히 병용하는 현대의학의 완성을 가리킨다. 그러므로 질병을 치료하는데, 특히 암의 치료에 있어서 전인치료의 내인성이라 함은 본인 스스로 자신의 마음을 다스리지 못하여 결과적으로 자신의 유전자를 변형시켜 버리는것을 말한다.

이렇게 발생한 유전자의 변이는 보통 자신이 출생할 때부터 갖고 있는 자생력에 의해 바로잡아지는데, 이때 동원되는 자생력은 '토포아이소메레이즈 (Topoisomerase)'라는 효소이다.

암의 발생은 자생력 유전자의 비정상적인 작동으로 시작 되므로 자생력의 강화만이 암을 확실히 치료하는 길이다.

암 환자가 명심해야 할 아주 중요한 한 가지는 반드시 영양공급에 힘써야 한다.

그 이유는 영양상태가 나빠지면 암세포가 전이를 시작하기 때문인데, 이러한 사실은 영국 임페리얼 대학의Graham M. Lord 교수가 연구하여 증명한 것이다.

그는 적당한 영양섭취를 암 환자가 지켜야 할 좌우명으로 강조 했다. 만일 전인치유로 암을 정복 할 수 있다면 다른 모든 만성병들도 전인치유로 회복할 수 있을 것이다.

전인치유를 이해하기 위해서는 먼저 자생력이 무엇인가 부터 이해하여야 한다.

5) 자생력유전자의 역할

우리의 몸인 육체는 물질의 덩어리임과 동시에 하나님의 말씀을 간직한 유전자의 활동으로 생명은 운행되고 있다. 우리의 몸은 단순한 물질의 집합체만이 아니며 하나님과 교통하면서 생을 유지하는 성전임을 생각하게 된다.

치유는 하나님의 약속이고 인체는 하나님의 말씀에 틀림없이 반응하게 설계되어 있으며, 유전자가 이 반응의 본체다.

자생력 유전자는 찌그러지고 꼬인 유전자를 원상으로 수복하는 효소를 만들어 낸다.

이 효소의 이름을 '토포이소메라제(Topoisomerase)'라고 부른다.

자생력 유전자는 유전자의 고장만 수리하는데 그치지 않으며, 우리 몸을 해치려는 세균이 침입하면 면역 세포에게 활동 명령을 발하여 침입자를 박멸한다. 뿐만 아니라 면역 세포 활동도 관리한다. 이상의 두 자생력 유전자 외에도 8가지 자생력 유전자가 면역세포로 하여금 침입자를 박멸하는 작용을 하도록 지배하고 있음이 밝혀졌다.

6) 면역세포를 지배하는 자생력유전자

사람의 면역 세포와 자생력 유전자는 어떤 관계를 가지고 있는 사람의 면역 세포만 강화하면 만병통치할 수 있지 않겠는가?

우리의 몸에는 면역 세포가 있어서 침입한 병균을 박멸하여 우리의 건강을 지키고 있음을 알게 된지는 벌써 백 년이라는 세월이 흘렀다. 누구나 면역력만 높이면 모든 병을 정복할 줄 알았다.

그런데 왜 암 환자의 면역력을 올리는 조치를 계속하여도 환자는 기대한 만큼 호전되지 못하는가? 면역 세포는 우리 몸의 경찰력이요 군대이며, 특공대다. 면역세포는 세균, 바이러스, 곰팡이의 천적이다. 아무리 강력한 세균이나 바이러스도 면역 세포를 이기는 힘은 없다. 그러나 자생력 유전자가 약해지면서 면역 세포도 약해졌다.

왜 자생력 유전자가 약해 졌는가? 자생력 유전자의 힘은 하나님의 말씀에 접할 시간이 점점 작아지면서 약화되었다.

결국 현대인의 자생력은 자신도 모르는 사이에 천연 방어 능력을 발휘하지 못하고 있는 실정이다. 면역력은 창조주께서 마련한 가장 강력한 힘으로 인체에 해로운 침입자, 내부에서 발생한 유해한 물질, 수명이 다한 세포의 시체 등 인체의 건강에 해를 끼치는 갖가지 것을 정리하여 처리하는 가장 강력한 건강의 지킴이다.

그러므로 면역력을 강화할 때는 반드시 자생력을 활성화하는 전인치유를 병행하여야 한다.

16. 유전자 치유의 방법

1) 질병유전자를 가지고 있다고 해서 반드시 발병하는 것은 아니다

질병의 유전자가 특정되었다고 화제가 된 적이 많았는데 질병유전자를 가지고 있다 해도 그 유전자가 기능을 발휘할 수 있는 조건을 갖추어 주지 않으면 발생하지 않는 질병도 있다.

ⓐ 발병여부는 조건에 따라

불치병으로 알려진 근위축증, 생활습관병인 암 고혈압, 당뇨병 등 수많은 질병의 유전자가 밝혀졌다. 가령 질병유전자를 가지고 있다 해도 조건에 따라 발병할 수도 있고 발병하지 않을 수도 있다.

유전자의 기초에서 보면 염색체는 똑같은 것이 2개씩 있어 모든 유전자가 쌍으로 존재하고 있다 그중 한쪽에서 질병유전자가 발견되어도 다른 한쪽에서 다른 질병 유전자 없이 정상적으로 기능하고 정상 유전자 쪽이 힘이 강하다면 발병하지 않는다. 이렇게 질병유전자가 한쪽 유전자에 있지만 발병하지 않는 경우나 발병할 유전자를 가지고 있는데 발병하지 않는 사람을(캐리어) 보균자라 한다.

그러나 질병 유전자를 가진 쪽의 작용이 강한 때는 발병하게 된다. 질병유전자가 강한가 약한가는 정상 유전자가 만드는 물질과 질병 유전자가 만드는 물질의 양이나 성질 등의 상관관계로 결정된다.

ⓑ 생활 습관에 의해 발병할 수도 있다.

그러면 양쪽 유전자에 질병유전자가 있을 경우는 어떻게 되는가. 이 경우에도 발병할 수도 있고 발병하지 않을 수도 있다. 양쪽 유전자에 질병유전자가 있으므로 분명 발병할 터인데도 발병하지 않는 것은 유전자가 기능할 조건이 갖추어져 있지 않기 때문이다.

예를 들어 암 유전자는 양쪽 유전자 둘다 고장을 일으키는 경우가 있지만 암에 걸리는 사람과 암에 걸리지 않은 사람이 있다.

또한 많은 사람이 고혈압관련 유전자를 가지고 있으며 당뇨병 유전자도 상당수의 사람이 가지고 있다.

그러나 모든 사람이 고혈압이나 당뇨병에 걸리지 않는다.

고혈압을 예로 들어보면 염분을 많이 섭취하고 동물성 지방을 많이 섭취하는 사람 중에 발병률이 높다.

당뇨병도 단것을 많이 먹거나 비만인 사람에게서 발병하기 쉽다. 이렇게 질병 유전자를 가지고 있더라도 생활습관에 의해 발병 여부가 결정되는 것이다, 그래서 이런 질병을 생활습관 병이라 부르고 있다.

ⓒ 장래의 병을 예측할 수 있는 유전자 진단

질환의 유전자가 속속 밝혀지고 있기 때문에 그것을 이용하면 현재 건강한 사람이라도 유전자를 조사하여 장래 걸릴 가능성이 있는 질환을 예측할 수 있게 되었다 이것을 발증전 유전자 진단이라 한다.

유전자만이 아니라 식생활등의 환경과도 관련이 있는 당뇨병이나 고혈압과 같은 성인병 등은 그 질환에 걸리기 쉬운 유전자를 가지고 있다는 것을 알면 증세가 나타나기 전부터 식생활에 주의하거나 정기적인 건강진단을 하는 조기치료 및 예방에 이용할 수 있다.

또한 태아 단계에서 질병을 조사하는 출생 전 진단만이 아니라, 수정란 단계에서 질환을 조사하는 착상 전 진단까지도 가능한 상황이 되었다. 그러나 이러한 진단을 만약 치료법이 개발되지 않은 병이라면 인공임신중절을 하는 경우까지를 포함하여 가족에게 큰 부담이 될 것이고 차별문제가 발생할 가능성이 있다. 유전자 진단에서는 이러한 문제가 아직 미해결인채 남아 있다.

ⓓ 개개인에 맞는 치료법 및 약이 무엇인지 알 수 있다.

유전자 진단으로 개인의 체질이나 질병의 질을 알아볼 수도 있다. 그렇게 되면 개개인에 맞는 치료법을 선택할 수 있을 뿐만 아니라 부작용이 적은 약을 선택할 수 도 있다.

예를 들어 암의 경우 암세포 유전자를 조사하여 항암제가 듣는 타입인지 듣지 않는 타입인지를 알 수도 있다. 듣지 않는 타입이라면 부작용이 심한 항암제를 쓰지 않아야 할 것이고 환자의 부담감도 경감된 자. 또한 개인의 체질에 맞는 약을 처방할 수도 있다. 이것을 오도메이드 의료라 한다. 그리고 질환의 유전자 해석 결과를 토대로 점점 더 효과적인 약을 만들 수 있게 되었으며. 임상실험 등을 거듭하지 않아도 컴퓨터상에서 신약 개발이 가능해지고 있다.

그밖에도 유전자를 조사하는 것은 범죄수사나 친자관계 확인에도 유용하여, 범인의 특징을 알아내거나 중국 잔류 고아의 친자관계 확인 등에도 이용되고 있다.

2) 전인 치유를 통한 유전자 치유

전인치유가 이 시대에 와서 꼭 필요한 이유는 현대인의 자생력 유전자가 약해졌기 때문이다.

전인치유를 시작하여야 할 몇 가지 이유는

ⓐ 병의 원인인 유전자의 변이며, 생리현상을 운행하는 생리단백질이 발병 단백질로 변형되어 생겨난다. 최근에 와서야 처음으로 이 발병단백질을 알게 되어 미국의 선진적인 몇몇 의과대학에서만 영성 치유의 과정을 시작하고 있을 뿐 많은 환자들이 영성 치유에서 제외되어 있다.

ⓑ 병을 치료하려면 병을 일으킨 국소 부위의 수술이나 약물로 교정함은 물론 필요하지만 국소부위의 병을 시작한 원인인 유전자의 교정이 반드시 앞서야 자생력유전자의 활성화로 병은 완치된다.

ⓒ 인간의 유전자는 사람이 만든 것이 아니며, 창조주가 인간을 만드실 때 "생명유전자"와 함께 자생력유전자가 우리 몸속에 실제로 존재 한다는 것을 (사이언스지는)발표했다.

현대 의학은 이 자생력 유전자를 활성화 하는 방법을 아직 발견하지 못했으나, 영성 치료로는 가능하다.

유전자는 말씀에서 힘을 얻기 때문이다. 하버드대학 건강통신은 "영성치유의 장을 마련하라" 고 권유하고 있다.

ⓓ 현대인의 자생력 유전자는 많은 경우에 불활성화 되어 있어 발전한 현대 의학의 치료에도 불구하고 기대한 만큼의 효과를 내지 못하고 있다. 즉 현대 의학의 물질의 치료로 그 병든 세포가 회복하도록 도움을 줄 수는 있으나 병의 원인인 유전자의 변형을 원상복구하지 못하면 병은 재발한다.

그 실례가 암의 경우다. 암을 치료하는 과정을 보면 엄청나게 정확한 화학 및 방사선 검사로 암 세포의 정확한 위치에 방사선을 쏘여 암 세포를 직접 죽이고 이어서 항암제를 투약하여 그 주위 전체에 까지 세포핵을 파괴하는 화학약품을 작용시켰다.

결과로 암의 크기는 일시에 줄어든다. 이와 같은 암 치료는 암으로 변이된 유전자의 교정이 아니고 파괴일 뿐이다. 이미 생겨난 암 세포를 파괴하는데 그친다.

결국 원인교정이 안 되었으므로 세포는 또 다시 암으로 전환하여 재발 한다.

ⓔ 최근에 1년에 90%씩 증가하는 암도 자생력유전자의 불활성화 때문이라고 영국 캠브리지대학의 핫친슨 암 연구 센터가 발표 하였다.

ⓕ 전인치유는 자생력 유전자를 하나님의 은총으로 불러일으키는 치유이며 예수께서 본을 보이시고 모든 제자들에게 그 권능을 주시고 "땅 끝까지 전하라" 하신 명령이다.

믿음 치유에 확실한 변화를 가져온다는 과학적인 사실을 설명하여, 현대 의학만으로 완치 하지 못하는 만성병 환자와 환자들에게도 전인치유로서 "자생력유전자(119유전자)를 활성화하여 훌륭한 삶을 이어갈 수 있다. 이것이 전인치유 교육이 추구하는 목적이다.

참으로 마음의 변화를 일으켜 뇌 내 혁명을 거쳐 몸의 생리 기능을 교정하는 힘이 있다.

3) 말씀을 통한 유전자 치유

ⓐ 말씀을 불순종함으로 약해진 자생력 유전자

　　사람의 몸속에 유전자의 고장을 자가 수리하는 자생력의 유전자가 실제로 있다.

　　불치병과 암이 많아지니까 이런 유전자가 생겨난 것일까 ? 아니다 유전자는 하나님께서 인간을 창조하실 때 인간에게 주신 선물이다. 인체는 더 이상 보완할 필요가 없도록 완전하게 창조 받았다. 세월이 흐르면서 사람은 하나님과 말씀이 멀어지고 눈에 바로 보이는 물질에
현혹되어 유물론적 과학 교육만을 해왔다. 이 세상 교육에 더욱 중점을 두다 보니 자생력 유전자는 말씀의 결핍으로 점점 약해졌다.

ⓑ 창조된 유전자는 하나님 말씀에 반응한다.

　　물질인 유전자가 생명을 엮어 가는 것 같으나 사실은 그 속에 생명체를 엮어가는 것 같으나 실은 그 속에 생명체를 엮을 순서가 입력되어 있으니 이 유전자는 누군가가 창조하였음이 분명하다. 그렇다면 이 유전자가 창조주와 교통할 수 있음이 자명하다.

　　"유전자는 말씀에서 힘을 얻으며 말씀에 순종한다.　DNA는 당(인산-당-인산의 순서로 엮어진 두 줄의 뼈대에 4종류의 염기)가 양쪽 줄의 당의 안쪽에 붙어 있어 사다리꼴같이도 생겼고 기차의 철길같이도 생겼다. 사람의 유전자는 23쌍의 염색체인데 그 속에 약 30억 개의 염기가 암호같이 입력되어 있다. 인간의 유전자 총수는 아직 확실히 모른다.

　　예전에는 유전자 수가 아마도 10만 정도라고 생각해 왔는데 이번 "휴놈 게놈 프로젝트"의 1차 완성을 보면서 유전자수는 약4만개라고 주장하는 학자가 있는가 하면 한편에서는 약14만개라고 주장하는 학자도 있다. 최면요법이나 심령요법에 의한 정신집중은 자생력 유전자를 어느 정도 원상태로 돌려놓는다.

ⓒ 정신집중의 상태는 모든 잡념을 떨쳐버린 상태이기 때문에 신체는 선천적으로 받는 본능의 상태로 돌아가고 자생력은 유전자의 이상을 수리한다. 사람의 생각은 성경말씀을 따를 때에 유전자는 춤을 춘다. 사람의 몸은 마음의 움직임에 따라 변화할 수 있는 구조를 가지고 태어났기 때문에 당연히 그 결과가 나타난다. 이 모든 작동이 유전자에 의해 움직이며 그 유전자자는 하나님이 주신 생명체이다. 자생력만 확실하게 작동하여 변이가 생긴 유전자

를 원상으로 복구하면 병은 회복된다.

유전자는 하나님 말씀에서 힘을 얻는다.

유전자가 물질보다 먼저다. 유전자 안에 있는 정보가 물질보다 먼저 미운 생각을 하면 유전자가 찌그러든다. 유전자는 하나님이 주신 복이다.

4) 심신이완을 통한 자생력 유전자의 활성화

심신 상관 의학의 대표적인 치유법으로 명상, 최면술, 바이오피드백, 음악요법, 미술요법, 독서요법 등이 있다. 이 모든 치료의 공통점은 신체를 이완시키고 마음을 가라앉히는 자기 수련 기법이다. 명상에서 가장 각광을 받았던 기법은 "지각명상"이다. 명상 중에 다른 생각이 떠올라도 그 생각을 지워 버리려 애쓰지 않으며 오히려 그 새로운 생각으로 마음을 집중한다.

기존의 명상은 "초월명상"인데 이 명상은 특수한 단어 또는 소리에 정신을 집중하는 방법이다.

최면요법도 명상과 기본은 같다. 이때에 시술자는 낮고 웃음 섞인 음성으로 말한다. 지난날은 다시 돌아오지 않는다. 당신은 지금 너무나 안전하고 평안한 가운데 있다.

이와 함께 아름답고 평안한 음악이 울려 퍼진다. 환자의 눈앞에는 조금 전에 광란하던 심전도, 혈압, 뇌파가 모두 다시 원상태로 돌아온다. 환자는 한숨을 내쉬며 눈은 평상시로 돌아온다.

심신상관 의학의 모든 치료는 심신의 이완이 선행되어야 한다.

그런데 심령요법도 마찬가지로 최면상태로 들어가 심신의 이완현상이 나타난다.

결국 그 어떤 기법이나 마찬지로 시술자는 환자를 도울 뿐이고 환자 자신의 마음과 몸을 이완시켜야만 치료의 효과는 나타난다.

왜 이런 효과가 나타나는가 하면 몸과 마음이 이완된 상태가 될 때 자생력 유전자가 힘을 얻고 정상적으로 활동하며 변이된 유전자를 치유하기 때문입니다.

5) 마음가짐으로 유전자를 조절 한다.

예로부터 "병은 마음에서"라는 말이 있다. 마음가짐 하나로 인간은 건강을 잃어버리기도 병을 물리치기도 하는데 여기에 유전자가 깊게 관련되어 있다.

즉, 무엇을 어떻게 생각하고 있는가. 유전자의 작동에 영향을 주어 병에 걸리기도 하고 건강해지기도 한다.

어떤 학자는 단지 병에만 관련된 것이 아니라 행복한 삶을 결정하는 것에도 유전자가 작용한다고 주장한다.

행복에 관계한다고 생각되는 유전자는 누구에게나 다 있기 때문에 누구든지 그 유전자를 ON으로 하면 행복해질 수 있다는 것이다.

인간의 유전자는 30억 개의 A, T, C, G 4개의 화학문자로 구성되어 있고 여기에 씌어진 정보의 의해서 세포를 작동시키고 있다. 그러나 실제 작동되고 있는것은 겨우 5%정도로 추정 되고, 그 외의 부분은 아직 OFF 상태인 유전자가 많을 것이라는 추정이다. 마음가짐에 따라 유전자의 활동이 다르다는 것은 인간의 유전자 대부분이 OFF로 되어 있는 것과 관계가 있을지도 모른다.

알려지지 않은 유전자 가운데 마음과 강하게 반응하는 유전자가 있다. 마음 그 자체는 유전자에게 완전히 지배되지 않지만 마음이 신체에 명령하여 실행에 옮기기 위해서는 유전자의 작동이 필요한 것이다.

행복하기 위해서는 유전자를 어떻게 작동시켜야 할까?

일상생활을 생기 있고 활력이 넘치게 살아가는 것이다.

생동감 있고 기대에 찬 삶의 방식은 인생을 성공으로 인도하고 행복을 느끼기 위하여 필요한 유전자를 ON으로 해준다.

인간은 생동감 있고 기대에 부풀어 있으면 모든 일이 보다 순조롭고 그럴 때의 마음가짐은 좋은 유전자를 ON으로 하면서 나쁜 유전자를 OFF로 하는 작용을 한다.

유전자에 입력된 정보가 마음 상태에 따라 쉽게 변동한다. 소나기 같은 악몽이 지나고 나면 유전자가 오뚝이같이 다시 원상태로 오는 것은 자생력 유전자가 작동하기 때문이다.

유전자정보는 우리가 바꿀 수 없도록 선천적으로 정해져 저장되어 잠겨진 창고같이 생각하지 그렇지 않다.

사실은 마음의 병도 너무나 쉽게 유전자를 움직인다는 것을 알아야 한다.

물론 유전자가 태어날 때 선천적으로 입력된 상태, 즉 생명을 지키는 본능의 상태는 자생력이 함께하는 한 변하지 않는다.

인간은 환경인자나 마음의 작용으로 성 행동에 관계하는 유전자도 조절할 수 있다.

나쁜 유전자를 OFF로 하고 좋은 유전자를 ON으로 하는 방법으로 어떤 조건에서나 상황에서나 누구에게나 가능 한 것은 "마음가짐"을 플러스로 하는 것이다. 이것이 유전자에 커다란 영향을 미친다고 생각할 수 있다

6) 좋은 유전자를 활성화시키는 "마음가짐"

사람을 병에 걸리게 하는 유전자도 있고 , 발병을 억제하는 유전자도 있다.

예를 들면 암 유전자라는 것이 있지만 한편으로는 암 억제 유전자가 있어서 균형을 유지하고 있다. 중요한 것은 균형이다. 몸속에서 일어나고 있는 변화는 우리들이 전부다 이해할 수 없다. 암 유전자가 눈에 보이지 않는 곳에서 ON이 되어 암세포를 만들기 시작할지도 모른다.

그러나 그것을 억제시키거나 제거하는 유전자가 작용해서 발병되지 않는 상태로 보존하고 있다.

이 균형상태가 크게 무너졌을 때 병이 가속도로 진행되는 것이다.

마음을 통하여 유전자를 생동감 있게 해야 한다.

한편 유전자 연구에서 그래도 신빙성이 있는 사실 중에 하나는"환경인자의 영향은 개인차가 크다"는 것이다.

이것은 유전자가 개개인 마다 틀린 것과 상당히 관계가 있다. 담배를 피우지 않아도 폐암에 걸리는 것은 폐암을 촉진 시키는 듯 한 유전자가 내부에 포함되어 있기 때문이다 그러한 요인에 환경 인자가 더해지게 된다.

물리적인 환경인자는 누구에나 같은 양상으로 작용된다고 생각되어 왔지만 내부 요인에 따라 작용의 속도에 차이가 있다.

나쁜 유전자에 브레이크를 걸고 좋은 유전자를 활성화 시키는 방법은 마음가짐밖에 없다.

더구나 마음자세의 좋고 나쁨은 유전자의 활성에 크게 영향을 미친다. 유전자 해독이 진행되는 21세기는 마음 자세가 최대의 문제가 될 것이다.

이 몸에 끼치는 영향은 크지만 몸속 최고의 사령탑은 유전자이다. 정신작용과 유전자의 관계는 아직 확실하진 않지만 자연치유력을 발휘하는 열쇠는 유전자가 가지고 있다.

실제로 에이즈 치료 현장에서는 마음가짐이 에이즈 발병을 좌우하는 사례가 보고되고 있다.

플러스 발상이 어려운 일인지도 모르지만 마이너스 발상은 좋지 않은 유전자를 작동하게 할 가능성이 있다. 어떤 상황에서든지 플러스로 생각하는 것이 유전자 조절을 위하여 무엇보다 중요하다.

7) 과학은 절대 진리가 아니다

큰 정신적 충격에 의해 어떤 유전자가 ON이 되어 몇 년에 걸쳐 서서히 이루어져야할 노화 현상이 단숨에 이루어지기도 한다. 예를 들어 이런 능력을 가진 유전자를 좋은 쪽으로 활성화시키면 굉장한 일이 일어날 것이다.

　문제는 그 방법이지만 마음의 충격 때문이라면 반대로 굉장히 기쁜 일은 좋은 유전자를 ON으로 한다고 생각할 수 있다.

　그 경우 유전자는 일분일초도 쉬지 않고 작용하기 때문에 우리들의 마음가짐도 언제나 좋게 할 필요가 있다.

　사물에 대한 사고방식을 플러스 발상으로 전환하는 것이다.

　좋은 유전자를 ON으로 하기에 최고인 것은 플러스 발상이다.

　과학은 절대적인 진리가 아닌 조건적 진리다.

　일정의 조건을 기본으로 이러한 것이 일어난다는 것을 논리적으로 설명하는 것이 과학이다.

　현대의 과학적 방법으로는 우리들이 바라는 병의 완전 소멸은 어렵다. 그 이유 중 하나는 마음의 문제가 있기 때문이다. 마음의 작용을 좀 더 연구할 필요가 있다.

8) 플라시보 효과

　이제부터는 전인치유가 어떻게 변이를 일으킨 유전자에　영향을　미칠 수 있는가를 살펴보자.

　미국 국립암센터에서 일어났던 실화가 있다

　38세 된 두 아이 어머니가 유방암이라는 진단을 받았다

　이미 암세포가 다른 기관으로 전이되어 수술이 불가능했기 때문에 그녀는 항암치료를 받아야 했다. 항암치료 후 의사는 환자의 혈액검사 결과를 보면서 속으로 안 되겠다고 생각하고 있는데 그러나 환자는 말하기를 "선생님 이번 항암 치료는 확실히 효과가 있는 것 같아요. 여길 보세요! 이렇게 암의 크기가 줄어들었잖아요?"

　이번에는 지난번보다　더 강력한 처방을 해 주세요. 그녀의 말에 주치의는 "면역세포 수치가 떨어져 항암치료를 할 수 없다고 말하면 이 환자가 얼마나 실망할까?

　주치의는 결심한 듯 말한다. "부인! 훌륭하십니다. 효과가 매우 고무적이니까 그렇게 하십시다.

　이번에는 좀 더 강한 것으로 처방할 테니 아주 사소한 몸의 변화도 빠짐없이 내게 알려 주셔야 합니다.

　주치의는 처방전의 항암제라는 단어에 무슨 표시를 한다. 이 특별한 표시는 가짜 항암제라는 뜻이며 겉보기에는 항암제와 똑 같지만 실제 내용물은 포도

당으로 채워진 가짜 약이다.

3일이 지난 뒤, 그 유방암 환자로부터 전화가 걸려왔다. 간호사 아가씨! 항암제는 정말 독하군요. 다른 때는 항암제 맞은 뒤 5일쯤 지나서야 구역질이 나고 머리카락도 빠지기 시작하는데 이번에는 3일째부터 벌써 머리카락이 빠지고 구역질도 어찌나 심한지 통 먹을 수가 없어요!

그녀의 말에 놀란 쪽은 치료진 이었다 . 가짜 항암제를 주었는데 어떻게 이런 현상이 생긴단 말인가? 이 현상은 주치의가 "이번 항암제는 아주 강한 것입니다" 라는 말이 환자의 유전자에 심대한 영향을 끼쳐 소화기 내벽 세포를 상하게 하여 구역질을 일으키고 머리카락이 빠지는 현상을 보이게 했던 것이다. 유전자는 이렇게 사람의 생각에 따라 변이를 일으킬 수 있는 신비한 물질이다.

9) 자아상이 유전자 치료에 미치는 영향

질병의 치료는 그 사람의 신념, 예측, 기대 등 자신의 자아상에 따라서 크게 달라진다. 실제로 심리적 압박감으로 "나는 틀렸다"라고 생각하는 사람이 심리적으로 안정된 사람 보다 사망률이 높다. 캘리포니아 스텐포드 대학의 정신의 학자 데이빗 스피겔이 "환자의 마음 상태와 암의 극복과 아무런 상관이 없다는 것을 증명 하려고 실험을 했다. 스피겔 박사도 다른 의사나 마찬가지로 환자의 태도와 생각에 큰 의미를 두는 것은 도움 보다는 해를 더 가져 올 것이라고 생각 했다. 그는 상당히 진행된 유방암 환자 86명을 상대로 그들 중 에게 일주일에 한 번씩 정신요법을 행했다. 이 실험은 10년 동안 같은 환자에게 계속 되었다. 10년 후 그는 놀랄만한 차이를 발견했다. 정신요법을 받은 그룹은 정신요법을 받지 않은 그룹보다 평균 두 배나 더 오래 살았다

1987년에 예일대학 젠센 교수가 보고한 바에 의하면 좌절감이나 분노의 감정을 억누르거나 부정적인 감정을 발산해 버리지 못한 여성이 유방암이나 관절염에 더 걸린다고 하였다.

10) 자연법칙과 일치할 때 자생력 유전자가 활성화 된다

우리 몸은 믿기 어려울 정도로 잘 만들어져 있다. 그리고 누구나 다 자신이 생각하고 있는 이상의 굉장한 능력을 가지고 있다. 생명을 지키고, 생명을 키우고 즐겁게 해 줄 수 있는 방향으로 유전자가 작용하는 것은 자연의 법칙과 일치할 때이다. 우리들은 자연이라는 것을 잘 관찰하고 그 법칙에 일치하는 삶의 방식으로 살면 된다. 그것이 가능하게 되면 우리 스스로도 믿을 수 없을 만큼 굉장한 능력을 발휘할 수 있을 것이다.

11) 생각은 유전자를 움직인다.

유전자의 작용이 세포의 상태를 변화시키는 과정을 이해하고 유전자는 전혀 세상물질에 의해서는 움직이지 않으나 우리의 생각은 유전자를 얼마든지 움직일 수 있으니 우리의 마음이 몸을 지배하고 있다.

실제로 의학은 이 마음과 몸의 관계를 치료에 응용하기 시작했다.

대표적인 것으로 정신 신경 면역학 이라는 분야가 있다.

리더인 나의 생각은 연구원이나 옆에 있는 사람들에게도 통하는 것이 틀림이 없다. 간절한 생각은 하늘에도 통한다고 이야기 하지만 생각은 하늘이 아니고 뇌가 아니고 세포속의 유전자에 전해진다. " 플러스 발상으로 유전자를 깨워라! "

유전자에는 ON으로 해야 좋은 유전자와 OFF로 해야 좋은 유전자가 존재한다. 이상적인 형태는 나쁜 유전자는 OFF로하고 좋은 유전자는 ON으로 하는 것이다.

그 비결은 모든 것을 좋은 쪽으로 생각 하는 것이다. 즉 플러스 발상이 대단히 중요하다

★ 저해인자를 제거하면 인간의 능력은 100배나 1,000배나 발휘할 수 있다.

★ 인간의 능력을 억제하는 최대의 저해인자는 마이너스 사고방식이다.

★ 실패라는 것은 실패를 의식한때부터 시작한다.

★ 지극한 생각은 하늘에도 통한다고 한다. 그래서 유전자도 ON이 된다.

★ 인간은 마음속에 대단히 큰 힘을 가지고 있다. 그 힘을 끌어내기 위해서는 자신을 몰아 부치는 것도 필요하다

★ 자신의 몸에 일어나는 것은 전부 "필연"이다.

12) 유전자는 자극을 받아야 발현 된다.

DNA가 원래 충분한 유전 정보량을 가지고 있지만 자극을 받지 못하면 그대로 미개발 상태로 남아 있게 된다. 만물 중에서 가장 뛰어난 인간 일지라도 DNA가 가지고 있는 많은 유전 정보량의 1억분의 1밖에 활용하지 않는다고 하는 학자도 있다. 부모가 우수한 머리를 가진 아기라도 그 아기가 늑대에게서 양육된다고 가정하면 그 우수한 부모의 유전자를 받은 아기는 인간으로서의 지능수준은 대단히 뒤떨어지고 도리어 보통 인간에게서 볼 수 없는 예민한 미각과 촉각을 보일 수 있다.

이것은 기존의 생체가 얼마나 많은 미개발의 능력을 가지고 있는가를 말해주는 것이다.

그러므로 유전정보를 충분히 활용할 수 있도록 적당한 자극과 교육이 필요하다. 성서가 우리에게 명령하는 말씀은 항상 어린아이에게 하나님의 말씀을 교육하고 그 유전자를 자극하여 장래에 참으로 훌륭한 사람이 될 수 있도록 하라는 것이다.

아이들을 하나님의 말씀으로 가르치고 훈계하는 것은 인간의 유전정보를 충분히 활용할 수 있는 일이다. "마땅히 행할 길을 아이에게 가르치라 그리하면 늙어도 그것을 떠나지 아니하리라" (잠 22:6)

보통의 생활을 하면 유전자는 거의 변하지 않는다. 나이를 먹어서 낳은 자식도 부모 나이의 영향을 받지 않는다. 유전자의 작동을 저해하는 것은 부정적인 마음이다.

13) 감동은 좋은 유전자를 감동시켜 장수를 부르고 젊음을 유지한다.

"인간이 눈물을 흘리는 것은 많은 경우가 감동했을 때이다. 인간의 눈물에는 어찌하여 시가 있는가." 라고 노래했던 것은 하이네였다. 지극히 감동하면 왠지 몰라도 눈물이 나오게 되는데 생리적으로 말하면 눈물이 나오는 것도 유전자가 작용하고 있기 때문이다.

여기서도 마음의 작용이 유전자에 어떻게 영향을 미치고 있는 가를 알게 된다.

감동으로 눈물을 흘리면 인간은 기분이 좋아진다. 예를 들면 슬플 때에도 울고 나면 한결 후련해진다. 이것은 좋은 유전자가 ON이 되었다는 의미이다.

노인에게 장수의 비결을 물으면 그 조건의 하나에 "감동"을 드는 사람이 적지 않다. 연령에 비해 젊어 보이는 사람에게 물어도 같은 답을 듣게 된다.

감동은 장수를 부르고 젊음을 유지하는 효과가 있다. 이러한 것도 유전자에 관계가 있다.

감동의 눈물은 주님이 우리에게 준 선물이다.

뇌는 뇌세포가 가지고 있는 유전정보가 아니면 작용할 수 없다.

그런 의미에서 인간의 가장 중요한 사령탑은 유전자라고 해도 과언이 아닐 것이다. 그 유전자를 ON/OFF로 조절이 가능하다면 우리들은 더욱더 유전자와 사이가 좋아질 필요가 있다

아침에 집을 나설 때 날씨가 좋으면 자기도 모르게 "아~기분 좋다!" 라고 하면 왠지 몸도 가뿐해 지게 된다. 그때 유전자는 좋은 쪽으로 작동해 준다. 눈으로 날씨가 좋은 풍경을 잡아서 뇌가 그것을 전신에 전달하는 수고를 들이지 않아도 밖에 한 발 내디딘 순간 세포는 직접 기분의 좋고 나쁨을 느껴서 생동감을 발산하는 것이다. 세포는 뇌의 지령에 의해서도 일을 하지만 동시에 세

포 그 자체가 한 개의 독립된 생명체로서도 존재한다. 유전자 ON/OFF를 고려할 때 이것은 대단히 중요한 사실이다. 인간은 감동을 받을 때 잠자고 있는 좋은 유전자가 활성화된다.

감동할 때 몸속에 존재하는 유전자가 작동한다. 그러므로 환자에게 감동을 주어야 한다.

감동할 때 유전자는 결코 나쁜 영향으로 작용하지 않는다.

내 몸속에도 여러 가지 좋지 않은 유전자가 있겠지만 감동하는 것으로 그런 유전자를 잠재우고 좋은 유전자를 활성화시키는 것이 가능하다. 감동에는 개인차가 있어서 타인에게는 아무것도 아닌 것 같아도 그 사람에게는 대단한 감동이 되는 경우가 있다.

14) 유전자를 건강하게 유지하는 방법

☞ 유전자에 나쁜 영향을 주는 것으로 알려진 환경요소는 가능한 피하는 것이 좋다. 니코틴, 알코올, 마약, 과도한 태양 빛도 환경 유해요소에 속한다. 스모크, 방사선, 전자파(휴대전화)도 마찬가지이다.

☞ 호르몬, 비타민, 미네랄 등의 결핍현상이 나타나지 않는지 정기적 의사의 검진을 받고 필요한 경우에는 보충한다. 최적의 활동을 위한 당신의 수리부대는 이들 물질을 필요로 한다.

15) 남에게 사랑을 베풀고 보람 있는 일을 할 때 좋은 유전자가 발현된다.

"주고 또 주기"의 실천은 유전자 ON의 효과적인 방법이다.

✿ 발증 전 유전자 진단 ✿

"건강한 사람도 장래에 걸릴 질병을 예측할 수 있다"

유전자를 조사함으로써 현재는 건강한 사람이라도 장래에 발병할 가능성이 있는지 어떤 조사를 알 수가 있다. 이것이 발증 전 진단이다.

✿ 비만과 유전자와의 관계 ✿

◆발증 전 유전자 진단◆

건강한 사람도 장래에 걸릴 질병을 예측할 수 있다

유전자를 조사함으로써, 현재는 건강한 사람이라도 장래에
발병할 가능성이 있는지 어떤지를 알 수가 있다. 이것이 발증 전 진단이다.

암 유전자를 초기에 발견하면 생활환경을 개선해 볼 수 있고,
암이 생겨도 신속한 치료대책을 세울 수 있다.

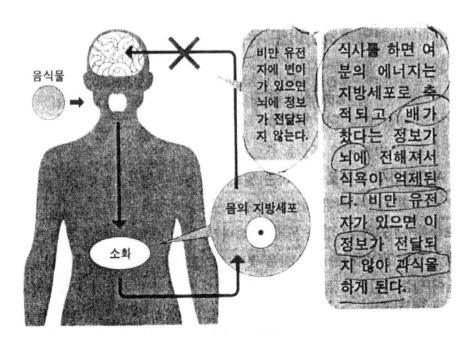

음식물

비만 유전자에 변이가 있으면 뇌에 정보가 전달되지 않는다.

식사를 하면 여분의 에너지는 지방세포로 축적되고, 배가 찼다는 정보가 뇌에 전해져서 식욕이 억제된다. 비만 유전자가 있으면 이 정보가 전달되지 않아 과식을 하게 된다.

X염색체 열성유전의 구조

어머니가 병인유전자를 가지고 있는 경우

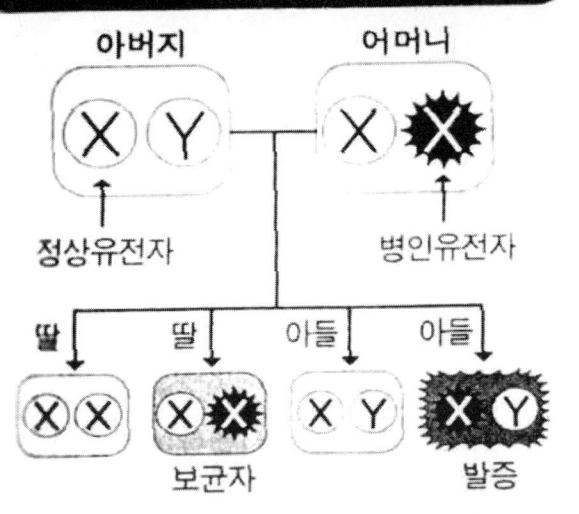

아버지 · 어머니

X Y · X ✦

정상유전자 · 병인유전자

딸 · 딸 · 아들 · 아들

X X · X ✦ · X Y · X Y

보균자 · 발증

아버지가 병인유전자를 가지고 있는 경우

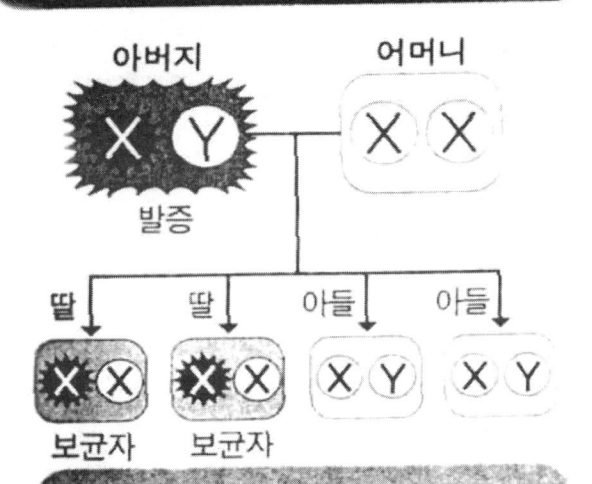

아버지 · 어머니

X Y · X X

발증

딸 · 딸 · 아들 · 아들

X X · X X · X Y · X Y

보균자 · 보균자

✦는 열성이기 때문에 X와의 조합에서는 그 형질이 나타나지 않지만, Y와의 조합에서는 나타난다.

"비만여인 기네스북에 오르다"

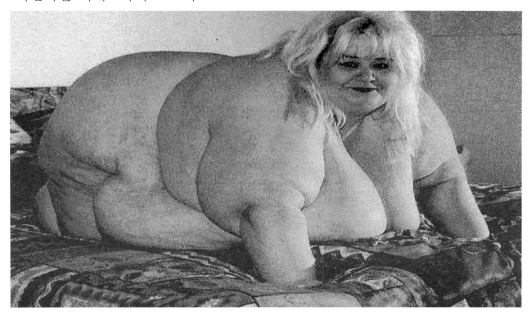

✿ 유전자 치료의 현주소 ✿

  유전자 치료란 환자에게 결여된 유전자나 환자의 몸속에서 기능을 향상시키
고자 하는 유전자를 외부에서 삽입하여 병을 치료하는 것이다.
  유전자 치료란 본래 "고장 난 유전자 대신 정상적인 유전자를 삽입 한다."는
것인데 현재의 기술은 아직 그렇게 까지 발달하지는 못했다. 현재 행해지고 있
는 유전자 치료는 고장 난 유전자를 제거할 수 없는 상태에서 정상적인 유전
자를 삽입하는 정도이다.
  인간의 몸은 60조개나 되는 세포로 구성되어 있는데 그중에서 고장 난 유전
자 모두를 교체 하거나 치료하는 것은 불가능하다.
현재의 치료법은 혈액을 만들어 내는 조혈간세포에 유전자를 삽입하여 몸속에
서 늘리거나 삽입하는 것이다.

17. 정크 DNA란

  사람의 유전자중 98.5%를 차지하며 유전 정보는 없는 DNA를 말한다. 고등
생명체 일수록 많고 세균류에는 존재하지 않는다.
  최근 포스트게놈 연구의 중요부분으로 인식되고 있다. 정보를 담고 있지 않
는 정크DNA는 생물개최 복잡성을 풀어줄 열쇠로 보여지고 있다.
  DNA는 유전정보를 지니고 있는 물질로서 인간의 경우 23쌍의 염색체로 이

루어져 있다. 이를 연결하면 폭 1천억 분의 5㎝, 길이 152㎝가 되는데 이 안에 약 30억 개의 염기쌍이 들어있다.

염기쌍은 아데닌(A), 구아닌(G), 시토신(C), 티민(T), 등의4가지 염기로 구성되어 있으며 이 30억 쌍의 염기 정보를 모두 알아낸 것이 "인간 게놈프로젝트"이다. 자손에게 물려주는 형질을 지배하는 기본물질인 유전자는 위 DNA 중에서 단백질을 합성하는 특정 부분을 말한다.

인체 내 세포에서는 항상 유전자의 지시에 따라 필요한 단백질이 만들어지고 이에 따라 태아의 성과 인종은 물론 수십 년 후 특정 질병에 걸릴 위험까지 결정된다.

사람의 DNA에서 유전정보를 갖고 있는 부분은 겨우 1~1.`5%에 지나지 않는 것으로 드러나고 있다. 나머지 부분은 아무런 유전정보도 갖고 있지 않아 쓸모없는 것으로 생각되는 쓰레기, 곧 정크DNA이다.

과학자들은 최근 인간과 쥐의 게놈차이는 수백 개에 불과하다는 사실을 밝혀냈다. 인간과 쥐의 게놈이 거의 유사하다면 쥐는 왜 쥐가 되고 인간은 왜 인간이 되는 것일까? 그 이유는 한 개의 유전자가 한 개의 단백질뿐만 아니라 수십 개의 단백질을 만들기도 하고 여러 개의 유전자가 하나의 단백질을 만들기도 하기 때문이다.

또 단백질은 세포내에서 환경과 상호 작용해 수십 가지로 변형되기도 한다.

따라서 단백질의 구조와 기능 규명 그리고 유전정보가 없는 정크 DNA의 유전자 발현조정이 각 생물 개체의 복잡성을 설명하는 열쇠인 것으로 추정되고 있다.

사람마다 생김새가 다르고 발생하는 질병이 틀린 것은 유전자가 다르기 때문만은 아니다.

같은 유전자를 갖고 있더라도 그 유전자의 스위치가 켜 졌느냐 꺼져 있느냐에 따라 결과가 엄청나게 달라질 수 있다.

이처럼 유전자의 스위치 역할을 하는 부분이 바로 정크DNA 어딘가에 숨어 있다.

18. 미토 콘도리아 유전자

1998년 1월 16일자 (SCIENCE)지에는 세포 속의 에너지 생산처인 "미토콘드리아" 속에 존재하는 DNA의 변이가 그 동안 원인불명이었던 수많은 만성병의 원인이라는 기사가 실렸다.

1962년 Stockholm연구소의 발표에 따르면 "미토콘드리아"에서 에너지 생산이 저하되면 약화 증상이 나타난다고 합니다.

이 발표는 당시에는 크게 주목을 끌지 못하였으나 지금은 세계적으로 인정받고 있다. 어떤 원인으로 APT(에너지) 생산이 저하되면 그 세포는 기능이 저하되고 심할 경우 세포자살로 이어진다. 1980년에는 미토콘드리아 유전자가 13종의 특수 단백질로 구성되어 있음이 학자들에 의해 밝혀졌다.

그 속에 약16,569개의 염기(鹽基)로 정보를 만들고 24개의 RNA가 APT생산 효소를 생산 한다는 사실이 밝혀졌다.

유전자 변이는 세포 내부에서 발생하는 자유기에 의해 손상을 입을 때에 발생한다.

이때 원형대로 복구되지 못하면 변이가 남게 된다.

이것을 Heteroplsmy라고 부르는데 결국엔 생명을 위협하는 병으로까지 발전할 수 있다.

변형된 암호설계의 변이는 암호를 만들고 있는 염기서열에 교란상태를 초래하여 결과적으로 본래의 계획과 다른 생명단백질을 생산하게 된다.

이와 같은 상태가 원인으로 추정되는 여러 가지 병중에서 대표적인 것이 성인 당뇨병, 치매, 유전성 뇌 질환 등이다.

단 한 개의 세포에서 분열, 증식하는 세포는 하나의 예외도 없이 첫 번째 세포의 유전자를 물려받고 다시 후대에 넘겨준다.

이처럼 모든 세포는 다 한 세포의 자손이다.

그리고 똑같은 기능을 소유한다. 직능별로 분화된 세포들이 자기가 담당해야 할 부분의 기능만을 수행하고 있다 해도 사실은 그 속에 전체의 기능을 할 수 있는 유전자를 간직하고 있다

19. DNA설계도에 따라 단백질을 만드는 RNA

DNA 단백질을 만드는 설계도의 역할을 하고 있을 뿐이며 실제로 단백질을 만드는 것은 RND이다. 어느 한쪽이 없이도 유전자는 작용하지 않는다.

RNA의 설계도대로 RNA카피 DNA는 데옥시리보핵산이라고 하며 RNA는 리보핵산이라 한다.

둘 다 핵산이라고 하는 화학 물질로 염기, 당과 인산이 결합되어 있으며 기본적인 화학 구조는 같다.

다른 점은 각각 구성하고 있는 염기가 DNA는 아데닌(A), 구아닌(G), 시토신(c)티민(T) 임에 반해 RNA는 티민 대신에 우라실(U)이라는 점이다. DNA와 RNA는 이렇게 화학적으로 구성요소는 거의 같지만 DNA가 이중 나선구조

로 유전자를 구상하고 있는 것에 반해 RNA는 하나의 사슬로 DNA의 정보를 토대로 단백질을 만들기 때문에 그 작용은 전혀 다르다.

유전자를 구성하고 있는 DNA가 이중 나선 구조로 되어 있는 것도 한 가닥이 마스터테이프이고 또 한 가닥은 마스터테이프의 정보가 더빙된 존재라 생각하면 이해하기 쉬울 것이다.

RNA는 DNA의 정보를 카피하여 단백질을 만들기 때문에 한 가닥이라 하더라도 필요한 부분을 카피만 하면 되므로 길이도 짧다. 유전자의 본질은 이와 같은 DNA이지만 실제로 생명을 유지시키고 있는 것은 단백질이다. 그러므로 유전은 최종적으로 단백질의 형태로 나타나게 되는 것이다. 이때 중요한 구실을 하는 것이 RNA다.

RNA는 몇 가지가 있으나 가장 중요한 것은

m-RNA(메신저, 전령)와 T-RNA(트레이거, 운반)이다.

m-RNA는 DNA가 보내주는 유전정보(암호)를 단백질을 합성하는 장소인 세포의 리보솜(ribosome)에 전달하는 일을 한다.

그리고 리보솜에서 단백질을 합성한다.

지금까지 DNA의 구성 염기에 4종류가 있음을 알았다.

즉 DNA에서는 A(아데닌), G(구아닌), C(시토신), T(티민)이며RNA에서는 A, G, C와 T대신 U로 되어 있다. 이 4 종류의 문자(文字)는 마치 트럼프놀이의 카드와 같은데 이 중에서 3종을 조합하여 단백질의 원료인 약 20종류의 아미노산이 일정한 순서로 결합되어서 생성된 물질이므로 이 종류의 문자 조합에 의한 암호가 바로 유전정보가 되는 것이다.

RNA는 세포질에도 있다.

세포핵에는 DNA의 동료인 RNA(리보핵산 : 이중나선인 DNA와 달리 단일사슬구조이다)도 존재한다.

RNA는 DNA와는 달리 세포질에도 들어 있다.

또한 DNA 정보에 따라 세포 속에서 단백질을 만드는 리보솜이라는 소기관에도 단백질 제작과 관련된 독자적인 RNA가 존재한다.

20. 3대 영양소

단백질은 생명의 틀을 구성하고 있는 가장 기본적인 물질이다.

우리들은 단백질을 영양소의 하나로써 섭취하고 있으며 탄수화물이나 지방이 중요하다는 것을 알고 있다.

즉 영양학에서 말하는 3대 영양소가 바로 그것이다.

그 3대 영양소들과 생명현상과의 관계는 어떤 것일까? 먼저 한 채의 집을 상상해 보라 .

집의 뼈대와 가구에 이르기 까지 모든 기본구조의 형태를 만드는 것이 단백질이다.

지방은 그 뼈대의 간격을 채우거나 보호하는 것이고 탄수화물은 전기나 가스와 같은 것이다.

산다는 것은 그 집에 거주한다는 말과 같다. 전기나 가스가 공급되어도 간격을 채워주는 재료가 있어도 그것만으로는 집이 될 수 없다. 무엇보다도 먼저 뼈대와 기둥을 세울 돌과 목재 바닥과 벽의 재료가 필요하다

그 역할을 하고 있는 것이 바로 단백질이다. 단백질은 집의 뼈대나 벽과 바닥만을 위해서 필요한 것은 아니다.

청소기와 세탁기에도 필요하고 요리를 만드는 조리 기구에도 만들어진 요리를 먹을 수 있는 식기에도 필요하다.

단백질은 그러한 모든 구조와 기구의 재료가 된다. 이처럼 단백질은 생명현상에서 중추적인 역할을 담당하고 있다. 그러나 어떤 단백질은 어느 정도 만들 것인가를 지시하는 것은 유전자이다. 단백질의 재료는 아미노산이라고 불리는 물질로 전부 20가지가 있고 그 중에서 12가지는 우리 몸속에서 만들어낼 수 있지만 나머지 8가지 필수아미노산이기 때문에 외부로부터 받아들이지 않으면 안 된다.

21. 유전자는 늙지 않는다.

인간의 유전자 속에는 선조들의 대물림뿐만 아니라 과거 몇 십 억년에 걸쳐서 진화해온 과정의 기억이나 능력이 들어있을 가능성이 있다. 수정에서 탄생까지 태아가 태내에서 진화의 역사를 재현하는 것은 최초의 세포 유전자속에 그와 같은 정보가 들어있었기 때문이다.

극단적으로 말하면 한 사람의 유전자에 인류전체의 가능성이 잠자고 있다.

그러므로 현명한 부모는 뛰어난 재능을 보이지 않는 자식을 보고 실망해서는 안 된다.

뛰어난 재능을 보이지 않는다는 것은 유전자가 아직 ON이 되지 않았을 뿐 언제 어디에서 어떤 재능을 발휘할지 모른다. 유전자는 나이를 먹지 않는다. 10대와 80대의 유전자는 예외가 있기는 하지만 거의 동일하다. 만약 유전자가 나이를 먹어서 노화된다면 정보를 자손에게 전할 수 없다. 적어도 유전자는 노

화되지 않는 것이 기본이다. 인간은 나이를 먹어도 자신의 능력을 발휘할 수 있다.

어떤 일을 하고자하는 정열과 실행력이 있으면 어떤 일에도 가능성이 있다. 그것을 저해하는 것은"이제 틀렸다"라고 하는 마음자세일 뿐이다.

22. 유전자 조합

단기간에 목적에 맞는 유전자 개혁을 할 수 없을까? 품종개량에 관계하는 사람들의 이런 소원을 이룬 것이 1970년대에 등장했던 바이오기술 이었다.

이 기술에 의해 품종개량에 걸리는 시간과 종자의 벽이 제거 되 모든 종에서 유전자 재조합이 가능하게 되었다.

그러나 한편으로는 유전자를 조작하는 일로 그리스 신화에 나오는 머리는 사자, 몸은 산양, 꼬리는 뱀인 괴이한 생물이 생겨날지도 모른다는 새로운 걱정거리가 생겼다.

확실히 현재의 바이오 기술을 사용하면 인간의 어떤 유전자를 생쥐 속에 집어넣어 작동시키는 것이 가능하다. 기술적으로는 식물과 인간의 세포를 융합하는 일도 가능하다.

그렇지만 이것은 인간과 생쥐 혹은 식물과 인간의 중간 잡종이 만들어지는 일은 결코 없다.

인간과 식물의 세포가 융합되어도 분열해 가는 단계에서 어느 쪽인가의 유전자가 없어져 버리기 때문이다.

자연계에는 확실한 규칙이 있어서 유전자 재조합 기술이 아무리 발전해도 자연의 규칙을 파괴해서는 안 된다.

23. T임파구를 강하게 해주는 3가지 호르몬

① 엔도르핀 생산유전자가 있다. 엔도르핀 생산 유전자가 활성화 되면 엔도르핀이 나온다.

② 세라토닉 호르몬은 마음을 잔잔하게 한다. 유전자가 찌그러져 있는 사람 , 비활성화 되어 있는 사람은 우울증이 많다 부정적인 사람이 된다. 유전자가 활발한 사람은 긍정적이다.

③ 도파민 물질은 도파민 유전자에서 생산된다.

이것은 사람을 로맨틱 하게 만들어 준다. 도파민이 잘 나오는 사람은 춤도 잘 추고 노래도 부드럽게 넘어 간다 (끼가 있다고 함) 위 3가지 유전자는 폐결핵 균, 곰팡이 균, 바이러스를 죽일 수 있는 T임파구를 강하게 해준다.

24. 유전자에 영혼이 있는가?

영혼은 유전자 수준에서는 설명할 수 없다.

유전자는 물질이고 영혼을 물질수준에서 설명하는 것은 무리다.

유전자 DNA의 구조 모델을 창안한 프란시스 크리크라는 사람이 쓴 「DNA 에 영혼이 있는가」 라는 책이 있다.

이 책의 결론은 "유전자에는 영혼이 없다고"말하고 있다.

유전자는 물질로서 인간의 연속성을 전해 가지만 영혼은 그것과는 별개의 차원으로 생각하지 않으면 안 된다.

그렇다면 유전자를 전부 읽을 수 있다고 해도 영혼의 일은 유전자에서 알 수 없다.

보완대체의학

1. 보완대체의학의 이론적 배경

1) 보완대체의학이란?

한마디로 인간의 온갖 질병과 고통을 치유능력에 맞추어 조육하고 복원 시키자는 의학이다. 즉, 인체의 면역 기능과 회복 능력을 증강시켜 주는 여러 가지 자연적인 접근방식을 동원하여, 환자를 전체성을 가진 인간으로 보고 그 병이 난 신체부위에만 치중하여 치료하는 것이 아니라 정신적, 사회적, 환경적인 부분까지 관찰하여 조화롭게 치료하자는 것이다.

2) 이론적 배경

의학의 전문 분야가 끊임없이 발전하고 있는데도 불구하고 일어선 환자를 치료하는 의사들은 '치료 기술이 발달되고 있는데도 왜 줄곧 만성질환자가 늘고 있는가? 그리고 위험한 치료방법을 계속 환자들에게 시행하고 권유해야만 하는가? 하는 갈등과 의문에 끊임없이 부딪히고 있다. 또한 제약회사에서 개발한 약들이 부작용을 안고 있어도 환자들은 그 약물이 위험성과 금기로부터 완벽히 보호되지 못하고 있으며, 그런 상태에서 함부로 쓰이는 약재들이 인체의 저항력과 면역성을 떨어뜨리고 있다는 것을 생각하면 의사로서 난감해지면서 무력감에 빠지지 않을 수 없다. 이런 사실은 미국 노벨상 수상자인 라이너스 폴링 박사도 언급한 바 있다. 그는 너무 세분화된 전문성을 지적하면서 현대 의학의 방법이 인간의 전체적인 건강을 증진하는데 오히려
방해가 된다고 했다. 또한 현대 의학이 질병을 미리 예방하고 교육하는 데에 관심을 두지 않는 이상 장래가 희망적이지는 못할 것이라고도 했다.

3) 보완대체의학의 역사

고대 아즈텍 인디언 의학 사전에는 약 1,200가지의 약재에 대한 약리 작용이 기록되어 있고, 6만 년 전에 네안데르탈인의 분묘에서도 몇 가지 흔적을 발견 할 수 있을 만큼 자연치료의 역사는 인류의 역사와 같이 한다.
히포크라테스(Hipocratrs)나 파라셀서스(Paracelsus)와 같은 의성들은 위대한 자연치료 의학자로서 자연의 이치를 깨닫고 자연치료 방법들을 개발했다. 이러한 건강요법은 세기를 거듭하며 훌륭하게 이어져 내려왔으며 근래 까지도

실용적으로 애용되어 왔다. 동물들에게 해왔던 자연치료 법을 예를 들면, 동물이 아프거나 상처를 입으면 약초를 먹이고 진흙 팩을 해주고 물속에 집어넣어 물 치료를 하고 혀와 몸을 깨끗이 씻어주는 소독과 목욕 법을 실시하고 몸을 주물러주는 마사지요법을 해 준다. 이것이 처음부터 끝까지 완벽한 자연치료 법이다.

4) 보완대체의학의 전망과 비전

보완대체의학도 이제 과학적 방법론으로 체계를 정비하고 필요한 연구와 개발을 추진해 나아갈 때 앞으로 더 밝은 미래가 보일 것이며 현대의학이 당면하고 있는 문제점과 딜레마를 해결하고 보완하는 역할을 다 할 수 있게 될 것이다.

21세기에 접어들면서 보완대체의학은 과학적 기술과 검증 방법과 발달로 그 치료적 메커니즘과 효능이 입증될 것이며 그러므로 점차 현대 의학의 본류에 부분적으로 합류하여 발전하다 보면 보완대체의학이라는 잠정적 의미의 단어가 없어지고 현대 의학과 같이 21세기형 미래 첨단 의학의 주류로 자리를 잡게 될 것이다.

우리나라에서도 대체의학의 대명사라고 할 수 있는 약용식물이나 본초학이 있고, 식물을 지역적 분포, 성분 비교, 생산량 점검, 임상평가, 그리고 그 지역의 민속, 계절별 행사, 전설, 농작물 현황, 식습관, 지역전통의료인들의 축적된 정보의 수집 등이 이루어지면서 어느 나라 못지않게 훌륭한 한국적 대체의학의 꽃을 피울 수 있을 것이다.

2. 보완대체의학의 분류와 요법
1) 보완대체의학의 분류

① 심신요법(Mind-body control)
명상, 최면, 요가 등과 같이 건강 증진을 위해 마음을 이용한다.

② 생체 전자기 요법(Bioelectcal coplication)
전류나 자기장을 이용해서 치료를 촉진 시킨다. 예를 들면 부러진 뼈의 치료를 촉진하기 위해 전기치료를 한다.

③ 대체적 의료 체계(Alternative systems of medical prctice)

다른 문화에서 온 의료 체계를 말하며 중국 전통의학, 인도의 아유르베다 의학, 독일의 동종 요법 등이 있다.

④ 수기 요법(Manual healing)
   지압, 카이로프락틱, 교정 요법 등 손을 이용하는 치료법을 말한다.

⑤ 약물 및 생물학적 요법(Pharmacological and biological treatment)
   다양한 물질들을 약제 화하여 치료하는 방법이다.

⑥ 약초 요법(Herbal medicine)
   식물을 치료에 이용하는 약물식물 요법을 말한다.

⑦ 식이와 영양 요법(Diet, nutrition, life-style changes)
   특정 식품, 비타민, 미네랄 등을 치료에 이용한다.

⑧ 웃음치료(Laughter therapy)
   웃음으로 개인에게는 신체, 시리, 정서, 정신, 문화적인 역기능을 치료하고 사회적으로 사회병리현상을 가족 종교에서는 평안과 행복을 학교에서는 수업집중력 향상과 퍼 교육 실천을 위해서 기업에게는 펀 경영을 위해서 병원과 복지시설에게는 예방과 치료로서 활동하는 일체의 과정을 말한다.

⑨ 미술치료(Art of therapy)
   미술치료의 임상학적 접근에서 첫째, 정신분석적, 분석적 그리고 대상관계 접근 둘째, 인본주의적 접근 셋째, 인지-행동적 접근 넷째 해결중심 및 대화치료 다섯째, 발달적 미술 치료 여섯째, 표현적 예술치료 등을 제시하고 있다. 그 외 단기 외상과 상실(Trauma and Loss)치료, 미술 및 놀이치료 등도 있다.

⑩ 심리 상담치료(Force of psychology therapy)
   '제3심리학((third force of psychology)'으로 알려진 인본주의 심리학은 정신분석과 행동주의에 대응하는 개념으로 출현되어 이 모델에 속하는 것들로 실존치료(Frankl,1963:May,1953,1961),내담자(개인)중심치료(Roger,1951,1961),그리고형태(Gestalt)주의치료(Perls,1969:Passons, 1975:Zinker, 1978) 등이 있다.

⑪ 레크리에이션 치료(Recreation Therapy)

레크리에이션 치료란 다양한 여가를 활용하면서 사회통합을 위한 여러 놀이 활동을 하며, 미연에 사회문제가 생기지 않도록 방지하는 프로그램 진행 활동이다. 그에 반해 치료 레크리에이션은 의도적 개입 활동으로, 정신장애인. 발달장애아. 노인, 노숙자, 뇌손상환자, 사회일탈자를 위한 치료레크리에이션이 있다.(채준안, 치료레크리에이션 입문, 2001). 대상별로 정신 장애인, 자폐아동, 정신지체아, 뇌졸중 및 뇌손상환자, 사회일탈자, 화상환자, 노인병 환자, 소아과 환자를 위한 레크리에이션 등이 있다.

⑫ 놀이치료(Play Therapy)

다양한 이론이나 기법을 사용하여 유아나 소아를 위한 놀이를 통하여 치료하는 정신치료의 한 방법으로 비지시적, 아동중심, 인본주의적 놀이치료 등이 있다.
또한 인지행동 놀이치료, 부모행동 놀이치료, 모래상자 놀이치료 등 여러 분류로 나누어 설명되어진다.

⑬ 음악치료(Music Therapy)

음악이 가지는 비언어적 요소의 강점을 가지고 기능이 일반인보다 떨어지는 자에게 적용하여 치료하는 것이다. 이는 정신과 신체 건강을 복원 및 유지시키며 향상시키기 위해 음악을 사용하는 것이다. 즉 환자를 도와 건강을 회복시키기 위해 음악적 경험과 관계들을 통해 역동적인 변화를 이끌어 내는 체계적인 활동이다.

웃음과 면역

1. 웃음의 면역효과 연구시도

윌리엄 셰익스피어는 일찌기 "그대의 마음을 웃음과 기쁨으로 감싸라. 그러면 천 가지 해로움을 막아주고 생명을 연장시켜줄 것이다"라고 말했다. 이미 고대로부터 이어온 웃음에 대한 긍정적인 효과는 "웃음은 만병통치약"이라는 말에 어느 누구도 이의를 제기하지 못했다.

최근 의학기술의 발전으로 인해 웃음이 가진 의학적 효과들이 하나씩 밝혀지고 있다. 웃음은 탁월한 신체 면역효과가 있음이 증명되고 있는 것이다. 이러한 과학적이며 의학적인 접근은 노먼 커즌스에 의해 시도되었다.

그는 '새터데이 리뷰'의 편집장으로 근무할 때 강직성 척수염에 걸렸다. 뼈가 굳는 질병으로, 서서히 굳어져가는 뼈와 근육 때문에 엄청난 고통을 겪었다. 그러던 중 코미디를 보며 유쾌하게 웃을 때 통증이 덜하다는 것을 알고 점차 웃음에 매료됐다. 15분 웃으면 2시간 동안 통증이 없어진다는 사실을 발견한 그는 결국 웃음을 통해 완치됐다. 이후 그는 캘리포니아의대 부속병원에서 웃음이 지닌 의학적 효과를 본격 연구해 웃음치료 분야에서 일가를 이뤘다. 그는 "웃음은 해로운 감정이 스며들어 병을 일으키는 것을 막아주는 방탄조끼"라고 주장하면서 웃음의 탁월한 효과를 전파했다. 그의 노력이 디딤돌이 되어 웃음의 건강효과에 대한 연구가 지속되고 있다.

웃음에 대한 건강효과는 1970년대에 이르러서야 본격적인 의학적인 접근이 시도되어 미국 인디에나주의 빌 메모리얼 병원에서는 "15초 웃으면 2일을 더 산다"라고 주장하게 되었다.

이러한 연구 중에서 가장 획기적인 접근은 면역체계의 강화에 있을 것이다. 로마린다 의과대학의 리버크 교수는 1996년 심리신경면역학 연구학회에서 웃으면 면역기능이 강화된다는 연구결과를 발표해 전세계 의학계의 관심을 모았다. 그는 폭소 비디오를 보고 난 뒤 혈액을 뽑아 항체를 조사하는 실험을 통해 병균을 막는 항체인 인터페론 감마호르몬의 양이 200배 늘어났음을 밝혀냈다. 또한 백혈구와 면역 글로블린이 많아지고 면역을 억제하는 코티졸과 에프네피린이 줄어드는 현상을 발견했다. 또 2001년에 발표한 논문에서 리버크 박사팀은 암을 잡아먹는 NK세포가 웃음에 의해 활성화된다는 사실을 실험으로 증명했다.

그는 웃음에 대한 연구를 종합하면서 '웃음은 대체의학이 아니라 참 의학'이라고 강조했다. 웃음에 대해 밝혀낸 최고의 현대의학 실적은 아마도 웃음이 우리의 신체면역시스템에 긍정적인 영향을 미치고 있다는 것이다.

또한 40여 년 동안 웃음을 연구해 온 미국의 스탠포드대학교 심리학과 교수인 윌리엄 프라이 박사도 "백혈구는 박테리아, 바이러스, 암 등을 비롯한 외부물질과 싸우는데 웃음은 이와 같은 백혈구의 생명력을 강화시키는 역할을 한다"고 강조한다고 언급했다.

1) 면역에 대한 고찰

(1) 면역의 기능

면역 체계는 몸의 기능을 정상적으로 유지하고 생명을 지켜나가는 최전선의 방어부대이자 생명 메카니즘의 극치이다. 우리 몸이 스스로를 방어하고 유지하기 위하여 얼마나 정교하고 복잡한 메카니즘을 보유하고 있는가를 알면 알수록 경이로움을 지나 신비감을 느낄 정도이다. 이러한 정교한 시스템을 고장 나게 하고 무력하게 만드는 주범은 그 누구도 아닌 자기 자신임을 알고 나면 더욱 놀라움을 금치 못할 것이다. 면역의 주요 기능은 아래와 같다.

방어 : 침입한 바이러스를 공격하여 죽이고 유험요인을 인지하여 파괴, 제거하고 그이상의 감염을 방지하는 역할로, 외부의 수많은 세균, 바이러스, 독성물질로부터 인체를 지켜준다.

정화 : 각종 오염물질 및 중금속, 면역세포에 의해 죽은 세균 및 바이러스 등을 깨끗하게 청소하여 인체외부로 배출한다.

재생 : 면역체계는 훼손된 기관을 재생하여 건강을 회복해 준다.

기억 : 면역세포는 인체에 침입한 각종 질병 인자(항원)를 기억하였다가 재 침입시 항체를 만들어 대항한다.

(2) 면역작동 시스템

1차 방어선 피부 : 외부와 접촉이 빈번한 피부 및 신체의 각 기관에서는 가장 단순한 형태의 방어 작용이 이루어지고 있다. 피부는 그 자체가 총알을 막아주는 방탄복과 같이 외부의 침입에 대한 1차방어선이다. 피부에 상처가 나고 세균이 침입하면 혈액이 몰려들어 세균을 가두어 버리고 혈액 중의 소금성분으로 살균을 하게 된다. 이 때 혈 중의 생리 식염도가 부족하면 1차적인 방어기전이 효과적으로 작동하지 못함은 말 할 것도 없다. 아울러 피부의 케라틴 단백질은 박테리아 효소에 대한 저항성을 발휘하며, 땀샘, 지방샘에서 분비되는 지방산은 박테리아에게는 독성을 발휘하는 성분이다. 또한 호흡기관에서는 점액을 분비하여 몸속을 침입하려는 미생물들을 모아 섬모운동을 통하여 수송을 하고, 위에서 분비되는 위산을 비롯한 몸속의 갖가지 분비액들에는 항박테리아 효소인 리소자임(Lysozyme)이란 물질이 있어 박테리아 세포벽의 화학결합을 끊는 역할을 한다.

2차 방어선 자연면역계, 획득면역계 : 모든 균들의 구분 없이 직접적, 즉각적으로 작용하여 화학물질과 특정 백혈구를 사용하여 공격하는 자연면역계(선천면역계, 비특이성 방어)와 특정 균에 대해서만 작용, 방어물질을 준비하는데 일정시간 필요한 획득면역계(후천면역계, 특이성 방어)가 있다.

자연면역계의 화학적 방어 : 침입당한 세포가 침입한 미생물을 죽이거나 화학물질(히스타민Histamine, 키닌Kinin, 보체Complement, 인터페론Interferon)을 분비하여 방어, 응원군 유도, 주의 환기, 침입 속도를 줄이는 작용을 한다.

자연면역계의 세포적 방어 : 백혈구의 종류인 식세포(산성백혈구, 중성백혈구, 단핵구)와 림프구군에서 유래한 자연 킬러세포(NK세포)들이 침입한 미생물을 공격한다. 이 중 단핵구는 상처부위에 도달하면 커다란 대식세포(macrophage)로 성장하게 되는데 자연킬러세포와 함께 방어기전의 가장 중추적인 역할을 담당하게 된다. 실제로 대부분의 감염은 위의 1차방어선과 2차방어선의 자연면역계에 의하여 방어가 가능하게 된다.

획득면역계의 방어 작용 : 후천면역이라고도 한다. 처음 침입한 항원에 대해 기억할 수 있고 다시 침입할 때 특이적으로 반응하여 효과적으로 항원을 제거할 수 있는 항체를 만드는 등 선천면역을 보강하는 역할을 한다. 흔히 사용되는 면역의 정의는 이것을 말한다. 이 획득면역은 림프조직을 중심으로 림프구들의 활약상으로 정의할 수 있는데, B림프구가 항원을 인지한 후 분화되어 항체(antibody)를 분비하고 이 항체는 주로 감염된 세균을 제거하는 기능을 일

컨는 체액성 면역(humoral immunity)과 흉선에서 유래한 T림프구가 항원을 인지하여 림포카인(lymphokine)을 분비하거나 직접 감염된 세포를 죽이는 역할을 지칭하는 세포성 면역(cell-mediated immunity)으로 나누어 설명된다. 획득면역은 병원체 또는 그 독소를 면역원으로 예방접종하여 얻을 수 있으며, 이와 같은 면역을 인공면역(artificial immunity)이라 한다.

위 의 각 세포들이 상호 협조하여 효과적인 방어체계를 이루어내는 과정은 다음과 같다.

* 바이러스가 침입해 들어오면 면역체계의 가장 중추적인 역할을 담당하고 있는 대식세포(macrophage)가 바이러스를 직접 공격하여 잡아먹으면서 침입한 바이러스에 대한정보를 수집한다.
* 마크로파지는 자기주변을 맴돌며 기다리고 있는 T-임파구에게 바이러스에 대한 중요한 특징과 정보를 알려준다.

* 정보를 받은 T-임파구는 다시 B-임파구에게 이 정보를 전달하여 바이러스를 죽여 없애는 물질인 항체(Antibody)를 만들라고 명령하는 동시에 자신도 직접 바이러스를 공격한다.

* 명령을 받은 B-임파구는 항체를 생산해 바이러스를 무력화 시키거나 무력화 작업이 잘 안 되는 경우에는 바이러스를 가두어버리는 등 ,말하자면 침입한 세균이나 바이러스를 중화시켜 무력화시키거나 체포하여 제거해 버린다.

(3) 면역세포들
  백혈구는 면역시스템의 핵심을 이루고 있다. 백혈구는 우측 그림과 같이 다양한 림프구와 과립구, 그리고 단구, 마크로퍼지로 이루어져 있다.
대표적인 림프구: B세포, T세포 와 NK세포, 혈액 내 단구는 조직에서 대식세포로 분화된다.
B세포와 T세포는 항원 특이 변역반응을 하며, 다른 면역세포들은 주로 항원 비특이 변역반응을 한다. 호중구와 단구들은 주로 식작용을 하며 림프구에는 식작용이 없다. T세포, B세포, NK세포와 기타 면역반응에 관여하는 세포들은 면역계의 여러 세포들의 분화와 증식에 관여하는 사이토카인(cytokine)이라는 단백질을 생성, 분비한다.

이들 단백질에 interleukin(IL)이라는 명칭과 함께 고유번호를 부여하고 분류하고 있다.

면역계를 구성하는 모든 세포들은 조혈간세포(hematopoietice stem, cell)에서 유래하며, 이 세포는 재태주령 2.5~3주에 처음으로 난황에 나타나며, 5주에는 태아 간으로 이동하고, 임신말기에는 골수로 이동한다. 림프양간 세포(lymphoid stem, cell)는 조혈간 세포에서 유래하며, 간세포가 위치하는 조직이나 장기에 따라 T세포,B세포, NK 세포 등으로 분화한다. 흉선이나 골수와 같은 1차 림프기관은 태생 초기에 형성되고 곧 이어 2차

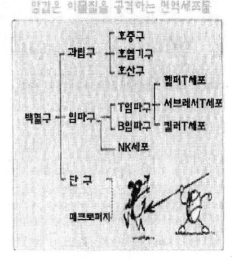

림프기관인 비장, 림프절, 편도선, Peyer's Patch, lamina, propria등이 발달된다.

이 기관들은 평생 동안 간세포가 T세포, B세포, NK세포로 분화되는 장소로 작용한다.

이들 세포들이 분화됨에 따라 세포표면에 특정 항원이 발현되는데 이 항원들에 국제적으로 공인된 번호를 부여하여 세포의 분화정도 및 분류에 이용하고 있다. 이를 cluster of differentiation(CD)이라 한다. 대식세포는 혈액 내에서는 단구(monocyte), 조직 내에서는 조직구(histiocyte)라 불린다. 대식세포는 특정 항원에 대해서만 반응을 하는 것이 아니라 어느 항원과도 반응하는 특성을 가지고 있다.

대식세포는 식작용 외에 항원을 흡수하여 변형시켜서 T세포나, B세포에 소개(pre-sentation)함으로써 이들 림프구들을 감작(感作)시키며, 면역계의 다른 면역세포들을 활성화 시키는 물질(interleukin-1, interferon-알파/베타, 종양괴사인자 등)을 분비하는 역할도 한다.

(4) 면역의 이상현상
자가면역(autoimmunity) ; 자신의 단백질이나 조직을 이물질이라 생각해 대항하는 현상이다. 관절염, 신장염, 류머티즘열, 전신성 홍반성루프스, 여러

호르몬 이상, 당뇨병의 일부형태, 정신분열증, 등이 대표적인 병증이다. 이는 항원의 세포표면이 자신의 세포와 비슷해 항원을 인식하지 못함으로써 빚어진다고 알려져 있다.

후천성면역결핍증(acquired immune deficiency syndrome, AIDS) ; HIV (human immunodeficiency viirus, 레트로바이러스) 가 보조 T세포를 공격하여 감염이 진행되면서 괴사를 일으키면 림프구 숫자가 감소하고 B세포의 활동이 저하되는 현상이다. 인체의 면역기능이 망가져서 면역결핍상태를 일으키며 이로 인해 치명적인 감염과 악성종양 등을 일으키게 된다.

미국의 영양면역학자인 자우페이 첸 박사는 "우리 인간의 질병원인 중 99% 이상이 면역 체계의 기능저하에 기인합니다."라고 지적하고 있다.

(5) 면역이상의 원인
우리는 문명의 발달이라는 사탕발림에 현혹되어 개발이라는 이름의 무분별하고 횡폭한 파괴를 자행하여 왔다. 그 결과 우리가 살고 있는 공해와 화학물질로 뒤덮인 오염된 환경에서는 이제 더 이상 세포의 생명활동을 활성화하고 면역체계를 단련할 수 있는 양질의 자원은 절대 부족한 위기의 상황에 처하게 되었다.

현대의학은 질병의 치료를 면역기능을 향상 시키는데 주력하지 않고, 오로지 병원균만 없애고 질병의 증세만 없애려는 극단적인 방법은 바야흐로 마음의 치료에까지 화학물질을 사용하게 되는 어리석음을 범하게 하였다. 화학물질과 항생제의 남용은 우리 몸의 면역체계를 약화 시키고 이들 약물에 내성이 생긴 새로운 병원균의 출현이 당연한 현상으로 나타나게 된다.

우리 주변의 슈퍼마켓에서 흔히 판매하는 식품들은 대부분 가공식품이며, 그것들은 우리 인체에 유. 무형으로 해를 주는 방부제,색소,광택제,표백제,산화방지제,향료 등의 각종 화학첨가물들이 수없이 첨가 되었으며 이러한 첨가물이 인체에 미치는 악영향은 상상을 초월한다. 발표에 따르면 ' 전 세계에서 영양성분, 향미식품, 식품첨가물로 쓰이는 화학물질이 3000여종이나 있는데 암 발생 요인 중 95% 이상이 바로 이 화학물질에 있다'고 한다.

과대한 농약과 화학비료의 사용으로 농토는 산성화 되어 미네랄과 원소가 부족한 불완 식품을 생산해 내고 있으며, 사방에 중금속 화학물질과 전자파 위험이 도사리고 있다.

가축들의 사육과정에는 엄청난 양의 방부제와 살충제, 호르몬제, 성장촉진제, 진정제, 방사성동위체, 제초제, 항생제, 식용촉진제, 및 구충제 등의 화학독극물이 투여되고 있고, 이들 화학물질은 가축의 몸속에, 또는 우유, 계란 등에 농축되어 잔류하고 있으므로 이를 일상적으로 먹고 있는 우리들의 건강상태는 매우 우려할 수밖에 없는 상황이다.

복잡 다양해진 생활패턴과 열악한 근무환경 속에서 일상적으로 쌓이고 있는 과도한 스트레스는 면역기전을 약화시키는 또 하나의 중요한 요소이다.

2) 웃음이 주는 신체 면역효과

(1) NK세포의 활성화

NK세포는 T세포나 골수세포들과 공통된 포면 항원을 가지고 있으나 NK세포와 이들 세포들과의 관계는 확실하지 않다. NK세포는 골수에서 나와 혈류로 들어가거나 비장으로 이동하며, 림프절에는 극히 적은 수만이 존재한다. 정상인에서 NK세포는 림프구의 10%를 차지한다.

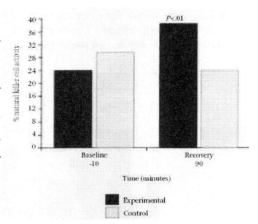

로마린다 의대의 리버크박사팀이 2001년 3월 발표한 논문에 의하면 웃음에 의해 NK세포의 활성도가 30%정도 크게 증가된 것으로 발표되었다.
(자료출처 : Modulation of neuroimmune during the eustress of humor -associated mirthful laughter , by lee S. Berk, Stanley A Tan, Barry B. Bittman. Alternative therapies, March 2001,Vol.7, No. 2)
이러한 연구는 오사카대 면역연구소팀이 발표한 결과와 동일하게 나타난다. 이 연구에 의하면 코미디 프로를 시청하고 난 후에 NK세포의 활성도가 약 8% 정도 상승한 것으로 나타났으며 로마린다 의대의 연구에 의하면 더 긍정적인 결과를 보이고 있다.

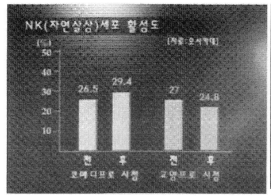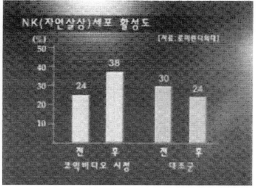

< 오사카 대학의 연구 결과>　　<로마린다 의대 리버크 교수의 연구결과>

(2) T임파구 / B임파구의 활성화

　T임파구는 우리 신체면역의 총 대장격이라고 할 수 있다. T임파구는 암세 포나 바이러스를 직접적으로 공격할 뿐만 아니라 모든 질병에 대한 정보를 가지고 있기 때문에 B임파구로 하여금 바이러스에 대한 항체를 형성하도록 명 령한다.

　이러한 측면에서 특히 T임파구의 강화는 우리 면역시스템의 핵심사항이라 고 할 수 있다. 최근 연구에 의하면 T임파구가 강화 되거나 수치가 증가되면 암세포는 성장을 잠시 멈추는 것으로 보고되고 있다.
웃으면 바로 이 T임파구와 B임파구의 성장과 강화에 결정적인 영향을 미친다.

　계속해서 로마린다 의대 리버크 박사의 논문을 살펴보자. 이 연구에 의하 면 B세포의 활성화에 기여하는 CD19라는 물질과 T세포의 강화에 영향을 미 치는 CD4와 CD8이라는 물질에 매우 긍정적인 영향을 미치는 것으로 나타났다.

(3) 감마 인터페론의 활성화

　미국 캘리포니아주 로마린다 의과대학의 리버크와 스탠리 탠 교수는 96년 " 웃음과 면역체계"라는 논문에 의하면, 성인 60명의 혈액을 정상 상태와 1시간 동안 코미디 비디오를 본 후 각각 채취해 비교한 이 논문은 웃음이 신체를 어 떻게 변화시키는지 잘 보여준다. 눈에 띄는 것은 한바탕 웃고 난 후 몸 안에서 가장 증가하는 것은 감마 인터페론이었다.

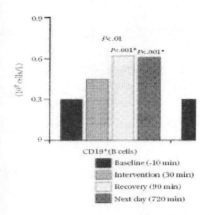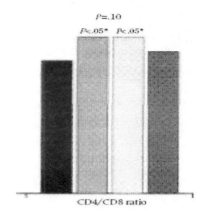

또한 웃을 때 2백 배 이상 증가하는 감마 인터페론은 면역체계를 작동시키는 T세포를 활성화시켰다. 또 종양이나 바이러스 등을 공격하는 백혈구와 면역 글로블린을 생성하는 B세포도 활발하게 만든다. 즉 외부로부터 침입할 수 있는 세균에 저항할 수 있는 최상의 상태를 만들어준다. 항상 웃고 살면 바이러스 등이 속에 들어와 일으키는 감기 같은 질병에는 잘 걸리지 않는다는 뜻이다. 웃음은 또 외부공기에 노출돼있는 호흡기관의 염증을 막아주는 면역 글로블린A를 증가시킨다. 도파민 등 스트레스 호르몬의 양도 크게 낮춘다.

(4) 각종 호르몬의 활성화
-엔돌핀
: 웃음이 건강에 도움이 되려면 즐거운 마음을 바탕으로 웃어야만 한다. 즐거운 마음으로 웃을 때 우리 몸에서는 '쾌감 호르몬'이 분비된다. 약 20가지의 쾌감호르몬이 있는데 이 가운데 대표적인 것이 '베타 엔돌핀'이다. 이 호르몬은 우리 몸을 편안하게 해주며, 통증을 없애주고, 스트레스와 긴장을 풀어준다. 실컷 웃는 웃음은 모르핀보다 200배나 엔돌핀 분비를 촉진 시켜서 각종 통증을 가라앉히는 효능도 지니고 있다.

-스트레스 호르몬
: 윌리엄 프라이 박사는 면역세포가 스트레스를 받으면 줄어들거나 활성이 떨어지지만, 호쾌하게 웃을 경우에 활동성이 뚜렷이 증가하고 암세포를 제거하는 능력이 향상되는 것으로 나타났다. 코티졸, 노르아드레날린과 같은 스트레스 호르몬이 사라지고 도파민과 같은 편한 호르몬이 나타나기 때문이다.

- 신경계의 변화
: 인체에는 내장을 지배하는 교감신경과 부교감신경 등 두 가지 자율신경이 있다. 놀람, 불안, 짜증, 초조 등은 교감신경을 예민하게 만들어 심장을 상하게 한다. 반면 웃음은 부교감 신경을 자극, 심장을 천천히 뛰게 해 몸 상태를 편안하게 만들어 준다. 많이 웃는 사람에게서 심장병 발병 율이 낮은 것도 이 때문이다.

- 뇌의 변화
: 웃을 때 뇌에서는 평안한 상태에서 나타나는 알파파와 세타파가 활성화됩니다. 이 알파파와 세타파가 활성화 되면 기분 좋은 상태가 오래 지속되어 면역세포인 NK세포도 활성화돼 면역기능이 향상됩니다. 웃는 순간 뇌의 지시에 따라 NK세포는 왕성한 활동을 시작하고 그 효과는 오래갑니다.

(5)기타 웃음의 신체건강효과
- 유쾌한 내장 마사지
: 사람마다 조금씩 차이는 있지만 대다수 사람은 웃을 때 입과 콧구멍이 벌어지며 호흡이 짧고 빨라진다. 그때 횡경막은 이완되지 않고 오히려 경련과 수축을 반복하며 복근과 함께 복강 내압을 높이는 작용을 한다. 이런 현상으로 성문(聲門·숨이 통하는 구멍)이 해방되고 목이 뚫려 목소리가 밝아지게 된다.

웃음은 내장을 활성화시킨다. 또 뱃속에서 뻗쳐오르는 웃음을 터뜨리면 복식호흡이 되어 횡경막의 상하운동이 늘어나 폐의 구석구석까지 산소와 혈액이 공급된다. 폐를 크게 부풀리면 기도 말단의 폐포벽에서 프로스타글랜딘이라는 강력한 혈관 팽창물질이 분비되어 혈압이 떨어지고 노르아드레날린의 분비가 억제돼 화가 가라앉는다. 유쾌하게 웃으면 자신도 모르게 복식호흡을 하게 되고 내장 마사지 효과가 나타나는 것이다.

- 알레르기 개선효과
: 일본 교토(京都) 우니티카 중앙병원의 기마타 하지메 박사팀은 최근 미국 의학협회저널(JAMA)에 발표한 논문에서 알레르기 환자가 찰리 채플린의 희극영화를 본 뒤 증상이 개선된 사례를 소개했다.

기마타 박사팀은 남녀 알레르기 환자 26명을 두 그룹으로 나눠 각각 찰리 채플린의 희극영화 '모던타임스'와 일반 비디오를 보여준 뒤 이들의 상태를 관찰

했다. 알레르기를 가진 환자에겐 조사에 앞서 알레르기 유발물질을 주사했으며 90여분간 비디오를 시청한 뒤 피부상태에 대한 검사를 실시했다. 조사 결과 채플린 영화를 본 환자들은 알레르기로 인한 피부 태흔(苔痕)이 줄어든데 반해, 일반 비디오를 시청한 환자에게서는 아무런 변화도 나타나지 않았다는 것이다.

– 당뇨병 개선효과
 : 최근엔 웃음이 당뇨병 환자에게도 묘약이 될 수 있음을 보여주는 연구결과가 나왔다. 일본 국제 과학 진흥재단의 '심(心)과 유전자 연구회'는 당뇨병 환자에게 만담 비디오를 보여준 뒤 식후 혈당치를 재본 결과 만담 비디오를 보지 않았을 때보다 혈당치가 크게 낮아지는 것을 확인했다.

이 실험은 중장년 당뇨병 환자 21명을 대상으로 실시됐다. 첫날에는 혈당치 측정 1시간 전부터 일부러 당뇨병 메커니즘에 관해 강의하고 둘째 날에는 측정 전에 만담 비디오를 보여줘 폭소를 유발했다. 이틀 모두 정오에 점심식사를 한 후 2시간 뒤 혈당치를 측정한 결과 공복시와의 혈당치 차이가 첫날은 평균 123인 반면 둘째날은 77로 큰 차이를 보여 웃음이 당뇨병 개선에 큰 효과가 있는 것으로 나타났다.

웃음의 효과를 간단하게 살펴봤지만 즐겁게 웃는 웃음은 거의 모든 질병에 효과적이라고 학자들과 의사들은 이야기한다.

그렇다면 진정한 웃음을 이끄는 핵심적인 힘은 무엇일까.
그리고 어떻게 하면 웃음이 몸에 붙을 수 있을까?
그 답은 바로 마음웃기에 있다.

마음웃기

1) 마음웃기의 핵심-자존감
2) 꿈과 비젼이 바로 웃음
3) 웃음의 뿌리 -감사
4) 용서의 배를 띄워라
5) 진정한 웃음-칭찬

진정한 웃음을 이끄는 핵심적인 힘은 무엇일까.
그리고 어떻게 하면 웃음이 몸에 붙을 수 있을까?
그 답은 바로 마음웃기에 있다.

마음 웃기

2500년 전 히포크라테스는 건강하다는 것을 몸과 마음의 균형으로 보았다.
그래서 그는 마음에 영향을 미치는 것은 무엇이든 몸에 영향을 미치며 또한
몸도 마음에 지대한 영향을 미친다고 했다. 그래서 그는 몸이 아프면 마음까지
함께 치료해야 한다고 주장했고 웃음이야말로 몸과 마음을 함께 치료하는 최
고의 치료수단이라고 했다. 한마디로 마음까지 함께 웃어야 한다는 뜻이다. 하
나님의 선물인 웃음은 몸과 마음이 분리된 웃음이 아니라 몸과 마음이 하나인
웃음인 것이다.

첫째, 마음웃기의 핵심은 바로 '자존감' 이다. 자존감이 높을수록 잘 웃는다.

자기 자신을 좋아할 수 있는 것은 바로 자존감의 발로이며 웃음의 시발점이다.
자존감은 마음에서 웃음이 우러나게 해준다.
"나는 내가 좋아"라는 말을 지속하다 보면 자신이 왜 좋은지를 스스로 찾게 되
며 정말로 자신이 좋아지게 된다. 잠재의식은 반복하여 되뇌는 말에 의해 프로
그래밍 되기 때문이다.

둘째, 비전(vision)이 바로 웃음이다. 영국의 유명한 방송인 테리 왜건(terry wagan)은 항상 이렇게 말한다.

"저는 평생 일해본 적이 없습니다. 그저 너무나도 즐겁고 재미있는 방송을

40년 가까이 해왔을 뿐입니다. 꿈과 비전이 바로 저의 웃음입니다."

어떻게 하면 재미있게 일할 수 있느냐는 질문에 대한 최고의 대답이다.

비전은 웃음의 핵심이며 우리를 움직이는 힘이다.

지금 하고 있는 일이 자신이 원하는 인생의 꿈과 비전과 일치한다면 우린 어떤 상황에서도 즐겁게 일할 수 있다. 즐거운 일이 바로 비전이며 꿈과 비전이 있는 사람에게 웃음은 이미 기본이다.

셋째, 감사는 웃음의 뿌리다.

감사의 양은 행복의 양과 비례한다.

나는 '공기야 감사해' '예쁜 꽃아 감사해' 등 마음속으로 쉴 새 없이 감사의 마음을 표현한다. 감사의 말은 자연스럽게 웃음을 머금게 하며 행복하게 만든다.

에모토 마사루는 저서 '물은 답을 알고 있다'에서 감사는 몸 안 세포의 구조를 바꿀 만큼 강력하다고 말한다.

또한 감사는 내적인 치유의 강력한 수단이다.

암환자를 주로 진료하는 한의사 최원철 박사는 환자를 치료할 때 "감사하세요. 그냥 감사하세요. 무조건 감사하세요."라고 말한다.

감사 앞에서는 자책감, 원망, 미움, 스트레스, 불행한 과거도 모두 완벽하게 무릎을 꿇는다. 즉 웃음은 감사를 만들고 감사는 웃음을 만든다.

미국 캘리포니아대 로버트 에몬스 교수는 "사람들에게 매일 또는 매주 5개씩 고마운 것들을 쓰게 했더니 그렇지 않은 사람보다 건강이 좋고 스트레스를 덜 받는 것으로 나타났다"고 밝혔다.

지금 당장 실행해볼 수 있는 마음웃기 기법이다.

넷째, 용서의 배를 띄워라.

용서는 세상에서 가장 아름다운 이기적 행동이다.

용서는 전적으로 나를 위한 것이기 때문이다.

심리학자인 리 잼폴스키 박사는 마음의 평화와 웃는 삶을 방해하는 생각들을 청소하는 데는 용서가 가장 효과적인 해결책이라 주장하면서 하루를 시작할 때 '5분 용서시간'을 가지라고 권한다.

이 시간에 그동안 우리가 살아가면서 만난 모든 사람에 대해 생각하라는 것이다.

용서는 마음의 무게를 덜어주며 삶을 놀랍도록 가볍게 만들어준다.
용서는 무조건적이어야 한다.

한 조사에 의하면 웃지 않는 이유 중 하나가 자신이 밉기 때문이라고 한다.
용서도 자신에 대해 먼저 행해야 한다. 성공학의 대가인 맥스웰 몰츠는 우리가
저지르는 최대 실수는 사람 자체와 행동을 혼동하는 것이라고 언급했다.
과거의 잘못, 아픔, 괴로움, 죄책감에서 벗어나려면 과거의 행동을 행동 그 자
체로 두어야 한다. 결코 행동을 자신의 인간성과 연관시키지 말아야 한다.
마음웃기는 과거의 실수를 자신의 인격과 떼어놓는 데서부터 시작된다.

다섯째, 칭찬이 바로 진정한 웃음이다.

자신에 대한 칭찬거리, 장점을 스스로 확신할 수 있다면 그것이 바로 웃음의
시작이다. 이후에 남을 칭찬하자.
'오늘 멋있는데'라는 칭찬 한마디가 어설픈 유머보다 훨씬 강력하다고 메릴랜
드대의 로버트 프로빈 교수는 말한다.

질환별 웃음치료의 실제

우리가 웃지 못하는 이유는 크게 2가지로 나누어진다.

첫 번째 이유가 웃는 방법을 모른다.

두 번째 이유가 행복하지 않기 때문이다.

웃음치료의의 실제에서는

웃는 방법을 먼저 제시하고, 그 방법대로 웃다 보면 행복감을 느끼게 된다.
행복은 마음이 열린 상태에서 느끼는 즐거움이다.
그렇다면 마음은 언제 열리게 될까?
바로 입을 열고 환하게 웃을 때, 사랑할 때, 용서할 때, 감사할 때입니다.
이때 우리의 뇌는 세로토닌과 도파민, 그리고 옥시토신 등 수많은 뇌신경전달
물질이 분비된다.
이들 물질이 바로 사람사이에 친밀감을 만들고, 희망적인 기대감을 갖게 하고
스트레스 수치를 낮추고, 행복감을 느끼게 만드는 사랑의 묘약인 것이다.
이런 이유에서 웃음치료가 시작됩니다.

수많은 웃음기법이 있지만 모든 사람에게 유용한 것은 아니다.
웃음소리 그 자체는 부작용은 없지만, 어떤 행위와 함께, 웃음이 주어진다면
때로는 환자에게 심각한 피해를 줄 수 있기 때문에 구분하게 되었다.
웃음치료는 일회성으로 끝나는 이벤트 행사와는 다르다.
적어도 4주간의 반복된 훈련을 통해 습관화 되어 생활 속에서 그리고 웃고 싶
지 않은 상황에서도 웃음근육을 활짝 펼 수 있어야 한다.

우리 모두가 건강증진을 위한 웃음을 만들어 웃음치료가 또 하나의 희망이 되
길 바랍니다.

(서울대학병원 가정의학과 이임선 간호사)

1. 질환별 웃음치료의 실제
 ## 1) 두통(편두통)에 좋은 웃음치료 - 뇌의 온도를 낮추어라
　　① 치매 예방웃음 1. 2 단계
　　② 사자 웃음 1. 2. 3 단계
　　③ 침묵의 웃음
　　④ 수다 웃음

 ## 2) 감기 예방 웃음 - 침의 분비량을 늘려라
　　① 아~ 에~ 이~ 오~ 우 웃음
　　② 박장대소
　　③ 내 이름 끝을 씹어라.
　　④ 1m 웃음을 끌어 올려라.

 ## 3) 암 환자를 위한 웃음 - 심부 열을 올리고 부종을 감소 시켜라.
　　① 율동 – 얼굴 찌푸리지 말아요.
　　② 무릎반사 웃음
　　③ 펭귄 웃음
　　④ 개구리 뒤집기 웃음
　　⑤ 사랑의 박타기 웃음
　　⑥ 새 깃털 웃음
　　⑦ 웃음 말 타기 웃음
　　⑧ 웃음 총, 웃음폭탄을 발사하라.

 ## 4) 우울증치료 및 예방을 위한 웃음
　　- 새로운 경험을 통해 행복감을 맛보게 한다.
　　- 일명 행복호르몬이라고 불리는 세로토닌과 토파민을 분비하라.
　　① 율동 – '무조건', '동반자'
　　② 웃음인사(손, 핸드폰, 전화, 메일)
　　③ 혼자웃기 – 둘이웃기 – 셋 이상 웃기
　　④ 웃음의 스위치를 올려라.
　　⑤ 웃음으로 샤워하기.
　　⑥ 웃음라인
　　⑦ 웃음 앨범을 펼쳐라.

5) 노인환자(중풍, 치매포함) 웃음치료
　　① 난타웃음
　　② 서울구경
　　③ 칵테일 웃음
　　④ 웃음차를 마시자
　　⑤ 동물흉내내기 웃음 만들기

6) 오십견 통증을 완화 시키는 웃음체조
　　① 율동 - 얼굴 찌푸리지 말아요.
　　② 사랑의 박타기 웃음(수건 준비 1.2.3 단계
　　③ 개구리 뒤집기 웃음

2. 병동 환자 및 수술 환자의 웃음치료
1) 얼굴 근육(표정근육)을 스트레칭 하라.
　　① 얼굴 근육 풀기 5단계
　　② 웃음 스트레칭
　　③ 무궁화 꽃이 피었습니다.
　　④ 하회탈 웃음
　　⑤ 하하하 웃음 근육풀기
　　⑥ 놀람, 기쁨, 슬픔, 분노의 표정 3단계
　　⑦ 카드 돌리기(구륜 근 훈련)

2) 호흡근 및 어깨 근육을 풀어라(심, 폐 기능 강화)
　　① 호흡근 훈련 - 촛불 끄기, 풍선불기
　　② 웃음으로 강물 건너기(아 ~ 우)
　　③ 웃음으로 프로포즈 하기
　　④ 방울방울 웃음
　　⑤ 웃음 약을 발라드려요
　　⑥ 바이탈 체크 웃음
　　⑦ 박장대소, 요절복통, 파안대소

3) 마음 웃기(긍정적 표현/ 유머 웃음치료)
　　① 오케이 웃음 법
　　② 칭찬웃음(1.2.3 단계)
　　③ 거울보기 웃음(마음의 거울, 손거울, 대형거울)

④ 자기 이름 외치기
⑤ 돋보기 웃음
⑥ 유머(Humor) 나누기

4) 웃음으로 운동하라.
① 서울구경
② 월드컵 송 – 웃음 율동
③ 펭귄 웃음 – 1.2.3 단계 웃음
④ 박장대소(비비기 웃음)
⑤ 보호자와 함께 하는 웃음
  – 퐁당퐁당 게임
  – 성형외과 웃음
  – 웃음샤워(마사지)
  – 웃음 말 달리기

5) 수술 전, 후 웃음간호의 놀라운 효과
① 불안감 감소
② 장운동 증가
③ 상처치유가 빠르다
④ 폐 합병증 감소
⑤ 환자들의 표정이 달라지고, 병동 분위기가 달라짐

6) 인간관계 훈련
마음이 열려야 인간 관계가 좋아진다.
입이 열려야 마음이 열린다.
① 칭찬하기
② 용서하기
③ 감사하기
④ 고정관념 깨기
⑤ 습관 바꾸기

행복한 태교웃음

　스스로는 물론 보는 사람도 즐겁고 행복하게 하는 웃음은 돈 한 푼 안들이고 주고받을 수 있는 선물이다. 단순히 사람의 감정 표현 중 하나로 여겨지던 이 웃음이 살을 빼고, 젊음을 유지하고, 정신과 질환을 치료하는 등 과학적인 효과를 입증하면서 최근엔 태아를 위한 웃음 태교법이 등장했다.

　웃음에도 훈련이 필요하다던데 지금부터 얼굴 근육 풀고, 배에 힘을 주고 똑똑한 태아 만드는 전략적인 웃음기법을 배워보자.

1. 웃음도 유전 된다.

　태담 태교, 그림태교, 운동태교, 음악태교 등 다양한 태교법의 목적은 임산부의 마음을 즐겁고 행복하게 하는 것이다. 그 바탕에 바로 '웃음'이 있다.

　웃음은 몸과 마음의 긴장을 풀고 두려움을 없애며 낙천적인 사고를 하게 한다. 화를 잘 내는 사람이 빨리 늙는다는 말처럼 웃음은 질병에 대한 저항력을 길러 줄 뿐 아니라 비만인 임산부의 체중조절에도 효과적인 운동법이다.

　임신 중 자주 웃으면 입덧, 임산부 우울증, 임신 중독증 등 각종 임신 트러블도 긍정적으로 이겨 낼 수 있다.

　웃음태교를 꾸준히 실시하면 스트레스 호르몬 분비를 줄여 임신 기간이 즐거워지는 것은 물론, 엄마의 웃음소리와 행복한 감정이 태아의 두뇌를 고루 자극해 똑똑하고 성격이 밝은 아이로 자란다. 임신은 평상시 보다 많이 힘든 과정이기 때문에 웃기 힘들 수도 있다. 그래서 웃음에도 훈련이 필요하다. 웃어 보라고 하면 사람들 대부분이 제대로 웃지 못한다. 얼굴은 80여 개의 근육으로 이루어져 있는데 웃는 표정을 만드는 표정근육과 음식을 씹는데 사용하는 근육으로 구분 된다.

　사람이 웃을 때는 이 40여개의 근육들이 거미줄처럼 얽히며 다양한 표정을 만들어 낸다. 그래서 평소 잘 웃지 않는 사람은 근육이 딱딱하게 굳어 있는 경우가 많다. 표정이 굳어 있으면 얼굴의 혈액순환이 잘 안되어 혈색도 안 좋고 피부도 까칠해 보인다. 많이 웃을수록 몸이 건강해지고 인상이 좋아지는 이유가 바로 이 때문이다.

2. 임신이 즐거워지는 웃음태교 법칙

웃음태교는 아빠의 역할이 매우 중요하다. 아빠는 엄마와 아기가 스트레스를 받지 않는 환경을 만들어 주어야하기 때문이다. 엄마는 스스로 즐거운 마음을 가져야하며, 아빠는 아기와 임신한 아내를 위해 체면을 버리고 마구 웃겨줄 수 있는 각오가 있어야 한다. 태아는 뱃속에서 엄마 목소리만 듣다 아빠의 낮은 목소리가 들리면 민감하게 반응하므로, '하하 히히' 아빠의 웃음소리가 태아에게 전달 되도록 배에 대고 재미있게 웃어본다. 처음엔 웃는 것이 어색할지라도 계속 연습하면 자연스러워진다.

3. 웃음태교 10가지 방법

① 하루를 시작할 때 행복해지기로 마음먹으면서 크고 힘차게 웃는다.
② 자궁이 있는 곳을 쓰다듬으면서 웃는다.
③ '웃으면 마음이 바뀌고 인생이 바뀐다.'라고 생각하며 웃을 일이 없어도 웃는다.
④ 아침에 눈을 뜨자마자 잠들어 있는 아내 혹은 남편을 보고 "당신이 최고야!"라며 웃는다.
⑤ 하루 중 웃는 시간을 정하고 시간이 되면 일을 하다가도 멈춰서 웃는다.
⑥ 마음속 까지 웃는다.
⑦ 즐거운 상상을 하며 웃는다.
⑧ 불안한 마음을 떨쳐낸다는 기분으로 웃는다.
⑨ 재미있는 이야기와 이벤트로 부부끼리 웃음 선물을 주고받는다.
⑩ 웃음이 가득한 행복한 아기 얼굴을 상상한다.

4. 총명하고 건강한 아기를 위한 태교웃음

1) 임신 1개월(0주~3주)

① 임산부의 변화

임신의 자각 증상이 없는 시기이기는 하지만, 계획임신을 하는 경우 혹은 예민한 사람들의 경우에는 여느 때와 다른 몸의 변화를 조금이나마 느끼기도 한다. 이때에는 몸이 나른하고 열이 나는 등 감기와 비슷한 증세가 나타나기도 한다. 특히 임신 1개월부터 3개월까지는 아기의 일생에서 가장 중요하고 특별한 시기이므로 배란 후는 약을 함부로 먹거나 엑스레이 검사를 받지 말아야 한다. 또한 유산의 원인이 될 수 있는 풍진 등의 바이러스에도 걸리지 않도록 해야 한다.

② 태아의 변화

　사람의 몸을 형성하고 있는 세포이고 이 세포의 핵 속에는 유전자가 들어 있는데 세포는 유전자의 프로그램에 따라 분화해서 몸의 조직이나 여러 기관을 만들어 간다. 이러한 세포 분화가 가장 빠른 속도로 행해지기 시작하는 시기가 바로 이 때이다. 수정란은 착상될 때까지 신경계, 혈관계, 순환계의 세포 그룹을 형성하고 착상한 후에 아기의 몸을 만들기 시작하며 수정한지 23일 정도가 지나면 앞으로 심장이 될 혈관의 수축으로 박동이 시작된다.

③ 웃음태교 ; 아름다운 소리를 위한 웃음 워밍업
-먼저 입을 크게 벌리고 '하하하' 하고 한 음절씩 끊어서 외친다.
-다시 박수를 치며 리듬감 있게 '하하. 하하하! 웃자! 하고 말하면서 손을 번쩍 들어 올려 약15초 동안 마음껏 '하하하'하고 웃는다.
-같은 방법으로 '헤헤헤', '히히히', '호호호', '후후후' 하고 15초씩 차례로 웃는다.
-입 모양을 정확히 하고 배 근육이 움직이는 것을 느끼면서 신나게 웃는 것이 포인트다.

2) 임신 2개월(4주~7주)

① 임산부의 변화

　이때는 미처 임신 사실을 알지 못했던 사람이라도 월경 예정일이 10일 이상 늦어지는 현상으로 알 수 있는 때이기도 하다. 물론 사람에 따라 다르지만, 식욕부진, 구역질, 구토, 음식물의 기호 변화를 겪게 되거나, 냄새에 아주 민감해져 입덧을 하게 되고 변비나 설사, 소변이 자주 마려운 현상이 일어나기도 한다. 또한 유방이 당기고 자주 졸리며 초조함도 생긴다.

　춥지도 않으면서 몸에 소름이 끼치거나 여느 때 보다 땀을 많이 흘리거나 일어서면 현기증이 나기도 하는데 5주 이후 빠른 시기에는 진찰을 꼭 받아보는 것이 좋다. 진찰은 최종 월경일, 산모가 앓고 있던 병, 의사에게 물어볼 질문들을 메모해서 가는 것이 좋다.

　또한 식욕이 없더라도 태아에게는 영향을 끼치지 않기 때문에 너무 걱정하는 않아도 되며, 탈수 증상이 심할 때에는 치료가 필요하다. 더불어 과로나 운동, 장거리　여행 등은 피하고 휴식을 취하는 것이 상책이다.
이 시기에는 가급적이면 술이나 담배, 커피나 홍차도 많이 마시지 않는 것이 좋다. 무엇보다 이 시기에는 유산의가능성이 높으므로 주의를 기울이는 것이 좋다.

② 태아의 변화

　이 시기에 태아는 몸의 각 기관이 분화되고 발달하기 시작하는데, 태아의 머리는 몸 전체의 3분의1을 차지한다.

　또한 뇌나 척수의 신경 세포의 80%는 이 시기에 만들어지며 척수나 시각 기관, 위, 간장 등의 분화가 시작되며 태아의 손이 생기기 시작한다. 결국 이 시기에 태아는 기본적인 인간의 형상을 갖추고 빠른 성장을 하게 되어 임신 7주가 지나면 심장 박동소리도 들을 수가 있는 것이다.

③ 웃음태교 : 웃음 선언문 만들기

　종이에 임신 시간을 즐겁게 웃으며 보낼 수 있는 다짐을 적는다.

　부부가 함께 또는 각자 만들어도 좋다. 다음 예문을 참고해 나만의 선언문을 작성하고 매일 아침마다 큰 소리로 따라한다.

　　－하나: 나는 아기가 생겨 매우 행복합니다.

　　－둘: 나는 아기가 생겨 매우 기쁩니다.

　　－셋: 나는 행복한 엄마(아빠)가 될 수 있습니다.

　　－넷: 우리는 아이에게 평생 웃음을 유산으로 남길 것입니다.

　　－다섯: 나는 나에게 일어난 많은 변화들을 웃음으로 이길수 있습니다.

　　－여섯: 오늘 하루도 웃는 엄마(아빠)가 될 수 있습니다.

　　－일곱: 나는 아기를 위해서 어떤 힘든 일도 견딜 수 있습니다.

　　－여덟: 임신기간 내내 나는 더욱 밝고 건강해질 수 있습니다.

　　－아홉: 나는 많은 사랑을 받고 있습니다.

　　－열: 앞으로 태어날 우리 아기는 많은 사람에게 웃음과 사랑을 전할 것입니다.

3) 임신 3개월(8주~11주)

① 임산부의 변화

　이때는 태아로 인해 방광이 압박되어 소변을 보는 횟수가 늘어나며 좌우의 하복부가 당기거나 요통이 생기기도 한다. 또한 유방이 커지고 단단해지거나 유두의 빛깔이 짙어지고 통증을 느끼는 일도 있으며 유백색의 분비물이 늘어난다. 이때부터는 유산의 위험이 감소하지만 출혈이 생길 때에는 충분한 안정을 취하도록 한다. 규칙적인 식사와 배변 습관을 갖도록 하고 섬유질이 많은 음식물을 섭취하도록 한다.

② 태아의 변화

　태아는 임신 3개월 동안 3~4배 정도 커질 만큼 급속도로 성장하여 임신 3

개월 말쯤이 되면 아직은 머리가 더 큰 3등신이지만 머리와 몸, 팔과 다리가 확실하게 구분되어 거의 사람다운 모양새를 갖추게 된다.

그리고 코와 입술, 구개, 치근 등이 만들어지고 위와 장 등도 형태가 거의 완성된다. 이때부터는 태반과 양수가 생기기 시작하여 탯줄을 통해 엄마로부터 영양을 공급받게 된다. 11주 정도가 되면 초음파를 통해 심장 박동을 들을 수 있다.

③ 웃음태교 ; 입덧 가라앉히는 잔다르크 웃음

입덧은 괴롭지만 그만큼 태아가 건강하다는 증거라고 생각하며 기쁘게 받아들인다. 마음은 상상한 대로 움직인다. 입덧 앞에서 당당하게 웃자.

　-거울 앞에 서서 자신의 모습을 바라본다.

　-"입덧아, 어서 오너라. 나는 너를 이길 수 있다. 음~ 하하하"라고 말하며 입덧이 사라지는 것을 상상하며 웃는다.

　- "입덧아 고마워. 나쁜 것들로부터 나와 아기를 보호해줘서 고마워"라고 입덧을 칭찬하면서 입을 벌리고 크게 웃는다.

　-약 5분간 행복했던 순간을 떠올리며 계속 웃는다.

4) 임신 4개월(12주~15주)

① 임산부의 변화

임신 4개월에 접어들면 자궁이 커지기 때문에 자궁을 지탱하는 인대가 당겨서 사타구니가 아프다. 또한 그동안 입덧이 가벼워지고 식욕이 나기 시작한다. 그러므로 여러 가지 영양소를 함유하고 있는 여러 종류의 식품을 먹어 영양을 고르게 섭취해야 한다.

이때에는 유방이 더욱 커지는 시기로 유두를 청결히 하고 비누 등으로 닦고 콜드크림으로 닦아 주어 손질을 해야 한다. 또한 분비물과 땀이 많아지므로 목욕이나 샤워를 통해 몸을 청결히 유지해야 한다. 또한 임신을 하게 되면 임산부에게 충치가 많아지므로 칼슘이 함유된 식품을 많이 섭취해야 한다.

또한 치아의 치료가 필요하면 치과의사에게 임신중이라는것을 반드시 이야기해야 한다.

15주부터는 요통과 배통 그리고 출산을 위한 근육 단련에 좋은 출산 체조를 서서히 시작하도록 한다. 하지만 배의 긴장감이 평소보다 심해지면 안정을 취해야 한다.

② 태아의 변화

이때 태아의 키는 5~12cm 정도로 자란다.

태아는 탯줄을 통해 영양을 섭취하고 온몸에 배내털이 나며 성기의 형태가 완성되어 남녀의 구분이 확실해진다. 각 장기의 기능과 발육도 15주 무렵에는 거의 완성된다. 내장은 거의 완성되어 있고, 소화기계나 비뇨기계는 이미 활동을 시작하여 오줌이 만들어지고 있다. 또한 태아의 얼굴도 거의 모습을 갖추게 되고 입과 잇몸도 만들어지는 시기이다. 무엇보다도 이 시기에는 태아의 뇌 발달도 급속도로 진행되어 4개월 말에는 머리가 탁구공 정도로 커진다.

③ 웃음태교 : 머리가 맑아지는 나팔꽃 웃음

불안하거나 초조할 때는 음악을 듣거나 명상을 하면서 마음을 차분히 가라앉힌다. 나팔꽃이 지었다 피었다 하는 모습을 흉내 내는 동작을 한다.
- 양손을 쥐고 앞으로 모은다.
- 크게 하품을 하며 양손을 머리 위로 올리고 몸을 쭉 편다.
- 혈액이 머리로 올라가는 것을 상상하면서 5초 정도 정지한다.
- "아기가 있어서 너무 행복해"라고 말하며 소리 내어 웃는다.
- 천천히 숨을 내뱉으면서 나팔꽃이 접히듯이 손을 모아 배꼽 쪽으로 가져온다.
- 다시 처음부터 3~4회 반복한다.

5) 임신 5개월(16주~19주)

① 임산부의 변화

임산부의 하복부는 배꼽과 치골의 가운데 정도까지 자궁이 올라와 배가 약간 불룩해지기 때문에 임신 사실을 감추려 해도 감출 수가 없는 시기이다.

그렇지만 이때는 임신 중 가장 안정되고 가장 편한 때이다.

경산부는 16~17주에 그리고 초산부는 20주가 지나면 태동을 느낄 수 있다.

태동은 갑자기 시작되는 것이 아니기 때문에 처음에는 알기어렵지만 태동이란 이런 것이구나 하는 느낌을 갖게 된다.

이때부터 임산부는 체중이 늘어나기 시작하며 유선이 발달하여 유즙이 나오기도 한다. 임산부는 체중 관리와 영양의 균형에 신경을 쓰고, 염분이나 당분 섭취에 주의하여야 한다. 또한 병원이나 사회단체에서 개설하는 어머니 교실에 적극적으로 참여하여 출산이나 육아에 대한 적극적인 마음가짐과 같은 입장의 친구를 사귀는 기회를 가질 수 있도록 한다.

② 태아의 변화

이때 태아의 신장은 20~25cm.

태아의 머리털이 자라고 손톱과 발톱이 나기 시작하는데 태아의 움직임은 점차 활발해져 손발을 구부렸다 폈다 하며 엄마의 배를 걷어차기도 한다.

또한 심장 박동이 강력해지며 후반에는 청진기로 심음(心音)을 들을 수 있다.

③ 웃음태교 : 웃음 태동놀이
- 앉거나 서서 양손을 배 위에 올리고 편한 자세를 취한다.
- 태동을 느끼면서 "우리 사랑이가 배를 차는구나"하고 말한 다음 그 부위를 양손바닥으로 두드려준다.
- 태아가 위치를 바꿔가며 움직이는 것을 느껴본다.
- 이제 '킥킥킥'소리를 내면서 배를 '통통통' 세 번 두드려 준다.
- 태아 역시 '통통통' 세 번 발로차서 응답하면 성공이다.

6) 임신 6개월(20주~23주)

① 임산부의 변화

이때는 어디를 가나 임산부임을 드러낼 수밖에 없게 된다. 배가 불러오는 것이 눈에 띄기 시작하고 체중이 증가하기 때문이다. 그래서 임산부는 조금씩 피로를 느끼기 시작하고 허리나 등에 무게가 실리기 시작한다.

발에는 정맥류(정맥이 비정상적으로 연장 혹은 확장된 상태)가 생기기도 한다. 몸이 무거워 지고 쉽게 피곤해지며 가끔 아랫배가 당기기도 하는 시기이므로 수면이나 휴식을 많이 취해야 한다.

② 태아의 변화

태아의 신장 25~33cm.

이 시기는 태아는 머리카락이 많아지고 눈썹과 속눈썹이 생기며 지방이 붙기 시작한다. 태아는 하품을 하는 것처럼 입을 크게 벌리거나 손가락을 입 안에 넣고 빠는 움직임, 혀를 움직이고 있는 모습도 보이며 고개를 돌려서 얼굴 방향을 바꾸기도 한다. 양수의 양이 늘어나 태아는 자유롭게 움직이게 되므로 위치가 자주 변하고 태동이 확실해진다.

③ 웃음태교 : 아빠와 함께하는 웃음대화

스킨십을 통해 엄마 아빠가 태아를 얼마나 사랑하는지 느끼게 해준다. 태담을 나눌 때는 실제 대화하듯이 태아의 애칭을 정해 놓고 자주 불러준다.

- 아빠와 엄마가 서로 마주 보고 바닥에 편안히 앉는다.
- "기쁨아, 내가 아빠란다. 사랑하는 기쁨아, 엄마아빠는 네가 태어나기를 몹시 기다리고 있어. 기쁨아 이제부터 아빠가 네 모습을 그릴거야"라고 말하며 아빠가 손가락으로 엄마 배에 그림을 그린다. 인체에 무해한 페이스페인팅 물감으로 배에 직접 그림을 그려도 좋다.
- 어떤 그림인지를 설명하면서 그리되 부드러우면서도 분명한 말투로 또박또박 말한다.
- "기쁨아, 엄마야, 사랑하는 기쁨이 우리 집에 온 걸 환영해. 와~ 여기 예쁜 눈, 오똑한 코, 꼭 다문 입, 잘생긴 귀, 머리카락도 부드럽네." 엄마는 아빠가 그린 그림을 상상하거나 함께 보면서 대화를 나눈다.
- "기쁨아, 어서 빨리 보고 싶다. 우리 기쁨이는 귀엽고, 친절하고, 많은 사람들을 행복하게 해주는 아이가 되어주렴, 사랑해. 엄마랑 아빠랑 웃어볼까? 하하하"하고 말한 다음 아기의 모습을 상상하면서 아빠가 엄마의 배에 뽀뽀한다.

7) 임신 7개월(24주~27주)

① 임산부의 변화

이 시기의 임산부는 배가 불거져 나오면서 똑바로 서면 등뼈에 무게가 실려 요통을 느끼기 쉽다. 요통이 심해지면 임산부 체조와 임산부 수영을 하는 것이 좋다. 또한 다리의 관절 등에도 통증을 느끼게 하고 주먹을 쥐기 힘들어지거나 손발이 저리기 시작한다. 체중이 많이 증가하고 빈혈 현상이 일어나기도 하므로 장시간의 외출은 하지 않는 것이 좋다.

이때에는 배가 당기는 것을 느끼고 태동도 빈번해진다.

하지만 아무리 안정기라 하더라도 배의 당김이 평소보다 강하거나 빈번해지면 더욱 더 안정을 취해야 한다. 더불어 높은 칼로리와 염분, 당분을 피하고 균형을 갖춘 영양 식사를 통해 임신중독증을 예방해야 한다.

② 태아의 변화

태아의 신장 32~36cm.

태아의 내장은 발달해 있지만 폐의 호흡 기능이나 근육 발달이 채 성숙하지 못하기 때문에 7개월 초에 조산할 경우에는 아직 생육하기 어렵다.

이때부터 태아는 바깥 소리를 구분하게 되고 몸의 기능을 조절할 수 있을 만큼 발달하게 된다. 또한 피부의 지방 분비가 많아져 지방으로 덮이고 피부색은 암적색으로 주름이 많다. 중추신경계에서는 대뇌에 주름이 잡히기 시작하고, 간뇌가 제대로 활동하기 시작하여 원시적인 감정의 싹이 트기 시작한다.

③ 웃음태교 : 변비를 해소하는 훌라후프 웃음법

임신 중에는 움직임이 둔해져 변비가 생기기 쉽다.

물을 자주마시고 마사지로 장운동을 자극해 원활한 배변을 돕는다.

－양발을 어깨 너비만큼 벌리고 양손은 자연스럽게 하늘을 향해 올린다.

－훌라후프를 돌리듯이 허리를 좌우로 천천히 움직이며‘하하, 하하하, 하하 하하’ 하고 신나게 웃는다.

－양팔로 허리와 엉덩이를 두드리면서 웃는다.

8) 임신 8개월(28주~31주)

① 임산부의 변화

임신 8개월째에 접어들면 아랫배의 피부에 터진 것 같은 임신선이 차츰 생기기 시작한다. 뿐만 아니라 하루에 4~5회 정도로 배가 당기며 유방이 커지고 유두나 외음부의 색이 점점 짙어진다. 이때는 태아의 움직임이 강하고 커서 민감한 어머니는 아기의 머리가 어디에 있고 또 발은 어디에 있는지를 만지거나 움직임으로 알게 된다.

한편 이때는 자궁에서 혈관이 압박되어 요통이나 정맥류, 치질이 늘어난다.

부정이나 임신중독증, 빈혈, 급격한 체중 증가, 이상 출혈 등 갖가지 합병증이 발생하기 쉬운 시기로 임신중독증에 걸리지 않으려면 염분을 줄이고 칼로리가 높은 기름진 음식이나 단 음식, 그리고 빵과 같은 주식을 너무 많이 섭취하지 않도록 한다. 또한 자궁이 위를 치밀고 올라가 임산부는 한 번에 소량밖에 먹을수가 없고 가슴앓이를 하게 된다. 잠을 잘 때에도 똑바로 누우면 혈압이 내려가 가슴이 답답해지고 식은땀이 나며 혈액량이 임신하지 않았을 때보다 많이 늘어나므로 숨이 차다.

그러므로 이 시기에는 무리하지 않는 일상생활을 해야 한다.

② 태아의 변화

태아의 신장은 38~41cm, 체중1.1~1.7kg.

이때의 태아는 청력이 거의 완성되므로 외계의 소리에도 반응을 나타낸다.

말뜻은 몰라도 엄마 말소리의 강약으로 태아는 엄마의 기분을 민감하게 느낄 수 있다. 또한 아기의 체중도 많이 늘어서 늘어져 있는 상태가 아니라 스스로 몸을 고정시킬 수 있게 된다.

③ 웃음태교 : 피로를 풀어주는 손발 털기 웃음운동

혈액순환을 원활하게 하는 웃음 운동으로 부종과 임신중독증 예방에 도움이 된다.

　－똑바로 누워 양팔을 몸과 직각이 되게 들어 올린다.

　－"아가야, 웃어보자. 하하하, 호호호, 히히히"라고 말하고 웃으며 손을 털어 준다.

　－팔은 내리고 두 다리를 직각으로 들어 올린다음 "가나다라 마바사 아자차 카 타파하 하하하"라고 말하면서 발만 털어준다.

　－양팔과 두 다리를 동시에 털면서 "아~ 시원하다 나는 건강해! 헤헤헤"하 고 웃는다.

　－하루 중 아침저녁, 잠들기 전, 세 번씩 1~2분간 실시한다.

9) 임신 9개월(32주~35주)

①임산부의 변화

임신 9개월이 되면 임산부는 위나 심장이 자궁의 압박으로 인해 가슴앓이를 하거나 숨이 차 헐떡거리기도 한다. 가슴이 찔려 올려지는 느낌이어서 몸을 앞으로 구부리기가 어려워지거나 움직이기도 힘들어진다. 또한 배가 단단해지기도 하며 배뇨의 횟수도 늘어나게 된다. 이때 만약 출혈이나 주기적인 하복통, 파수가 있으면 즉시 병원으로 간다.

② 태아의 변화

태아의 신장42~46cm, 체중1.7~2.4kg

태아의 피하지방이 늘어나 일부에 생겼던 주름이 없어지고 몸의 비율도 균형을 잡게 되어 전체적으로 신생아와 비슷한 모습을 갖추게 된다.

성기도 거의 완성되어 남자아이는 고환이 음낭 속으로 내려오고 여자아이는 대음순이 밀착된다. 또한 손톱과 발톱이 자라나고 머리색깔이 짙어지며 얼굴 모습도 제대로 갖추고 표정이 풍부해져서 눈을 떴다 감았다 하거나 안구를 움직이거나 고개를 좌우로 돌리고나 손을 얼굴 앞에서 곧잘 움직이거나 한다. 이때 태아는 양수를 먹고 배뇨를 한다.

뇌도 미완성 부분이 있기는 하지만 거의 발달된 상태이므로 외부로부터의 자극에 몸 전체로 반응을 보이고 자극에 대해 좋고 싫음을 나타낸다.

③ 웃음태교 : 산소를 전달하는 웃음호흡

　진통이 시작되었을 때는 최대한 산소를 충분히 공급해 근육의 긴장을 해소해야 한다. 웃음 호흡은 배 근육도 강화하고 정신적인 스트레스도 덜어주므로 미리 자주 연습한다. 긍정적인 마음은 엔돌핀을 분비해 긴장된 몸과 마음을 편안하게 해주는 천연진통제다.

- 손바닥을 힘차게 문질러 따뜻해진 손바닥을 배 위에 올린다.
- 허리와 등을 곧게 세우고 온몸의 힘을 뺀다.
- 눈을 감고 얼굴 가득 웃음을 짓는다.
- "하하하, 엄마가 맛있는 공기를 줄게"라고 말하면서 코로 천천히 숨을 들이 마신다.
- 뱃속에 공기를 가득 채웠다는 느낌이 들면 '후후후후'소리를 내면서 입으로 천천히 공기를 내쉰다.
- 들이마시고 내쉬는 동작은 1~3분간 반복한다.
- 손바닥을 다시 힘차게 문질러 다시 배 위에 올리고 태아를 칭찬한다.

10) 임신 10개월(36주~39주)

① 임산부의 변화

　명치까지 올라와 있던 자궁저가 밑으로 내려가면서 위에 대한 압박도 가벼워져 식사하는 것이 조금 편해지고 가슴이 답답함이 없어진다. 체중이 많이 늘어나 자칫 잘못하면 다리나 팔, 복부가 부어오르기 쉬워진다. 또한 자궁구나 질이 부드러워지고 분비물이 늘어나기 시작한다.

　출산 7~14일 전부터는 태아가 갑자기 내려온 듯 한 느낌이 들고 잦은 소변, 허리가 무겁고, 배가 불러오고, 냉 속에 약간의 출혈이 섞이고 태동이 적어지는 등의 증상이 나타난다. 이 시기에는 이제 곧 아기를 낳을 수 있으므로 주 1회 정기검진을 반드시 받아야 한다. 또한 언제라도 입원할 수 있도록 목욕이나 머리를 단정하게 하고 입원용품이나 연락처, 교통편을 확인해 두어야 한다. 또한 영양과 휴식, 수면을 충분히 취하고 출산에 예비하여 체력을 길러야 한다. 진통이 시작되거나 파수하는 일도 있기 때문에 혼자 멀리 나가는 것을 삼가는 것이 좋다.

② 태아의 변화

　이때 아기의 신장은 50cm, 체중은 3.2kg 정도.
　아기의 피하지방이 점차 늘어나고 골격도 튼튼해진다. 아기는 출산과정을 견딜 수 있을 정도로 머리뼈가 굳어지고 뇌와 내장기능이 한참 성숙해지며 호흡기능도 완성되어 언제 태어나도 좋도록 만반의 준비를 하고 있다. 36주에 들어서면 내장 기능도 원활해지고 근육도 발달해 감염에 대한 저항력도 강해진다.

③ 웃음태교 : 순산을 위한 오뚝이 웃음 스트레칭
  예정일이 다가올수록 출산에 대한 두려움이 생기기 마련이다. 몸 구석구석을 늘려주는 웃음 스트레칭은 순산할 수 있다는 자신감을 심어주고 자연스럽게 배를 움직이면서 태아의 긴장까지 풀어준다.
  - 등을 쭉 편 상태에서 양발을 어깨너비보다 조금 넓게 벌리고 선다.
  - 무릎을 굽혀 최대한 낮게 웅크리고 앉는다.
  - 양 팔꿈치로 무릎을 지그시 누르며 양손을 마주 잡는다.
  - 몸이 쏠리지 않게 발꿈치와 발가락에 체중을 고루 싣는다.
  - 천천히 일어나면서 "나는 강인한 엄마, 일곱 번 넘어져도 여덟 번 일어나는 오뚝이처럼 힘들어도 아기 낳을 수 있다. 파이팅!"하고 외친다.
  - 박수를 치면서 힘차게 웃는다.

11) 출산 후 웃음치료 프로그램
① 아기 낳고 군살 떨치는 웃음 다이어트
  -가벼운 체조에도 웃음을 더하면 몸에 부담을 주지 않으면서 효과적으로 열량을 소비할 수 있다.
  -처음엔 5분 정도로 시작해 차츰 횟수와 시간을 늘린다.

② 탄력 있는 복부 만들기
  - 편하게 누운 상태에서 머리와 다리를 동시에 들어 올리면서 웃는다.
  - 잘 안되면 머리와 다리를 교대로 들어 준다.
  - 배에 힘을 주고 주먹으로 배를 치며 웃는다.
  - 다시 배에 힘을 빼고 손을 오목하게 해서 두드리며 웃는다.
③ 잘록한 허리 만들기
  - 어깨너비로 다리를 벌리고 서서 두 팔을 귀에 붙이고 위로 쭉 편다.
  - 손을 맞잡고 오른쪽과 왼쪽으로 몸을 돌리며 크게 웃는다.
  - 몸을 좌우로 데굴데굴 구르면서 "웃음아 내 옆구리 살을 가져가라~하며 크게 웃는다.

④ 처진 엉덩이 올리기

　-쌀이나 콩을 넣은 페트병을 2개 준비해 양쪽 엉덩이를 두드리면서 신나게 웃는다.

　-엉덩이의 불필요한 지방을 제거해 히프업 효과가 있다.

　-양발을 적당히 벌리고 선 뒤 한쪽 발을 들어 발바닥이 등에 닿을 듯이 뒤로 힘껏 차며 웃는다.

　-각 10회 씩 실시한다.

⑤ 날씬한 허벅지 만들기

　-양다리를 벌리고 선 다음 손끝에 힘을 모으고 허벅지 안팎을 '쿡쿡'두드리며 웃는다.

　-베개를 허벅지 사이에 끼우고 안으로 천천히 조이면서 크게 웃는다.

12) 태교웃음의 예쁜 한자어

①천금일소(千金一笑), 일소천금(一笑千金) ;한 번 웃음이 천금과 같다는 말로'미인'을 뜻하는 고사성어

②홍소(哄笑) ; 입을 크게 벌리고 떠들썩하게 웃는 모양

　　　　　천진난만한 웃음

③미소(微笑) : 소리 없이 빙긋이 웃는 모양, 우아하며 여성스러운 웃음

④희소(喜笑) : 기뻐서 웃는 모양. 마음을 탁 열고 마음껏 웃자.

스마일 웃음 디자인

하루 3분 연습으로 아름다운 미소 만들기

스마일 디자인이란 말 그대로
나에게 맞는 환한 웃음을 디자인하는 것.
이에 문제가 있으면 대부분 활짝 웃지 못하고,
잘 웃지 않게 돼 안면 근육이 굳어진다.
어쩌다 웃어도 표정이 어색하게 마련이다.
어색한 미소를 단숨에 날려 버리고
환한 웃음을 디자인하는 멋진 세계로 함께 떠나 보자.

아름다운 미소는 남뿐만 아니라 내 마음의 어두운 그늘도 날려 버리는 마법의 약. 그러나 이에 문제가 있으면 아름다운 미소와는 거리가 멀어지게 된다. 아름다운 미소를 만들기 위해서는 가장 먼저 활짝 웃지 못하게 하는 이의 문제를 해결해야 한다. 앞니의 형태나 배열, 색깔 등을 정상적으로 만들어 주는 '미용치과'치료를 받으면 자연스럽고 아름다운 이를 만들 수 있다.

그런데 문제의 이를 아름답게 만들어도 웃음에 변화가 없는 경우가 적지 않다. 오랫동안 이 때문에 마음껏 웃지 못하고 외모 콤플렉스에 시달리다 보니 자기도 모르게 표정이 굳어 있기 때문이다.

그래서 생겨난 것이 '미소 클리닉'이다. 앞니의 미용 치과치료에 더해서 상담요법과 간단한 미소 근육 운동을 통해 자신 있고 화사한 웃음을 만들어 가는 일종의 미용치료다. 아무리 얼굴 표정이 딱딱하고 근육이 굳어 있는 사람이라도 하루에 3분씩 훈련하면 얼마 지나지 않아서 매력적으로 웃는 얼굴을 가질 수 있다.

1. 스마일 파워란 뭔가?

미소란 능동적인 얼굴 표정으로 남에게 나의 감정을 전달하는 메시지다. 진심어린 미소는 상대방의 마음을 움직여 자신이 원하는 방향으로 나아가게 한다. 이것이 스마일 파워다. 괴로운 생각이 머릿속을 가득 채울 때 미소를 지으면 금세 부정적인 생각이 없어지고 상쾌해진다. 이것은 자신을 위한 스마일 파워다.

스마일 파워를 결정하는 주요 요소는 입술 꼬리의 방향, 입술이 벌어지는 정도, 잇몸이 드러나 보이는 정도, 앞니의 형태와 색깔, 잇몸의 형태와 색깔 등이다. 매력적인 미소는 건강한 이와 건강한 잇몸이 바탕이 되어야 하며, 그것을 기초로 입술꼬리를 힘껏 올려서 보석같이 하얗게 빛나는 이가 드러나 보일 때 스마일 파워가 가장 큰 힘을 발휘한다.

설문을 통해 자신에게 잠재되어 있는 스마일 파워는 얼마나 되는지 체크해보자. 지금까지의 행동이나 마음 상태를 돌이켜보고 다음 각 항목에서 자신에게 해당하는 답을 고른다.

나의 스마일 파워는 몇 점?

🕒 **나에게 해당하는 항목에 표시를 해주세요.**

.미소 지을 때의 내 얼굴이 마음에 든다. ……………………………□
.웃는 얼굴이 매력적이라고 칭찬받은 적이 있다. ………………□
.미소 지을 때 입술을 최대한 벌린다. ………………………………□
.미소 지을 때 이가 되도록 많이 보이게 웃는다. …………………□
.미소 지을 때 입술 끝이 위로 향하도록 노력한다. ………………□
.항상 미소 짓고 있으려고 노력한다. ………………………………□
.사진을 찍을 때 자연스럽게 웃는 얼굴을 취할 수 있다. ………□
.미소 지을 때 손으로 입을 가리지 않는다. ………………………□
.환하게 미소 짓는 얼굴이 건강에 좋다고 생각한다. ……………□
.미소 지을 때의 내 얼굴을 바꾸고 싶다고 생각해 본 적이 없다. ………□

☞ **나의 스마일 파워 진단**

.8개 이상 : 스마일 파워가 무척 강하군요.
.6개 이상 : 스마일 파워가 평균 수준이군요.
.4개 이상 : 좀 더 분발해서 스마일 파워를 키워야겠군요.

2. 나의 미소 미용 지수는 어느 정도인가?

　스마일 파워가 약하다고 낙심할 필요는 없다. 그럴수록 더 적극적으로 '스마일 디자인'에 도전해 보자.

　수술을 하는 것도 아니고 훈련이 힘든 것도 아니다. 거울 앞에서 미소를 지어보고, 나에게 맞는 스타일을 디자인하면 된다.

　그러기 위해서 우선 미소 미용 지수를 측정해 보자. 물론 사람의 미소를 수치로 평가하는 것은 조심스러운 일이지만, 미소 미용 지수를 평가하면 무엇이 문제인지 쉽게 파악할 수 있다. 측정방법은 간단하다.

미소 미용 지수

♡ **입술모양**

　★미소 지을 때 입술 끝이 올라가는 정도
　　.입 꼬리가 위를 향한다. ·· 10
　　.입 꼬리가 수평이다. ··· 5
　　.입 꼬리가 아래를 향한다. ·· 0

　★입술 모양의 좌우 대칭
　　.좌우 입 꼬리 연결선이 평행하다. ··· 10
　　.좌우 입 꼬리 연결선이 평행하지 않다. ···································· 5
　　.좌우 입 꼬리 연결선이 심하게 어긋난다. ······························· 0

　★미소 지을 때 입술이 벌어지는 정도
　　.양 입 꼬리에서 위로 수직선을 그었을 때 눈동자 간격보다 넓다. ········ 10
　　.양 입 꼬리에서 위로 수직선을 그었을 때 눈동자 간격과 일치한다. ········ 5
　　.양 입 꼬리에서 위로 수직선을 그었을 때 눈동자 간격보다 좁다. ········ 0

♡ **잇몸모양**
　★미소 지을 때 잇몸이 보이는 정도
　　.윗잇몸이 2㎜ 이내로 보인다. ·· 10
　　.윗잇몸이 2~4㎜ 보인다. ·· 5
　　.윗잇몸이 4㎜ 이상 보이거나 아주 보이지 않는다. ···················· 0

미소 미용 지수

★잇몸의 색깔

.핑크색이다. ……………………………………………… 10

.붉은색을 많이 띤다. …………………………………… 5

.검붉거나 부어 있다. …………………………………… 0

♡ 이 모양

★미소 지을 때 위아래 이가 보이는 정도

.윗니가 많이 보인다. …………………………………… 10

.윗니와 아랫니가 반 정도 보인다. …………………… 5

.윗니보다 아랫니가 더 많이 보인다. ………………… 0

★미소 지을 때 좌우 윗니가 보이는 정도

.12개 이상 보인다. ……………………………………… 10

.9~11개 보인다. ………………………………………… 5

.8개 이하 보인다. ……………………………………… 0

★미소 지을 때 윗니의 끝선 모양

.아랫입술의 모양을 따른다. …………………………… 10

.직선이다. ………………………………………………… 5

.아랫입술의 모양과 반다. ……………………………… 0

★이 색깔

.정상이다. ………………………………………………… 10

.누런색이다. ……………………………………………… 5

.반점이 있거나 갈색 빛이 돈다. ……………………… 0

☞ 미소 미용 지수
평가법

앞서 체크한 항목들의 점수를 합한 총점에 따라 평가해 보세요.

.75점 이상 : 아주 예쁜 미소

.65~75점 : 예쁜 미소

.40~60점 : 매력 없는 미소

.40점미만 : 스마일 엑서사이즈를 시작해야겠군요.

3. 스마일 엑서사이즈 6단계

매력적인 미소는 타고나는 것이지만, 스스로의 노력에 의해서도 얼마든지 만들 수 있다. 그래서 연예인이나 스튜어디스들은 스마일 엑서사이즈를 통해 멋진 미소를 가꾼다.

웃는 얼굴에서 가장 중요한 것은 입 모양이다. 입 모양이 어떻게 움직이고 입 끝이 어느 방향을 향하느냐에 따라 웃음이 달라지기 때문이다. 얼굴 근육은 다른 근육과 마찬가지로 사용할수록 강해지고 더욱 정확한 움직임을 만들어 낼 수 있다.

1) 1단계 ▷ 근육 풀어주기

입술 주위의 근육을 풀어 주는 것이 스마일 엑서사이즈의 첫 번째 단계. 일명 '도레미 연습'이라 불리기도 하는 입술 근육 풀기 운동은 낮은 도부터 높은 도까지 각 계명을 큰 소리로 분명하게 세 번씩 말하는 것이다. 그냥 이어서 하는 것이 아니라 한 음절씩 끊어서 발음해야 하며 정확한 발음이 나도록 입술 모양에 신경 써야 한다.

※ 낮은 도부터 높은 도까지 한 계명씩 충분히 연습해 근육을 풀어 준 다음, 손바닥을 펴서 입 주위를 부드럽게 마사지한다.

2) 2단계 ▷ 입술 근육에 탄력 주기

웃는 얼굴을 만들 때 가장 중요한 곳은 입 꼬리다. 입술 주위의 근육들을 단련시키면 입 꼬리의 움직임을 보다 깔끔하고 보기 좋게 만들 수 있으며 주름 예방에도 효과가 있다. 입 언저리가 깔끔하고 생생해지면 표정 전체가 탄력 있는 느낌을 주므로 자기도 모르게 훨씬 젊어 보인다. 등을 똑바로 세우고 거울 앞에 앉아 근육을 최대한 수축하거나 늘어나도록 반복해서 연습한다.

※ 1. 입 크게 벌리기 : 입주위의 근육이 최대한 늘어나도록 입을 크게 벌린다. 턱에 자극이 느껴질 정도로 입을 벌린 상태에서 10초간 유지한다.

2. 입 꼬리 긴장하기 : 벌린 입을 다물고 양쪽 입 꼬리를 한껏 당겨 입술이 수평으로 긴장되게 하여 10초간 유지한다.

3. 입술 오므리기 : 입 꼬리 긴장하기(2번) 상태에서 입술을 천천히 오므린다. 동그랗게 말린 입술이 한데 뭉친다는 느낌으로 10초간 유지한다.

3) 3단계 ▷ 미소 만들기

긴장을 푼 상태에서 각 크기별로 웃는 얼굴을 연습하는 과정인데, 입 꼬리가 똑같이 올라가도록 연습하는 것이 키포인트다. 입 꼬리가 삐뚤어지면 표정이 별로 아름답게 느껴지지 않기 때문이다. 다양하게 웃는 얼굴을 연습하는 과정에서 자신에게 가장 잘 어울리는 미소를 발견할 수 있다.

※ 1. 작은 미소 : 입 꼬리를 양쪽 똑같이 위로 끌어올린다. 윗입술도 끌어올리듯 긴장을 준다. 앞니 2개가 약간 보이도록 한 채 10초간 그대로 유지한 다음 다시 원상태로 돌아가 긴장을 푼다.

2. 보통의 미소 : 근육을 천천히 긴장시키면서 입 꼬리를 양쪽 똑같이 위로 올린다. 윗입술도 위로 끌어 올리듯 긴장시킨다. 위 앞니가 6개쯤 보이게 하며, 눈도 약간 웃는다. 10초 간 그대로 유지한 후 원상태로 돌아가 긴장을 푼다.

3. 큰 미소 : 근육이 당겨질 정도로 강하게 긴장시키면서 입 꼬리를 양쪽 똑같이 위로 올리고 위 앞니가 10개 정도 보이게 한다. 아랫니도 살짝 보이게 한다. 10초간 유지한 다음 원상태로 돌아가 긴장을 푼다.

4) 4단계 ▷ 미소 유지하기

일단 원하는 미소를 찾아내면 그 표정을 최소한 30초 간 그대로 유지하는 훈련을 해야 한다. 특히 사진 찍을 때 활짝 웃을 수 없어 속이 상하는 사람들이 이 단계의 훈련을 중점적으로 하면 큰 효과를 거둘 수 있다.
※ 미소를 지은 채 30초 동안 유지한다. 이 동작을 3회 정도 반복한다.

5) 5단계 ▷ 미소 수정하기

훈련을 열심히 했지만 웃는 얼굴이 어딘지 불완전하다면 혹시 다른 부분에 문제가 있는지 찾아보아야 한다. 하지만 자신감 있게 활짝 웃을 수 있다면 결점을 장점으로 바꾸어 크게 문제되지 않을 수 도 있다.

● 결점 1. 입 꼬리가 삐뚤어지게 올라간다.
양쪽 입 꼬리가 나란히 올라가지 않는 사람이 의외로 많다. 이때는 나무젓가락을 이용해 훈련하는 것이 효과적이다. 처음에는 힘들지만 반복하다 보면 어느새 양쪽 끝이 올라가서 깔끔하고 세련된 미소를 지을 수 있다.

※ 나무젓가락을 앞니로 가볍게 문다. 입 꼬리를 나무젓가락에 맞추어 양쪽 모두 올리고, 입술 양 끝을 이은 선이 나무젓가락과 수평을 이루는지 살핀다. 그 상태로 10초 간 유지한다. 처음 상태에서 나무젓가락을 살짝 뺀 다음 그 상태대로 유지하도록 연습한다.

● 결점 2. 웃으면 잇몸이 드러난다.
웃으면 유난히 잇몸이 많이 드러나는 사람들은 웃을 때 자신감이 없어서 입을 가리거나 어색한 웃음을 짓게 된다. 자연스러운 웃음은 잇몸이 보이는 결점을 가려주는데, 본인이 잇몸을 의식하기 때문에 자연스럽고 환한 웃음을 짓기 어렵다. 잇몸이 나오는 경우, 입술 근육의 훈련으로 약점을 보완할 수 있다.

※ 1. 마음에 드는 미소 고르기 : 여러 형태로 마음껏 웃어 본다. 그 가운데 가장 마음에 드는 웃음을 고른다. 그리고 잇몸이 얼마나 보이는지 확인한다. 대개 잇몸이 2㎜ 이내로 보이면 아주 보기 좋다.

 2. 원하는 미소 반복 연습 : 거울을 보면서 앞에서 고른 미소를 만들어 본다. 잇몸이 살짝 나오는 정도에서 아름답게 웃은 연습을 반복한다.

 3. 윗입술 당기기 : 크게 미소 지으면서도 잇몸이 적게 보이게 하려면 윗입술에 약간 힘을 주어 당겨 내린다. 이 상태에서 10초 간 유지한다.

6) 6단계 ▷ 멋진 미소 다듬기
 훈련을 열심히 했다면 자신만의 멋진 미소를 발견하고 그 미소를 보여 줄 수 있을 것이다. 등과 가슴을 펴고 자세를 바르게 한 다음, 거울 앞에서 활짝 웃으며 자신만의 미소를 다듬어 보자.

Q & A

Q 얼마나 훈련하면 미소가 바뀌나요?

근육은 쓰면 쓸수록 발달하는 것이며 안면 근육도 예외는 아닙니다. 안면 근육을 잘 훈련시키면 탄력이 생기고 부드러워지면서 표정이 생생해집니다. 따라서 거울을 보며 최고의 모습이 나타날 때까지 연습하고 반복한다면 2~3개월이면 자연스런 미소가 배어나올 것입니다.

Q 스마일 엑서사이즈를 하면 안면 근육의 노화를 막을 수 있나요?

스마일 엑서사이즈는 입술 근육을 수축 팽창시키는 반본적 운동이기 때문에 안면 근육이 처지는 것을 막을 수 있습니다.

Q 저는 웃을 때 주름이 많이 생깁니다.

자꾸 웃다 보면 얼굴이 더 늙어 보이지 않을 까요?

나이가 들면서 생기는 주름은 자연스러운 것입니다. 문제는 이 주름이 아름다우냐 추하냐 하는 것이지요. 주름은 표정에 따라 변합니다. 결국 미소에 의한 주름은 아름다운 주름으로 보이게 하며, 아름다운 주름은 얼굴을 젊어 보이게 합니다. 그래서 잘 웃는 사람의 얼굴은 늙지 않는 법입니다.

Q 안면 미소 근육 훈련을 하면 볼 살이 빠지나요?

의학적 근거는 없으나 운동을 많이 하면 날씬해지는 일반근육이 얼굴에도 적용되지 않을까요?

Q 턱관절 장애가 있어서 한동안 병원에 다녔는데, 이제는 통증이 거의 없습니다. 그런데 스마일 엑서사이즈를 해도 괜찮을까요?

스마일 엑서사이즈를 할 때 턱 관절이 벌어지는 정도는 아주 조금입니다. 수저를 넣을 때보다 덜 벌어집니다. 아무 영향이 없다는 뜻입니다. 걱정하지 말고 열심히 하십시오.

Q 미소훈련을 해 보니까 웃을 때의 입 모양은 훨씬 나아진것 같은데, 눈매는 여전히 굳어 있습니다. 어떻게 연습해야 자연스러운 눈웃음을 만들 수 있을까요?

눈매는 근육보다는 마음의 상태에 의해 좌우된다고 생각됩니다. 너무 훈련하느라 긴장돼서 그럴 것입니다. 눈은 좋은 마음으로 상대를 만날 때 저절로 아름다워질 것입니다.

유머와 SPOT기법

1. Humor & Change-Up 프레젠테이션!
　　아침에 뜨는 태양은 어제 떴던 그 태양일 수도 있지만, 자기계발을 쉬지 않는 사람에겐 날마다 새로운 태양입니다.

　　다음 중 1개라도 수긍을 한다면
　　「Humor & Change-Up」을 경험해야 합니다.

① 유머도 경쟁력이기 때문에 유머 있는 사람이 유리하다.
② 내 말을 듣다가 조는 사람이 있다면, 내가 진 것이다.
③ 누구나 재미있는 사람에게서 물건을 사려고 한다. 그래서 세일즈맨이나 판매원의 유머는 매출을 늘린다.
④ 경영진의 유머는 일이 구석구석 모두 잘 굴러가도록 만드는 경영수완이 된다.
⑤ 회사에서 즐거운 시간을 보내는 직원들은 주머니에 돈을 조금 넣고도 기쁜 마음으로 퇴근한다.
⑥ 유머의 힘은 자석과 같아서, 긍정적인 유머는 사람을 끌어당기고 부정적인 유머는 사람을 내쫓는다.
⑦ 유머가 없으면 고객에게, 군대식 고객 서비스를 하게 된다.
⑧ 스트레스는 즉시 풀어줘야 뒤탈이 없는데, 스트레스의 천적은 유머다.
⑨ 유머는 원기를 회복시켜주고, 재충전을 시켜주기 때문에 커피를 마시며 쉬는 것보다 더 효과적이다.
⑩ 유머감각이 뛰어나면 여러 감각에 뛰어나고, 특히 창의력이 뛰어나다.

자기계발을 하지 않는 것과 무단횡단은 자살 행위입니다!
가장 소중한 것을 잃어버리고 사는 사람들에게 이 강의를 강권합니다!!

1) 유머

1. 단어 정리		
(1) Joke	(2) Wit	(3) Comic
① 오감의 청각	① 육감의 순발력	① 오감의 시각
② 농담	② 재치	② 익살
2. 사람은 왜 웃나		
(1) 웃음보의 위치	(2) 웃음보의 자극	(3) 뇌파의 강약
① 왼쪽 귀의 위 부분	① 원거리인 시각과 청각	① 약한 자극은 미소
② 사지통제 신경조직 앞	② 근접거리인 촉각	② 강한 자극은 폭소
3. 베타 엔돌핀		
(1) 베타 엔돌핀의 생성	(2) 베타 엔돌핀의 성질	(3) 베타 엔돌핀의 효능
① 뇌량 아래 1인치	① 5분의 수명	① 암세포 격파
② 탈라무스	② 스트레스의 천적	② 면역체계 강화

2) 동서양의 유머

1. 서양의 유머		
(1) 의학적인 접근	(2) 수치적인 분위기	(3) 미국의 미소
① 웃음은 약이다	①몰핀의 3~5배의 진통제	① 미소는 인사
② 면역체계가 강화된다	②베타 엔돌핀 1cc는 백만원	② 무표정은 반감
2. 동양의 유머		
(1) 심리적인 접근	(2) 정신적인 분위기	(3) 한국의 미소
① 웃으면 복이 온다	① 웃으면 정든다	① 웃고나면 동네사람된다
② 웃는 낮에 침 못 뱉는다	② 미소는 꼼수	② 무표정은 체통
3. 웃음의 효과와 효능		
(1) 하루 3번의 신나는 웃음	(2) 정상혈압유지	(3) 장기, 근육강화
① 환자를 반으로 (백혈구 30%)	① 심장,간장,위장의건강	① 오장육부, 복근운동
② 약물을 반으로 (글로브린 A 15%)	② 6 · 2 · 5 + 7년	② 괄약근 운동 (회춘 갱년기장애)

3) 유머도 경쟁력이다

1. 유머는 기능이다		
(1) 미소	(2) 배려하는 마음	(3) 유머의 예
① 웃고 죽은 돼지	① 자기개발의 기회	① 내용별로 정리 해 두기
② 분위기 조성	② 억지춘향도 90%의 효과	② 단타에서 장타로 나가기
2. 유머가 썰렁해지는 이유		
(1) 눈높이 맞추기	(2) 신선도 유지하기	(3) 때와 장소 가리기
① 어린이,청소년,성인	① 유통기한 지키기	① 지금은 유머를 할 때인가
② 수수께끼,단어비틀기,풍자	② 일주일, 보름, 통조림	② 여기는 유머를 할 장소인가
3. 유머의 에티켓		
(1) 생생한 느낌 안 주기	(2) 음담패설 정제하기	(3) 인신공격 안 하기
① 설사,닭똥집,응가 대회	① 노골적이거나 천박한 표현	① 직업 & 신체적 정신적 약점
② 단어의 연상작용	② 정제과정의 예	② 말에 의한 상처는 무덤까지

4) 단타, 장타, 패러디

1. 단타		
(1) 과 도 = ( )	(2) 백열전구 = ( )	(3) 형광등 = ( )
(4) 꼬마전구 = ( )	(5) 샹들리에 = ( )	(6) 가로등 = ( )
(7) 오리지날 = ( )	(8) 만사형통 = ( )	(9) 유비무환 = ( )
2. 장타		
(1) 모유의 장점 10가지	(2) 국도에서 생긴 일	(3) 안녕하세요? 시 아주버님!
(4) 이 콩깍지는…	(5) 저기 저 말뚝은…	(6) 아빠 머리가 좋아졌어요
(7) 우리 방 천장	(8) 빵빵한 이야기	(9) 이 다음에 크면 거의다가…
3. 패러디 & 삼행시 & 다양한 생각		
(1) 정자와 정치인의 공통점	(2) 개와 정치인의 공통점 5가지	(3) 21세기 의학계의 개가
(4) 원 두 막	(5) 슈 퍼 맨	(6) 까 마 귀
(7) 산타가 X-mas 날에 못 온 이유	(8) 초보운전의 다른 표현 10가지	(9) 맨홀 뚜껑이 동그란 이유 5가지

5) 변해야 산다

1. 정신 차려		
(1) 헝그리 정신	**(2) 서비스 정신**	**(3) 프로 정신**
①통장잔액ⓧ 정신빈곤ⓞ	①B/S T/S A/S	①아마와 프로의 차이
②집념 + 낙법	②I/S(Image)	②유력과 유일의 차이
2. 목표 의식		
(1) 자기계발(주 5일근무)	**(2) 운동신경**	**(3) 반복적인 일**
①무단횡단 & 자기방치	①건강박수 10초	①지하철 칫솔
③자살행위	②수명박수 10초	②50원 짜리 명함
3. Communication		
(1) 쌍방통행과 일방통행	**(2) 경쟁력**	**(3) 99℃ & 100℃**
①갑순이와 춘향이	①한 발 한 방	①100 - 1 = 0
②고양이와 개	② 1cm + 0.1초	② 0 + 1 = 100

6) 유머 마인드 체크리스트

	내 용	그렇다	아니다	비 고
1	일주일의 주간계획을 짜고 생활한다.	ⓞ	ⓧ	
2	농담과 가벼운 장난을 자주 한다.	ⓞ	ⓧ	
3	만화책이나 만화영화를 즐겨본다.	ⓞ	ⓧ	
4	업무 외적인 책을 1년에 10권 이상 읽는다.	ⓞ	ⓧ	
5	웃기는 이야기를 많이 알고 있다.	ⓞ	ⓧ	
6	주변 사람으로부터 조언해 달라는 부탁을 자주 받는다.	ⓞ	ⓧ	①유머
7	코미디 프로를 자주 시청한다.	ⓞ	ⓧ	훈련방법
8	비교적 상상력이 풍부하다.	ⓞ	ⓧ	
9	나는 천진난만하다고 생각한다.	ⓞ	ⓧ	
10	친구들과 모이면, 이야기의 주도권을 잡는 편이다.	ⓞ	ⓧ	
11	길거리 노점상과 장사꾼 물건에 관심이 많다.	ⓞ	ⓧ	
12	매사에 긍정적이고 낙관적이라는 소리를 듣는다.	ⓞ	ⓧ	
13	무엇인가 꾸준히 수집하는 것을 즐긴다.	ⓞ	ⓧ	②나의유머
14	신문의 연예, 문화, 스포츠 난을 즐겨본다.	ⓞ	ⓧ	경쟁력은?
15	자신과 상관이 없는 일에도 관심이 많다.	ⓞ	ⓧ	
16	스치는 생각을 메모하는 습관이 있다.	ⓞ	ⓧ	
17	주 4회 이상 꾸준히 하는 운동이 있다.	ⓞ	ⓧ	
18	타인에게서, 첫인상이 말 붙이기가 쉬운 편이라는 말을 듣는다.	ⓞ	ⓧ	
19	버스나 택시를 이용할 때, 운전기사보다 먼저 인사를 한다.	ⓞ	ⓧ	
20	남과 다투고 나면 먼저 화해를 청한다.	ⓞ	ⓧ	

유머 경영

HUMOR MANAGEMENT
"유머가 경영전략이다!"

Humor World

1. Brain Stretching

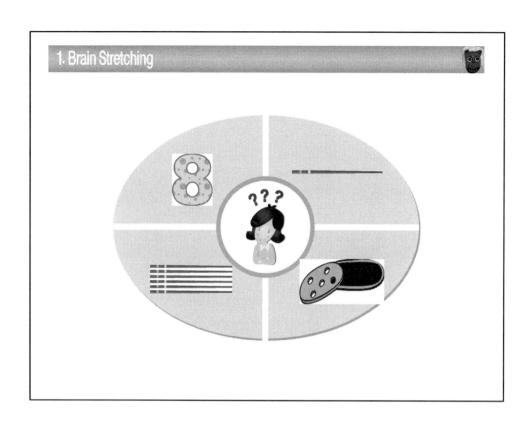

2.유머 분류

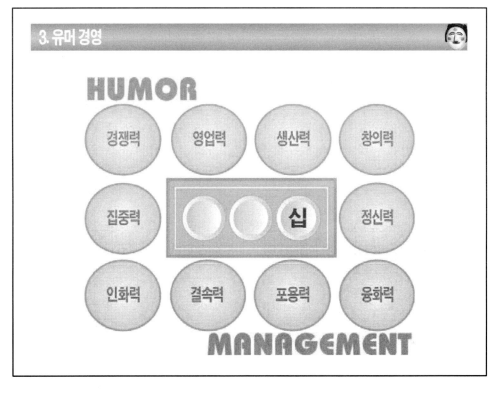

4. 유머 사격술

주 (썰렁한이유) 의

1. 눈높이
① 어린이
② 청소년
③ 성인

2. 신선도
① 유통기한
② 통조림

3. 가리기
① 때
② 장소

기 (후천성) 능

1. 미소
① 분위기반전
② 웃는돼지

2. 배려
① 자기개발
② 90%효과

3. 예화
① 파일정리
② 단타⇒장타

금 (에티켓) 기

1. XX(1~10)
① 설사..
② 단어연상

2. 음담패설
① E·D·P·S
② 예술or외설

3. 인신공격
① 약점.결점
② 빈정대기

5. 이대로는 안된다

1. 유머노트

3
① I
② YOU
③ WE

2
① 교통순경
② 장수비결
③ 5살꼬마

1
① 수수께끼
② 북한낱말
③ 시리즈

2. 유머운영

① 유머동전
② 유머지폐
1

① 퍼트럭유머
② 웃자클럽
2

① 유머라인
② 유머대회
3

6. 변해야 산다

이미지메이킹

1.헝그리정신
① 통장X 정신O
② 집념+낙법

2.서비스정신
① B/S, T/S
② A/S & I/S

3.프로정신
① 아마 & 프로
② 유력 & 유일

목표의식

1. 자기개발
① 자기방치
② 자살행위

2. 반복적인일
① 번개
② 명함

3. 운동신경
① 건강박수
② 수명박수

커뮤니케이션

1. 쌍방&일방
① 갑순이.춘향이
② 고양이.개

2. 1의위력
① 한발
② 1/100초

3. 99와 100
① 100-1=0
② 0+1=100

7. Smile Face

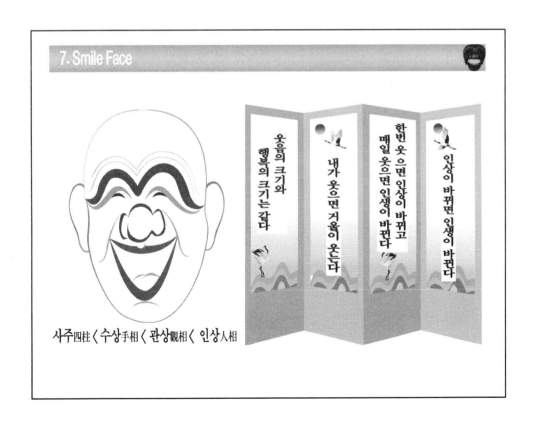

웃음의 크기와 행복의 크기는 같다

내가 웃으면 거울이 웃는다

한번 웃으면 인상이 바뀌고 매일 웃으면 인생이 바뀐다

인상이 바뀌면 인생이 바뀐다

사주四柱 〈 수상手相 〈 관상觀相 〈 인상人相

파워유머

POWER HUMOR

"유머가 경쟁력이다!"

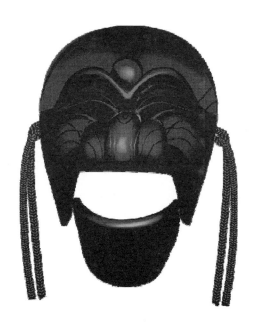

3. 유머의 분류

HUMOR

Joke   Comic

Communication

4. 웃음의 기능

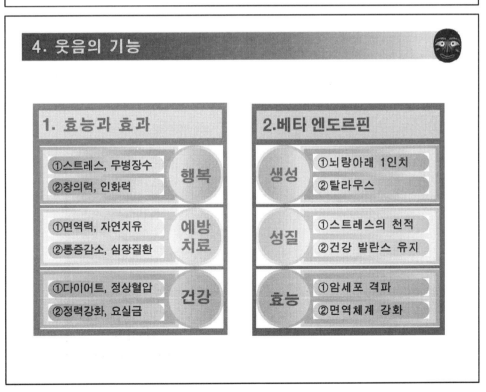

1. 효능과 효과

①스트레스, 무병장수 ②창의력, 인화력	행복
①면역력, 자연치유 ②통증감소, 심장질환	예방 치료
①다이어트, 정상혈압 ②정력강화, 요실금	건강

2.베타 엔도르핀

생성	①뇌량아래 1인치 ②탈라무스
성질	①스트레스의 천적 ②건강 발란스 유지
효능	①암세포 격파 ②면역체계 강화

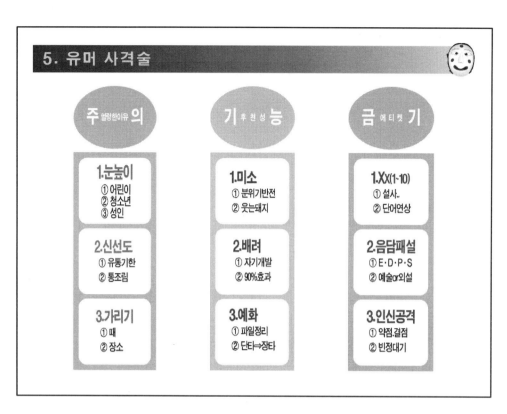

5. 유머 사격술

주(썰렁한이유)의

1.눈높이
① 어린이
② 청소년
③ 성인

2.신선도
① 유통기한
② 통조림

3.가리기
① 때
② 장소

기(후천성)능

1.미소
① 분위기반전
② 웃는돼지

2.배려
① 자기개발
② 90%효과

3.예화
① 파일정리
② 단타⇒장타

금(에티켓)기

1.XX(1-10)
① 설사..
② 단어연상

2.음담패설
① E·D·P·S
② 예술or외설

3.인신공격
① 약점.결점
② 빈정대기

6.유머 감각키우기

1. 유머노트

3
①I
②YOU
③WE

2
①교통순경
②장수비결
③5살꼬마

1
①수수께끼
②북한날말
③시리즈

2. 유머운영

1
① 유머동전
② 유머지폐

2
①퍼트럭유머
②웃자클럽

3
① 유머라인
② 유머대회

7·유머마인드 체크리스트

NO	내용	그렇다	아니다
1	농담과 가벼운 장난을 자주 한다	O	X
2	만화책이나 만화영화를 즐겨 본다	O	X
3	업무 외적인 책을 1년에 10권 이상 읽는다	O	X
4	웃기는 이야기를 많이 알고 있다	O	X
5	코미디 프로를 자주 시청한다	O	X
6	비교적 상상력이 풍부하다	O	X
7	나는 천진난만하다고 생각한다	O	X
8	친구들과 모이면 이야기의 주도권을 잡는다	O	X
9	길거리 노점상과 장사꾼 물건에 관심이 많다	O	X
10	매사에 긍정적이고 낙관적이라는 소리를 듣는다	O	X
11	자신과 상관없는 일에도 관심이 많다	O	X
12	스치는 생각을 메모하는 습관이 있다	O	X
13	주4회 이상 꾸준히 하는 운동이 있다	O	X
14	타인에게서 첫 인상이 말 붙이기 쉬운 편이라는 말을	O	X
15	남과 다투고 나면 먼저 화해를 청한다	O	X

훈 련 방법은?		유 머 지수는?	

- 193 -

8.Hormone Word

엔도르핀 [endorphin]	뇌 시상하부(視床下部), 뇌하수체후엽(腦下垂體後葉)에서 추출된 모르핀과 같은 진통효과를 가진 물질의 총칭. α-, β-, γ- 의 3종류가 있음.
NK세포 [Natural Killer Cell]	자연살해(殺傷)세포로 각종 암이나 세균성 질환에 효과가 있음. 세균이나 종양을 직접 공격하여 죽임. 림프구인 [NK세포]는 [T세포]와 [B세포]의 지원을 받아 암세포를 최종적으로 죽임.
엔케팔린 [Enkephalin]	웃을 때 엔도르핀과 함께 나오는 신경펩티드 호르몬. 모르핀보다 300배 강한 진통효과가 있음. 아편(Opium)과 유사한 체내물질이라 하여 체내아편성물질(Endogenous opiate)이라고도 함.
면역글로불린 [Immunoglobulin]	대표적 단백질로, 면역증강효과가 있으며 홍삼 등에서 추출. 호흡기와 소화기 질환, 특히 감기예방에 특효.
인터페론 감마 [Interferon gamma]	엔도르핀이 분비되면서 생성되는 것으로, 림프구들 중 [NK세포]의 기능항진을 유도함. [T세포]와 [B세포]를 자극하여 200배 높은 면역력, 바이러스에 대한 저항력 생성함.
아드레날린 [Adrenaline]	노루아드레날린과 같은 스트레스 호르몬의 일종. 교감신경을 자극하여 심장이나 혈관의 수축력을 높이고 노화를 촉진함.
코티졸 [Cortisol]	스트레스호르몬의 일종으로 체내단백질의 파괴와 지방의 재배열로 근무력증, 피부결합조직파괴 유발 로 피부가 얇아져 홍조현상의 원인. 골다공증, 여드름, 우울증, 정신이상 및 당뇨와 고혈압 유발.
세로토닌 [Serotonin]	마음의 안정을 가져오는 엔도르핀의 생성을 촉진. [T-임파구]를 강화하는 호르몬의 일종으로 기분을 좋게 하여 우울증을 예방함.
플라스미노겐 [Plasminogen]	심장의 힘을 좋게 하고, 혈전생성 억제함.

사람의 뇌는 웃을 때 마다 엔도르핀을 포함한 21가지 긍정적 호르몬을 쏟아 내고, 부교감신경을 자극해 심장을 천천히 뛰게 하며, 몸 상태를 안정적으로 편안하게 해준다. 또 스트레스와 분노, 긴장을 완화해 심장마비와 같은 돌연사도 예방해 준다.

Fun Fun 한 리더십

뻔뻔(Fun Fun)한 리더십

Face to Face & Heart to Heart!

Fun & Spot

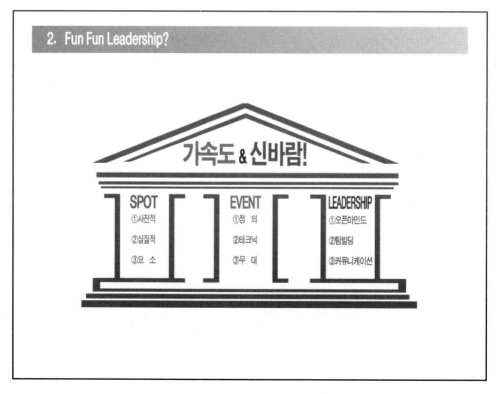

3. Fun Spot

사전적 의미	실질적 의미	Spot 요소
		1. 언제나 (간편성)
		2. 어디나 (보편성)
		3. 누구나 (대중성)
		4. 재미 (흥미성)
		5. 다같이 (협동성)

4. Fun Event

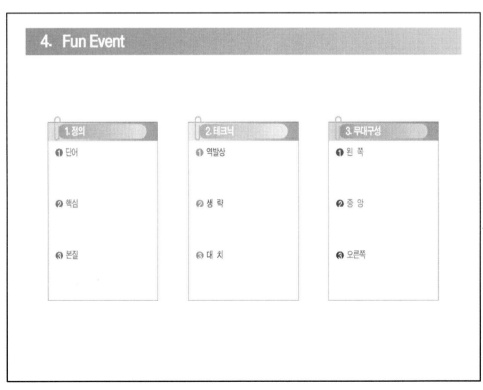

1. 정의	2. 테크닉	3. 무대구성
❶ 단어	❶ 역발상	❶ 왼 쪽
❷ 핵심	❷ 생 략	❷ 중 앙
❸ 본질	❸ 대 치	❸ 오른쪽

5. Fun Leadership

1 오픈마인드
- 아이스브레이킹
- 에듀케이션
- 기분전환

팀빌딩 2
- 엔터테인먼트
- 주의집중
- 스킨쉽

3 커뮤니케이션
- 커뮤니케이션
- 1차고객과 2차고객
- 네트워크

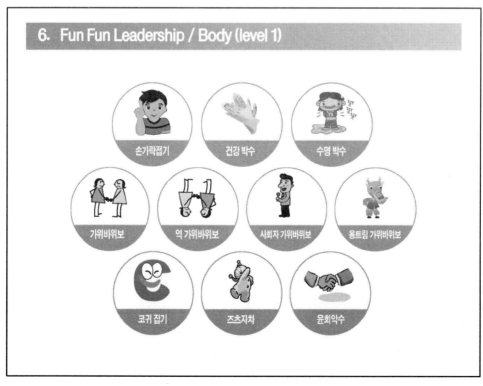

6. Fun Fun Leadership / Body (level 1)

- 손가락접기
- 건강 박수
- 수명 박수
- 가위바위보
- 역 가위바위보
- 사회자 가위바위보
- 용트림 가위바위보
- 코귀 잡기
- 츠츠지차
- 윤회악수

7. Fun Fun Leadership / Sound (level 1)

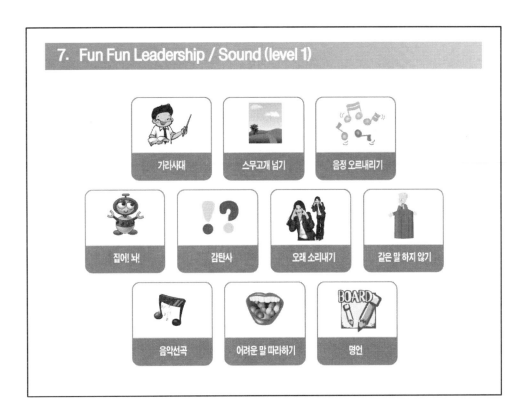

8. Fun Fun Leadership / Tool (level 1)

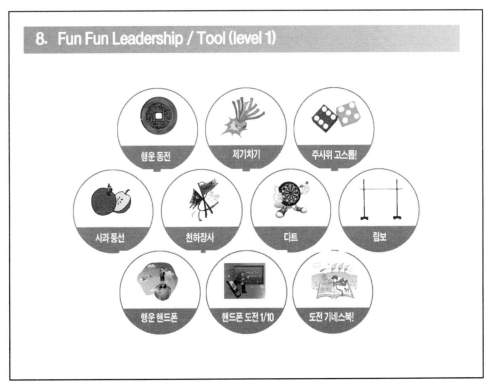

9. Fun Fun Leadership / Paper (level 1)

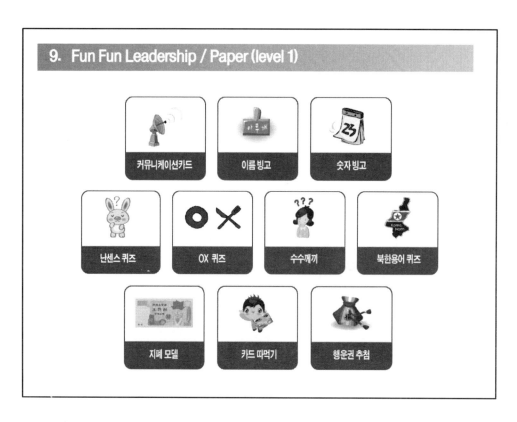

커뮤니케이션카드 이름 빙고 숫자 빙고
난센스 퀴즈 OX 퀴즈 수수께끼 북한용어 퀴즈
지폐 모델 카드 따먹기 행운권 추첨

9 -1. Communication Card

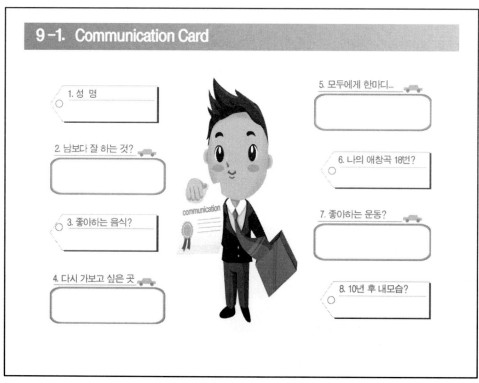

1. 성 명
2. 남보다 잘 하는 것?
3. 좋아하는 음식?
4. 다시 가보고 싶은 곳
5. 모두에게 한마디…
6. 나의 애창곡 18번?
7. 좋아하는 운동?
8. 10년 후 내모습?

우 리 는 하 나

1	2	3	4	5
6	7	8	9	10
11	12	13	14	15
16	17	18	19	20
21	22	23	24	25

正

성씨빙고

기타빙고

NO	내 용	정답
1	**고추잠자리**를 2글자로 표현하면?	
2	공처가와 애처가의 공통점은?	
3	과일을 자르는 칼은 **과도**, 눈과 구름을 자르는 칼은?	
4	궁색한 사람들이 많이 찾는 책은?	
5	기절할 때 부는 바람은?	
6	길이가 2Km나 되는 발은?	
7	남자가 뛸 때, 가운데 하나가 같이 흔들리는 것은?	
8	노처녀, 노총각의 결혼조건은?	
9	**눈뜨라**는 말의 세계 공통어는?	
10	**달리던 차가 사고 났다**를 3자로 표현하면?	
11	대학시험을 망친 사람이 떠오르기를 기다리는 달은?	
12	도둑이 훔친 돈의 이름은?	
13	돈을 받은 만큼 몸을 허락하는 것은?	
14	돼지가 잡채를 먹으면 어떻게 될까?	
15	떠나간 님을 2글자로 줄이면?	
16	마요네즈와 참기름을 섞으면 어떻게 될까?	
17	미국 역대 대통령 중 바지가 늘 흘러내리던 사람은?	
18	**미닫이문**을 소리 나는 데로 적으면?	
19	백악관=화이트하우스, 청와대=블루하우스, 투명한 집?	
20	복어 알을 먹고도 거뜬히 살아나는 여자는?	
21	사과 5개중 3개를 먹으면, 몇 개가 남나?	
22	사기꾼이 잘 팔아먹는 땅은?	
23	사람의 몸무게가 가장 많이 나갈 때는?	
24	사람의 이빨 중에서 마지막에 나는 이는?	
25	구명보트로 구할 수 있는 사람의 수는?	

NO	내 용	정답
26	사진, 포크, 도끼, 인쇄소, 투표, 도장의 공통점은?	
27	산은 산인데, 미역장수가 제일 좋아하는 산은?	
28	산타 할아버지가 싫어하는 중국집 음식은?	
29	상습 음주 운전자가 다니는 길은?	
30	세 사람만 탈 수 있는 차는?	
31	세상에서 가장 더럽고 추잡한 개는?	
32	순전히 재수로 한 몫 보는 곳은?	
33	**술과 커피는 안팝니다**를 4글자로 줄이면?	
34	슬픈 음악을 좋아하는 사람이 가장 즐거울 때는?	
35	**씨름선수가 죽 늘어서 있다**를 3글자로 줄이면?	
36	**아몬드가 죽으면** 무엇이 될까?	
37	**약속을 어기면 혼난다**의 뜻을 가진 단어는?	
38	**양초갑에 양초가 꽉 차 있다**를 3글자로 표현하면?	
39	어부들이 가장 싫어하는 가수는?	
40	얼굴은 예쁜데 속이 텅 빈 여자는?	
41	여자들이 수다를 가장 적게 떠는 달은?	
42	**오백**에서 **백**을 빼면 얼마?	
43	우리나라 최초로 기둥서방을 둔 여자는?	
44	운전기사들이 주로 사용하는 재떨이는?	
45	**이것이 네 땅이다**를 영어로 표현하면?	
46	질문 할 때 한 손만 드는 이유는?	
47	판매원 아가씨와 총각 손님 사이에 오가는 정은?	
48	프로 권투의 대전료 계산 방식은?	
49	**하늘의 별따기** 보다 더 어려운 것은?	
50	황새를 쫓던 뱁새의 다리가 찢어 졌다. 누구의 잘못?	

NO	내 용	O X
51	24절기는 음력을 기준으로 한다?	
52	갈색 계란이 흰 계란보다 영양가가 더 높다?	
53	배와 강물은 같은 속도로 움직인다?	
54	개구리는 이가 있다?	
55	개 발에도 땀이 난다?	
56	**거시기**는 표준어다?	
57	검은 속옷은 노화를 촉진시키고, 피부를 주름지게 한다?	
58	국내에서 가장 먼저 건설된 고속도로는 경부고속도로다?	
59	비행기 착륙비용은 야간이 더 비싸다?	
60	고양이 수염을 자르면 쥐를 못 잡는다?	
61	**골치아프다**의 골치는 어금니를 뜻한다?	
62	구기 종목 중 가장 작은 공은 골프공이다?	
63	적도 가까이에 있는 나무에는 나이테가 없다?	
64	낙지의 심장은 1개다?	
65	남극에서도 감기에 걸릴 수 있다?	
66	남자와 여자 중 추위에 강한 쪽은 남자다?	
67	노벨상은 살아있는 사람에게만 수여된다?	
68	독사가 실수로 자기 혀를 깨물면 죽는다?	
69	돼지는 하늘을 우러러 볼 수 없다?	
70	딱따구리가 나무를 쪼는 속도는 총알보다 빠르다?	
71	**똥침** 맞고 죽을 수도 있다?	
72	라디오 볼륨을 크게 하면 전력 소비가 더 많아진다?	
73	로미오와 줄리엣은 처음 만난 날 키스를 했다?	
74	맥주병이 갈색인 것은 자외선을 차단하기 위해서다?	
75	머리카락을 자주 자르면, 더 빨리 자란다?	

NO	내 용	O X
76	목 성대가 아플 때 소금물로 헹구어 주면 좋다?	
77	물구나무 선 상태에서 음식을 먹을 수 있다?	
78	미국 대통령과 부통령은 같이 여행을 다닐 수 있다?	
79	바다에서도 음주 단속을 한다?	
80	뱀은 뒷걸음질을 할 수 없다?	
81	번개는 남자보다 여자를 칠 가능성이 많다?	
82	비행기에도 피뢰침이 있다?	
83	사람에게 돋아나는 사마귀는 전염된다?	
84	사람의 5감중 가장 먼저 나빠지는 것은 시각이다?	
85	인체 기관 중 피가 가장 많은 곳은 심장이다?	
86	산부인과에서 출산비용은 낮이나 밤이나 같다?	
87	성대보호를 위해 날계란을 먹으면 도움이 된다?	
88	애국가의 남산은 서울의 남산을 가리킨다?	
89	엘리베이터의 닫힘 버튼을 누르면 전력소비가 더 크다?	
90	열대야 현상은 여름 밤 최저기온이 25℃ 이상일 때다?	
91	유일하게 점프를 하지 못하는 동물은 코끼리다?	
92	자전거를 타도 멀미를 한다?	
93	장구의 왼쪽은 쇠가죽, 오른쪽은 말가죽으로 만든다?	
94	전자레인지는 비타민을 파괴한다?	
95	초콜릿은 중독성이 있다?	
96	침팬지와 고릴라도 사람처럼 맹장이 있다?	
97	키스를 하면 감기가 옮는다?	
98	티눈은 어린이에게 잘 생기는 병이다?	
99	파리는 다리 끝으로 맛을 느낀다?	
100	회 덮밥은 일본에도 있다?	

1. 사전준비	2. 두려움없애기	3. 갖 출 점
1. 때, 장소, 대상파악	1. 뭔가 하기는 해야겠는데. : 정보챙기기	**5W 3H**
2. 신중한 종목 선정		1W
3. 여유있는 물품준비		2W
4. 쉬운 것부터	2. 선척적인 자질이. : 1% 챚기	3W
5. 안전사고 방지		4W
6. 의미부여	3. 사회적지위와 체면. : 대리 만족 주기	5W
7. 말보다는 분위기		1H
		2H
		3H

레크리에이션(Recreation)

1. 레크리에이션 이론

1) 레크리에이션의 역사(歷史)

레크리에이션 역사의 시작은 분명하지 않다. 왜냐하면 고대로 거슬러 올라가서 기원을 찾기가 어렵고, 고대올림픽(그리스. 로마시대) 이전의 운동경기도 일종의 레크리에이션 범주에 넣을 수 있기 때문이다. 정의하기에 따라서는 사람이 세상에 태어날 때부터 라고 할 수도 있다. 그러나 실제적인 단어의 사용에 대한 기원을 찾아보면 16세기경이 된다.

2) 레크리에이션의 어원(語原)

레크리에이션이란 용어는 16세기 문예부흥기에 인간개조의 필요성을 주장하는 인문주의자들에 의해 처음으로 사용되었는데, 그 뜻은 "건전한 여가의 활용"이었다. 이것은 오늘날의 레크리에이션과 동일한 뜻의 용어로 쓰였다.

1932년 미국 LA올림픽과 병행하여 제1회 레크리에이션 회의가 처음으로 개최되었는데 이 때 부터 레크리에이션이란 용어는 국제적으로 널리 알려지고 쓰이기 시작했다. 우리나라에서 레크리에이션이란 용어가 사용된 것은 6·25 이후로 볼 수 있다. 물론 그 이전에도 레크리에이션이야 있었지만(제기차기, 투호, 연날리기, 널뛰기, 팽이치기, 강강수월래 등의 전통 민속놀이) 레크리에이션이란낱말이 통용된 것은 전쟁이후로 봐야 한다.

3) 레크리에이션의 뜻(語義)

Recreation이라는 단어는 라틴어의 '레크레싸오(recreatio)'에서 시작하여 '리크리에이트(recreate)'로 된 것인데 발음별로 분류하여 보면 두 가지 뜻이 있다.
(1) 리크리에이션(re-creation) : 발음의 강점(악센트)이 앞에 있고 개조(改造), 재창조, 새롭게 만듦의 뜻
(2) 레크리에이션(recre-ation) : 발음의 강점이 뒤에 있고 오락, 유희, 소창, 취미, 휴양, 위안, 기분 전환의 뜻
레크리에이션과 리크리에이션은 서로 밀접한 관계를 갖고 있다. 왜냐하면 레크리에이션이란 어떤 활동(즐김)을 통하여 창조적인 결과를 가져와야 하기 때문이다. 즉 레크리에이션을 통해서 리크리에이션이 될 때 참다운 레크리에이션이라 할 수 있다.

4) 레크리에이션의 의의(意義)

레크리에이션의 의의는 3가지 면에서 찾을 수 있다.

첫째, 어떤 활동에 대한 각자의 흥미와 욕구에 의해서 이루어지는 것
둘째, 각자가 행하는 여가 활동에서 희열과 만족을 느끼는 것
셋째, 마음으로부터 우러나오는 자발적인 활동에 의해 이루어지는 것

5) 레크리에이션의 정의(定意)

레크리에이션에 대한 대표적인 정의를 보면

■ H. R. Meyer : 레크리에이션은 여가에 관계되는 활동이며 그 활동자체에서 연유되는 만족에 의하여 동기화 된 것이다.

■ John Hutchison : 레크리에이션은 활동에 스스로 참가하는 개인에게 직접적이며 만족스러운 가치 있고 사회적으로 받아들일 수 있는 여가의 경험이다.

■ Edis Boll 박사 : 레크리에이션은 여가 시간에 있어서 각자가 선택한 활동에 자발적인 참가를 하여 만족을 나타내는 여러가지 경험을 포함한다.

■ Bright Bill 박사 : 레크리에이션이란 여가를 즐기기 위하여 또는 어떠한 자기만족을 얻기 위하여 자유로이 하는 활동이다.

■ 김오중 박사 : 레크리에이션은 각자가 선택한 활동에 스스로 참여하여 만족을 느낄 수 있고 동시에 문화적, 사회적으로 받아들일 수 있는 창조적이며 건설적인 여가의 활동이다.

> ■ 이광재 박사 : 레크리에이션은 단순한 여가활동의 차원을 넘어서 하나의 공동체 의식을 고취하며 새로운 것을 창출해 내며 본연의 창조능력을 계발하고 발휘하여 인간사회에 기여하는 자기성장의 창조적 활동이다.

6) 레크리에이션의 본질적(本質的)인 요소(要素)

레크리에이션에 대한 저명한 학자들의 정의에서 찾을 수 있는 본질적인 요소들은 다음과 같다.

(1) 할 만한 가치가 있는 것 (Worth-While)

(2) 사회적으로 용납되는 것 (Socially Accepted)

(3) 여가를 선용하는 것 (Leisure)

(4) 만족을 느낄 수 있는 것 (Satisfaction)

(5) 자발적으로 행하여지는 것 (Voluntary)

위와 같은 요소가 포함될 때 비로소 레크리에이션이 될 수 있다.

7) 레크리에이션의 2가지 형태

레크리에이션에는 두 가지 형태가 있다.

(1) 능동적(적극적) 형태 : 각종 스포츠나 등산, 합창 등 레크리에이션 활동에
    직접 참가하여 즐기는 것

(2) 수동적(소극적) 형태 : 영화 감상이나 독서, 음악 등 보고 듣고 느끼는
    감상을 주로 하는 것

이 두 형태는 각기 장단점을 가지고 있으나, 수동적인 것보다는 능동적인 레크리에이션이 바람직하다. 왜냐하면 자기 스스로 레크리에이션 활동에 직접 참여하여 기쁨과 만족을 얻고 느끼며, 여러 사람들과 서로 어울려 즐기는 가운데 바람직한 인간관계를 맺을 수 있기 때문이다.

8) 레크리에이션의 효과

(1) 기분전환으로 인한 심신의 피로회복

(2) 각종공해로 인한 스트레스 해소

(3) 여가의 선용

(4) 창조적인 분위기 조정

(5) 자기 자신의 재발견

(6) 사회의 적응성 발견 및 획득

(7) 자기 능력 및 창의성 개발

(8) 리더십의 획득

(9) 적극적 사고방식 및 다각적 사고방식의 활용

(10) 많은 사람과 친교 (Friendship)

(11) 목적을 위한 동료의식(Team work)

(12) 봉사의 기회

(13) 지속적인 작업의 능률 향상

(14) 성격의 변화와 개조

(15) 인간관계의 개선

9) 레크리에이션 활동 종목의 분류

레크리에이션 활동 종목에는 다종다양한 것들이 헤아릴 수 없이 많지만 아래와 같이 여섯 가지로 분류하여 정리할 수 있다.

(1) 지적(知的) 레크리에이션 : 독서, 서도, 연구조사, 탐구, 수집, 창작활동, 퀴즈게임, 동화구연 등

(2) 사회적(社會的) 레크리에이션 : 캠프, 담화, 게임, 클럽활동, 포크댄스, 각종파티, 축제, 봉사 활동 등

(3) 예능적(藝能的) 레크리에이션 : 미술, 문학, 음악, 연극, 재봉, 수예, 공작, 도예 등

(4) 신체적(身體的) 레크리에이션 : 수렵, 낚시, 하이킹, 동산, 원예, 스포츠, 소풍, 채집활동 등

(5) 취미적(趣味的) 레크리에이션 : 바둑, 장기, 꽃꽂이, 볼링, 도자기 만들기, TV시청, 영화감상 등

(6) 관광적(觀光的) 레크리에이션 : 관광, 여행, 고적답사, 명승지순례, 단풍 놀이, 견학 등

10) 현대 사회에 있어서 레크리에이션의 필요성

복잡한 현대인의 생활에서 의식주와 마찬가지로 레크리에이션은 필수적인 요소가 되었다.

(1) 급변하는 사회에 대처

(2) 기계력(자동화)에 의한 노동력의 감소

(3) 노동시간의 단축과 자유시간의 증가

(4) 도시의 증대 및 인구 집중과 불건전하고 부자연스러운 생활형태

(5) 분업화에 의한 자기표현의 결핍

(6) 청소년 범죄 및 비행 행위의 증가

(7) 민주주의적 생활양식과 상통

(8) 부자연한 생활조건의 완화

11) 현대 레크리에이션의 흐름

오늘날 레크리에이션의 흐름은 세 가지로 나누어 생각할 수 있다.

첫째, 생산능률의 향상

레크리에이션은 직장 생활이나 노동에서 시달린 몸과 마음을 후련하게 풀어 줌으로써 새로운 의욕과 활력을 넣어 준다. 생산성 향상과 조직 활성화 및 일체감 조성 등에 도움을 주는 레크리에이션은 기업체, 공장 등에서 강조되고 있다.

둘째, 행복의 추구

인생이란 생존 경쟁에서 이기기 위해 사는 것이 아니며, 항시 소유욕을 만족 시키기 위해 사는 것도 아니다. 인간의 기본적 욕망인 '행복한 삶'을 위하여 마음껏 일하고 즐기는 가운데 인생의 참다운 의미를 찾는 것이다.
레크리에이션은 우리에게 진정한 기쁨과 만족 그리고 평화와 행복을 가져다 준다.

셋째, 교양 및 인격의 향상

레크리에이션 종목은 크게 나누어 지적, 사회적, 예능적, 신체적, 취미, 오락 적, 관광적 레크리에이션 등 6개 분야로 나누어져 있다. 우리는 여가를 통해서 각자가 즐길 수 있는 위와 같은 여러 가지 활동에 참여하여 폭넓은 교양을 쌓고, 또 여러 사람들과 어울리는 가운데 서로 이해하고 믿고 돕는 바람직한 인간관계를 이루게 된다.

12) 직장 레크리에이션

(1) 직장 레크리에이션의 필요성

우리는 노동 시간을 오래 끌면 끌수록 작업성과가 향상되는 것으로 믿어왔 다. 그러나 인간은 기계와 달라서 휴식 없이 노동을 계속하게 되면 도리어 생 산성이 떨어진다. 더욱이 오늘날의 산업 구조는 대량 생산을 위한 공업의 분업 화를 택하기 때문에 작업 형태는 무미건조 하고, 종사자에게는 스트레스를 주 어 일에 대한 권태감과 노동 의욕을 상실하게 한다. 이러한 상황에서 직장 레 크리에이션은 긴장을 풀어 주고, 얽매임으로부터 자유로운 기분으로 전환시키 고, 자기표현의 기회를 주는 역할을 하고 있다. 따라서 직장 레크리에이션은 생산성 향상과 직결된다.

(2) 직장 레크리에이션 운영의 기본

직장에서 레크리에이션을 운영하는 데는 다음과 같은 점을 고려한다.
① 전 종업원이 참가하도록 다채로운 프로그램을 마련한다.
② 노조와 경영자가 협조하여 합리적 활동 조직을 확립한다.
③ 각 직장의 특수성에 적응하도록 운영한다.
④ 종업원의 자발적 활동을 존중한다.
⑤ 레크리에이션의 활동에 소요되는 경비는 회사 측에서 지출하도록 하되, 약간의 경비는 노조 측에서도 부담하도록 한다.
⑥ 안전사고에 대한 예방책을 강구한다.

(3) 직장 레크리에이션의 역할

직장 레크리에이션은 직장에서 일하는 사람들을 위한 레크리에이션으로서 이 활동을 장려하는 이유로는

① 종업원의 인간적 화합
② 종업원의 건강 증진
③ 경영자 측과 종업원 간의 바람직한 협력 관계 형성
④ 생산성의 향상 (노동 능률을 높임)
⑤ 명랑한 직장 분위기를 조성 등이다.

직장 레크리에이션의 역할을 요약하면
첫째, 종업원들의 육체적 정신적 건강과 인간성을 위하여
둘째, 원만한 노사관계를 위하여
셋째, 직장의 분위기를 쇄신하여, 생산성을 향상시키기 위하여

2. 레크리에이션 지도자

1) 레크리에이션의 지도자

레크리에이션의 구체적인 방법은 체험과 학습을 통해서 배우고 익혀야 하기 때문에 이를 지도할 지도자가 필요하다. 지도자는 누구에게나 평등하게 기회를 제공하고 물질적, 정신적인 마당을 제공하며 생활 습관을 계몽하고, 참가자 모두가 만족할 수 있도록 도와야 한다.
"과연 레크리에이션 활동에서 지도자가 꼭 있어야 하는가." 라는 의문이 있을 수 있다. 그러나 집단 활동을 통하여 모두에게 영향을 주는 프로그램을 전

개하기 위해 기획하고, 준비하고, 진행하고, 판정하고, 평가할 지도자는 있어야 한다. 지도하는 방법 하나로 모임이 즐겁게도 되고 불쾌하게도 된다.

  지도 방법에는 민주적 지도법, 독재적(전제적) 지도법, 방임 주의적 지도법 등이 있다.

궁극적으로는 자발적으로 활동할 수 있는 방임주의 지도법에 이르러야 하겠지만, 그 중간 과정은 앞에서 말한 두 가지 지도법이 적절히 혼용되어야 한다.

2) 지도자의 자격

  레크리에이션에 관한 기획, 프로그램 진행, 관리 등을 성공적으로 수행하느냐 못하느냐의 여부는 오직 지도자의 역량에 의존한다. 레크리에이션의 발상지라 할 수 있는 미국의 레크리에이션 협회에서 레크리에이션 지도자의 자격을 다음과 같이 설정했다.

(1) 인간 개인의 가치와 존엄성을 인정하려는 의식

(2) 사람들의 흥미나 요구에 대한 이해

(3) 생활의 기쁨이나 사는 수단에 대한 이해 및 그것을 실현하려는 열의

(4) 유머(Humor)

(5) 봉사하려는 의욕

(6) 창조적 표현을 통해서 개인의 성장 및 발달에의 관심

(7) 다른 사람의 의견 및 개성에 대하여 가지는 호의적인 태도

(8) 예리한 통찰력

(9) 민주적으로 사물을 보고 운영해 나가는 능력

(10) 진행의 민주적인 방법 및 자치의 가치에 대한 확신과 열의

(11) 기분 좋은, 또 호의적인 성격

(12) 조직력

(13) 생산적 에너지와 열의

(14) 사람들과의 협조성

(15) 심신의 건강

또, 오늘날의 전문가들의 의견을 종합해 보면 이밖에도 다음과 같은 일반적인 자질을 요구한다.

(1) 사람을 움직일 수 있는 힘

(2) 사생활이 건전한 사람

(3) 인생관이 건전하고 긍정적인 사람

(4) 미래상, 즉 이상을 가진 사람

(5) 판단력 있고 객관적인 사람

(6) 결단력이 있고 응용력이 있는 사람

(7) 인내심이 있고 낙관적인 사람

(8) 설득력, 신뢰도, 책임감이 강한 사람

(9) 신체적으로 자세가 바르고 청결한 사람

(10) 인간의 이해력과 정보 전달의 능력이 있는 사람

3) 지도자의 사전 준비 사항

(1) 행사 전에 행사를 할 수 있는 장소를 선택해야 하며 참가자의 성격을 파악하여 연령과 지위를 초월시킴으로 행사 분위기를 살려야 한다.

(2) 게임에 있어서 게임의 내용을 완전 소화시키고, 짧은 시간 내에 참가자를 이해시키고, 경우에 따라서는 임기응변할 수 있는 사전 준비가 되어 있어야 한다. 그리고 항상 진행 계획을 문서로 작성한다.

(3) 게임은 활동적이고 의욕적인 것이어야 하고, 특수한 분야에 대한 것보다는 대중적인 것이 많아야 한다.

(4) 게임은 의미를 부여함으로써 참가자의 지적 향상 및 레크리에이션의 특수성을 갖게 하며, 여가 선용을 주장해야 한다.

(5) 피곤해 해선 안 되고 진행 도중 절대로 화를 내지 말고 항상 활동적이고, 명랑한 분위기를 만들어야 한다.

(6) 게임에 있어서 창작적 요소가 많은 것을 가르쳐 주어야 하고 그 게임과 호흡이 맞아야 한다.

(7) 경험이 많아야하며, 새로운 게임은 장단점을 찾아내어 실용화한다.

(8) 안전사고에 대비를 한다. - 시설과 환경 요인, 사용 도구 및 지도 요인

(9) 행사가 끝난 다음에는 반드시 평가하는 습관을 가짐으로서 다음에 대처할 수 있는 마음가짐을 갖는다.

(10) 행사에 관한 모든 것을 문서화시키고, 다음 행사에 대비한다.

4) 지도자의 갖출 점

(1) 행동적일 것   (2) 시간을 잘 지킬 것

(3) 음악을 알 것   (4) 율동을 알 것

(5) 어휘력을 풍부히 할 것   (6) 연출을 할 것

(7) 겸손할 것   (8) 명령적일 것

(9) 게임의 기교를 알 것   (10) 대상 파악을 할 것

(11) 침착할 것   (12) 대담할 것

(13) 갈팡질팡하지 말 것   (14) 유연성을 풍부히 할 것

(15) 임기응변에 능할 것   (16) 첫인상은 부드럽게 할 것

(17) 행사 분위기에 어울리는 복장을 할 것

(18) 얼굴에 철판을 깔 것   (19) 성냄과 지치는 것은 피할 것

(20) 자료를 아껴서 쓸 것

※ 말보다 기분(분위기)을 전달!

3. 게임(GAME)

1) 게임의 의의

사람이 행복하고 만족스러운 생활(살맛나는 세상)을 할 수 있느냐 없느냐는, 각자가 여가를 현명하게 사용하는 능력과 환경 그리고 조건에 달려있다.

게임이나 스포츠는 많은 사람들이 즐길 수 있는 활동이다. 특히 게임은 여러 종류가 있으며, 여러 가지 모임에서 장소에 구애됨이 없이 어디서나 즐길 수 있는데 이것은 인간이 지닌 천성중의 하나이기 때문이다.

게임에는 경쟁적 요소와 흥미가 포함되어 있기 때문에 남녀노소 누구나 즐길 수 있을 뿐만 아니라 화기애애한 분위기를 조성하는 데 효과적이다. 그리고 게임을 통해서 리더십, 친선, Fellowship, Teamwork, 협조, 이해 등 사회적 성격을 함양하는데 도움을 주며, 바람직한 인간관계를 형성하는 데 의의가 있다.

2) 게임의 요소

(1) 언제든지 (간편성)

(2) 어디서나 (보편성)

(3) 누구하고든지 (대중성)

(4) 재미있고 (흥미성)

(5) 거침없이 (건강성)

(6) 다 같이 즐기며 (협동성)

(7) 규칙을 지키는 (준법성) 등의 요소로 집약된다.

그러므로 위와 같은 요소들로 이루어지는 게임은 지루함을 잊게 하고, 심신의 건강을 유지시켜 주며 기분을 전환하는 데 큰 효과를 나타낸다. 결국 게임은 가장 훌륭한 전인 교육 방법의 하나이며 생활의 활력소라고 할 수 있다.

3) 게임의 분류

(1) 장소에 의한 분류 : 실내, 실외, 실내외 공용, 차내, 무대, 테이블, 전천후

(2) 동작에 의한 분류 : 정적, 동적

(3) 대상에 의한 분류 : 유아, 청소년, 청년, 성인(남·여), 노인, 일반, 장애인, 개인, 환자, 교정자, 커플, 팀, 단체, 집단

(4) 용구에 의한 분류 : 풍선, 종이, 컵, 주사위, 공, 일반 도구

(5) 대형에 의한 분류 : 강의형, 자유형, 횡대, 종대, 단원, 이중원, 대표, 릴레이, 특수대형

(6) 실질상 분류 : 분위기 조성, 인사, 음악, 관람, 상대적, 요령, 학술적, 율동, 신체적, 경기적, 사회자

(7) 목적에 의한 분류 : 지적 발달, 감각 발달, 공동 능력 발달, 미술 공작 발달, 음악 능력 발달, 신체 능력 발달, 도구 활용, 민속놀이, 국제이해, 특별 기능개발, 율동 개발, 인사 소개, 분위기 조성

※ 위에 적은 것 외에도 게임은 인간발달과 직접적인 관계가 많기 때문에 이러한 원리들을 활용하면 많은 도움을 받을 수 있다.

4) 게임의 지도 방법

(1) 게임을 하기 전에 노래로 분위기를 조성한다.

(2) 게임의 설명은 간단명료하게 한다.
  - 지나친 경어나 비어는 쓰지 않는다.

(3) 게임에 대한 연구와 사전 준비를 해둔다.
  - 아무리 간단한 게임이라도 치밀한 사전 준비를 하고, 작은 것이나마 상품을 준비하면 매우 효과적이다.

(4) 게임에 있어서 방관자가 없도록 한다.
  - 규칙은 쉽게 하고 항시 변화와 융통성을 유지한다.
  - 벌칙 게임은 모욕감을 느끼지 않고 부담 없는 것으로 한다.
  - 참가자 스스로가 소리를 낼 수 있는 게임부터 시작하면 좋다.

(5) 대상과 장소에 따라 종목을 선택한다.

(6) 게임의 종료를 적절하게 한다.

(7) 게임을 리듬 화한다.
  - 다음 게임과 연결되도록 게임의 물결을 만든다. -

(8) 아무리 재미있는 게임이라도 반복하지 않는다.

9) 게임을 하는 데 있어서 경쟁 행위보다 협조적으로 이끌어 나가야 한다.
   - 경쟁을 시키되 전체가 융화될 수 있어야 한다.
(10) 게임의 설명이나 진행이 잘 되지 않으면 다른 게임으로 빨리 전환한다.
(11) 게임을 하는 데 있어서 부정행위를 절대로 인정하지 않는다.
(12) 예상되는 게임 수의 2배를 준비한다.

※ 게임을 올바르고 교육적으로 지도할 때 게임의 가치가 있다.

4. 프로그램 작성 및 평가

1) 레크리에이션 프로그램

목록순서, 예정계획(목록을 작성하고 순서를 정하고 즉, 예정계획을 수립하는 행위와 과정)

2) 레크리에이션 프로그램

무엇을, 누구에게, 무엇 때문에 언제, 어디서, 어떻게 서비스해 가야 하는가의 일련의 과정이며 신선하고 독자성이 있는 기획을 바탕으로 하여 될 수 있는 한 많은 사람들이 만족할 수 있어야 한다. 즉, 참가자들이 자발적으로 참여하고 몰입되고 기쁨을 만끽할 수 있도록 하기 위해서 뿐만이 아니라 체계적이고 과학적인 교육목표를 달성하기 위해서는 체계적으로 짜여진 레크리에이션 프로그램이 필요하다.

(1) 레크리에이션 프로그램의 기획과정
A) Edginton, Hans(1992)의 구분
   ① 전문가의 개입(purposeful plan of intervention)
      전문가가 개인이나 집단의 행동변화를 주기 위해서 기획하는 것이다. 단점으로는 참가자의 경험이나 의견에 의하여 프로그램을 기획하는 것이 아니라 전문가 자신의 전문지식과 경험을 토대로 접근함
   ② 인문적 접근(Himanistic approach)
      개인의 욕구와 관심은 그 어느 누구보다도 개인이 잘 알고 있기 때문에 지도자에게 지시받기 보다는 개인이 직접 프로그램을 이끌어 가야 한다는 것이다. 이 접근 방법은 어떤 활동에 참여하여 기술을 습득하는 것보다 자신의 잠재력에 도달하는 것을 강조한다.
B) Kraus(1990) 레크리에이션 프로그램 기획 접근 방식

① 전통 답습형(Traditional approach)

　새로운 프로그램을 기획하는데 과거의 프로그램형식을 그대로 사용하는 방법, 시대가 변하고 환경이 변하므로 특정상황과 변화된 소비자들의 욕구에 맞는 프로그램을 개발할 필요가 있다.

② 유행 편승형(Gurrent practice approach)

　현재 유행하는 프로그램을 도입하는 방법이다. 하지만 지역의 특수성이나 참가자들의 욕구나 흥미를 무시한 채 기획된다면 실패 할 가능성이 높다.

③ 표현된 욕구 중심형(Expressed desire approach)

　참가자가 원하는 프로그램을 제공하는 방법이다. 참가자들이 경험한 욕구나 관심에만 의존하기 때문에 전문가가 전문적인 지식과 욕구 분석을 통해 참가자들이 경험해보지 못한 새로운 프로그램을 제시하지 못하는 단점이 있다.

④ 권위주의형(Authoritarian approach)

　기획 과정에서 참가자들의 욕구 파악은 무시되고 전문가의 전문적 지식만으로 기획하는 방식이다.

　예) 단체장의 고집으로 지역 주민의 욕구에 대한 파악도 없이 주부노래 교실이나, 에어로빅, 댄스스포츠 교실을 개설하는 경우도 있을 것이다.

⑤ 사회 정치형(Social political approach)

　정치적 압력이나 변화하는 사회적 요구에 의해 프로그램이 영향을 받게 되는 것이다. 예) 콜라텍이나 pc방 등

C) Tillman(틸맨)은 프로그램 기획 시 3단계를 다음과 같이 설명함.

　① 반응(Reaction plan) : 참가자의 흥미, 욕구에 관한 자료를 수집하는 것이 아니라 조직의 의지 결정에 영향을 미치는 사람들이나 집단의 요구에 귀를 기울이고 그에 대응하는 것을 말한다.

　② 조사(Inrestigation plan) : 참가자의 행동이나 욕구를 보다 세밀하게 수집하기 위하여 각종 조사를 행한다.

　③ 창조(Creative plan) : 전문성도 살리고 참가자의 생각도 받아들이는 것을 말한다.

3) 프로그램 작성의 원리

① 참가자의 요구와 흥미에 대한 관심
② 지도자의 지도능력과 한계에 대한 인식
③ 민주주의적 과정의 위치에서 협조적인 프로그램을 계획
④ 프로그램 한계를 조절할 수 있는 시설과 기구에 관한 지식
⑤ 지역사회의 문화적 풍속에 따른 프로그램을 조절

4) 프로그램 작성상의 유의점

① 대상의 연령, 성별, 인원수, 학력, 흥미 고려
② 지도시의 시간, 장소, 대형을 고려
③ 대상모임의 성격 및 목적을 파악해야 한다.
④ 한정된 시간에 알맞은 내용을 준비
⑤ 대상들의 자기표현의 욕구, 창조의 욕구, 호기심의 욕구, 모험의 욕구, 완성의 욕구, 인정받고 싶은 욕구, 안정에의 욕구, 소속욕구, 애정욕구 등을 고려하며 프로그램을 작성한다.

(1) 사전답사

① 진행할 장소 확인
- 실내인가 실외인가
- 의자가 고정식인가 이동식인가
- 활동이 자유로운 장소인가
② 장소의 크기
③ 어떤 대형으로 만들 것인가
④ 음향기기 확인
- 전원확인
- 마이크와 스탠드 연결선 확인
- Tape, CD 등을 사용할 수 있는가

(2) 대상파악

① 모임의 특성 파악
- 목적 : 교육, 여가선용, 야유회, 체육대회, 친목회, 동창회, 파티, 강습회 등
  - 대상의 연령, 성별, 인원수, 지식수준, 흥미고려

(3) 진행시간 확인

① 진행소요시간
- 진행에 필요한 게임소재를 여유 있게 준비

② 진행 시간대 확인

- 언제, 몇 시에

- 계절별, 일목확인

- 당일인가? 1박 2일인가?

(4) 준비물

① 진행순서 메모지

- 잊지 않도록 조그만 종이에 적어 기타에 붙이거나 각별히 보관

② 진행협조자 확인

③ 유인물, 악보, 행운권, 상품, 기념품, 시간계획표, 티켓

④ 위 기본 사항을 토대로 게임자료준비 및 여분의 게임자료 준비

- 소도구(풍선, Disco Tape, 호각, 기타, 성냥갑, 메모지, 펜, 손수건, 스카치테이프, 신문지 등)

5) 레크리에이션 지도요령

(1) 프로그램 진행에 앞서 즐거운 노래나 스트레칭을 하도록 한다.

- 대상들 중 책임자가 노래를 유도하거나, 녹음 반주에 맞추어 노래나 스트레칭을 함으로써 분위기를 고조시킨다.

(2) 정확한 시간에 시작하고 정확한 시간에 끝낸다.

- 지도자는 미리 준비 상황을 점검하고, 정확한 시간에 시작해서 다음 시간에 지장이 없도록 끝낸다.

(3) 지도자는 첫인상이 곧 마지막 인상이다.

- 대상에 맞는 행동과 옷차림

- 유머스러운 인사말

- 부드러운 표정과 자신 있는 행동

(4) 지도자는 대상과 가까울수록 좋다.(바디존)

- 대상들이 지도자의 목소리를 잘 들을 수 있고, 잘 볼 수 있도록 탁자 등을 없애는 것이 효과적이다.

(5) 게임은 쉬운 것부터 시작하여 어려운 것으로 연결한다.

- 처음은 박수로 시작한다.

- 스스로 행동해 보고 웃을 수 있는 게임을 시도한다.

- 신체 접촉을 통해 전체가 참여할 수 있도록 유도한다.

(6) 게임 설명은 간단명료하게 한다.

- 장황한 설명은 오히려 분위기를 망친다.

- 직접 시범을 보여 주며 동작은 크고 확실하게 한다.
- 설명은 존대말로 하고 동작 요구는 명령조로 한다.
    예) "고개를 돌려주시기 바랍니다." → "돌렷"
(7) 동작이나 노래를 요구할 때 「준비」와 「시작」을 잊지 말자
- 여러 사람이 손뼉을 치거나 노래를 부를 때는 「준비, 시작」이라는 신호를 해서 행동이 통일되도록 한다.
(8) 합창을 할 때에는 첫 음정을 잡아주자
- 여러 사람이 노래를 부를 때에는 첫 음정을 잡아주지 않으면 음정이 틀리기 쉽다. 그러므로 지도자는 첫 소절을 부른 후에 시작한다.
    예) - "나의 살 ~던, 하나 둘 셋 넷"
        - "동구 밖, 하나 둘 셋"
(9) 노래를 부를 때에는 손뼉이나 율동을 병행한다.
- 악보가 없이 노래를 부르면 시선을 어디에 두어야 할지 난감하다. 이때 박수나 율동을 활용하면 자연스러운 분위기와 함께 참여 열의도 높아진다.
(10) 신체 접촉(Skin Ship)을 유도한다.
- 대상들은 처음에는 수줍어하거나 멋쩍어서 뒤로 빠지려는 습성이 있다. 이때에는 옆 사람과 안마하고, 간지르고, 주무르면서 서로의 벽을 없앤다. 파트너 게임이나 합창을 할 때에도 신체 접촉을 통한 안마 놀이나 전달 박수를 하게 하면 분위기가 금방 무르익게 된다.
(11) 협조자를 활용한다.
- 게임 중간에 대상들 중에서 재미있는 사람에게 도움을 청하여 시범을 유도하며 참여 의식을 높인다.
(12) 팀끼리 경쟁심을 불러일으키도록 유도한다.
- 팀을 둘 내지 네 팀으로 나누어 경쟁시키면 모든 팀들은 열심히 잘 따라온다.
(13) 참여 기회를 균등하게 한다.
- 신체장애자, 정신박약아, 노인, 대머리 등을 파악하여 신체적 약점 등에 관한 말을 하지 않도록 하고, 이들도 참여할 수 있도록 적당한 기회를 제공하여 소외감을 느끼지 않도록 한다.
(14) 다음 게임과의 연결을 매끄럽게 한다.
- 항상 유머와 위트를 가미하여 다음 게임과의 연결 부분을 매끄럽게 하고, 어이 없는 웃음과 쓴웃음이 되지 않고 진정으로 재미있고 즐거운 웃음이 되도록 유도한다.
(15) 어떠한 경우라도 얼굴을 붉히거나 성질을 내서는 안 된다.

- 진행 중에 마이크의 결함이나 야유 등으로 진행에 차질을 빚을 수가 있다. 이럴 때는 얼굴을 붉히거나 화를 내지 말고 임기응변으로 대처해 나간다.여러 명이 하는 게임이므로 의견 통일이 안 될 때도 있다. 이런 때는 대상들과 의논하여 진행하는 민주적인 자세를 길러 시간이 좀 걸리더라도 보다 효과적인 운영이 되도록 한다.

(16) 재미없는 게임은 즉시 바꾼다.
- 대상들이 어려워하거나 모르는 게임이나 노래를 시도해서 진행에 어려움을 느낄 땐 즉시 다 같이 아는 쉬운 게임으로 전환하는 것이 좋다.

(17) 놀이를 마칠 때에는 정적인 분위기로 유도한다.
- 조용한 노래를 부른다든지 레크리에이션 활동으로 느낄 수 있었던 효과를 언급해 주면서 다음 프로그램의 연결에 무리가 없도록 한다.

(18) 프로그램이 끝난 후 자료 정리에 힘쓴다.
- 프로그램이 끝나면 자체 평가로 반성과 개선점을 모색하며, 자료 정리에 힘써 대상들에게 중복되는 게임이 없도록 한다. 항상 프로그램에 도움이 되는 게임소재, 유머, 유행어, 일반 시사상식 등을 메모하여 활용하는 습관을 기르자.

6) 프로그램의 진행 실제(예)

(1) 도입단계
① 진행자 소개(오른손 박수, 왼손 함성 두 손 기립 박수 + 함성)
② 박수게임(사랑해, 미워해, 싫어 싫어, 까꿍 박수, 10만 마리, 시계박수, 잼먹고 박수, 고속도로박수, 변견훈련박수, 사이 치기 박수, 찌개박수, 아기박수(곤지곤지 잼잼), 좌우박수(왼쪽보기, 오른쪽보기), 상하박수, 춘향이 이도령 박수, 이수일심순애 박수
③ 스킨십 게임(안마게임)
 ·고향의 봄
 ·학교종이 땡땡땡
 ·자동차 경주(20㎞, 40, 60, 80, 100, 160, stop…)
 ·열장군 제식 훈련
④ 코 잡고 귀 잡기
⑤ 오른손 엄지 왼손 약지(바꿔 동작에 반대)
⑥ 훌랄랄라 훌랄랄라 가위바위보
⑦ 오른쪽 어깨 8호간 왼쪽 어깨 8호간(소양강처녀, 남행열차)

⑧ 칙폭 박수

⑨ 안녕하세요! 누구시더라! 이광재 입니다. 아! 그러세요 반갑습니다.
   (엘보 혹파트너 체인지)

(2) Stage Game(무대게임, 벌칙자게임)

① 별들의 고향연기

② 화장실 연기(리얼하게)

③ 신체부위 중 '지'로 끝나는 부위대기(혹은 배꼽아래 제한)
   예) '마'자로, '탕'자로, '시'자로, '대'자로……. 등

④ 당신도 울고 있네요(개사)

⑤ 발음 테스트(벚꽃 왔어요. 좋습니다. 전화 왔어요.)

⑥ 풍선불어 터뜨리기, 안아서 터뜨리기, 엉덩이로 터뜨리기, 손대지 않고
   올리고 내리기

⑦ 빼빼로 가장 많이 먹기

⑧ 남성이 여성을 업어서 앞뒤로 한 바퀴 돌리기

⑨ 헤어디자이너 연출

⑩ 성냥갑 전달

⑪ 모델과 모델

⑫ 다리 수 줄이기

⑬ 본인 소지물건 세일

⑭ 부부싸움 시 던지는 물건(남) 친정으로 가져갈 물건(여)

(3) Sing Along

① 사랑해   ② 코끼리 아저씨

③ 개똥벌레   ④ 도깨비 잡으러

⑤ 씨씨 씨를 뿌리고   ⑥ 산 할아버지 구름모자 썼네

⑦ 개굴개굴 개구리   ⑧ 뽀뽀뽀

⑨ 앞으로   ⑩ 짝사랑

⑪ 머리, 어깨, 무릎, 발(모자, 난방, 이마, 눈썹, 콧등, 입, 볼, 바지, 신)

⑫ 겨울바람(손이 시려워 꽁)

⑬ 우리 모두 다같이(손뼉)

⑭ 둥글게 둥글게   ⑮ 옆에 옆에

⑯ 빙빙 돌아라   ⑰ 목장길 따라(아이차, 삼립 빵으로 개사)

⑱ 고기를 잡으러

(4) Partner Game

① 어깨동무   ② 위로 아래로

③ 토끼 거북이(선녀와 나무꾼)　　④ 지도자: 땅!→참가자: 으악!

⑤ 물건잡기(예: 잡어, 짚어, 쥐포 등…)　　⑥ 세계 인사놀이

⑦ 눈으로 가위 바위 보

(5) Team Work Game

　① 여직원 사랑 분위기

　② A팀 : 돼지(꿀꿀)　　B팀 : 개(멍멍)　　C팀 : 닭(꼬끼오)

　다 같이 짖어보세요 → 잡종이네요

　뽀뽀뽀, 또는 징글벨 노래에 맞춰서

　③ 팀장을 정하고

　　A팀 - 닭다리 잡고 뜯어 뜯어

　　B팀 - 코딱지 떼고 튀겨 튀겨

　　C팀 - 아이 나만 미워해

　　A팀 - 쓱쓱 싹싹

　　B팀 - 흐물흐물 주르륵

　　C팀 - 극적 극적 퍽

　④ 해적선 게임

　　예) 바이킹호, 빅토리호, 승리호 등

　　첫째(함장) → 상대팀 배명을 댄다.

　　두 번째 → 봤다 뽕

　　세 번째 → 쏴라

　　네 번째 → 꽝

　　다섯 번째 → 우지끈

　　전원 일어서며 → 만세

　※ 박자에 맞지 않거나 행동이 통일되지 않으면 침몰, 함장 명예전역

　⑤ 팀별 Disco 경연 및 팀원 전원이 팀장 Disco 따라 춤추기

　⑥ post-it 붙이고 떼기

　⑦ 어깨동무하고 돌아서 반환점 돌아오기

(6) 대표자 게임

　① 물건 가져오기(주민증, 구멍 난 양말, 만 원짜리 지폐 등)

　② 춤 잘 추는 사람

　③ 노래 잘하는 사람

　④ 엉덩이 큰 사람 모셔오기(방뎅이, 응뎅이, 궁뎅이)

　⑤ 코가 제일 큰 사람 모셔오기

(디스코, 코코넛, 도루코, 싸만코, 코오롱, 코만치, 멕시코)
⑥ 개미허리 모셔오기(홀라후프 돌리기, 배꼽으로 이름쓰기)
⑦ O. X 문제
(7) 마무리
① 당신은 사랑받기 위해 태어난 사람 → 돌림 악수
② 사랑으로 → 돌림 악수
③ 석별의 정 → 돌림 악수
④ 아침이슬 → 돌림 악수

7) 레크리에이션 평가

(1) 평가의 의미와 목적
여가, 레크리에이션지도의 평가는 지도자로 하여금 참가자에 제공된 프로그램이 실제로 도움이 되었는가를 알아보는 프로그램의 유효성평가라고 할 수 있다. 또한 프로그램을 평가한 자료를 근거로 하여 다음 번 행사의 프로그램 작성에 도움이 되고 부족함이 없도록 하는데 평가의 목적이 있는 것이다.

(2) 지도의 평가영역 및 관점
여가, 레크리에이션지도의 평가영역은 프로그램을 실시하는 전 과정이 포함된다. 우선의 평가이며, 지도자로 하여금 효율적인 지도행위가 이루어졌는지를 평가하여 다시 검토하고 수정하는 단계의 순서를 밟는다.

(3) 평가의 분류
① 역사적 평가(작년도 예산, 지난학기 성적, 지난달의 수입, 과거의 실적을 기준으로 평가)
② 비교적, 상대적 평가(다른 기구, 시설비교)
③ 설정평가(상황에 맞게 특별히 설정)

가. 계획
① 계획에 무리가 없었는지, 특히 시간배분과 활동내용의 관련
② 장소시설은 활동에 적합했는지, 그리고 개선점 여부
③ 지도자 수나 배치역할, 분담의 적절성
④ 용구, 기구, 재료에 대한 적합성

나. 도입

① 자연과 활동에 참가할 수 있는 분위기의 조성여부
② 설명은 정확하고 이해하기 쉽게 지도를 행하였는지에 대한 평가
③ 목적에 맞게 집단별로 효과적으로 시행했는지의 평가
④ 신체적 레크리에이션인 경우, 준비운동을 충분히 실시했는지 평가

다. 진행

① 활동의 내용은 참가자에 맞게 교육하였는지의 평가
② 프로그램의 활용도면에서 전체적으로 얼마만큼 신체를 움직이고 활동에 참가했는지의 평가
③ 참가자의 활용도면에서 전체적으로 얼마만큼 신체를 움직이고 활동에 참가했는지의 평가
④ 방관자, 비협조자는 없었는지, 또한 그들이 어떠한 동기를 가졌는지, 무리는 없었는지에 관한 평가
⑤ 기술적, 기능적인 질문에 바르게 답하였는지에 대한 평가
⑥ 기술적, 기능적인 결점을 바르게 지적하거나 그 원인을 지적했는지에 관한 평가
⑦ 참가자 집단과의 원활한 모임형태로 지도했는지, 지도자와 참가자 사이에 벽은 없었는지의 평가
⑧ 지도자의 존재가 지나치게 강조되지 않았는지 평가
⑨ 참가자의 흥미는 최후까지 지속되었는지, 전개상 악센트의 강약은 적절했는지의 평가
⑩ 참가자를 공평하고 평등하게 다루었는지의 평가

라. 마무리

① 프로그램의 연결은 참가자에게 명확하게 인식되었는지의 평가
② 종결후의 흥분은 지나치게 높지 않았는지의 여부
③ 활동을 개인적으로 발전시켜 가는 수단정보를 참가자에게 전달했는지의 평가

레크리에이션 진행기법

1. 프로 레크리에이션 강사

1) 많이 볼 것
2) 많이 연습할 것
3) 많이 해 볼 것

2. 레크리에이션 진행을 잘할 수 있는 지도기술

1) 자신감을 가지고 진행을 한다.
- 자신감은 어느 분야에서도 다 필요하고 갖추어야 할 부분이지만 특히, 사람들 앞에서 서는 웃음치료사 & 레크리에이션 강사에게는 더더욱 필요한 부분이다.
레크리에이션 진행의 성공여부는 자신감을 얼마나 갖느냐에 따라서 달라질 수 있음을 반드시 기억하자.

2) 열정적으로 진행을 한다.
- 참가자들의 큰 호응을 얻고 싶은가? 참가자들의 큰 반응을 얻고 싶은가? 참가자들이 열정적으로 참여하기를 바라는가?
그렇다면 우선, 자신이 열정적인 사람이 되어야 할 것이다.
진행자가 열정적으로 진행을 할 때 참가자들의 열정적인 반응을 맛볼 수 있을 것이다.

3) 음악을 잘 활용한다.
- 사람들을 무대로 불러낼 때, 점수를 줄 때, 함성을 외치라고 요구할 때, 진행자의 과제물을 수행할 때, 게임 진행할 때 음악을 틀어주면 분위기도 한결 좋아질 뿐만 아니라 진행도 매끄럽게 된다.

4) 리듬을 타는 멘트를 한다.

- 일정한 억양의 멘트는 사람들로 하여금 지루하게 한다. 강약조절, 속도조절을 하면서 다양한 멘트를 구사하도록 한다.
  ex) 준비 시~~작! / 점수 100점 드리겠습니다… 등

5) 동작은 크고 확실하게 한다.

- 진행자가 100%의 동작을 하면 참가자들은 50%를 할 것이다.
  진행자가 200%의 동작을 하면 참가자들은 100%를 발산 할 것이다.
  진행자의 동작이 크고, 확실하며, 적당히 오버 할 정도가 되어야 참가자들에게 웃음과 적극적인 참여를 유도할 수가 있다.

6) 동기부여 멘트를 한다.

- 참가자들이 어떠한 행동을 행하기에 앞서서 동기가 부여되어야 한다.
  가령, 왜 박수를 쳐야 하는지? 왜 그 동작을 따라 해야 하는지?
  보다 명확한 동기가 부여되어야 자발적이며, 능동적으로 참가자들이 참여할 수 있게 된다.

7) 틈을 주지 않는다.

- 일종의 밀어부치기 방법으로 진행을 함에 있어서 내가 왜 이 행동을 하는지에 대한 생각할 틈을 주지 않고 빠르게 쭉~ 쭉~ 진행하는 방법이다.
  동기부여와 다소 상반된 느낌이지만, 레크리에이션 진행에 있어서 이 둘을 적절히 잘 활용하면서 진행하도록 한다.

8) 게임 하나 하나를 완전히 숙지한다.

- 다양한 게임을 알고 있는 것이 중요한 것이 아니라 단 하나의 게임이라도 완전히 자기의 것이 되도록 숙지하는 것이 중요하다. 그러다 보면 그 게임에 대한 응용력도 생기고, 보다 여유 있게 편안한 자세로 진행할 수 있으며, 다양한 멘트를 구사할 수 있는 상황이 만들어 진다.

9) 게임설명은 간단명료하게…

- 복잡하고 어려운 설명은 이제 그만!
  레크리에이션 게임 설명 시 유의할 점은 설명은 가능하면 천천히 간략하게, 한꺼번에 설명을 하려다 보면 참가자들이 이해도가 떨어진다.

게임을 완전히 숙지하다보면 게임설명 또한 쉽고 간단하게 설명할 수 있음을 느끼게 된다.

10) 벌칙과 감점보다는 칭찬을 더 많이 하도록 한다.
- 사회자는 더 이상 왕이 아니다.

  초보 진행자들 가끔 '사회자는 왕이다'라고 엄포를 해서 말을 잘 안 들으면 벌칙을 주거나 감점을 하는 경우가 종종 있는데, 그다지 좋은 방법은 아니다. 가능하면 참가자들에게는 칭찬을 주고, 재미를 위해서 약한 핀잔을 줄 때에는 개인적으로 지적하기보다는 전체로 묶여서 핀잔을 주면 기분이 나쁘지 않고, 즐거운 마음으로 참여할 수 있게 된다.

11) 게임 진행보다는 분위기를 만들고 이끌어 가는 데 초점을 맞춘다.
- 어떠한 게임을 하느냐가 아니라 어떠한 분위기로 이끌고 가느냐가 그 날의 재미와 행사의 성공여부가 결정되어진다. 분위기는 참가자의 심리 상태나 환경에 영향을 받지만 진행자는 그 분위기를 잘 이끌고 잘 연출할 수 있어야 한다.

  프로와 아마추어의 차이는 같은 게임을 진행하더라도 누가 어떻게 어떠한 분위기를 연출하느냐에 따라 달라진다는 사실을 반드시 명심하도록 하자.

12) 여자 보다는 남자를 다소 유리하게 진행하도록 한다.
- 레크리에이션에 있어서 여자는 적극적이고 능동적이다. 반면 남자는 소극적이고 수동적이다. 진행을 하다 보면 남자보다는 여자들이 진행하기가 쉽다는 것을 알 수 있다. 그 만큼 남자보다 웃음도 많고 감정에 솔직하다고 볼 수 있다.

  여자들이 사회자 말에 잘 따라와 준다고 해서 남자보다 여자 쪽에 시선을 더주거나 편을 더 들어주면 남자들은 아예 포기하고 말 것이다. 반면에 지나치지 않는 범위에서 남자의 편을 적당히 들어주면 진행을 하면 여자들은 다소 약올라라 하면서도 재미있어 한다. 여자의 심리? 글쎄…

3. 레크리에이션 진행 시 각 대상별 특징

- 유아

- 어린이

- 청소년

- 청년

- 장년

- 노인

4. 일반적인 실내 레크리에이션 진행표

항 목	내 용	비고
시작 전	■ 음악으로 분위기 연출 ■ 자리배치 ■ 진행자 소개	BGM
도입 & 분위기조성	■ 진행자 인사말 ■ 박수 ■ 안마 및 skinship ■ 파트너 게임 ■ 팀 나누기	BGM 진행상품
팀 별 게 임	■ 팀원 소개 ■ 팀장선출 - 팀장 인터뷰, 팀장 댄스 ■ 팀 파워 / 팀 응원전 ■ 시장보기 ■ 도전! 기네스북 ■ 퀙! 퀙! ■ 로켓 발사 ■ 상황극 재연 ■ 달려라! 달려! ■ 집단명령 이행	BGM 진행상품
전체놀이	■ 포크댄스 ■ 하나의 어우러짐 - 기차놀이	BGM
마무리	■ 한마음 합창(사랑으로 / 당신은 사랑받기 위해) ■ 시상 ■ 파이팅	BGM 상품

* BGM (Back Ground Music)

5. 레크리에이션 게임

1) 박수
- 1번 박수 / 2번 박수 / 3번 박수 / 5번 박수 / 10번 박수 / 25번 박수

2) 안마
- 1번 주무르기 / 2번 두들기기 / 3번 긁어주기 / 4번 간질이기
- 자동차 안마
- 오리 안마 / 코끼리 안마 / 원숭이 안마 / 말 안마 / 뱀 안마… 등

3) 파트너 게임
- 전자손뼉
- 어깨 1, 2, 3, 4
- 관심도 표현
- 만나서 반갑습니다.

4) 팀 나누기
- 짝 짓기를 통한 팀 나누기
- 노래를 통한 팀 나누기
- 동물소리를 통한 팀 나누기

5) 팀원소개
- 서로 서로를 잘 모를 때 사용
- 나이가 가장 어린 순으로
- 나이가 가장 많은 순으로
- 이름, 나이, 하는 일, 이 세미나에 참석하게 된 동기, 비젼 등 간략하게…

6) 팀장선출
- 팀원 소개를 통한 리더십 확인
- 손가락으로 지정하는 방법
- 자발적인 방법

7) 팀 파워 / 팀 응원전
- 한 마음 되어 파이팅 외치기

- 팀 구호 정하기
- 신나는 응원 곡에 맞춰서 각 팀별로 열띤 응원전

8) 시장보기
- 주변에 있는 물건을 빨리 가져오는 팀이 이기는 경기
- 지폐, 핸드폰, 신용카드, 이름표, 우리 조에만 있을 만한 물건 등

9) 도전! 기네스북
- 각 팀의 대표자가 나와서 '아~'라는 소리를 가장 길게 하는 사람이 이기는 경기
- 초시계로 정확히 측정

10) 쾍! 쾍!
- 각 팀의 대표자들이 나와서 일렬로 선다.
- 양 옆으로 팔짱을 끼고 사회자가 누군가를 지시하면 그 사람은 왼쪽사람이든 오른쪽사람이든 고개를 돌리면서 '쾍~'이라고 소리를 친다. '쾍~'을 받은 사람은 동일하게 진행을 한다.
- 머뭇거리거나 웃으면 탈락

11) 로켓발사
- 꽈배기 풍선을 불어서 가장 멀리 나가는 사람이 이기는 경기
- 꽈배기 풍선 / 펌프 준비

12) 상황극 재연
- 화장실에서, 지하철에서, 길거리에서… 등 주변에 쉽게 일어날 수 있는 상황을 만들어서 발표를 한다.
- 발표시간 2~3분 이내로 준비

13) 달려라 달려
- 팀원들 한 사람 한 사람에게 고유의 번호를 매긴다.
- 사회자가 무작위로 번호를 부르면 그 사람은 자리에서 일어나서 팀원들 바깥으로 한바퀴 돌고 제자리로 앉는다.
- 빨리 제 자리로 앉는 팀이 이기는 경기

14) 집단명령 이행

- 음악에 맞춰 왼쪽 오른쪽으로 돌다가 사회자가 무언가를 요구하면 그 요구를 몸으로 표현하는 경기
- 꽃, 사랑, 천국, 웃음, 인간 피라미드… 등

15) 포크댄스

- 음악에 맞춰서 자유롭게 포크댄스를 진행한다.
- 손뼉 2번, 오른쪽 어깨끼리 2번 치기, 손뼉 2번, 왼쪽 어깨끼리 2번 치기
- 손뼉 2번, 오른쪽 엉덩이 2번 치기, 손뼉 2번, 왼쪽 엉덩이 2번 치기
- 손뼉 2번, 오른쪽 발바닥 2번 치기, 손뼉 2번, 왼쪽 발바닥 2번 치기
- 파트너와 팔짱끼고 4박자에 맞춰서 돌고, 다음 4박자에 맞춰서 파트너 체인지
- 고향의 봄, 퐁당퐁당 등 동요에 맞춰서

16) 하나의 어우러짐 - 기차놀이

- 두 사람이 가위 바위 보를 해서 진 사람은 이긴 사람 뒤에 가서 어깨의 손하고 붙는다.
- 음악에 맞춰 돌아다니다가 사회자의 신호에 맞춰 또 다시 가위 바위 보를 해서 진 사람은 뒤에 가서 붙는다. 이런 식으로 2명 ▶ 4명 ▶ 8명 ▶ 16명… 으로 해서 최종 가위 바위 보 왕을 뽑는다.

17) 마무리

- 사랑으로 / 당신은 사랑받기 위해… 등 한마음 합창
- 돌림악수
- 파이팅 삼창 후 마무리

6. 레크리에이션 퀴즈

- '쥐가 네 마리 모였다'를 두 자로 압축하면? 쥐포
- '멍청한 바보가 오줌을 싼다.'를 세자로 줄이면? 죠다쉬
- 아홉 명의 자식을 세자로 줄이면? 아이구
- 소가 웃는 소리를 세자로 표현하면? 우하하
- 닭이 길가다 넘어진 것을 두 글자로 줄이면? 닭 꽝
- 이 세상에서 가장 불효막심한 사람은? 에밀 졸라
- '스튜어디스'를 한국어로 표현하면? 비행소녀

- 비행기 안에 있는 화장실을 5글자로 표현하면? 공중화장실
- 판소리의 반대말은? 산소리
- '오뎅'을 다섯 글자로 늘이면? 뎅뎅뎅뎅뎅 (뎅을 다섯 번 오뎅)
- 가스가 가장 많이 나는 나라는? 부탄
- 경찰서가 가장 많이 불타는 나라는? 불란서
- 인도보다 네 배 더 큰 나라는? 인도네시아
- 애주가가 가장 많은 나라는? 호주
- 왕이 넘어지면 뭐가 될까? 킹콩
- 이빨이 가장 튼튼한 개는? 치와와
- '아이 추워'의 반대말은? 어른 더워
- 1위 2위 3위보다 4위를 더 좋아하는 사람은? 장모
- 천만의 서울시민이 한 마디씩 한다면? 천만의 말씀
- 벌레 중 가장 빠른 벌레는? 바퀴벌레 (바퀴가 있으므로)
- 세종대왕의 새 직업은? 조폐공사 전속모델
- 곤충을 3등분을 하면? 죽는다.
- 세 사람만 탈 수 있는 차는? 인삼차
- 동생과 싸울 때 동생이 내는 소리는? 아우성
- 하늘에서 콩이 2알 떨어지면? 스카이 콩콩
- 슈퍼맨의 S는 무엇의 약자인가? 스판
- 콜라병이 키우는 개의 이름은? 병따개
- 애초부터 부자 되기가 틀린 집은? 딸만 있는 집
- 가수 '리아'의 성은 무엇인가? 롯데
- 결혼을 안 한 노처녀가 가장 끌고 싶어 하는 차는? 유모차
- 얼음이 죽으면? 다이빙
- 비 올 때 웃는 웃음은? 비웃음
- 눈과 구름을 자르는 칼은? 설운도
- 아리랑과 쓰리랑의 엄마는? 아라리 (아리 아리랑 쓰리 쓰리랑 아라리가 낳네)
- 판사, 검사, 경찰, 신문기자 이렇게 네 사람이 같이 점심식사를 했다. 돈은 누가 낼까? 식당 주인

레크리에이션과 음악

1. 레크리에이션 음악 활동

    음악 활동은 실천이라 할 수 있으며 음악 주체인 지도자와 대상이 전재 되어야한다.

    음악을 지도하는 지도자는 음악지식은 물론 지도자로서 교양 및 자질을 갖추어야 하는 것이 가장 중요하다.

1) 지도자의 기본자세

- 전문지식(악전,시창,각오,교양,건강,개성,태도)요구
- 창의력 개발
- 표현력 및 자질의 개발
- 위트와 유모를 구사하는 센스개발
- 다양한 화법연구 및 구사
- 분위기 조성하는 능력개발

2) 노래지도 단계

- 집단의 주의를 환기시키고 홍미를 일으키기 위하여 노래에 관한 간단한 소재를 한다.
- 참가자들에게 노래가 어떤 종류의 것인지를 알게 하기 위해 첫 소절을 불러 본다.
- 가사가 너무 어렵다면 한 줄, 한 줄 아니면 한 번에 한, 두 줄씩 가사와 곡을 동시에 같이 해본다.
- 노래는 처음부터 끝까지 부르도록 한다.

    레크리에이션 음악활동은 남녀노소를 막론하고 함께 노래 부르며 율동을 하는 것이다. 대상의 취향에 따라 노래를 선곡해야 하며 노래를 부르면서 율동을 병행한다면 일체감 조성은 물론 게임을 원할 하게 진행할 수 있다. 대상에 맞지 않는 노래는 율동을 동원하면 지도자에게 놀림 당하는 인상 또는 기분을 받게 되므로 지도자와 참가자간의 상호관계가 이루어지지 않는다.

    지도자는 적당한 모션 송의 구사를 통해 대상을 접하고 되도록 창작된 율

동을 사용하는 것이 신선함을 줄 수 있다. 남성들만 모여 있는 자리에 서는 모션 송은 피하거나 간단한 모션을 사용하는 것이 바람직하다.

3) 노래 선택의 요령
- 가르치기에 너무 어렵지 않은 노래
- 편중되지 않은 다양한 노래
- 함께 부를 수 있는 노래
- 외워서 부를 수 있는 노래
- 프로그램과 적절히 맞는 노래
- 참가자의 수준, 관심사, 연령을 고려
- 미래 지향적, 희망적 관점의 노래
- 홍미와 정서. 의식화. 발산 등의 적절한 노래

4) 함께 노래 부르기 의의
- 일체감 조성
- 참여의식 생성
- 감정표현 다양
- 생활의 리듬감
- 심신의 피로회복
- 웃음을 주는 활력소

5) 함께 노래 부르기 분류
- 가사전환 노래 – 가사내용 중 재미있는 부분을 바꾸어 부를 수 있는 노래
  (고기잡이 – 도깨비 잡으러)
- 가곡 – 각 국가의 순수 예술 부분의 노래(보리밭, 선구자 등)
- 건전가요 – 대중가요의 통속적인 면이 배제된 건전한 노래
  (랄라라송, 연가, 언덕에 올라 등)
- 계절 노래 – 계절의 구분을 나타낸 노래
  (봄이 왔어요, 해변으로 가요, 노을, 겨울바람 등)
- 놀이 노래 – 게임과 율동을 할 수 있게 된 노래
  (퐁당퐁당, 빙빙 돌아라.... 등)
- 돌림 노래 – 2부, 3부 등으로 팀별로 차례로 부를 수 있는 노래
  (다함께 돌자, 퐁당 보리밭... 등)
- 동 요 – 동심을 그리는 노래 (산토끼, 송아지, 반달.... 등)
- 민속 노래 – 그 나라의 특성을 가진 전통적 주제를 담고 있는 노래
  (아리랑, 강강수월래, 예뿌이 따이따이... 등)
- 율동 노래 – 간단한 율동을 붙여 쉽게 따라할 수 있는 노래
  (개구리 노총각, 자전거, 옹달샘... 등)
- 의식 노래 – 한마음 한뜻으로 유도하기 위한 노래
  (석별의 정, 우리의 소원, 고향의 봄.. 등)
- 응원 노래 – 체육대회 등 결속과 팀웍의 과시를 위하여 부르는 노래

(힘내라 힘, 전화 왔어요... 등)
- 인사 노래 – 인사와 친교의 역할을 하는 노래 (사랑, 환영의 노래.. 등)
- 춤 노래 – 가사 대로 움직이면 춤이 되는 노래
  (빙빙 돌아라, 그대로 멈춰라.. 등)
- 캠프 노래 – 가정 이외의 장소에서 다 같이 부를 수 있는 노래

6) 노래 지도 요령

노래를 자기 것으로 소화한다.	악보, 칠판, 차트의 적절한 사용
악보의 준비 여부 확인	지도의 위치 확인
마이크의 적절한 사용	화음의 활용
집단의 대, 소 지도의 차이	지도 시간의 배열
노래지도의 간단한 멘트 연구	손 유희, 율동, 박수 등 적절히 사용
노래에 맞는 반주악기 고려	

2. 율동의 목적 및 의의

율동이란 탄생이전의 표현이었으며 인간의 기능이 높아짐에 따라 교육전수에 보다 빠른 전달과 이해를 돕는데 큰 비중을 차지하고 있으며 표현하고자 하는 언어를 동작이 아닌 행동으로 나타냄과 여기에 노래의 멜로디가 곁들여 졌을 때에 보다 큰 효과와 더불어 지루한 요소를 제거할 수 있거니와 인간관계 개선에 큰 도움을 준다.

1) 지도목표

표현은 자연스럽게 하도록 한다.
누구라도 잘 어울릴 수 있도록 한다.
즐거운 마음으로 움직일 수 있도록 한다.
리듬, 강약의 즐거움, 화음, 어울림의 즐거움을 느끼게 하고 창의적 활동이 되도록 한다.

2) 지도방법

강, 약 의 순간적 판단이 필요하다.
한 동작. 한 박자의 리듬이 적합해야 한다.
주제는 생활 속에서 고른다.
다양한 표현방법으로 한다.
참여자의 의견도 반영하여 참여도를 높인다.

진행하면서 혼자 도취되거나 너무 성급해지지 말고 지도자는 참가자들이 기쁘게 노래를 부를 수 있도록 협조하는 자세를 잊지 말자. 지도자라는 개념보다 가르쳐 주고(제공자) 함께 놀며 느낄 수 있도록 한다. 창조적 역할자 되어야 한다. 노래, 율동지도에 있어서 대상들에게 좀 더 자연적인 것들을 접하게 해 줄 필요가 있다. 그래서 스스로 창조해 나가도록 돕는다.

모든 행동과 프로그램 진행에 있어서 균형유지가 중요하다.

3. 레크리에이션 음악활동 실제

늘 하던 노래를 변형하여 새로운 창조의 시작이 가능하다.

1) 이슬비 내리는 이른 아침에.

뽕을 넣어 부르기 뽕, 짝을 넣어 부르기를 팀을 나누어 노래를 부른다.
노래를 한문으로 해석해서 불러보자. 새로운 느낌과 재미가 있을 것이다.

2) 송아지

영문으로 부르기
카우 베이비, 카우 베이비, 칼라 카우 베이비
마더 카우, 칼라 카우, 마더 샘 샘 샘
한문으로 부르기 등 다른 노래도 바꿀 수 있음을 자극을 준다.
지도자가 앞지르기하여 가르쳐주면서 하면 안 됨.

3) 머리 어깨 무릎 발

노래를 자연스럽게 불러본다 율동도 함께 한다
팀을 나누고 "머리"빼고 "무릎"빼고 "어깨"빼고 "발"빼고 등 하나씩 빼면서 불러본다 한 팀이 서툴 경우 강요하여 또 시키지 말고 상대편을 시킴, 마지막에 균형적 느낌을 갖도록 유도

4) 아버지는 나귀 타고 ...

노래를 자연스럽게 불러본다
'고'빼고 부르기 '고'빼고 부르고 손뼉 치기
'고'빼고 부르기 '고'빼고 부르고 손뼉 치면서 일어나기 등으로
한 동작씩 넣어서 해보고 머리 치고 배치고 노래 부르다 '고'에서
손 바꾸기 지도자가 불시에 손을 바꾸면 상대방이 틀리게 되므로 원하는 사람의 지적이 가능하다.

레크리에이션 치료

Recreation Therapy
레크리에이션 기법을 이용하여 치료의 효과를 보는 것이다.
레크리에이션 치료에서 치료(治療)라는 말은 '병이나 상처를 다스려서 낫게 함'을 뜻한다. (영어Treatment, Therapy라고 불리고 있다.)

1. 레크리에이션 치료의 목적
1) 돕는다.
장애인이나 환자의 생활이나 치료를 보다 긍정적으로 받아드리도록 돕는 역할

2) 발산시킨다.
대상자의 사기를 붓 돋아 주고 이들의 욕구불만이나 공격적인 충동을 적절한 배출구로 발산시켜 준다.

3) 의욕을 촉진 시킨다.
대상자의 일상생활에서 신체적, 정신적, 사회적 장애를 제거하고 극복하고자 하는 의욕을 촉진시켜 준다.

4) 사회적응 자질을 향상 시킨다.
대상자로 하여금 바람직한 사회적응의 자질을 향상 시킨다.

5) 여가 기술을 개발 시킨다.
퇴원 후의 개인적인 여가생활에 필요한 레크리에이션의 기술이나 레크리에이션에 대한 올바른 이해를 돕는다.

6) 인간관계를 개선시킨다.
인간관계의 개선과 사회 시민성의 발달을 도모한다.

7) 자아실현을 돕는다.
자기표현의 체험활동을 통하여 자아실현을 돕는다.

2. 레크리에이션 치료의 개념적 정의

1) 용어 이해

* 레크리에이션 (REC)

일반적으로 오락적이며 문화적 측면을 강조하여 삶을 재창조

예) 일반레크리에이션, 유아. 노인레크리에이션, 복지레크리에이션,

교회레크리에이션 등

* 레크리에이션 치료 (R. T)

레크리에이션 기법을 이용하여 치료의 효과를 보는 것(포괄적)

예) 웃음치료, 놀이치료, 의료 레크리에이션, 임상 레크리에이션,

재활 레크리에이션 등

* 치료 레크리에이션 (T. R)

어떠한 환자의 부족한 점을 파악하여 그에 합당한 구체적 레크리에이션 기법을 계획적으로 도입하는 것(구체적)

2) 레크리에이션의 치료적 장점

다른 치료법보다 훨씬 자연스럽고, 부드러우며, 재미있는 기법이다.
독특한 즐거움을 통하여 각 대상자들의 손상된 신체와 정신적 장애를 자연스럽게 접근하여 부담 없이 치료할 수 있는 것. 시간, 공산, 예산, 도구, 대상의 여건에 구애 받지 않고 가장 짧은 시간 내에 치료효과를 볼 수 있다.

3. 레크리에이션 치료 대상

레크리에이션 치료의 대상은 이 세상의 남녀노소 일반인이나 장애인, 모든 사람이 그 대상이 된다. 인간은 인격적으로나 신체적으로나 완벽한 사람은 없다. 어느 정신분석연구소에 의하면 인간 누구나 정신질환이 있다고 한다. 그렇다면 대상은 이 세상 모든 사람이 될 수 있다는 것이다. 신경증환자, 정신질환자, 신체적 장애인, 부적응 자, 특수대상자, 지능적 장애인, 심리적 장애인, 스트레스 보유자 등

4. 레크리에이션 치료 장소

레크리에이션 치료 장소는 따로 정해진 곳이 없다. 레크리에이션 전문가가 있는 곳이면 바로 그곳이 치료 장소이기 때문이다. 그렇지만 환자의 상태에 따른 시설, 치료도구의 세팅, 팀 치료사 등의 조건을 갖춘 장소라면 더 효과적일 수 있다.

5. 레크리에이션 치료가 노인에게 미치는 효과

자발적 참여 향상/ 협동정신 향상/ 친교도모/ 심신의 피로 회복 및 휴양/ 스트레스 해소/ 단조로운 생활해방/ 자기표현력 향상/ 취미생활/ 서클활동/ 건전한 여가선용/ 정서적 욕구충족/ 사회적정신적 기능회복/ 불안해소/ 심리안정/ 자신감 향상/ 환자 영양 건강 상태파악 등

6. 레크리에이션 치료 기법으로서의 웃음 치료

1) 웃음을 통해 일어나는 생리적 현상

웃음발생 -> 뇌의 이마엽과 가장자리계가 만나는 부위인 'A10 영역'이 작용 -> 엔돌핀과 엔케팔린 등의 물질이 분비 -> 뇌신경원의 특정한 단백질 구조, 즉 수용체에 작용 -> 치료 및 예방 효과 등이 발휘됨.

(1) 엔돌핀(Endorphin)이란?

동물의 뇌 등에서 추출되는 모르핀과 같은 진통효과를 가지는 물질의 총칭이다.

모르핀은 식물에서 얻어지는 강력한 진통제로 20세기 의약 발전의 중요한 위치를 차지하고 있다. 그런데 모르핀보다 200배나 진통작용이 강한 물질이 우리의 몸 안에서 만들어지고 있다. 엔돌핀이라는 이름의 뇌 내 마약물질이 바로 그것이다.

(2) 엔케팔린(Enkephalin)이란?

웃을 때 엔돌핀과 함께 나오는 신경펩티드 호르몬으로 모르핀보다 300배 강한 물질

2) 웃음을 통해 분비되는 물질과 일반 약물과 차이점

생리학적으로 분비되는 엔케팔린이나 엔돌핀 등은 그 양이 정해져 있어서 시간이 지나면 효소로 분해된다. 그러나 인위적으로 주어지는 약물들은 양이 정해져 있지 않고, 끊으려면 금단증상이 나타나기 때문에 인체에 악영향을 끼친다.

3) 웃음의 효과

(1) 면역력 증가

계속 웃음을 지으면 면역에 관여하는 임파구들(T세포, B세포)을 자극하는

인터페로감마가 체내에서 200배나 증가해 면역력을 높여준다. 우리 몸의 호흡기와 소화기에 있는 면역 글로불린A도 증가해서 호흡기와 소화기 질환을 예방해 주는 효과도 있다. 그 뿐만 아니라 모르핀보다 200배나 효과가 강하다는 엔돌핀(생체엔돌핀)도 증가해 통증과 근심 걱정도 감소시키고 기분을 좋게 만들어 준다.

의학계에서 특히 관심을 갖는 부분은 면역력 증강효과이다. 웃음은 병균을 막는 항체인 인터페론 감마의 분비를 증가시켜 바이러스에 대한 저항력을 키워준다고 의학자들은 말한다.

(2) 통증 치료 효과

웃을 때에는 통증을 진정시키는 엔돌핀 호르몬이 많이 분비된다. 미국의 유명 작가 노먼 커즌스는 환자가 10분 동안 통쾌하게 웃으면 2시간 동안 고통 없이 편안한 잠을 잘 수 있다고 했다. 장기간 강직성 척추염을 앓다가 1997년 사망한 그는 '질병의 해부'라는 책에서 진통제와 수면제 없이는 잠을 잘 수 없을 정도로 통증이 심한 상태였는데 10분 정도 폭소를 터뜨린 후에는 2시간 정도 평안하게 잘 수 있었다는 것이다.

(3) 치료에도 효과

웃음은 암 치료에도 도움이 된다. 20년 간 웃음의 의학적 효과를 연구해 온 미국 리버트 박사는 웃음을 터뜨리는 사람의 피를 뽑아 분석해 보면 암을 일으키는 종양세포를 공격하는 킬러세포가 많이 생성돼 있음을 알 수 있었다고 밝혔다.

일본 오사카대 연구팀은 최근 웃음이 혈액에 있는 자연살해세포(NK)를 활성화시킨다는 사실을 확인했다. NK세포는 백혈구의 일종으로 면역기능을 높여주는 것은 물론 암세포를 공격해 암의 발생을 예방한다. 연구팀은 18~26세 남성 21명에서 코미디 프로와 교양 프로를 보게 했다. 그 결과 코미디 프로를 본 사람의 경우 NK세포 활성화율이 시청전의 26.5%에서 29.4%로 높아진 반면, 교양 프로를 본 사람들은 27%에서 24.8%로 낮아졌다.

(4) 심장을 튼튼하게 하는 효과

웃음은 심장을 튼튼하게 한다고 한다. 인체에는 내장을 지배하는 교감신경과 부교감신경 등 2가지 자율신경이 있다. 놀람, 짜증, 초조 등은 교감신경을 예민하게 만들어 심장에 좋지 않은 반면 웃음은 부교감신경을 자극해 심장을 천천히 뛰게 해 편안하게 만들어 준다.

(5) 장수 효과
  구소련의 베린이 조사한 바에 따르면 89세 이상 건강 장수 노인들 중 90%가 항상 웃기 좋아하는 사람들이었다고 한다.

(6) 운동 효과
  웃음은 내면의 조깅이다. 우리가 하루에 15초 정도 웃으면 이틀을 더 산다. 한번 웃는 것은 에어로빅을 5분 동안 하는 것과 같으며, 시원하게 한번 웃으면 우리 몸속의 650개의 근육 중 231개가, 얼굴근육은 80개중 15개가 움직인다. 어린이가 하루에 400번 정도 웃는데 성인들은 겨우 14번 정도 밖에 웃지 않는다니 참으로 가슴 아픈 일이라 아니 할 수 없다.
  웃음으로 불치병을 이겨내는 사람
  Ex) 노먼 커전스 – 강직성 척추염 환자

(7) 웃음의 생리적 효과
  ① 뇌하수체에서 엔돌핀이나 엔케팔린 같은 자연 진통제가 생성
  ② 부신에서 통증과 신경통과 같은 염증을 낮게 하는 신비한 화학물질 생성
  ③ 동맥이 이완되었기 때문에 혈액의 순환과 혈압이 낮아짐
  ④ 웃음은 신체의 전 기관에 긴장 완화를 줌
  ⑤ 웃음은 혈액 내의 코티졸의 양을 줄여 줌
  ⑥ 스트레스와 분노, 긴장의 완화로 심장마비를 예방함
  ⑦ 웃음은 심장 박동 수를 높여 혈액 순환을 돕고 몸의 근육에 영향을 미침
  ⑧ 뇌졸중의 원인이 되는 순환계의 질환을 예방함.
  ⑨ 암 환자의 통증을 경감시킴
  ⑩ 3~4분의 웃음은 맥박을 배로 증가시키고 혈액에 더 많은 산소를 공급
  ⑪ 가슴과 위장, 어깨 주위의 상체 근육이 운동을 한 것과 같은 효과를 줌

7. 레크리에이션 치료 기법으로서의 긍정 훈련
  - 긍정적 사고
  - 영국의 존 메이어 수상
  존 메이어는 수상이 된 후 기자들로부터 고난의 세월을 어떻게 극복했느냐는 질문을 받고 이렇게 대답했다. "그 어떤 상황에서도 비관적인 생각을 갖지 않았다. 항상 희망을 갖고 일하면 부정적인 생각이 사라진다. 하늘은 표정이 밝고 긍정적인 사고를 가진 사람에게 복을 내려준다." 염세적이고 부정적인 생각은 행복을 갉아먹는 좀 벌레다. 표정을 바꾸면 생각도 달라진다. -국민일보-

1) 토머스 에디슨

토머스 에디슨은 일정 전압에도 견디는 필라멘트를 만들기 위해 13개월이나 계속된 연구에 몹시 지쳐 있었습니다.

그때 한 제자가 이렇게 이야기 했습니다.

"선생님, 11만 번이나 실패한 일인데요" 그러자 에디슨의 대답은 이랬습니다.

"실패는 무슨 실패, 이렇게 하면 안 된다는 11만 가지의 방법을 알아냈는데 그래"

이런 걸 놓고 긍정적 사고라 부릅니다. 그리고 이러한 긍정적 사고는 끝내 성공을 부르게 마련입니다. 이 때문에 정신과 의사인 토머스 알렌은 "우리의 생각이 우리의 신체를 이끈다."고 말했던 것입니다.

2) 장수의 비결

미국 노인의학 연구소장 레너드 푼박사가 1백세 이상 장수 노인의 건강 비결을 발표했다. 그는 10년 동안의 연구를 통해 3대 장수비결을 찾아냈다. 그것은 긍정적인 사고방식과 독실한 신앙, 봉사정신이었다. 유전이나 음식은 장수와 무관했다. 장수하는 사람들은 현재의 삶에 만족하는 사람들이었다. 탁월한 유머감각과 매사를 밝게 생각하는 낙관적 인생관을 갖고 있었다. 낙관주의자는 비행기를 만든다. 그러나 비관주의자는 낙하산을 만든다. 낙관주의자는 올라갈 것을 생각하지만 비관론자들은 내려갈 것을 생각한다. 긍정적 사고가 장수의 비결이다.

3) 긍정적인 생각이 성공을 낳는다.

(!) 클레멘트

어떤 똑같은 생각이나 행동을 반복하면 버릇이 생긴다. 오랫동안 어떤 행동을 반복하게 되면 습관화된다. 그래서 나는 자기자극제를 사용하고 있다. 자기자극제란 자기 자신에게 어떤 행동을 하게 하기 위해서 사용하는 긍정적인 말이다. 예컨대 1주일이건 열흘이건 아침에 50번, 저녁에 50번, 어떤 자기자극제를 반복하게 되면 기억 속에 남게 된다. 내가 애용하는 자기자극제는 다음과 같다.

▼ 문제가 생겼다. 그러나 그것은 무난히 해결될 것이다.

▼ 모든 역경 속에는 유익함이 있다.

▼ 마음에 품고 있는 것은 마음이 성취해 준다.

▼ 실현가능성 있는 아이디어를 찾아라.

▼ 그 아이디어를 실행하라

▼ 열성적(적극적)이 되려면 열성적인 것처럼 행동하라.

(2) 선행하면 면역력 증가

　　선행을 할 때에는 뇌의 이마엽과 가장자리계가 만나는 부위인 'A10 영역'이 작용해서 엔돌핀과 엔케팔린 등의 물질이 분비되고 이 때문에 면역력이 올라가면서 진통 작용이 생긴다. 긍정적으로 생각할 때 백혈구와 면역글리블린이 증가해 면역력이 강화되고 면역을 억제하는 코티졸과 에프네피린이 줄어드는 것으로 밝혀져 있다.

치유 레크리에이션

1. 치유 레크리에이션이란?

　마음의 상처가 있는 사람들과 정신적인 아픔이나 충격 또는 상처(trauma)를 입은 영혼을 어떻게 치료할 것인지에 대해 내적, 심리적 치유와, 신체적 아픔을 돌보고 건강을 유지하도록 하는 몸의 돌봄(physical)과 치유(healing)에 관해 '레크리에이션을 통한 치유'를 행하는 것이라 할 수 있다. 본래 레크리에이션은 상처가 있어 죽어 가는 사람의 몸과 마음과 영혼(몸과 영혼으로 구분하는 사람도 있다)을 살리고, 사람의 생명에 활기를 불어넣는 힘이 있기 때문에 '치유 레크리에이션'이 가능하다. 레크리에이션을 한국말로 하면 소창(消暢- 사라질, 빠질消, 마음이 누그러질, 통할 暢)이라고 하는 데 '가슴에 맺힌 것을 풀어준다'는 뜻으로 레크리에이션이 마음의 병을 치유하는 힘이 있다는 것을 의미한다. 또 레크리에이션은 recreation(오락, 위안, 취미, 기분 전환, 유희, 휴양)과 re-creation(재창조, 새롭게 만들다(making a new)의 뜻을 가지고 있다. 종합해 볼 때 레크리에이션은 오락, 위안, 취미, 유희, 휴양 등 사회적으로 받아들일 수 있는 여가활동을 각자가 스스로 선택하고 참가하여 그 속에서 만족을 느끼면서 자기실현, 관계회복, 육체적 건강뿐만 아니라 정신적 스트레스 해소를 통해 삶을 재창조적으로 사는 것을 의미한다.

2. 마음의 상처나 스트레스는 왜 생기는가?

　비록 몸은 건강하지만 자신이 타인이나 현실의 여러 가지 상황에서 받은 아픔이나 감정, 또는 상처나 스트레스를 밖으로 표현하지 못하고 자신 안에 가둬두게 되면 마음에 상처가 생기거나 정신적으로 힘들어하게 된다. 그 아픔들은 모여서 하나의 덩어리 상처를 만들고 그 상처의 덩어리들이 한 사람의 내면 속에서 건강한 마음을 아프게 하며 자기를 공격하고 그 토대를 무너뜨리려고 하는데 이런 과정에서 마음이나 정신의 병을 얻게 된다. 스위스의 심리학자이며 정신과 의사인 융(Jung, Carl Gustav)은 자기 자신을 발견하고 건강한 자신을 만들기 위해서 그는 '페르조나(persona)에 집중적인 관심을 보였다.

　페르조나는 공동체의 생활을 하는 데 반드시 필요한 것이다. 아빠, 엄마, 과장, 목사, 사장과 같이 인간을 둘러싸고 있는 다양한 사회적 지위, 역할, 권위, 체면 등을 페르조나라고 말한다. 그러나 이러한 가면에 집착하거나 고착되면 오히려 대상과의 관계가 원활하지 못하고 갈등을 빚게 되며 마음의 상처를 주고받게 된다.

그런데 더 큰 문제는 고착된 페르조나가 도덕적인 판단을 수반할 때이다. 자신의 페르조나가 고착되면 될수록 그 속에서 나오는 도덕적 판단은 사람을 정죄하게 되고 결국은 더 이상 각자를 온전한 한 인간으로 바라보지 못하게 만든다. 또한 참 자신도 발견하지 못하고, 사회가 만든 자신, 타인의 눈에 비친 자신이 진짜 자기 모습이라고 생각하게 만들어서 서로를 정죄하면서 깊은 마음의 상처를 주고받게 되는 것이다.

치유레크리에이션의 역할은 체면과 권위의 가면인 페르조나(persona)로 인해 눌리고 죽어가던 감정을 놀이를 통해 회복하게 만들고 마음의 상처도 자연스럽게 치유되어 본인의 주변에 있는 사람들과의 관계가 회복되어 참된 삶을 살게 만드는 데 있다. 자신을 둘러싸고 있는 가면인 페르조나를 잠시 놓아두게 하여 참 자신을 발견하게 하고 그럼으로 주변에 있는 사람들의 참 모습도 발견할 수 있게 만드는 것이다.

3. 레크리에이션을 통해 어떻게 치유가 가능한가?
1) 자발적인 참여가 주도권을 회복해 준다.

레크리에이션의 성격 중 하나는 자발적인 활동 참여이다. 이러한 자발적인 레크리에이션의 활동에 참여함으로 주도권이 회복되고 그로 인해 치유가 이루어진다. 주도권이 회복된다는 것은 정신 건강에 아주 유익하다. 오늘날 자폐나 정신분열 환자가 많이 발생하는 이유 중 하나는 자신의 주도권이 현실과 대상에게 침범을 당하였기 때문이다. 현대 정신분석학인 대상관계 이론의 대가인 멜라니 클라인(M.Klein)과 도널드 위니캇(D.W.Winnicott)은 정신분열이나 자폐는 절대 의존 시기인 생후 0개월에서 18개월 사이의 아이가 스스로 하고 싶어 하는 것을 할 수 있는 주도권이 현실 대상인 엄마에게 심하게 침범당하면 일어난다고 보고 있다.

그러나 레크리에이션을 통해서 리더는 노는 자들로 하여금 주도권을 회복하도록 도와주어야 한다. 리더는 비록 사람들이 레크리에이션에 자발적으로 참여하는 것이 아니라고 하더라도 스스로 놀이에 참여할 수 있도록 유도해야 하며, 좋아하는 게임이나 놀이를 찾도록 도와주면서 주도권이 회복될 수 있게 해주어야 한다.

2) 건강한 스킨십이 마음의 상처를 치유한다.

레크리에이션에서 하는 스킨십은 도덕성을 담보하는 스킨십이다. 이러한 스킨십은 서로에게 친밀감을 느끼도록 해주면 서로의 서먹한 관계를 회복시켜주고, 참 인간과 인간을 만나게 하는 매개체 역할을 한다. 이를 통해 기쁨과 즐거움과 재미를 느껴 개개인이 닫힌 마음의 빗장을 스스로 열고 진정으로 가슴에서 터져 나오는 건강한 웃음과 긍정적인 감정을 발산시킨다.

3) 기쁨과 즐거움에서 나오는 웃음이 마음을 치유한다.

레크리에이션을 통해서 재미와 기쁨과 즐거움을 느끼면서 발생하는 웃음이 사람의 병든 마음을 치유한다. 상담학에서는 웃음을 상처 입은 영혼을 치유하는 매우 중요한 방법으로 생각한다. 정신적 스트레스나 심한 마음의 상처를 입으면 감정이 죽어진다. 웃음은 이런 감정을 치유한다. 정말 재미있고 즐거우면 자신도 모르게 손뼉치고 배를 잡고 뒹구는데 이러한 박장대소(拍掌大笑)가 혈액순환과 함께 억눌린 마음의 상처를 의식 밖으로 표출시키기 때문에 마음의 상처로부터 점점 더 자유롭게 되고 자신의 아픔을 받아들이고 인정하게 되면서 상처가 치유된다.

4) 건강한 퇴행이 페르조나를 내려놓게 한다.

자발적인 레크리에이션 참여, 도덕성 담보를 전제로 한 건강한 스킨십, 다양한 신체적 활동은 사람의 주도권을 회복시키고 쌓여 잇던 아픔의 감정을 자연스럽게 노출시켜 순수한 기쁨, 참된 즐거움, 건강한 웃음을 일으킨다.

'건강한 퇴행'이란 사람이 태어나서 가장 안전하고 편안한 엄마의 품으로 다시 돌아가는 상태를 말한다. 이 상태는 엄마 품에 안겨 자고 있는 어린아이와 같은 상태를 말한다. 치유과정에서 '건강한 퇴행'은 필수적이며, 레크리에이션을 하면서 자연스럽게 일어나는 현상이다. 이러한 '건강한 퇴행'은 우리를 둘러싸고 있는 2중, 3중의 페르조나를 잠시 놓아두게 하고, 그것의 도덕적 판단을 유보하게 만들고, 현실생활 속에서 스스로를 보호하는 방어기제들을 내려놓게 한다. 이럼으로써 자신의 참모습으로 되돌아가는 것이다.

5) 칭찬과 지지는 치유를 발생한다.

레크리에이션을 하면서 리더가 가장 신경 써야 하는 부분이 있다면 바로 '칭찬(holding)과 지지(supporting)이다. 그리고 레크리에이션을 하는 사람의 그 감정을 그대로 읽어주며 거울처럼 반영(mirroring)해 주는 것이다. 이것은 위니캇이 말하는 '안아주는 환경(Holding Environment)'이다. '안아주는 환경'이란 자신이 하는 일이 가치 있는 일이며, 그 일을 하는 자신이 소중한 존재라는 것을 인정받는 환경을 말한다. 이 환경을 경험하면 상처 입은 사람의 마음이 치유된다.

6) 진정한 놀이는 WIN-WIN 하는 것입니다.

놀이를 하다보면 상품(상금)이 주어집니다. 상금이나 상품이 놀이의 목적은 아닙니다. 그런데 거기에 목숨을 거는 사람들이 더러 있습니다. 오직 상품이나 상금을 타기 위해 놀이에 집중하다 보니 상대방은 물론이요 같은 팀원들도 안 보이는 경우가 허다합니다. 그러면 공동체는 다시 깨어지게 되고 인간관계는 회복되기 어렵습니다. 진정한 놀이는 나도 이기고(win), 너도 이기는(win) 게임이 되어야 할 것이다. 서로의 형편을 돌아보면서 이겼다고 기뻐하기만 할 것이 아니라 진 사람에게도 따뜻한 박수와 격려를 보낼 수 있어야 할 것이다.

4. 치유레크리에이션의 실제

♥ SPOT 분위기 조성게임

1. 코로 이름 쓰기	2. 기지개 켜기
3. 아부 박수	4. 인절미 박수

♥ 사회자 집중게임

1. 다함께 가위 바위 보	2. 가라사대(엄지게임으로 변형 가능)
3. 반대동작	4. 펑 퐁 게임

♥ 관계 분위기 조성게임

1. 하나 둘 샥!	2. 미꾸라지 잡기
3. 손님 모셔오기	4. 이웃을 사랑하십니까?

♥ 팀 데몬스트레이션(Team Demonstration)

'팀을 움직이게 하는 힘은 경쟁이다.'

1. 팀 나누기   2. 팀장 뽑기
3. 응원전
4. 기초 게임(특별한 준비물 없이 진행할 수 있는 게임)

♥ 교육기법을 활용한 분위기 조성게임

1. 사인 경쟁	2. 빨래집게 챔피언
3. 빙고 인사	4. 타잔과 치타

5. 공동체 놀이의 실제

1) 섬겨주니 좋아요!!

① 노래가 나오면 신나게 춤을 추다가 호각소리가 나면 1:1로 만난다.

② 가위 바위 보를 해서 진 사람이 이긴 사람을 엎어준다.

③ 노래에 맞춰 계속 춤을 추면서 다니다가 호각소리에 다른 팀을 만난다.

④ 업힌 사람끼리 가위 바위 보를 하여 진 팀이 이긴 팀원을 엎어주는 것이다.

⑤ 위와 같은 방법으로 많은 사람을 엎어주기도 하고 업히기도 하면서 스킨십을 통한 마음을 기쁨을 얻을 수 있다

⑥ 이 게임은 상사가 직원을, 부모가 자식을 서로 엎어줄 수 있는 기회를 제공한다.

2) 우리는 한 팀입니다!!

① 팀을 구성하는 게임이다.

② 각자에게 풍선 하나와 빨래집게 하나씩 나눠준다.

③ 풍선을 불어 빨래집게로 자신의 머리 위에 풍선을 단다.

④ 위의 게임과 같은 방법으로 노래와 함께 다니다가 호각소리가 나면 가위 바위 보를 하고 진 사람의 풍선을 이긴 사람의 머리에 달아 준다.

⑤ 진 사람은 이긴 사람의 등 뒤로 가서 이긴 사람을 졸졸 따라다녀야 한다.

⑥ 계속해서 게임을 하다보면 1 - 2 - 4 - 8 - 16 - 32 명 순으로 사람이 늘어난다.

⑦ 풍선을 많이 달고 있는 앞의 사람이 그 조의 조장이 되고 나머지는 조원이 된다.

3) 통 게임

① 정해진 팀의 별명을 짓되 끝에 통자가 들어가게 한다(예: 깡통, 쓰레기통, 절구통 등)

② 팀원이 손을 잡고 통 게임을 한다.

③ 최후까지 남는 팀이 승리하는 것이다.

4) 악센트 구호 외치기

① 정해진 문구(예: 신나는 자원봉사, 효의 도시 수원 등)를 악센트의 방식으로 팀원 전체가 외친다.

② 외치는 방법을 팀원끼리 상의하여 다른 팀과의 차별화를 모색한다.

5) 동물 빙고 게임(서식참조)

① 주어진 종이 위에 동물의 이름을 적고 사회자와 함께 점수를 계산한다.

② 예 : ㄱ 으로 시작하는 동물, ㄴ 으로 시작하는 동물 등

③ 팀원과의 의견교환을 통해 사회자의 마음을 읽는 것이 중요하다.

6) 인간 콘테이너

① 팀 별로 2 열종대로 나란히 선다.

② 마주 본 사람끼리 두 팔을 굳게 잡는다.

③ 팀원 중 한명이 하늘을 보고 눕는다.

④ 팀원이 힘을 모아 누운 사람을 반환점까지 팔을 움직여 이동시킨다.

⑤ 목적지까지 먼저 도달하는 팀이 승리하는 것이다.

⑥ 승리에만 목적을 두게 되면 누운 사람의 상황은 고려하지 않게 된다. 그러기에 누운 사람이 최대한 편안한 자세가 되도록 조심히 이동시켜야 할 것이다.

7) 신뢰형성게임

① 팀원이 둥그렇게 선다.

② 술래 한 사람을 원 가운데 서게 한다.

③ 술래는 양 팔을 가슴에 모으고 눈을 가린다.

④ 술래가 원하는 방향으로 쓰러질 때 팀원들은 술래를 붙잡아 주어야 한다.

⑤ 술래가 어느 방향으로 쓰러지든지 편안한 마음으로 쓰러질 수 있도록 팀원들이 신뢰를 주어야 한다.

동물 빙고

ㄱ 동물		ㄴ 동물		ㅅ 동물		ㅇ 동물		ㅈ 동물	
이름		이름		이름		이름		이름	
점수		점수		점수		점수		점수	
이름		이름		이름		이름		이름	
점수		점수		점수		점수		점수	
이름		이름		이름		이름		이름	
점수		점수		점수		점수		점수	
이름		이름		이름		이름		이름	
점수		점수		점수		점수		점수	
이름		이름		이름		이름		이름	
점수		점수		점수		점수		점수	
총 점		점							

단짝을 찾아보세요

친구의 조건	나	친구를 찾아 주세요!!
1. 키는 cm		
2. 몸무게는 kg		
3. 좋아하는 음식		
4. 좋아하는 색깔		
5. 신발의 크기		
6. 신고 있는 양말색깔		
7. 존경하는 인물		
8. 생일은 몇 월		
9. 최근에 본 영화		
10. 좋아하는 노래		

빙고인사하기

		본인이름		

레크리에이션 스피치

인간 생활의 80%는 언어생활이다. 말에는 사상과 감정이 있는데 레크리에이션 스피치는 주로 후자 쪽이다.

1. 일반적 스피치의 5대 원칙
1) 말의 강약과 속도
2) 말의 쉼(Pause)
3) 감정이 깃든 말
4) 목소리의 변화
5) 침묵 – 침묵은 웅변만큼이나 말을 한다.

2. 말과 태도
레크리에이션 프로그램을 진행하는 사람의 입장에 따라서는 지도자, 진행자, 사회자. MC(Master of Ceremony) 등의 다양한 말로 표현된다. 그러나 어떤 입장을 막론하고 다음 사항을 지킨다.
1) 자신의 의견을 고집하지 말고, 말하는 입장에서 듣고 듣는 입장에서 말한다.
2) 모든 사람에게 골고루 기회를 제공한다.
3) 모두의 의견을 잘 이해하고 모임의 성격과 목적에 따라 진행한다.
4) 자연스러운 태도로 억양이나 음조에 변화를 준다.
5) 남의 이야기를 잘 듣고 의견을 존중한다.
6) 적절한 제스처로 웃으면서 말한다.
7) 웃으면서 이야기를 하고, 적절한 존칭어를 사용한다.
8) 전체 시간을 감안하고 시간에 맞춰 이야기한다.
9) 알아듣기 쉽고 명확한 바른 언어로 말한다.
10) 남에게 호감을 주는 언어와 태도를 취한다.
11) 다른 사람의 흉내보다는 독창성을 지닌 언어를 활용한다.
12) 품위가 없는 말은 삼간다.
- 말을 잘 한다는 것은 말이 많은 것과 다르다. 대체로 경험이 적을수록 말이 많다.

3. 레크리에이션 스피치

1) 처음 말과 마지막 말이 반(半) 영구적인 편견이 됨을 명심하고, 말을 끝낼 때는 유쾌하게 끝낸다.
2) 상대방의 기분을 상하지 않게 한다.
3) 존댓말을 알맞게 활용한다.
   - 지나친 존대 또는 반말은 안 된다.
4) 발음은 정확하고 분명하게 하고, 자연스럽게 해야 한다.
5) 분위기와 대상에 맞는 단어를 쓴다.
6) 희망적인 밝은 말을 하고 전신(Body Language)으로 표현한다.
7) 자기의 음색과 말버릇을 파악한다.
   - 맑은 목소리로, 마이크 사용 연구
8) 가급적 표준말을 쓰되 위트(Wit)에 더 비중을 둔다.
9) 행사에 어울리는 복장을 한다.
   - 배색, 장소와 내용, 포인트 등
10) 게임에 있어서 처음부터 끝까지 '준비!' '시작!'이라는 말을 잊지 않는다.
※그림을 보는 듯한 입체 언어를 구사한다.
   - 명확, 억양, 간격, 악센트, 호감이 가는 음성, 그리고 화면화(畵面化)

4. 스피치 준비 사항

1) 대상 파악 —청중에 대한 연구가 없이는 좋은 스피치가 될 수 없다.
2) 모임의 때와 장소를 알아둔다.
3) 모임의 목적을 알아둔다.
4) 모임의 화제를 선정한다.
   - 바람직하지 않은 화제는 피한다.
5) 자료를 수집한다.
   - 화제를 풍부하게 준비한다.
6) 메모를 하여 장황한 이야기가 되지 않도록 한다.
7) 실제 연습을 해 본다.
   - 거울을 보면서 해 보거나 모니터(Monitor)의 도움을 받아 완벽하게 실제 연습을 한다.

유아 레크리에이션

1. 유아레크리에이션이란?

    놀이는 곧 유아들의 생활이며, 유아 발달에서 중요한 요소이고, 사회성 발달의 기초가 된다.

사람들은 예로부터 놀이를 통해 기쁨과 즐거움을 느끼며 공동체 의식을 가지고 살아왔다고 말해도 과언이 아닐 것이다. 의식적이든 아니든 간에 장난을 치거나 뛰어 다니거나 하며 신진대사를 활발히 해야 몸속의 모든 찌꺼기가 발산되고 그래야 건강한 생활을 유지할 수 있기 때문이다. 유아들은 놀이를 통해서 자신을 인정하고 받아들이게 되며 인격의 기초를 형성하게 된다. 그러므로 유아기에 맞는 놀이나 활동적인 교육을 갖지 못한 유아는 자연히 위축되며, 성격 결함의 원인이 되기도 한다. 유아 생활에서는 놀이가 곧 생활이다. 놀면서 배우고, 탐색하고, 놀면서 사귀고, 놀면서 신체가 발달하고 심지어는 놀면서 먹기까지 한다.

    깨어 있는 시간의 거의 대부분이 놀이로 생활하므로 발달의 지름길이오, 배움의 수단이다. 놀이를 잘 활용하면 유아는 건전하게 자랄 것이고, 유아기에 맞는 놀이는 아이의 미래를 결정지을 수 있는 즉 사회성을 바로 길러줄 수 있는 역할을 할 수 있기 때문에 놀이의 중요성은 아무리 강조해도 지나치지 않을 것이다.

2. 유아 레크리에이션의 역할

1) 신체를 발달에 도움이 된다.

    어린이의 성장에 맞춰 근육과 몸의 각 부분을 움직이는 활동적인 놀이가 신체발달에 필수적 이라고 할 수 있다.

2) 잠재되어있는 정서적, 신체적 잉여 에너지를 방출시켜 준다.

    환경 속에서 제한 받음으로 해서 생겼던 긴장감을 이완시키는 배출구가 된다. 즉, 놀이와 웃음을 통해 어린이가 가지고 있는 감정과 생각 또는 행동의 긍정적인 면을 발산하며 억압 되어 있던 부분을 방출하며 건전한 정서발달을 돕는다.

3) 의사소통 능력을 길러준다.

유아가 다른 사람들과 성공적으로 어울려 놀기 위해서는 다른 사람들의 생각을 이해하고, 그 이해를 바탕으로 자신의 생각을 전달하는 방법을 배워야 하기 때문에 놀이는 의사소통 능력을 길러준다.

4) 학습의 원천이 된다.

놀이를 통해 가정이나 사회에서 경험하지 못했던 여러 가지 일들을 다양한 방법으로 경험하고 학습할 기회를 제공해 준다.

5) 창의성의 자극제 역할을 한다.

놀이는 어린이들의 놀이 세계 밖에서 일어나는 상황을 창의적으로 바꾸어 놓는 작업이라고도 볼 수 있다. 특히 유아들의 시선에서 생각되는 놀이들이 어른이 생각하는 일상생활의 제한된 틀을 벗어날 수 있는 다양한 놀이를 생각하고 행동하며 상상력과 창의력이 길러지게 된다.

6) 자기통찰의 기회를 준다.

유아는 놀이 속에서 해야 할 일과 하지 말아야 할 일이 무엇인지 인지하고, 친구들과 협동하려면 어떻게 해야 하는지를 배우게 된다. 또한 유아는 스스로 놀이를 계획하여 진행하고 마무리 짓는 과정을 통해 문제 해결 능력을 기를 수 있다.

7) 자신의 욕구와 소망을 표현해 볼 기회를 제공한다.

놀이 속에서 충족시킬 수 있는 욕구나 소망과, 실제의 욕구나 소망 사이에는 상당한 차이가 있다. 그러므로 실제 생활 속에서 충족시키지 못한 욕구와 소망이 때때로 놀이 속에서 충족되는 경우가 있다.

8) 사회적 능력을 발달하게 한다.

또래 친구들과 함께 놀면서 다양한 사회적인 관계 및 행동 양식을 배우며 관찰하고 자신의 할 것과 하지 말아야 할 것을 놀이를 통해 배우며 사회적 능력을 발달시킬 수 있다.

9) 사회의 도덕적 기준을 배우게 된다.

놀이를 통해 자신의 행동이 '옳다' 또는 '그르다'와 '된다, 안 된다'등 생각하는 것이 무엇인지를 알고, 그것을 놀이를 통해 좋은 방향으로 바꾸어 간다.

10) 공동체 의식을 갖게 된다.

놀이를 통해 서로를 이해하면 '나'라는 개념에서 '우리'라는 개념으로 스스로 알게 된다.

팀과 그룹의 개념 속에서 자신을 발견하는 기회가 되기도 한다.

3. 유아 레크리에이션의 지도 이론
1) 지도자의 자세

① 첫인상이 부드러워야 한다.(항상 밝은 미소 띤 얼굴)
② 부드러운 말과 부드러운 행동을 해야 한다.
③ 유아를 사랑하는 마음을 갖는다.
④ 유머를 사용하기 보다는 유아들이 좋아하는 동작이나 언어를 구사한다.
⑤ 작은 동작보다 크고 예쁜 동작들로 유아를 대한다.

2) 지도 요령

① 유아 앞에 서 있는 위치는 유아들과 제일 가까운 자리에 서 있을수록 좋다.
② 모든 게임, 노래, 율동을 도입부분에는 손유희 및 박수로 분위기를 이끈다.
③ 팀 구분과 경쟁에 앞서 모두가 참여할 수 있는 분위기를 만들어 준다.
④ 참가자 전원의 참여를 유도할 때는 스킨십 게임으로 서로 옆 사람을 건드리게 한다.
⑤ 행동 및 동작을 요구할 때는 예령과 동령으로 한다.
⑥ 강제적인 분위기보다 유아가 흥미를 느끼고 자발적으로 따라올 수 있는 분위기 연출.

3) 프로그램 준비와 진행

① 20분전에 준비를 끝내고 지도자로서의 마음가짐을 가지고 분위기를 익힌다.
② 가능한 한 시간을 정확히 지켜 시작하고 끝내는 것이 좋은 인식을 준다.
③ 시작인사는 조용한 어조로 겸손하고 공손하게 한다.
④ 도구준비는 여유 있고 경제적으로 한다.
⑤ 지도자는 순서를 암기하고 주요 순서의 내용도 작은 종이에 메모하여 진행에 차질이 없도록 한다.
⑥ 지도자의 위치는 모두 다 볼 수 있는 곳으로 한다.

⑦ 게임의 설명은 간단히 하고 손쉬운 게임부터 차츰 확대하여 간다.

⑧ 목소리는 보통의 크기로 절도 있게 한다.

⑨ 유아들에게 시간여유가 없도록 하고, 공백이 생길 경우 손유희나 율동을 준비하여 공간이 생기지 않도록 속전속결로 진행한다.

⑩ 다음 진행할 순서를 염두에 두고 대형변경을 자연스럽게 이루어지도록 유도하여 진행한다.

⑪ 방관자가 없도록 골고루 시선을 보내며 공동참여를 위하여 참가자 스스로에게도 적당한 시기에 기회를 준다.

⑫ 벌칙은 삼가도록 하며 부담감이나 무안한 생각이 들지 않도록 말의 표현에 주의한다.

⑬ 절정의 분위기를 포착하여 흥미 있는 것은 한 번 더 하거나 그 흥미를 고조시킬 수 있는 프로그램으로 연결시키는 능력을 기른다.

⑭ 지루하다는 생각이 들 때는 미련 없이 프로그램을 바꾸어 흥미 있는 레크리에이션 분위기를 위해 최선을 다하여야 한다.

⑮ 프로그램의 진행 중 거부반응이나 배타적인 요소가 없다고 볼 수 없으므로 당혹한 분위기를 당할 경우에 기본적인 돌파구를 준비하여 재치와 기질을 발휘하여야 한다.

> ★ 기본적인 돌파구
> ☞무관심하게 처리하는 경우
> ☞정중히 사과하는 경우
> ☞조크로서 받아넘기는 경우
> ☞무대 앞으로 유도하는 경우
> ☞상품으로 커버하는 경우

⑯ 마무리 인사는 의미 있는 말로 밝고 명랑하게 표현하며 헤어짐의 예법도 프로그램의 계속이라고 생각하여야 한다.

4. 유아 게임의 실제

 주먹 보자기

1 박수 준비를 한다.
2 사회자가 주먹을 앞으로 내밀 때 마다 박수를 한번 씩 치도록 한다.
3 주먹의 위치에 따라 박수치는 위치를 달리한다.
4 사회자가 손을 펴면 참가자도 함께 손을 편다.

 맛있는 박수

1 박수 준비를 한다.
2 사회자가 먹을 수 있는 음식을 이야기 하면 박수 세 번과 함께 '냠냠냠'이
  라고 말한다. (예 = 맛있는 사과, 맛있는 김밥…) → 빠르게 하려면 '맛있
  는'이란 말은 뺀다.

 엄지 애지

1 오른손은 엄지 왼손은 애지 손가락을 편다.
2 사회자가 '바꿔'라고 말하면 엄지와 애지를 양손 다 바꾼다.
  (익숙해질 쯤 빠르게 한다.)

 내코 내귀

1 오른손은 코 잡고, 왼손은 오른쪽 귀를 잡는다.
2 사회자가'바꿔'라고 말하면 오른손은 왼쪽 귀를 잡고 왼손은 코를 잡는데
  손은 항상 엇갈려 잡는다.

 능력 있는 지휘자

1 오른손은 4분의 2박자를 연습한다.
2 왼손은 4분의 4박자를 연습한다.
3 두 손을 같이 한다.

곰다리, 새다리

1 곰은 엄지손가락으로 나타낸 후 다리는 4개라고 손가락으로 표현한다.
2 새끼손가락을 피며 새라고 이야기 하고 2개로 다리의 개수를 표현한다.
3 열꼬마 인디언 노래의 가사를 바꿔 부르며 반복적으로 한다.

 ## 원숭이 한 마리

원숭이 한 마리가 나무위에서 / 팔짝팔짝 뛰다가 / 떨어졌어요 /
머리가 다쳤지 / 헐레벌떡 / 병원에 갔더니 / 의사가 하는 말 /
팔짝팔짝 뛰니까 머리가 다치지
손유희이면서 속도의 변화를 통해 게임의 요소도 감의 할 수 있다.

 ## 꿀벌 한 마리

꿀벌 한 마리 / 꿀벌 한 마리 / 훨훨훨 날아서 / OOO위로 날아갑니다 /
쏠까 말까 쏠까 말까
(이후 사회자가 '쏘세요' 나 '쏘지 마세요'를 이야기 한다.)

 ## 전력 박수

1 10초 안에 누가 가장 많이 박수를 칠까?
2 손바닥 간격을 10센티 이상으로 하게 한다.

 ## 교차 박수

1 사회자의 손바닥이 교차 할 때마다 박수를 한 번씩 친다.
2 사회자는 몇 번 하다가 교차 순간에 멈춰 실수를 유발한다.
3 교차를 빠르게 하여 인사를 하거나 337박수를 유도 할 수도 있다.

11 검도 박수

1 사회자는 공격을 하고 참가자는 손뼉을 치며 방어를 한다고 약속한다.
2 공격은 머리, 어깨, 배꼽 등을 공격 한다.
3 빠르게 공격하고 연속 공격 등을 한다, 노래를 불러도 좋다.

12 전투기 박수

1 전투기 전투기 짝짝 / 레이더 레이더 짝짝 /
  전투기 짝 / 레이더 짝 / 전투기 레이더 짝짝
2 전투기는 빠르게 레이더는 천천히 한다.

13 권투 박수

1 1-4박자동안 자기 무릎 손뼉을 두 번 반복 한다
2 5-6박자동안에 1-4번의 동작을 빠르게 한다.
3 7에 주먹지고 두 손을 올리고 8박자에 '취취'하면서 머리를 좌우로 흔든다.

14 소림사 박수

1 파트너와 한손씩 번갈아 잡으며 '소림사의 주방장은 누구냐' 하며 이야기
  한다.
2 가위 바위 보를 하는데 소림사 권법 가위 바위 보를 한다.

15 쌀 보리

1 파트너를 정하여 한사람은 주먹을 쥐고 한사람은 손을 벌려 주먹을 그 안
  에 넣고 있는다.
2 사회자가 '셋'이라는 구령을 외치면 빨리 빼거나 빨리 잡는다.

16 안마 게임

1 사회자의 구령에 따라 방향을 바꿔가며 안마 한다.

2 속도에 따라서 안마의 강도를 높여가는 안마.
3 박자에 따라서 좌우로 방향을 바꾸며 안마 한다, 노래를 부르며 안마한다.

 ## 17 단체 가위바위보

1 사회자와 가위바위보를 해서 이긴 사람만 남아 최후의 승자에게 선물을
준다.

 ## 18 큰 공 작은 공

1 사회자를 따라서 손을 둥글게 하여 큰 공을 가슴 앞에서 작은 공을 만든다.
2 익숙해지면 사회자 반대로 하게 한다.
3 팀을 구분하여 팀 대항으로 한다.

 ## 19 3,6,9

1 사회자가 질문하며 팀별로 대답을 박자에 맞춰 빠르게 한다.
2 하나 둘 - 셋 넷 하고 강아지 - 멍멍 하고 대답한다.

 ## 20 10초를 잡아라.

1 속으로 10초를 셈한다.
2 10초에 가장 정확하게 맞춘 사람에게 선물을 준다.
3 마무리하기에 좋은 게임

◇ 아람쌈쌈 ◇

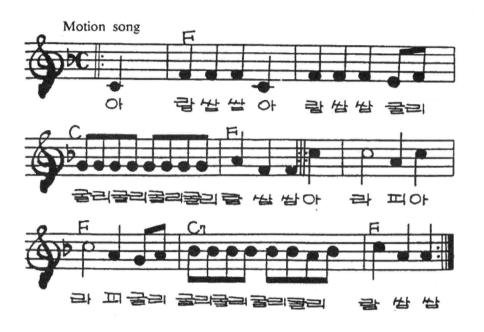

◇ 어기여기영차 ◇

김경호 사
노르웨이 곡

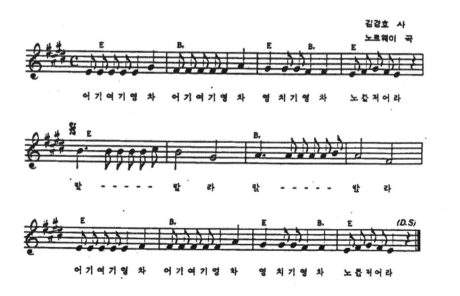

◇ 싹트네 ◇

싹트네 - - 싹터요 '우리들의 - - 1.사랑 이
                                    2.믿음 이

싹트 네 - - 싹터요 - - 우리들의 - - 1.사 랑이
                                        2.믿음 이

밀려오 - 는 파도 - 처럼 1.사 랑이 - - 싹터요
                         2.믿음이 - -

싹트네 - - 싹터요 - - 우리들의 - - 1.사랑 이
                                      2.믿음 이

주위집중을 위한 손유희 및 핸드게임

1. 손유희란?

　　손유희 교육의 개념은 공간, 신체, 동작의 질을 위한 특별한 개념을 포함하여 인간의 움직임에 수반되는 동작의 원리와 일상적인 요소를 배우도록 하는 일반적인 영역이라고 할 수 있습니다. 또 다른 의미에서의 손유희는 말 그대로 우리들의 신체 중에서 가장 많이 활용하는 손을 통하여 어린이들에게 교육하고자 하는 내용을 동작화 하여 교육에 대한 관심과 흥미를 고조시킴으로 어린이 누구나가 참여하여 표현할 수 있는 교육적 전달 방법입니다.

2. 손유희 지도자

1) 어린이를 알며 함께 호흡할 수 있어야 합니다.
2) 항상 자신을 훈련시킬 줄 알아야 합니다.
　① 구연 연습　　　② 표정 연습　　　③ 동작 연습
3) 항상 자신감을 가지고 지도하여야 합니다.
4) 모든 일에 적극적인 자세로 임하여야 합니다.
5) 자신의 일과 어린이를 깊이 생각하며 사랑할 줄 알아야 합니다.

3. 손유희 지도 요령

1) 가리킬 대상이 어린이라는 사실을 잊지 마세요.
2) 내용은 간단하면서도 쉬운 단어로 구성하세요.
3) 가리킬 내용과 목적을 분명히 설정하세요.
4) 가리키기 전에 먼저 교사들이 익히세요.
5) 지루하지 않게 변화를 주세요.
6) 지나친 표현과 동작은 삼가세요.
7) 음성의 고/저, 완/급, 강/약을 적절히 살려서 효과적으로 지도하세요.
8) 언제나 밝은 표정을 잊지 마세요.
9) 시선은 어린이에게 골고루 주세요.
10) 칭찬을 아끼지 마세요.

4. 핸드게임이란 무엇인가?

우리들이 신체 중에서 손처럼 많은 일을 하는 기관도 없으리라 본다. '다독거리고', '만지고', '잡고', '두드리고', '악수하고', '반짝이고', '꼬집고', '가리키고', '쓰다듬고' 등..... 이외에도 이루 말로 할 수 없이 손을 바쁘게 움직이고 있다.

그러나 손은 우리 신체 중에서 별개의 기관이 아니다. 모든 기관과 연결되어 유기적으로 신체적, 정신적 건강에 영향을 미치고 있다.

특히, 우리주위에 손을 이용한 놀이문화가 어린유아에서부터 어른들에 이르기까지 상당히 보급되어져 있음을 볼 때 손을 통한 건전한 놀이문화가 요청되고 있음을 보게 된다. 그러므로 핸드게임이라 함은 말 그대로 손으로 할 수 있는 모든 게임을 말함인데, 특별한 장소와 환경에 구애받지 않고 손을 통하여 청중으로 하여금 신체적, 정신적 요구에 부응하여 스트레스를 발산시킴과 동시에 보다 건설적인 교육 분위기를 조성시키고, 청중 상호간의 인간관계 형성을 위하여 손으로 할 수 있는 모든 게임을 말한다.

5. 핸드게임의 효과

일방적으로 핸드게임하면 분위기 조성하는 게임정도로만 알기 쉬운데 지도자의 리더십에 따라서는 핸드게임만으로도 충분히 즐겁고 유익한 시간을 가질 수 있으리라 본다.

① 크게 움직이지 않고도 할 수 있다.
② 한쪽 방향만을 바라보고 해도 좋다.
③ 좁은 공간에서도 용이하다.
④ 분위기 조성에 최적이다.
⑤ 재미있다.
⑥ 친교에 큰 효과가 있다.
⑦ 집중력을 향상시킨다.

6. 핸드게임 지도 요령

① 청중이 전원 잘 보이는 곳에서 진행할 것.
② 천천히 그리고 정확하게 발음할 것.
③ 청중에 대한 고른 시선을 유지할 것.
④ 너무 복잡하게 하여 청중을 피곤하게 하지 말 것.
⑤ 잘못하는 사람에게 신경을 써줄 것.

⑥ 재미있게 인도할 것.

⑦ 자신감을 갖고 진행할 것.

⑧ 철저한 준비와 연습을 할 것

⑨ 클라이맥스를 잘 조절할 것.

⑩ 시간과 목적, 장소를 잘 구분하여 시행할 것.

7. 핸드게임 지도 유형

① 지도자 집중형 : 전체 청중을 상대로 지도자 혼자서 진행하는 방법

② 커플형 : 둘씩 짝을 짓게 하여 진행하는 방법

③ 그룹형 : 청중을 둘이상의 그룹으로 나누어 진행하는 방법

④ 노래를 곁들인형 : 일상적으로 모두가 아는 노래에 맞추어 진행하는 방법

⑤ 기술 및 지능형 : 분위기가 무르익어 갈 때 약간의 긴장을 유도하여 흥미를
더하게 하는 방법

⑥ 종합적 마무리형 : 게임을 마무리 지을 때 사용하는 방법

8. 핸드 게임의 실제

 무조건 반대

① 지도자는 참가자들에게 몇 가지 동작을 소개하며 따라해 보게 한다.
예) 양손을 들어 반짝인다. 아래서 반짝인다.
주먹을 쥔다. 주먹을 편다. 오른팔을 올린다. 박수를 친다.

② 동작을 따라서 해보게 한 후 반대로 따라해 보게 한다.
예) 오른팔 올리면 - 왼팔을 올리고
위에서 반짝이면 - 아래서 반짝이고
박수치면 - 양손 양옆을 향해 벌린다.

③ 게임에 익숙해지면 몇 가지를 섞어서 재미있게 유도해 본다.
「메모」 4/4박자 노래에 맞춰서 해보면 재미있다.

2 주님 뜻대로 살기로 했네

① 엄지손가락 : 예수님
새끼손가락 : 나

② 주님 뜻대로 살기로 했네 노래를 부르며 오른손 엄지손가락이 가는 대로 왼쪽 새끼손가락이 따라간다.
③ 방향을 바꿔가며 노래를 부른다.

3 소림사 7공법

① 서로 가위, 바위, 보를 한다.
② 이긴 사람은 공격을 하고 진 사람은 방어를 한다.
③ 공격 : 이긴 사람은 하나, 둘, 셋과 함께 진 사람을 공격한다.
　눈 – 오른손 검지와 장지를 세워 진 사람의 눈을 공격한다.
　코 – 검지와 장지를 세워 아래서 위로 공격
　입 – 양손 검지를 세워 입을 향해 공격
　귀 – 양손 검지를 세워 양쪽에서 귀를 공격
　방어 : 진 사람은 이긴 사람의 공격 방향에 따라 재빨리 방어한다.
「메모」 ㄱ. 공격자의 공격을 제대로 방어하면 바꿔서 진행
　　　　ㄴ. 전면공격! 또는 배꼽을 공격해 보게 한다.

4 우리는 하나

① 참가자는 전원 엄지와 검지로 원을 만들어 왼쪽에 놓고 오른손은 검지로 세워서 오른손 사람 왼손 원에 갖다 넣는다.
② 노래를 부르다가 도중에 '잡아'하면 원을 만든 손은 옆 사람의 검지를 잡고 자신의 검지는 빨리 도망간다.
「메모」 간단한 이야기를 준비하여 이야기 도중 잡아! 해도 좋다.

5 잡아 놔! (토끼와 거북이)

① 참가자는 전원 왼손바닥을 펴서 위로 향하게 하여 왼쪽 사람을 향해 놓고 오른손 검지로 오른쪽에 앉아있는 사람의 왼손바닥에 올려놓는다.
② 이때 토끼와 거북이 이야기를 들려주며 '토끼'라는 단어가 나오면 자신은 왼손은 자신의 손바닥 위에 있는 옆 사람의 검지손가락을 빨리 잡아야 하고 신의 오른손 검지는 빨리 도망해야 한다.

 안마해요

① 앞사람 또는 옆 사람과 안마할 수 있도록 원을 만들어 가까이 앉는다.
② 노래를 부르면서 처음에는 <주무르기 20㎞>, <두드리기 10㎞>로 시작한다.
③ 사회자의 지시에 따라 더 세게 두드린다. 예) 60, 70, 80, 100㎞
④ '바꿔' 라는 진행자의 신호에 서로 바꾸어서 안마한다.

 악기놀이

① 앞사람 또는 옆 사람과 안마할 수 있도록 가까이 앉는다.
② 각 신체별 악기연주를 한다.
  • 머리 − 꽹과리 : 양손 앞사람 머리에 대고 꽹과리를 친다.
  • 어깨 − 북 : 양손 앞사람 어깨에 대고 북 치는 모습
  • 허리 − 기타 : 양손 엄지 펴서 앞사람 허리에 대고 기타를 친다.

 인절미 박수

− 오물오물 짝짝 : 양손바닥 아래 향하여 내민 후 떡 주무르는 모습 후 손뼉2회
− 조물조물 짝짝 : 양손바닥 위 향하여 내민 후 떡 주무르는 모습 후 손뼉2회
− 오물 짝 조물 짝 : 양손 바닥 아래, 위 향하여 내민 후 떡 주무르는 모습 후 손뼉 각1회
− 조물조물 짝짝 : 양손 바닥 아래, 위 향하여 내민 후 떡 주무르는 모습 후 손뼉 각2회
− 너 먹어! : 떡을 뜯어서 옆 사람에게 나누어 준다.
「메모」 세계의 나라 말로 유도해 본다.
    일본 : 오물 조물 다음에 '이노'를 붙인다. 너 먹어는 '하이'
    프랑스 : '스와'를 붙인다. 「먹어스와」
    독일 : '리히'를 붙인다. 「먹어리히」
    러시아 : '스키'를 붙인다. 「먹으스키」
    이태리 : '르카'를 붙인다. 「먹으르카」
    북한 : '니끼니'를 붙인다. 「날래 먹으라우!」
※ 각 나라마다 특유한 분위기를 살려가며 먼저 시범을 보여주는 것이 좋다.

9. 손유희 실제

1) 공주님 꿈

번호	구 연	동 작	설 명
1	졸졸졸 흐르는		양손 위에서 아래로 물결치는 모습
2	시냇물가에		1 번과 반대
3	예쁜 꽃들		양손으로 ♡ 모양 만든다.
4	꿈을 꾸지요		잠자는 모습
5	노란 꽃은		3 번과 동일
6	노란 꿈꾸고		4 번과 동일
7	빨간 꽃은		3 번과 동일
8	빨간 꿈꾸고		4 번과 동일
9	예쁜 나는		양손 가슴에 X로 댄다.
10	예수님 꿈꿔요		기도손

2) 커다란 아빠 킹콩

번호	구　연	동　작	설　명
1	커다란 아빠 킹콩이		뒤에서부터 큰원을 그리며 양손 엄지를 앞에 세운다
2	기분이 좋아서		세운엄지를 좌·우로 흔든다
3	쿵짝 쿵짝		가슴 한번 치고, 손뼉 한번 친다 (쿵→가슴, 짝→손뼉)
4	쿵쿵짝짝, 쿵쿵짝		가슴 두 번, 손뼉 두 번, 가슴 두 번, 손뼉 한 번
5	날씬한 엄마 킹콩이		두 손으로 　{ }　 그린다
6	기분이 좋아서		두 손으로 비비 꼬는 모습 (수줍음 타는 것)
7	콩짝 콩짝		가슴치고 손뼉 친다
8	콩콩짝짝, 콩콩짝		가슴 두 번 치고 손뼉 두 번, 가슴 두 번 치고 손뼉 한 번
9	예쁜 애기 킹콩이		검지로 작게 눈앞에서 눈사람 모양으로 그린다.
10	애교를 부리며		양손 검지로 입가에 대고 두들긴다
11	콩쪽 콩쪽		"콩" 할 때는 가슴치고 "쪽"은 검지손가락을 입에 댄다
12	콩콩쪽쪽 콩콩쪽		가슴 두 번 입에 두 번, 가슴 두 번 입에 한 번 댄다

3) 다람쥐 가족 I

번호	구 연	동 작	설 명
1	뒷산		왼손 허리, 오른손 엄지로 뒤를 가리킨다
2	상수리나무에		오른손 펴서 위를 향하고 왼손 펴서 아래를 향한다.
3	다람쥐 가족 다섯 마리가 살았어요		왼손허리, 오른손 손가락을 쫙펴 5를 만든다.
4	어느 날		양손가락 들어서 차례로 오므린다.
5	아빠 다람쥐가		오른손 엄지 내민다.
6	"나 총 봤다!"		총 쏘는 모습
7	엄마 다람쥐가		오른손 검지 내민다.
8	"어디서요?"		가슴 앞에서 오른손 세워 왼손은 오른손 팔꿈치 받친 후 흔들며 내려온다.
9	오빠 다람쥐가		오른손 장지 내민다.
10	"야, 우리 구경가자!"		빨리 걷는 모습
11	언니 다람쥐가		오른손 약지 내민다.
12	"싫어! 난 안갈래"		몸을 흔들며 떼쓰는 모습
13	아기 다람쥐가		오른손 애지 내민다.

번호	구 연	동 작	설 명
14	"아이. 무서워!"		두 손으로 눈 가린다
15	그때		박수 1회 친다
16	포수가 총을 빵! 쏘니까		총 쏘는 모습
17	아빠 다람쥐 가슴은		오른손 엄지
18	쿵덕쿵덕		양손 번갈아가며 가슴 친다
19	엄마 다람쥐 가슴은		오른손 검지
20	두근두근		가슴에로 모으고 가볍게 뗐다 붙였다 한다.
21	오빠 다람쥐 가슴은		오른손 장지
22	덜~컹 덜~컹		왼손 허리, 오른손 주먹주고 "덜"에 가슴"컹"에 뗀다
23	언니 다람쥐 가슴은		오른손 약지
24	콩콩콩콩콩		왼손허리, 오른손 쥐고 빨리 가슴 친다
25	아기 다람쥐 가슴은		오른손 애지
26	요만해졌더래요		양손으로 크게 원을 그린 후 양손가락으로 조그맣다는 모양을 한다

4) 다람쥐 가족Ⅱ

번호	구 연	동 작	설 명
1	뒷 산		오른손 엄지로 뒤를 가리킨다
2	상수리 나무에		양손 하늘 향해 올려 반짝인다
3	다람쥐 가족 다섯마리가		오른손가락 5개를 편다
4	살고 있었어요		양손 반짝이며 원을 그리며 내린다
5	아빠 다람쥐는		양손 엄지 편다
6	일을 한다고		양손 주먹 쥐고 두드린다
7	쿵 쿵 쿵 쿵		양손 주먹 쥐고 못 박는 모습
8	엄마 다람쥐는		양손 검지 편다
9	빨래를 한다고		빨래하는 모습
10	조물 조물 조물 조물		9 번과 동일

번호	구 연	동 작	설 명
11	오빠 다람쥐는		양손 장지 편다
12	공부를 한다고		책 읽는 모습
13	중얼중얼 중얼중얼		왼손 펴고 오른손으로 글씨 쓰는 모습
14	언니 다람쥐는		양손 약지 편다
15	화장을 한다고		화장하는 모습
16	똑딱 똑딱		15 번과 동일
17	아기 다람쥐는		양손 새끼손가락을 편다
18	잠을 잔다고		잠자는 모습
19	새근새근 새근새근		18 번과 동일

5) 빨간 앵두

번호	구 연	동 작	설 명
1	커다란 나무위에		양손 크게 원을 그려 내린다
2	빨간 앵두가		양손 모아서 오른손 검지손가락 손톱있는 부분만 내어 보인다
3	주렁주렁		양손으로 조그맣게 열매를 빨리 빨리 만들어 보인다(또는 양손들어 빨리 반짝인다)
4	주렁주렁		3 번과 동일 (빨리빨리 앙증맞게)
5	열려 있었어요		양손 위아래로 뻗어 반짝인다.
6	많이 따다가		양손 위쪽에서 무얼 따는 모습
7	바구니에 담아서		왼손으로 바구니를 만들고 오른손으로 주어 담는 모습
8	누굴 줄까?		오른손 검지 이마에 대고 생각하는 모습
9	누굴 주지?		왼손 검지 이마에 대고 생각하는 모습
10	옳지!		박수 1회 친다
11	○○에게 주어야지		양손으로 앞을 향해 주는 모습
12	"아이~시다 !"		양손 입 앞에 모아 신 것을 먹었을 때의 모습
13	너무 맛있다!		양손 주먹 쥐고 약간 흔들며 즐거운 모습

6) 손가락 가족

번호	구 연	동 작	설 명
1	아빠 손가락이 회사에 가서		양손 엄지 펴서 앞으로 차례로 내민다.
2	사장님을 만났어요		양손 엄지 서로 부딪히며 만난다.
3	"사장님 안녕하세요"		양손 엄지 서로 숙이며 인사한다.
4	엄마 손가락이 수영장에 가서		양손 검지 펴서 차례로 내민다.
5	아줌마를 만났어요		양손 검지 서로 부딪히며 만난다.
6	"어머 날씬해 지셨네요"		양손 검지로 지그재그로 표현한다.
7	오빠 손가락이 체육관에 가서		양손 중지 펴서 차례로 앞으로 내민다.
8	사범님을 만났어요		양손 중지 서로 부딪히며 만난다.
9	"태 권"		양손 중지 서로 숙이며 인사한다.
10	언니 손가락이 레스토랑에 가서		양손 약지 앞으로 차례로 내민다.
11	남자친구를 만났어요		양손 약지 서로 부딪히며 만난다.
12	"자기 보고 싶었어"		양손 약지 서로 부딪히며 흔든다.
13	애기 손가락이 유치원에 가서		양손 새끼손가락을 앞으로 내민다.
14	친구들을 만났어요		양손 새끼손가락을 서로 부딪친다.
15	"친구들 안녕"		왼손 허리, 오른손 들어 흔든다.
16	"선생님 안녕하세요"		인사하는 모습

7) 펭귄 가족

번호	구 연	동 작	설 명
1	아빠 펭귄이		양손 엄지손가락 내민다.
2	집을 짓는다고		엄지손가락 좌·우로 흔들기
3	뚝딱 뚝딱 뚝딱 뚝딱		엄지손가락으로 위아래 번갈아 가며 두드린다.
4	엄마 펭귄이		양손 검지 내민다.
5	빨래를 한다고		검지를 좌·우로 흔든다.
6	쓱싹 쓱싹 쓱싹 쓱싹		검지손가락으로 빨래하는 모션을 한다.
7	오빠 펭귄이		양손 중지 내민다.
8	공부를 한다고		중지를 좌·우로 흔든다.
9	ABCD 중얼중얼 중얼중얼		오른손 중지를 가리키고 두 중지로 머리위 스프링을 그린다.

번호	구　연	동　작	설　명
10	언니 펭귄이		양손 약지 내민다.
11	화장을 한다고		약지손가락을 좌·우로 흔든다.
12	톡톡 톡톡 톡톡 톡톡		약지 두 번 두드리고 볼 두 번 두드린다.
13	애기 펭귄이		양손 새끼손가락 내민다.
14	쭈쭈를 먹는다고		새끼손가락을 좌·우로 흔든다.
15	쭈쭈쭈쭈 쭈쭈쭈쭈		양손 새끼손가락 빠는 모습 취하며 소리를 내준다.

♡ 나는 좋아해 ♡

1. 나는 ○○를 좋아해 나는 ○○를 좋아해
2. 선생님은 ○○를 사랑해 선생님은 ○○를 사랑해

나는 ○○를 좋아해 말도 못하게 좋아해
선생님은 ○○를 사랑해 말도 못하게 사랑해 ♡

윙크를 하고 ♡

윙크를 하고 째려보고 미소를 짓고 웃 자
(가위)   (바위)   (보)
셋 중에 한가지만 골 라 서 하나둘 셋 넷 음.

♡ 어떤 것을 낼까 ♡

놀려 줄땐 애 — 뽐낼 때는 음 —
감라 할땐 아 — 어떤 것을 낼까 짠!

♡ 이웃집 순희 ♡

이웃집순희 울엄마 보고 할매라고 불렀다 —
잡어 안-온다 내일아침 떡고 따지려 가야겠다 —.

♡ 열사람 만나고 ♡

한 사람 두 사람 세 사람 만나고 네 사람 다섯 사람 여섯 사람 만나고

일곱 사람 여덟 사람 아홉 사람 만나고 열 사람 만났 다。

개구리 총각

저- 건너 꼬그만- 호 숯- 가에 아하 이 히

개 구리 노총각이 살았 는- 데 아하 이 히

사 섭이 다 되도록 장- 가를 못 가 안 간 건지 못 간 건지

나- 도- 몰- 라- 몰 라(앤째앤째)몰 라(앤째앤째)몰 라 - ♡

놀이 이론

1. 놀이란 무엇인가

　한 마디로 말해서 놀이는 인간의 생활 그 자체이며 성장이라고 할 수 있다. 그것은 오로지 쾌감과 흥미와 생명력이 원동력으로 되어 있는 즐겁고 자유로운 활동이다. 인간생활에 있어서 마음대로 활동한다는 일이야말로 생활의 원초적 요구인 것이다. 놀이 활동은 모두가 자발적인 것이며 강제되거나 구속받지 않는다.　그저 즐겁게 무엇인가 하면서 시간을 보내면 그만인 것이다.　물론 싫증이 나면 언제고 그만둘 수 있는 것이다. 어떠한 결과나 완성을 목적으로 하는 것이 아니기 때문에 예를 들어서 몇 번이고 실패를 거듭하다가 간신히 쌓아올린 탑을 조금도 아쉬워하지 않고 무너뜨린다던가, 오래 걸려서 만들어 놓은 모래터널을 쉽사리 밟아버리는 것과 같은 일은 놀이의 목적이 그 활동자체에 있고 활동의 즐거움뿐이라는 것을 입증하여 주는 것이다.

이 놀이와 작업과를 비교하면,

첫째, 활동 자체가 목적인 것이 놀이라면 작업은 활동에 대한 결과가 목적이고,
둘째, 놀이가 자유로운 활동임에 반하여 작업은 제약을 받는 활동이며,
셋째, 「자발적」 활동이 놀이인 반면에, 「의도적」 활동이 작업이고,
넷째, 흥미와 쾌감이 있는 활동이 놀이라 한다면, 육체적 노력이 따르는 활동이 작업이라고 할 수 있다.

이와 같은 놀이의 특징을 요약하면 다음과 같다.
　　- 놀이는 활동 그 자체가 목적이다
　　- 놀이는 표현과 활동이 자유롭다
　　- 놀이는 영속적이 아니고 순간적인 활동이다
　　- 놀이는 부담감이 없는 활동이다
　　- 놀이는 인간의 생활 속에 있다
　　- 놀이는 자발적 활동이다

2. 놀이의 교육적 영향

놀이의 교육적 가치가 인정된 것은 근대 이후이며 유치원의 창시자인 프뢰벨(1782~1852, 독일)은 어린이가 자기의 내면을 스스로 자유롭게 표현한 것이 놀이이며 그것은 모든 선한 것의 원천이라고 평가하였다.

1) 놀이의 신체적 영향

어린이의 일상행동은 크고 부정확한 운동에서 작고 정확한 운동으로, 단순한 운동에서 복잡한 운동으로 발달되어 가는데 이러한 과정은 인간의 성장 발달과정에 적응하는 것이며 어린이에 있어서는 시행과 성공의 기쁨을 추구하는 과정이다. 놀이에 포함되는 달리기, 뛰기, 던지기 등의 운동은 전신운동기능을 촉진하는 것이며 신체활동은 혈액순환과 내장기관의 기능을 높이고 놀이의 즐거움에서 오는 운동량의 증가는 호흡, 소화, 배설 기능을 자극하고 피부의 외부 저항력을 강화하여 신체전반의 향상을 돕는다.

2) 놀이의 지적·정서적 영향

놀이를 통해 주변의 사물 즉 사회적 환경에 대한 지식과 문화적 인식을 높임으로써 외계에의 적응과 경험을 얻는다. 흥미를 바탕으로 하는 놀이에 있어서의 학습활동은 행동을 생활화하는 기반을 배양하는 것이며, 더구나 창조적이며 상상적인 요소를 갖고 있는 놀이 형식은 어린이들의 경험을 재구성하는데 크게 기여한다. 또 즐겁고 만족스럽고 안정된 현상을 보이지만 자기의 의지를 표현하는 동시에 남의 주장도 인정하는 서로 양보하는 행위가 나타나므로 일관성을 유지할 수 있게 된다.

결국, 이러한 행위는 습관화하거나 혹은 나쁜 성격이 되는 것이므로 바로 여기에 놀이지도의 교육적 중요성이 있는 것이다.

3) 놀이의 사회적 영향

어린이는 성장함에 따라 자기중심적인 태도를 버리지 않으면 친구들과 어울릴 수 없다는 것을 깨닫게 된다. 즉, 어린이는 놀이를 통해서(주고, 받는다)의 중요성을 실감한다. 어린이의 놀이를 보면 협동적인 행동도 많지만 다투는 경우도 많다.

서로 사이좋게 놀다가도 갑자기 싸우고, 싸우다가도 다시 어울려 버리는 과정에서 그들은 자기주장만 내세워서는 안 됨을 깨닫고 서로 양보하는 미덕을 배운다. 레크리에이션 지도자가 놀이지도를 함에 있어 여러 가지 규칙을 만들어 행동을 제한하고 행동의 통일, 혹은 일체감을 도모하는 것은 말할 것도 없이 [사회적 행동의 훈련]이라는 중요한 목적이 있기 때문이다.

3. 놀이의 발달 과정

　　어린이에게 있어서 생활에 쫓기지 않는 생활이 바로 놀이이다. 성인에게 있어서 놀이는 생명의 내부에서 생기는 자연의 활동욕구에 따르는 것이며 욕구의 해소과정으로 볼 수 있다. 놀이는 나이를 먹을수록 발달한다.

　　이 놀이의 발달과정은 몇 가지 특징으로 또는 종류별로 나타낼 수 있다.
(1) 놀이에는 일정한 발달의 형이 있다. 즉 처음에는 완구놀이에서 다음에는 사　회적인 놀이, 더욱 구성이 복잡한 놀이로 발전한다.
(2) 놀이의 양과 그것에 소비하는 시간은 연령과 더불어 증가한다. 나이를 먹을수록 복잡하고 고도의 놀이를 즐기며 신체적 활동이 적어지며, 더욱이 집단적인 놀이에는 한 가지 놀이에서 다양한 흥미를 갖게 된다. 따라서 종류가 적어도 충분히 즐길 수 있다.
(3) 연령과 더불어 놀이는 점차로 형식화한다. 즉 어릴 때에는 비형식적인 놀이로 시간이나 장소를 불문하고 자유롭게 행할 수 있으며, 설비와 용구와 복장도 필요 없지만, 연령이 많아짐에 따라 놀이는 형식을 갖추게 되고 일정한 설비와 용구 그리고 복장을 필요로 하게 된다.

　　따라서 레크리에이션 지도자들은 대상들이 일상 즐기는 놀이에 관한 끊임없는 관심을 갖고 그것을 보다 건전하고 발전적이며 생산적인 결과를 얻을 수 있도록 지도해야한다.

　　모든 문제는 지도자의 입장에서가 아니라 대상의 입장에서 판단하고 해결하고 평가하려는 기본적인 자세가 특히 놀이와 관련된 레크리에이션 지도에 있어서 더욱 절실히 요구된다.

유아 놀이·게임을 통한 치료레크리에이션

1. 놀이에 대한 일반적 이해

1) 언어적 어감

중·고등학생 이상에서 성인 전반에 이르기까지 사회적 통념에서 생긴 선입관으로 인해 놀이는 그 의미가 부정적으로 쓰이고 있다.

ex) 놀고 있네, 저 사람 잘 놀아, 아직도 놀음하니? play boy, 백수, 백조(할 일 없이 놀고 있는 사람), 춤바람, 춤꾼, 딴따라

2) 일반교육

중·고등학생 이상에서 성인 전반에 이르기까지 교육들을 볼 때, 학습에서 놀이가 들어가는 것을 허용하지 못하는 분위기. 근면은 선한 것, 노는 것은 악한 것으로 도덕적 판단, 선악대립 구조까지 넘어감.

ex) 개미와 배짱이 - 여름내 내 놀았던 베짱이는 나쁘고, 일을 열심히 한 개미 는 좋다? 과연 이것이 맞는 것일까?

3) 다윗의 춤과 놀이

사무엘하 6장 2절에 보면 다윗이 하나님의 법궤가 들어왔을 때, 춤추며 놀다가 아랫도리가 벗어진 모습을 보면서 미갈은 다윗에게 체통을 지키라 하면서 다윗이 노는 장면을 업신여김. 한국교회의 풍토도 이와 같이 교회 안에서의 체면 문화와 거룩함과 경건성이란 이름하에 다윗의 춤과 놀이를 업신여기는 경우가 있다.

ex) 시스터액트 1에서 충돌, 교회의 모습이 무엇이냐? 원장수녀와의 갈등의 본질, 교회가 지역사회에서 소외되고 교인이 줄어든 본질의 문제, 성가대의 춤, 모여드는 사람들, 삶을 즐기게 되는 수녀들

4) 한국사회의 분위기와 한국 부모의 선입관

IMF를 맞이하면서 생존 경쟁이 어느 때보다 더 치열, 놀이가 허용되지 않는 사회, 문화가 허용되지 않는 사회, 아이들은 과외와 시험과 공부에 시달린다. 잘못된 놀이문화로 쉽게 넘어감. 창조적인 삶을 위한 놀이가 아닌 스트레스 해소를 위한 놀이로만 됨.

5) 말은 EQ 하지만 아직도 IQ를 선호하는 현실

　　IQ의 강조는 인식능력의 발달 강조, 분석과 설득의 방법, 서울대의 폐단, IQ의 사회는 이성의 발달에만 근거한 사회, 교회에서의 IQ의 강조는 계층의 분리현상 초래, IQ는 이성을 신뢰하는 아폴로적인 사고에서 나온 방식, 이러한 상황에서 교회교육은 성경의 지식 위주의 주입식 교육, 성경퀴즈도 IQ가 높은 사람들의 전유물. 그 결과 디오니시스적인 EQ 강조. EQ는 체험, 느낌, 감성을 통한 활동 중시. EQ를 창의성과 창조성으로 연결시킴. 그 창의성과 창조성은 결국 문화를 형성시키는 힘으로 발전함. 그렇다면 가장 EQ를 발달시킬 수 있는 것은 바로 놀이다.

6) 이렇게 놀이에 대한 부정적인 이미지가 짙게 깔려 있는 데는 놀이를 단순히 노동 또는 일과 대립되는 개념으로 노동은 선하고 좋으며 놀이는 악하고 나쁘다는 대립구조의 틀 속에서 놀이를 이해하는데서 오는 결과. 이것은 기독교에서도 받아들여져 프로테스탄트의 윤리는 놀이를 하지 않는 근면만이 이 세상에서 성공을 획득할 수 있다고 규정함(Benjamin Franklin 의 13개의 덕목). 결국 놀이가 무엇인지 그 개념을 명확히 잡지 못한데서 기인한 오해.

2. 놀이에 대한 본질적인 이해

1) 개념정의

　　생존활동과 일과 대립되는 개념으로만 정의하는 것은 사전적 정의, 놀이와 일이 자기실현의 기회가 주어지는 인간의 의식적인 활동이라는 점에서는 같으나 놀이는 '재미', '즐거움', '자발성', 그 자체로서의 만족, 그 자체가 목적' 인 반면 일은 '즐거움'을 주지만 그것이 필수적이 아니며, 강제성을 지니고 때때로 고통을 수반하기도 한다. 놀이는 어린아이들에게는 바로 삶이며(Schaefer), 성인에게 있어서는 문화를 만드는 원동력이다. 놀이는 사회성을 길러주며, 과정을 중시하며, 창조적이며, 상징적(가작화-문화)이다. 유아에게 있어서 놀이는 특히 지능발달과 사회와 훈련역할과 신체발달로 나타나며, 성인에게서는 피로와 스트레스 해소와 기분전환과 생활의 의욕을 준다.

2) 놀이의 범주

　　(1) 춤(가장 놀이적인 것/Huizinga － 구원 상징-몸으로 드리는 기도 /Maxine

Sheets)

(2) 음악(춤과 동일한 위치/Huizinga-가장 놀이적인 것),

(3) 경기(게임)

(4) 시

(5) 공예와 미술

(6) 법률과 전쟁

(7) 공연(Tom Driver)

(8) 지식, 철학, 종교, 정치 등 문화의 전 분야.

☆ 이러한 놀이는 실제 오늘날 우리의 예배 속에 너무나 명확히 나타나고 있다. 종교적인 예배에서 노래, 춤, 성극, 악기를 통한 음악, 예술 등과 같은 다양한 표현방법들을 통해 우리 마음과 몸의 표현을 놀이로 봄(Joseph Patmury) Mitchell과 Mason/Rubin/ Weininger/ 등

3. 놀이에 대한 다양한 이해

1) 생명이 있는 한 인간은 놀이를 한다.

– 태아 발길로 찬다. 논다. 여행 등

2) 문화의 원동력

– 놀이의 범주를 통해서 알 수 있듯이 인간은 일만하는 존재가 아니다. 놀이를 통해서 새로운 문화를 형성한다.

3) 커뮤니케이션의 창고

– 놀이는 관계에서 나온다. 그 관계는 사람과 자연과 대상물과의 관계다. 이 관계는 바로 커뮤니케이션이다. 이 커뮤니케이션은 사이(間)를 극복하기 위한 방법이며, 서로의 담을 허물 수 있는 중요한 무기다. (아이들과 한번 놀아보라. 놀면서 아이들의 생각과 느낌 등을 의사소통할 수 있다)

4) 놀이는 창조성의 원천

– 문화를 만드는 힘은 바로 창조성, 그 창조성은 바로 놀이를 할 수 있는 힘에서 나온다. (winnicott)

창조성의 원천은 생후 8개월-12개월 사이에 대상관계를 통한 중간 대상을 형성할 때 비로소 나타나는 것이다. (winnicott)

5) 교육적 측면

- 어린아이의 삶은 곧 놀이다. 놀이를 통해 규칙과 관습을 배우고 익힌다. 유치원 교육과정은 놀이과정이다. 놀이는 정서 발달과 학습과 밀접한 연관들이 있다. 그러나 중·고등학교만 오면 놀이는 빠지고 오직 공부만 요구, 아이들의 죽음을 유도하는 무엇인가가 있다. 왜냐하면 인간은 본래 놀이를 통해서 가장 인간다움을 표출하고자 하는 욕망이 있기 때문. (ex 인지발달을 위한 놀이, 사회성발달을 위한 놀이 등등)

4. 치유로서의 놀이

1) 생각 돕기

로빈 윌리엄스가 주연한 "패치아담스"라는 영화에 대해서 이야기해 보자.

2) 놀이를 잃어버린 사람들의 특징

- 창조성 상실, 건강성 상실(성격 장애 발생), 자기 발견의 상실(자폐증상), 몸 이 굳어 버림(자폐아동이나 정신분열 아동을 안으면-물론 안기려고 하지 않는다. 현실과의 관계를 두려워하고 외면 한다. 딱딱한 나무를 안는 것과 같은 느낌), 하나님을 부인하거나 왜곡함(기도를 들어주지 않는 하나님, 하나님의 존재 부인, 자기를 벌하는 하나님으로 느낌-Ana-Maria Rizuto)

3) 유아의 정신장애의 현대정신분석학적 이해

> 정신분열증 : 분열적 자리 - 페어베언, 클라인 / 허한
> 편집증 : 편집적 자리 - 클라인 / 원한
> 자폐증 : 우울적 자리와 편집적 자리 자이에 위치 - 클라인
> 우울증 : 우울적 자리 - 클라인 / 정한
> 자기애 장애 : 후기 우울적 자리 - 코핫 / 허한
> 신경증 : 오이디푸스 콤플렉스 - 프로이트, 코핫, 클라인

4) 놀이가 가지고 있는 치유적 힘

- 놀이는 본질적으로 몸과 정신과 영의 상처를 치유함
① 놀이는 재미와 함께 반드시 웃음을 동반한다. 웃음은 상담학에서는 눈물과 함께 내적으로 상처 입은 자아가 회복되는 시작점이다.(clinebell)
② 놀이에서 나오는 웃음을 통한 신체적 치료- 정신적 회복과 연결됨
  (노만 커전스의 이야기-교원병, joke festival/분반공부에 적용하기)

(손바닥치기-오장육부 혈액순환 웃으면 손바닥으로 땅 치기, 옆 사람 치기)

(웃기경연대회-마주보고 웃기)

(다이어트 - 폭소가 가장 큰 다이어트 2초에 100kcal 소비)

③ 놀이를 통한 자폐, 정신분열, 경계선적 장애, 편집증 치료하기

 - 대상관계이론에서

(놀이를 통한 자기 상처 객관화하기. 무의식에서 의식의 세계로)

(스퀴글 그림놀이-9살 난 아이의 경우/ 서로 놀면서 함)

(winnicott 은 치료자가 놀 수 있는 힘이 있을 때 이러한 정신질환자들이 완치될 수 있다고 말한다.)

④ 사례, 저팔계와 함께한 소녀, 소년소녀 감별소 이야기, 전국사모세미나 이야기 등

⑤ 불안의 신체화 - 히스테리증상. 설사, 감기, 천식, 편두성, 무기력증 등등

⑥ 기쁨의 신체화 - 허리통증이 사라진 이야기. 설사가 사라진 이야기 등등

⑦ 무의식과의 대화 - 아이들에게 있어서 아픔을 표현하는 방식은 놀이를 통한 것이다.

⑧ 갈등과 분노의 표현이자 회복의 순간 - 표현이 회복으로 연결된다.

5. 치유가 일어나기 위한 리더의 자세

1) 놀이와 일의 구별

 - 중2 남자아이와 목사님과의 컴퓨터 사건

일은 목적중심. 중압감. 결과물. 부분대상

놀이는 관계중심. 즐거움. 결과는 따라옴. 전체대상

2) 생활의 놀이화 - 생활을 즐긴다는 것의 의미

3) 리더에게 유익한 치유문화 - 만화책 / 영화 / tv 등 소개

4) 전문 리더의 자세

 - Holding, Mirrorring, Providing, Surviving, boundaring.

6. 전인치유를 위한 게임들

1) 신체치유를 위한 게임들

① 스트레칭을 위한 놀이 및 게임들 - 다리 쭉쭉!!! 가로, 세로
② 골다공증 예방을 위한 게임 - 엘리베이터타기
③ 다이어트를 위한 게임 - 꽁꽁꽁, 꿍꿍꿍 놀이
④ 소근육, 대근육 발달을 위한 게임

2) 내적 치유를 위한 놀이

① 자존감 향상을 위한 게임 - 자찬게임. 말없는 말타기. 미남미녀 되기.
② 낯가림 회복을 위한 게임 - 러브러브 스티커.
③ 공격성 회복을 위한 게임 - 신문지 게임.
④ 돌봄을 위한 게임 - 분무기게임. 로션게임. 거울게임.
⑤ 위축을 극복하기 위한 게임 - 이불댄스. 이불융탄자.

7. SESSION 속에서 치료적 접근 방법

1) D.W.winnicott의 스퀴글 그림놀이
2) 전이의 이해
3) 진행 흐름의 이해
4) 상징의 다양한 이해 해석

8. 함께 고민해야할 과제

1) 모든 것은 놀이감이다.
2) 생활을 즐기기.
3) 놀이, 게임, 치유적으로 분류하기.
4) Therahealing Play 의 이론적 이해
5) 잘 놀고 잘사는 법

놀이·게임을 통한 전인치유

1. 놀이에 대한 일반적 이해
1) 놀이를 통한 전인치유를 위한 이론적 안내
(1) 무엇이 일이고 무엇이 놀이냐?

일— 목적지향적, 결과중심, 중압감. / 놀이— 관계지향적, 즐거움, 과정중심.

2) 사람을 회복시키는 치유적 측면은 놀이의 측면.
중학교 3학년 남자아이와 목사님의 컴퓨터 사건

사람은 지식이 아니라 감정에 의해 움직인다.

3) 놀이터(playing space) 의 개념 이해
- 왜 청소년의 시기를 질풍노도의 시기, 제2의 등등.
- 심리적, 정신적 재탄생의 시기/ D.W.Winnicott 의 대상관계이론의 측면에서
- 거짓자기, 튀는 아이/미국 자기심리학의 이해

4) Holding, Mirrioring 의 개념 이해
- 소년소녀 감별소, 한 소녀의 고백이야기.
- D.W.Winnicott의 대상관계이론

5) persona 의 이해
- 융의 분석심리학에서 persona의 이해. 개성화 과정의 첫 출발점이다.
- 페르조나, 그림자, 아니무스 아니마의 통합, 자기의 발견

6) 왜 놀이가 사람을 치유시키는가?
(1) 원초적인 형태

(2) 인간의 본질적인 측면

(3) 초기애착관계 속에서의 표현

2. 정신적, 심리적 치유를 위한 방법
1) 자존감 향상을 위한 게임
- 어머, 너 예뻐졌다!
   = 간단한 스킨십과 스피치를 통한 게임
- love love sticker game
   = 스티커 붙이기를 통한 자존감 향상 게임
- 칭찬물건릴레이
   = 물건을 던지면 받는 사람이 조금 전에 던진 사람 칭찬하기

2) 초기애착관계에서 신뢰회복과 관계회복을 위한 게임
- 믿어봐 게임 – 신뢰는 지탱이 중요하다.
   눈을 맞추는 것은 정서적 안정감이다.
   = 두 사람이 서로 의지하여 앉았다가 일어나는 게임.
- 양말 벗기기 게임
   = 스킨십을 활용한 게임

3. 신체적 치유
1) 대근육 발달
- 골다공증 예방을 위한 신체 게임
   = 엘리베이터 타기, 가위 바위 보를 통해 살펴본다.

2) 소근육 발달
- 뇌개발 연구소 사례
   = 아이들이 놀면서 뇌 개발을 한다.
   = 알츠하이머 치매를 예방한다.

4. 놀이, 레크리에이션을 통한 치유 사례 분석, 체험하기
1) 엄마가 변하니 아이가 변해요
① 2002년 3월 크리스천 놀이문화학교 3기 M집사님의 이야기
② 낯가림이 심한 아이의 대인관계 회복이야기
2) 놀이를 통한 성인 회복이야기(36살 처녀이야기: 조증 우울증이 있는 경우)
① 혼자 놀 수 있는 힘.(with something) – 오너의 주문, 스트레스, 오버.

② 사람과 관계 할 수 있는 힘(with people)
  - 아버지 상 나쁨. 회복. 자연스럽게 설명.
  - 자신이 무슨 게임을 하겠다고 해서 할 경우 힘들다. 아이들이 스스로 놀
    것을 찾은 것을 기다려주고 그것을 발견하면 함께 놀아 줄 수 있는 힘이
    있다는 것.
③ 혼자서 놀 수 있는 힘(ability of aloneness) - 혼자서 논다는 것의 의미.

5. 교사가 보기에 유익한 매체물
1) 만화
① 미스터 초밥 왕 - 의지력
② 좋은 사람 - 우울증
③ 샐러리맨 - 사회경험과 인간관계
④ 풍광 - 리더들이 읽어야 할 필독서

2) 영화
① 뷰티풀 마인드 - 정신분열증의 이해, 기장 L 교회사건 이해.
② 센과 치히로의 행방불명 - 융의 개성화 과정을 이해할 수 있는 애니메이션.
③ 셸위댄스 - 춤에 대한 이해와 춤을 통한 몸과 마음의 치유를 볼 수 있는
  영화.
④ 카드로 만든 집 - 놀이를 통한 자폐아의 회복과정 소개.
⑤ 굿윌 헌팅 - 상담의 중요한 부분을 보게 되는 명작.

아동의 성격 및 자존감 향상을 위한 놀이지도

자존감(self-esteem)이란 자신의 행동과 특성에 관한 표현과 평가를 나타내는, 상대적으로 안정되어 있는 자신에 대한 태도를 의미한다. 이러한 지각과 태도는 자신에 관해 일관된 이미지를 유지하고 과거의 경험과 미래의 행동에 조직적 기능을 가지며 무엇보다 감정을 유발하고 동기 형성에 중요한 역할을 하는 것을 말한다. 따라서 자신에 대해 긍정하는 사람은 자존감이 높고 반대의 경우는 자존감이 낮게 된다.

자존감은 자기를 존경하는 감정과도 같다. 자기를 존중하는 감정, 즉 자존감이라 하는 것은 자기를 사랑하는 감정과도 같다고 이야기 할 수 있는 부분이기도 하다. 또한 나 자신을 나타내는 "프라이드(pride)"이기도 하다. 나 자신을 얼마나 가치 있게 여기고 있는가? 즉 나에게 나 자신이 점수를 매기는 영역으로도 볼 수 있다. 각자 스스로에게 점수를 준다면 100점 만점에 과연 몇 점을 줄 수 있을까? 한 번쯤 자신에 대해 얼마만큼의 점수를 줄 수 있는지 생각해 보는 것도 중요할 수 있다.

아동기 또는 청소년기에 있는 우리 아이들에게 자신에게 점수를 주라고 한다면 과연 몇 점씩을 줄 것인가! 물론 높은 점수를 주는 아이도 있을 것이고 또한 터무니없이 낮은 점수를 주는 아이도 있을 것이다. 또 아무 생각 없이 점수를 던지는 아이도 있을 것이다.

50점을 중간점수로 볼 때 50점 이상의 아이는 그런대로 자기 자신을 사랑하며 자기를 가치 있게 여기며 행복하게 살아가는 아이라고 짐작할 수 있다. 그러나 50점 이하의 점수를 주는 아이는 자기 자신에 대해 자신감도 없고 자신은 못하는 것이 많은 '나는 할 수 없다'고 생각하는 아이들 일 것이다. 여기서 자존감을 자기를 가치 있게 여기는 마음 즉 내부적인 힘이라고도 말하고 싶다. 그럼 내부적인 힘에 대한 점수를 50점 이하로 주는 아동, 이 아동의 자존감의 점수는 언제부터 시작된 것인가? 분명 하루아침에 50점 이하로 전락한 것은 아닐 것이다.

아동, 성인 할 것 없이 자존감의 점수는 지금 나의 나이에서부터 거꾸로 내려가 엄마 뱃속에서부터 지금의 나의 나이까지 서서히 만들어진 나만의 점수인 것이다. 누군가에 의해 강요되어져 만들어진 것이 아니고 나 스스로 조용히 만들어 온 나만이 알 수 있는 나 자신의 세계인 것이다. 어려서 부모에게 부터 양육되어진 내 모습, 나의 가족환경, 유치원에서…또 초등학교에서…중학교, 고등학교, 대학교…

내부적 힘의 점수는 내가 움직이는 환경에 따라 각각 다르게 점수가 나올 수 있다. 내가 학교에서 인정을 받는 사람이라면 학교에선 70점! 내가 노래방에 가면 모든 사람들을 사로잡는 싱어(singer)라면 노래방에선 80점!

내가 소풍을 가면 게임을 진행하고 앞에 나와서 사람들을 리더(leader)하는 역할을 한다면 소풍 장소에서는 80점! 각기 내가 움직이는 장소에서의 점수가 각각일 것이다.

그렇지만 내부적인 힘에 점수는 내가 움직이는 모든 영역에서의 점수를 평균된 점수가 되는 것이다. 그리고 그것은 자신만이 아는 점수이기도 하다. 나도 모르게 무섭게 건너온 자존감(내부적 힘)! 그 힘은 나를 행복하게도 또 불행하게도 만들 수 있는 것이다.

그래서 우린 내부적인 힘을 키워야 한다!!

신체적으로 강한 힘이 아닌 정신적인 힘을 키우자는 이야기이기도 하다.

적어도 70점 이상의 사람은 인생을 참 행복하게… 하루하루를 기쁘고 보람 있게 보내는 사람들일 것이다. 내 자신에게 주는 자존감의 점수에 대해 후한 점수를 주기 위해 프로그램을 제시한다.

1. 감정을 표현하는 어휘들

1) 긍정적 감정

감격스럽다. 근사하다. 기분 좋다. 기쁘다. 눈물겹다. 행복하다.
편안하다. 든든하다. 재미있다. 자랑스럽다. 평화롭다. 반갑다.

2) 부정적인 감정

짜증스럽다. 밉다. 못마땅하다. 싫다. 분하다.
화나다. 못마땅하다. 불쾌하다. 얄밉다.

▶ 부정적인 감정은 일어나지 않게 하는 것이 먼저이며, 이미 일어났다면 말로 설명해야 하고 바로 표현한 다음에는 그 감정에 대해 성찰해 봄이 좋으며 무작정으로의 감정표출은 바람직하지 못하다.

2. 프로그램 실제

1) 신기한 문방구

(1) 목표

마음을 사고파는 구매 과정을 통해 아동들이 생각하는 진정 멋있는 사람이 되기 위해서는 진실(진실한 마음), 배려(더불어 사는 마음), 자기조절(자기를 다스리는 마음)과 같은 덕목이 기본 바탕이 되어야 함을 깨닫는다.

(2) 진행과정

① 아동들이 볼 수 있는 자리에 무대를 마련하고, 지도자는 문방구의 주인이 된다.

② 지도자는 문방구의 특징을 소개한다.

◉ 신기한 문방구 소개 ◉

여러분, 신기한 문방구는 특별한 가게입니다. 사람의 마음을 사고파는 가게죠! 자신이 원하는 마음을 사고 그 값으로 돈 대신 버리고 싶은 마음을 되파는 식으로 물물교환을 하는 문방구입니다. 여러분이 멋있는 사람이 되기 위해서 필요하다고 생각되는 마음, 예를 들면, 친절, 유머, 봉사 정신, 용기 등 무엇이든 살 수 있어요.

자 먼저 시작하기 전에, 눈을 감고 신기한 문방구가 있다고 상상해 봅시다. 어떤 마음을 버리고 어떤 마음을 사고 싶은가요? 잠시 생각한 후 준비가 된 친구는 여기로 오세요.

③ 아동 각자 멋있는 사람으로 성장하기 위해 문방구에서 살 수 있는 자신에게 필요한 마음이 무엇인지 탐색한다.

④ 문방구 주인은 무대 위에 올라 온 아동이 어떤 마음을 원하는지 구체적으로 말하게 하고, 원하는 마음을 얻고 난 이후의 상태를 상상하게 한 후 그 사람에게 마음을 준다.

⑤ 그 대신 아동은 멋있는 사람이 되는데 방해가 되는 자신의 마음 한 가지를 주인에게 되판다.

2) 멋진 우리

(1) 목표

첫째, 스스로 상장을 주어 자신의 장점이나 칭찬 받을 만한 행동들을 찾아봄으로써 긍정적인 자신의 모습을 인식한다.

둘째, 나에게 보내는 글을 작성하여 자신에 대해 새롭게 느낀 점, 변화된 점, 앞으로의 결의 등을 확인하고 다지는 시간을 갖는다.

(2) 진행과정

① 평소 자신의 모습을 생각해 보고 자신에게 칭찬할 부분, 시상할 부분을 생각한다.
② 지도자는 상장을 하나씩 나누어 준다.
③ 상장에 자신이 기록한 후 오른쪽 친구에게 자신의 상장을 건넨 후 돌아가면서 친구의 상장을 직접 수여하고 박수를 쳐 주는 시간을 갖는다.
④ 상장수여가 끝난 후에는 뒷면으로 돌려서 자기 자신에게 쓰는 편지를 작성한다.
⑤ 아동들이 함께 부를 수 있는 노래를 부르고 서로를 격려하며 박수를 친다.
⑥ 느낌을 나눈다.

3) 내가 좋아하는 친구는

(1) 목표

아동들이 서로 관심을 기울이는 과정에서 배려의 즐거움과 유익함을 깨닫게 한다.

(2) 진행과정

① 서로 잘 보이도록 동그랗게 둘러앉는다.
② 둘러앉은 아동들을 한 사람, 한 사람 주의를 기울여 바라보면서, 어떤 장점을 갖고 있는지 생각해 본다.
③ 아동들은 4박자 박수규칙을 연습한다.
④ 4박자 박수: 양손을 들고 동시에 무릎 위를 치고 나서 손바닥을 마주친다. 그 다음 왼손부터 엄지를 위로 향해 펴고 나머지 손가락은 접고, 마지막으로 오른손을 들어 엄지를 위로 향해 펴고 나머지 손가락을 접는 방식으로 진행한다. '하나 둘 셋 넷, 하나 둘 셋 넷'소리를 내면서 두 번 연습한다.
⑤ 4박자 박수에 맞추어 다함께 '친구장점말하기', '친구장점 말하기'를 두 번 외친 뒤 먼저 지도자가 아동 중 한 사람의 이름(혹은 애칭)을 부른다.
⑥ 이름(혹은 애칭)을 불린 친구의 오른쪽에 앉아 있는 아동부터 이름을 불린 친구의 장점을 4박자 박수에 맞추어 말하고, 이어 오른쪽으로 한 바퀴 돌아가면서 아동 모두가 이름을 불린 친구에게 칭찬 세례를 한다.
⑦ 한 친구에 대해 장점 말하기를 한 차례 다 하고나면, 칭찬 세례를 받은 친구가 다음에 칭찬 세례를 받을 친구의 이름을 외친다. 그러면, 호명 받은 친구의 오른쪽에 앉은 아동부터 4박자 박수에 맞추어 앞서 소개한 방법대로 실시한다. 이와 같은 방식으로 아동 모두가 칭찬을 받는다.

유아놀이지도 및 유아음률지도

놀이란, 유쾌하고 즐거운 것이며, 어떠한 외적 목적도 갖지 않는다. 놀이의 동기는 내재적인 활동 자체의 단순한 즐거움 그 이상의 어떤 다른 목표도 갖지 않는다. 또한 자발적이고 자연적인 것이며, 주체인 어린이의 직극직인 참여로 이루어진다고 볼 수 있으며 실제와 관련이 없을 수도 있다(nonliterality).

1. 놀이와 발달

놀이를 통한 신체발달을 보면 놀이는 어린이의 신체 성장과 생리기능 발달을 조장하고, 놀이를 통해 바른 자세를 형성할 수 있다. 유아기는 서고, 걷고, 앉는 등의 기본자세가 형성되는 시기이므로 더 필요하다. 유아는 신체가 유연하여 새로운 기술을 갈등 없이 받아들일 수 있을 뿐 만 아니라 모험심이 많아서 새로운 동작을 시도해 보려는 열의가 대단하기 때문이다.

어린이는 놀이를 통해서 사회적인 존재로 성장한다. 친구들과 함께 협응하고 사이좋게 놀거나 경쟁하고 싸움을 하면서 협동하기, 돕기, 나누기를 할 수 있게 되고 도덕적 기준이나 규칙 등 수많은 사회적 학습을 하게 된다. 특히 유아기 어린이는 자기중심적이고 타인에 대한 조망 능력이 부족하기 때문에 다양한 극적놀이를 함으로써 여러 종류의 사회적 역할을 올바르게 이해하고 역할에 적합한 행동을 취할 수 있게 된다.

어린이는 놀이를 통해서 새로운 기술과 기능을 숙달할 기회를 제공한다(인지발달). 또한 사물과 상호작용하고 다양한 사건들을 경험할 수 있는 기회를 제공한다. 놀이는 어린이의 현실세계를 상징적 표현의 세계로 바꾸는 것을 가능하게 한다. 놀이에서 나무토막은 말이 되고 모래는 케익이 된다. 놀이는 이처럼 사물의 용도와 속성을 초월하여 추상적으로 사고 할 수 있는 기회를 제공한다. 따라서 놀이를 통해 구체적 사고에서 상징적사고로의 전이가 가능하다. 놀이를 통해 문제해결력을 키울 수 있다.

놀이는 언어발달의 수단이 되며, 언어는 놀이 진행에 필수적인 매체의 역할을 한다. 유아기 어린이의 언어 연습장으로 놀이를 통해 끊임없이 언어 능력을 습득하고 연습하게 된다. 놀이를 하면서 다양한 어휘를 배우고, 역할에 알맞은 적절한 언어를 사용할 수 있게 된다. 또한 놀이 친구들과 사회적 관계를 맺음으로써 점차 남의 말에 귀를 기울여 이해하고, 자신의 의견을 표현하는 의사소통 능력을 기르게 된다(모래놀이, 소꿉놀이, 병원놀이).

유아기 어린이의 언어사용능력이 제한되어 있기 때문에 놀이를 통해 자신의 감정이나 생각을 나타내는 경우가 많다(정서발달). 예를 들어 새로 태어난 동생에 대한 질투심이 일상생활 중에 동생을 때리거나 심술을 부리는 행동 등으로 표현된다면, 공격적인 행동으로 평가되어 꾸중을 듣게 된다. 이런 행동으로는 질투심이 정화 되지 못한다. 그러나 소꿉놀이를 통해 인형이 말을 안 듣는다고 때려 주거나, 아파서 주사를 놓아 주는 등 적대적인 행동을 자연스럽게 할 수 있으며 이러한 기회를 통해 질투심이 정화된다. 또한 놀이를 통해 만족을 얻음으로써 어린이는 긍정적인 자아개념, 자율성, 인내심, 성취감등 건전한 정서를 형성하게 된다. 또한 놀이가 정서발달에 미치는 또 다른 영향력은 다른 사람의 정서에 감정이입(empathy)하게 된다(나라는 입장에서 벗어나 다른 사람의 입장경험).

놀이에는 실험행동이 많이 내포되어 있어 융통성 있는 사고를 하게 되고 그 결과 창의성이 증가된다. 또 놀이는 어린이의 구체적 사고력을 추상적 사고로의 전환을 통해 구체적인 것 이외의 것에도 주목하고 새로운 연상을 하게 되어 창의성이 발달되는 것이다. 여러 개념과 기술을 재미있게 활용함으로써 창의력, 심미감이 발달된다(언어놀이: 여우야, 여우야, 뭐하니).

2. 놀이 실제
1) 원대형(자유대형)놀이
학기 초에는 적은 인원수가 원으로 둘러앉아서 할 수 있고 지시가 적은 자유대형 놀이가 좋다. 어린 유아일수록 팀에 대한 의식이 없을 뿐만 아니라 팀에 대한 지식을 가지고 있기 어렵기 때문에 이 놀이가 무리 없이 자신감 성취감을 가질 수 있도록 하며 놀이를 진행해 갈 수 있다(예: 같은 색종이는 모여라!, 신문지 찢기, 뭉치놀이).

2) 팀을 이룬 놀이
① 자기 자리에서 출발하는 놀이(게임)
자유대형 놀이를 통해 놀이(게임)를 알게 되면 팀을 이루어 놀이를 진행할 수 있다. 자기 자리에서 출발하여 자기 팀이 앉은 자리를 한 바퀴 돌아와 다음 친구에게 이어가는 놀이를 여러 번 반복하여 자기 팀을 인식할 수 있게 된다(예: 책 들고 반환점 돌기).
② 출발선에서 시작하는 놀이(게임)

①의 방법이 익숙해지면 출발선에서 출발하는 릴레이식 게임을 제시할 수 있다. 게임의 방법과 규칙은 교사가 준비한 것에 유아들이 토의 결과로 수정하고 첨가하여 간략하고 정확하게 말해 준다(예: 색종이 씨 뿌리기).

3. 음률활동 실제

유아는 음악을 통해 자신의 사고와 느낌을 표현할 뿐 만 아니라 자신을 비롯한 주변세계를 인식하고 경험하게 된다. 음률적 민감기에 있는 유아들이 그들의 발달수준에 맞는 다양한 음률활동을 통해 여러 가지 사물의 특성과 주변상황을 인지하고, 다양한 감정을 경험하며, 음악과 움직임에 대한 기초적인 이해를 갖게 될 뿐만 아니라 궁극적으로는 음악을 즐길 수 있는 사람, 자신이 받은 영감을 창의적으로 표현할 수 있는 사람으로 성장해 나갈 수 있도록 도와야 한다. 음률활동을 통해 창의성을 돕고, 정서적 감수성을 기르고 음악성발달을 돕고 신체적·지적·언어적 발달 촉진하며 긍정적 자아개념을 습득할 수 있다.

*유아들이 흥미롭게 또 노래를 쉽게 습득할 수 있는 방법으로는
① 멜로디를 피아노로 여러 번 쳐 주며 전체적인 음정을 익힐 수 있게 한다.
② 음정을 가사가 아닌 "아~ 오~ 라~"등으로 전체 노래를 반복한다.
③ 음정에 대한 자신감이 생겼을 때 가사를 여러 번 읽게 하고 가사로 노래를 불러 본다.
④ 반복적으로 노래를 해야 하는데, 이때 팀으로 구성하여 나누어 부르며 다른 친구들이 부르는 노래를 들을 수 있게 한다. 다른 친구의 노래 소리를 들으며 자신이 틀린 부분을 찾아 낼 수 도 있다.
⑤ 음정과 노래가사에 자신이 있을 때 어린이들과 함께 율동(동작)을 만들어 본다.

● 신나는 캠프
배낭 메고 모자 쓰고 신나게 캠핑 간다.
배낭 메고 모자 쓰고 휘파람 불며 간다. 휙~~
물놀이! 달리기! 춤추기 대회!
가면놀이 극 놀이
신나는 캠프!

배낭 메고 모자 쓰고 신나게 캠핑 간다.
배낭 메고 모자 쓰고 휘파람 불며 간다. 휙~~
물놀이! 달리기! 춤추기 대회!
가면놀이! 극 놀이!
신나는 캠프!

● 첫 번째 아빠가 출근을 하신다. 쿵짜자작짝! 쿵짜자작짝!
두 번째 엄마가 빨래를 하신다. 오물조물 오물조물! 오물조물 오물조물!
세 번째 오빠가 공부를 하신다. ABCD, 중얼중얼중얼중얼!
네 번째 언니가 화장을 하신다. 토닥토닥토닥토닥! 토닥토닥토닥토닥!
다섯 번째 애기가 우유를 먹는다. 쭈쭈 응애 응애! 쭈쭈 응애 응애!

노인 레크리에이션

Ⅰ. 노인여가교육과 레크리에이션

1. 정년을 대비한 여가교육

1) 여가교육의 필요성

　일반적으로 노인들에 대한 교육은 성인교육과는 별개로 취급하는 추세이다. 그 이유는 현대 산업사회에서의 교육의 의미는 미래를 내다보는 투자로 간주되기 때문에 노인에게 많은 투자를 할 필요가 없다는 관념을 가진다. 따라서 이러한 노인들에 있어서 가장 필요하고 현실적인 교육은 여가교육이라 말할 수 있겠다. 여가교육은 노인들이 여가활동에 통하여 생활의 질을 높이고 즐거움을 느끼며, 의미있는 참여와 오전에 대한 감각을 갖게 해준다는 장점이 있기 때문이다. 이러한 여가교육의 정의는 여가를 가치 있게 선용할 수 있도록 교육하는 것이다. 또한 여가교육의 포괄적 의미로는 개인이 자신의 생활양식과 자신이 속한 사회구조 내에서 자신과 여가와의 관계를 이해함으로서 얻어질 수 있는 인간의 종합적 발달과정이라 할 수 있다. 그러나 많은 사람들에게 여가활동은 단순히 논다는 개념을 갖고 있기 때문에 교육을 통해서 그들의 올바른 인식을 갖게 하는 것이 중요과제로 대두된다. 특히 직장생활을 마치고 좀 더 많은 여가시간을 갖게 된 노인층에게는 무엇보다 더 중요한 것이 정년퇴직전의 여가 교육이라 할 수 있다. 한편 퇴직이 갖는 의미는 지금까지의 노동역할에서 여가역할로의 전환이라 할 수 있다. 이와 같은 역할전환은 누구나 쉽게 적응할 수 있는 것으로 생각되나 이제 대한 사전의 계획을 갖고 있지 않은 대다수에 있어서는 고충이 따르는 과정이다.

　최근 한국 노인문제 연구소에서 전국의 노인 1,041명을 대상으로 조사한 노인들의 여가활동 유형을 보면 라디오 청취, TV 시청이 72.5%로 가장 높고, 다음으로 화투, 장기 등의 놀이가 26.5%, 공원, 복덕방, 경로당 등에서의 17.4%, 신문, 잡지, 서적 등 독서 9.5%, 등산, 낚시, 산책 등 운동 6.9%, 예술 관련 활동은 1.0% 등의 순이다.

　또한 서울특별시 경로당의 여가 프로그램으로는 전체의 76.2%가 주로 바둑, 장기, 화투놀이 등이었으며, 라디오 청취, TV시청이나 여행, 소풍 등의 여가 프로그램은 44.8%, 그밖에 건강 체조 10.4%로 나타나 여가 프로그램의 종류가 다양하지 않다는 것을 알 수 있다.

서구의 경우 노인들이 운동경기 참여 및 관람, 문화 및 예술 활동 등 여가 활용의 형태가 다양한 데 비해, 우리나라의 경우 이런 종류의 여가유형에 대한 참여는 매우 저조한 편인데 이는 우리나라 노인들이 여가시간을 대체적으로 집안 내에서 홀로 소일하면서 소극적으로 보내고 있고 여가활동 유형 역시 다양하지 못함을 시사하고 있다.

그리고 가정 외의 장소에서는 어떠한 여가활동을 하고 있는지에 대해 30% 가 경로당, 노인학교, 노인복지회관 등을 이용하고 있고, 그 중에서도 14%는 주로 경로당을 이용하며, 이용자들의 대부분은 저소득계층의 노인, 그리고 여자 노인보다는 남자 노인의 이용 빈도가 높다.

무엇보다도 경로당을 유일한 여가활동의 장으로 활용하는 노인들의 심리적 특성은, ① 노인들은 지역사회 내에 경로당 이외에 적합한 여가활동 장소가 없고, ② 동년배의 노인들과 쉽게 어울릴 수 있고, ③ 경로당을 통해 세상사에 관한 상식과 시사문제의 식견을 넓힐 수 있으며, ④ 노인들의 연락장소로서 편리한 점이 있기 때문일 것이다.

2) 퇴직 전 교육

퇴직 전 교육이란 퇴직을 위하 준비, 퇴직상담, 퇴직교육 및 퇴직계획 등 여러 가지로 해석될 수 있다. 이같이 다양한 퇴직 전 교육을 포괄적으로 정의하면 "생계유지를 위한 노동으로부터 벗어난 퇴직 후의 개인적 적응을 용이하게 하기 위해 이에 관한 정보를 습득하거나 이해하는 과정"이라 할 수 있다. 즉, 퇴직 전 교육은 퇴직에 관한 제반문제를 해결하기 위한 정보를 제공하며 퇴직 및 노령화 과정에 대해 긍정적인 태도를 갖게 하고 퇴직 후를 위한 실질적인 계획이나 행동에 동기를 부여하는 것이라고 정의할 수 있다.

3) 퇴직 전 교육의 내용과 범위

퇴직 전 교육에서 다루어야 할 프로그램의 내용은 교육시간, 후원기관, 지도자의 전문성에 따라 다양해 질 수 있다. 외국서 행해지는 일반적 내용은 전년 퇴직에 관한 태도, 노령화에 대한 고정관념과 실제, 법적문제, 정신건강, 가족관계, 사회보장제도, 의료문제, 퇴직연금관리 및 부동산 관리, 재취업 등의 문제가 다루어지고 있다. 이것은 퇴직 후의 노후생활에 대한 전반적이고 포괄적인 교육이 이루어지고 있음을 알 수 있으며 우리나라의 경우도 현재 노인들이 접하고 있는 제반 문제점을 분석하여 실질적으로 노인들이 사회 구성원으로 활동할 수 있는 대책을 강구하는 것이 우선과제라 할 수 있겠다.

4) 교육방법

퇴직 전 교육프로그램의 교육방법은 다음의 세 가지로 진행된다.

첫째, 그룹상담형식으로 퇴직에 대한 개인적, 사회적, 심리적 문제에 초점을 둔다.

둘째, 정보매체를 통한 방식으로 퇴직 전 교육문제에 미치는 시청각 교재를 제작활용하거나 지도자의 강의 또는 자연스러운 토의 등을 하는 방법이 있다.

셋째, 강의-토론형식으로 진행되며, 교재활용, 초빙강사, 그룹토의 등으로 진행된다.

교육방식은 프로그램 구성내용에 따라 효율적인 방법으로 하되 강의-토론 방식이 권장되며 성인 교육적 접근방법으로 진행해야 한다.

5) 프로그램 참가자의 연령범위 및 구성

외국의 경우 60-65세로 참가자의 연령을 택하고 있으나 퇴직에 대한 준비는 일찍 할수록 사회적응이 용이한 것으로 나타났고, 퇴직 후의 생활에 보다 만족하고 있다고 한다. 대부분의 전문가들은 교육시기에 대해 퇴진 10년 전으로 권장하고 있으며 이는 자발적인 참가자를 그 대상으로 한다는 것이다. 참가자의 구성은 직장인 및 배우자가 같이 하는 것이 바람직하다. 그리고 교육목적의 효율적인 면을 위해서 사회, 경제적 여건이 다른 집단으로 분리하여 교육하는 것이 바람직하다.

6) 프로그램의 기간 및 참가자 규모

프로그램의 기간은 프로그램의 실시횟수, 실시시간에 따라 다양해 질 수 있으나, 대체로 2시간을 넘지 않는 범위에서 7회 내지 9회로 구성하는 것이 일반적이며 인원 구성은 15-35명으로 하는 것이 바람직하다.

7) 프로그램의 구성

퇴직자 또는 노인을 위한 여가교육의 방안은 교육 형태에 따라 다양하지만 크게 기존의 퇴직 전 교육내용 안에 포함해서 다루는 방안과 여가에만 초점을 두고 교육을 실시하는 두 가지 방안으로 구분할 수 있다. 프로그램내용의 일부로 여가교육이 포함되는 것은 여가교육이 상대적으로 등한시 될 수 있다는 단점이 있으나 보다 많고 다양한 계층의 참가를 유도 할 수 있다는 장점도 있다.

이와 같은 교육의 장소로는 대규모 기업체, 노조, 대학의 프로그램, 노인대학, 종교단체, 지역단체 등을 고려해 볼 수 있으며 교육의 내실화를 도모하기 위해 지도자의 증원, 기존시설의 확충, 정책적 지원 등이 선결되어야 한다.

8) 프로그램 지도자의 역할

여가교육을 담당하는 지도자는 퇴직 전후로 발생할 수 있는 부적응 상태를 여가활동이란 교육적 수단으로서 프로그램화 하여 노인으로 하여금 인생의 만족가을 느끼게 해주는 조력자라 정의할 수 있다. 즉 여가지도자는 노인인격은 노동역할에서 여가역할로는 전환과정을 보다 용이하게 해주는 임무를 담당한다. 퇴직 전 교육에 포함되어야 할 내용은, 그들의 현실에 대응하는 태도, 재정, 건강, 사회관계 등으로 지도자들은 노인자신이 제반환경을 고려하여 최선책을 마련할 수 있도록 노력해야 한다. 태도에 있어서는 퇴직예정자 등이 퇴직 및 여가에 대해 보다 긍정적인 입장을 갖도록 지도하며 노후에 가장 중요한 문제로 대두되고 있는 재정에 대해 미리 퇴직 전에 소요예산을 구상, 준비하도록 지도하고 건강문제와 관련하여 노후에 건강과 체력을 유지할 수 있는 여가활동을 권장해야 한다. 사회관계에 있어서는 직장으로부터 소속감, 일에 대한 성취감이 더 이상 존재하지 않음을 인식케 하여 퇴직 후 각종 사회적 욕구들에 부응 할 수 있는 여가 활동을 권장하여 자연스러운 사회적응을 할 수 있도록 해야 한다. 또한 재정적으로 여유가 있는 사람의 경우 활용 할 수 있는 방법을 소개하고 개인이 관리할 수 있는 능력을 가질 수 있도록 교육할 필요가 있다.

2. 여가와 평생교육

오늘날과 같이 급변하는 사회에서는 전통적 기분에 따르거나 현실에의 적응만을 강조하는 것만으로는 문제를 해결할 수 없는 경우가 많다. 따라서 최근에는 교육을 중심으로 하는 전체 문화의 혁신적인 개조가 강조되고 있으며 특히, 교육은 문화내용의 쇄신과 문화질서의 조정에 있어서 그 중심적인 역할을 담당하도록 요구되고 있다. 이러한 문화개조의 역할은 학교교육이나 사회교육만으로는 감당할 수 없으며 현대사회가 당면하고 있는 위기에 효과적으로 대처하기 위해서 평생교육이 부각되고 있다. 이와 같이 평생교육의 필요를 자극하는 현대의 생활은 여러 가지로 나타나고 있다. 따라서 사회변동에 대처하기 위한 고도의 적응력과 창의력을 길러주고 그 바탕위에 외래문화를 선별적으로 받아들일 수 있는 능력은 평생교육을 통해 간증할 것으로 기대되고 있다. 더

육이 현대사회의 제반 문제를 능동적으로 해결하고 새로운 발전을 도모하기 위해서는 평생교육의 가치가 인정되고 있다. 이러한 추세에서 볼 때 노인들에게 주어진 여가를 성인교육과는 별도로 독자적인 노인 여가활동 프로그램과 더불어 평생교육의 개념에서 발전되어 질 때 개인은 물론 국가적인 안정을 가져올 수 있다고 할 수 있겠다.

3. 노인을 위한 레크리에이션의 필요성

고령화 사회를 맞이하여 무엇보다도 많은 여가시간을 갖고 있는 노인들에게 레크리에이션의 필요성은 적극적으로 요구되고 있다. 그 내용으로는 첫째, 여가활동을 통하여 건강한 신체를 육성하는 일이다. 최근 인간에게 평균수명이 더욱 길어지는 반면 운동부족과 영양과다로 성인병이 급증하고 있다. 또 사회적 증상에서 오는 각종 스트레스 등을 해소키 위하여 가벼운 신체활동이 요구되며, 점차 허약해지는 체력을 강화시킴으로써 생활의 활력을 길러준다.

둘째, 기분전환을 위해서 필요하다. 도시의 인구집중으로 인하여 쉽게 기분전환을 할 수 있는 장소나 친구가 없기 때문에 폐쇄적인 성격으로 변할 수 있는 우려가 있으나 이러한 것은 여가 활동을 통하여 쉽게 해소할 수 있다.

셋째, 가족과 사회집단과의 화목과 친교를 위해 필요하다. 핵가족 구성으로 인하여 주변의 이웃과 서먹서먹한 관계를 유지하고 있는 실정이다. 또한 사회적인 친교에 있어서도 단순한 만남보다 레크리에이션을 통하여 접하게 되면 더욱 자연스러운 분위기를 만들어 주며 서로 신뢰하고 협동하는 분위기를 만들어주기 때문이다.

넷째, 여가시간의 활용이다. 계속적인 여가시간의 증대로 인하여 건전한 여가활동이 요구된다. 건전한 여가활동은 개인의 인격과 자신의 발견을 제공하여 사회적으로도 서로 돕고 이해할 수 있는 건전한 대인관계와 의식구조를 갖게 해 준다.

4. 노인 레크리에이션의 필요성

1) 정책과 노인복지

대부분 선진 국가들은 노인인구가 전체인구의 10%이상으로 고령화 사회를 이루고 있다. 우리나라의 경우 65세 이상 노인인구가 지난 2000년에 6.8% 3백 20여만 명에 이르고 있다. 노인인구 비율은 스웨덴 18.3%, 미국 17.5%, 영국 15.6%, 프랑스 14.0%, 일본 13.0%에 비하면 유년국에 속한다. 노인헌장 제3조에 의하면 '노인은 자신의 능력에 따라 사회활동에 참여할 수 있어야 한다.'라고 규정되어 있다.

따라서 노인들로 하여금 삶에 보람을 가지게 하여 노후를 건강하고 보람 있게 지낼 수 있는 정책적인 배려가 무엇보다 중요하다 할 수 있겠다. 그러나 우리나라의 노인을 위한 정책은 극히 미약하다고 할 수 있겠다. 우리나라 노인문제에 대한 문제점으로 정년이 선진국에 비해 빠르다는 견해가 있다. 이로 인하여 경제력 상실, 고독감을 비롯해 노인들에게 안정된 생활을 보장받을 수 있는 훈련기관과 프로그램의 부족, 여가교육에 대한 인식 부족 등 국가적인 차원에서의 복지정책이 요구된다. 선진국에 비하여 우리나라의 노인들은 교통수단의 혜택, 의료혜택과 얼마간의 양로원 혜택을 제외하고는 거의 전무한 상태이다. 2001년 현재 전국에 100여 개소의 노인복지회관이 개설되어 있는 실정이다.

그러나 전체 노인 수(2000년 3백 37만 1천명)에 비하면 극소수에 해당하며 그 운영실태가 매우 빈약하다고 한다.

2) 노인의 신체적, 정신적, 사회적 요구에 부응하는 여가선용방법

일반적으로 노인들은 나이를 먹어 가면서 신체적으로는 체력의 약화로 젊은 이들과 같이 활동할 수 없으며 정신적으로는 소외감과 고독감을 느끼고 사회적으로는 경제력 상실과 다시 사회 속에서 일하고 싶어 하는 욕망이 앞서게 된다. 그러나 점차 많아지고 있는 여가시간을 어떻게 활용해야할 지에 대해서는 대부분이 수동적인 입장을 갖는 것으로 나타나고 있다. 따라서 신체적인 활동이 지나치지 않고 정신적으로 안정되며 사회적으로 원만한 대인관계를 유지할 수 있고 다시 사회에 일원으로 그 위치를 갖고 싶어 하는 욕구를 충족시켜 줄 수 있는 방법을 찾는 것이 우선 과제로 대두되고 있다. 1987년의 한 보고서에 의하면 노인들이 하루 중 가장 많은 시간을 활용하고 있는 여가활동으로 라디오, TV 시청과 친구와 만남, 가사일, 휴식과 사색, 가벼운 운동 등으로 나타나고 있다. 그리고 가장 즐거움을 느끼고 있는 여가활동으로는 주로 장기, 바둑, 화투놀이, 여행, TV시청으로 나타나고 있으나 여행의 경우 적지 않은 비용이 든다고 감안할 때 대부분이 단순하고 수동적인 형태의 여가활동을 하고 있음을 알 수 있었다. 그러므로 노인들에게 그들이 적극적이고 능동적인 자세로 여가활동에 임하여 즐거움과 만족을 느낌으로서 노후생활에 있어서 행복감을 얻을 수 있도록 적절한 여가교육이 필요하며 사회적인 인식의 변화와 시설확충, 복지대책마련 등이 요구된다. 여가활동의 종류는 다양하게 되어있어 조금만 관심을 기울이면 개인의 취미활동과 사회봉사활동 그리고 건강증진을 위한 스포츠 활동 등을 통하여 노후의 여가시간을 선용할 수 있다는 것이다.

다음은 여러 가지 여가선용 방법 중 가장 많은 관심을 갖고 있는 건강증진 프로그램의 과정에 대해 설명하고자 한다. 대부분의 전문가들은 '노화현상은 질병의 증가와 건강의 쇠퇴를 의미한다.'라고 규정짓고 있다. 고대로부터 인간은 신체적, 정신적 젊음을 연장하는 방법을 여러 각도로 추구해 왔으며, 이에 대한 노력은 앞으로도 계속 되어질 것으로 생각된다. 특히 현대사회에 있어서 노인들의 건강증진 프로그램은 그들에게 보다 활기 있는 삶을 지속적으로 영위하는데 도움을 줄 수 있는 필수요소로 여겨지고 있으며 여가선용방법의 한 가지로 다음의 건강증진 프로그램과정을 소개한다. 이 프로그램은 노인들에게 스스로 자신들의 신체적, 정신적 건강에 대하여 책임을 느끼고 적극적으로 행할 수 있도록 6단계로 구성되어 진다.

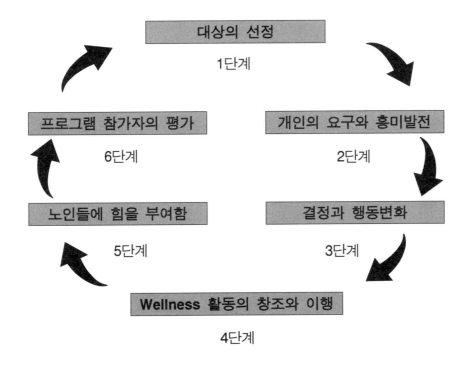

<그림1> Wellness Program의 과정

(1) 1단계 : 대상의 선정
　모든 프로그램은 각기 다른 배경을 갖고 있는 모두에게 동등하게 적용될 수는 없다. 따라서 대상이 선정되면 인터뷰, 질문지등을 통하여 그들의 연령, 취미, 건강, 생활환경에 대한 자료를 바탕으로 그들의 흥미와 요구가 무엇인가에 중점을 두어 프로그램에 참가를 희망하는 대상을 선정한다.

(2) 2단계 : 요구와 흥미의 발견

대상이 선정되면 다음단계로 그들의 요구와 흥미가 결정된다. 즉 노인들에 대한 여러 형태로 정보 및 자료를 입수해서 상호 비교분석하여 요구와 흥미를 결정하고 참가자들의 태도, 가치관, 능력, 행동 등 여러 가지 자료를 바탕으로 그들이 자신의 건강과 여가활동에 관심을 찾을 수 있도록 도움을 주는데 역점을 두어야 한다.

(3) 3단계 : 결정과 행동변화

효과적인 건강개선을 위해서 전문가들은 대상들에게 프로그램의 참가결정과 행동변화를 주기 위한 기술을 습득하여야 한다. 지도자들은 노인들이 자신의 건강에 대해서 스스로 책임이 있다는 것을 인식시켜야 하며, 이를 행동으로 적용할 수 있다는 것을 믿게 하여야 한다.

(4) 4단계 : 건강증진 프로그램의 창조와 이행

참가자들이 프로그램의 주인의식을 느끼기 위하여 활동내용의 구성과 계획에 직접 참여해야 하며 일반적 프로그램 영역을 다음의 5가지로 구분할 수 있다.
① 영양과 체중조절
② 체력육성 및 신체적성
③ 스트레스 관리
④ 안전
⑤ 여가활동

이상의 5가지 영역 노인건강에 매우 중요한 것이다. 그리고 이를 바탕으로 각 분야마다 다양한 활동이 있겠으며 몇 가지 분야가 혼합되어 나타날 수도 있다. 프로그램의 실시과정에서 지도자들은 참가자들이 좋아하는 학습방법, 시간, 장소 등에 관한 정보를 입수하여 활동자체가 자극적이고 즐길 수 있는 방법으로 실시되어야하고 그들이 사회적으로 상호작용 될 수 있도록 건강의 중요성을 강조하는 방향으로 이끌어가야 한다.

(5) 5단계 : 노인들에게 힘을 부여해 주어야 한다.

프로그램은 노인들에게 힘을 부여하고 그들의 적성을 타진하여 자신감을 길러주며, 프로그램 속에서 강한 주인의식을 가질 수 있도록 구성되어야 한다. 즉 노인들이 그들 스스로 책임을 느끼고 무엇인가를 할 수 있다는 능력을 부여한다는 뜻이다. 지도자들은 그러기 위해 학습목표의 명시, 모형소개, 학습계획, 개인과의 대화, 그룹진행기술 및 문제해결을 위한 훈련을 통하여 노인들이 스스로 무엇이든 할 수 있다는 자신감을 얻을 수 있도록 해야 한다.

(6) 6단계 : 프로그램 참가자들의 평가

마지막 단계는 참가자들의 평가로서 그동안의 과정에서 참가자들에게 미친 영향, 프로그램구성과 이행에 관한 정보와 개선책을 얻기 위해 중요한 과정이다. 즉 프로그램이 성공적으로 추진되었는가? 내용이 충실했는가? 비용은 적당한가? 교육목표가 달성되었는가? 등의 질문을 통하여 지도자와 참가자가 모두 평가에 이해혜야 하며 그 결과들은 다른 과정에 적용해서 계속적인 프로그램 개발에 도움이 될 수 있어야 한다.

이상에서와 같이 노인들을 위한 건강증진 프로그램의 중요성을 인식하여 노인들이 스스로 자신들의 창조적인 자제력을 발견할 수 있도록 지도해 나가야 한다.

끝으로 노인들을 위한 여가선용 방법은 앞서 제시한 과정을 바탕으로 다양하게 개발되어야 할 것이며, 노인들에게 자신감과 생활에 대한 행동변화를 가져다 줄 수 있도록 프로그램 제공 및 지도자 양성, 시설확충, 정부로부터의 적극적인 지원이 요구된다.

5. 레크리에이션의 실제

 주는 자가 복이 있다.

1) 목표

주는 것이 받는 것보다 복이 있다.(행20:35)

주의 이름으로 주는 자가 되어 하늘에 상급을 쌓자.

① 구제의 상급(눅12:33)너희 소유를 팔아 구제하여 낡아지지 아니하는 주머니를 만들라 곧 하늘에 둔 바 다함이 벗는 보물이니 거기는 도적도 가까이 하는 일이 없고 좀도 먹는 일이 없느니라.>
② 구제방법(마6:3-4)너는 구제할 때에 오른손이 하는 것을 왼손이 모르게 하여 네 구제함이 은밀하게 하라.

성경인물(행9:36=다비다, 행10:4=고넬료, 마10:42=냉수 한 그릇의 상)

2) 놀이판 만들기 소재(우드락)

　① 구제, 선교, 사랑, 감사 4개의 구멍(콩 주머니를 던짐)을 만들고 구멍 위
　　에 각 글씨를 코팅하여 붙인다.

　② 뒷면에 그물망을 만들어 콩 주머니가 담겨지도록 한다.

　③ 위에는 천국을 상징하는 (상급)성처럼 예쁘게 꾸민다.

3) 놀이방법

　① 각기 콩 주머니를 하나씩 갖는다.

　② 양 팀으로 나누어 선두는 고깔모자(바톤대용)를 쓴다.

　③ 정지선까지 달려가 원하는 구제, 선교 등 구멍에 던져 넣는다.

　④ 제자리로 돌아와 다음 사람에게 고깔모자를 씌워준다.

　⑤ 콩 주머니를 많이 넣은 쪽이 이긴다.

4) 효과

　선교와 구제에 관심을 갖고 감사와 사랑으로 실천한다.

5) 벌칙

　① 진팀 어르신께 연지곤지를 (스티커)찍어 드린다.

　② 진팀 어르신께 족두리를 씌워 드린다.

6) 준비물

　① 주는 자가 복이 있나니 놀이판2개

　② 고깔모자2개

　③ 콩 주머니 각 1개씩

　④ 스티커(연지곤지)

　⑤ 족두리

 땅따먹기

1) 놀이방법

　① 젖과 꿀이 흐르는 땅! 놀이판을 2명1조로 가운데 놓고 앉는다.

　② 믿음, 소망, 사랑(땅 따먹기 돌맹이)중 하나를 선택하여 갖는다.

　③ 각자 색연필과 지우개(분솔)를 갖는다.

④ 놀이판 자기 집 안에 돌맹이를 놓고 엄지와 장지손가락을 이용하여 돌맹이 한번 튀겨서 선을 긋고 다시한번 튀겨서 자기 집으로 들어온다. (이때 자기 집으로 못 들어오면 무효다)

2) 평가
　① 시간제한 없이 하고 싶은 만큼만 한다.
　② 땅을 넓게 차지한 쪽이 이긴다.

3) 준비물
　① 젖과 꿀이 흐르는 땅! 놀이판을 만든다.
　② 땅 따먹기 돌맹이(믿음, 소망, 사랑)를 만든다.
　③ 각기 색연필과 지우개(분솔)

 ## 3 주걱으로 볼 넘기기

어른들이 즐겨 사용했던 주걱을 바톤대용으로 또 방망이 대용으로 사용하므로 행복감을 가지고 게임에 임하면 신체적 건강을 돕는다.
- 주걱1=오직 예수(나는 오직 예수뿐이다)
- 주걱2=불방망이(박살을 내 주겠다)
- 주걱3=성령의 검(내 검을 받아라)
- 주걱4=예수권세(내게는 예수 권세가 있다)

1) 놀이방법
　① 긴 수평 막대에 비치볼을 여러 개(4개)매달아 놓는다.
　② 주걱을 들고 달려가 각기 믿음의 소리를 크게 외치며 볼을 쳐서 빨간 막대(십자가)를 넘긴다.
　③ 돌아와 다음 사람에게 주걱(바톤)을 넘겨준다.
　볼1=불신앙(이스라엘 민족이 젖과 꿀이 흐르는 땅을 앞에 두고 못 들어감)
　볼2=우상숭배(마귀 사탄의 소굴을 만든다. 결국 자살케 해 생명을 뺏음)
　볼3=욕심(욕심이 잉태한즉 죄를 낳고 죄가 장성한즉 사망)
　볼4=교만(교만은 패망의 선봉이다.)

2) 평가

　　믿음으로 (큰소리로 박살)질서 있게 먼저 끝난 팀 승리

3) 준비물

　　① 긴 막대주걱(4개) = 불방망이, 예수권세 등 글씨를 쓴다.
　　② 비치볼(4개)=전체 색을 칠한 다음 교만, 욕심 등 글씨를 쓴다.
　　③ 아주 긴 막대 = 볼을 매달을 빨간 막대(십자가 의미)
　　④ 끈 = 볼을 막대에 매달 수 있는 용도

 4 고양이와 쥐

1) 목표

어릴 적 즐겨하던 놀이로서 자신감이 넘치는 기쁨과 분별력을 돕기 위한 고양이와 쥐의 조끼를 입고 할아버지는 할머니를 잡고 도망하며 문을 닫고 여는 하나 되는 놀이로서 신체적 건강을 도우며 행복을 심는다.

2) 놀이방법

　　① 전 인원은 하나의 큰 원을 만들어 고양이와 쥐를 선정한다.
　　② 흥미와 분별을 돕기 위해 고양이에게는 고양이조끼(앞, 뒤 고양이 그림)
　　　를, 쥐에게는 쥐 조끼(앞, 뒤 쥐 그림)를 입혀드린다.
　　③ 쥐는 도망하고 고양이는 쥐를 잡는다.(원안과 밖을 무대로)
　　④ 이때 큰 원을 만든 전원은 쥐가 도망할 때 문을 열어주고.
　　⑤ 고양이가 잡으러 갈 때는 문을 닫아 잡지 못하도록 돕는다.
　　⑥ 2인1조로 진행하다가 4인1조로 진행하면 더욱 재미있다.

3) 평가

　　① 고양이, 쥐(부직포)의 조끼를 쉽게 분별할 수 있고 고양이(아버님) 쥐
　　　(어머님) 짝을 이루어 잡았을 때 반드시 꼭 안을 수 있도록 한다.
　　② 짝과 같이 벌칙을 받는다.

4) 준비물

　　① 조끼2개(2인1조)
　　② 고양이(2장)를 부직포로 만듦(조끼 앞, 뒤에 붙여줌)

③ 쥐를 (2장)부직포로 만듦(조끼 앞, 뒤에 붙여줌)
④ 조끼4개(4인1조)

 5 **심 봉사와 뺑덕어멈**

1) 목표
흥미로운 의상과 분장으로 추억을 떠올리는 행복과 자기 짝의 벨소리 구분으로 청각적 기능을 돕는다.

2) 놀이방법
　　① 전원이 하나의 큰 원을 만든다.
　　② 원 안에 한 팀 짝을(할아버지. 할머니) 정한다.
　　③ 뺑덕어멈은 핸드 벨을 흔들며 달아날 때 얄미운 목소리로 "빨리 따라와요 날 잡아봐요." 등
　　④ 심 봉사는 눈 가리고 열심히 따라잡는다.
　　⑤ 원 안에 두 팀이 같이 하도록 하여 자기 짝의 벨소리를 구분하여 잡도록 한다.(이 때 핸드 벨을 강하게 흔들어 주어야 한다.)

3) 평가
　　① 뺑덕어멈은 벨을 큰 소리로 흔들며 달아나야 하고 심 봉사는 뺑덕어멈을 잡았을 때 전원이 이 숫자 열을 셀 때 까지 안고 사랑을 나눈다.
　　② 벌칙도 같이 받는다.

4) 준비물
　　① 뺑덕어멈 의상(옛날 한복, 머플러, 벨)
　　② 심 봉사 의상(두루마기, 갓, 까만 선글라스)
　　③ 안경 안쪽에 시트지를 붙여 안보이게 한다.

 6 **비치볼 배구**

1) 놀이방법
　　① A, B 으로 나눈다.
　　② 모기장 천으로 배구 네트를 친다.

③ 5번 안에 상대편으로 넘긴다.
④ 엉덩이를 바닥에서 떼지 않고 한다.

2) 평가
3 세트로 하며 1세트에 20점으로 승부를 결정한다.
점수판(숫자)을 사용, 흥미를 돕는다.

3) 준비물
① 비치볼(2개)
② 모기장천 네트(가볍고 부드럽게)

7 실뜨기

1) 목표
 어린 시절 즐겨하던 전통놀이로서 짝과 더욱 친밀해질 수 있는 기회로 만든다. 지혜를 요하는 놀이로 온 가족이 함께 즐길 수 있다.

2) 놀이방법
① 굵은 털실을 준비(어떤 실이든 가능)
② 150cm정도 길이의 실 양 끝을 하나로 묶는다.
③ 둥근 실을 밖으로 양손을 펴서 세운다.
④ 양 손등으로 한 번씩 차례로 감아온다.
⑤ 양 손바닥에 감겨진 실을 장지손가락을 밑에서 위로 넣어 차례로 끌어 당긴다.(모양이 이루어짐)

3) 평가
① 짝과 교대로 계속 모양을 만들며 떠간다.
② 모양을 만들지 못하고 둥근 원 하나로 실이 풀어지는 쪽이 진다.

4) 준비물
① 15cm~160cm정도의 실 길이의 굵은 색 털실이면 더욱 좋겠다.

8 우리 팀의 I Q

1) 대형 : 일어서서
2) 효과 : 기억력, 집중력, 자신감, 표현력, 수리력
3) 준비 : 긴 작문이나 노래가사 카드, 볼펜 5자루, 종이 5장
   - 각 팀별로 종대로 길게 세게 한 후 각 팀 5명의 대표주자를 15미터 정도 목표물 이 있는 앞으로 나오게 한다. 리더는 미리 작성해 놓은 긴 작문의 카드를 보여 주고 이것을 1분 동안 외우라고 한다.
   - 1분이 지나면 리더는 이 작문카드를 주머니에 넣는다. 그리고 각 대표주자끼리 간격을 3미터정도 거리를 두고 서있게 한다. 이어서 그다음 주자들이 리더의 구령소리에 따라 각 팀 대표주자들에게 달려가 그 작문의 내용을 구두로만 전송받는다.
   - 이때 대표주자들의 전송이 끝나면 다른 한곳에 모이도록 한다.
   - 이러한 방식으로 계속 한사람씩 나와서 릴레이 하는데 이렇게 하여 제일 마지막 주자는 리더가 준비해둔 볼펜과 종이를 받아 앞주자로부터 전송받은 긴 작문을 기억하여 종이에 써 내려간다.
   - 리더는 이것을 다 수거하여 다시 다 모인 자리에서 먼저 원래의 긴 작문을 읽어 주고 나서 이어서 각 팀별로 전송한 작문을 읽어 본다.
   - 그런데 각 팀의 전송된 작문이 앞뒤의 내용이 맞지 않고 상이하게 되어 있어 참가자들이 폭소를 터트리고 만다.

4) 메시지 예문
   내발산동 78번지에 사는 진떡배 씨는 밥을 많이 먹기로 유명하고 구파발 34번지에 사는 나떡순 씨는 잠을 많이 자는 것으로 동네에 소문이 자자했다.
이 두 사람은 우연히 왕십리 뒷산을 산책하다 눈이 맞는 이것이 운명의 만남으로 이어져 1991년 5월 4일에 결혼을 하게 되었다. 그런데 결혼은 했지만 부부는 밥과 잠만 좋아하고 사랑은 없었다.
어느덧 20년이 흘러 이들 부부는 체중이 늘었는데 남편은 112kg, 허리 59인치이고 부인은 78kg, 허리 43인치나 되었다.
   - 노래가사로 대신할 수 있다.
   - 리더는 숫자의 정확함과 문맥의 뜻이 연결되는지를 확인하여 점수를 준다.

바운딩 골인

1) 대형 : 일어서서
2) 효과 : 균형감각, 집중력, 협응력, 지구력, 분별력, 자신감, 성취감, 시공간
   인지능력
3) 준비 : 농구공이나 배구공 4개, 큰 바구니 4개
   - 2-3미터의 전방에 큰 바구니를 놓고 공을 땅에 1번 바운딩 하여 바구니
     에 넣는 게임이다.

 돼지몰이

1) 대형 : 일어서서
2) 효과 : 균형감각,집중력,지구력,협응력,분별력,자신감
3) 준비 : 돼지저금통 4개, 막대기
   - 돼지몰이는 돼지저금통을 막대기나 발로 차 목표물을 빨리 돌아오는 릴
     레이 게임이다. 승리한 팀에게는 시상품으로 돼지저금통을 준다.

 드리 볼 달리기

1) 대형 : 일어서서
2) 효과 : 균형감각, 집중력, 지구력, 협응력, 분별력, 시공간 인지능력, 자신
   감, 성취감
3) 준비 : 배구공 2개
   - 2팀으로 나누어 1사람씩 공을 드리 볼 하여 달려가 목표물을 빨리 돌아
     오는 게임이다.

 럭비공 차며 달리기

1) 대형 : 일어서서
2) 효과 : 균형감각,집중력,지구력,협응력,분별력,시공간 인지능력, 자신감
3) 준비 : 럭비공 2개
   - 럭비공을 차면서 달려가 목표물을 빨리 돌아오는 게임이다.

- 다른 방법으로는 2인 1조로 하여 안쪽다리를 묶고 하면 더욱 재미있다.

 # 무릎에 공 끼고 달리기

1) 대형 : 일어서서
2) 효과 : 균형감각, 집중력, 지구력, 협응력, 분별력, 시공간 인지능력, 자신감
3) 준비 : 럭비공 2개
   - 다리사이에 배구공을 끼고 달려가 목표물을 돌아오는데 자기 팀에게 계속 릴레이 하여 가장 빨리 끝나는 팀이 승리하게 되는 것이다.

 # 담요 배구

1) 대형 : 일어서서
2) 효과 : 균형감각, 지구력, 집중력, 협응력, 분별력, 시공간 인지능력, 자신감
3) 준비 : 배구 네트, 비치볼, 담요 2장
   - 각 6명씩 청팀과 백팀으로 나누어 시합을 하는데 비치볼을 손으로 하지 않고 담요로 받거나 넘겨 이것을 받지 못 할 때는 상대방에게 1점씩 가산하여 주는 게임이다.
   - 예를 든다면 청팀이 서브를 하였을 때 백팀이 받았을 경우 다시 백팀이 청팀으로 공을 넘길 수 있다. 이렇게 계속 주고받는데 상대방의 구석에 던지도록 한다. 서브는 각 팀에 10개씩을 번갈아 가며 주고받는다.

바구니 농구

1) 대형 : 일어서서
2) 효과 : 균형감각, 지구력, 집중력, 협응력, 분별력, 시공간 인지능력, 자신감
3) 준비 : 큰 바구니 2개, 농구공 1개
   - 청팀과 백팀으로 나누어 양 팀에서 가장 키가 큰 사람에게 바구니를 머리위에 들게 한다.
   - 그리고 서로 상대방의 바구니에 공을 넣는데 많이 넣은 팀이 승리하게 된다.
   - 바구니를 들고 서있는 사람은 흔들면 안 되고 제자리에 서있어야 한다.
   - 전 후반 15분씩하고 휴식은 10분 정도면 되겠다.

테니스 공 던지기

1) 대형 : 일어서서
2) 효과 : 균형감각, 집중력, 협응력, 분별력, 시공간 인지능력, 자신감
3) 준비 : 테니스 공 20개, 바구니 2개(상자도 가능)
  - 전방 7-8미터 정도의 거리에 바구니 2개를 놓고 테니스공을 던져 가장 많이 넣은 팀이 승리하게 된다.

 산 넘고 물 건너 다리건너

1) 대형 : 일어서서
2) 효과 : 균형감각,집중력,협응력,분별력,시공간 인지능력, 자신감, 협동심
3) 준비 : 배구공 2개
  - 청팀과 백팀으로 나누어 각각 종대로 길게 서 있는다. 이때 양 팀은 인원수가 동일해야 한다.
  - 공을 머리위로 하여 뒷사람에게 주고 그 뒷사람은 다시 자기 무릎 아래로 연결하여 주고 다시 그 뒷사람은 공을 머리위로 하여 뒤로 배달하여 주는 게임이다.
  - 그리고 맨 마지막 사람이 공을 받아 앞으로 달려오는 게임으로 가장 빨리 끝나는 팀이 승리하게 되는 것이다.

 이름기억하기

1) 대형 : 일어서서
2) 효과 : 기억력, 집중력, 분별력, 자신감, 성취감
  - 리더가 지정한 사람부터 자기 이름을 '한 00입니다'라고 소개하면 바로 옆 사람은 '한 00 옆 김 00입니다' 이러한 방식으로 계속 자기소개를 하면서 옆 친구의 이름을 외워야 되는 게임이다.

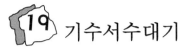

19 기수서수대기

1) 대형 : 일어서서
2) 효과 : 기억력, 집중력, 분별력, 자신감, 성취감
   - 전체적으로 순서를 정하고 홀수번호에 해당되는 사람은 기수로 짝수번호의 사람들은 서수로 말한다.
   - 이 게임에 익숙해지면 반대로 해도 되고 그리고 홀수는 영어로 짝수는 서수로 바꿔 해도 된다.

20 하나 둘 셋

1) 대형 : 일어서서
2) 효과 : 균형감각, 집중력, 순발력, 지구력, 협응력, 분별력, 시공간 인지능력, 자신감
3) 준비 : 분필, 색 테이프
   - 이 게임은 운동을 겸할 수 있는 매우 즐거운 활동으로 남녀 구분하여 시합을 하거나 남녀 혼합하여 동시에 시합을 하는 것도 재미있다. 이 활동은 어느 정도 크기의 공간(가로10미터×세로10미터)이 필요하다.
   - 리더는 아래의 그림과 같이 분필로 2개의 라인을 그려놓고 각 지점의 번호를 참가자들에게 알려준다.
   - 참가자들은 '하나' 라인에 서 있다가 리더가 '둘'하면 '둘'지역으로 뛰어가야 한다. 이때 가장 늦게 뛰어간 사람은 탈락이다.
   - 또한 리더가 '셋'하면 '셋'지역으로 뛰어가야 한다. 이때에도 가장 늦게 도착하면 탈락이다.
   - 리더는 '하나, 둘, 셋'을 그대로 하지 말고 '하나'하다가 '셋','둘','셋' 등 이러한 방법으로 참가자들로 하여금 정신을 차리지 못하게 한다. 예를 들어 '하나','하나' 하게 되면 대부분의 참가자들이 '둘'지역을 예상하고 뛰어가려다 '둘'지역을 밟고 만다.
   이 때 '둘'지역에 발이 옮겨 있으면 탈락이다.

21 야채장수

1) 대형 : 앉아서
2) 효과 : 기억력, 집중력, 순발력, 분별력, 자신감
   - 리더가 야채장수가 팔고 있는 물건들을 한 가지씩 말할 때 참가자들은
     손뼉을 한 번씩 세게 치고 그 외의 것을 말할 때(예/ 멸치, 된장, 고추장,
     딸기잼 등)는 손뼉을 치지 않는 게임이다.
   * 야채 장수 외에 생선장수, 과일장수로 바꿔 해도 된다.

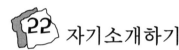

22 자기소개하기

1) 대형 : 앉아서
2) 효과 : 기억력,집중력,분별력,자신감,언어능력
   - 빙 둘러 앉아 한사람씩 자기소개를 한다. 자기소개를 할 때는 반드시 PR
     을 하도록 한다. 예를 들어 <나는 성격 좋은 한성민입니다>. 바로 옆 사
     람은 <나는 성격 좋은 한성민 옆에 아름다운 한솔비 입니다>. 또 바로
     옆 사람은 <나는 성격 좋은 한성민 옆에, 아름다운 한솔비 옆에 깜찍한
     권은경 입니다>. 이러한 식으로 계속 진행하는데 10명이 넘으면 외우기
     가 곤란할 수 있으니 순번을 바꾸어 해도 된다. 그리고 PR이외에도 좋아
     하는 꽃, 산, 강, 나라, 음식, 책, 취미 등으로 해도 된다.

23 치매예방치료 명언하기

1) 대형 : 앉아서
2) 효과 : 기억력,집중력,분별력,자신감,언어능력
3) 준비 : 메모지, 볼펜
   - 빙 둘러 앉아 한사람씩 치매를 예방하고 치료하기 위해서 필요한 약속을
     중복되지 않게 한 가지씩 소개를 하도록 한다. 예로 한사람이 <매일 일
     기장을 쓴다.> 이렇게 하면 다음 사람은 <매일 일기장을 쓰고 매일 책
     을 읽는다.> 그 다음 사람은 <매일 일기장을 쓰고 매일 책을 읽고 매일
     신문을 읽는다.>

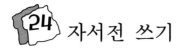 자서전 쓰기

1) 대형 : 앉아서
2) 효과 : 기억력, 집중력, 분별력, 자신감, 시공간 인지능력, 지구력
   - 생후 1세부터 현재까지 1년 단위로 이력서 쓰기를 한다.

 행복했던 일 쓰기

1) 대형 : 앉아서
2) 효과 : 기억력,집중력,분별력,자신감,언어능력
3) 준비 : 메모지, 볼펜
   - 가장 행복했던 일, 상 받았던 일, 즐거웠던 일 등을 5가지로 기록하고 서
     로 발표하기

 가장 아름다웠던 여행

1) 대형 : 앉아서
2) 효과 : 기억력,집중력,분별력,자신감,언어능력
3) 준비 : 메모지, 볼펜
   - 친구,가족,친척,애인,동기,선후배,동창,모임 등에서 가장 아름답게 기억
     된 여행 과 여행지를 소개한다.

 가장 맛있게 먹었던 음식

1) 대형 : 앉아서
2) 효과 : 기억력, 집중력, 분별력, 자신감, 언어능력
3) 준비 : 메모지, 볼펜
   - 친구,가족,친척,애인,동기,선후배,동창,모임 등에서 가장 아름답게 기억
     된 여행과 여행지를 소개한다.

28 나에게 10억이 있다면

1) 대형 : 앉아서
2) 효과 : 기억력, 집중력, 분별력, 자신감, 언어능력, 수리력
   - 10억이 있다면 어떻게 사용할 것인가를 10가지로 계산, 정리하여 발표한다.

 ## 29 빙고

1) 대형 : 앉아서
2) 효과 : 기억력, 집중력, 성취감
3) 준비 : 메모지, 볼펜
   - 가로세로 20칸씩 그려진 메모장을 만들어 나누어 주고 본인이 알고 있는 나라 이름을 메모장에 기록하게 한다. 그리고 사회자가 한 국가씩 이름을 불러주면 동그라미로 표시를 하게 한다. 이때 동그라미가 가장 많은 사람이 승리하게 된 다. 나라이름 외에도 꽃, 강, 나무, 음식, 사람이름 등을 해도 된다.

 ## 30 가나다라마

1) 대형 : 앉아서
2) 효과 : 기억력, 집중력, 성취감, 상상력
3) 준비 : 메모지, 볼펜
   - 빙 둘러 앉아 리더가 <가>하면 가로 시작되는 단어를 말하도록 하며, <나>하면 나로 시작되는 단어를 말하도록 하는 게임이다.

 ## 31 연상되는 단어

1) 대형 : 앉아서
2) 효과 : 기억력, 집중력, 성취감, 상상력
3) 준비 : 메모지, 볼펜
   - 빙 둘러 앉아 리더가 <봄>하면 연상되는 단어를 한 가지씩 말하도록 <여름>하면 연상되는 단어를 말하도록 한다.
   - 예) 계절, 사랑, 남자, 여자

목록말하기

1) 대형 : 앉아서

2) 효과 : 기억력, 집중력, 성취감, 상상력

3) 준비 : 메모지, 볼펜

    – 빙 둘러 앉아 리더가 <나무>하면 나무의 이름을 한 가지씩 말하도록
      <꽃>하면 꽃 이름을 말도록 한다.

    – 예) 열매,국가,산,강,야채,생선,동물,새 등

 윗수 아랫수

1) 대형 : 앉아서

2) 효과 : 수리력, 기억력, 집중력, 순발력, 분별력, 자신감

3) 준비 : 메모지, 볼펜

    – 참가자 전원이 둥그렇게 원을 만들어 앉는다. 이 게임은 어떠한 숫자를
      종이에 적어놓고 참가자들이 1사람씩 돌아가며 숫자를 말 할 때 술래는
      '윗수','아랫수'라는 신호에 따라 숫자를 맞추는 사람이 술래가 되고 간단
      한 벌칙을 받아야 한다. 숫자를 잘 활용하면 무사히 통과 할 수 있다.

 * 예를 들어 '82'라는 숫자를 술래가 적어 놓았다고 가정하자. 그러면 술래
    의 오른쪽부터 계속 옆으로 1사람씩 돌며 그 숫자를 말하는데

 * 오른쪽 사람 : 400입니까?

 * 술래 : 그 아랫수입니다.

 * 옆 사람 : 100입니까?

 * 술래 : 그 아랫수입니다.

 * 옆 사람 : 73입니까?

 * 술래 : 그 윗수입니다.

 * 옆 사람 : 85입니까?

 * 술래 : 그 아랫수입니다.

 * 옆 사람 : 81입니까?

 * 술래 : 그 윗수입니다.(이때 숫자의 범위는 82, 83, 84뿐이다)

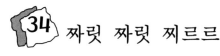 **짜릿 짜릿 찌르르**

1) 효과 : 순발력, 감각력, 시공간 인지능력,집중력,자신감,사회성,성취감
2) 준비 : 동전, 손수건 ,의자
   - 동그랗게 1열로 원을 만들어 의자에 앉는다. 그리고 양손을 뒤로하여 서로의 손을 잡는다.
   - 리더는 그 원의 상태에서 2팀으로 나눈 후 양 팀을 구분할 수 있는 자리에 앉고 또한 양 팀의 끝자리 옆에 의자 1개를 놓고 그 위에 손수건을 올려놓는다.
   - 리더는 그 원의 상태에서 2팀으로 나눈 후 양 팀을 구분할 수 있는 자리에 앉고 또한 옆에 의자 1개를 놓고 그 위에 손수건을 올려놓는다.
   - 리더는 동전을 꺼내어 참가자 전체에게 설명을 하는데 동전을 위로 던져 다시 손바닥에 받았을 때 앞부분(100)이 나왔으면 리더의 바로 옆의 좌우에 있는 사람들이 자기 팀에게 전기를 보내도록 한다.
   - 이렇게 전기를 통하게 되면 끝에 있는 마지막 사람이 전기를 받자마자 손수건을 재빨리 집도록 한다. 이때 빨리 전기를 받아 손수건을 먼저 집는 팀이 승리하게 된다.
   - 그리고 동전의 뒷부분(세종대왕)이 나오면 전기를 보내지 말고 그대로 있으라고 한다.
3) 주의 할 점
   - 동전의 앞뒤의 확인은 리더의 좌우 1사람만 할 수 있고 다른 사람은 보면 안 된다.
   - 게임을 하다보면 양 팀이 중간에서 제멋대로 전기를 보내어 손수건을 집는데 이것 은 반칙이다.
   - 이러한 반칙은 쉽게 찾아 낼 수 있다. 찾아내는 방법은 리더가 동전을 던져 일부러 세종대왕이 나오도록 하여 가만히 있어 본다. 간혹 성격 급한 팀의 구성원들 이 전기를 보내거나 아니면 속임수로 전기를 보내고 만다.
   - 만약 반칙을 하면 상대방 팀이 1자리를 옆으로 옮길 수 있는 기회를 주게 된다.
   - 승부는 손수건을 먼저 집은 사람이 자기 팀의 첫째 자리에 앉으며 그 옆 사람은 1자리씩 옆으로 옮겨 앉으면 된다.
   - 이와 같이 계속하여 손수건을 제일 먼저 집은 사람이 맨 처음의 자기자

리에 다시 앉게 되면 그 팀이 승리하게 되는 것이다.
* 전기 보내는 방법은 손가락으로 누르거나, 허벅지나 엉덩이를 살짝 꼬집거나 옆구리, 배꼽을 찔러도 되고, 귀를 눌러도 된다.(분위기에 맞게)

 ## 35 번호 댄스를

1) 대형 : 일어서서
2) 효과 : 자신감, 표현력, 잠재력, 사회성, 성취감, 지구력, 근력,
　　　　　균형성, 신체적 재활
3) 준비 : 댄스 CD 플레이어
- 모든 프로그램의 마지막 부분 즉 '석별의 정을 나누는 외식' 바로 전에 이와 같은 프로그램을 하면 대단히 재미있다. 1일 프로그램이든 2박 3일 프로그램이든 활동의 마무리쯤에서는 클라이막스에 도달하는데 이때 진행하면 효과적이다. 보통 전체적으로 댄스를 추려고 할 때 조명시설이 없고 활동장이 환하면 몇 사람을 제외하고는 대부분 춤을 추지 않는다. 이럴 때 적절히 사용하는 진행하는 방법으로 번호 댄스를 하면 분위기는 자연스럽게 춤을 추는 분위기가 된다.
- 예를 들어 참가자들이 50명이라고 가정했을 때 5개조로 나눈다. 그리고 각 조끼리 양손을 잡고 원형으로 서라고 한다. 이때 리더는 담임선생이나 활동장이 있으면 골고루 배치하여야 한다.
- 이제는 각 조의 담임선생이나 활동장이 1번이 되고 바로 오른쪽부터 2번, 3번, 5번 '10번등의 번호 등을 정한다. 이렇게 되면 각 조별로 1번이 5명, 2, 3, 4, 5번 등 모두가 5명씩 된다.
- 이렇게 순번 정하기가 완료되었으면 리더는 댄스음악을 틀어준다. 그리고 리더는 1번이라고 소리친다.
- 그러면 1번은 자기 조원의 가운데로 나와 신나게 춤을 춰야한다. 춤을 추기 시작 하면 그 조원들은 자기 조 1번이 하는 춤을 그대로 따라 춰야 되는 것이다.
- 번호 댄스의 장점은 내성적인 선생이라도 '몸소 실천'을 보여 주어야만 자기 조원들이 춤을 추기 때문에 선생들이 열심히 출 수밖에 없고 또한 실제 이러한 분위기가 되면 스스로도 즐겁게 춘다.
- 필자의 진행경험에 의하면 춤을 한 번도 안 추어본 사람도 위 활동을 하게 되면 자연스럽게 춤추는 것을 많이 보게 된다.

집단 만들기·쫓아내기

1) 대형 : 일어서서

2) 효과 : 자신감,표현력,잠재력,사회성,성취감,지구력,근력,균형성,신체적재활
   - 참가자 전원이 1열로 동그랗게 원을 만들어 서서 양손을 잡는다. 그리고 리더의 노래 선창과 함께 다 같이 노래하며 노래박자에 맞춰서 오른쪽, 왼쪽, 가운데로, 뒤로 8스텝을 반복한다.
   - 노래하며 도는 도중 리더는 '2사람', '5사람', '남녀 1명씩', '같은 성씨끼리' 등으로 참가자들에게 주문한다. 이때 짝을 만들지 못한 사람은 탈락이다.
   - 이번에는 쫓아내기를 하여 보내는데 먼저 조를 나누어야 한다.
   - 예를 들어 전체가 40명이면 리더는 '10명씩' 하면 자연스럽게 4개의 조가 만들어 지게 된다. 그리하여 자기 조끼리 손을 잡고 돌 때 리더가 아래와 같은 코믹한 주문을 하여 본다.
   * 예) 콧구멍이 가장 큰 사람을 쫓아내세요.
         얼굴이 가장 하얀 사람
         키가 가장 큰 사람
         엉덩이가 가장 큰 사람
         가장 뻔뻔하게 생긴 사람
         가장 잘생긴 사람 등
         코가 예쁜 사람
         입술이 예쁜 사람
         보조개가 있는 사람
         화끈한 사람

   - 이때 자기 조에서 쫓겨난 사람은 자기 조 외의 다른 조로 들어가는데 '나는 콧구멍이 커서 쫓겨났습니다. 그렇지만 저를 사랑해 주시기 바랍니다.'를 하며 각 조에 1명씩 들어간다.
   - 그리고 리더는 맨 마지막으로 '가장 잘생기거나 화끈한 사람'하고 외친다. 그러면 대부분 서로 나가려고 하는데 이런 사람들은 각 조로 들어가지 않고 앞의 무대 로 나오게 하여 댄스 경연을 시켜보는 것도 재미있다.

37 세계의 인사

1) 대형 : 일어서서
2) 효과 : 자신감, 표현력, 사회성, 성취감, 지구력, 근력,
    균형성, 신체적 재활, 언어능력
   - 안쪽과 바깥쪽으로 서로 마주보며 큰 원을 만들어 선다. 그리고 서로 악수하며 왼쪽으로 돈다.
   - '원리틀'이라는 노래를 '한청춘'으로 개사하여 부른다. 노래박자에 맞추어 악수를 하도록 하는데 '셋 청춘 노인', '여섯 청춘 노인', '아홉 청춘 노인'을 할 때는 서로 악수하고 '안녕하세요.'하고 서로 인사한다. '열 청춘 노-인'을 할 때는 악수와 인사를 나누고 서로 어깨를 살짝 끌어안는다.
   - 열 청춘 노인으로 만난 짝마다 아래와 같은 세계의 인사법을 가르쳐 준 다음 하게 한다.
   - 이 외에도 리더의 주문에 따라 자기이름, 학교, 좋아하는 음식이름, 별명, 특기, 취미 등을 서로 말한다.

♠ 각 나라 인사

1. 화와이 - '알로하 알로하'하며 서로 끌어안고 양쪽 볼을 대며 인사한다.
2. 이스라엘 - '샬롬 샬롬'하며 서로 상대방의 어깨를 주물러 준다.
3. 중국 - '쎄쎄 니하우마'하며 자기의 두 팔을 들어 팔목을 잡고 허리를 굽혀 정중히 인사한다.
4. 스페인 - '브아레스 디아스'하며 서로 끌어안아 한 바퀴 돈다.
5. 알라스카 - '브덴니 음음'하며 두 주먹을 코에 붙여 서로 끌어 비빈다.
6. 인도 - '오! 살로모어'하며 양손을 입에다 붙였다 떼면서 나아가 `오! 살 로모어' 하면서 서로 끌어안는다.
7. 네팔 - '나마스테(3회)'하며 양손을 머리에 얹고 허리를 90도 굽혀 인사 한다.
8. 한국 - '새해 복 많이 받으세요.'하며 서로 맞절한다.

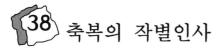 축복의 작별인사

1) 대형 : 일어서서
2) 효과 : 협동심, 자신감, 표현력, 잠재력, 사회성, 성취감
   - 모든 활동의 마무리는 축복의 작별인사를 하도록 한다. 이 활동은 엄숙하며 이별 의 아쉬운 분위기가 나도록 연출해야 한다.
   - 모두 일어서서 원을 만들어 양손을 잡고 '석별의 정'의 노래를 합창을 하거나 아니면 카세트테이프로 조용하게 배경음악을 틀어 놓는다.
   - 그리고 리더는 임의의 한 사람을 불러 안쪽 원으로 돌아서게 하여 왼쪽으로 계속 악수하며 작별인사를 나누고 원점까지 돌게 되는데 이때 바로 옆 사람도 차례대로 줄줄이 계속 따라 돌며 작별인사를 한다.
   - 리더는 가능한 작별인사를 나눌 때는 뜨거운 포옹과 함께 축복의 인사말을 하도 록 한다.(예 : 행복하십시오 /늘 건강하시길 바랍니다 /정말 사랑합니다 / 또다시 만나요 등)

 따라 비벼 발라 세워

1) 대형 : 앉아서
2) 효과 : 집중력, 순발력, 분별력, 자신감, 시공간 인지능력
   - 리더가 헤어크림 병을 들어 따르는 동작을 한다. 즉 왼 손바닥의 안쪽이 하늘로 향하게 하고 오른손 엄지는 따르는 동작을 취한다. 그 다음은 양손바닥끼리 비비는 동작을 하고 양손을 머리에 대고 바르는 동작이다.
   - 참가자들은 리더가 말한 대로 그 말과 행동을 따라서 해야 한다. 요령은 리더 가 '따라, 비벼, 발라'의 순서를 바꿔하면서 동작과 말을 다르게 한다.
   예) '따라, 비벼, 발라'에서 사회자는 말로 '비벼'하면서 '바르는 동작을 취한다. 그러면 참가자들은 '비비는'동작을 해야 하는데, 대부분 '바르는'동작을 취하고 만다.
   - 이 게임은 말과 행동이 다르도록 유도하는 활동으로 매우 재미있다.
   - 위 세 가지 행동이 숙달되면 '세워'(양손을 머리위로 세우는 모습)를 넣어 4가지 주문을 해본다. 그러면 더욱 혼동되어 재미있다.

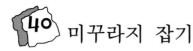 미꾸라지 잡기

1) 대형 : 앉아서
2) 효과 : 순발력, 협응력, 집중력, 시공간 인지능력
 － 오른손을 가볍게 주먹을 쥔 상태에서 엄지손가락을 곧게 뻗고 왼손은 엄지손가락과 검지손가락으로 서로 끝을 붙여 고리를 만든다.
 － 오른손의 엄지손가락을 세워 왼 편에 앉은 사람 손가락의 고리에 살짝 끼운다. 이러한 자세에서 리더가 '하나, 둘, 셋'하는 신호와 함께 오른손 엄지손가락(일명: 미꾸라지)은 잡히지 않도록 하고 왼 손가락의 고리(일명: 그물)는 상대방의 엄지손가락을 잡을 수 있도록 빠른 동작을 취한다.
 － 3판 2승의 시합을 해보고 분위기에 익숙해지면 오른손과 왼손을 바꿔서 해본다.

 큰 빵, 작은 빵, 긴 떡, 짧은 떡

1) 대형 : 앉아서
2) 효과 : 집중력, 협응력, 분별력, 기억력, 자신감, 표현력, 언어능력
 － 리더가 양손을 가지고 좌우로 넓게 벌렸다가 다시 가운데로 좁히며 동시에 '큰 빵 작은 빵'이라고 크게 말한다. 그리고 다시 양손을 상하로 크게 벌리고 좁혀 '긴 떡 짧은 떡'이라고 크게 말한다. 이때 참가자들로 하여금 리더의 말과 행동을 따라서 하도록 연습을 시킨다.
 － 이번에는 리더가 한 말과 행동을 대하여 반대말과 동작을 하도록 한다. 즉 리더가 동작과 함께 '큰 빵 작은 빵'이라고 하면 참가자들은 이어서 동작과 함께 '작은 빵 큰 빵'이라고 하도록 한다.
 － 차츰 익숙해지면 빠르게 하면서 복잡하게 섞어서 진행을 한다. 이렇게 하면 대부분의 참가자들은 말과 양손을 얼버무려 자연스레 폭소가 터지고 만다.
 － 참가자들은 항상 리더의 말과 행동에 반드시 반대로 해야 한다.
 * 예) 큰 빵 → 작은 빵
      작은 빵 → 큰 빵
      큰 빵 작은 빵 → 작은 빵 큰 빵
      긴 떡 짧은 떡 → 짧은 떡 긴 떡
      긴 떡 큰 빵 → 짧은 떡 작은 빵
      큰 빵 작은 빵 긴 떡 짧은 떡 → 작은 빵 큰 빵 짧은 떡 긴 떡
      짧은 떡 큰 빵 긴 떡 큰 빵 작은 빵 → 긴 떡 작은 빵 짧은 떡
      작은 빵 큰 빵

 가라사대

1) 대형 : 앉아서
2) 효과 : 집중력, 협응력, 순발력, 분별력, 기억력, 자신감
  - 이 게임은 널리 알려진 것으로 누구나 손쉽게 진행할 수 있다. 리더가 '가라사대'하면서 어떤 행동을 하면 참가자들이 그 행동을 따라서 하고 '가라사대' 라는 말을 하지 않고 어떤 행동을 할 때는 따라하지 않는 것이다.
  - 참가자들이 틀리도록 유도하려면 리더는 자연스럽게 말과 행동을 유연하게 연결하여 진행하면 된다.

  예) '가라사대 두 팔을 번쩍 들었습니다.'(1초 지나서) '자! 다 같이 박수 2번'하면 대부분 박수를 치고 마는 것이다. 그리고 '반짝반짝', '뒤로 기지개를'해도 대부분 틀리고 만다.

 커플 가위바위보

1) 대형 : 앉아서
2) 효과 : 사회성, 성취감
  - 상대커플과 가위 바위 보를 하여 지는 커플은 이긴 커플의 뒤로 가서 어깨를 잡는 다. 이러한 가위바위보는 최고의 커플이 선출될 때까지 한다. 즉 전체가 1줄이 될 때 까지 계속한다. 최고의 커플에게는 상품을 준다.

 양손 가위바위보

1) 대형 : 앉아서
2) 효과 : 사회성, 성취감, 순발력, 집중력, 분별력, 시공간능력
  - 커플끼리 서로 마주앉아 양손을 가지고 가위 바위 보를 하는데 양손 따로 하여 어느 쪽이라도 지는 손은 뒤로 빨리 빼고 이기는 손만 내놓는다. 그리고 이기는 사람은 재빨리 진 사람의 이마에 꿀밤을 하나주는 게임이다.

45 온 몸에 사랑이

1) 대형 : 일어서서
2) 효과 : 사회성, 성취감, 균형성, 지구력
3) 준비 : 풍선, 사과, 배
   - 남녀 1쌍이 서로 가까이 마주보고 붙어 서 있는다. 이때 리더는 1쌍의 발목에 풍선을 끼워준다. 이때 풍선을 온 몸을 활용해 땅에 떨어뜨리지 않고 무릎 —>배 —>가슴 —>입 —>이마까지 옮긴다.
   - 리더는 여러 커플을 동시에 시켜보아 가장 빨리 옮긴 커플을 승리하게 한다.

 46 내 짝이 최고!(개인, 조별)

1) 대형 : 앉거나 일어서서
2) 효과 : 사회성, 협동심, 자신감, 성취감
   - 리더의 구령에 따라 커플 중에서 해당되는 사람을 빨리 앞으로 나오게 하여 리더가 측정을 하여 각 부문의 최고를 뽑는 것이다.
   예) 머리카락이 가장 긴사람
       이마가 가장 많이 벗겨진 사람(대머리)
       키가 가장 큰사람
       몸이 가장 뚱뚱한 사람
       입이 가장 큰사람
       팔 힘이 센 사람
       크게 소리 지르기, 오래지르기 등

 47 상하좌우 손뼉 치기

1) 대형 : 앉아서
2) 효과 : 사회성, 성취감, 순발력, 집중력, 협동심, 분별력, 시공간 인지능력
   - 커플끼리 서로 마주앉아 노래를 부르면서 손뼉을 치는 게임이다. 남자는 상하로 여자는 좌우로 번갈아가며 연속 치는데 서로 부딪치지 않게 박자에 맞춰 잘 쳐야 한다.
   - 리더는 중간에 '바꿔'를 자주하여 서로의 박수방향에 혼란을 준다. 그러

면 대부분 의 참가자들이 혼란되어 서로의 손을 치고 만다.
- 매우 재미있는 게임으로 '바꿔'를 `헤이'로 해도 된다.

48 상하좌우 전자손뼉치기

1) 대형 : 앉아서
2) 효과 : 순발력, 집중력, 사회성, 성취감
   - 커플 끼리나 아니면 2사람씩 짝을 지어 오른쪽에 앉아있는 사람은 좌우
     로 손뼉 칠 준비를 하고 왼쪽에 있는 사람은 상하로 손뼉 칠 준비를 한다.
   - 준비가 됐으면 리더가 '하나 - 둘 - 셋' 이라는 구호를 하는데 '셋'이라
     고 할 때 재빨리 자기 손뼉을 친다.
     여기서 먼저 친 사람이 승리하는 것이다.
   - 이 게임은 3판 2승제로 시합을 해도 되며 진행을 재미있게 하기 위해서
     는 리더가 번호를 뒤바꿔서 순간순간 재치 있게 불러주어야 한다.

49 동전, 성냥게임

1) 대형 : 앉아서
2) 효과 : 시공간 인지능력, 분별력, 수리력, 순발력, 집중력, 성취감
3) 준비 : 동전 100개, 성냥 통 30개, 나무젓가락 100개
- 제한시간 내에 동전, 성냥, 나무젓가락을 높이 쌓거나 빨리 세는 게임이다.

50 딱지 뒤집기

1) 대형 : 앉거나 일어서서
2) 효과 : 사회성, 성취감, 순발력, 적극성, 지구력, 근력, 시공간 인지능력
3) 준비 : 앞 뒤 색깔이 구별되는 모노륨 조각 50개(가로 8센치*세로 8센치)
   - 각 팀별로 5명씩 선발하여 2팀씩 리그전을 해 본다. 리더는 바닥에 딱지
     50개를 앞 뒤 비율이 비슷하게 깔아 놓아 앞부분 딱지는 A팀, 뒷부분 딱
     지는 B팀으로 나 누어 서로 딱지를 더 많이 뒤집은 팀이 승리하게 한다.
   - 게임시간은 30초로 정한다. 1초사이라도 몇 개씩을 뒤집을 수 있으므로
     리더는 시간을 정확하게 지키도록 한다.

텔레파시

1) 대형 : 앉아서

2) 효과 : 사회성, 성취감, 협동심, 상상력, 집중력, 기억력

3) 준비 : 메모지 4-5장, 볼펜 4-5자루, 점수판

- 조를 나누어 먼저 조장을 선출한다. 그리고 각 조장에게 종이와 볼펜을 나누어 주고 종이를 8등분하여 접으라고 한다. 이때 각 조원들은 둥그렇게 무릎을 맞대고 앉게 한다.

- 리더는 각 조원들에게 16절지 왼쪽 첫째 칸에 서로 협의하여 생선이름 3가지를 기록하도록 한다. 이때 각 조원들이 주의 할 점은 진행하는 리더나 다른 조원들에게 들리지 않도록 떠들지 말고 기록해야 한다.

- 왼쪽 첫째 칸에 생선이름 3가지를 다 기록하였으면 둘째 칸에는 산 이름 3가지, 셋째 칸에는 20대가 가장 좋아하는 노래 3곡, 넷째 칸에 는 우리나라 여자 이름 중 가장 흔한 이름이나 시골스러운 이름 3가지, 가정집에 사는 해충, 벌레 3종류 등을 기록하도록 한다.

- 기록이 다 끝났으면 다시 한 번 확인하게 한 다음 리더는 각 조원들에게 자기 조가 기록한 32개의 이름을 1분 안에 암기하도록 한다. 암기가 끝났으면 리더는 각 조장을 통하여 기록한 용지를 다 회수한다.

- 그리고 리더는 이렇게 말한다. 지금부터 이 용지를 보지 않고 순서대로 이름 1가지 리더 맘대로 부르는데 이때 자기 조원들이 기록한 이름과 같을 경우 양팔을 들고 일어서며 최대한 소리를 지르도록 한다. 이때 소리는 '오! 예'로 한다. 소리를 잘 지르는 팀은 보너스 점수를 주도록 하며 이와 반대로 소리가 작을 때는 점수를 깎도록 한다.

- 리더는 각 제목의 이름을 4-5개 정도만 불러주고 특이한 이름(예 : 꽃-며느리밥풀 꽃, 벌레-바퀴벌레, 돈벌레, 시골스러운 여자 이름-영순, 순자 등)을 불러줄 때는 점수를 많이 걸어놓고 한다.

- 점수는 보통 100점, 특별점수 300점, 500점을 걸어 좋고 하는데 이렇게 되면 역 전기회가 주어지게 되어 게임 진행이 더욱 흥미진진하게 된다.

불러라

1) 대형 : 앉거나 일어서서
2) 효과 : 사회성, 성취감, 자신감, 협동심, 표현력, 상상력, 언어능력
   - 각 팀별로 '노래 불러라'의 노래에 맞추어 게임을 하는 것으로 리더가 임의의 술래 A팀을 정하여 '울어라' 라고 한다.
   - 그러면 이때 A팀을 제외한 모든 팀들은 '불러라'의 노래를 '울어라'로 가사를 바꾸어 불러준다. 즉 '울어라 울어라 엉엉 울어라.........'라고 노래를 불러주고 A팀은 실제로 우는 표정과 몸짓을 해야 한다.
   - '울어라'의 노래가 끝나면 A팀의 팀장은 다른 팀을 손짓으로 '울어라', '돌아라', '맞아라', '양말 벗어라' 등의 말을 하나씩만 만들어 지적하면 된다.
   - 계속 이와같은 식으로 지적당한 팀이 제스처를 하고 또 다른 팀을 지적하는 방법으로 하면 된다.

 제스처 릴레이

1) 대형 : 앉거나 일어서서
2) 효과 : 협동심,사회성,성취감,표현력,집중력,기억력
3) 준비 : 속담이나 노래제목이 적혀있는 카드 5장
   - 1팀씩 앞으로 나오게 하여 종대로 서게 한다. 리더는 속담이 쓰여 있는 카드를 맨 앞에 서있는 사람에게만 보여주고 이것을 본 첫 주자는 입으로는 말하지 않고 몸과 표정으로만 제스처를 하여 뒤로 전달한다.
   - 이와 같이 계속하여 맨 마지막 사람은 이 제스처가 뜻하는 속담을 리더와 전체 참가자들에게 큰소리로 말한다.

* 예) 낫 놓고 기억자도 모른다.
  까마귀 날자 배 떨어진다.
  지렁이도 밟으면 꿈틀거린다.
  바늘도둑이 소도둑 된다.

패션대회

1) 대형 : 앉거나 일어서서
2) 효과 : 집중력, 상상력, 자신감, 표현력, 잠재력, 사회성, 성취감, 지구력
3) 준비 : 신문지, 풀, 호치케스, 테이프, 색종이, 댄스CD
 - 각 팀에서 늘씬한 한사람을 모델로 선정하여 여러 가지 액세서리와 신문지 등을 가지고 예쁘고 우아한 옷을 만들어 입히는 게임이다.
 - 리더는 가능하면 유행하는 옷보다는 미래지향적이고 창의성이 많이 연출된 작품에 후한 점수를 준다.
 - 옷이 다 완성되면 댄스음악에 맞추어 행진을 하도록 하며 이러한 작품을 만든 역할을 한 디자이너를 앞으로 나오게 하여 작품에 대한 설명을 들어보는 것도 재미있다.

 미스 미스터 선발대회

1) 대형 : 앉거나 일어서서
2) 효과 : 집중력, 상상력, 자신감, 표현력, 잠재력, 사회성, 성취감
3) 준비물 - 화장품, 액세서리, 댄스 CD
 - 참가자 전체가 최고 미스와 미스터를 선발하는데 각 팀에서 남자는 여자로 여자는 남자로 분장시켜 출전시킨다.
 - 남자에게는 핸드백, 하이힐 구두, 스카프, 귀거리, 브래지어, 액세서리를 잘 이용하면 좋은 점수를 받을 것이고, 여자는 특별히 수염을 그리거나 건달같은 표정과 몸짓을 하면 될 것이다.
 - 분장이 끝나면 입장을 하는데 댄스음악에 맞추어 개별적으로 무대 행진을 하게 한다. 그리고 리더는 각 출전한 사람마다 익살스럽고 약간 심술스런 인터뷰를 하여 분위기가 한층 더 고조시킨다.
 - 가능하면 미스 코리아, 미스터 코리아 상외에 섹시 상, 분장 상, 스텝 상, 등으로 출 전 선수들에게 골고루 상을 다 준다. 그러면 팀마다 기쁨과 위로가 될 것이다.

삼·오행시 짓기

1) 대형 : 앉아서
2) 효과 : 집중력, 상상력, 자신감, 표현력, 잠재력, 사회성, 성취감, 판단력
3) 준비 - 종이 10장, 볼펜 10자루
   - 상대방 이름, 본인 이름, 행사명으로 시를 짓도록 한다.

 사랑이 듬뿍 담긴 말 외우기

1) 대형 : 앉아서
3) 효과 : 사회성, 기억력, 성취감, 긍정사고력, 언어능력
   - 사랑해요/ 미안해요 / 괜찮아요 / 좋아요 / 훌륭해요 / 고마워요 / 잘했어
   요 / 나 때문이에요
   위와 같은 사랑의 말을 외우고 발표하도록 한다.

 빈칸 낱말 만들기

1) 대형 : 앉아서
2) 효과 : 집중력, 창의력, 기억력, 잠재력
3) 준비 : 낱말카드
   - 각 조별로 낱말카드를 나누어 주고 제한된 시간 내에 빈칸에 낱말을 채
   워 넣도록 한다. 정답은 없으며 재미있는 말에 점수를 준다.

① 대□민□
② 우□소□일□
③ 총□김□맛□고
④ 참□와 허□□비
⑤ 청□은 봄□□
⑥ 초□
⑦ 아버□ 할□□□
⑧ □□락과 저□□

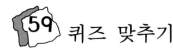 **퀴즈 맞추기**

1) 대형 : 앉아서

2) 효과 : 집중력, 기억력, 잠재력, 자신감, 언어능력

3) 준비 : 퀴즈카드

　– 각 조별로 퀴즈카드를 나누어 주고 제한된 시간 내에 퀴즈에 정답을 채워 넣도록 한다. 가능한 기억력을 되살릴 수 있는 퀴즈를 선택한다.

　예) 산수 실력을 요하는 문제
　　　기념일을 알아맞히는 문제
　　　산, 강, 도시의 지명문제
　　　재치를 요하는 문제

 가위바위보 기차놀이

1) 대형 : 일어서서

2) 효과 : 집중력,자신감,표현력,사회성,성취감,지구력,균형성,기억력

　– 가위 바위 보를 하여 지는 사람이나 팀은 이긴 사람이나 팀의 어깨를 잡아야 하는데 가위 바위 보를 할 때마다 산토끼 노래와 율동에 맞추어 해야 한다. 이렇게 계속하면 긴 인간기차가 될 것이다.

　① 산토끼 토끼야
　　 (오른발 뒷꿈치를 들어 30㎝ 앞에 살짝 찍고 다시 원위치 2회)
　② 어디를 가느냐(왼발로 위와 동일)
　③ 깡충깡충(뒤로 두발을 동시에 백 스텝 2회)
　④ 뛰면서(앞으로 두발을 동시에 스텝 2회)
　⑤ 어디를(오른손으로 둘레를 찾는 흉내)
　⑥ 가느냐(앞으로 두 발을 동시에 스텝 3회 그리고 가위바위보)

퀴즈 동서남북

1) 대형 : 일어서서
2) 효과 : 집중력, 상상력, 자신감, 성취감, 분별력
   - 리더는 아래의 그림과 같이 큰 원 하나와 X표를 지면에 그려놓고 가운데에 경계선을 그려놓는다.
   - 리더는 미리 준비한 퀴즈를 1문제씩 내어 참가자들이 생각 할때에 맞는다고 생각하면 'O'표시, 틀린다고 생각하면 'X'표시에 가서 서있으라고 한다.
   * 예) '말을 서서 잠을 잔다.' 이것이 맞는다고 생각하면 'O'표시, 틀리다고 생각하면 'X'표시에 서있으라고 한다.

   ♥ 정답 - 맞다
   - 이때 틀리다고 생각하여 'X'표시에 서있는 사람은 탈락이다. 이와 같은 방식으로 하면 된다. 그러나 이러한 퀴즈게임을 계속하면 탈락한 사람들이 많이 생긴다.
   - 리더는 이때 전체 분위기와 상황을 판단하여 이들을 다시 살려주는데 탈락된 사람들은 리더의 신호에 따라 '살려 주세요'하고 두 팔을 들고 2번 소리쳐야 한다.

 환영인사

1) 대형 : 앉거나 일어서서
2) 효과 : 분위기조성, 자발심, 자신감, 시간인지 능력
   - 리더가 오른손을 들면 참가자들이 박수를 치게 하고 왼손을 들면 벌떡 박수와 함성이 터져 나오는데 이때 리더는 '안녕하세요? 가장 멋진 남자! 당당한 남자! 이광재입니다. 이렇게 열열이 환영하여 주셔서 감사합니다. 지금부터 1시간동안 즐겁고 신나는 레크리에이션을 진행하겠습니다.' 하고 인사를 하면 된다.
   - '지금부터 여러분의 뜨거운 열기와 사랑 속에 <신나는 청춘대학 추억의 생생 축제를 시작하겠습니다.' 라고 개회선언을 해도 좋다. 바로 이어서 다함께 어깨동무를 하겠습니다. 다같이 아리랑 목동을 합창 하겠습니다'. 라고 해도 된다.

노래하며 안마하며

1) 대형 : 앉거나 일어서서
2) 효과 : 긴장풀기, 집중력, 기억력, 사회성, 순발력, 협응력, 근력
   - 먼저 간단한 스트레칭으로 양손을 손가락지로 끼게하여 손목과 손가락을 돌려 근육을 풀어주고 그 다음에는 양팔을 뒤로 길게 펴서 기지개를 하게 한다.
   - 그리고 오른쪽으로 전체가 돌아서 앉게 한 다음 빠른 노래를 하며 안마를 하게 한다. 안마는 오른쪽, 왼쪽, 앞사람의 두드리기, 주무르기, 꼬집기, 허리만지기, 간지럼 태우기 등을 즐겁게 하도록 주문한다.
   - 이와 같은 동작들이 익숙하여지면 이번에는 리더의 '하나, 둘, 셋, 넷 등'의 구령 에 따라 아래와 같이 활동을 하게 한다(이 때에는 빠른 박자의 노래를 부르며 한다)

   하나 - 오른쪽 사람의 어깨를 안마한다.
   둘 - 왼쪽 사람의 어깨를 안마한다.
   셋 - 엉덩이를 위로 2회 들썩거리며 손뼉 친다.
   넷 - 옆 사람 간지럼 태우기를 한다.
   다섯 - 일어서서 춤을 춘다.
   여섯 - 손잡고 오른쪽으로 8스텝 한다.
   일곱 - 손잡고 왼쪽으로 8스텝 한다.
   여덟 - 손을 위로 잡고 가운데로 모인다(8스텝)
        (아니면 서로의 어깨를 잡은 상태에서 오른다리를 위로 찬다)
   아홉 - 손을 아래로 내리면서 뒤로 간다(8스텝)
        (아니면 서로의 어깨를 잡은 상태에서 왼다리를 위로 찬다)
   열 - 세 사람 이상을 찾아가서 배꼽을 찔러준다.
   열하나 - 하는 동작을 멈춘다.
* 하나에서 다섯까지는 앉아서 할 때 적당하고 여섯부터 열하나 까지는 큰 공간에 서 일어서서 하면 재미있게 진행할 수 있다.

노래박사

1) 대형 : 앉아서

2) 효과 : 기억력, 동심 향수, 집중력, 언어능력

   - 리더가 어떤 조를 지적하여 '무슨 노래'하면 그 조는 그 노래를 해야 하다. 이렇게 하여 조를 자주 바꾸어 지적하면 노래를 많이 하는 조가 승리하게 된다.

   - 처음에는 쉬운 동요만을 하다가 차츰 분위기에 익숙해지면 동요, 옛날 노래, 가요, 계절 노래 등으로 섞어가며 지적한다.

   * 예) 몇 조 동요를, 몇 조 가곡을, 몇 조 옛날 노래를

   - 한번 불렀던 노래를 다시하면 안되며 리더는 가능하면 노래는 끝까지 다 부르지 않고 앞부분만 간단히 하게하고 이어서 다른 조를 지정한다. 동시에 다 지적해도 재미있다.

 노래하며 미용을

1) 대형 : 앉아서

2) 효과 : 협응력, 집중력, 순발력, 균형감각력

   - 노래를 부르며 미용체조를 하는데, 오른 손은 왼쪽 귀를 잡고 왼 손은 왼쪽 귀 옆의 허공을 동시에 잡고 이어서 양손을 옮겨 왼 손은 왼쪽 귀를 잡고 오른 손은 코를 잡는다. 또한 이어서 왼 손이 코를 잡고 오른 손은 오른쪽 귀를 동시에 잡고, 이어서 왼쪽 손이 왼쪽 귀를 잡고 오른 손은 오른쪽 귀 옆의 허공을 동시에 잡는다.

   - 이와 같은 동작을 박자에 맞추어 좌우로 '왔다갔다' 하는데, 이것이 그리 쉽게 되지 않고 손이 혼동되기 때문에 더욱 재미있다.

 노래하며 손뼉 치기 하나 둘 셋

1) 대형 : 앉아서

2) 효과 : 집중력,협응력,순발력,성취감,시간능력

   - 리더는 참가자들과 사전에 약속을 한다. 노래하며 옆 사람과 손뼉을 오른손으로 손뼉을 치던 중 리더가 '하나'하면 오른손으로 자기 손뼉 한번 오른쪽 친구의 왼쪽 손을 한 번씩 치도록 한다. '둘'하면 두 번씩 짝짝, '

셋'하면 짝짝짝 치도록 한다.
- 리더는 한번, 세 번, 세 번, 두 번 등 자주 바꿔주도록 한다.

 ## 67 노래하며 반대동작

1) 대형 : 앉아서
2) 효과 : 집중력, 순발력, 분별력
- 다함께 노래하는 도중 리더가 어떤 율동을 하게 되면 참가자들은 반대로 따라 해야한다. 즉 노래에 맞추어 리더가 손을 올리면 반대로 손을 내리는 동작을 하면 된다. 이외 상하 좌우동작 등 양손을 가지고 하면 재미있다.

 ## 68 신나는 박수를

1) 대형 : 앉아서
2) 효과 : 집중력, 기억력, 협동심
- 게임을 하는 도중 분위기가 소란하거나 다른 게임으로 넘어 갈 때에 쉽게 사용 되는 방법이다. 리더는 다같이 '박수 1번'을 주문한다. 그러면 박수 1번을 치게 된다. 다시금 '박수 3번'하면 3번의 박수를 치게 될 것이고 이제는 '박수 5번'이 라고 주문하여 본다. 그러면 대부분 박수를 순서대로 '짝짝! 짝! 짝! 짝!'(짝짝하고 쉼 없이) 이와 같은 방식으로 칠 것은 뻔 한 일이다.
- 사실 이렇게 치면 박수의 묘미가 없다. 그래서 신나는 박수를 쳐야 하는데 방법은 '짝짝 짝짝짝'(짝짝하고 반 박자 쉬고 짝짝짝 한다)처럼 리듬 있게 쳐야한다.
  * 박수 주문 - 1회,2회,3회,4회,5회,10회,11회,12회 등
      11회는 '짝짝 짝짝짝 짝짝짝짝 짝짝'

 ## 69 나는 연산군(네로황제)이다

1) 대형 : 앉거나 일어서서
2) 효과 : 자신감, 표현력, 잠재력
3) 준비 : CD 플레이어, 상품
- 리더는 연산군이 되고 참가자들은 신하가 되어 연산군이 신하들에게 여

러 가지로 명령을 내린다.

연산군 : 나는 연산군 이니라(당당하게)
신하들 : 예으이(두 손바닥을 펴서 비비며 고개를 숙인다)
연산군 : 만약 나의 명령을 듣지 않으면 손톱(발톱, 머리카락 등)을 뽑겠
　　　　느니라. 알겠느냐?
신하들 : 살려만 주십시오. 무엇이든지 하겠습니다.
　　　　(고개를 숙이고 손바닥을 비빈다)
연산군 : 좋다. 너희들이 분명히 내 말을 듣겠다고 하였다.
신하들 : 예으이
연산군 : 너, 너 ,너, 앞으로 나와!(조별로 1사람씩 뽑는다)
지금부터 자기조의 명예를 걸고 음악에 맞춰 춤을 정신없이 춰야 한다.
　　　　알겠느냐?(댄스 음악을 틀어준다.)

♤ 춤추기 외에도 노래 부르기, 동물 흉내 내기, 기타 장기자랑을 해도 재
미있다. 연산군은 가장 잘하는 사람에게 상을 내린다.

 ## L O V E

1) 대형 : 앉거나 일어서서
2) 효과 : 협응력, 집중력, 균형력, 신체적 재활
　– 노래박자에 맞추어 양손가락으로 동시에 L자 모양, O자 모양, V자 모양,
　E자 모양을 만든다.
　– 또한 일어서서 두 팔로 하면 운동도 되어 재미있다. 이 게임은 식후에
　나른하고 졸릴 때 하면 이상적이다.

◑ 노래 – 4/박자노래는 가능(짝사랑)
　L 동작은 오른 팔 – 평형, 왼팔 – 위로
　O 동작은 오른 팔 왼팔을 동그랗게 잡는다.
　V 동작은 오른 팔 왼팔 위로 향하여 V자로 한다.
　E 동작은 오른 팔–구부리고, 왼 팔 – 평형

노래하며 치면서 문지르기

1) 대형 : 앉아서
2) 효과 : 협응력, 균형감각력
   - 왼 손으로 가볍게 주먹을 쥐어 자기의 왼 쪽 어깨를 쳐주고 오른 손은 납작하게 펴서 자기의 배를 상하로 문지른다. 이러한 두 가지의 동작을 동시에 노래에 맞춰 하면 무척 재미있다. 리더는 노래하는 중간에서 '손바꿔' 나 '헤이'로 신호를 하여 동시에 손동작을 바꾸도록 주문한다.

 ## 끝말 이어가기

1) 대형 : 앉아서
2) 효과 : 기억력,집중력,창의력,상상력,언어능력
   - 끝말 이어가기: 사장-장기-기술
   - 3글자의 중간단어 이어가기: 지중해-중국어-국사책-사나이-나이테
   - 영어 끝 단어 이어가기: GOOD-DOG-GROUND
   - 연상단어 이어가기: 길다-바나나-원숭이-장난꾸러기-개그맨-방송국
   - 고사성어 말하기 : 사필구정-고진감례-우이독경

 ## 노래제목/음식이름대기

1) 대형 : 앉아서
2) 효과 : 기억력, 집중력, 창의력, 상상력, 언어능력
   - 퀴즈를 내어 맞힌 남녀 1명씩 앞으로 나오게 하여 리더의 사회로 노래제목이나 음식 이름대기를 한다. 이 게임은 중복되거나 새로운 제목을 말하지 못한 사람이 지게 된다. 계절별 노래, 가곡, 팝송, 군가 등 다양하게 진행 할수있다.
   - 이 외에도 산, 강, 장군, 나라, 음식, 나무, 꽃 이름 말하기 등으로 해도 된다.

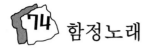 **함정노래**

1) 대형 : 앉아서
2) 효과 : 집중력, 순발력, 언어능력
   - 가사가 반복되는 노래를 선정하여 반복되는 가사는 빼고 노래하는 게임이다.
   * 예) 아버지는 나귀타고 장에 가시고
        나의 살던 고향은 꽃피는 산골
        산 위에서 부는 바람 시원한 바람
        아름다운 노래 정든 그 노래가
        토요일 밤 토요일 밤에 나 그대를 만나리
        저 논 속에 맹꽁이가 울어 젖히네.

 그림퀴즈 맞추기

1) 대형 : 앉아서
2) 효과 : 상상력, 기억력, 표현력, 협동심
3) 준비 : 칠판, 보드, 분필
   - 이 게임은 조별로 하면 재미있다. 각 조별로 조장을 앞으로 나오게 하여 리더가 다른 참가자들을 모르게 하고 10가지 정도의 주문할 그림이 제목을 전달하여 준 다.
   - 이때 앞에 나온 사람은 3분 내에 리더가 주문한 그림을 하나씩 그려가고 조원들은 알아맞힌다. 이때 맞추지 못하면 다음 그림으로 넘어 그려간다.
   - 리더는 각 조가 맞춘 그림 하나에 10점씩 준다.

 이구동성

1) 대형 : 앉아서
2) 효과 : 집중력, 협동심, 분별력, 성취감, 언어능력
3) 준비 : 낱말을 쓴 메모지 5-6장
   - 4명을 앞으로 나오게 하여 낱말을 한자씩 알려주고 리더의 신호 소리와 함께 한 자씩 큰 소리로 동시에 말하도록 한다.
     예를 들어 '남행열차'라고 가정하면 4명이 동시에 소리를 외치기 때문에

참가자들은 무슨 소리인지 모른다.

– 이 게임은 낱말을 맞추는 팀이 승리하게 되는데 정답을 1번의 기회로 맞출 수 없으니까 리더는 여러 번 구령을 해주고 또한 소리를 외치는 사람은 혀를 굴리면서 짧게 말하면 맞추기가 힘들 것이다.

* 노래제목 외에 다른 낱말도 가능하다.

예) 노발대발, 대한민국, 신혼여행, 왁자지껄, 개똥벌레, 우거지국, 세종대왕, 헐레벌떡, 내발산동, 과수원길, 곰발바닥, 징검다리 등

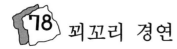 그대여!

1) 대형 : 앉아서
2) 효과 : 심폐지구력, 자신감, 스트레스 발산
3) 준비 : 마이크 세트

– 5사람정도 앞으로 나오게 하여 '선생님'이나 '누구 씨' 라는 말 중에 하나를 선택하여 이것을 가장 길게 빼는 사람을 승리하게 한다.

– 요령은 일렬횡대로 서게 한 다음 리더의 신호에 따라 동시에 큰소리로 애절하게 부르도록 한다. 이때 리더가 마이크로 여기저기 마이크로 대보면 그야말로 기이한 소리가 들린다.

* 예) 순자 씨 ∼씨이−이−이−

78 꾀꼬리 경연

1) 대형 : 앉아서
2) 효과 : 집중력, 기억력, 심폐지구력

– 5사람정도 앞으로 나오게 하여 계명을 부르는데 1사람당 1옥타브씩 올리도록 하는 게임이다. 그리고 다시 처음으로 낮출수 있는데 까지 1옥타브씩 낮춰 부르는 게임이다. 리더는 기타, 하모니카 피아노 등으로 계명을 정확히 알려준다.

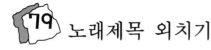 **노래제목 외치기**

1) 대형 : 앉아서

2) 효과 : 집중력, 기억력, 심폐지구력, 자신감, 분별력, 성취감, 언어능력

  - 5명 정도 앞으로 나오게 하여 노래제목을 가지고 글자 순서대로 글자 1
    자씩 큰소리로 내는 게임으로 끝까지 틀리지 않고 가장 빨리 읽은 사람
    이 승리하게 된다.

  - 예를 들면 '비 내리는 호남선'이면 먼저 크게 '비'하고 그 다음은 보통소
    리로 '내리는 호남선'을 하고, 다시 보통소리로 '비'하고 '내'는 크게 하고
    나머지 '리는 호남선'은 보통소리로 한다. 이와 같은 방법으로 끝 자인 '
    선'까지 한다.

  - 이러한 게임은 남녀노소 누구나 쉽게 즐길 수 있다.

  * 위 게임의 제목은 긴 노래의 제목의 각 행사의 주제에 따라 달리 할 수
    있다.

노인의 이해

1. 노인(老人)이란

생물학적, 생리학적, 심리학적으로 다양한 개인차이가 있지만 대체로 젊었을 때에 비하여 육체적, 정서적으로 현저한 쇠퇴가 보이는 사람을 말하며 심리적 기능의 약화로 사회적 역할 기능과 자기유지 기능이 상실되고 있는 사람이라고 할 수 있다.

노인들이 갖고 있는 문제를 우리는 흔히 노인의 4苦라 한다. 즉, 질병(疾病), 경제(經濟), 무위(無爲), 고독(孤獨)에 많은 노인들은 인생의 후반기를 고통 속에 보내게 되는 것을 의미한다.

이러한 고령사회(aged society)에 노인문제는 단순한 노인들 자체의 문제가 아니라 새로운 사회문제가 될 수밖에 없다고 할 것이다.

젊음을 경제와 국가 발전에 바친 노인들에게 인생의 후반기를 안정되고 쾌적하게 지낼 수 있게 해 주는 것이 국가나 사회적인 의무가 아닌가 생각해 본다. 일반적으로 노인의 4苦 문제 중에서 현실적으로 가장 큰 문제는 경제적 문제와 질병이라고 할 수 있을 것이다.

경제적 문제를 살펴보면 65세 이상 노인의 가구 월 소득이 80만원 미만인 노인 가구는 노인 전체 가구 수의 59.6%를 차지하고 있어 상당수의 노인들이 경제적 고통에 시달리고 있음을 알 수 있다.

또한 대부분의 노인들의 주 수입원은 자녀로부터의 도움으로 생활하고 있으며 반면, 연금이나 퇴직금이 주 수입원이라는 노인은 전체의 2.5%에 불과한 실정으로 대다수의 노인들이 경제적인 부담을 가지고 있다.

이들 노인이 지출하는 비용 중에 상당 부분을 차지하는 것이 보건의료비에 대한 지출이다. 소득의 감소는 노인들에 있어 마음에 상처 뿐 아니라 육체적으로도 상당한 고통이 따르고 질병치료에도 소극적일 수밖에 없다.

2. 노인의 개념

1) 역연령(曆年齡)

역연령으로 노년기를 구분한 대표적인 학자로는 노이가르텐(B. Neuarten)으로 고령화로 인하여 노년층의 연령대가 확대되어 감에 따라 노인집단을 연령을 기준으로 다음 세 단계로 분류하였다.

① 연소노인(young-old) : 55세~65세에 해당하는 사람들로 대부분은 직업을 가지고 있으며 많은 사람이 직업적 성취나 사회적 승인 면에서 최고 수준에 이르러 있다.
② 중·고령 노인(middle-old) : 65~75세에 해당하는 사람들로 대부분 직업 지위에서 물러나 퇴직한 상태지만, 아직은 대부분이 신체적으로 심각한 노화를 겪고 있지는 않다.
③ 고령노인(old-old) : 75세 이상의 사람들로 신체적 노화가 상당히 진전되어 병약하며 의존 상태에 있는 노인들이 대부분이다.

우리나라에서도 만 60세를 '회갑년(回甲年)'으로 기념하고 이때부터 어르신으로 대접해 온 전통이 있으나 현대에 들어와 노인복지법에서는 65세 이상을 연금법에서는 60세 이상을 각각 노인으로 규정하고 있다.

2) 노화의 정도
미국에서 1951년 열린 국제노년학회에서는 "노인이란 인간의 노화과정에서 나타나는 생리적, 심리적, 환경적 행동의 변화가 상호 작용하는 복합형태의 과정이다."라고 지적하고 노인에 대한 규정을 다음과 같이 정의하였다.
① 환경의 변화에 적절하게 적응할 수 있는 자체 조직에 결손을 가진 사람
② 일상생활에서 자시의 통합 능력이 감퇴되어 가는 시기에 있는 사람
③ 생활체의 기관이나 조직, 기능 등에서 쇠퇴 현상이 일어나는 시기에 있는 사람
④ 생활체의 적응성에서 정신적으로 결손 되어가고 있는 사람
⑤ 조직 및 기능저장의 소모로 인해 적응 감퇴현상 등이 있는 사람

3) 사회적 역할
심신의 노화로 인해 사회활동을 할 수 없는 사람을 노인으로 보며, 근대사회에서 노인의 위치는 사회적으로 활동을 하느냐 안하느냐와 밀접히 관련되기 때문에 노인의 기준을 정년제에서 찾아야 한다.

4) 조부모 역할
가족생활 주기에 근거하여 '빈 둥지 시기(empty nest period)'를 거쳐 손, 자녀가 출생하는 조부모역할의 시작을 노년기의 출발점으로 보아야 한다.

5) 늙음에 대한 자각

인간은 몇 세 부터 자기 자신이 늙음을 자각하고 스스로 노인임을 인정하느냐 하는 심리적 자각에 의하여 노년기를 구분 지을 수 있다. 그러나 이러한 노화에 대한 자각은 신체적 징후와 정신적, 사회적 경험에서 많은 영향을 받게되며 노화 자각의 과정에서 대부분의 노인이 심리적 저항의식을 갖고 있는 것도 사실이다.

3. 노화의 의미

일반적으로 생각하는 외형적이고 생리적인 측면에서의 변화뿐 아니라 사회적이고 심리적인 변화 측면까지를 모두 포함하는 복합적인 현상으로 시간의 흐름에 따라 인간 유기체 전체에게 보편적이며 점진적이므로 일어나는 신체적, 심리적, 사회적 변화의 과정이다.

노화는 인간의 정상적인 성장과 발달과정 전체의 한 부분이며 적어도 세 가지 면에서의 변화과정을 포함하는 것으로 이해해야 한다.

1) 생리적 노화는 신체의 기관과 체계의 구조 및 기능이 시간의 경과에 따라 변화 하는 것을 의미한다.
2) 심리적 노화는 축적된 경험에 의한 행동, 감각, 지각기능, 자아에 대한 인식 등이 시간의 변화에 따라 변화하는 것을 의미한다.
3) 사회적 노화는 생활주기를 통하여 일어나는 규범 기대, 사회적 지위 및 역할의 변화 등을 의미한다.

4. 노년기의 신체적 특성

1) 외모의 변화 – 피부, 치아, 근육, 체모, 골격
2) 대사기능의 변화
3) 호흡기능의 변화
4) 순환기능의 변화
5) 소화기능의 변화
6) 기타 내장기관의 변화
7) 감각의 변화 – 시각, 청각, 미각, 후각, 촉각, 통각
8) 신장 및 생식기관의 변화
9) 수면의 변화
10) 노년기 질병 – 뇌졸중, 고혈압, 당뇨병, 골다공증, 관절염과 류머티스

5. 노년기의 심리적 특성

1) 심리적 노화의 전제

정상적 노화, 개인차, 학습능력의 유지, 잠재력과 수행, 경험의 중요성,
적응적 특수화, 자아의 유지

2) 노년기 발달 단계 (한국인의 발달과업)

학자구분	한국인의 발달과업
시기구분	노년기(60세 이후)
신체적 영역	o 줄어가는 체력과 건강에 적응 o 노년에 맞는 간단한 규칙적 운동 o 건강유지에 필요한 알맞은 섭생 o 지병과 쇠약에 대한 바른 처방
사회적 영역	o 동년배 노인들과 친교유지 o 가정과 직장에서 책임을 합당하게 물려주기 o 가정과 사회에서 어른 구실하기 o 자녀, 손자들과 원만한 관계 유지
지적 영역	o 세대차와 사회변화 이해 o 은퇴생활에 필요한 지식과 생활 배우기 o 정치·경제·사회·문화에 대한 최신 동향 알기 o 건강증진을 위한 폭넓은 지식 알기
정의적 영역	o 적극적으로 알고 생활하려는 태도 유지 o 취미와 여가생활 o 정년퇴직과 수입 감소에 적응 o 배우자 사망 후의 생활에 적응하기 o 동료 또는 자신의 죽음에 대하여 심리적으로 준비

3) 노화에 따른 성격의 변화

① 노년기의 성격적응 유형 : 통합형, 방어형, 수동적 의존형, 비통합형
② 노년의 적응 유형 : 성숙형, 은둔형, 방어형, 분노형, 자학형
③ 노년기의 일반적 성격특성
　: 시간전망의 변화, 신체에 대한 민감한 반응, 조심성 증가,
　　내향성 증가, 양성화, 친숙한 사물에 대한 애착심
④ 노년기 성격 변화의 신화
　: 수동성 증가, 경직성과 보수성 증가, 의존성 증가, 우울증 경향 증가

6. 노년기의 사회적 특성

1) 노년기의 가족관계

　　① 부부관계 : 성공적인 노년기 부부관계, 황혼이혼, 노년기 재혼

　　② 세대관계 : 부모-자녀관계, 고부관계, 조부모-손, 자녀 관계

2) 시대에 따른 노년기 역할의 변화

　　① 전통사회에서의 노인의 역할

　　　: 가족 내 역할 (가장, 원로, 가정교육의 책임자, 가계의 책임자)

　　　: 사회적 역할 (지역사회의 대표, 사회교육자, 지역사회의 원로)

　　② 현대사회에서 노인의 역할

　　　: 가족 내 역할

　　　(가장에서 피부양인으로, 지혜의 보고에서 시대의 낙오자로

　　　가정교육의 책임자에서 방관자로, 가정경제의 중심에서 종속인으로)

　　　: 사회적 역할

　　　(지역사회의 대표에서 종속인으로, 지역사회지도자에서 방관자로

　　　경제의 중심에서 주변인으로)

3) 한국 노인의 사회문화적 특성

　　① 가부장적 권위주의적이다

　　② 가족주의적이다 : 가족을 위해서 개인을 희생하는 가족주의적 경향

　　③ 자식 의존적이다

　　④ 내향적이며 수동적이다

　　⑤ 변화에 민감하지 못하다

4) 노인에 대한 사회적 편견

　　美 / 해리스와 콜 (Harris & Cole, 1986)은 일반인이 노인이나 노화에 대해 갖고 있는 대표적인 편견 25가지를 지적하였다.

　　－ 모든 노인이 다 비슷하다 － 꼭 그렇지는 않다

　　－ 대부분의 노인은 수용시설에서 살고 있다 － 수용시설에 대한 개념을 바꾸어야 한다.

　　－ 대부분의 노인은 외롭고 그들의 가족에게 소외당하고 있다 － 요즈음 노인들은 자신의 주장이 뚜렷하고 분명하다

　　－ 노인은 젊은이 보다 급성질환을 가진 경우가 더 많다 － 젊은이들이 병

으로 죽는 확률이 더 많다

- 은퇴한다는 것은 남성보다 여성에게 덜 어렵다 - 여성은 폐경기에서부터 은퇴를 맛본다.
- 많은 노인이 건강이 나빠서 많은 날을 이불 속에서만 보낼 것이다. - 젊은 오빠 소리를 들으시는 노인들도 상당히 있다.
- 노인은 새로운 것을 학습할 수 없다. - 노인을 위한 대학들이 우후죽순으로 생겨나고 있다.
- 대부분의 노인은 성에 흥미가 없고 또 성적 활동도 불가능 하다. - 찰리 채플린은 80의 나이에 아들을 낳았다.
- 노인은 젊은이보다 죽음을 더 무서워한다. - 죽음에 대한 공포는 누구에게나 있다.
- 노인은 대부분 화를 잘 내고 주변 사람들과 자주 다툰다. - 젊은이들이 수용하지 못할 때 화를 내는 것이지 터무니없이 내는 것은 아니다.
- 나이가 들면 노망이 들게 마련이다. - 요즈음 치매는 20대에도 걸린다.
- 은퇴는 몸을 쇠약하게 만들고 일찍 죽음에 이르게 한다. - 정신적인 자세가 더 중요하다.
- 나이 많은 노동자는 높은 사고율과 결석률을 나타낸다. - 조신성을 소유한 분들이다.
- 대부분의 노인은 자녀와 같이 살고 싶어 한다. - 독립을 주장하시는 분들도 상당수이다.
- 노령은 65세에 시작된다. - 정신적인 노화가 더 큰 문제이다.
- 노인은 융통성이 없고 고지식하다. - 젊은이들 또한 그렇다.
- 노인은 젊은이 보다 생산성이 떨어진다. - 어떤 일이냐에 따라 다르다.
- 노인은 젊은이 보다 투표율이 낮으며 정치적 관심도 낮다 - 실제 고위층 지도자들의 연령을 비교해 보라.
- 앓는다는 것은 노화의 필연적인 결과다. - 젊은이들이 지닌 병도 상당수이다.
- 사람은 늙어 가면서 더 종교적이 된다. - 종교는 연령을 초월한다.
- 노인은 잠을 많이 잔다. - 정신적인 잠이 더 문제이다.
- 나이가 들면서 지능이 뚜렷하게 떨어진다. - 지능은 사용하지 않으면 떨어지게 되어있다.
- 나이가 들면서 정치적으로 더 보수적이 된다. - 진보적 성향을 지닌 정치인들도 상당수 있다.
- 은퇴하면 대개는 플로리다와 같은 따뜻한 곳으로 이주하여 살고 싶어 한다.
- 고향을 그리워하는 것은 노인의 심리이다.

- 노인의 대부분은 수준 이하의 수입을 갖고 있다 - 현실이 그렇게 만들고 있다.

7. 움직이는 노년
1) 여가를 지혜롭게
노인의 여가라 함은 하나는 노령기에 있어서도 일정한 사회적, 가정적 역할이 있어 그 역할을 추구하는 도중에 가지게 되는 여유 있는 시간을 말하고 또 하나는 자신에게 부과된 일정한 역할이 없이 막연하게 보내는 긴 시간을 말한다. 노인의 여가라 함은 일반적으로 후자를 의미하는 경우가 많으며 따라서 노년에는 생활이 곧 여가이다.

다양한 여가활동 또는 취미활동을 바쁘게 하는 노인들이 많아지고 있으며 가족 및 사회로부터 소외되고 방치되어 있는 이들이 집합하여 상호의존하고 위로하고 용기도 주고 불평을 나누면서 소일함으로써 노인들의 심적 갈등을 어느 정도 해소하며 봉사활동도 이루어지며 노인들의 생활도 생산적이고 적적인 취미생활로 발전되고 있다.

노인들의 여가 형태는 각자의 성격이나 과거의 습관에 따른 노인의 여가 유형은 다음과 같다.
① 단독 충실형 : 미술, 음악 감상, 서예, 다도, 사진촬영, 우표나 동전수집
② 우인 교류형 : 친구들과 어울리는 일에 많은 시간 충당
③ 독서형 : 독서, 문집정리, 신문, 잡지의 스크랩
④ 가족 충실형 : 정원손질, 가옥미화작업, 살림용구수시이동, 가족동반외식
⑤ 사회 참여형 : 동창회, 향우회, 친목회, 정치단체 참여

2) 더욱 중요해지는 노인 교육
노인을 위한 교육은 단순한 복지 차원을 넘어서 인간의 전 생애에 걸친 평생교육의 일환으로 새롭게 자리매김 되어야 한다. 또한 노인을 위한 교육은 학교교육과 같은 강제적이고 의무적 측면이 없는 순수하게 자율적이고 자발적인 교육이라 할 수 있으므로 교수자의 시각보다는 학습자의 시각에서 습득하고 성취할 목표가 제시되어야 한다. 교육의 목적을 근거로 하여 노인을 위한 교육에서 내용을 선정하기 위한 기준을 다음과 같이 제안해 볼 수 있다.
- 전 생애 발달과 노년기, 신체적 노화의 특성, 신체적 노화에의 적응
  노년기 심리적 노화의 특성, 노년기의 인지적 특성과 그에 대한 적응
  노년기의 성격적 특성과 적응, 노년기의 여가와 창의성, 정신건강 유지

죽음과 인생의 의미, 사회변화의 이해와 적응, 노년기의 사회적 역할 변화 발달과업, 대인관계기술, 세대차에 대한이해, 경제활동과 사회참여 노인을 위한 교육은 노인교실 및 노인학교 노인대학, 노인 및 사회복지관에서의 노년교육, 대학 평생 교육원에서의 노년교육이 이루어지고 있다. (죽음준비교육, 노후플랜아카데미, 젠틀맨 클럽, 세대통합프로그램 등)

3) 보람 있는 노년봉사

노인 여가중 가장 발전된 형태 또는 궁극적으로 지향해야할 여가 형태는 자신의 문제를 어느 정도 해결 해 가면서 사회봉사활동에 시간을 보낼 수 있도록 하는 것이 보다 보람을 찾고 있는 노인들이 많아지고 있다. 지역의 환경지킴이, 건강지킴이, 세대통합을 위한 교육자로서의 활동, 노인이 노인을 위한 교육 등 여러 영역들이 개발되어져 다양한 활동을 하고 있다.

8. 노년기의 10가지 유형

① 열혈 청년형 : 나는 아직 늙지 않았다는 것을 스스로에게도 다른 사람들에게도 계속 강조하는 유형

② 조로(早老)형 : 어차피 늙어갈 인생, 뭐 별거 있겠느냐는 지레짐작으로 노년을 앞당겨 맞아들이는 유형

③ 응석형 : 어르신을 어린아이 취급하는 것도 문제이지만, 어르신 스스로가 어린아이 노릇을 하는 것은 미성숙한 인격의 반영이다.

④ 밑 빠진 독형 : 욕심을 버리지 못해 채워도 끝이 없다. 돈, 자식 욕심으로도 모자라 목숨까지 욕심을 버리지 못하는 유형

⑤ 겨울 나무형 : 잎 떨군 겨울나무는 아무 말 없이 서 있지만 그 안에 봄의 새싹을 키우고 있다. 다 비우고 모두 덜어낸 고목은 긴 세월을 지나 묵묵히 그 자리를 지니고 있는 유형

⑥ 내 마음대로형 : 일명 '나를 따르라'형. 매사에 깃발을 높이 들고 앞장서신다. 다 큰 자식들의 의견 같은 것은 소용없다.

⑦ 답답형 : 일단 말이 안 통한다. 무슨 일이든지 자기 방식밖에는 모른다.

⑧ 산타클로스형 : 죽을 때 가지고 갈 것 아니라며 가진 것을 아낌없이 나눠주신다. 남은 생을 자원봉사로 꾸려 가는 유형

⑨ 무감각형 : 아무런 희망도 의욕도 없는 유형. 살아온 날들이 워낙 신산스러워 노년의 삶 역시 버겁기만 하다.

⑩ 잘 익은 열매형 : 한 마디로 잘 익은 노녀. 성숙한 노년이다. 자신의 자리와 역할을 적절하게 잘 물려주시며, 비록 힘없고 돈 없을지라도 노년의 향기를 진하게 전해주신다.

대체의학을 통한 노인건강관리

1. 주의사항
환자나 노인들을 취급할 때에는 아기를 다루듯이 부드럽게 대해야 한다.

2. 5분 전도법
1) 손목 짜주기
　상대의 좌, 우측 손을 돌리면서 짜주는데, 본인의 오른손으로 상대의 오른손을 악수하듯이 잡고 손목을 중심으로 오른쪽, 왼쪽으로 번갈아 돌리면서 왼 손으로 상대의 왼손을 팔꿈치에서 손목까지 짜준다. 동일한 방법으로 반대편 손도 돌리면서 짜준다. 단 상대의 손이 바뀌면 본인의 손도 바뀐다.

2) 깍지 껴서 빼주기
　상대의 오른손목을 본인의 오른손으로 쥐어 잡고, 상대의 오른손 등을 위로 향한 채로 본인의 왼손으로 상대의 오른손의 깍지를 끼되 엄지손가락을 상대의 엄지(1번 손가락)와 직지(2번 손가락) 사이에 넣고 3~5회 정도 가볍게 잡아당긴다. 반대편 손도 동일한 방법으로 해준다. 단 상대의 손이 바뀌면 본인의 손도 바뀐다.

3) 손가락 마사지
　상대의 오른손 등을 위로 향한 채로 손목을 본인의 왼손으로 쥐어 잡고, 상대의 각 손가락을 본인 오른손의 직지(2번)와 장지(3번) 사이에 끼우고 상대의 손가락 뿌리 부분에서부터 손톱부분까지 우측에서 좌측으로 비틀면서 당기고 각 손가락의 손톱부분 아래에서 위로 올리면서 힘 있게 빼준다.(테크닉 발휘) 이때 마찰부분이 소리가 나도록 한다. 반대편 손도 동일한 방법으로 해준다. 단 상대의 손이 바뀌어도 본인의 손은 바뀌지 않는다.

4) 새끼손가락 끼워서 손바닥 마사지
　상대의 오른손바닥을 위로 향한 채로 손가락을 펴게 하고, 본인의 양 손바닥을 마주보게 하여 수직으로 세우고 왼 손의 4,5번 손가락을 상대의 1,2번 손가락 사이에 끼우고, 오른손의 4,5번 손가락을 상대의 4,5번 손가락 사이에 끼워

양 엄지손가락으로 지압하듯이 눌러준다. 그리고 엄지손가락으로 상대 손바닥의 손목 쪽 에서부터 손가락 쪽으로 긁어주면서 '후후'하고 불어준다.

5) 손바닥 주물러주기

상대의 오른손등을 본인을 향하게 하고 손가락은 위로 올린 채로 세워 놓고 본인의 양손가락의 끝으로 지압을 하듯이 어루만지면서 사랑하는 마음으로 "후!" 하고 불어주면서 마사지 해준다. 반대편 손도 동일한 방법으로 해준다. 단 상대의 손이 바뀌어도 본인의 손은 바뀌지 않는다.

6) 손가락 마디(경락) 마사지

상대의 오른손등을 위로 향한 채로 손가락을 펴게 하고, 본인의 오른손가락을 모아서 손가락 끝으로 상대의 손가락 마디마디 눌러준다. 반대편 손도 동일한 방법으로 해준다. 단 상대의 손이 바뀌어도 본인의 손은 바뀌지 않는다.

7) 어깨 주물러 주기

상대의 등 뒤에서 양 어깨의 목 주위를 충분히 마사지 한다.

8) 등 두드리기

상대의 등 윗부분을 양 손의 주먹을 쥐고 좌, 우로 왔다 갔다 하면서 충분히 두드려 준다.

9) 일어서서 어깨비비기

상대를 앉혀 놓고 등 뒤에서 오른발은 상대의 엉덩이에 붙이고 상대의 목 주위를 양손으로 붙잡듯이 얹어서 본인의 발뒤꿈치를 들어 올리면서 '하나, 둘, 셋' 리듬을 타면서 반동을 이용하여 상체의 힘을 손에 집중시켜서 눌러준다. 몇 번을 반복하여 실시한다.

10) 손목 잡고 끌어당기기

상대를 앉혀 놓고 등 뒤에서 오른발은 상대의 엉덩이에 붙이고 본인의 양손으로 상대의 양 손목을 꽉 잡고 상대의 양 팔을 벌려서 노 젓듯이 중앙으로 모아서 하늘을 향해 본인의 몸 쪽으로 붙이면서 당겨 올려준다. 3회 정도 실시한다.

3. 50견 치료

1) 어깨 검사

    상대의 팔꿈치를 잡고 위 아래로, 앞뒤로 흔들어서 어깨나 팔이 아프면 50견이고 아프지는 않고 저리기만 하면 경추에 이상이 있다고 판단한다.

2) 팔 돌리기

    오른팔이 아플 경우, 상대를 앉혀 놓고(양반다리) 등 뒤에서 본인의 왼손은 상대의 오른쪽 어깨(승무근) 위를 잡고 상대의 오른팔은 본인의 오른손으로 상대의 손목을 잡고 원을 크게 그리면서 앞으로, 뒤로 5회 정도 돌려준다. 반대편 팔의 경우도 동일한 방법으로 해준다. 단 상대의 팔이 바뀌면 본인의 손도 바뀐다.

3) 팔꿈치 잡고 조여 주기

    오른팔일 경우, 상대를 앉혀 놓고(양반다리) 등 뒤에서 환자의 오른팔을 안쪽으로 접어서 팔꿈치를 본인의 오른손으로 잡고, 본인의 왼손은 환자의 왼쪽 어깨의 견갑골 위에 얹어서 밀면서 본인의 오른손은 조여 준다. 반대편 팔의 경우도 동일한 방법으로 해준다. 단 상대의 팔이 바뀌어도 본인의 손은 바뀌지 않는다.

4) 팔꿈치, 깍지 끼워 끌어올리기

    오른팔일 경우, 상대를 앉혀 놓고(양반다리) 등 뒤에서 환자의 오른팔을 안쪽으로 접어서 본인의 몸에 붙여놓고 팔에 힘을 빼게 한 후에 치료자는 일어서서 양손은 깍지를 끼워 환자의 팔꿈치를 붙잡고 위로 올리면서 환자의 어깨가 충분히 올라간 후에 테크닉을 발휘하여 툭하고 당긴다.

5) 팔 붙잡고 틀어주기

    왼팔일 경우, 상대를 앉혀 놓고(양반다리) 등 뒤에서 환자의 양손으로 깍지를 끼우고 자신의 목뒤에 얹게 한 후, 치료자의 무릎을 꿇어 상대의 엉덩이에 바싹 붙여서 치료자의 오른손을 상대의 왼 팔과 목 사이에 생기는 구멍으로 넣고 잡아당기면서 틀어주고 본인의 왼손으로 견갑골부터 허리까지 지압하듯이 누르면서 내려온다.

6) 환자는 등을 위로 향하게 해서 눕혀놓고(복와이) 한손을 허리에 얹어 치료자

의 손으로 눌러 잡고 반대편 손으로 누르면서 펌프질을 5회 정도 한다.

그 상태에서 치료자의 손을 환자의 팔 아래에서 위로 넣어 환자의 등 뒤에 얹고 환자의 팔을 위로 3초 정도 올린다.(지렛대)

환자는 그 상태를 유지하게 하고 어깨를 올려서 치료자의 한 쪽 무릎을 넣고 환자의 날갯죽지를 양 손으로 날갯죽지 전체를 차근차근 잡아당긴다. 그리고 날갯죽지와 환자의 등 사이에 생기는 공간을 지압하면서 차근차근 눌러준다.

7) 환자를 배가 위로 향하게 해서 눕혀놓고(앙와이), 본인은 양 다리를 넓게 벌려서 자연스럽게 놓고, 환자의 턱을 약간 올리고 환자의 목뒤에서 양손으로 목을 받쳐 들고 양손의 2번에서 5번까지의 손가락을 이용하여 앞에서 뒤로, 뒤에서 앞으로 원을 그리면서 경추 4,5번 주위를 1~2분 정도 충분히 풀어준다.

그 상태에서 왼손은 목과 머리 사이를 잡고 오른손은 환자의 오른쪽 어깨의 승무근 에서부터 경추 7번까지 충분히 풀어준다. 반대편의 경우도 손을 바꾸어 동일한 방법으로 해준다.

그리고 나서 본인의 양발을 환자의 어깨에 대고 양손을 목 뒤에 넣어서 경추 7번에서부터 5~10회 정도 견인한다.

8) 환자는 앙와이로 하고, 본인은 양다리를 넓게 벌려서 자연스럽게 놓고 본인의 오른손을 상대의 머리 뒤로 넣어 왼쪽 귀를 잡고 머리를 받쳐 들어 환자의 머리에 본인의 가슴을 대고(이때 환자의 목은 힘을 빼게 한다) 본인의 왼손은 환자의 오른 턱을 잡고 좌우로 흔들면서 테크닉을 발휘하여 툭 소리가 나게 틀어준다. 반대편의 경우도 손을 바꾸어 동일한 방법으로 해준다.

9) 환자는 그 상태로 놓고(앙와이) 치료자는 무릎을 꿇어 양 손목을 '×' 자로 해서 환자의 어깨 위에 얹고 환자의 목을 위로 3회 정도 들어올린다.

그 상태에서 환자의 오른 어깨를 본인의 오른손으로 누르고 왼손으로는 환자의 목을 받쳐 들고 위로 1회 올린다. 반대편의 경우도 손을 바꾸어 동일한 방법으로 해준다.

4. 허리치료

1) 배꼽 뒤 = 요추 4,5번이 아프면 허리디스크로 진단한다.

2) 환자를 복와이 상태로 하고 허리를 충분히 풀어준다.

3) 복와이에서 환자의 허리에 거꾸로 앉아서 무릎을 10초 정도 들어 올린다. 반 대편의 경우도 동일한 방법으로 해준다.

4) 앙와이로 하고 무릎을 접어 약 20회 정도를 위아래로 흔들어 준다.

5) 그런 후에 환자의 옆으로 돌아가 환자의 접은 두 무릎을 시술자의 왼 팔로 누르고 오른팔은 환자의 엉덩이 밑으로 넣어 허리띠를 잡고 공을 굴리듯이 앞 으로 밀고 당기는 것을 5~10회를 반복한다. 이 때 시술자의 가슴을 환자의 무 릎위에 붙이면서 한다. 반대편의 경우도 자세를 바꾸어 동일한 방법으로 해준다.

6) 시술자의 발바닥을 환자의 발목 위에 올려서 엉덩이에 닿을 때까지 민 다음 시술자는 깍지를 껴서 환자의 무릎 위에 얹어서 시술자 쪽으로 당겼다가 놓아 주는 것을 10~20회를 반복하는 데 환자의 허리가 들리도록 당긴다.

7) 앙와이 상태에서 환자의 한 쪽 무릎을 90도로 꺾어서 반대 무릎 위에 얹어놓 고 3~5회를 펌프질한다. 반대편의 경우도 동일한 방법으로 해준다.

8) 앙와이 상태에서 환자의 한 쪽 무릎을 꺾어서 발을 엉덩이에 바짝 붙여서 좌 우로 각 5회씩 원을 그려준다. 반대편의 경우도 동일한 방법으로 해준다.

9) 환자는 옆으로 누워서 우측 다리를 바짝 꺾고 시술자의 좌측 무릎으로 누르 고 시술자의 오른 무릎은 환자의 가슴 밑에 위치시키며 환자의 얼굴은 하늘을 향하게 하고서 환자의 왼팔을 들어올려 5~7초 정도를 기다린 후에 팔을 놓아 준다. 그런 후에 환자의 골반 뼈와 오른 어깨를 펴주듯이 20~30초 정도를 눌 러준다. 반대편의 경우도 동일한 방법으로 해준다.

5. 무릎관절 치료

1) 환자를 복와이 상태로 하고 무릎 아래 장단지를 충분히 풀어준다.

2) 무릎 관절 주위를 마사지한다. 그리고 무릎에서 발까지 경골 바로 아래의 혈 을 따라가며 마사지한다. 반대편의 경우도 동일한 방법으로 해준다.

3) 시술자는 양반자세, 환자는 앙와이로 하고 환자의 무릎 관절 뒷부분을 두 손 으로 붙잡고 3~5회 정도 빼듯이 당겨준다. 그런 후에 대퇴부에서 장단지까지 두 손으로 비틀며 흔들어준다.

4) 무릎 관절의 치료는 최대한 많이 풀어준다.

5) 족삼리 혈을 쑥뜸으로 크게 떠준다.

6. 흉추 교정

1) 환자를 앉혀 놓고 등 뒤에서 시술자는 뒤꿈치를 들고 무릎 꿇은 자세로 양
   무릎을 환자의 등 뒤에 바짝 밀착시켜 지압을 하듯이 위 아래로 눌러주며 한
   무릎을 가지고 등뼈(흉추)의 위 아래로 눌러준다.
2) 환자의 양팔을 접어 손을 반대편 어깨 위에 얹게 하는데 반드시 오른 팔을
   왼팔의 아래에 위치시킨다. 그리고 환자의 뒤에서 무릎 꿇은 자세로 앉아서
   두 무릎을 이용하여 환자의 상체를 당기면서 아래(흉추 12번)에서 흉추 1번
   까지 위로 눌러준다.
3) 등이 굽은 경우, 환자는 앉은 자세에서 굽은 등에 수건을 말아서 대 놓고 시
   술은 무릎을 꿇어 한 쪽 무릎으로 대며 환자는 깍지를 긴 상태로 손을 목 위
   에 얹게 한 후에 시술자가 등 뒤에서 환자의 두 팔꿈치를 당기면서 테크닉을
   발휘한다.
4) 등이 굽은 경우, 앙와이에서 환자의 굽은 등에 수건을 말아서 대 놓고 환자는
   깍지를 긴 상태로 손을 목 위에 얹게 한 후에 시술자는 환자의 머리 뒤에서
   환자의 두 팔꿈치를 잡고 밀면서 테크닉을 발휘한다.
5) 상기 3,4번 항목을 노인에게 시행할 때는 조심스럽게 실시한다.

WOW, SIT
(Spot, Ice break, Team building)

정말 중요한 모임에서 직접 프로그램을 진행하던 중 당황한 적이 있는가? 좀 더 재치 있거나 재미있는 진행을 원하는데 잘못되어 엉망이 되어버린 적이 있는가?

참여자에게 끌려가면서 시간에 쫓기면서 누구나 한두번쯤은 이런 실수들을 해 보았을 것이다. 이 와우 SIT은 여러분이 운영할 수련회나 세미나 또는 모임을 풍요롭고 성공적으로 이끌 수 있는 활동 프로그램들로 가득하다. 내가 맡은 행사나 크고 작은 모임을 새롭고 창의적인 것들로 자신있게 성공적으로 이끌어가기를 원하는가?

이 와우 SIT(Spot, Ice Break, Team Building)에는, 강의나 프로그램 전에 Pre-Opening Spot, 효과적이고 기억에 남는 종료를 위한 Closing Spot, Spot game, Quiz Spot, Action Spot, Cartoon Spot, 분위기를 만들어내는 Ice Break기법 207}지, 참여와 피드백이 있는 Action learning Team Building 207}지, 진행자가 활용할 수 있는 학습, 게임 도구들을 팁으로 소개한다.

이 와우 SIT 내용을 한 가지씩 소그룹부터 인원이 많은 모임까지 실내에서 야외로 정적인 것에서 동적인 것으로 활동에서 학습으로 그리고 행동으로 옮길 때마다 그 즉시 효과가 나타날 것이다.

1. Spot 기법
1) Spot기법의 이해와 영역
(1) Spot이란 무엇인가?

학교, 교회, 학원, 세미나, 수련회, 회사 모임, 행사에서 프로그램 진행과 강의나 수업 진행에 급급하여, 학생들이나 참가자들을 위한 배려가 너무 없이 강사 중심의 흥미위주의 강의와 특별한 준비도 없이 습관적으로 많은 사람 앞에 서서 말로 때우는 교육 담당자나 사회자 중심의 진행들을 우리는 쉽게 발견한다. 기껏 유머와 예화나 건강박수, 스트레칭, 에어로빅 등등으로 참가자들의 교육 분위기를 흐트러지지 않게 하고 매끄러운 강의 진행을 해 나가는 것이 현실이다. 막상 Spot game을 도입하려 준비해 가지만 실제 교육 현장은 만만치가 않다. 특히 기업 교육이 고급화되고 교회교육이 전문화되고 학교 교육이 세분화되어가는 정보사회, 지식사회에서 교육현장으로 돌아갔을 때 교육의 질과 효과 면에서 Spot의 필요와 중요성은 더더욱 간절하다.

① 스팟 기법이란?

한마디로 크고 작은 모임이나 프로그램에서 순간적으로 당황할 수밖에 없는 상황이 발생될 때, 또는 갑작스럽게 본 프로그램의 진행이 늦어지거나 참가자들에게 약속한 정확한 시간을 지키기 어려운 상황이 발생되어 지금, 여기서, 당장 교육 분위기를 자연스럽게 수습해야 할 때 등등 다른 사람들은 이해하거나 알 수 없는 상황에서 혼자 땀을 뻘뻘 흘리며, 속 태운 경험들이 많거나 걱정하는 교육 진행자, 담당자, 강사들에게 이 스폿기법은 준비하며 연구해야할 분야이다.

그러면 우리 생활 속에서 스폿이란 단어가 어떤 때 주로 사용되고 있는가? 스팟 광고, 스팟 뉴스(속보되는 최신 뉴스), 스폿 라이트, 스폿 테스트 등의 표현처럼 짧은, 간단한, 즉석의, 새로운, 번뜻이는 분위기를 순간적으로 부드럽고 밝게 하는 힘이 있다.

영어사전을 찾아보자.
Spot ① 점, 장소, 현장, 잠시 잠,
　　② (TV ·라디오) 프로와 프로사이의 짧은 삽입(광고)방송(스팟 광고?)
　　③ 즉석의, 현장에서의, 프로 사이에 끼운(광고 문구 따위)
　　④ (경기의) 보조원 노릇을 하다
Spot 에 대한 개념은 예전부터 있어왔으나 아직 Spot(스폿)을 대신할 만한 적당한 단어라든지 프로그램 진행 중 Spot에 대해 명확하게 정의를 내리기는 힘들다.

2) Spot 기법 진행방법

(1) 모든 오프닝을 어떻게 하는가? 자세히 살펴보라.

모든 클로징을 어떻게 하는가? 우리가 매일 만나는 뉴스, 토크 쇼, 강의, 레크리에이션, 이벤트, 파티나 소그룹 모임, 성경공부모임, 야외교육활동…
모든 강사와 진행자가 이 시작과 끝을 어떤 내용을 가지고 어떤 방법으로 하는가를 보라. 당신이 할 일이 무엇인가?

(2) 교육대상자의 인적구성 및 심리상태, 교육장의 위치 및 분위기, 교과목의
연결문제 하고자하는 내용을 다른 사람으로부터 이미 소개받지나 않았는지
여부 등을 검토, 유의 적절하게 사용하도록 한다.

(3) 단순히 웃고 즐기는 내용도 나름대로 의미가 있겠지만, 그 보다는 재미와
아울러 교육적인 가치를 지니고 있는 것이 더욱 바람직하다.

3) Spot 자료 모으기

(1) 최초의 자료수집 기본은 질보다 양이다. 수집된 자료를 분류하여 활용하
면서 내용의 질이 뛰어난 자기만의 소중한 레퍼토리(Repertory)가 되는 것이다.

(2) 프로그램 진행용 노트나 스크랩북을 만들어 지속적이고도 꾸준히 정리,
기록해 두어야 한다.

(3) 최상의 Spot 노하우는 교육담당자 스스로의 필요에 의해 모든 것에 관심
을 가지고 연구 개발하는 것임을 잊지 말기 바란다.
(4) 많은 사람 앞에 자주 서게 되는 교육 담당자나 강사의 입장에서는 하나의
새로운 Spotting 자료나 아이디어가 얼마나 소중한가는 현장에 있는 사람 만
안다. 최선, 열정이 있어야 얻는다.

(5) 이 와우 SIT(Spot Ice break, Team building)은 참으로 많은 책들을 보
고, 인터넷을 헤매고, 교육관련 사이트들을 방문하였다. 다행히 새로운 것을
배우는 것을 좋아하여 그동안 쫓아다녔던 수많은 강의 자료들을 정리하는 기
회가 되었다.
자료를 모으면서 진행자로서 이런 것들은 조심해야 할 부분들이라 생각한다.
① 모든 강사들마다 사용하여 참가자들이 이미 다 익히 알고 있는 프로그램
　　spot 기법들.
② 유효기간이 지난 현실성이 떨어지는 구태의연한 방법들
　　(아니, 지식사회, 정보화 시대를 살아가면서 어떻게 옛날 20여 년 전의 이
　　벤트회사나 레크리에이션 리더들이 사용하던 구닥다리 게임을 가지고 21
　　세기의 전문화되고 고급화된 인재들에게 활용하라고 버젓이 자료집으로 내

어놓을 수 있단 말인가? 시간을 때우기 위한 프로그램 진행은 이젠 그만
해야 한다.)

③ 참가자들에게 쓴웃음이 나게 하는 억지웃음을 자아내는 기법들
(전문가의 비애라고 해야 하는가? 자연스러운 웃음은 좋은 것이다. 그러나
자기가 말해놓고 청중이 웃지 않자 '여기선 여러분들이 웃어 줘야한다'면서
오히려 참석자들에게 유머를 알지 못하고 "유머지수"가 떨어진다고 쓴 웃
음을 유도하는 기법을 쓰는 강사들이 왕왕 있다)

④ 신뢰가 떨어지는 오버액션은 더 안 좋은 분위기를 가져올 수도 있다.
(계획과 준비가 안 되거나, 진행자의 잘못이 눈에 보이는데도 그것을 커버
하려고 오버액션을 할 때 신뢰가 떨어지게 된다. 잘못 되었음을 솔직하게
인정하고 전문성을 가지고 다시 회복할 수 있는 기회를 가지는 것이 더 좋
은 방법일 때도 있다)

⑤ 교육, 성공, 습관, 리더십, 상담, 종교, 변화…라는 고급 교육 테마에 어울리
지 않는 비속어나 성(性)관련 블랙유머를 통해 잠시 동안의 머리를 쉬어가
게 하는 이런 Spotting은 하지 말자.
(더 좋은 자료와 방법들로 잠시 쉬어 갈 수 있는데 왜 몇 몇 사람의 기분을
상하게 하면서 강사에 대한 신뢰를 한순간에 무너뜨리고 교육의 질과 수준
을 떨어뜨리는가?)

4) 어떤 Spot 기법을 선택 할 것인가?

(1) 전체모임의 목적과 각 프로그램의 목표가 무엇인가?
(2) 이모임에 참여할 대상이 누구인가?
(3) 이 프로그램에 어느 정도 시간을 활용할 수 있는가?
(4) 장소와 시설이 어디인가?
   (실내인가? 야외인가? 의자가 있는가? 공간이 전혀 없는가?)
(5) 진행 스타일, 교육의 목표, 그리고 교육대상을 고려하여 가장 적절한 방법
   을 선택한다.
(6) 매 프로그램을 계획하여 진행한 후에는 평가와 함께 새로운 깨달음 등 자
   세한 기록을 남긴다.

5) Pre -opening Spot

연수교육, 세미나, 행사 시작하기 전에 이루어져야 하는 것들로 프로그램을
풍요롭게 한다.

강의나 모임 전 Pre-Opening기법의 실행으로 즐겁고, 부드러우며, 실제적인 분위기로 바꾸어 나갈 필요가 있다.

(1) 음악을 틀어준다.(Signal music)
(2) 밝고 건강하게 인사하라.
(3) 모임이나 강의 전에 무엇인가에 몰입하게 하라.
(4) 기분 전환을 위한 퀴즈를 낸다.
(5) 스티커 학습법을 활용하여 관심을 집중시켜라.
(6) 이름표를 이용한 Spotting

6) Quiz Spot

퀴즈 스폿 기법은 참여자들로 하여금 흥미와 함께 주어진 과정에 몰입할 수 있게 한다.

퀴즈(quiz), 수수께끼(riddle, puzzle, mystery)는 인간 생활의 재치이며 지혜의 창고이다.

얼마나 재미있고, 얼마나 유익하며, 얼마나 즐거운가?

수수께끼, 퀴즈를 묻고, 생각하며 대답하면서 삶의 순수성을 세워 나가자.

진리와 상식이 내포된 퀴즈와 수수께끼는 인간의 삶을 회복시키고 재창조하는 레크리에이션의 힘이었다. 당신은 퀴즈와 수수께끼가 유치한가? 단순해서 싫은가?

가정에서 어버이와 아들, 딸들이, 조부모와 손녀, 손자가. 언니와 동생사이에 한가한 여가(짬, 틈새)시간에 주고받는 이야기꺼리로 교훈적이고 웃음을 가져다주는 초보적인 퀴즈와 수수께끼가 많이 사용되어 온다. 당신의 가정에도 이런 퀴즈타임과 수수께끼의 멋진 대화시간이 있는가?

어린아이부터 청소년, 성인, 노인에 이르기까지 언어지도(어휘력확장)에서 치매예방까지 삶의 활력소가 되는 퀴즈, 퍼즐, 수수께끼의 유익함을 발견하자. 요즘의 퀴즈와 수수께끼, 퍼즐문제는 너무 비틀거나 왜곡시켜 그 순수함을 잃어가고 있는 실정이다.

잠언과 진리가 담겨있는 수수께끼는 사람을 변화시킨다.

우리는 어린 시절부터 퀴즈라는 말에 무척이나 익숙해 있다.

형제, 친구끼리 퀴즈를 내서 맞히기로 하여 심부름을 갔다 오기도하고 연인들끼리도 서로간의 관심도를 측정해보려고 〈스무고개〉 수수께끼나 퀴즈를 사용하기도 한다.

우리 삶이 이처럼 퀴즈, 수수께끼를 많이 사용하는데 익숙하듯이 모임이나,

연수교육 중에 퀴즈나 수수께끼를 활용하여 분위기를, 반전 시킬 수 있다.

Quiz Spot의 목적
① 상식과 지혜 퀴즈
② 유머퀴즈 Spot 24가지
③ Numbers Puzzle
④ 다음의 사각형그림에서 당신은 몇 개의 정사각형을 볼 수 있는가?
⑤ 어느 것이 중요한가?

7) Spot game
(1) 케이크 자르기
(2) 이쑤시개를 이용한 게임
(3) 박수게임 Spot 모음

8) Humor Spot

9) Sing along Spot

10) 카툰 스풋(Cartoon Spot)

우리는 언어보다는 그림으로 더 잘 배운다. 시각화하라. 특히 지금 N세대, M세대들은 우리보다 훨씬 대중문화의 영향 속에서 애니메이션 세대로 그들은 지극히 시각적이다.

사람은 어떻게 학습되는가?

사람은 5대 감각(미각, 촉각, 후각, 청각, 시각)중 80% 이상이 시각을 통해 습득되어 진다.

"들으면 잊게 되지만, 보면 기억하게 되고, 손수 해보면 이해가 되더라. 그래서 하나의 그림은 천 마디 말의 가치가 있다"(중국속담)

만화나 그림을 이용하여 효과적인 의사소통의 수단으로서 시청각교재의 위력을 줄 수 있음은 교육에서 증명된 것이다. Cartoon Spotting은 처음 만난 교육생이나 참석자들에게 웃음을 주고 마음으로부터 동의를 얻어내면서 프로그램을 시작할 수 있는 힘이 있다.

① 광수 생각(Kwangsoo's thoughts)1, 2, 3 -소담출판사
② 각 신문사 4컷 만화
③ 주저리, 주저리
④ 386ⓒ
⑤ 심리학 책, 일러스트레이션, 화가들의 그림에서 선택한 한 컷 그림
⑥ 그림 그리기

12) Action spot

13) 영상 스폿

보통의 세미나나 교육연수, 수련회에서는 OHP나 빔 프로젝트 그리고 비디오를 이용한 영상자료를 강의 중에 사용을 한다. 이런 준비물만 되어있다면 작품성과 대중성이 있는 영화나 연극, 교육 자료용 비디오를 부분 편집하여 교육 전이나 진행과정 중 또는 끝마무리에 감동을 주는 분위기 연출과 함께 Screen Spotting을 계획하면 좋다

① 타이타닉(끝 부분) -끝이 아름다워야 합니다.
② 죽은 시인의 사회(Dead Poets Society)첫 부분 - 이 순간 최선을 다하라   (Carpe Diem!)
③ 진주만 -직관, 긍정적 태도
④ 빠삐용(Papillon)중간부분 -시간낭비, 인생낭비는 유죄 !
⑤ 성공시대(라면 왕 Mr. Lee/ 발레리나 강 수진) -성공의 요소, 성공이란?
⑥ 천국의 아이들
⑦ 아름다운 세상을 위하여
⑧ KBS 열린 음악회(장애인특집) 송명희 시인 -묵상의 시간으로 활용
⑨ 스팔타커스(Spartacus) 끝 부분 -"I am Spartacus !" 자유를 향한 노예 검투사들의 열정
⑩ 패치아담스(Patch Adams) 중간부분 -" 선생님, 이 환자의 이름은 뭐죠?"
⑪ 리맴버 타이탄 -리더십, 팀워크, 변화와 화합
⑫ 세렌디피티(Serendipity) -재수, 행운(목표를 가지고 찾으려는 사람에게만 찾아지는)
⑬ 글래디에이터 -리더십, 시너지, 팀워크

14) Closing Spot

끝이 좋아야 모든 것이 좋다고 한다. 많은 강사나 사회자들은 어떻게 효과적인 끝마무리를 할 수 있을까? 에 대해 많은 방법을 동원한다. 뉴스앵커들은 크 클로징멘트(Closing ment)를 위해 항상 고민하며 수많은 자료들을 찾아 헤맨다고 한다. 클로징멘트나 효과적인 종료를 위한 스폿 하나가 전체를 정리해주며, 의미를 되살려주고 오래기억에 남도록 하는 영향력이 있다.

여기서는 1~2분 안에 끝내는 스팟기법에서 부터 30분 정도까지의 클로징 스팟에 대해서 생각을 해보자.

① 클로징 스팟을 위한 계획을 세우고 있는가?
② Ending Ceremony Time(마지막의식시간)에 대한 배려를 하라.
③ Last Fellowship(마지막 교제와 동료의식 나누기)로 연결하라.
④ 종료를 위한 Good Idea 하나 제안 !
⑤ Self-fulfilling Arrangement Closing game
　　자기 달성적인 정리를 위한 종료게임

2. Ice Break

모든 모임과 연수교육의 첫 시간이 시작 될 때면 거의 모든 사람들의 몸과 마음 그리고 생각까지도 굳어 있기 마련이다 어떤 사람들은 이때의 긴장과 스트레스가 심각할 정도로 나타나 사람들을 만나고 앞에 나서기를 꺼릴 정도이다.

많은 프로그램을 진행하는 저 자신도 캠프나 세미나, 교육연수, 행사 등에 참여 하여 처음 만나는 사람들 속에서 또는 앞에 나서거나 여러 사람의 눈길을 받는다는 것은 아직까지도 소극적이고 다소 긴장케 한다.

어떤 경우는 참가자뿐만 아니라 강사까지도 굳어 있는 상황에서 강의나 프로그램 진행이 매끄럽지 않은 경우도 많다. 이럴 때 진행자나 강사가 억지 유머나 농담을 하면서 분위기를 바꾸어 나가려해도 쓴웃음만 짓게 되고 오히려 분위기가 더 침체된다.

그래서 첫 만남, 첫 모임에서 분위기를 부드럽게 하기 위하여 본 프로그램으로 들어가기 전 많은 기술들을 필요로 하게 된다.

어떤 모임에서는 소극적으로 오리엔테이션이나 자기소개하기, 명함교환하기, 모임에 참가하여 기대사항 나누기 등등의 간단한 프로그램들도 있다.

여기 아이스 브레이크(Ice-Break) 기법이라는 프로그램이 있다.
말 그대로 얼음과 같이 차가운 모임의 분위기를 깨뜨리어 모임의 목표를 이루어가기에 최상의 분위기로 만들어 나가는 프로그램이다. 참가자들끼리 서로 모르는 상태에서는 쑥스럽고 어색해 자연스러운 분위기가 형성되지 못한다. 당연히 모임의 효과 면에서도 효율적이지 못해 여러 가지 게임과 주제를 이루는 내용들을 통해 얼어붙은 마음을 녹여 긍정적으로, 활동적으로 바꾸어 나간다. 이제 아이스 브레이크라는 말이 일반화되어 많은 강사들이 이 아이스 브레이크에 많은 시간을 투자하여 분위기를 최상으로 바꾸기 위해 노력한다. 프로그램 진행자도 강사도 편하게 다음 시간들을 이끌어 나갈 수 있기 때문이다.

Ice breaking은 팀 또는 조별로 2인 이상, 팀원 모두가 참가하여 상대방에게 나를 이해시키고 상대방을 이해하므로 닫혀 진 마음의 문을 열고 열려진 마음으로 교육과 능동적으로 참여케 하는 상호이해 프로그램이다.

세미나나 수련회, 캠프에서 첫째 날에 실시하여 인간관계 훈련을 활용한 프로그램들을 주로 도입하여 실시하고 있다. Team building이나 Team work은 목적이나 내용이 비슷하지만 Ice Breaking은 팀 빌딩을 위한 기초가 되므로 주로 상호 이해의 증진에 목적을 두어 1990년대 초반부터 기업에서 산업교육 진행 시 초반에 도입하여 실시하고 있다.

아이스 브레이크는 게임 활동 자체에 의미를 부여할 수도 있지만, 참가자들의 마음을 이완시키고 프로그램을 자발적으로 참여하고 실행 할 수 있는 분위기를 만드는데 큰 역할을 한다. 이 첫 시간에 의해 참가자들은 그 모임과 프로그램 전체를 가늠하기도 하고 평가 내리기도 하며, 이미지를 갖기도 한다.

아이스 브레이크 작업은 모든 프로그램이나 캠프, 세미나의 첫 인상이다.

저의 경험에 따르면 모든 캠프에 참여한 캠퍼들은 이 아이스 브레이킹 속에서 친밀감을 높이며 다른 캠퍼들과의 관계가 신속하게 발전할 수 있다.

전체 프로그램의 이미지 메이킹 이라해도 과언이 아닐 정도로 무척이나 중요하다.

모임의 성격이나 상황에 따라 각 팀이나, 조의 단합 또는 마음을 열고 발산시킬 수 있는 프로그램으로 준비하라. 인원이 대규모일 때는 팀 게임이나 팀 파워 같은 내용의 프로그램으로 가능하나 100명 이하의 규모는 아기자기한 분위기와 친밀감을 높이는 단순하고 간단한 게임으로 진행하는 것이 좋다.

이 시간을 통해 참가자들의 마음이 열리고 아이스 브레이크 게임의 위력을 느낄 수 있는 시간이 될 것이다.

1. 자기소개를 위한 -진진가(眞眞假)
2. 후 아 유? (Who a u?)
3. 그림으로 자기소개(自己紹介)하기
4. 제스처로 자기소개(自己紹介)하기1
5. 인터뷰(Interview)
6. 톰과 제리
7. 의자 옮겨가기
8. 알 쏭 달 쏭 ? !(점블 퀴즈)
9. 반전(역전)하기
10. Kiss Me
11. 절대로 오목이 아닙니다.
12. Paradigm Shift

3. Team Building
1) 왜 지금 팀 빌딩인가?

지금 우리에게 Team Building(팀 구축하기)이라는 단어에서 생각나는 가장 중요한 것은 그 모든 것 가운데 바로 인간(human being)이다. 우리 가정이, 학교가, 교회가 그리고 직장이 가장 최소의 또한 최상의 팀(team)단위로 구축되어 질 때, 우리 삶의 순간순간은 최상의 경험과 만족을 이루어 내는 장(Held)이 될 것이다.

가정, 학교, 교회, 직장(영리, 비영리 단체)에 소속된 팀원들과 함께 효과적으로 일(사역)을 하며 살아가기 위해서는 서로 신뢰하고, 존경하고, 열정적으로 헌신할 수 있도록 만드는 인간들의 집단에서만 팀 빌딩이 가능 한 것이다. 돈으로, 프로젝트로, 기계로, 명예와 포지션으로, 그 어떤 것으로 잠시 동안은 팀 구축이 가능할지는 모르나 진정한 팀 빌딩은 인간관계속에서의 팀워크가 최상일때 일어난다.

돈도 많고, 최첨단 기계를 소유하고, 남들이 다 알아주는 명예와 직위를 가지고 환상적인 프로젝트를 실행하는데도 팀원들과 함께 일하는 것이 재미(fun)가 없고 자기밖에 모르며 다른 사람들을 위해서는 그 어떤 것도 하기를 원치 않는다. 형식적인 회의로 누구도 귀담아 듣지 않고 서로 자기 의견만 옳다고 주장하고 다른 팀원을 격려하거나 후원해 주지 않는다. 심한 경우에는 서로 싸운다. 서로 대화를 나누며, 계획하거나 목표를 향해 노력하고 협조하는 팀다운 행동은 어떤 것도 없다.

자기 책상에 앉아서 내 할일만 챙겨서 하고 몇 년씩 지나도 변화는 없고 그저 월급만 챙긴다.

회의는 언제나 말짱 시간 낭비일 뿐이다. 생각해보자. 우리 주변의 가족팀(Family team), 교회 팀(Church team), 학교 팀(School team-직장 팀(Business team)들에게서 흔히 찾을 수 있는 형편없는 팀의 모습들이 아닌가? 그들에겐 팀 정신(Team Spirit)이나 팀워크(Team work)가 없다.

자신들이 하는 일과 살아가는 곳에서 만족도 없다. 마지못해 조심스럽게 열의 없이 위로부터의 압력으로 일할 뿐이다. 그곳에는 인간적인 대화나 만남과 관계성이 없다.

최상의 드림팀으로 사역해야하는 비영리 단체에서조차도 개인의 성공과 승리만 있을 뿐, 협력과 승-승(win-win)과 팀 빌딩(Team building)은 일어나지 않는다.

힘을 합쳐 함께 팀을 구축해 팀 목표를 달성해나가도 힘이 모자라고 힘든 상황인데도 서로 물고 뜯고 싸운다. 팀원이 떠나기도 하고 때로는 문제가 너무 심각 하고 복잡하게 얽히고 꼬여서 어느 누구도 해결하지 못하고 그냥 바라만 보는 구조 악(惡) 속에서 신음한다.

자, 이제 우리의 환상적인 팀을 구축하기 위하여 먼저 만나고 손을 잡고 부둥켜안고 뒹굴어 보자.

서로 밀어주고, 받쳐주고, 당겨주며 서로에 대한 기본적인 신뢰성과 리더십을 회복하자.

여기 팀 빌딩 실제 프로그램들이 당신의 팀들이 있는 곳에서 구체적이고 실제적인 액션러닝으로서의 도구로 유익하게 활용되기를 원한다.

2) 팀이란 무엇인가?

언제부터인지 팀(team), 팀플레이 (team play), 팀워크(team-work), 팀스피리트를(team spirit), 팀 티칭(team teaching)등 공동협력과 단체정신, 협동학습에 관한 주제는 많은 관심의 대상이 되어왔다.

우리 인간의 모든 삶은 팀에 소속이 되어 협력과 조화로운 팀워크로 팀 활동을 하고 있다. 프로농구에서 2002년 우승을 향하여 모든 팀이 최선을 다하고 있다   만년 하위 팀이던 동양이 1위로 일찌감치 올라서 1차 리그를 마무리 지었다. 좋은 성적을 내는 팀이 있는가 하면 최상의 팀원과 지도력에도 불구하고 최하위에 머물러 있는 팀도 있다. 농구경기에서 어떤 팀이 우승을 했다 그러면 왜 우승을 했는지? 승리의 요인을 여러 가지로 간추리고 정리를 해

나가는 것을 본다. 왜 우승하지 못하고 최하위 팀이 되었는지도 말할 수 있을 것이다.

팀이라고 해서 모든 것을 다 팀이라고 말할 수 없는 팀도 있다. 더글러스 스미스는 팀을 이렇게 정의한다. "팀이란 공동의 목적과 성취목표를 달성하기 위해 상호 보완적인 기능을 갖춘 사람들이 서로 신뢰할 수 있는 방식으로 일해 나가는 소수의 그룹이다.' 팀!, team!!, 팀(team)!!!, 팀은 인간의 삶이 시작되면서 함께 존재해 왔다. 인류학자들은 인간이 획기적인 진화를 이루게 된 것은 초기 혈거인 들이 집단(팀)을 이루어 훨씬 효과적으로 사냥하고 또 농사를 짓기 시작하면서부터 라고 믿고 있다 사람들은 함께 모여 활동하는 것을 즐기고 있다 그 이유는 여러 가지가 있을 것이다. 한 집단(팀)의 결집된 아이디어가 한 개인의 그것보다 훨씬 우수한 것으로 옛날부터 인간들은 팀이란 것이 매우 뛰어난 아이디어임을 깨닫고 있었다.

지금 우리의 여러 분야에서 팀에 관한 책들과 세미나, 프로그램들이 수없이 쏟아져 나오고 있다.

이렇듯 많은 팀에 소속되어 있다 보니 팀을 리드하고 팀 네트워크를 강화시키며, 팀의 갈등과 문제를 해결하여 성공적인 드림팀으로 나아가기 위한 방법의 하나로 크고 작은 팀(부서)이 모였을 때 액션러닝 프로그램으로서의 팀 빌딩을 소개 한다.

수련회나 공동체 훈련에서 실행되는 많은 프로그램 중 팀 빌딩이 교육생들에게 주는 유익은 다양하다.

팀 빌딩을 통해 참여한 사람 모두가 하나가 될 때의 즐거움과 깨달음 그리고 감동의 영향력은 크다.

3) 팀 빌딩 게임을 통한 기대 효과

왜, 지금 팀 빌딩이 필요한가?

팀에 대한 이해와 조직 활동에 적응하고 성장하기 위해 필요한 커뮤니케이션 스킬과 태도를 배우게 한다.

팀 안에서 팀원 개개인의 역할 이해와 팀워크 강화를 통한 지속 적인 대화와 정보를 공유하게 한다.

팀과 조직의 목표를 달성하기 위해 상호 이해와 협력 체계를 구축하게 한다.

팀과 조직 간에 커뮤니케이션 및 갈등의 상호 역기능을 해소하고, 팀 간 팀원 간의 협력 풍토를 조성하여 팀 활성화를 통한 팀 효율성을 제고해 간다.

자기 팀이나 다른 팀과의 문제점을 인식하고 해결 방안을 토의하고 문제 해결을 통해 팀을 세워나간다.

팀과 조직 내의 긴장해소 및 창조적인 관계로 팀을 성장시킨다.

함께 마음을 모아 목표를 이루어 나가고, 그 목표를 이루어 나가는 과정에서 팀웍 자연스럽게 이루어 질 수 있고 자신을 양보하는 마음과 단체 속에서 나의 모습을 발견하며, 나의 활동과 행동으로 인해 팀에 끼치는 영향과 결과들을 즉시 확인할 수 있다.

더불어 다른 사람을 배려하는 마음과 이해심 그리고 협동심도 기를 수가 있다. 날로 각박해지는 이 세상에서 서로의 힘을 모아 하나의 공통된 목적을 이루어 나갈 때 혼자의 힘으로는 느낄 수 없었던 또 다른 보람과 즐거움을 느낄 수 있을 것이며 더 나아가서는 더불어 사는 이 세상에서 올바른 사회 구성원이 되는 마음도 심어줄 수 있을 것이다.

이 팀 빌딩 게임을 통하여, 사람들끼리, 팀원들 간에, 팀과 팀이 그리고 팀과 조직이 지속적인 대화가 이루어지기 원한다.

팀 안에서 서로의 경험과 지식을 공유하며 상호작용이 일어나기를 간절히 원한다.

서로 다른 의견과 문제 해결 과정을 인정하는 팀원간의 〈서로 다른 차이〉를 인정하고 존중하는 것은 팀 빌딩에서 중요한 인식이다. 서로의 다양함과 차이점을 인정하는 용기를 위해 기도하라.

우리 팀을 깨뜨리며 혼란 속에 빠지게 하고, 창의척이지 못하게 하는 요소가 무엇인가? 당장 제거하라.

1. Mission impossible
2. 팀 파워 게임
3. Team Work game
　　① 성경목록 팀웍 게임
　　② 서울시내 동네 이름을 이용한 팀웍 게임
　　③ Team demonstration을 통한 팀웍 게임
4. Team Warming Up
5. Team Building
6. Knot game(매듭풀기게임)
7. Team Brain-Storming Game
8. Trust game(신뢰 쌓기)
9. The Wall (벽을 넘어서)
10. Win-Win Game
11. 인간 도미노 게임

팀 데몬스트레이션

1. 마음에서 마음으로
- 전 과정 동기부여

2. 팀웍의 중요성
- 팀웍의 4단계
  ① 모습이 닮아야 한다.
  ② 소리가 닮아야 한다.
  ③ 행위가 닮아야 한다.
  ④ 마음이 닮아야 한다.

3. 팀웍의 I 단계
- 조별 공동과제 해결과정
  ① 공동조명, 마크 제작
  ② 공동목표 설정
  ③ 공동 십계명 제작

4. 팀웍의 II 단계
- 집단역할 활동과정
  ① 스피드 경쟁 게임
  ② 협동심 게임
  ③ 모방 게임
  ④ 확산적 사고 게임
  ⑤ 신뢰 형성 게임
  ⑥ 희생력 유발 게임

5. Feed Back
종합평가 및 정리

동물 이름 맞추기

▶준 비: 종이, 볼펜

▶진 행:

1) 각 팀에 종이 8장과 볼펜을 준다.

2) 각 팀의 팀장은 각각의 종이에 ㄱ, ㄴ, ㄷ, ㅁ, ㅅ, ㅇ, ㅈ, ㅋ 을 적는다.

3) 팀원끼리 상의하여 "ㄱ"자가 적혀 있는 종이에는 "ㄱ"자로 시작되는 포유 동물의 이름을 1개만 적는다. 지우고 다시 쓸 수 없음.

4) 모든 팀의 기록이 끝난 후 리더는 다음과 같이 큰소리로 발표한다.

   "100점짜리 동물 이름은 ~곰!"

   "200점짜리 동물 이름은 ~고양이!"

   "300점짜리 동물 이름은 ~고릴라!"

5) 300점짜리 까지 발표하고 "ㄴ"자로 넘어 간다.

6) 순서대로 진행하여 "ㅋ"자 종이까지 진행한다.

7) 맞춘 점수를 모두 합산하면 팀 성적이 된다.

▶요 령: 지우고 다시 쓴 흔적이 있으면 무효 처리를 한다.

   기억을 해 내기가 어려운 동물의 이름에 높은 점수를 배점한다.

   예) 고릴라, 너구리, 조랑말, 코알라…

▶도움말: 분위기 고조를 위해 맞춘 팀은 함성을 지르거나 화이팅을 한다.

   맞추고도 기뻐하는 기색이 없는 팀은 감점처리를 해도 좋다.

 # 지도 만들기

▶준 비: 지도, 볼펜

▶진 행:

1) 리더는 우리나라 백지도와 볼펜을 각 팀에게 나누어준다.

   ※백지도: 주요 명칭과 그림이 기입되지 않고 지형의 윤곽만 표시한 것

2) 시작 신호와 함께 팀원들끼리 의논하여 도(道) 경계선, 주요 도시나 하천, 산과 산맥 등을 기입한다.

3) 제한 시간 내에 가장 많이, 가장 정확히 기입한 팀이 이긴다.

▶요 령: 대상에 따라 난이도를 조정한다.

   예)세계 백지도, 우리나라 백지도, 서울특별시 백지도…

3 시장 보기

▶진 행:
1) 팀별로 팀장을 선출한다.
2) 리더가 요구하는 물건을 팀원 전원이 협력하여 빨리 구해 리더에게 갖다 주는 게임이다. 선착순!
3) 물건이 도착하는 순위대로 점수를 준다(100점, 80점, 60점…)
4) 여러 회를 반복하여 팀 성적을 매긴다.
▶요 령: 물건은 쉽게 구할 수 없는 것이 좋다.
　　　예) 구멍 난 양말, 손톱깎이, 흰 머리카락, 씹다버린 껌.

4 뱀 허물 벗기

▶진 행:
1) 각 팀별로 1열종대로 줄을 선 후 양발을 벌린다.
2) 자기의 왼손을 앞사람의 다리 사이로 넣어 앞사람의 오른손을 잡는다.
3) 시작 신호와 함께 맨 뒷사람부터 누우면, 앞사람들은 발을 벌린 채 천천히 후퇴하면서 계속 연결하여 눕는다.
4) 전원이 드러눕게 되면, 반대로 뒷사람부터 역순으로 일어나면서 앞으로 나아간다.
5) 가장 먼저 원래의 형태(1열 종대)로 돌아온 팀이 이긴다.

5 세계 인사 여행

▶진 행:
1) 남자들은 밖에서 원을 만들고, 여자들은 안에서 원을 만들고 마주보며 악수를 한다.
2) "인디언 보이" 노래를 부르며 1사람씩 오른쪽으로 옮겨가며 악수를 한다. 노래가 끝나면 10사람과 지나면서 악수를 하게 된다.
3) 10번째 사람은 세계 여행 중에서 만난 사람이 되어 그 나라의 인사법으로 인사를 한다.
4) 인사를 한 후 서로 오른쪽으로 돌아서서, 동요나 잘 아는 노래를 부르면서 가볍게 뛴다.

5) 리더의 "스톱!" 소리에 각자 자기 작(10번째 사람)을 찾아서 그 자리에 주저앉는다.

6) 가장 늦게 앉는 커플은 벌금을 받거나 탈락시킨다.

7) 계속 반복하면서 여러 나라의 인사를 나눈다. 이로 인해 서로가 더 친숙해질 수 있다.

▶인사법: 한국 - 악수를 하면서 "만나서 반갑습니다!"

　　　　　미국 - 어깨를 가볍게 두드리며 "하우 두 유두?"

　　　　　중국 - 양손 팔꿈치를 잡고 무릎을 살짝 구부리며 "니하우마?"

　　　　　인도 - 양손을 입에 갖다 붙이고 "살라모아(왼손만세)! 살라모아
　　　　　　　　　(왼손붙이고 오른손 만세)! 오! 살라모아(만세)!"

　　　　　네팔 - 양손을 이마에 붙이고, "나마스테!"하면서 양손을 이마 높
　　　　　　　　　이에서 앞으로 쭉 내밀어 상대방과 손뼉을 3번 친다.

　　　　　하와이 - 서로 끌어안고 양쪽 볼을 교대로 "알로하! 알로하!"

　　　　　스페인 - 여자가 펄쩍 뛰면서 남자에게 옆으로 안기면, 남자는 여
　　　　　　　　　자를 안아 1바퀴를 돌면서 "브아레스디아스!".

　　　　　이스라엘 - "샬롬! 샬롬!"하면서 상대방의 어깨를 주물러 준다.

　　　　　알래스카 - 먼저 남자가 "브덴니!"하고 인사를 하면 여자는 "으으
　　　　　　　　　응~!" 하면서 인사를 받는다.

　　　　　　　　　이때 서로 코를 비비면서 한다.

▶요　령: 인디언보이 노래를 하면서 숫자가 하나씩 올라갈 때마다 정확히 1
　　　　　사람씩 건너가야 한다.

　　　　　한사람이 틀리더라도 전원에게 영향을 미친다.

 코, 귀 잡기

▶진　행:

1) 오른손으로는 코를 잡고, 왼손으로는 오른쪽 귀(×자로 엇갈려)를 잡는다.

2) 리더의 "바꿔!" 구령에 왼손은 코, 오른손은 왼쪽 귀를 잡는다.

3) 또 한번 "바꿔!" 구령에는 원위치.

4) 양손을 교차하면서 동시에 코, 귀를 잡기란 쉽지 않다.

▶요　령: 숙달이 되면 "바꿔!" 구령에 3번 연달아 하게 한다.

▶도움말: 산만한 분위기를 조정하거나 도입부에 사용하면 좋다.

어흥 땅 에헴

▶진　행: 단체 가위 바위 보게임이다.
  1) "어흥!"은 호랑이가 사람을 공격하려는 동작이고, "땅!"은 사람이 사냥
     총을 쏘는 동작이고, "에헴!"은 노인이 수염을 아래로 쓰다듬는 동작이다.
  2) 팀별로 팀장을 뽑고, 팀장의 지시에 따라 팀원 전체가 같은 동작을 취한다.
  3) 호랑이(어흥!)는 사람을 이기고, 사람(에헴!)은 총을 이기고, 총(땅!)은
     호랑이를 이긴다.
  4) 팀장과 팀원이 의견을 모아 상대 팀과 단체로 가위 바위 보를 하는 게
     임이다.
▶도움말: "호랑이는 사람보다 힘이 세기 때문에 사람을 이기고, 사람은 총을
  다루기 때문에 총을 이기고, 총은 호랑이를 죽일 수 있기 때문에 호랑이를
  이긴다."는 설명을 해 준다

 나무토막 연주

▶준　비: 나무토막
▶진　행:
  1) 리더는 나무토막 2개를 이용하여 모든 참가자가 잘 알고 있는 노래의
     리듬을 "딱 따닥 딱딱"하며 친다.
  2) 나무토막 연주가 끝나면 무슨 곡을 쳤는지를 맞춘다.
▶요　령: 전체 인원을 대상으로 할 때는 손을 들어 맞추게 하고, 팀 게임으로
  할 때는 팀원끼리 의견을 모아 종이에 정답을 적어 맞추게 한다.

 훌라후프 릴레이

▶준　비: 훌라후프
▶진　행:
  1) 팀별 1줄로 줄을 선다.
  2) 시작 신호와 함께 맨 앞의 1번부터 훌라후프를 머리 위로 통과시켜 발
     밑으로 빼내어 2번에게 주고, 2번도 같은 방법으로 3번에게…
  3) 끝번까지 먼저 도착하는 팀이 이긴다.

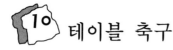 테이블 축구

▶준　비: 탁구대, 탁구공
▶진　행:
　1) 1개 팀이 3~4사람이 되도록 팀 구성을 한다.
　2) 탁구대에 골대를 만들고, 입으로 탁구공을 불어 골인을 시키는 게임이
　　다.
　3) 골키퍼는 골대 뒤에서만 수비를 하고, 양쪽 옆면은 상대 팀 사람과 함께
　　같이 선다.
　4) 선수 전원은 뒷짐을 져야 하고, 발은 움직일 수 없다.
▶요　령: 반칙이 나오면, 공을 중간 지점에 놓고 1번만 불어서 골인을 시킨다.
　　　　이때 반칙을 한 팀은 수비를 할 수가 없다.
▶도움말: 가족끼리 모여 여러 가지 규칙을 만들어서 진행하면 재미있다. 탁구
　대 대신 방바닥에 검정 테이프를 이용해 선을 그리고 해도 된다.

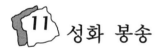 성화 봉송

▶준　비: 빈 병, 공, 종이컵, 숟가락
▶진　행:
　1) 팀별 1줄로 줄을 선다.
　2) 맨 앞의 1번 선수는 빈 병 1개와 공 1개를 갖는다.
　3) 출발 신호와 함께 공을 병(입구)에 올려놓고 반환점을 돌아와 2번에게
　　병과 공을 넘겨준다.
　4) 공이 떨어지면 떨어진 곳에서 공을 주워 올려놓고 다시 시작한다.
▶요　령: 공은 축구공이나 탁구공을 사용하는 것이 좋다.
▶도움말: 대상이 어린이들이면 빈 병 대신 종이컵으로 게임을 한다. 탁구공으
　로 할 경우 빈 병 대신 숟가락으로 해도 재미있다. 빈 병 대신 양변기의 청
　소기(압축기)를 사용하면 분위기가 어떨까???

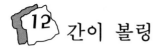 **간이 볼링**

▶준 비: 빈 병, 공

▶진 행:

1) 빈 병을 적당한 간격으로 세워 놓되, 가급적 볼링 핀이 놓이는 위치대로 삼각형을 이루어 놓는다.

2) 5m 정도 떨어진 곳에 공을 던지는 선을 긋는다.

3) 던지는 선에서 공을 굴리듯 던져 쓰러지는 병의 수만큼 득점한다.

4) 개인전이나 팀 대항전으로 진행한다.

▶요 령: 병을 모두 쓰러뜨리면 보너스 점수를 준다.

 병 주고 약 주고

▶준 비: 탁구공, 나무젓가락, 빈 병

▶진 행:

1) 팀별 릴레이 경기로 진행한다.

2) 출발선과 반환점을 만들고, 중간 지점에 빈 병을 세운 그 위에 탁구공을 올려놓는다.

3) 시작신호와 함께 각 팀 1번 선수는 나무젓가락으로 주어 올려놓고 들어 온다.

4) 들어온 1번 선수는 2번 선수에게 나무젓가락을 넘겨준다.

▶요 령: 젓가락질을 한 손으로 하지 말고 양손(한 손에 1개씩)으로 한다.

▶도움말: 빈 병을 2개 준비하여 탁구공을 떨어뜨리는 대신 이쪽에서 저쪽으로 옮기면서 게임을 해도 재미있다. 탁구공 없이 빈 병 2개를 중간지점에 병 입구까지 마주하여 세워 놓고, 갈 때는 분리하여 놓고 올 때는 병 입구끼리 마주하여 세워 놓고 들어온다.

 숟가락 바느질

▶준 비:

1) 팀 별 1줄로 줄을 선다.

2) 숟가락에 끈을 매달아 각 팀의 1번 선수들이 들고 있다.

3) 시작 신호와 함께 숟가락을 1번의 오른팔 옷(소매) 속으로 들어가서 왼

팔로 나오게 한 다음 2번에게 숟가락을 넘겨준다.

    4) 2번은 3번에게 ……. 끝번까지 먼저 숟가락을 보내는 팀이 이긴다.

▶요　　령: 숟가락은 반드시 사람의 옷 속으로 지나다니게 한다.

▶도움말: 숟가락을 팔에서 다리(바지)로 통과시켜 다음으로 넘기면, 다음 사람은 다리에서 팔로 통과시켜 다음으로 넘겨도 재미있다. 단, 치마는 안됨!

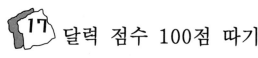 15 살얼음 위로 걷기

▶준　　비: 성냥갑, 밥공기

▶진　　행:

    1) 팀 별 반환점을 향해 1줄로 줄을 선다.

    2) 맨 앞의 1번 선수는 발등(좌우)에 성냥갑을 1개씩 올려놓는다.

    3) 시작 신호와 함께 성냥갑을 떨어뜨리지 않고 반환점을 돌아와 2번에게 성냥갑을 넘겨준다.

    4) 성냥갑이 떨어지면 다시 올려놓고 계속한다. 릴레이 경기이다.

▶요　　령: 성냥갑 대신 밥공기나 비누 등을 이용해도 재미있다.

▶도움말: 어린이들은 반환점까지의 거리를 5m 이내로 하는 것이 좋다. 어린이와 노인들에게 평균력을 길러 준다.

16 촛불 전달 릴레이

▶준　　비: 양초, 성냥

▶진　　행:

    1) 팀별로 1줄로 줄을 서거나 원형으로 선다.

    2) 맨 앞의 1번만 촛불을 켠다.

    3) 시작 신호와 함께 옆으로 촛불을 전달하여 팀 전원이 촛불을 붙이면 완성이다.

    4) 빨리 붙이는 팀이 우승!

17 달력 점수 100점 따기

▶진　　행:

    1) 네모 칸 안에 날짜가 들어 있는 달력을 바닥에 깔아 놓는다.

    2) 3m 떨어진 곳에 동전을 던지는 선을 긋고, 달력에 동전을 던진다.

3) 1번씩 교대로 던져 100점을 먼저 따내면 이긴다.

4) 동전이 달력 밖으로 나가면 "0"점 처리를 하고 일요일과 휴일에 들어가면 그 숫자만큼 감점 시킨다.

5) 동전이 금에 걸치면 가위 바위 모를 하여 이긴 사람의 생각대로 결정한다. (숫자의 선택) 동전 대신 성냥갑으로 해도 좋다.

▶준 비: 달력, 동전, 성냥갑

▶요 령: 100점을 넘어도 이긴다. 단 정확히 100점으로 이기면 보너스를 준다.

18 동전 수색

▶준 비: 동전

▶진 행:

1) 모두 모여 둥글게 둘러앉고, 탐정(술래)을 1사람 정한다.

2) 탐정은 중앙에 들어가 눈을 감는다.

3) 탐정 몰래 어느 한 사람이 동전을 갖고, 전원이 시치미를 뗀다.

4) 탐정은 눈치를 살피면서 동전을 찾아내야 하는데 질문을 3번까지 할 수 있다. 예)영진이로 부터 왼쪽이냐? 성원이로 부터 오른쪽이냐?......

5) 3번의 질문이 끝나면 동전을 가졌을 만한 사람을 지적한다.

6) 첫 번에 맞추면 100점, 두 번에 맞추면 90점, 세 번에 맞추면 80점…

▶요 령: 모두 한 번씩 탐정이 되고, 제일 점수를 많이 따낸 사람이 챔피언!

19 방안지 여행

▶준 비: 방안지, 볼펜

▶진 행:

1) 리더는 방안지와 볼펜을 모두에게 나누어준다.

2) 방안지에 동, 서, 남, 북(상, 하, 좌, 우)을 표시한다.

3) 리더의 말에 따라서 출발점부터 선을 그어 나간다.
   예) 동으로 20Km! → 오른쪽으로 20칸 긋는다.
       남으로 10Km! → 아래로 10칸 긋는다.

4) 여행을 마치고 나면 1마리의 예쁜 강아지가 그려진다.

▶요 령: 동, 서, 남, 북과 함께 북서쪽으로!, 남동쪽으로!, 북동쪽으로!

▶도움말: 리더는 여러 가지 모양이나 동물들을 방안지에 미리 그려 놓고 진행한다.

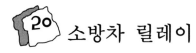 소방차 릴레이

▶준 비: 눈가리개, 촛불
▶진 행:
  1) 각 팀의 대표가 나와서 반환점에 있는 촛불을 확인하고 눈가리개를 한 후 그 자리에 엎드린다.
  2) 리더는 촛불이 있는 반환점에서 시작 신호를 보낸다.
  3) 시작 신호와 함께 선수들은 짐작으로 촛불이 있는 곳까지 기어가서 눈가리개를 한 상태로, 입 바람을 사방으로 불어 촛불을 끈다.
  4) 촛불이 꺼지면 리더는 선수의 어깨를 두드려 신호를 보내고, 신호를 받은 선수는 눈가리개를 벗어들고 들어와 다음 선수와 교대한다.
▶요 령: 실수로 상대팀의 촛불을 껐을 때, 상대 팀 선수에게 신호를 보낸다.
▶도움말: 눈가리개를 벗고 출발점으로 들어오는 대신 눈가리개를 한 상태로 뒤로 기어서 들어오게 해도 재미있다.

 외발 줄다리기

▶준 비: 방석, 줄다리기 줄
▶진 행:
  1) 2m 정도의 줄을 2개 준비하여 중간 지점끼리 서로 묶어 동서남북으로 벌어지는 1m 짜리 "+"자형 줄을 만든다.
  2) 각 팀에서 나온 선수 4사람은 사방으로 놓인 방석 위에 한 발만 딛고 줄을 잡고 선다.
  3) 시작 신호와 함께 줄을 잡아 당겨 자신을 제외한 3사람의 중심을 뺏어서 넘어뜨리거나 들고 있던 발을 바닥에 닿게 하면 이긴다.
▶요 령: 한명이 탈락되면 세 명으로 진행하고, 두 명이 남으면 결승을 치른다. 줄을 잡아당기다가 갑자기 줄을 놓아도 된다. 단, 이때 넘어지는 사람이 없으면 줄을 놓은 사람이 탈락된다.
▶도움말: 방석이 없으면 맨 바닥에서 해도 된다.

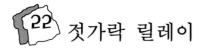
젓가락 릴레이

▶준　비: 젓가락, 성냥, 바둑알, 구슬
▶진　행:
　1) 각 팀의 전원은 젓가락을 1개씩 갖고 1줄로 줄을 선다.
　2) 리더는 각 팀의 1번에게 성냥갑 3개를 주고 시작 신호와 함께 젓가락으로 성냥갑을 하나씩 집어 뒷사람에게 전달한다.
　3) 3개의 성냥갑을 떨어뜨리지 않고 끝까지 먼저 보내는 팀이 이긴다.
　4) 도중에 성냥갑을 떨어뜨리면 처음부터 다시 해야 한다.
▶요　령: 젓가락 2개를 한 손에 잡고 하는 것보다는 한손에 1개씩 잡고 양손으로 젓가락질하게 하면 더 재미있다.
▶도움말: 성냥갑 대신 구슬이나 바둑알 등 집기가 어려운 것을 이용하면 어떨까?

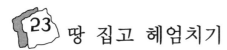
땅 집고 헤엄치기

▶준　비: 번호판, 메모지
▶진　행:
　1) 청, 백 2팀으로 나눈 후 1~16까지의 번호판을 만든다.
　2) 리더는 1~16의 숫자를 적은 메모지 준비한다.
　3) 각 팀에서 대표로 2사람씩 나온다.
　4) 각 팀의 갑은 번호판 위로 올라가고, 을은 리더의 옆에 있는다.
　5) 리더의 옆에 있는 을은 번호가 적혀 있는 메모지를 양 팀 교대로 뽑아 자기 팀의 선수인 갑에게 한 번씩 불러 준다.
　6) 번호판 위에 있는 선수들은 다음과 같은 방법으로 움직인다.
　　ㄱ) 1번째 : 불러준 번호에 오른발을 올려놓는다.
　　ㄴ) 2번째 : 불러준 번호에 왼발을 올려놓는다.
　　ㄷ) 3번째 : 불러준 번호를 오른손으로 집는다.
　　ㄹ) 4번째 : 불러준 번호를 왼손으로 집는다.
　　ㅁ) 5번째 : 불러준 번호에 오른발을 옮겨 놓는다.
　　ㅂ) 6번째 : 불러준 번호에 왼발을 옮겨 놓는다. 계속 반복된다.
　7) 계속 반복하다가 몸이 꼬여 손과 발 외에 다른 부위가 땅에 닿거나, 거리가 멀어서 새로 부른 번호에 손과 발이 닿지 않으면 진다.
▶도움말: 번호판을 만들기가 용이하지 않으면 백묵이나 검정색 테이프를 이용하여 땅바닥에 그린다. 1~25번까지의 번호판을 만들어도 좋다.

표정 전달 릴레이

▶준　비: 메모지, 볼펜

▶진　행:

　1) 각 팀별 1줄로 줄을 선다.

　2) 리더는 메모지에 여러 종류의 표정을 각 팀의 1번에게 보여 준다.

　3) 1번은 메모지의 내용을 확인하고 2번에게 말없이 표정을 지어 준다.

　4) 2번은 3번에게, 3번은 4번에게,…

　5) 끝번은 전달받은 표정을 메모지에 적어 리더가 갖고 있는 것과 비교하여 우열을 가린다.

▶요　령: 표정 전달시 바로 뒷사람에게만 전달되어야 하므로 1번을 제외한 전원이 뒤 돌아서게 한 다음, 전달받을 사람의 어깨를 두드려 마주보고 표정 전달을 한다.

▶도움말: 표정은 1가지로만 하지 말고 여러 개를 묶어서 해도 좋다.

　예) 울다가 웃는다, 화내다 졸도했다, 물먹다 체했다, 윙크하다 뺨 맞았다, 땅콩 먹고 배탈났다.

성전환 수술

▶진　행:

　1) 각 팀에서 예쁘장하게 생긴 남자 1사람씩 선발한다.

　2) 제한시간 내에 전원이 협력하여 선발된 남자를 여자로 분장시킨다.

　3) 아이새도, 립스틱, 핸드백, 미니스커트…등 팀 안에서 구할 수 있는 도구들을 총동원한다.

　4) 가장 그럴 듯하게 꾸민 팀이 이긴다.

▶요　령: 분장이 끝나면 음악에 맞추어 워킹스텝을 밟게 한다.

▶도움말: 준비물과 분위기에 따라서 다음과 같은 것도 진행할 수 있다.

　예) 피에로 꾸미기, 귀신 만들기, 할머니 꾸미기, 거지 만들기…

　　　리더의 적절한 멘트가 첨가되면 진풍경과 폭소가 터진다.

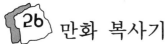 만화 복사기

▶준　비: 도화지, 매직펜
▶진　행:
 1) 각 팀별로 앞사람의 뒷모습을 보며 1열종대로 앉는다.
 2) 리더는 앞에 있는 1번들에게만 만화(그림)를 보여 주고 접는다.
 3) 시작 신호와 함께 1번은 조금 전에 보았던 만화를 자신의 도화지에 기억을 더듬어서 그린다.
 4) 그림이 완성되면 뒤에 있는 2번에게 만화를 보여 주고 접는다.
 5) 이것을 맨 뒤에 앉아 있는 끝번까지 반복을 하고 난 후 리더가 갖고 있는 원본과 비교하여 승부를 낸다.
▶도움말: 1번이 본 그림을 귓속말로 전달하고 끝번은 전해들은 이야기를 상상하여 도화지에 그린다. 이것을 원본과 비교해 승부를 낼 수도 있다.

 고층 건물 건축

▶준　비: 잡동사니
▶진　행:
 1) 같은 종류의 물건(필름 통, 종이컵…)을 충분히 준비한다.
 2) 제한 시간 내에 가장 높이 세우는 사람이 이긴다.
 3) 중간에 쓰러지면 쓰러지기 직전까지가 성적이다.
▶요　령: 팀 대항전으로 진행할 경우는 1사람이 계속 쌓지 말고 순번대로 돌아가며 쌓아 올린다.

 책갈피 수색

▶준　비: 책, 신문지
▶진　행:
 1) 리더는 신문지를 지폐 크기로 10장을 자른다.
 2) 이것을 전화번호부나 책이나 백과사전 등 두꺼운 책 사이사이에 깊숙이 꽂아 놓는다.
 3) 시작 신호와 함께 누가 더 빨리 10장의 신문지 조각을 찾아내는가를 겨루는 게임이다.

▶요　령: 개인전보다는 팀 대항전으로 진행하는 것이 좋다. 이때는 각 팀의 인원수대로 신문지를 숨기고 1사람이 1장의 신문지를 찾아내고 다음 사람에게 책을 넘겨주도록 한다.

▶도움말: 신문지보다 더 얇은 종이(습자지, 화선지)를 잘라서 하면 더 재미있다. 지폐를 끼워놓고 하면 박진감이 생긴다. 이때는 제한 시간을 두어 시간 내에 지폐를 찾지 못하면 잃어버린 돈으로 간주하여 상대팀에게 헌납하거나 공동 회비로 쓴다. 리더가 감춘 것을 팀 대표가 나와 빠른 시간 내에 찾기를 해도 재미있다. 이때 책갈피에 아무 것도 감추지 않고 찾게 하면 어떻게 될까?

29 순발력 사냥

▶진　행:

1) 청, 백 2개 팀으로 팀 구성을 한다.

2) 5m 정도 간격을 유지하여 평행선을 긋고 나서 이것을 중앙선으로 10m 정도의 간격을 유지하여 또 하나의 평행선을 긋는다.

3) 5m 평행선 양쪽에 팀별로 나란히 줄을 선다. － 커플일 경우 남자는 오른쪽 줄에, 여자는 왼쪽 줄에 줄을 선다.

4) 한쪽은 "사자"라 칭하고 다른 한쪽은 "사슴"이라 칭한다.

5) 리더의 이야기 속에 "사자"가 나오면 사자 팀들은 사슴 팀 중 1명을 잡되 10m 평행선 밖으로 도망가기 전에 잡아야 한다.

6) "사슴"이 나오면 5)의 반대 현상이 일어나고 사냥거리는 5m가 된다.

▶요　령: 팀 대항전일 경우 사냥에 성공한 수효로 승부를 내고, 커플 게임일 경우 잡힌 사람과 못 잡은 사람들을 탈락시키고 계속 진행하면 챔피언 탄생!

▶도움말: 가끔씩 "사람" 또는 "사장" 등으로 실수를 유발시킨다. 사슴과 사자 대신 "까마귀"와 까치" 등으로 바꿔도 좋다.

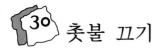

촛불 끄기

▶준　비: 양초, 성냥

▶진　행:

　1) 팀원 모두에게 촛불을 들게하고 시작 신호와 함께 상대 팀의 촛불을 입으로 불어서 끈다.

　2) 촛불이 꺼진 사람은 즉시 퇴장시킨다.

　3) 제한 시간을 두고, 제한 시간이 되면 각 팀 별로 남아 있는 촛불의 수효로 승패를 가른다.

▶요　령: 2개 팀으로 나눠서 진행해도 되고, 3~4개 팀으로 나눠서 동시에 진행해도 된다.

▶도움말: 사람이 많지 않을 때는 팀 구별이 없이 전체적으로 진행한다.
　제일 마지막까지 촛불을 지키는 사람이 챔피언!

O X 퀴즈

▶준　비: 퀴즈 문제

▶진　행:

　1) 리더가 먼저 아리송한 퀴즈 문제를 낸다.

　2) 퀴즈 문제가 맞는다고 생각하는 사람들은 ○표가 있는 곳에 모이고, 틀리다고 생각하는 사람들은 ×표가 있는 곳에 모인다.

　3) 정답을 발표하고, 맞추지 못한 사람들은 탈락시킨다.

　4) 같은 방법으로 2회전, 3회전,…을 진행한다.

　5) 계속 반복하면 퀴즈 챔피언이 탄생!

▶요　령: 퀴즈 문제는 일반적이고 흥미로운 것으로 선택한다.
　　　　예) 돼지 저금통은 우리나라에서 먼저 만들었다................×
　　　　　　얼룩말의 줄무늬는 하얀색이다...........................○
　　　　　　고래도 생선이다..×
　　　　　　원숭이도 지문이 있다......................................○
　　　　　　뱀은 뒷걸음을 칠 수 있다..................................×
　　　　　　바나나의 씨는 없다...○
　　　　　　물고기 혀는 있다...×
　　　　　　오징어의 피는 푸르다.......................................○

뱀의 혀는 두 개다......................................×

고양이도 잠을 잘 때 꿈을 꾼다...........................○

▶도움말: ○, × 표지판을 만들면 좋다.

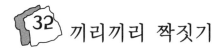 **끼리끼리 짝짓기**

▶진　행:

1) 리더는 전원에게 30초의 시간을 준다.

2) 참가자들은 30초 동안 자기와 같은 모습이나 특징을 가진 사람과 짝을 지어 앉는다.

3) 30초 후 1쌍씩 공통점에 대해 발표를 한다.

4) 공통점 중에 확인이 안 되는 것(둘이 같이 저녁을 먹었다. 성격이 내성적이다…)은 피한다.

▶도움말: 가장 멋지게 발표를 한 쌍에게는 상품을 준비하여 준다.

헤쳐 모여!

▶진　행:

1) 전원이 1개의 원을 만들어 빙글빙글 돌면서 노래를 부른다.

2) 노래 도중에 리더는 "5사람!"하고 외친다.

3) 이때 모든 사람들은 5사람씩 짝을 지어 그 자리에 털썩 주저앉는다.

4) 짝을 짓지 못하고 방황하는 사람에게는 벌칙을 주거나 탈락시키고 계속 진행한다. 탈락시킬 경우 최후의 1사람에게는 상품을 준다.

▶요　령: 짝짓는 인원이 많을수록 재미있다.

다음과 같은 내용을 첨가하면 더욱 재미있다.

1) 5사람이 짝을 지어 머리를 맞대고 있기

2) 7사람이 짝을 지어 엉덩이를 대고 서 있기

3) 안경 쓴 사람 2사람과 안 쓴 사람 3사람

4) 여자 3사람에 남자 4사람 ....

▶도움말: 팀 구성을 할 때 활용하면 자연스럽게 팀 구성을 할 수 있다.

인간 계산기

▶준 비: 메모지, 볼펜
▶진 행:
  1) 각 팀별로 메모지에 숫자를 적어(숫자 카드)가슴에 1장씩 붙인다.
  2) 리더가 요구하는 숫자를 팀 전원이 협력하여 빠르게 계산을 해낸다.
  3) "3사람이 합하여 13을 만드세요!"라고 하면 1, 5, 7의 숫자를 가진 사람
     끼리 모이거나 2, 3, 8을 가진 사람끼리 모이면 된다.
▶요 령: 숫자를 완성한 사람끼리 손잡고 반환점을 돌아오게 해도 재미있다.
▶도움말: 아라비아 숫자만 갖고 하지 말고 +, −, ×, ÷, √, = 등을 섞어서
  하면 더 재미있다.
  예) "8사람이 10을 만드세요!"하면 : (5, ×, 4, ÷, 2, =, 1, 0)

 콩나물시루

▶준 비: 신문지
▶진 행:
  1) 각 팀에게 신문지를 1장씩 나누어준다.
  2) 시작 신호와 함께 수단과 방법을 가리지 않고 1분 이내에 신문지 위로
     많은 사람이 올라서는 팀이 이긴다.
  3) 신문지 밖으로 조금이라도 발이 나와 있는 사람은 수에서 제외된다.
▶도움말: 신문지가 없을 경우 땅위에 지름이 1m 정도 되는 원을 그리고 진행
  한다. 승부는 양팔을 벌려 팀 전원을 한 다발로 묶는데 몇 사람이 동원되었
  는지를 계산해도 좋고, 줄자를 이용해 둘레가 몇 cm인지를 확인해도 좋다.

 끊이지 않는 합창

▶진 행: 각 팀마다 팀장을 중심으로 노래가 끊어지지 않게 이어나가는 게임.
  1) 짝 배수의 팀으로 팀 구성을 한다.
  2) 리더는 팀 순서대로 노래를 시킨다. (1번 팀 시작! 그만! 2번 팀 시작!)
  3) 지적당한 팀은 팀장의 지휘 하에 3초 내에 노래를 시작한다.
  4) 3초 내에 시작하지 못한 팀은 탈락시킨다.
  5) 노래는 분위기에 맞는 노래로 한정시킨다.

예) 동요 부르기, 흘러간 옛 노래 부르기, 계절별(봄, 여름, 가을, 겨울)로 부르기, CM송 부르기, X-Mas 캐롤 송 부르기…

37 팔도강산 유람

▶진 행:
1) "끊이지 않는 합창" 방법으로 진행하되 노래를 하는 대신 산 이름을 2번씩 힘차게 외치고 다음 팀에게 넘어간다.
2) 다른 팀이 외친 산 이름을 외치거나 바로 시작하지 못하면 실격!
▶요 령: 산 이름을 외칠 때는 오른손 주먹을 위로 힘차게 올리면서 외친다.
▶도움말: 산 이름 대신 강 이름이나 기차역 또는 꽃 이름 등으로 해도 재미있다.

38 배 사장님 나가신다.

▶준 비: 신문지
▶진 행:
1) 반환점을 향해 팀별 1줄을 선다.
2) 맨 앞의 1번 주자에게 신문지 1장씩을 준다.
3) 시작 신호와 함께 1번은 신문지를 배에 올려놓고, 양손은 뒷짐을 지고, 바람을 이용해(공기의 저항) 신문지가 떨어지지 않도록 하여 반환점을 돌아와 2번에게 신문지를 넘겨준다.
4) 신문지가 떨어지면 처음부터 다시 시작한다.
▶도움말: 야외에서 나뭇잎을 이마에 대고 하거나, 머리 위에 올려놓고 한다.

39 숫자 빙고

▶준 비: 메모지, 볼펜
▶진 행:
1) 25칸의 빙고 판 메모지에 1-100까지의 숫자를 갖고 각자 마음대로 빈칸에 번호를 1개씩 써넣는다. 이때 번호가 중복되면 안 된다.
2) 리더가 처음에 번호를 1개 부르고 그 다음부터는 순서대로 돌아가면서 각자가 부르고 싶은 번호를 부른다.
3) 당첨이 되는 조건은 "빙고 게임"과 같다.

40 이름 빙고

▶준 비: 메모지, 볼펜
▶진 행: "숫자 빙고" 방법으로 진행하되, 25개의 빈칸에 숫자를 쓰는 대신 참가자의 이름을 쓰고 나서 진행한다.
▶도움말: 이름 쓰기를 끝내고 나서 이름 칸에 그 사람의 혈액형을 추가로 적는 게임을 진행하면 더욱 친숙해질 기회를 가질 수 있다.

 ## 41 성씨 빙고

▶준 비: 메모지, 볼펜
▶진 행: "숫자 빙고" 방법으로 진행하되, 25개의 빈칸에 한국인의 성씨를 적고 진행한다. 당첨 조건은 "빙고 게임"과 같다.
▶도움말: 대상에 따라서 꽃 이름, 도시 이름, 곤충 이름, 물고기 이름 등으로 변화를 준다.
빙고 칸은 25칸으로 한정짓지 말고 인원과 모임의 성격에 따라 늘리거나 줄여서 진행할 수 있다.

 ## 42 긴 숨

▶준 비: 종이, 가위, 줄
▶진 행:
　1) 짝 배수의 팀으로 팀 구성을 한다.
　2) 종이를 가늘고 길게 잘라서 그림과 같이 줄에 매단다.
　3) 각 팀에서 1번부터 시작하여 번호순서대로 1명씩 나와 종이 앞에 선다.
　4) 시작신호와 함께 선수들은 종이를 불어서 반대쪽으로 날리게 한다.
　5) 숨이 다하여 종이가 내려오면 게임 끝.
　6) 경기 도중에 다시 숨을 들이 마시는 사람은 실격패!
▶도움말: 종이는 되도록 가벼운 것을 선택하고, 2사람이 종이를 사이에 두고 마주본 다음 서로 상대방 쪽으로 종이를 날리는 게임도 재미있다.

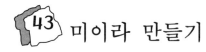

43 미이라 만들기

▶준 비: 화장지

▶진 행:

1) 팀 대항 게임이다.

2) 각 팀에서 3명의 대표를 뽑고 화장지 1개씩 지급한다.

3) 그 중 1사람은 모델이 되어 차려 자세를 취한다.

4) 시작 신호와 함께 나머지 2사람은 화장지를 이용해 모델을 머리끝에서 발끝까지 칭칭 감는다.

5) 빨리 감으면서 화장지가 끊어지지 않게 감아야 한다.

▶요 령: 화장지 감기가 끝나면 2회전으로 화장지를 빨리 풀러가면서 감아 놓기를 진행하면 재미도 있고 화장지를 다시 활용할 수 있어서 좋다.

▶도움말: 모델의 포즈를 차려 자세 대신 유명한 포즈를 취하는 것도 재미있다. 예를 들면, 로댕의 생각하는 사람이나 야구선수 폼 등 여러 가지 형태로 바꾸어 진행할 수 있다.

44 윤전기

▶준 비: 화장지

▶진 행:

1) 2사람이 1조가 되어 화장지 1개를 갖고 준비한다.

2) 시작 신호와 함께 갑은 서서 양팔을 벌리고, 을은 화장지를 풀어서 양팔을 벌리고 있는 갑의 배에 칭칭 감는다.

3) 배에 감는 방법은, 을이 빙빙 돌아가면서 화장지를 감아도 되고 갑이 제자리에서 뱅글뱅글 돌아도 된다.

4) 먼저 끝까지 빨리 감는 팀이 이긴다.

▶요 령: 2회전으로 화장지를 원상태로 되감기를 해도 좋고 또는 화장지를 감아준 을의 배에 그림과 같은 방법으로 되감기를 해도 재미있다. 서로 반대 방향으로 돌아야 하기 때문에 조심해야 한다. 옮겨 감는 중간에 화장지가 끊어지면 감점 처리를 한다.

▶도움말: 화장지를 사용하는 대신 천을 이용해서 진행하면 나름대로 특색을 살릴 수 있다. 천으로 할 경우 천을 크게 하여 3사람을 동시에 묶고 풀어내는 게임을 진행하면 진풍경이 벌어진다.

45 이산가족 상봉

▶준 비: 눈가리개
▶진 행:
  1) 2사람씩 1개조가 되어 전원이 눈가리개를 한다.
  2) 갑들은 원을 안에서 만들고, 을들은 원을 밖에서 만들어 이중원을 만든다.
  3) 갑들은 갑들끼리 손을 잡고 오른쪽으로 걷고, 을들은 을들끼리 손을 잡고 왼쪽으로 걷는다.
  4) '정지!' 라는 신호와 함께 서로가 말없이 더듬어서 자기 짝을 먼저 찾는다. 절대로 말을 할 수 없다.

 46 풍전등화

▶준 비: 양초, 성냥, 부채
▶진 행:
  1) 팀에서 1사람씩 선수를 선발한다.
  2) 선수는 양초에 불을 붙이고 부채를 든다.
  3) 시작 신호와 함께 부채로 바람을 일으켜 상대방의 촛불을 끈다.
▶요 령: 각 팀에서 2사람씩 또는 그 이상의 인원으로 동시에 진행해도 재미있다.
▶도움말: 상대방의 공격을 피하려다 스스로 촛불이 꺼질 수도 있다. 화재의 위험이 있는 곳이나 어린이들에게는 주의!

 47 풍선 폭죽

▶준 비: 풍선, 끈
▶진 행:
  1) 청, 백 2팀으로 나눈 후 전원에게 풍선 2개와 50cm 정도의 끈 2개를 나누어 준다.
  2) 각자 풍선을 불어 그림과 같이 발목에 묶는다.
  3) 시작 신호와 함께 상대팀으로 뛰어가 상대팀의 풍선을 발로 밟아 터뜨린다.
  4) 제한 시간이 되면 자기 팀의 지역으로 돌아와 터지지 않고 남아 있는 풍선의 숫자로 승패를 가린다.
▶요 령: 4팀일 경우 색깔이 있는 포장 끈(청색, 홍색, 백색, 황색)으로 묶고 4 팀이 동시에 경기를 치른다.

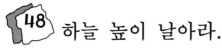 하늘 높이 날아라.

▶준　비: 깃발, 헬륨 풍선
▶진　행: 이 게임은 대형 체육 대회나 명랑 운동회에 적합한 내용이다.
　1) 각 팀은 구호나 희망사항 또는 그해의 운영 방침 등을 적은 깃발을 준비한다.
　2) 시작 신호와 함께 같이 헬륨 풍선을 매달아 하늘로 먼저 띄우는 팀이 이긴다.
▶요　령: 이 게임은 사전에 헬륨 풍선을 충분히 준비하고, 깃발이 아주 날아가는 것을 막기 위해 20m 정도의 낚싯줄을 이용하여 지면에 고정시켜 깃발이 하늘의 미아가 되는 것을 방지한다.

 슈퍼 축구

▶준　비: 애드벌룬, 큰 공
▶진　행:
　1) 청, 백 2팀으로 나누어 진행하거나 팀이 많을 경우 토너먼트로 한다.
　2) 애드벌룬이나 큰 공을 갖고 축구 경기를 하는데 축구 골대가 없고, 축구 골대 대신 상대 팀의 지역(골라인 바깥 쪽)을 공격한다.
　3) 몸 전체를 이용하여(핸드링, 업사이드 없음) 상대편의 골라인 밖으로 공을 내보내면 1점을 득점한다. (미식축구의 터치다운)
　4) 인원은 1팀에 10사람 정도가 적당하고 공은 동시에 3개 이상 사용한다.
▶요　령: 각 공마다 부심을 두고 공이 사람에 쌓여서 움직이지 못할 때는 호각을 불어 경기를 중단시키고 점프볼을 한다. 체력과 단결력이 필요한 대형게임이다.

50 인간 기중기

▶진　행:
　1) 각 팀별로 '인간 기중기' 역할을 할 1사람씩을 선발한다.
　2) 시작 신호와 함께 '인간 기중기'는 자기 팀에서 가벼운 사람들을 없거나, 안 거나, 매달리게 한다.
　3) 가장 많은 인원을 들고 있는 팀이 이긴다.

▶요　령: 제한 시간을 두고 진행한다.
▶도움말: 토너먼트나 기록경기로 진행해도 좋다.

51 귓속말 전보

▶준　비: 메모지, 볼펜
▶진　행:
1) 리더는 메모지에 30자 이내의 문장을 미리 적는다.
2) 인원을 같게 하여 짝 배수의 팀으로 팀 구성을 한 후 1줄로 선다.
3) 메모지에 적힌 문장을 각 팀의 팀장들에게 동시에 보여준다.
4) 시작 소리와 함께 팀장들은 각기 자기 팀으로 달려가 1번에게 메모지의 내용을 귓속말로 전달한다.
5) 1번은 2번에게, 2번은 3번에게,…
6) 맨 끝 사람은 전달받은 내용을 메모지에 적어 리더에게 제출한다.
7) 빠르면서 문장의 내용이 정확한 팀이 이긴다.
▶도움말: 소문이 얼마나 헛되고, 믿을 것이 못됨을 느낄 수 있다.

52 그림 전보

▶준　비: 도화지, 크레파스
▶진　행:
1) "귓속말 전보" 방법으로 진행하되 팀장들에게 문장 대신 그림을 보여준다.
2) 팀장은 1번에게 귓속말로 그림을 설명해 준다.
3) 1번은 2번에게, 2번은 3번에게,…
4) 맨 끝 사람은 귓속말로 전해들은 그림이야기를 도화지에 그린다.
5) 원본과 비교하여 판정을 내린다.

53 신문지 패션쇼(1)

▶준　비: 신문지, 잡지, 테이프, 가위
▶진　행: 주변에서 흔히 구할 수 있는 신문지를 이용해 즐기는 게임이다.
1) 리더는 각 팀별로 준비물을 충분히 나누어준다.
2) 시작 신호와 함께 각 팀에서는 모델을 한사람 뽑고 전원이 디자이너가

되어 멋진 신문지 옷을 만들어 낸다.

　3) 옷이 완성된 후 모델들은 음악에 맞추어 패션쇼를 연출한다.

▶도움말: 신문지 옷을 만드는 동안 음악을 넣어 주면 좋다. 심사는 일정한 기준은 없지만 특색이 있고 그럴 듯한 해석을 갖다 붙이는 팀에게 1등을 준다.

 신문지 패션쇼(2)

▶준　비: 신문지, 테이프, 가위
▶진　행:

　1) 리더는 각 팀에게 나라를 지정해 주고 준비물을 나누어준다.
　2) 시작 신호와 함께 각 팀은 지정 받은 나라의 의상 분위기를 연출한다.
　3) 각 팀에서 모델을 1사람 뽑아서 해도 좋으나 팀원 전체가 모델이 되어 진행하면 더 좋다.
　예) 멕시코, 일본, 아프리카… 등으로 해도 좋고, 바보 나라, 거지 나라, 애꾸 나라, 산적 나라… 등으로 해도 좋다.
　4) 의상 꾸미기가 끝난 후 단체 패션쇼(가장행렬) 경진 대회를 진행한다.
▶도움말: 그 나라의 의상에 맞는 음악을 준비하면 분위기가 훨씬 좋아진다. 성적 순위를 따지기보다는 팀원끼리 협력하여 공동 작품을 만들어 나가는 과정에서의 팀 분위기(어울림)에 중점을 둔다.

 희망 뉴스

▶준　비: 종이, 볼펜
▶진　행:

　1) 팀별로 모여 앉는다.
　2) 희망 사항을, 현실로 이루어진 사실로 가정하여 뉴스거리를 만든다.
　3) 팀별로 정리를 하여 발표한다.
▶도움말: 기발한 것이나 구성이 잘 된 뉴스에 대해선 상품을!
　예) 오늘 남북통일이 되어 금강산 입구에는 식당들이 들어서기 시작 했는데 그 이유는 "금강산도 식후경"이라는 말 때문이었습니다.

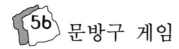

56 문방구 게임

▶준 비: 종이, 볼펜

▶진 행:

1) 팀별로 모여 앉는다.

2) 팀 대표를 선출한다.

3) 팀 별로 팀 구호를 만든다.

4) 진행자는 문방구에서 구입 할 수 있는 물건을 생각해 둔다.

5) 각 팀은 진행자가 생각해 둔 문방구 물건을 알아맞히는 게임이다.

6) 팀은 팀 구호를 외치고 대표는 종이에 물건 이름을 적어서 뛰어 나온다.

7) 가장 빨리 뛰어나온 팀에게 점수를 준다.

8) 문방구 물건이 많으므로 글자 수를 정해준다.

   (예) 두 글자 / 가위 등…

9) 생각지 못한 내용을 진행자는 생각해 두는 것이 운영의 묘를 살릴 수가 있다.

명강사의 강의 코칭 기술

　강사가 강의를 할 때 언제 어떤 무기를 써야 할지가 너무나 중요하다. 하고 싶은 말이 있다면 상황에 따라서 어떻게 말해야 할지, 이것도 고민을 해야 한다. 사실 다년간 강의를 하고 많은 사람들 앞에서 수 없이 강의를 한 사람이라 할지라도 강의를 할 때마다 어떤 얘기를 해야 할지, 참으로 고민이 된다. 강의 조건과 환경에 따라 얘기의 길이나 말투, 내용과 같은 것들이 다 달라지다보니 내가 장소에 따라서, 그리고 얼마나 많은 사람들 앞에서 강의를 해야 할 것인가에 대한 사전 정보를 알고 준비 한다면 더욱 멋지고 만족할 만한 강의가 이루어 질 것이고 청중들도 만족하게 될 것이다.

　명강사가 되려면 다음의 내용을 반드시 숙지하자. 참가 인원에 따라, 행사의 성격에 따라, 청중의 성격에 따라, 행사 장소에 따라 강의 준비를 철저히 해야 할 것이다.

1. 참가 인원에 따라 진행하는 기술

1) 1000명 이상일 경우

① 선동 기술을 이용하라.

　1,000명 이상쯤 되면 만 명이 되든 100만 명이 되든 다 똑같다.

　이럴 때는 누구하고 눈 마주칠 필요가 없으니 차라리 속이 편하다.

　이럴 때 가장 좋은 화법은 선동 기술이다.

　사람이 많이 모이는 곳, 또한 야외라면 아무리 음향시설이 좋아도 어지간해서는 전달이 잘 안 된다. 사람들이 많아서 집중도 잘 안 된다.

　집회장에서 울림 때문에 깨끗하게 들리지도 않는다. 그러니까 문장은 최대한 짧게 잘라야 한다. 가급적 길지 않게 해야 한다.

② 박수나 환호성을 자주 끌어내라.

　이 경우 딴 짓하고 있던 사람들도 옆에 사람들이 박수치면 '어? 뭐지?'하면서 덩달아 함께 박수를 치고, 다시 얘기에 귀를 기울인다. 자주자주 박수나 환호성을 이끌어내도록 하자.

③ 사람들이 많은 야외 행사에서의 진행 요령

첫째, 말을 길지 않게 하라 .

둘째, 감탄사와 감정적인 표현을 많이 쓴다.

이것은 사람들의 감정을 자극하는 곧 선동적인 표현과 맞닿는다.

셋째, 사람들에게 반응을 이끌어 내는 전략을 쓴다. 장기자랑을 하러 누가 무대에 올랐다고 치자. ''자, 이분 노래를 들어보도록 하죠"란 표현을 , 자, 여러분 이분 노래를 들어 볼까요?"라는 식으로 바꿔 본다면 사람들은 "네!"하고 대답할 것이다. 그러면서 사람들의 주의력을 무대 쪽으로 한번 끌어 모아 주는 거다.

④ 힘 있는 말투로 또박또박 정확하게 말하라.

힘 있는 말투로 또박또박, 한마디 한마디를 확실하게 해주어야 한다.

보통 사람들과 얘기하듯 자연스러운 말투는 오히려 어울리지 않고, 잘 들리지도 않아서 사람들의 주의력을 모으기 힘들다.

사람들이 많을 때는 유머 역시도 짧게, 누구나 금방 알아들을 수 있는 쉬운 유머를 해야 한다. 생각하게 만들어선 안 된다.

그렇게 사람이 많은 자리에서 한 번 생각해야 웃을 수 있는 유머를 하면 실패할 확률이 높다. 복잡하게 꼬지 말고 단순한 유머나 좀 유치하다 싶을 정도의 유머를 하는 편이 좋다. 유치하다는 것은 바꿔 말하면 다들 알아들을 수 있다는 뜻이기도 하다.

2) 100명 이상일 경우

100명 규모의 강의가 사실 제일 어렵다. 대학 강연이나 기업연수나 공무원 연수 등 인데 이 경우 정말 말 잘하는 강사, 정말 시원하게 말로 돈 버는 스타 강사들의 주 무대가 바로 100명 단위 무대들이다. 이런 자리에서는 강의 내용이 재미없으면 표가 단번에 난다. 주의 산만해지고, 소란스러워지고, 아니면 아예 졸기 시작한다.

이럴 때 해결방법은?

① 끝나는 시간을 미리 알려준다.

아주 재미있는 강의라도 어쨌든 길면 지루하기 마련이다. 따라서 언제까지 끝내겠다고 시작하기 전에 미리 밝히는 것도 좋다.

② 상대방에게 반응을 이끌어 낸다.

강의를 진행할때는 자주자주 상대방에게 반응을 물어본다.
"이런 경험 있는 사람? 손 한 번 들어봐요?" 라는 식으로 자주 하는 편이
좋다. 이렇게 하면 듣는 사람들도 그저 듣고만 있는 게 아니라, 강의에 어
느 정도 참여하고 있다는 생각이 들게 된다.

③ 시선처리를 잘하라

강의를 할 때는 전체 청중을 1/4정도로 나눠서 돌아가면서 봐주면 더 좋다.
누군가와 시선을 마주쳤다고 갑자기 다른 곳으로 눈을 돌리면 안 된다. 뚫
어지게 봐도 된다. 그것은 강사의 특권이다.

3) 50명 이상일 경우

주로 동호회 모임이나 부녀회 모임, 주부대학 등등의 모임일 것이다.

① 기선 제압이 중요하다.

가급적 듣는 사람들에게 인상적으로 다가가기 위해 세게 한 번 나가주는
거다. 성대모사나 노래 등의 개인기를 활용하면 좋다. 또는 흥미로운 이야
기를 하나 꺼내거나 자신을 소개할 수 있는 재미난 예화를 들어도 좋다.

② 상호 작용을 하라

일방적으로 말만 하지 말고 중간 중간에 사람들에게 질문도 던져가면서 대
화를 한다는 느낌을 주자. 상호 작용을 함으로써 계속 강의에 귀를 기울일
수 있도록 하자.

4) 10명 이상일 경우

이 정도 분위기는 가족적이다. 아주 편할 수도 있고 힘들 수도 있다.
참가자의 반응에 따라 분위기가 좌우되기 때문이다. 이럴 때는 정말 나 혼자
떠든 다기 보다는 대화를 한다는 느낌으로 의견을 묻고 답하는 형식으로 진행
하는 것이 좋다. 청중 가운데 떠들거나 주의를 산만하게 하는 사람이 있으면
'에이, 뭐 하는 거예요' 하면서 은근히 혼내도 된다.

2. 행사의 성격에 따라 진행하는 기술

1) 대중연설

뜻있는 사람들 끼리 모여 있다는 점에서 주제도 명확하고 말하기가 편하다. 이럴 때에는 확신을 갖고 자신있게 이야기하는 것이 핵심이다. 별로 좋은 예는 아니겠지만 피라미드식 다단계 업자들을 생각해 보자.

다들 아니라고 하는데도 설명회 한 번 갔다 오면 머릿속에 허황된 대박의 꿈이 팍 박히는 것. 바로 강사가 보여 주는 확신에 가득 찬 말투와 눈빛, 몸짓 때문이다. 그런 사람들의 강의를 듣다보면 아무리 허황되어 보이는 얘기라고 해도 슬금슬금 마음속에서 '어, 정말인가? 그럴 수도 있는 걸까?'하는 생각이 들기 시작한다. 이게 점점 커져서 '그래 맞아, 맞아! 이거대박이야!'하는 확신으로 바뀌는 거다. 이런 힘을 긍정적인 곳에 써보자.

2) 강연

대중연설과 세미나의 중간 형태이다. 능수능란한 사람은 대주제와 소주제만 뽑아 나가서 이야기 한다. 머릿속 이야기를 한다는 것이다.

외우지는 못할망정 써놓은 원고 읽는다는 자세로 나가면 바보가 된다.

있는 원고에 강사의 언어와 생각을 실어 대중연설조로 바꿔서 말하라.

읽지 말란 말이다. 확신에 가득 찬 강사의 태도는 효과를 더욱 크게 해준다. 그러기 위해서는 강사의 말할 내용에 대해 스스로가 자신감을 가지고 있어야 한다.

3) 세미나

이런 자리는 학술적인 모임이다. 듣는 사람들은 꽤나 '수준 있는' 사람들일 것이다. 이런 사람들은 내용에 문제가 있거나 실수를 하는 것을 용납하지 않을 것이다. 정말 준비를 잘 해야 한다.

정밀한 원고를 준비할 필요가 있다. 읽을 때 문어체를 쓰지 말고 구어체를 써야 한다. 문어체와 구어체의 차이는 무엇일까?

도박의 역사는 아마 인간의 역사만큼이나 오랜 뿌리를 갖고 있을 것으로 짐작된다. 도박이 성립하려면 당사자 사이에 확실히 예견 할 수 없고, 자유로이 지배할 수 없는 우연한 사정에 의해 승패를 결정하고 재물의 득실을 다투어야 한다. 그렇기 때문에 도박에는 짜릿한 쾌감과 아픔이 있고 또한 반복하여 느끼고 싶은 묘한 중독성이 있다.

(고려대 김일수 교수,'도박공화국이 되어가는 대한민국')

이 글을 그대로 읽으면 듣는 사람들이 제대로 듣지 않는다. 말이 너무 어렵다. 아래와 같이 바꿔서 말해보자.

도박이 언제부터 시작됐을까요? 아마 사람이 생겨난 때부터 아닐까요? 도박이란 게 사실 그렇습니다. 이것이 결과를 예측할 수 없어야 돼요. 또 우연히 승패가 갈라져야 제 맛입니다. 그래서 다시 하고 싶은 욕망이 생겨나야 합니다.

사람들 듣는 태도 자체가 달라질 것이다. 어차피 세미나는 말할 내용이 조금 어렵고, 격식도 갖춰질 것이다. 하지만 수준 있는 사람들이니까 어렵게 말해야 된다는 생각을 버리자. 어느 자리에서든지 말은 최대한 쉽게 하는 편이 좋다.

4) 방송출연

요즘 방송 프로그램에 일반인들이 참여하는 기회가 점점 많아지고 있고, 가끔은 길거리에서 리포터들이 다짜고짜 붙잡고 질문을 던지기도 한다.

보통 사람들은 카메라나 마이크를 들이대면 긴장한다. 일단은 당황스럽다.

방송이란 것은 내 모습을 수십, 수백만 사람들이 본다는 것이다.

방송에 나왔을 경우 잘 통하는 화법은 언제나 '솔직함'이다. 속에 있는 말을 꾸미지 않고 이야기하는 것이다.

방송에 출연했을 때, 효과적인 표현법을 쓰고 싶을 경우 말에 억양과 포인트를 심어주는 것이 좋다.

그러나 가장 중요한 것은 진실한 마음으로 거짓 없이 이야기하는 것이다.

그것이 시청자들에게 가장 잘 먹히는 세상이다.

3. 청중의 성격에 따라 진행하는 기술

1) 어린이

정장 차림으로 나가면 아이들은 일단 거리감을 둔다. 캐주얼한 차림이 좋다. 원색이라면 주의를 끌기 좋을 것이다. 나가서 아이들에게 시선을 끌 만한 재미있는 동작과 어투를 구사하면 효과가 좋다.

아이들이 집중할 때 까지 프롤로그가 필요하다. 아이들이라도 우습게보지 않는 것이 좋다. 말도 경어체로 쓰고 호응을 유도하기 위해 조그만 선물을 준비하는 것도 좋다.

최대한 진행을 쉽게 가져가야 한다. 하지만 '애들이 뭘 알겠어?'하고 너무 만만하게 보는 건 안 될 일이다. 요즘 아이들은 생각보다 똑똑하고 많이 안다.

다만, 아는 것은 많은데 그걸 솜씨 있게 짜 맞추는 기술이 떨어지는 것뿐이다. 요즘 인터넷에서 악성 댓글을 다는 주범으로 지목되는 게 바로 '초딩', 바로 초등학생이다. 물론 좋은 현상은 아니지만, 이제는 어른들이 이래라저래라 한다고 아무 말 없이 따라하는 시대가 아닌 것만은 틀림없다.

따라서 어떤 주제를 가지고 얘기를 할 때에는 최대한 쉽게 하되, 애들이 '에이, 그런 건 나도 다 알아' 하는 생각이 들 정도로 철 지난 얘기를 하지 않도록 한다.

2) 청소년

정말 힘든 대상이다. 말을 제일 안 듣는 나이이다. 청소년들은 기본적으로 어른들의 일방적 설교식, 훈계식의 따분한 진행은 전혀 듣지 않는다.

아이들에게 슬쩍슬쩍 반말을 섞으면서 재미있는 이야기를 들려준다.

아이들이 좋아하는 말은 연애담 또는 공부 잘하는 법 등이다.

이런 이야기를 말하는 중간 중간 섞어서 전해 주는 것이 좋다. 그래도 시끄럽게 떠들거나 지루해 한다면, '일찍 끝내 줄께'하며 미끼를 던져주는 것도 나쁘지 않다.

어린이를 상대로 할 때에도 얘기한 거지만, '니들이 뭘 알겠어?'라는 식으로 가르치려 드는 것은 절대로 금물이다. 그런 식으로 얘기하면 바로 마음을 닫아버린다.

3) 아줌마

이 분들은 참 고마운 분들이다. 무슨 이야기든 재미있게 들어줄 준비가 돼 있다. 이 분들은 장단을 맞춰 주며 웃음에 대해서도 관대한 편이다.

웬만한 유머에도 잘 웃어준다. 그리고 요즘은 학력도 높고 인터넷도 훤하고 많은 정보를 읽고 있기 때문에 어떤 부분에서는 꽤 전문적인 지식을 가지고 있다. 따라서 어떤 주제를 가지고 말할 때에는 아줌마들이라고 해서 허투루 보고 어설프게 준비했다가는 큰코 다치기 딱 좋다.

이런 분들에게는 부부이야기, 시부모님 모시는 이야기, 아이들 교육이야기 등등 이분들이 좋아할 만한 일상의 예화를 준비해 가면 더욱 좋다.

4) 장년

장년들은 사회적으로 어느 정도 자리에 올랐고, 어느 정도 권위 의식도 있다. 따라서 함부로 말을 해서는 안 된다. 비속어를 남발한다든가, 내용에 대해서 잘 모르는 듯 한 무식한 티가 나는 얘기를 늘어놓으면 무시당하기 딱 좋다. 쉽게 말하라는 것은 문어체 대신에 구어체를 쓰고 단어를 쓸 때 같은 뜻이면 좀 쉬운 말, 나이가 어린 사람들도 알아들을 수 있는 말을 쓰라는 얘기지, 싸구려 비속어나 유행어를 남발하라는 소리가 아니다.

따라서 장년을 상대로 강의를 할 때에는 내용을 철저하게 준비하고 어떻게 말할 것인가에 대해서 고민을 많이 할 필요가 있다. 이런 분들은 재미난 유머에도 잘 웃지 않는 경향이 있다. 따라서 처음에 분위기를 잘 잡아주자. 유머 감각을 발휘하려면 분위기가 심각하지 않은 첫머리가 좋다. 처음부터 가벼운 유머 한 두 마디로 분위기를 조금 풀어주면 좋을 것이다.

5) 노년

이분들의 관심은 '건강'이다. 약장사나 사기꾼들의 주요 타겟이 바로 어르신들인 이유가 바로 여기에 있다. 건강이 가장 잘 먹히는 키워드이기 때문이다. 오래 사는 것도 그렇지만, 아무래도 나이가 드시면 여기저기 아픈 데가 많아지고, 하루하루가 아파서 우울해지기 쉽다.

따라서 이런 분들을 상대로 강의를 할 때에는 재미있는 건강 상식 하나쯤은 가지고 가면 괜찮을 것이다. 그리고 나이 들면 아이가 된다는 말이 있다. 나이가 들수록 좀 더 원초적이고 단순한 재미를 좋아하게 된다. 그렇기 때문에 어린이들을 상대로 할 때 쓰는 전략을 써 보는 것도 좋을 것이다. 어르신 앞에서 재롱을 떤다는 느낌으로 몸짓이나 말투에서도 조금 재롱을 떠는 느낌을 갖고 얘기하면 잘 먹힌다.

4. 행사 장소에 따라 진행하는 기법
1) 강당 / 체육관

이런 곳은 진행하기에는 썩 좋은 곳이 못 된다. 기본적으로 소리가 울리기 때문에 너무 크게 말하면 무슨 소린지 잘 알아듣지 못하고 반대로 너무 작으면 스피커에서 멀리 떨어진 사람들은 도대체 무슨 말을 하는 건지 알아들을 수 없게 된다. 물론 요즘은 이런 공간들도 음향에 신경을 많이 써서 이런 문제가 크지 않은 곳도 있지만 하여간에 오래 이어지는 얘기를 하기는 그다지 좋지 않다.

따라서 문장 길이가 짧고, 명확하게 끊어지는 강의를 하는 편이 좋다. 중간 중간에 사람들이 너무 산만하지 않도록 박수와 함성 같은 참여를 유도하면 더 좋을 것이다.

2) 소강당

　조용하고 아늑하다. 사람도 적당히 많으니 잠을 자거나 딴 짓을 해도 안 들킬 것 같다. 이럴 때는 마이크를 들고 무대뿐만 아니라 객석으로도 내려가면서 좀 더 역동적인 분위기를 연출하면 자거나 딴 짓을 하는 사람이 많이 줄어들 거다. 최대한 사람들과 시선을 맞추려고 노력해야 한다.

　관객과 대화하는 모습을 연출하는 것도 한 가지 방법이다. "앞에 계신 분. 이런 문제를 겪어 보신 적이 있으신가요?"라는 식으로 한 사람에게 질문을 던져 볼 수도 있을 것이고, "자, 이런 문제를 겪어 보신 분. 손 한번 들어보실래요?"하면서 전체 관객들에게 질문을 던져 볼 수도 있을 거다.

3) 교실 / 강의실

　규모도 적고 사람들도 적으니까 딴 짓하는 사람은 별로 없을 거다.

　좀 긴 얘기를 하기에는 편한 곳이다. 어쨌든 강의가 길어지면 사람들이 산만해지고 지루해진다. 만약 강의가 상당히 길다면 중간쯤에 휴식시간을 주는 것도 한 방법이다.

　어차피 사람이란 오랜 시간 세속 집중하기가 힘드니까, 내가 선수를 쳐서 조금 여유를 주는 것도 괜찮다.

　칠판이나 화이트보드를 적절하게 활용하면 더욱 좋다. 그림을 그려가면서 강의를 쉽게 표현할 수도 있고 강의 중간 중간에 중요한 단어들을 적어 놓음으로써 사람들이 강의에 푹 빠져 있다가 핵심을 놓치게 되는 일을 막을 수도 있다. 하지만 너무 빽빽하게 적으면 오히려 역효과를 가져올 수 있다.

성공적인 M·C 기법

1. 사회(司會)의 필요성과 의미
1) 사회의 의미
(1) 회의나 집회에서 진행을 맡아 봄.
(2) 여러 가지 형태의 모임에서 그 일의 진행을 순서대로 이끌어 감으로써 회의나 모임의 목적을 길잡이의 역할.
(3) 어떤 목표나 목적을 위하여 일정한 방향을 가지고 분위기를 연출하고 모임을 진행하는 일

2) 사회의 필요성
(1) 말의 역할
 - 표출(expression, 겉으로 나타냄) : 마음이나 생각을 외면에 나타내는 일로써 자기의 감정과 뜻을 말로 드러내는 일
 - 전달(evocation) : 타인에게 전하는 작용(1인이나 그룹)
 - 표현(representation, 말하여 드러냄) : 나타내는 요령에다 연출을 가미한 것
(2) Communication의 역할

2. 사회자의 형태
1) 사회자의 말씨
(1) 말씨
 - 명료한 말 : 장황한 이야기가 되지 않도록
　　　　　　　난해한 말과 모호한 말은 피한다.
　　　　　　　장문보다 단문으로
 - 자신의 말버릇을 인해
 - 대상에 맞는 언어
 - 긍정적이고 자발적인 언어 구사
 - 목소리의 톤을 생각한다.
 - 어미를 명확히
(2) 표정과 몸짓언어
 - 얼굴은 마음의 창

- 웃는 얼굴이 최대의 무기
- 전신으로 표현
- 양손의 적절한 사용
- 바른 자세가 기분 : 양발에 몸무게를 둔다.
(3) 사회자의 시선
- 참가자를 빠짐없이 바라본다.
- 특정한 사람을 자꾸 보지 않는다.
- 자신의 취향에 사로잡히지 말아야 한다.
- 눈동자의 위치

2) 사회자의 복장

(1) 복장의 배색을 생각 (2~3색이 적당)
(2) 장소, 내용에 맞게
(3) Point를 갖는다.
(4) 몸의 선을 적당히
(5) 손질을 잘한 복장으로 - 주름, 옷깃, 먼지 등
(6) 차림새의 정리 - 머리, 수염, 손톱, 화장, 장식 등

3) 사회자의 능력

(1) 포용력
(2) 판단력
(3) 유머
(4) 통솔력
(5) 예절감각

4) 진행을 위한 보조용품

5) 진행에서 주의사항

(1) 언제나 대상을 두려워하는 마음으로
(2) 진행의 의도를 바르게 전달하는 능력
(3) 화제를 풍부히

3. MIC의 사용법

1) 육성이 적절한가, MIC의 사용이 적절한가?

2) MIC의 종류와 성능

3) MIC의 사용법
　(1) 감도
　(2) MIC의 위치와 높이

4. 명 M · C가 되려면?

1) M · C는 표현을 상징화 한다. (대화와 인터뷰)
　(1) 짧고 명확한 질문을 던진다.
　(2) 흥미 있는 많은 대답을 얻는다.

※ 경우에 따라서는 질문에 맞지 않는 엉뚱한 대답이 나올 수 도 있다. 이러한 때에는 대답하는 말을 재치 있게 바꾸어 긍정의 뜻을 전하면서 방향을 정하도록 하고, 흥미 있는 대답일 경우에 재치 있게 상황을 전개해 나간다.

2) M · C의 표현은 관심을 불러 일으켜야 한다.
　(1) 문제를 제시한다.
　(2) 관심을 유도한다.
　(3) 충격적인 혹은 설득력 있는 특징적인 표현을 나타낸다.
　(4) 타당한 이유와 해답을 모색하여 전한다.

3) 대화의 주도권을 가져야 한다.
　M · C는 대화에서 주도권을 갖고 응수능력을 키워야 한다. 이러한 능력을 평소 꾸준한 대화로써 언어 훈련을 쌓아야 하며, 대화의 끝맺음은 가능한 한 평화적인 수긍에 근거를 둔다.

4) M · C가 되는 과정을 거쳐야 한다.

자료를 수집하는 습관을 기르며, 수집하는 대상의 여러 가지 소재들을 메모하여 두고 기록으로 남아있는 책자와 신문, 잡지 등도 참고하여, 폭넓은 대인관계를 통하여 얻은 소재들을 항상 메모하여 둔다.

수집내용들은 리더에 따라 각각 그 취향이 다르겠으나 M · C가 되기 위하여 수집하는 일반적인 것은 다음과 같다.

※ 재치가 있는 유머 코멘트, 퀴즈, 위인들의 에피소드, 격언, 명언 및 종교, 정치, 사회, 예술 전반에 걸친 내용과 수필, 콩트, 시사, 사설 등을 들 수가 있다.

5) 표현하는 방법을 익히고 경험하여야 한다.

웅변술의 훈련은 곧, 설득력의 훈련이라고도 할 수 있다. 리더는 설득력이 있어야 한다. 설득력이라 함은 음성의 고저, 말의 빠르기, 표현력, 전달되는 말의 공감도, 말의 쉼 등을 통하여 설득력을 기르도록 하며 특히 표준어로 훈련하는 것이 바람직할 것이다.

6) 애정 있는 대화능력을 가져야 한다.

멜로틱한 음성이나 잔잔한 미소, 부드러운 제스처 등으로 접근하며 상대방에게 애정 있는 마음을 가질 때 설득력을 발휘할 수 있을 것이다. 친근한 사람과의 대화를 통하여 훈련하는 방법도 있겠으나, 가장 좋은 방법은 천진한 어린이와의 얘기를 통하여 배워 가는 것이 효과적이다.

7) 대인관계를 원만하게 넓혀가는 경험을 쌓도록 한다.

다양한 계층의 사람들과 폭넓은 인간관계의 확장을 위하여 많은 만남과 경험이 필요하다.

8) 자기에 대한 존경과 자신에 대한 지식과 자신의 억제를 위해 노력한다.

(1) 존경이라는 것은 본인이 만드는 것이 아니라 상대방에 의한 것이므로, 남에게 깔보이지 말고, 남을 무시해서도 안 되며 멸시하지도, 멸시 당하지도 말아야 할 것이다. 자기에 대한 존경을 구한다는 것은 교만을 말하는 것이 아니라, 자신의 관리를 의미하며 남에게 겸손을 보일 수 있어야 한다.

(2) 자기에 대한 지식은 부단히 공부하고 배워서 터득하는 일이다. 우리는 흔히 이 세상에 누가 제일 무서운가를 얘기할 때가 있다. 무지막지한 사람이 아

닐까? 자기에 대한 지식은 곧 세상을 사는 슬기와 용기를 말하는 지식이다. 지식을 얻는 곳은 학교만이 아니라 세상 모든 만물이 모두 지식을 주는 것들이다. 또한 사물에 관한 지식 이전에 자신에 대하여 알고자 하는 노력은 더욱 중요한 결과를 얻을 수 있을 것이다. 소크라테스의 "너 자신을 알라" 라는 말은 그 좋은 예이다.

(3) 자신에 대한 억제란 리더가 아닐지라도 누구에게나 필요한 것이다. 조금만 억제했더라면 웃을 수 있었을 것이다. 완전히 억제했더라면 박수를 받았을 것이다. 이 어려운 세상에 억제 없이 산다는 것은 무질서와 낙오, 그리고 절망만이 따르는 것이다. 억제할 수 있는 사람만이 좋은 대인관계를 맺을 수 있다.

9) 유머의 적절한 사용
(1) 풍부한 소재의 발굴
(2) 표현 방법의 변화
(3) 사용 빈도를 조절
(4) 자신의 프로그램 내용과 연결

5. 유머 활용의 기법
1) 유머란 무엇인가?
　　유머는 감춰진 혹은 억압된 욕망을 일시적으로 해소시킴으로서 사람에게 쾌감을 주고 동시에 공포감을 완화시켜 주며 곤란한 일이나 대인관계를 부드럽게 연결시켜 주는 것이다.

2) 유머가 자신을 성공적으로 이끈다.

3) 유머 활용 시 주의할 점
(1) 악의나 비난, 야유 또는 가시 돋친 풍자가 아닌 누구에게도 상처를 주지 않는 웃음거리여야 한다.
(2) 신체적인 결함을 대상으로 해서는 안 된다.
(3) 전화위복의 화제로 그 장소의 분위기를 일신시키려는 노력을 해야 한다.

4) 웃음을 터트리게 하는 유머기법
(1) 상대방의 예측을 무너뜨린다.

(2) 곡해와 궤변으로 말문을 막는다.

(3) 말하고자하는 내용을 최대한 과장한다.

(4) 때로는 바보인척 한다.

(5) 세태를 풍자한다.

(6) 단어를 이리 저리 비튼다.

(7) 독특한 표정과 몸짓을 개발한다.

5) 유머감각을 키우는 연습

(1) 공통점 찾기

(2) 차이점 찾기

(3) 조합하고 요약하기

(4) 3행시 짓기

(5) 낱말 분해로 압축어 만들기

(6) 단어 비틀기

(7) 덕담하기

(8) YES, BUT 화법

6. 말하는 방법

1) 진행의 화술

(1) 변화

(2) 띄어 말하기

(3) 감정이입

(4) 동적표현

(5) 소리의 원근

2) 말을 꺼내는 방법

(1) 자연스러움이 최고다! (인사의 기법)

(2) 유머의 사용법

(3) 직접 돌입법

(4) 발음 발성의 중요성 (적당한 톤)

(5) 대화식이 좋다.

7. 발음 연습

1) 낱말의 고저장단 연습

2) 어려운 발음 연습

 발음 · 발성연습표

가	구	거	고	그	기	게	개	갸	교	겨	규
나	누	너	노	느	니	네	내	냐	뇨	녀	뉴
다	두	더	도	드	디	데	대	댜	됴	뎌	듀
라	루	러	로	르	리	레	래	랴	료	려	류
마	무	머	모	므	미	메	매	먀	묘	며	뮤
바	부	버	보	브	비	베	배	뱌	뵤	벼	뷰
사	수	서	소	스	시	세	새	샤	쇼	셔	슈
아	우	어	오	으	이	에	애	야	요	여	유
자	주	저	조	즈	지	제	재	쟈	죠	져	쥬
차	추	처	초	츠	치	체	채	챠	쵸	쳐	츄
카	쿠	커	코	크	키	케	캐	캬	쿄	켜	큐
타	투	터	토	트	티	테	태	탸	툐	텨	튜
파	푸	퍼	포	프	피	페	패	퍄	표	펴	퓨
하	후	허	호	흐	히	헤	해	햐	효	혀	휴

발음 · 발성연습표

1. 간장공장 공장장은 강 공장장이고, 된장공장 공장장은 공 공장장이다.
2. 저기 있는 저 분이 박 법학박사이고, 여기 있는 이 분이 백 법학박사 이다.
3. 저기 가는 저 쌀장사가 새 쌀장사냐 헌 쌀 장사냐?
4. 중앙청 창살은 쌍창살이고, 시청 창살은 외창살이다.
5. 한양 양장점 옆 한영 양장점, 한영 양장점 옆 한양 양장점
6. 저기 있는 말뚝이 말 맬 말뚝이냐, 말 못 맬 말뚝이냐?
7. 들의 콩깍지는 깐 콩깍지인가, 안 깐 콩깍지인가? 깐 콩깍지면 어떻고 안 깐 콩깍지면 어떠냐? 깐 콩깍지나 안 깐 콩깍지나 콩깍지는 콩깍지인데
8. 상표 붙은 저 깡통은 깐 깡통인가, 안 깐 깡통인가
9. 강낭콩 옆 빈 콩까지는 완두콩 깐 빈 콩깍지고, 완두콩 옆 빈 콩깍지는 강낭콩 깐 빈 콩깍지이다.
10. 내가 그린 그림은 새털구름 그린 그림이고, 네가 그린 구름 그림은 뭉게 구름 그린 그림이다.

 발음 · 발성연습표

1. 남문 밖 곽씨 과수원 딸 곽말괄량이는 동문 밖 박주사댁 박총각을 좋아한다.
2. 박범복군은 낮 벚꽃 놀이를 다녀오고 방범목 양은 밤 벚꽃 놀이를 다녀왔다.
3. 양양군 양양면 양양리 양영 양화점 주인은 양영옥 양이고 양양군 양양면 양양리 양영 양화점 주인은 양영훈이다.
4. 장충당 공원앞에 중앙당 약방 중앙당 약방 옆에 장충 당구장 장충 당구장 위에 장충당 족발집
5. 앞집 아침밥 잡곡밥은 굵은 꽁보리밥이고 뒷집 저녁밥 잡곡밥은 붉은 팥 치조 밥이다.
6. 안양역앞 약공장은 안약 약공장 양양역앞 약국옆 한약방은 양양 한약방
7. 내가 그린 기린 구름 그림은 숫기린 구름 그린 그림이고 네가 그린 기린 구름 그림은 암기린 구름 그림이다.
8. 갸냐댜랴 먀뱌샤야 쟈챠캬댜퍄햐
9. 치키치키 차카차카 쵸쿄쵸쿄쵸

8. 성공적인 M·C 기법

1) 분위기를 장악하라!

(1) 대상에 맞는 적절한 인사말 및 옷차림
  - 교육생들은 무대에 있는 진행자의 의상, 구두 등을 보고서 진행자의 이미지를 파악한다.
(2) 진행의 시작과 끝에는 정중하게 인사를 한다.
  - 인사 시 상의를 입고하는 것이 보기가 좋다.
(3) 분위기를 압도할 수 있는 멘트로 시작
  - 효과적인 시작 멘트를 위해서는 교육의 목적, 교육생의 연령, 남녀 구성 비율, 계절, 모임의 성격 등을 미리 알고 있어야 한다.
(4) 교육장의 책상배열이나 남녀가 앉은 위치가 진행자의 의도와 상이한 경우 시작하기에 앞서 재배치를 하고 시작한다.
  - 자리배치는 강의식일 경우 짝수로 배치, 토의식일 경우 이동 공간이 넓게 한다.
(5) 자신 있는 표정과 행동
(6) 진행자는 절대로 마이크를 뺏기지 않는다.
(7) 시선은 대각선으로 옮기며 여러 곳을 주시한다.
  - 한 곳에 시선을 오래두면 부담을 줄 수 있으므로 주의
(8) 손을 똑똑 거리거나 다리를 떠는 등 잔 동작은 산만한 분위기를 조성하므로 항상 유의한다.
(9) 교육생들에게 칭찬을 아끼지 않는다.

2) Korea Time 적용은 절대 no!

(1) 진행자는 진행용 멘트를 작성할 때에도 반드시 시간 안배를 사전에 해야 한다.
(2) 진행자는 미리 준비상황을 점검하고, 정확한 시간에 시작해서 다음 시간에 지장이 없도록 끝낸다. 아무리 좋은 내용이라도 정해진 시간이 초과하면 효과는 반감하게 된다.
(3) 또한, 시간이 남을 것을 대비하여 기타 여러 게임이나 Spot꺼리를 준비해 둔다.

3) 지피지기면 백전백승!

(1) 진행자는 시작에 앞서 교육장의 상황을 파악한다.

－ 교육장의 상황점검 : ※ 진행체크리스트 참조
(2) 대상과 가까울수록 효과는 좋으므로 탁자 등은 치운다.
(3) 시작하기 전 교육생들의 분위기(피곤한지, 지루한지 등)를 파악한다.

4) 분위기 유도는 신체접촉으로‥

(1) 처음 시작할 때의 어색하고 수줍은 분위기는 스킨십, 즉 신체접촉을 통해서 발전시킬 수 있다.
(2) 체조 및 안마, 스킨십 게임 등을 사용
(3) 게임 및 율동은 쉬운 것부터… 간단한 것부터…
　　－ 박수, 안마 → 스킨십 → 노래, 율동 → 팀웍 게임 순으로

5) 제스처

(1) 숫자나 인원을 나타낼 때 손가락을 펴 보인다.
　　－ 예를 들면 "두 명"을 강조 시 : 손가락 두 개를 펴 보인다.
(2) 설명은 간단하게, 동작은 구분동작으로 설명한다.
　　－ 진행자의 동작은 교육생과 반대로 해야 한다.
(3) 동작을 취할 때 크게, 확실하게 한다.
　　－ 진행자가 무대에서 크게 한다라고 여긴 동작은 실제로 교육생들이 앉아서 보았을 때 의외로 작게 보이므로 보통 상품교육을 하는 강사들의 동작보다 2배 정도 크게 하는 것이 좋다.
(4) 설명은 존댓말로 하고 동작요구는 '명령조'로 한다.
　　－ "손을 올려 주시기 바랍니다." → "올렷!"
(5) 남성만이 있는 경우 복잡한 율동은 삼간다.
(6) 동작이나 노래를 요구할 때 '준비' 와 '시작'을 말한다.
(7) 노래를 부를 때는 '손뼉'이나 '율동'을 병행하고 시작할 때는 첫 음정을 잡아 준다.
　　－ "고향의 봄"을 부를 때 "나의 살~던, 하나 둘 셋 넷!"
　　－ "과수원 길"을 부를 때 "동~구밖, 하나 둘 셋 넷!"

6) 마이크와 말투

(1) 마이크는 손잡이의 1/2의 아래 부분을 잡는다.
　　입과의 거리는 웅웅 울리지 않을 정도로 떨어뜨린다.
　　－ 턱밑에 둔다는 느낌이 들 정도로 두는 것이 좋다.

(2) 자기의 평소 목소리와 교육생 인원수와 맞춰 볼륨조절을 한다.

(3) 말의 속도 "리듬"을 타듯이 해야 하며, 사투리는 특별한 것을 제외하고는 자제하는 것이 좋다.

(4) 자신의 말투와 억양은 스스로가 녹음하여 교정을 한다.

7) 진행자는 판사처럼 (기회를 균등하게)

(1) 노인이나 대머리 등의 자존심을 건드리지 않는다.

– 고 연령층 들이 있는 경우 성(性)과 관련한 멘트는 삼가야 한다. 나이든 사람은 이 부분에 민감하여 진행자의 말 한마디에 소극적인 태도를 보이거나 탈락하는 경우도 있다.

(2) 연령 등을 고려하여 참가기회를 균등하게

(3) 소극적인 사람에게는 1번 정도 권유를 하고 그래도 반응이 없으면 무시를 하고 다음 게임에서 참여를 다시 유도한다.

8) 프로그램 진행 중…

(1) 진행자는 필수적으로 프로그램 전부를 암기해야 한다.

– MC 볼 때를 제외하고는 절대 금지

(2) 하나의 게임이나 율동 등을 3회 이상 하지 않는다.

(3) 프로그램 기획 시 연결부분에 대한 멘트를 준비한다.

(4) 만약에 대비해 실제 사용 할 게임 외에 예비게임 등을 준비해 둔다. 게임 등에 필요한 풍선 등의 도구는 주머니에 넣어둔다.

(5) 진행자는 리듬을 타는 멘트를 한다.

(6) 지나치지 않는 범위 내에서 가끔씩 'Over Action'을 한다.

– 진행 중 웃긴 일이 생기면 함께 '박장대소'를 한다든가 맞장구를 쳐서 분위기를 돋운다.

(7) 다음 게임 등이 생각나지 않을 때는 퀴즈를 내며 다음 순서를 준비한다. (단, 교육생들이 모르게)

(8) 진행도중 야유가 있어도 화를 내지 말고 웃는 모습을 보인다.

– 진행자의 진솔하고 열심히 진행하는 모습에는 남성들만 있는 교육이라 할지라도 금방 사라진다.

(9) 잘 따라하지 않는 교육생이 있을 경우, 그 교육생 근처에서 멘트나 동작시범을 보이도록 한다.

(10) 1~2번의 지시에도 따르지 않는 교육생이 있을 경우 무시를 하고서 계

속 진행을 한다.

- 진행시 안 따라하는 사람은 노래를 시키겠다는 협박 멘트도 좋다.

9) 진행자는 메모광 (끝난 후 자료정리)

(1) 스스로 평가를 해보고 반성과 개선점을 찾아본다.

(2) 특히, 끝난 후 정리는 교육생들에게 중복되는 게임이 없도록 하기위해서 필수적이다.

(3) 자료정리를 많이 할수록 자신의 실력이 향상된다.

신문을 포함해서 주변생활 어디든 존재하므로 항상 관심을 갖는 것이 중요하다.

- 서점의 책자나 참고자료를 사용해도 좋지만 나름대로 재편집하여 자기만의 것을 갖는 것이 효율적이다.

♤ 진행용 체크리스트 ♤

교육진행 전	프로그램 기회		자기점검 체크사항
1. 사전체크 -모임의 성격 및 목적 -대상자파악(남녀비율/연령층) -시간대와 장소의 크기? -참석인원 -좌석배치(토의식or강의식) -팀을 편성한다면 몇 팀? -직업 및 의식수준	1. 진행의 성격 및 목적 -오전/오후 행사 -실내 / 실외 -실시기간 -조회 / 팀웍활동 / 산행 등 -과정 중 식사여부	5. 프로그램 내용 -인사멘트 -체조, 안마 -박수 -스킨십 -게임(벌칙·팀웍) -별첨(퀴즈, 심리테스트)	1. 교육생들의 반응점검 -진행분위기 -매끄러운 진행 -말투와 발음 -시간조절 -설문내용 -교육생들의 참가여부 -교육생 불만정도 -약속한 상품을 줬는지 -교육적인 효과 -직접문의로 반응점검
2. 교육장(실내) -마이크 및 음향상태 -무대크기 -진행자의 위치선정 -음향기기 및 노래방기기 -조명상태 및 커튼조절 -출입구의 위치 -교육장내 부착물	2. 대상자 파악 -인원수(30명이상인가?) -남녀비율(여자가 많은가?) -연령층(60대이상이 있는지?) -직업 및 의식수준 -이벤트행사(산행 등)	6. 교육장 준비물 -진행교탁 -벽시계 -커튼조절 -물 컵 -음향기기 -OHP와 필름 / 지시펜 -팀명 케이스 -교육장 환기상태	2. 자기진단 -준비된 자료의 활용 -보조진행과의 연결 -스스로의 만족정도 -자만한 모습을 보였는가 -꾸중을 하지 않았는가 -처음과 끝의 만족도 -교육목적과 일치했는가
3. 교육장(실외) -마이크 및 음향기기 -운동장(야외장소) 상태 -진행준비물 -오전/오후 행사여부	3. 팀 편성 -몇 팀으로?(팀당 10명) -팀명제작 (혼수상태팀 등) -팀구호 (리듬 있게) -팀가제작 (개사곡) -전지 (팀당 1장씩) -칼라펜 (색상별로 1개씩)	7. 기타 준비물 -문구류(칼/자/테잎등) -전지/칼라펜 -명찰 -상품 -음료수, 간식 -강사 이력내용 -지시봉 -팀별점수표	3. 자료정리 -사용자료 제자리에 -교육생들의 반응을 표시 -진행소감을 기록 -사용멘트를 다시 정리 -과정별/대상별로 분류 -정리 후 스킬이 부족한 　부분을 어떻게 채울까?
4. 준비도구 풍선 □ 줄자 □ 진행멘트 □ 상품 □ 　　　 준비시트 □ 음악TAPE □ 호루라기 □ 보조진행 □ 진행탁자 □ OHP □ 물컵 □ 참석명단 □	4. 진행자 준비 및 점검 -옷과 넥타이 상태 -머리와 구두 상태 -주머니 속에 넣어 둘 도구 　(호루라기/풍선/줄자 등) -진행용 멘트와 배포자료 -시간안배 -보조진행과의 약속		

- 428 -

효과적인 멘트 사용법

1. 멘트란 무엇인가?

1) 프로그램 사이사이를 부드럽게 연결시켜주는 말.

2) 짤막한 말로 프로그램의 지속적인 관심(맥)과 흥미를 유지시키는 것.

3) 전체 운영을 살리는 포인트/ 비행장의 관제탑, Controller, 윤활유.

4) 사건을 전개해 나가기 위해 없어서는 안 될 서막(동기 유발).

5) 어떤 일을 이해할 수 있도록 돕는 말(Comment).

6) 대상과 사회자가 혼연일치가 되도록 도와주는 말.

7) 침묵도 멘트다.

8) 캠프 화이어, 촛불의식, 심성개발의 피드백, 사회자의 진행발언 등이 멘트에 포함된다.

9) 양복을 입고 중절모를 쓰는 것.

10) 의미와 느낌이 없는 단순한 단어의 나열은 아니다.

2. 멘트의 분류

1) 앞 부 분 : 개회, 시작, 시선집중, 흥미유발, 호기심 자극 등.

2) 사이사이 : 진행멘트, 연결멘트, 예고 등.

3) 끝 부 분 : 피드백, 메시지, 새로운 시작, 비전제시 등

3. 멘트의 효과

1) 로또 복권 : 8,500,000 : 1 = 2 : 1

2) 대상과 나는 1:1이다(10명이든 100명이든 참석자는 1:1로 받아들인다)

3) 빛나는 조연. 음식의 맛을 더 해주는 조미료와 같은 것.

4. 프로정신

1) 멘트 선정 원리

① 모임의 특성과 목적 : 교육, 여가선용, 야유회, 체육대회, 친목회, 파티, 강습회 등.

② 대상의 눈높이 : 성별, 연령, 인원수, 지식수준(학력), 지역정서, 장소, 관심과 흥미

③ 대상의 욕구 파악 : 자기표현의 욕구, 호기심의 욕구, 모험의 욕구, 완성의 욕구, 인정받고 싶은 욕구, 소속의 욕구 등.

④ 계절과 절기 또는 평일과 국경일 등으로 준비하고, 시간대별까지 세분화한다.

⑤ 첫 멘트와 마지막 멘트가 전체를 좌우한다.

2) + α

① 멘트의 소재는 1.5배로 준비해 간다.

② 제스처는 제2의 멘트이다.

③ 서비스정신, 헝그리정신, 프로정신

3) 세대별 특성

기성세대=> 신세대=> X세대=> Y세대=> N세대, M세대=> E세대 & 골드칼라

5. 멘트 훈련과 자세

1) 훈련

① 말하기 전에 자신의 생각을 간추린다.

② 주위의 모든 사정을 살핀다.

③ 음성의 크기는 장소와 환경에 따라서 결정한다.

④ 또렷하고 정확한 발음을 한다.

⑤ 쉬운 말을 쓴다.

⑥ 침착하고 여유 있는 태도로 말한다.

⑦ 화법에 맞게 말한다.

⑧ 참 인격에서 우러나오는 진실 된 말을 한다.

⑨ 적절한 시청각 교제를 사용한다.

⑩ 중요점은 다시 강조한다.

⑪ 시선집중을 위해 역설적인 표현이나 호기심을 자극하거나 흥미를 유발시킬 수 있는 말을 한다. 예) 머리띠 & 다시 뛰자!

⑫ 자기도취가 되거나, 참석자의 신체적, 정서적 결함에 관한 언어는 사용하지 않는다.

2) 자세

① 시선을 골고루 보내고 대상에 맞는 단어사용과 표정관리를 한다.

② 서있는 자세

㉮ 턱은 당기고 시선은 정면을 향한다.

㉯ 등은 곧게 하고 가슴은 편다.

ⓓ 아랫배는 집어넣는다.

　　ⓔ 힙은 힘을 주어 올린다.

　　ⓕ 무릎은 가능한 한 붙인다.

　③ 대기 시 자세

　　㉮ 한발 뒤로 뺀 발을 다른 발의 중간 위치에 댄다.

　　㉯ 남성: 왼손이 위로 오게 하며 발은 허리 넓이 11자로 벌린다.

　　㉰ 여성: 오른손을 위로 모아 잡는다.

　④ 호칭

　　㉮ 상급자에 대한 호칭은 '님'

　　㉯ 동급자 동료간의 호칭은 나이차이가 나면 '선배님' 10년 정도 차이
　　　나면 '씨'자를 붙이면 실례다. 이럴땐 '선생님'이 좋다
　　　(공식적인 자리에선 '선배님'이 좋다).

　　㉰ 하급자에 대한 호칭은 '0 이사' '00부장' 등으로 부른다.

　⑤ 태도

　　㉮ 두리번거리거나 시계보지 않기

　　㉯ 상대방을 뚫어지게 쳐다보지 않기

　　㉰ 추측이나 자신 없는 말 삼가기

　　㉱ 상대방이 싫어하는 화제 피하기

　　㉲ 공동 관심사로 대화하기

　　㉳ 일관성 있는 이야기

　　㉴ 끝까지 듣고 판단하기

　⑥ 기타

　　㉮ 칭찬은 적절히 하되 억지 칭찬은 금물이다.

　　㉯ 쿠션의 말을 한다.

　　예) 죄송합니다만, 실례합니다만, 양해해 주신다면, 번거로우시겠지만,
　　　바쁘시겠지만, 괜찮으시다면, 어려우시겠지만, 이해해주신다면…

　　㉰ 대상이 참여할 경우 기회를 균등하게 준다.(나이나 신체적 조건을 모
　　　두 고려한다/ 신체장애, 노인, 어린이, 남녀비율…)

　　㉱ B.G.M을 사용할 시 : 오전=조용한 음악, 오후=강한 비트의 음악

6. 멘트의 생활화

　1) 어려운 말 빨리 하기

　2) 남의 말 경청하기

3) 시집, 명언집 많이 보기

4) 방송의 오프닝 멘트 메모하기

7. 레크리에이션 진행멘트

레크리에이션 진행시 상황별 멘트입니다.

1) 행사를 시작할 때

큰소리로 - "안녕하세요?" 박수와 함성 유도.

2) 분위기를 잡을 때

박수로 유도. 박수를 치며 다 같이 할 수 있는 노래를 합창!

3) 분위기가 산만할 때

"다 같이 박수 세 번 시작!" "거기 계모임 있나요?" "난리도 아니네요."
"거기 뭐 좋은 일 있습니까?"

4) 자신을 소개 할 때

자기 이름을 간단히 소개한다. 자기소개를 거창하게 한다.

5) 호응을 하지 않을 때

건강에 대한 게임을 진행한다. 건강 박수, 건강의 비결 등등

6) 진행자(지도자)에게 안 좋은 말을 할 때

"설마 저에게 하신 것은 아니겠지요?"
"오늘날 저런 분들이 없었던들 우리가 무슨 재미로 살겠습니까?
저분을 위해 다 같이 박수!" "근데 정말 무슨 재미로 살죠?"

7) 지명을 받고 노래를 안 할 때

박수를 쳐서 나오게 한다. OO의 명가수 OOO를 소개합니다.
오늘 저분이 2차 한턱내실 모양입니다. 기대해보도록 하죠?

8) 노래하다 실수를 한 사람에게

실수는 누구나 할 수 있다는 것을 잘 보여 주셨습니다. 너무 실망하지 마세요. 살다보면 이런 일 저런 일 있게 마련이니까요.

역시 안 되는 사람은 안 되는군요.

9) 새 옷을 입은 사람에게

분위기에 무척 잘 어울리십니다. 오랜만에 쫙 입으셨습니다.

평소엔 어떻게 하고 다니시는지 궁금해지는군요.

10) 노래할 사람을 소개할 때

OO의 명가수 OOO를 소개합니다. 지금 막 순회공연을 마치고 돌아온 가수 OOO를 소개합니다.

11) 양 팀 점수 차가 많이 날 때

지고 있는 팀을 위해 찬스게임을 하겠습니다. 정신 차리십시오.

언제나 막판 뒤집기란 있는 것이니까.

12) 상품을 밝히는 사람에게

형편이 어려우신가보죠? 생활력이 강하신분 같습니다. 물욕에 광란을 하시는군요.

상품에 환장하신 분 같습니다. 물불을 못 가리고 계십니다.

13) 게임을 설명할 때 떠들면

박수로 유도. 여기가 남대문 시장으로 착각하시는 분들이 너무나 많습니다.

이보세요 아! 시끄럽지 못 해용!

14) 박수 소리가 작을 때

양 팀을 나누어 대결시킨다. 이렇게 해서야 회사(학교)의 명예를 걸 수 있겠어요?

단합이 얼마나 잘 되었는지 여러분의 박수 소리와 함성으로 측정해 보겠습니다.

15) 디스코 타임에 참여를 독려할 때

남을 의식하지 않는 그 의지 역시 한국인이십니다.

16) 동작을 할 때 꿈적하지 않는 사람에게

누가 맷돌로 짓누르고 계신가보죠. 네 이해가 갑니다. 배둘레햄의 타격이 그렇게 클 줄이야. 다 같이 고함 한번 질러 봅시다.

17) 실언을 했을 때

앗! 나의 실수. 입에 교통정리가 안 되니 이런 체증이…

18) 각 팀의 선수나 술래가 나오지 않을 때

먼저 나오는 탐에게 접수와 상품 있습니다.
본인이 멋지다고(적합하다고) 생각하시는 분은 아무생각 없이 나와 주시기 바랍니다.

19) 대형을 바꾸고자 할 때

지금부터 기분을 약간 바꿔보겠습니다. 율동 노래를 하며 대형을 바꿔본다.

20) 도중 참가자들이 자리를 뜰 때

엄한데 가세요? 5초 이내로 다녀오세요. 급하신 용무가 계신가 보죠?
신중하게 해결하고 오시기 바랍니다. 이왕 가신 김에 많이 가벼워져서 오시기 바랍니다.

21) 진행자가 노래부탁을 받았을 때

왜 이제야 시키세요? 얼마나 기다렸는지 모릅니다.
네 감사합니다. 사실 2개의 앨범을 내고 아직 한판도 팔지 못하고 있는 OOO라고 합니다. 끝나고 팬 서비스 차원으로 사인회도 있겠습니다.

22) 지적 받은 사람이 나오면서 많은 환호성을 받을 때

사람들을 모두 풀어 놓으셨군요. 섭외비 얼마 드셨나요? 이런 환호가 나오기란 정말 힘이 드는데 여하튼 대단하십니다. 아무래도 지갑이 두껍지 않을까 하는 게 저의 소견입니다.

23) 조용한 노래로 분위기를 썰렁하게 했을 경우

네 한을 품고 열창을 해주셨군요.

24) 춤을 잘 추는 사람에게

완전히 한 풀이군요. 도대체 원하는 게 뭡니까?

그동안 스트레스가 많이 쌓이셨나보죠? 아주 본전을 뽑고 계십니다.

네, 춤에 환장하신 분 같습니다. 오늘 이분을 위해서 박수!!!

25) 맘에 들지 않는 사람과 파트너가 되었을 때

팔자소관입니다. 너무 그렇게 생각하지 마세요. 상대방도 당신과 생각이 같다는데…

네~ 우리나라 속담에 이런 말이 있습니다. 제수나 팔자다. (제수나 팔자려니 생각하세요)

지도자의 이미지 메이킹

1. 첫인상을 결정짓는 요소
외모 80%, 목소리 13%, 인격 7%

2. 첫인상은 왜 중요한가?
첫인상이 좋으면 - 호감 인간관계 지속 계약존중
첫인상이 좋지 못하면 거부감 인간관계 어려움

3. Pri(Personal Image)의 요소
표정, 매너와 에티켓, 스피치, 자세와 제스처, 메이크업, 헤어스타일, 패션 컬러와 스타일

4. 의사전달의 매체
외모 55% (체형, 표정, 옷차림, 태도, 제스처 등)
목소리 38%
언어 7%

5. 웃는 얼굴을 만드는 방법
1) 7천 가지의 얼굴
2) 성공하는 얼굴과 실패하는 얼굴
3) 입 꼬리 근육을 단련시키는 발성법(하, 히, 후, 헤, 호 발성법)
4) 검지로 입 꼬리를 올리는 방법

6. 웃으면 좋은 이유 다섯 가지
1) 호감을 준다.
2) 젊어 보인다.
3) 행운을 불러들인다.
4) 다이어트 효과
5) 건강해 진다.

7. 자세와 걸음걸이

1) 자세교정

두 발을 모은 채 마치 키를 재듯 발뒤꿈치, 무릎 뒷부분, 엉덩이, 어깨, 머리를 벽에 바짝 붙이고 기대어 선다. 이때 어깨가 심하게 앞으로 굽은 사람은 벽에 완전 밀착되지 않으므로 친구나 동료의 양팔과 손을 빌려 어깨를 벽에 밀어 달라고 부탁하면 효과적이다. 그리고 어깨와 팔에는 힘을 뺀 후 손은 계란을 쥔 듯한 모습으로 바지의 옆선에 닿게 하고, 시선은 정면을 향하게 한 후 턱은 아래로 당겨준다.(이때 머리의 뒤통수와 벽 사이에는 손바닥 두께 정도의 공간이 생긴다). 이런 자세로 5분간씩 벽에 몸을 밀착시키면 조금씩 올바른 자세로 교정될 수 있다.   즉 하루 업무 중 두 세 번씩 위와 같이 해주면 어깨도 굽지 않게 되고 건강한 척추도 유지할 수 있게 된다. 바로 이 자세가 선 자세의 기본이 된다.

2) 당당한 걸음걸이

(1) 균형을 잡는다.

걸음을 걸을 때 상체를 마구 흔들며 걷거나 한쪽 어깨가 치켜지거나 내려간 자세를 바로 잡기 위해 균형 잡는 훈련이 필요하다. 양손을 허리에 얹고 고정시킨 채 걷는 방법이 있다.

(2) 고개를 들고 시선은 정면을 본다.

고개를 앞으로 내밀거나 수그리면 안 된다. 시선은 정면에서 약간 내려 보는 것이 부드럽고 안정감을 준다.(부드러운 시선과 시선의 미소)

(3) 허리, 어깨, 가슴을 편다.

아랫배 부분에 힘을 주고 히프를 앞으로 5도정도 당기면서 어깨는 편안한 자세로 긴장을 풀고 가슴을 들어 올려 펴주며 등에도 눈을 가지고 뒷모습에도 신경을 쓴다. (몸체가 절대로 뻣뻣하게 보여서는 안 된다.)

(4) 다리를 쭉 펴고 걷는다.

다리만 움직이지 말고 허리 아래부터 움직여 뻗는 쪽 다리 히프를 안으로 당기듯 허벅지가 스치도록 쭉 펴서 내딛는다. (무릎을 펼 때는 쭉쭉 펴고 구부릴 때는 확실히 구부려야 걸음걸이가 시원스럽다.)

(5) 무릎사이가 스치도록 걷는다.

동양인의 약점인 짧고 휜 다리를 무릎 사이가 스치며 걷게 함으로써 안장걸음이나 팔자걸음을 교정해 준다.(다리 사이의 공간을 커버하며 다리의 균형을 잡아준다.)

▶ **워킹 시 유의점**

▷ 보폭은 자신의 어깨 넓이보다 조금 더 넓게 한다.

= 걸음의 보폭이 주는 이미지가 크므로 주의해야 한다.

▷ 팔은 15도 각도로 흔들며 걷는다.

= 어깨에 힘을 빼고 팔을 그대로 편안하게 늘어뜨린 채 다리의 움직임에 따라 자연스럽게 팔이 움직이는 대로 둔다.

= 양쪽 팔이 똑같이 흔들려야 하며 겨드랑이에 시계추가 꽂혀서 움직이듯 앞보다는 뒤를 많이 당긴다.

= 손은 달걀을 살짝 거머쥔 상태로 겨드랑이에 책 한권을 낀 것 같이 엄지 손톱은 정면을 향하며 자연스럽게 히프 옆면을 스칠 듯 말 듯하면서 흔든다.

3) 상황별 자세 연출법 : 선 자세, 앉은 자세

(1) 선 자세

(2) 앉은 자세(여성)

여성은 앉을 때 스커트를 한 번에 쓸어서 의자 깊숙이 앉는다.

발은 10시 10분 혹은 2시 5분전으로 왼쪽 발이나 오른쪽 발 중에 자신이 편한 쪽을 앞으로 내민다. 양쪽무릎은 붙이고 손은 오른 손이 위로 오도록 가지런히 모으고 허리는 꼿꼿이 한다.

(3) 앉은 자세 (남성)

어깨와 허리를 반듯하게 편다.

의자의 등받이에 엉덩이를 바짝 붙이고 앉는다. 옆에서 보았을 때 90도가 이루어지도록 한다.

무릎과 발꿈치가 90도가 되게 한 후 무릎과 무릎 사이는 15~20cm 정도 벌어지게 한다. 발의 모양은 11자로 평행이 되어야 하며 무릎은 세운다.

두 손은 계란을 쥔 모양으로 힘을 빼고 허벅지 위에 자연스럽게 올려놓는다. 턱은 아래로 당겨주는 느낌이어야 하고 미소를 지으면서 정면을 바라본다.

8. 매너

1) 인사매너

(1) 인사의 종류

① 목례(15도 인사)
- 일반적인 인사 시
- 성도와 마주칠 때의 가벼운 인사
- 악수를 나눌 때
- 명함을 교환할 때

② 보통례(30도 인사)
- 성도에 대한 정식 인사

③ 정중례(45도 인사)
- 보다 정중하고 격식을 차린 인사(연세가 높으신 분,장례식장,예식장등)

2) 악수매너

악수는 반가움의 표현으로 손을 맞잡음으로써 마음의 문을 열고 손을 흔듦으로써 서로가 마음이 통함을 나타냄.

(1) 악수를 청하는 순서
- 손은 윗사람이나 고객이 먼저 내밀어야 합니다.
- 레벨이 같으면 여자가 먼저 청합니다.

(2) 악수 시 유의점
- 시선은 상대의 눈을 바라보며 웃는 얼굴로 악수한다.
- 허리는 건방지지 않을 만큼 자연스레 편다. 그러나 한국식 악수에 있어서는 상대방에 따라 15도쯤 허리를 굽힌다.
- 윗사람에 대한 정중한 예는 악수하면서 왼손은 아랫배에 얹어놓는다.
- 악수한 손은 2~3번 정도 흔들고 계속 잡은 채로 말을 하지 않는다.
- 악수는 엄지와 검지를 맞닿는 느낌에서 살짝 잡는 게 가장 좋다.
- 손을 너무 세게 쥐거나 또는 힘없이 잡지 않는다.
- 왼손을 주머니에 넣거나 뒷짐을 지지 않는다.(자연스럽게 내려서 바지 옆에 붙인다.)

바람직한 악수는
- 상대방에게 자신이 결단력이 있고 책임을 질 수 있는 사람이라는 확고하고 강한 이미지를 준다.

- 상대방을 만나게 된 것을 진심으로 기쁘게 생각하고 있다는 느낌을 줄 수 있을 정도로 따뜻하고 열정적인 느낌을 준다.
- 마주잡은 손의 감촉이 건조하고 상쾌한 느낌을 준다.

바람직하지 못한 악수는
- 마지못해 악수를 하는 것처럼 머뭇거리거나 사과하는 듯 한 태도와 나는 결정권이 없는 사람이라는 느낌을 주는 자세
- 하루 종일 얼음을 쥐고 있었던 것처럼 축축하고 차가운 감촉

악수를 하는 시점
- 아는 사람을 우연히 만났을 때와 헤어질 때
- 사무실에 있는 나를 만나기 위해 외부 사람이 방문 했을 때, 떠날 때
- 업무상이나 공적인 상황에서 소개를 받았을 때와 헤어질 때
- 시상식 후 혹은 연설이 끝난 후 수상자나 연설자를 축하할 때

3) 명함교환 매너

- 일반적으로 명함은 아랫사람이 그리고 방문객이 먼저 건네는 것이 예의이며, 명함을 건넬 때는 양손으로 상대의 위치에서 바로 읽을 수 있도록 전달하며 동시에 자신의 이름을 밝힌다.
- 명함을 받은 후에는 곧바로 집어넣지 말고 적당히 대화를 나눈 후에 명함지갑에 넣는 것이 바람직하다.
- 테이블에 마주 앉아서 명함을 교환 했을 때는 자리를 뜰 때까지 테이블 위에 놓아두는 것이 바람직하다.
- 눈을 보면서 인사를 정확히 한 후 명함을 주고받는다.
- 아랫사람 / 방문한 사람이 먼저 준다.
- 소개를 하면서 (안녕하십니까? 저는 ○○○입니다)
- 이름을 가리지 않는지 주의하면서 두 손으로 건넨다.
- 심장부분에서 포물선을 그리며 내놓는다.(직선은 피한다)
- 상체는 10~15도 구부린다.
- 항상 소중하게 다룬다.

4) 좌석매너

(1) 자동차

① 여성과 남성이 함께 버스나 자동차에 탈 때는 여성이 먼저 탄다.

② 자동차 내에서의 좌석의 서열은 뒷자리 오른편(운전기사 반대편)이 제1

석이며, 그 왼쪽 창가가 제2석, 가운데가 제3석이다.

③ 운전석 옆자리에 앉는 것은 피하도록 한다. 그러나 자가운전이라면 자진해서 운전석 옆자리에 앉는 것이 통례이며 주인이 직접 운전한다면 최연장자가 옆자리에 앉는다.

(2) 대중교통

① 자리가 정해져 있지 않는 대중교통수단의 이용시에는 노약자나 여성에게 자리를 양보하는 것이 에티켓이다.

② 차내에서는 큰소리로 웃고 떠드는 등 사람들의 이목을 끄는 행위는 보기가 좋지않다.

(3) 엘리베이터

① 타고 내릴 때는 손윗사람(혹은 여성)이 먼저 타고 내린다.

② 이때 좋은 자리는 들어서서 왼편의 안쪽(내부에서라면 오른편 구석)이다.

4) 방문매너

- 도착 후 비서나 안내 데스크에서 자신의 신분과 방문 대상자, 용건을 명료하게 밝힌다.
- 동행이 있을 경우, 반드시 사전에 알린다.
- 초청할 경우에는 로비나 안내 데스크에 연락하여 방문자가 당황하지 않도록 미리 조치해 둔다.

9. 지도자의 프리젠테이션 스킬 제안

1) 목소리에도 표정이 있다.

2) 좋은 음성을 위한 발성법

3) 정확한 발음과 표준말 사용

4) 설교시의 제스처 연출법

5) 컬러 이미지 - RED, BLUE, VIOLET

10. 상대의 마음을 여는 SOFTEN 기법

1) Smile (미소)

미소는 상대방에게 관심, 호감, 편안함 등의 긍정적인 메시지를 보낸다.

2) Open Posture (열린 자세)

열린 자세를 하고 있으면 여유 있어 보이고 관심을 나타낸다.

3) Forward Lean (상대방 쪽으로 몸을 약간 숙이기)

앞으로 몸을 조금 숙인 자세는 관심이 있음을 뜻하고 대화에 몰입할 수 있도록 해준다.

4) Touch (신체 접촉)

"신체 접촉은 당신에게 신경 쓰고 있습니다." 라고 침묵으로 말하는 것이다.

5) Eye Contact (시선 마주치기)

지도자가 상대의 눈을 바라봄으로서 자신이 관심의 대상이 되고 있음을 보다 쉽게 느끼게 된다.

6) Nod (고개 끄덕이기)

고개를 끄덕임으로서 상대방에 대한 긍정적인 태도와 이해의 정도로 표시할 수 있다.

11. 지도자의 패션 제안

1) 수트

감청색 계열, 회색 계열

2) 셔츠

흰색, 청색 계열

회색 계열은 바람직하지 않음

3) 타이

청색 계열

와인색 계열

회색 계열

◆ 이미지 연출을 위한 수트(Suit) 제안

　－ 청색 계열 수트 : 깔끔한 이미지

　－ 회색 계열 수트 : 지적인 이미지

　－ 갈색 계열 수트 : 겸손한 이미지

　－ 검정색 계열 수트 : 권위적인 이미지

◆ 잘못된 수트 상식 10가지

　－ 수트의 상, 하의에도 퓨전이 있다?

　－ 셔츠 속에 반드시 런닝 셔츠를 입어야 한다?

　－ 더운 날엔 반소매 셔츠를 입어도 무방하다?

　－ 타이는 대충 감으로 길게 매면 된다?

- 벨트와 멜빵은 한 세트 개념이다?
- 수트의 가슴 포켓은 기능을 고려한 것이다?
- 액세서리는 무조건 많을수록 좋다?
- 수트에는 회색 양말이 어울린다?
- 겨울에는 수트의 조끼 대신 니트 조끼를 입는다?
- 주머니는 무거울수록 좋다?

12. 목회자 사모의 패션 제안
1) T·P·O 에 걸맞은 옷 입기
2) 자기만의 색깔 찾기
3) Best Color & Worst Color
4) 타이트스커트(검정색 정장) / 일자바지(감청색 정장)
   ※ 흰색 셔츠 or 니트 가디건(파스텔 계열)

캠프파이어

1. 캠프파이어 지도

　캠프파이어는 진행에 많은 종류와 다양한 방법이 있다. 견본으로 간단히 설명하도록 하겠다. 사실 캠프파이어는 종합 레크리에이션이라고 말 할 수 있다.

1) 준비물 체크

　장작, 석유(경유), 폭죽, 파이어레이터, 음향 시스템, 효과음악, 솜뭉치, 철사(노끈), 도르레, 펜치, 조명 등

2) 진행순서

입장→장기자랑→캠프파이어 개회선언→의식→분위기 조성→점화(폭죽, 파이어 레이터 점화) →다함께 신나게→어울림 한마당→포크댄스→마무리(촛불의식)

(1) 입장

　경쾌한 행진곡에 맞추어 조별로 장작을 중심으로 한 바퀴 돌아서 입장. (어린이의 경우 분장을 하기도 한다.)

(2) 개회선언

　개회선언-대표되는 사람이 캠프파이어 개회를 선언한다.(간단한 메시지 준비), 사회자가 진행할 수도 있다.

(3) 의식

　간단하게 생명의 근원이며 문명의 시초인 불에 대한……(또는 목적 ,취지) 알아서 형편(예, 불의기원 이나 신의 불 내림 또는 창조의 빛 등등)에 맞게 준비한다. 대부분 단체에서 많이 쓰이거나 목적이 있는 캠프에서 많이 사용하며 일반적으로 간단하게 끝내기도 한다.

(4) 점화선언

　웅장한 음악을 많이 사용하며 일반적으로 '그대에게'음악도 사용된다, 줄 점화(낙하점화) 또는 봉 점화(봉 점화는 대표자가 점화 봉을 들고 모닥불을 중심으로 크게 한 바퀴 돈 다음에 점화)후에 흥겨운 음악과 함께 점화를 하고, 모닥불점화가 되는 순간 폭죽, 팡파레 등 특수효과를 함께 한다.

(5) 도입

　폭죽이 끝나면서 곧바로 이어져야 한다.

빠른 노래 2~3곡 메들리 합창하거나 레크 댄스를 하기도 하며 바로 게임으로 들어가기도 한다. 간단한 게임-스킨십 게임(안마), 파트너 게임(홀랄라 랄라)

(6) 전개

게임이 진행되어지며 섞임 놀이를 통해 팀이 나누어지거나 팀이 나누어진 상황에서 팀 대항 게임을 진행한다.

(7) 절정

어울림 한마당-전체가 하나가 될 수 있도록 진행

디스코 한마당, 기차놀이, 동대문 놀이

포크댄스, 또는 레크 댄스로 복잡하지 않거나 알고 있는 것을 활용한다.

(8) 마무리 (촛불의식)

조용한 배경음악-진행자의 도입 멘트-시나리오 낭독(마무리와 다짐)-기원-촛불행진-사랑을 나누는 악수

마무리를 촛불의식으로 했으면 모든 행사를 끝내야 한다. 차분한 마음으로 가슴속에 무엇인가를 잔잔하게 담았는데 한 두 사람의 건의로 노래자랑이나 디스코 타임을 갖는다면 캠프파이어 의미가 없는 것이다.

▶장작 쌓기-우물정자 형(井자로 차곡차곡 여러 단을 쌓는 것) 또는 아파치 형(장작을 세워서 쌓는 것)으로 하되 많이 놓는다고 좋은 게 아니다. 참가인원에 맞게 해야 하지 장작을 너무 크게 쌓으면 뜨거워서 뒤로 모두 물러나 대형이 흐트러지고 불구경만 한다.

▶파이어레이터, 점화 봉 준비-파이어레이터 불을 미리 만들어 지지대에 눕혀서 설치 후 기름을 뿌려주고 세운다. 파이어레이터를 만들 때는 굵은 철사로 미리 글씨를 적당한 크기로 만들어 본 다음 다시 펴서 그 위에 솜으로 말고 가는 철사로 얽어서 묶은 다음 다시 글을 만든다.

(낙화 점화 시엔 파이어레이터에 불을 붙일 점화 봉 필히 준비하고, 봉점화인 경우는 모닥불에 점화 후 파이어레이터에 불을 붙인다.)

▶점화 -봉 점화를 할 경우에 점화봉은 긴 막대에 솜뭉치를 달아서 기름을 묻혀둔다.

줄 점화는 미리 설치 후 잘 내려오는지 반드시 테스트를 해본다. 중간에 걸려 내려오지 않을 경우가 있으므로 주의한다.

▶기름 -기름은 시작하기 10분전에 뿌릴 것(증발우려)

▶점화의 종류 : 낙하점화, 봉 점화, 달팽이 점화, 전기점화, 활 점화 등

▶폭죽 -안전을 위해서 20m 이상 떨어진 곳에서 점화한다.(폭죽은 현재로서

는 9연발이 가격이나 모든 면에 좋으며 그 이외에도 많은 종류가 있다.)
진행자와 스텝은 역할을 분담하고 리허설을 해본다.(음악담당, 폭죽담당, 점
화담당)

체크리스트를 미리 준비한 후 행사장에서 하나하나 체크하며 준비할 것.
다른 프로그램도 그렇지만 처음 시작부터 끝날 때까지 끊이지 않고 물 흐르듯
진행이 되어야 한다. 조금이라도 공백(틈)이 생기면 야외에 모닥불 앞이라는
특수성(?) 때문에 금방 분위기가 식어 버린다.

2. 캠프파이어 레크리에이션

▶ 도 입 : 간단한 싱어롱 및 레크 댄스를 함께 한다.
  - ◉ 이스라엘 춤
  - ◉ 열사람 만난 인사
  - ◉ 다함께 오른쪽 왼쪽
  - ◉ 둘이 살짝, 옆에 옆에-
▶ 점 화 : 다양한 점화방법을 활용하며 특별한 연출 및 특수효과를 준비한다.
  - ◉ 다함께 신나게
▶ 섞임 놀이 : 짝짓기 놀이나 서로 이동하며 섞이는 섞임 놀이를 한다.
  - ◉ 버스에서 만난 사람
  - ◉ 빙빙 돌아라
  - ◉ 신나게 돌아요
  - ◉ 우리 팀 모여라
▶ 다함께 신나게 : 캠프화이어의 클라이막스라고 할 수 있는 부분으로 신나
  게 디스코도 추며 하나가 되는 시간
  - ◉ 디스코 왕 뽑기
  - ◉ 기차놀이
  - ◉ 내가 최고
▶ 마 무 리 : 캠프화이어의 마지막으로 의식을 하며 마무리를 짓는다.
  모인 사람들이 함께 느낄 수 있는 의미를 부여하여 주는 것이
  좋다.
  - ◉ 촛불의식
  - ◉ 다함께 노래해
  - ◉ 사랑을 나눠요

마술 [Magic]

1. 마술의 역사

마술의 역사는 기원전 100-300년 전으로 추정하고 있습니다.

최초의 마술은 그리스, 이집트에서 맹수를 마음대로 다루는 마술과 불을 먹는 마술입니다. 그 후 14-15세기에 걸쳐 카드가 보급되면서 카드마술이 유행하였고… 18세기에 드디어 하나의 장르로 발전하게 되었고… 20세기에 들어서면서 급격한 발전을 하게 되었습니다.

2. 우리나라의 마술

우리나라의 마술은 남사당패의 출현과 함께하였습니다.

남사당패의 공연은 일반적으로 여섯 가지로 구성되는데 풍물(사물놀이), 버나(마술), 살판(재주넘기), 어름(만담), 덧뵈기(탈춤), 덜미(인형극)가 그것입니다.

마술은 순수한 우리말로는 얼른으로 한자어로는 요령으로 불리었습니다.

얼른이라는 말과 요령이라는 말이 비록 그 의미는 많이 변했지만 아직까지도 우리 일상생활에서 자주 쓰이고 있는 것으로 보아 과거에도 마술이 우리 생활에 어느 정도 한 부분을 차지하고 있었다고 볼 수 있겠습니다.

3. 마술의 법칙

1) 결코 매직이 어떻게 이루어지는지 말하지 말라!
2) 결코 매직을 반복하지 말라!
3) 항상 관중에게 매직을 보여주기 전에 너의 매직을 개인적으로 먼저 연습하라!
4) 청결하고 깨끗하라! (매직 도구와 마음가짐)
5) 무대공포증을 갖지 않도록 노력하라!
   가장 좋은 방법은 네가 그 매직을 완벽하게 할 수 있다고 믿을 때까지 연습하라.
6) 매직과 매지션에 관련된 모든 것을 읽어라!
7) 너의 공연을 즐겨라! 다른 매지션의 공연을 많이 보라!
8) 네가 진짜 매지션임을 믿어라!
   좋은 매지션이 되기 위해서는 네가 좋은 연기자가 되어야하며 네가 공연하고 있는 것을 믿어라!

4. 결론

주의 집중이나 시선을 한곳으로 모으는 데는 마술만한 것이 없다.

큰 기술이든 작은 기술이 충분한 연습이 필요로 한다.

마술은 관객 앞에서 이루어지는 하나의 종합연출 예술이라고 할 수 있다.

무엇을 어떻게 할 것인가? 대상도 중요하고 말없이 몸과 손짓으로 표현하므로 상대방이 생각하지 못한 곳에서 결과가 나와야 한다.

남을 속인다고 생각하면 안 되고 즐거움을 준다는 사고로 해야만 하고 또한, 과학의 원리에서 나왔다고 할 수 있다.

5. 간단한 마술 실제

 사라진 동전

테이블 위에 손수건을 펼친 후 손수건 한가운데 동전을 놓고 손수건을 삼각으로 접은 후 양쪽 끝을 쥐고 끌어당기면 동전이 사라지고 없다. 그런데 사라진 동전이 주머니에서 나타난다.

 마술재료 / 100원짜리 동전 1개, 손수건

★ 이렇게 하세요!

① 손수건 한가운데에 동전을 놓고 손수건을 삼각으로 접는다.

② 손수건 왼쪽 끝을 오른손으로 오른쪽 끝은 왼손으로 엇갈리게 잡고 재빨리 당긴다.

③ 그리고 손수건을 아래로 기울이면 동전은 끌어당길 때 생긴 주름을 통해 미끄러지듯 손안으로 떨어지게 된다.

④ 떨어진 동전을 재빨리 손안에 잡고 다른 한쪽 손으로는 손수건을 흔들어 친구의 시선이 쏠리게 한다.

⑤ 손 안에 숨긴 동전은 빨리 주머니 속에 숨겼다가 동전이 어디로 갔는지 궁금해 할 때 주머니에서 꺼내라.

 아! 그렇구나

손이 엇갈린 상태 조심, 동전이 정확하게 손바닥에 떨어지게 연습을 많이 하세요.

❷ 동전 두개가 오른손에

이번에는 오른쪽 동전 한 개를 왼손에 집어넣고 오른쪽 동전을 왼손에 집어넣고 손을 펴보니 아~글쎄! 이런 일이…

 마술재료 / 100원짜리 동전 2개

★ 이렇게 하세요!

① 동전 두 개를 오른손 왼손 엄지와 검지로 나란히 잡는다.

② 동전을 잡은 왼손으로 원을 만든다. 오른손의 동전을 원 속에 왼손의 동전을 집어넣는 시늉을 하면서 오른손의 동전을 가운데 손가락에 숨기고 친구들에게 오른손의 동전을 왼손에 넣은 것처럼 보여준다.

③ 그리고 왼손의 엄지와 검지에 잡고 있는 동전을 오른손 엄지와 검지 사이 구멍으로 집어넣는다.

④ 친구들이 양손을 주먹을 쥐고 얍! 하고 보여 준다.

⑤ 친구들이 궁금해 할 때 양손을 펴서 손바닥을 보여준다.

 ## 아! 그렇구나

손을 펴보기 전에 친구들과 주문을 함께 외워보자고 하자. "나타나라 동전아" 그렇게 분위기를 띄우면 훨씬 더 재미있다.

❸ 사라진 동전

손수건을 빈 컵에 덮는다. 짤랑 동전이 속으로 떨어지는 소리가 들린다. 주문을 외우고 천천히 손수건을 들어 올리면 동전 100원짜리가 없어졌다.

 마술재료 / 100원짜리 동전, 피아노줄, 손수건

★ 이렇게 하세요!

① 100원짜리 동전을 피아노 줄에 테이프로 연결한다.

② 상대에게 보일 때는 100원짜리가 윗부분만 보이게 한다.

③ 100원짜리를 손수건 위에서 잡고 직선으로 컵에 떨어뜨린다.

④ 컵에서 짤랑 하는 소리가 나게 한다. 그리고 주문을 외우면서 천천히 손수건을 들어 올리면 100원짜리 동전이 없어진다.

 ## 아! 그렇구나

친구한테 100원짜리를 빌려서 손수건에 쌀 때는 눈치 채지 않게 피아노 줄에 묶은 100원짜리 동전으로 바꿔치기하는 것이다.
그리고 손수건을 덮을 때 상대의 동전은 재빨리 손 안으로 감춘다.

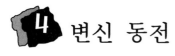 ## 변신 동전

손에 든 100원짜리를 커피 잔 속에 떨어뜨리면 500원짜리로 변한다.

 마술재료

커피잔, 100원짜리 동전, 500원짜리 동전

★ 이렇게 하세요!

① 미리 100원짜리 안쪽에 투명테이프를 붙이고, 손바닥에 붙여둔다.

② 그리고 따로 500원짜리를 숨겨두어 100원짜리는 친구들에게 바깥쪽을 보여준다.

③ 그리고 500원짜리 100원짜리를 동시에 놓으면 500원짜리만 커피 잔에 떨어지게 된다.

 아! 그렇구나

약손가락과 새끼손가락에 100원짜리를 숨기고 있다.

5 잘려지지 않는 스카프

접은 색종이를 스카프에 넣고 종이와 함께 자르지만 스카프는 무사하다.

 마술재료 / 색종이, 스카프

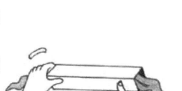

★ 이렇게 하세요!

① 색종이를 삼등분하는데 중앙은 좌우보다 좀 넓
   게 한다.
② 가운데에 스카프를 넣는다. 이 때 중앙부분에
   서 자기 쪽으로 조금만 밖으로 나오게 한다.
③ 조금 나온 스카프 밑으로 가위를 넣어 종이만
   자른다.

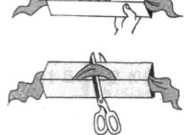

 아! 그렇구나

신문지에 스카프를 끼울 때 마주 접히는 곳에서
스카프를 끌어낸다.
종이 크기나 접는 깊이를 생각해야 한다.

- 454 -

자루를 탈출한다.

친구가 큰 자루 속에 들어가고 입구를 단단히 매지만 잠깐 사이에 풀고 나온다.

 마술재료 / 큰 자루

★ 이렇게 하세요!

① 큰 자루의 속까지 친구들에게 보여 준 다음 상대가
  자루 속에 들어가고 입구의 끈을 단단히 맨다. 매듭
  에 종이를 봉인을 한 뒤 친구들에게 사인을 하게 한
  다. 주문을 외면 곧 자루를 풀고 상대가 나온다.
② 그것은 끈을 큰 자루의 입구에 다른 한 곳을 뚫어 안
  쪽으로 끈이 나오게 한다. 그리고 테이프로 고정시
  킨다.
③ 고정시킨 테이프를 없애고 안에 있는 끈을 잡아당기
  면, 자루의 입이 크게 넓어진다. 그래서 밖으로 나온
  것이다.

 아! 그렇구나

자루의 입구에 보통으로 끈을 넣었지만 어느 한 곳에
구멍을 뚫어 안쪽으로 끈을 꺼내 둔다.

떨어지지 않는 연필

아무 이상이 없는 연필임을 보여 준다. 손을 깍지 끼듯이 잡고서 연필 위쪽만 양쪽 엄지손가락으로 누른다. 그러나 엄지손가락을 떼어도 연필은 떨어지지 않는다.

 마술재료 / 연필

★ 이렇게 하세요!

① 양손을 깍지 낄 때에 오른손의 가운데손가락만 손 바닥 쪽으로 내민다.

② 이곳에 연필을 끼워 엄지손가락을 편다. 친구들이 쉽게 눈치 채지 못하는 기술 중의 하나다.

③ 그러므로 엄지손가락 끝에 힘을 없어 연필을 잘 지 탱하는 듯이 보이는 것이 중요하다.

 아! 그렇구나

흔들어 보이기도 하며
순식간에 속임수를 보여 준다.

카드를 감춘다.

카드를 순식간에 감추는 것이 쉬울 것 같다고요. 천만에! 기본적인 마술기술이 필요하다.

 마술재료 / 카드

★ 이렇게 하세요!

① 엄지손가락과 집게손가락으로 카드 한쪽을 잡는다.

② 반대쪽 끝을 새끼손가락 사이에 끼운다. 집게손가락을 카드위로 올린다.

③ 새끼손가락과 집게손가락 사이에 카드를 끼운 채 손을 편다. 카드가 손등으로 사라진다.

④ 다시 집게손가락으로 구부린 다음 엄지손가락으로 카드를 누른다.

⑤ 엄지손가락으로 누른 채 손가락을 펴면서 집게손가락과 새끼손가락으로 카드를 누른다.

⑥ 손가락을 완전히 펴라. 손을 뒤집어 손등을 보면 카드는 이미 사라지고 없다.

 아! 그렇구나

유연성 있게 손놀림이 빠르고 손등에서 손바닥으로 손바닥에서 손등으로 자유자재로 카드를 숨겨야 한다.

페트병을 뚫는 공기

페트병을 뚫고 촛불을 끈다.

 마술재료 / 페트병, 초, 성냥

★ 이렇게 하세요!

① 테이블 위에 초를 세우고 성냥을 켜서 불을
   붙인다.

② 촛불 앞에 커다란 페트병을 세워 초를 가린다.

③ 페트병 뒤에 가려진 촛불을 향해 크게 호흡
   을 한 후 '훅' 분다.

④ 의외로 촛불이 쉽게 꺼진다.

공기가 페트병을 뚫고 나갔다. 사실은 공기가
병 주위를 통과하여 촛불이 꺼진 것이다.

 아! 그렇구나

우리가 내쉬는 숨이 바로 공기다. 공기는 방해를 받지 않는 한 직선으로 나아
간다. 페트병에 부딪친 공기는 페트병안쪽으로 갈라진 후 뒤에서 다시 하나로
뭉쳐 직진한다. 그래서 촛불이 꺼진 것이다.

멀리서 붙이는 촛불

심지에 직접 불을 붙이지 않고도 불을 가까이 가져가기만 해도 초에 불이 붙는다.

 마술재료 / 초1자루, 성냥

★ 이렇게 하세요!

① 초에 불을 붙인다.

② 훅 불어 불을 끈다.

③ 초에 연기가 피어오르는 순간 빨리 성냥을 켜서 심지 가까이 가져간다. 그러면 금세 다시 초에 불이 붙는다.

 아! 그렇구나

초에 불이 붙는 것은 탄화수소 때문이다.
초에 훅~ 입 바람을 불었을 때 연기가 나는 것이
탄화수소로 탄화수소는 불에 잘 타는 성질이다.
그래서 불씨가 가까이와도 불이 붙는다.

컵 속의 물이 끓는다.

유리컵 속의 물이 열이 없어도 펄펄 끓는다. 어떤 비밀이 숨겨져 있을까?

 마술재료

　유리컵, 물, 약간 두꺼운 손수건

★ 이렇게 하세요!

① 유리컵에 물을 10분의 8쯤 채운 다음, 손수건으로 덮고 손수건을 집게손가락으로 물 표면에 닿을 만큼 누른다.
② 손수건이 물 표면에 떨어지지 않도록 주의하면서 컵을 재빨리 뒤집는다.
③ 그리고 왼손 집게손가락으로 톡톡 두드린다.
④ 그러면 갑자기 손수건이 팽팽하게 당겨지고 컵 속이 끓는다. 이것은 컵 속에 기포가 생겨서 그렇다.

 아! 그렇구나

손수건은 약간 두꺼워야 컵을 뒤집었을 땐 물이 새지 않는다. 손수건이 당겨져서 팽팽해지면 압력이 낮은 컵 속으로 공기가 들어가게 된다. 이 공기가 기포를 만든다. 이것이 마치 우리 눈에 물이 보글보글 끓는 것처럼 보이게 된다.

정삼각형 만들기

다음 그림과 같이 같은 길이의 성냥개비 6
개가 2개의 정삼각형을 이루고 있다. 이
성냥개비를 3개만 움직여서 이와 같은 크
기의 정삼각형을 4개로 만들 수 있는가?

다음 그림과 같은 정사면체를 만들면 된
다.

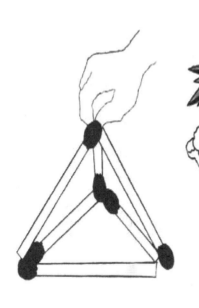

 아! 이거구나

이것은 유명한 문제인데, 평면적 생각
에서 입체적 생각으로 비약하기 위한
가장적절한 문제다.
그런데 다음 문제는 어떤가?
'성냥개비 9개를 써서 3개의 정사각형
과 2개의 정삼각형을 만들려면 어떻게
하면 되는가?'
입체적 생각의 두뇌로 바꿔진
우리는 그림과 같은 해답을 곧
발견할 수 있을 것이다.

13 울타리 만들기

13개의 성냥개비로 6개의 똑같은 크기를 가진 직사각형이 만들어져 있다. 이 성냥을 각각 울타리라고 간주하고 여기에 6개의 양우리가 있다고 가정한다. 그런데 이 양 우리의 울타리를 하나 도둑맞아서 울타리가 12개밖에 남지 않았다. 그래도 다시 6개의 같은 모양의 양우리를 만들 수 있을까? 모양은 완전히 달라져도 좋지만 성냥을 자르거나, 구부리거나 끝을 남겨서 사용하거나 해서는 안 된다.

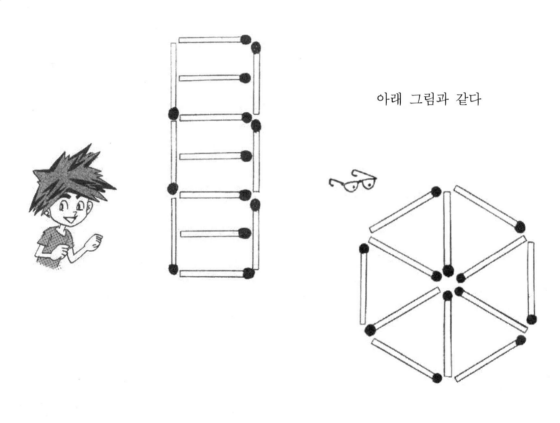

아래 그림과 같다

 ## 아! 이거구나

4각형의 우리라는 고정관념을 깨뜨리면서 이 해답을 얻기는 그리 어렵지 않다.
창조성의 개발은 이러한 생각의 변화를 통해서 가능하다.

페이스페인팅 [Face Painting]

1. 페이스페인팅이란?
♥ 바디페인팅의 하나이다.
♥ 물감 또는 반짝이 등 기타 부재료를 얼굴에 칠하여 특정 메시지를 전달하거나 효과를 줄 때 쓰인다.

2. 페이스페인팅의 필요성
♥ 생일파티, 할로윈데이 등 각종 파티를 할 때 얼굴에 연출함으로써 파티가 한층 더 빛남.
♥ 스포츠 응원시 독특한 관중 퍼포먼스로 홍보이벤트에 즐겨 사용되고 있는 가운데, 응원팀의 승리를 기원하고 응원열기와 동참의식을 고취시키는데 효과가 큼.

3. 페이스페인팅 물감의 특징
♥ 화장품을 만드는 안료로 만들어서 무독성.
♥ 피부세척이 손쉬움.
♥ pH값 중성(7.5)

4. 페이스페인팅 물감의 종류
♥ 고체물감
♥ 액체물감
♥ 스틱형물감
♥ 형광물감
♥ 유성물감

1) 고체물감
◇ 장점
(1) 수채화 물감처럼 사용이 편함.
(2) 빨리 마른다.
(3) 빠른 시간에 그림의 형태를 잡을 수 있음.

(4) 물에 쉽게 지워지므로 수정이 용이함.

◇ 단점

(1) 물과 땀에 잘 지워지므로 오래가지 않음.

(2) 두껍게 바를 때 피부움직임에 따라 갈라짐.

(3) 칠한 부분에 다른 색과 덧칠을 하면 색이 섞임.

2) 액체물감

◇ 장점

(1) 물에 행굴 필요가 없음. (흰색, 검정 제외)

(2) 발색력이 뛰어나며 색의 혼합이 쉬움.

(3) 고체 스틱물감에 비해 땀이나 물에 비교적 강함.

◇ 단점

(1) 마르는데 약간의 시간 소요.

(2) 신속한 작업이 힘듦.

(3) 엷은 색상의 경우 붓 자국이 남음.

(4) 디테일한 선을 진하게 나타내기 힘듦.

3) 스틱형 물감

◇ 장점

(1) 휴대하기 편함.

(2) 아이들도 손쉽게 그릴 수 있음.

◇ 단점

(1) 그릴 때 뻑뻑함.

(2) 잘 뭉게 지고 부러지기 쉬움.

(3) 넓은 면을 칠할 때 시간이 많이 걸림.

4) 형광물감

◇ UV광인 블랙나이트에서만 발광하는 특수물감.

5) 유성물감

◇ 장점

(1) 색상이 자연스럽고 색감표현이 좋음.

(2) 땀에 잘 지워지지 않고 지속성이 강함.

(3) 여러 가지 색을 섞어 연출할 수 있음.

(4) 화장품으로 대용 가능.

◇ 단점

(1) 수성에 비해 가격이 비쌈.

(2) 번들거림 (방지: 투명파우더 사용)

(3) 지울 땐 클렌징크림 사용.

5. 페이스페인팅 도안 및 응용

♡ 점찍기를 이용한 애벌레 한 쌍   ♡ 누르기를 이용한 꽃

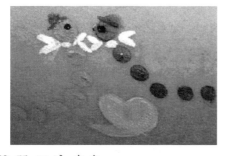   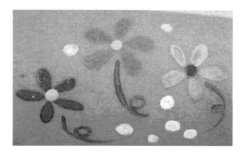

♡ 꽃 도안 응용

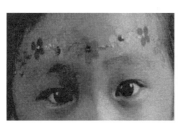      

♡ 캐릭터   ♡ 캐릭터도안 응용

♡ 돌고래   ♡ 꽃게

♡ 축구공   ♡ 뱀   ♡ 별똥별

♡ 거미   ♡ 거미 도안 응용

♡ 아이스크림   ♡ 오렌지   ♡ 오렌지 응용

 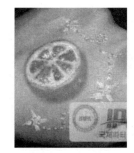 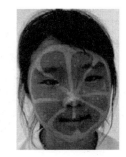

♡ 백조   ♡ 백조 응용

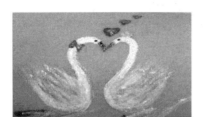   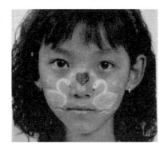

♥ 기타 - 핸드페인팅

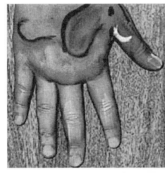  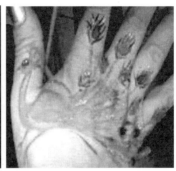

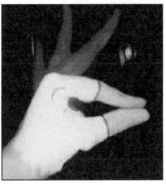 

♥ 기타 - 풀페인팅

  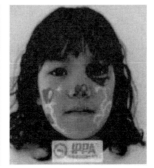

♥ 기타 - 하프페인팅

부록 1

일반인을 대상으로 한 한마음 명랑운동회 연출진행계획서

200 년을 맞이하여 한국 ○○○○ 전 직원이 참여하는 한마음 명랑운동회는 창사 이후 꾸준한 성장을 통하여 동종업계의 정상의 자리에 있게 한 전 직원의 노고를 치하하고 축제 및 흥미위주 분위기의 명랑운동회 및 한마음 장기자랑 등을 통해 새로운 각오와 미래를 위한 확고한 비전을 가짐으로서 기업 내의 Communication의 확실한 확립과 아울러 조직원간의 화합과 결속을 다짐시키며 또한 이러한 근거를 가지고 더욱더 확실한 성장을 위해 뛰는 조직원으로서의 자세확립과 더불어 매출극대화를 부추겨서 성실하고 부지런한 법인으로서의 한국 ○○○○의 대내외적 Image-up 효과를 부각시키고 직원들로 하여금 21C의 국제적 도약을 위해 뛴다는 마인드를 심어줌으로써 미래를 향한 진취적인 기상으로 전진함에 일조를 하고자 하는 데 본 행사의 취지를 부여합니다.

1. 행사취지

2. 행사목적

　　가. 전 직원간의 일체감 조성으로 회사 내에서의 커뮤니케이션 기틀 마련
　　나. 축제분위기의 행사를 통한 스트레스 해소의 의미부여
　　다. 본 행사를 통하여 최고의 직장인으로서의 자부심과 미래에 대한 비전 제시
　　라. 성실하고 부지런한 회계법인으로의 대내외적 Image-up 공표
　　마. 스포츠를 통한 굳건한 정신자세 확립으로 대외 경쟁력 회복

3. 행사개요

　　1) 일　시 : 200　년　월　일(　) 10:00~17:00

2) 장　소 : ○○○○ 잔디운동장(○○○○소재)

3) 행사명 : 한국 ○○○○ '200○ 한마음 명랑운동회"

4) 행사주제 :

5) 참가대상 : 한국 ○○○○ 전 직원

6) 주　최 : 한국 ○○○○

7) 기획, 진행 : 이벤트○○ / 국제레크리에이션협회

4. 행사전개

최고의 내실 있는 '--------'로의 재확인		
Pre-Event	**Main-Event**	**Follow-Event**
• 본 행사 종합 Master Plan 수립 → 철저한 계획 및 계획서 입안, 승인 • 기대감 구축 및 참여의식 고조	• 제1부 : 다짐의 시간 • 제2부 : 만남의 시간 • 제3부 : 도약의 시간 '한마음 하나로 체전' • 제4부 : 나눔의 시간 • 제5부 : 화합의 시간 - 시상 및 폐회식을 통한 미래에 대한 다짐	• 성공적 행사를 통한 한국○○○○ 조직구성 원의 잠재적 연상 고리 로 활용 • '200 한마음명랑운동회 실행으로 장내업무의 연결화 • High class로서의 Mind부여 • 대내외적 Image-up 표출

5. 프로그램 계획

1) 대회프로그램 주제별 구분

시 간	구 분	행사 내용	비 고
10:00~10:10	다짐의 시간	• 집합 • 개회식	• BGM • 정규 개회식순에 따른 진행
10:10~10:30	만남의 시간	• 준비운동 • 전체 응원전 • 팀별 응원전	• 각 팀별 정렬 • 선수선발 • 응원단장 지명
10:30~12:10	도약의 시간 Ⅰ	• 명랑운동회 Ⅰ • 구기 예선	• 각종 경기소품 활용
12:10~13:10	대화의 시간	• 중 식	
13:10~14:05	도약의 시간 Ⅱ	• 구기 결승	• 각종 경기소품 활용

시 간	구 분	행사 내용	비 고
14:00~15:20	도약의 시간 III	· 명랑운동회 II	· 각종 경기소품 활용
15:20~16:20	화합의 시간	· 다함께 레크리에이션 · 장기자랑 및 연예인	· 행사무대 · 음악연출연주자활용
16:20~16:30	나눔의 시간	· 시상식 및 폐회식 · 미래에 대한 다짐의식	· 간이무대 · 음악연출연주자활용

2) 프로그램시간 계획표(결정된 경기항목)

순서	시 간	소요시간	항 목	비 고
1	10:00~10:10	10	· 개회식	
2	10:10~10:30	20	· 준비운동 및 응원전	
3	10:30~10:45	15	· 코끼리 맴맴	· 대표자 참여경기
4	10:45~11:00	15	· 헹가래 특급열차	· 전원 참여경기
5	11:00~11:35	35	· 배구, 피구(B)	· 응원전으로 유도
6	11:35~12:10	35	· 발야구, 족구(B)	· 응원전으로 유도
7	12:10~13:40	90	· 중식(기네스 경기 포함)	· 세부내용 참조
8	13:40~13:55	15	· 치어 쇼 및 팀 파워 응원전	· 응원전으로 유도
9	13:55~14:35	40	· 배구, 피구, 족구, 발야구(A) 릴레이 승부차기	· 대표자 참여경기
10	14:35~14:50	15	· 협동지네발 릴레이	· 대표자 참여경기
11	14:50~15:10	20	· 전략줄다리기	· 전원 참여경기
12	15:10~15:30	20	· 춘추전국시대	· 전원 참여경기
13	15:30~15:50	20	· 400m 계주 혹은 철인경기	· 대표자 참여경기
14	15:50~16:50	60	· 장기자랑 및 레크리에이션	· 전원참여
15	16:50~17:00	10	· 시상식 및 폐회식	· 전원참여
16	17:00~		· 뒷정리 및 승차, 출발	· 전원참여

3) 프로그램 내용의 예시

순 서	1		항목	개회식
시 간	10:00~10:10		소요시간	10분
구 분			참가인원	전원

· 취지
본 행사를 개최함에 있어서 체육대회 참가자 전원이 운동장에 도열한 상태로 입장
식이 없이 곧바로 개회식순에 의거 행사를 시작하는 시간
· 내용
1) 인원 : 전 직원
2) 대형 : 개회식 대형(각 팀별로 정열)
3) 식순 : - 국민의례
          - 개회선언
          - 대회사(대표이사)
          - 축사(VIP)
          - 선수선서
          - 일정안내

6. 운영계획

1) 운영편성
   ▶ 사전협의 승인된 프로그램을 진행 양식서에 의한 진행요원 진행
     - 체육대회 : 명랑운동회 및 구기경기 병행진행 - 이벤트○○○ 연출진행 팀
   ▶ 심판요원 및 점수요원
     - 이벤트○○○ + 한국 ○○○○
   ▶ 전문요원(이벤트○○○)
     - 총 연출, 진행, 음향 및 음악 감독, 특수효과 감독·보조, 장비 및 도구
      운영요원
   ▶ 기타요원
     - 안내요원, 안전요원, 의전요원 - 한국 ○○○○

2) 팀 구분
   ▶ 팀 구분은 2개 팀으로 구분한다.
   ▶ 2개 팀은 구기경기 시 팀별 2팀씩 구성할 수 있다.
   ▶ 팀 구분 시 팀명은 한국○○○○의 이미지에 맞는 팀명을 활용하는 것이
     효과적이다.

3) 기 타
▶ 각종 경기 출전을 위한 선수관리는 각 팀에서 행사 당일 혹은 사전에 한국
○○○○에서 자체 팀장 및 부 팀장 2명을 선발하고 이벤트○○○의 전문
진행 요원의 유도에 의하여 경기 시행
▶ 시상은 전 일정 폐회식 시 종합시상
▶ 명랑운동회 배점은 각 종목별
대표경기 : 1위 – 100점 2위 – 80점   3위 – 60점   4위 – 50점
전원경기 : 1위 – 150점 2위 – 120점 3위 – 100점 4위 – 80점
구기경기 : 1위 – 200점 2위 – 150점 3, 4위 – 120점

부록 2

경로(회갑·칠순·팔순)잔치
기획연출 및 진행

1. 회갑(칠순) 잔치

가족의 끼니 걱정을 하던 1970년대 이전에는 회갑잔치에 칠순, 팔순잔치는 상상할 수도 없었고 회갑잔치도 마을에 민술이나 먹는다는 부자 집에만 해당되었다.

요즘은 회갑은 기본이요, 칠순은 필수요, 팔순은 선택일 정도로 장수에 대한 잔치는 꼬리를 잇고 있다. 옛날에 단명하던 시절 육십 넘기기가 힘들었던 때에는 회갑잔치는 마을사람들의 부러움이요, 진정한 축하를 받았다. 지금의 장수 잔치에 가보면 축하의 자리라기보다는 체면 차리기 아니면 이웃들에게 빚 갚기 형식의 잔치도 있고, 소수이기는 하지만 어떤 집안에는 가문자랑을 위한 과시형 잔치를 하고 있는 것이 현실이다.

술과 노래에 묻혀 넌덜머리가 나 다시는 가고 싶지 않은 소란한 잔치가 아닌 당사자에게 이제는 자식들의 효도를 받고 장수하시라는 이유와 기쁨을 상호간에 나누는 프로그램을 소개한다.

구 분	문 제 점	장애 요인	개선 방향
장소	① 시끄럽다. ② 주사의 어려움	여러 명 동시 사용 주사시선 부족	단독사용시설 확보 가능하면 큰 시설 활용
진행	① 단조로운 진행 ② 술주정 ③ 시끄럽다 ④ 자리인식	비전문가가 진행 통제가 없음 오직 춤과 노래 단조롭고 참여기회 부족	레크-지도자 활용 집안에서 특징적인 담당 전문 진행자에게 의뢰 사전에 2부 예령

1) 실시방법

  (1) 일반적 관행

    ① 장소 : 원칙은 없으나 많은 하객을 수용할 수 있는 장소

‒ 전통행사시 : 집에서
  ‒ 가족 중심 행사시 : 집에서
  ‒ 친지와 이웃초청 잔치 시
    ㉠ 가까운 동네 뷔페식당   ㉡ 호텔 연회장
② 시간 : 원칙은 없으나 주로 낮 12시 실시
③ 조정 : ㉠ 가족과 친척   ㉡ 주인공과 관계되는 친구 및 선후배
④ 사회 : 원칙은 없으나 장소와 인원과 예산의 여유에 따라 선택
  가. 종교적 의식 : 목사님이 집례
  나. 일반적 진행
      ㉠ 아들의 친구   ㉡ 집안의 자녀 중에서
      ㉢ 레크리에이션 지도자   ㉣ 전문직 사회자

구 분	명 칭	문제점	결 과
기념식 사회 (제1부)	1. 아들 친구	경험이 미흡	원숙치 못함
	2. 집안의 자녀 중에서	〃	〃
	3. 덕망 있는 이웃 중에서	〃	〃
	4. 레크리에이션지도자 초청	경비 지출	원숙한 진행
	5. 신문 사회자 초청	〃	〃
여흥 사회 (제2부)	1. 아들 친구	경험이 미흡	원숙치 못함
	2. 집안의 자녀 중에서	〃	〃
	3. 밴드 마스터가 겸임	〃	〃
	4. 레크리에이션지도자 초청	경비 지출	원숙한 진행
	5. 개그맨(연예인) 초청	과외경비 지출	웃음 연출

⑤ 식순
  ‒ 개회사
  ‒ 약력소개
  ‒ 가족 대표인사
  ‒ 가족 소개
  ‒ 내빈 대표인사
  ‒ 헌화 또는 헌수
  ‒ 축하 케익커팅
  ‒ 축가 또는 축주

- 축배   ·식사   ·여흥
- 폐회식

⑥ 여흥 : 모든 잔치가 특별한 의미도 없고 개인별 노래 부르기 중심으로 시끄럽고 짜증난다.
- 원인 : ㉠ 경험이 없는 사회자 ㉡ 밴드가 겸업 ㉢ 축하객이 술 취함
- 해결 : ㉠ 시나리오를 작성하여 진행
        ㉡ 레크리에이션 지도자를 초빙
        ㉢ 전문 사회자 초청
        ㉣ 개인 독창에서 같이 생각하고 함께 노래 부름.
        ㉤ 내용을 노래중심에서 내빈 낙담 중심으로 바꿈

(2) 유의사항(실패 예방)

① 진행   ② 기념식   ③ 출연진
④ 장소선정   ⑤ 음식준비

2) 프로그램 현황과 개선방안

구 분	명 칭	현재 상황	문제점	개선 방안
제1부 의식진행	1.분위기 연출	안하고 있음	산만한	음악방송
	2.개회	실시함	없음	해당 없음
	3.주인공 입장	〃	〃	〃
	4.약력소개	〃	〃	〃
	5.가족소개	〃	〃	〃
	6.축사	〃	〃	〃
	7.헌화(헌주)	〃	〃	〃
	8.선물증정	거의 안함	서운해 함	자녀들이 준비
	9.케익컷팅	실시함	없음	해당 없음
	10.축배	〃	〃	〃
	11.축가	거의 안함	허전함	외부에서 초청
	12.가족인사	실시함	없음	해당 없음
제2부 여흥진행	1.가족축하	안하고 있음	필요성 모름	가족들이 준비
	2.축사낭독	〃	〃	〃
	3.주인공 자축가	실시함	없음	해당 없음
	4.친구 인사말	안하고 있음	〃	사전에 부탁함
	5.자녀들 노래	실시함	〃	〃
	6.친척들 노래	〃	〃	〃
	7.자녀친구노래	〃	〃	〃
	8.사회자 멘트	안하고 있음	핵심이 없음	명사회자 초빙
	9.세레모니	〃	마무리가 미흡	〃
특 징	1.진행면에서	① 노래중심 ② 계속 소란 ③ 이탈자 많음	유능한 사회자가 없음	① 다양한 진행 ② 모두들 수용
	2.효과면에서	① 의미가 없음	정도를 모름	① 지루하지 않음

3) 여흥 프로그램

명 칭	시 간	프로그램	비 고

1. 만찬	12:40~13:30
	(50분)
		1) 만찬
		  ① 양식 부페
		  ② 후식 : 커피와 아이스크림
		2) 음악연출 : 중후한 팝송과 가곡
		             중심의 피아노곡 연주
			피아노

2.가족의
시간
	13:30~13:40
	(10분)
		1) 여흥시작
		2) 가족의 시간
		  ① 시집간 딸이 드리는 글
		  ② 며느리가 드리는 글
		  ③ 가족합창 : 즐거운 나의 집
			음악연출
			피아노 반주

3.여흥	13:40~14:50
	(70분)
		1) 전체합창 : 고향의 봄
		2) 가족 순서
		  ① 주인공 사죽가
		  ② 큰아들 노래
		  ③ 큰며느리 노래
		  ④ 향렬 순으로 노래
		  ⑤ 주인공 기마 퍼레이드
		3) 하객 순서
		  ① 주인공 친구의 덕담
		  ② 주인공 친구들의 노래
		  ③ 아들 친구들의 노래
		4) 친지 순서
		  ① (　　)가 부른 (이름)의 좋은 점
		  ② 조카들의 노래
		  ③ 이종들의 노래
			밴드
			노래실수

4.폐회	14:50~15:00
	(10분)
		1) 세레모니
		  ① 사회자 멘트
		  ② 주인공의 한 말씀
		  ③ 한마음의 합창 : 사랑으로
		2) 폐회선언
			망초

4) 한마당 일정표(예)

◆ 일시 : 200 . 10. 18. 12:30~15:00　　　　◆ 장소 : ○○○

구 분	시 간	내 용	용 품	담 당
1.행사준비	11:00 완료	1) 행사용품(음향, 밴드 산행상품) 설치 및 점검		
2.행사입장	12:20~12:30 (10분)	2) 입장안내 : ① 환영 멘트 및 좌석안내 ② 행사안내와 행사 예령	안내 멘트문	진행자
3.오찬	12:30~13:20 (50분)	3) 뷔페식사 : ① 식사안내 ② 분위기연출(음악)	안내 멘트문 CD음반	진행자
4.오프닝	13:20~13:25 (5분)	4) 개회선언 :( ) ① 이벤트 연출 : 팡파르, 특수효과	선언문철 Co2	인사용AD 사회자
5.축하공연	13:25~13:40 (15분)	1) 한국무용 공연(1) : ( )무용단 ① 소고춤(4명) ② 부채춤(1명) 2) 1차 멘트 :	조명 드라이아이스 Co2	사회자 로얄스텝 출연팀
	13:40~13:55 (15분)	3) 경기민요 공연: ( )예술단 ① 곡목: 태평가, 닐니리아, 창부타령, 막연 폭포 4) 2차 멘트 :	조명 드라이아이스	사회자 로얄스텝 출연팀
	13:55~14:00 (5분)	5) 한국무용 공연(2) : ( )무용단 ① 장구춤(4명) 6) 3차 멘트 :	조명 Co2	사회자 로얄스텝 출연팀
	14:00~14:20 (20분)	7) 모창가수의 공연 : ( ) ① 1차노래 : 물레방아 도는데, 무시로 ② 인터뷰 : ③ 2차노래 : 잡초, 사랑 8) 4차 멘트 :	밴드 조명 드라이아이스 Co2	사회자 로얄스텝
6.함께하기	14:20~14:50 (30분)	1) 한마음의 합창(울고 넘는 박달재, 찔레꽃 외) 2) 뽐내기 대회 ① 어머니 대상(홀라후프 돌리기) ② 아버지 대상(제기차기) ③ 저체 대상(막춤추기) 3) 5차 멘트 :		
7.Ceremony 및 행사폐회	14:50~15:05 (15분)	1) 한마음의 합창 : 고향의 봄 2) 6차 멘트 : 관심과 성원을 부탁		사회자
		3) 폐회선언 및 퇴장 : 음악연출	CD음반	충무팀

5) 준비물 내역

구 분	명 칭	규 모	수 량	담당 및 특징
1. 연회장	1) 헌수	90cm × 8m	1개	연회장 식음료팀
	2) 자립심	연회장 기본	1셋트	"
	3) 꽃 장사	"	"	"
	4) 이름추가	일반직 행사용	"	"
2. 진 행	1) 사회자	경험이 있는 자	1명	친척이나 초빙
	2) 밴드	"	1명	이벤트사에 의뢰
	3) 여흥진행 ① MC ② 인기가수	"	"	"
	4) 사진	경험이 많은 자	1명	사진관에 의뢰
	5) 비디오	"	1명	"
3. 접 수	1) 방명록	문방구 판매용	2권	주최 측에서 구인
	2) 접수가방	007 가방	1개	주최 측에서 준비
	3) 꽃 사지	가슴 부착용	510개	이벤트사에 의뢰
4. 연회용품	1) 면장갑	행사용 장갑	10개	"
	2) 꽃다발	화려한 것	(비점)	"
	3) 헌수용품	연회장용	기본셋트	연회장 사용로 됨
	4) 축하 케익	3년 이상	1셋트	"

전교인 체육대회 및 명랑운동회

1. 취지

오늘날 놀이공간의 부족 및 교회의 폐쇄된 공간에서 일정한 틀의 놀이만을 경험하고 있는 경우가 대부분이다. 이로 인해 요즘의 신앙인들 사이에서는 타인을 인정할 줄 모르는 이기심이 만연해 있고, 아울러 협동심의 부족은 더 큰 사회를 경험해 나가는데 중요한 장애요소가 될 수 있다. 이에 21C를 맞이하여 "체력은 국력이며 체육은 신앙이다."라는 평범한 진리를 실천에 옮기고자 체육놀이를 통해 우리 그리스도인들에게 타인을 인정하고 더불어 생활하는 중요한 가치를 제공하고자 전교인 대축제를 개최하고자 한다.

2. 목 적

본 행사의 목적은 두 가지 측면에서 바라볼 수 있다.

1) 사회적인 측면
  - 타인을 인정할 줄 알고 양보할 수 있다.
  - 질서와 협동심을 길러주며 사회성을 길러준다.
  - 더불어 생활하는 중요한 체험의 가치를 제공한다.

2) 신앙적인 측면
  - 본 행사를 통해 건전한 교회생활, 건강한 믿음을 기른다.
  - 본 행사는 교회놀이 방법을 배우며 즐거움을 느낄 수 있도록 한다.
  - 자신의 존재가 교회구성원에서 얼마나 중요한지를 느낄 수 있도록 한다.

▶ 목 차 ◀

1. 전교인 한마음 대축제 개요

▷ 명 칭 : 제○회 ○○교회 전교회 가족 한마음 대축제
▷ 일 시 : ○○○○년 ○월 ○○일
▷ 주 관 : ○○교회 문화사역 위원회
▷ 진 행 : 국제레크리에이션협회
▷ 인 원 : 어린이 약 100명, 중고등부 100명,
　　　　　청년대학부 약 60명, 장년부 약300명

2. 전교인 한마음 대축제의 의의

　　체육 및 레크리에이션을 통하여 체력향상과 운동정신, 규칙의 준수와 책임의식, 최선의 의지력과 협동심 등을 기르며 예수 그리스도안에서 건전한 놀이문화를 동시에 기를 수 있는 교육적 의의를 갖는다.

3. 전교인 한마음 대축제 목적 및 목표

1) 전교인 한마음 대축제 목적

　　모든 교회가족이 함께 프로그램에 참여하여 예수그리스도안에서 교회가족간의 사랑을 확인하며 교회 구성원의 화합의 장을 만든다.

2) 전교인 한마음 대축제 목표

　- 전체가 중심이 되어 프로그램에 참여 만족감을 갖는다.
　- 자율적인 참여로 교인간의 협동 및 신뢰를 갖는다.
　- 프로그램에 참여하면서 질서의식을 고취시킨다.

4. 전교인 한마음 대축제 일정표

순서	프로그램	시 간	소요시간
1	개 회 식	10:00~10:50	50분
2	율 동	10:50~11:00	10분
3	오프닝 게임	11:10~12:00	50분
4	점심식사	12:00~12:50	50분
5	레크리에이션	13:00~13:20	20분
6	단체게임 / 대표자게임	13:30~15:30	120분
7	어울 마당	15:30~15:50	20분
8	폐 회 식	15:50~16:00	10분

5. 전교인 한마음 대축제 프로그램 운영방법

▶ 코너게임
 - 각 코너는 진행자가 직접 진행 한다.(해당교회 교사 함께 참여)
 - 전교인이 한 조가 되어 자율 속에서 게임에 참여한다.
 - 각 코너 진행자는 게임의 특징에 알맞은 운영방법을 생각해야 한다.
 - 참여한 교인은 자율과 선택 속에서 적극적으로 참여해야 한다.

▶ 단체전
 - 평화, 사랑 팀으로 팀을 구성한다.
 - 진행은 사회자와 보조 진행자가 진행 한다.
 - 단체전 진행시 교회의 교사는 팀과 함께 움직인다.
 - 단체전에서 이길 경우 점수를 준다.
 - 참여는 아이들과 장년부를 구분하여 프로그램을 진행 한다.

▶ 대표자 게임
 - 양 팀의 대표자를 뽑아서 실시한다.
 - 구호 및 응원가를 팀별로 진행자는 미리 준비를 한다.
 - 팀당 1명의 진행자가 대표자들이 게임을 할 동안 응원전을 펼친다.

▶ 어울 마당
 - 해당 교회의 구성원 및 모든 가족이 참여 한다.
 - 사회자의 진행으로 움직이며 보조 진행자를 둔다.
 - 교회가족이 화합의 장이 될 수 있도록 참여 및 진행을 한다.

▶ 체조 및 율동
 - 전교인 한마음 대축제 율동은 4개
 - 율동은 사회자와 진행자가 진행한다.
 - 비디오테이프를 제공한다.

▶ RECREATION
 - 프로그램 선정 및 진행은 사회자가 한다.
 - 프로그램에 필요한 것은 해당교회와 사전에 협의 한다.

6. 프로그램 내용 및 진행요령

구분	프로그램	진행방법	참가	준비물	비고
개회식	- 입장식 - 국민의례 - 개회사 - 선 서 - 개회선언	- 자연스런 입장식을 유도 행사진행준비 - 국기에 대한 경례, 애국가는 1절 - 진행자 또는 주최 측의 장이 선언	전원	-입장음악 -태극기/오륜기 -음악 -선서문 -폭죽	사회자
율 동	- 호산나 - 발로 차 - 반	- 진행자 측에서 준비한 율동	전원		

오프닝
게임
	풍선불기	1.팀을 나눈 후 개인에게 풍선을 하나씩
		  나누어 준 후 불어 묶게 한다.
		2.비닐을 나누어 주고 담도록 한다.
		3.가장 많이 빠르게 담는 팀이 승리한다.
		  =기대하는 효과 - 캠프의 분위기상승,
		    협동력, 어색함 탈피
			전원		각
					코너별
					진행자

	풍선사탕
	만들기
		1.비닐 풍선을 팀 앞으로 가져오게 한다.
		2.높이를 측량하고 높은 팀에게 점수를
		  부여한다.
		  =기대하는 효과 - 캠프의 분위기상승,
		    협동력, 어색함 탈피, 함성유도			

	풍선로켓발사	1.6명씩 나오게 한다.
		2.멀리 던지기(로켓쏘아 올리기)를 한다.
		3.거리를 측정하고 점수를 부여한다.
		  =기대하는 효과 - 캠프의 분위기상승,
		    협동력, 어색함 탈피, 함성유도			

	나르는 풍선사탕	1.지도 선생님이 풍선비닐을 잡고 선다. 2.지도자의 신호에 팀에게 전달한다. 3.가장 빨리 팀에게 전달되어 오고 함성 이 큰 팀이 승리한다.			
	볼 풀 눈싸움 누가 누가 많이 모으나	볼 풀			

구분	프로그램	진행방법	참가	준비물	비고
단체 및 대표자 게임	-줄다리기 -파도타기 -카드뒤집기 -애드벌룬굴리기 -터널통과 대회 -그물치기 놀이 -낙하산 타기	- 동서남북 각 팀별로 두 조로 나누어 동시에 실시 승리팀이 다른 승리 팀과 대결(3전2승) - 비닐 천을 이용하여 파도타기 - 청백카드를 많이 만들기 - 10명이 한 조가 되어 애드벌룬을 굴리는 경기 - 그물 통과하기 - 원형으로 공을 쳐서 올리기 - 낙하산 봉우리 먼저 올라가 바람빼기	전원	- 줄 - 비닐 천 - 청백카드 - 애드벌룬 - 그물, 홀라후프 - 그물, 공 - 낙하산 2개	사회자 보조 진행자
레크리에이션	OX 퀴즈 어울림	- OX 문제에 따라 자리를 옮겨 다니며 마지막 10명 선발 / 가위바위보	전체	- 협회측과 진행측 문제준비	사회자 보조 진행자
어울마당	-기차놀이	- 팀별로 선을 만들어 진행	전원	-음악	사회자 보조 진행자
율 동	- 호산나 - 발로 차 - 반 - 월드컵	- 진행자 측에서 준비한 율동	전원	-음악	사회자 보조 진행자 (각원 교사)
폐회식	- 시상식 - 폐회선언	- 식순에 의한 진행	전원	-상품	사회자

7. 시설(장비 / 소품)

< 진행측 >
- 행사 음향장비를 준비한다.
- 프로그램에 필요한 시설 및 소품을 준비한다.
- 프로그램에 필요한 라인을 준비한다.
- 무대에 아치풍선을 준비한다.

< 주최측 >
- 사용 장소의 편리한 이용을 위해 이정표를 준비한다.
- 본부석에 필요한 시설 및 물건을 준비한다.
- 교인들의 명찰을 준비한다.(평화팀/사랑팀)
- 사용 장소의 정리를 위해 청소도구 일체를 준비한다.

구 분	명 칭	수량	비 고
음향장비	엠프	1대	3KW
	스피커	1조(6개)	3KW
	믹서기	1대	12채널
	유·무선 마이크	4대	유선 3개, 무선1
	데크, CD기, 노래방	1대	더블데크, CD기, 노래방
특수효과 장 비	폭죽(칼라후레쉬)	1세트	CF
	비눗방울	1세트	무대설치용
	아치풍선, 에어아치	1세트	무대설치용
	캐릭터 14개	14세트	아빠들이 입고 입장
	스카이 댄스	2세트	행사용
행사소품	코너, 단체, 대표자 게임도구	각1세트	게임진행용
일반장비	인플레이터		진행용
	콤퓨레사	1대	진행용

8. 행사비용 (견적)

구 분	명 칭	단 가	비 고
음향장비	엠프	400,000 × 1조 = 200,000원 (캐릭터 서비스로 충족) 행사장 실내 장비 공유 비용은 주최쪽 부담	3KW
	스피커		3KW
	믹서기		16채널
	유·무선 마이크		유선 3개, 무선 1개
	데크, CD기, 노래방		더블데크, CD기, 노래방
특수효과 장 비	폭죽	6종 = 250,000 원	CF
	비눗방울		분사형 비누방울액
	아치풍선, 에어아치		무대설치용
	스카이댄스		행사용
행사소품	코너, 단체, 대표자 게임도구	15종 = 150,000 원	설치 및 소모품
진 행 비	주 진행자 1명 음악담당자 1명 진행요원 6명	600,000 원	프로그램 전반적인 진행 프로그램 보조 및 음향담당
행 사 참 가 비	코너게임 8~9개, 단체전 6개, 율동 3개, REC 1회, 어울 마당 1회	500명 × 2,000 = 1,000,000 원	
일반장비	인플레이터, 콤퓨레사	100,000 원	서비스
캐 릭 터	파이리, 미키, 미니, 아구몽, 도날드, 데이지, 구피, 뿡뿡이, 피카추, 다람쥐, 복실이, 돼지, 토끼, 푸우, 삐에로 3	14종 = 70,000 × 14 = 980,000	서비스
합 계		2,200,000 원	

준비를 위한 숙박 및 식사 : 300,000 원

9. 진행요원

■ 인원

구 분	인 원	비 고
주 진행자	1	전체적인 진행
음악담당자	1	음악담당
보조진행자	6	게임진행 / 시설관리
보조진행자(율동)	7	각원 율동 담당 교사

10. 선서문

■ 전교인 대표

■ 부모 대표

11. 강사 약력

부록 4

유치원 명랑운동회 / 체육대회

1. 운동회의 목적

어린이와 가족이 한 자리에 모여 각자의 기량을 한껏 발휘하고 여러 형태의 게임을 직접 체험해 봄으로써 질서와 협동심을 기르며, 나아가서는 건강한 삶의 양식이나 도덕적 규범을 익히는 사랑의 축제로 이어갈 수 있도록 하는데 있다.

2. 운동회의 기대 및 효과

· 유아와 학부모와 선생님과의 한마음 한 뜻이 될 수 있다.
· 여러 가지 운동을 통하여 체력 향상과 질서와 협동심을 기른다.
· 운동과 게임을 통하여 긴장감과 스트레스를 해소한다.

3. 운동회의 준비

1) 장소선정

넓은 운동장을 보유하고 있는 유치원을 제외하고는 장소 선정이 중요한 문제이다.

인근 공원이나 학교운동장등이 적합한데 공적인 장소를 빌리기 위해서는 적어도 6개월 전에 해당기관에 공문발송 및 협의를 통해 장소를 제공받아야 한다.

(예, 학교운동장 - 서무과를 통해 공문 발송)

2) 참석대상 확인

참석대상을 결정하는 것이 프로그램의 내용을 결정하는 것이 되므로 초청할 대상을 정하고 확인하는 작업이 필요하다. 주로 주간계획안, 가정통신문을 활용한다.

3) 프로그램 결정
운동회 프로그램은 참석한 모든 사람에게 골고루 흥미를 주어야 한다.
특히, 유아들의 발달단계에 적합한 것
공동체 의식을 함양할 수 있는 것을 중점으로 선정해야 한다.

유치원 운동회의 프로그램은 원아와 엄마, 아빠 그리고 가족의 게임이 적당히 분류되어야 모든 참석자가 흥미를 가지고 참여할 수 있으며 보다 중요한 것은 진행자와 교사, 원아, 부모가 한마음이 되어 다같이 동참하는데 그 의미가 있다.

4) 준비물 점검
운동회를 진행하다보면 필요한 준비물이 제때 준비되지 않아 곤란을 겪는 일이 많다. 시작하는 시간부터 끝나는 시간까지 필요한 준비물을 철저하게 준비하여 진행에 차질이 없도록 해야 한다. 준비물은 시간대별로 박스에 나누어 담아 색인표를 붙여두면 더욱 편리하다.

5) 사전 준비사항
(1) 시기 및 소요시간을 미리 예정해 본다.
일반적으로 운동회는 가을철에 하는 경우가 많다. 가을 운동회는 유아들이 유치원 생활에 적응하여 스스로 자유롭게 활동을 선택하고 실행할 수 있다는 잇점이 있다. 10월 초의 공휴일, 민속의 날 행사 등을 고려하여 운동회를 하고 쉴 수 있는 날을 정하고 생활 예정 안을 통하여 부모에게 알려 부모 참여를 유도한다.
운동회의 소요시간은 참가인원이나 진행방법에 따라 다양하게 계획될 수 있으나 유아의 흥미와 발달 특성을 고려하여 무리가 따르지 않도록 한다.

(2) 운동회를 계획한다.
운동회때 할 게임을 유아들과 함께 의논하여 정한다.
게임에 필요한 것들을 유아들과 함께 수집하거나 만든다.

(3) 가족이 함께 참석할 경우 유아들과 함께 초청장을 만들어 보낸다.
월간 생활 계획안에 운동회를 넣어 안내하고 행사목적, 일시, 장소 등을 알린다.

6) 운동회에 필요한 준비물

(1) 행사 진행에 필요한 준비물

① 음향시설 (앰프, 스피커, 마이크)

② 음악 CD / 카세트 TAPE
- 입장식 및 개회식 (행진곡 수록)
- 국민의례 (국기에 대한 맹세, 애국가 수록)
- 준비체조 및 각종 동요 및 가요 수록

③ 태극기, 만국기, 원기, 청백 기, 깃발 4개 (출발점용 2개, 반화점용 2개)

④ 플랭 카드, 점수판, 호루라기, 스텐드, 무대, 천막, 팀 표지판

⑤ 의약품(구급약), 식수통, 물수건, 쓰레기통 (쓰레기봉투)

⑥ 원아 및 부모 이름표, 시상품 (상품 및 상패)

⑦ 모자준비, 응원도구

⑧ 포스터, 풍선장식

⑨ 징, 박, 분가루, 도장(달리기 등수), 장갑

(2) 행사운동경기에 필요한 준비물

① 운동기구 : 매트, 평균대, 유니 바, 홀라후프, 비닐, 공, 줄

② 그 밖에 게임에 필요한 준비물

7) 운동회의 복장

(1) 원아 - 원의 체육복을 입는다. 신발은 편한 운동화

(2) 부모 - 간편한 체육복, 신발은 운동화

8) 간식 및 점심준비

(1) 운동회 중 점심시간에 편하게 먹을 수 있는 것 준비

(2) 김밥, 빵 등 음식을 미리 어머님께 만들어 놓을 수 있게 한다.

4. 운동회에 반드시 알아야 할 유의점

1) 운동회 당일 점검사항

(1) 등원하는 유아들의 기분과 복장 상태를 점검한다.

(2) 담당경기 종목별 준비물을 점검하고 진행방법을 숙지해 둔다.

(3) 행사 환경구성을 미리 살펴보고 흐트러진 부분이나 떨어진 환경 구성이 없나 점검한다.

(4) 만약의 사고에 대비하여 긴급의료지원체계를 수립해 놓는다.

2) 운동회 유의점

(1) 운동회 참가자들 (학부모님, 유아, 그밖에 초대 손님)에게 종목 및 경기방법, 참여방법에 대해 충분히 안내한다.

(2) 모든 참가자 스스로가 자유롭게 참가종목을 선택하여 참여한다.

(3) 각 종목을 담당한 교사는 참가 대상자의 연령과 능력에 따라 경기방법을 융통성 있게 조정하여야 한다.

(4) 운동회를 위한 연습시간이 없기 때문에 철저한 준비가 필요하다.

(5) 기존의 '보는 운동회'가 아닌 '참여의 축제'의 성격을 가지도록 진행한다.

(6) 문화행사(전시, 공연, 장기자랑 등)와 특별 활동을 적극 활용한다.

> 예) 전시 − 서예, 그림, 동시, 글짓기, 공작, 수예, 폐품활용, 꽃꽂이
> 공연 − 무용, 합창, 에어로빅
> 장기자랑 − 교직원, 학부모, 어린이
> 사물놀이 − 장구, 사물놀이 등

3) 기타

유아들은 부모님과 같이 있거나 낯선 곳에 가면 더 혼란스럽고 마음대로 행동하기 쉬워서 운동회 때 어려움이 있을 수 있다.

그러므로 유아들에게 질서 개념을 심어주고 규칙과 경기내용을 일러준다. 필요하다면 시간을 내서라도 리허설을 하는 것도 좋다.

5. 운동회의 홍보

1) 운동회 안내문

가족운동회 날짜와 장소가 확정되면 약 3주전부터 주간교육계획안을 활용해 홍보를 한다.

2) 초대장

초대장은 유아들이 쓰고 꾸민다. 초대장에 들어갈 내용을 함께 생각하는 것도 교육적으로 중요하다.

3) 진행용 프로그램 및 순서지 만들기

프로그램에 관한 안내는 학부모 통신용과 교사 준비용으로 나누어 준비한다.

예)   학부모 통신용 순서지
교사 준비용 순서지

<운동회 안내문>

초청장

○○○가족운동회

언마 아빠!
신나는 가족운동회가 열린대요.
꼭 오셔서 재미있게 놀아주시면
아주 기쁠거예요.
언마아빠를 사랑해요
박한슬 올림
언제 : 200 년   월   일( )
어디서 : ○○초등학교 운동장

< 가정통신문 >

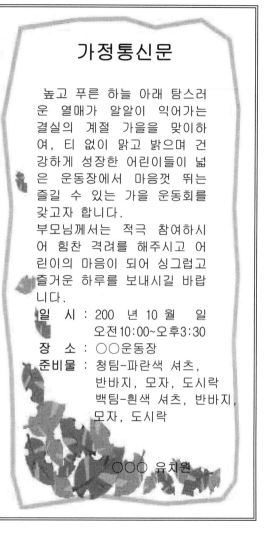

가정통신문

높고 푸른 하늘 아래 탐스러
운 열매가 알알이 익어가는
결실의 계절 가을을 맞이하
여, 티 없이 맑고 밝으며 건
강하게 성장한 어린이들이 넓
은 운동장에서 마음껏 뛰는
즐길 수 있는 가을 운동회를
갖고자 합니다.
부모님께서는 적극 참여하시
어 힘찬 격려를 해주시고 어
린이의 마음이 되어 싱그럽고
즐거운 하루를 보내시길 바랍
니다.
일 시 : 200 년 10 월   일
　　　　오전10:00~오후3:30
장 소 : ○○운동장
준비물 : 청팀-파란색 셔츠,
　　　　반바지, 모자, 도시락
　　　　백팀-흰색 셔츠, 반바지,
　　　　모자, 도시락

○○○ 유치원

▶ 진행용 프로그램 및 순서지

< 바깥쪽 >

지켜주실 사항

1. 어린이들 운동회에 와주셔서 감사합니다.
   어린이들 활동 하나 하나가 모아질 때마다
   힘찬 박수로 격려해 주시고 엄마 아빠 게임
   에는 꼭 참석하셔서 함께 나누는 하루가 되
   어 주세요.
2. 할아버지와 할머니, 그리고 아빠와 엄마께
   서는 입장식, 무용, 운동경기 중에 어린이를
   부르지 마시고 경기에 방해되지 않도록 촬영
   에 유의해 주십시오.
3. 휴지는 정해진 장소에 모아서 버려 주십시오.
4. 어린이들과 함께 진행하는 축제이므로 게임
   규칙을 반드시 지켜주시고 진행교사의 말을
   잘 들으시고 그대로 따라해 주십시오.

제○회 ○○유치원 가을 축제

참석해 주셔서 대단히 감사합니다.

일시:○○○○년 ○월 ○일 오전 10:30
장소:○○유치원 소운동장

관인 ○○유치원 (032)○○○-○○○○
인천광역시 남구 주안동 101-9
원장 ○○○

< 안 쪽 >

높고 파란 하늘
고추잠자리가 날개 짓 하는 황금빛 들판도
아이들의 함성으로 가득히 수놓아진 계절입니다.
높고 푸른 하늘, 풍요로운 결실의 계절을 맞이하여
○○유치원 어린이들의 재주를 펼쳐 보이는
기쁨을 부모님들과 함께 나누고자
제○회 가을축제를 개최합니다.
할아버지, 할머니, 아빠, 엄마와 함께
넓은 운동장에서 뛰고 뒹구는 하루가
어린이들에게 아름다운 추억으로 남을 수 있도록
꼭 참석하시어 즐거운 시간으로
이끌어 주시길 바랍니다.

원 장 ○○○
이사장 ○○○

식 순		
1.개회사	4.원가제창	
2.국민의례	5.전체원아퇴장	
3.원장대회사		

순서	경기종목	반	구분	순서	경기종목	반	구분
1	전체체조	전체	원아 아빠	12	비누방울(무용)	햇님	원아
				13	엄마와 함께	유아	원아 엄마
2	깡통두드리기(게임)	전체	엄마 아빠	14	밀가루풍선터뜨리기	별님	원아
				15	(게임)	햇님	원아
3	원아달리기	전체	원아	16	릴레이	전체	엄마 아빠
4	태극춤(무용)	달님	원아				
5	오리춤(무용)	달님	원아				
6	세발자전거(게임)	유아	원아	17	방줍기(게임)	별님	원아
7	1½ (무용)	별님	원아	18	기마를타고(게임)	햇님	원아 엄마 아빠
8	점심시간			19	피노키오(무용)	무지개	원아
9	엄마와함께(무용)	무지개	원아	20	줄다리기	전체	전체
10	접시를깨뜨리자(게임)	전체	아빠	21	박터뜨리기	전체	원아
11	부채춤(무용)	별님	원아	22	폐회식		

- 494 -

6. 운동회의 환경조성

1) 포스터, 플랭카드, 화살표 만들기
- 학교운동장(운동회 장소)을 찾아가는 중간 중간 지점에

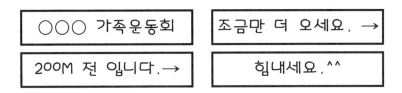

등의 문구를 적은 화살표나 포스터를 붙여둔다.

2) 현수막, 만국기로 축제 분위기를

진행 본부석에 현수막(무지개유치원 가족 운동회)을 걸고 운동장에는 만국기를 달아 축제분위기를 낸다. 이때 대기 장소에서 지루하지 않도록 활기찬 음악도 곁들여야 함을 잊지 않는다.

3) 배치도는 이렇게

본부석, 대기 장소, 게임장소, 화장실, 쓰레기 버리는 곳 등을 안내하는 배치도를 그려 입구에 붙여 놓으면 혼란을 막을 수 있다.

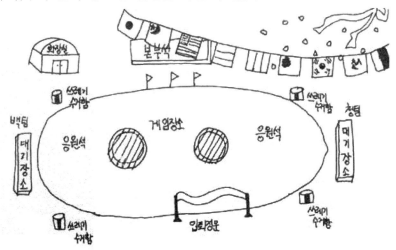

4) 쓰레기 분리수거함 마련

운동장 곳곳에 쓰레기 분리수거함을 마련해 놓으면 유치원 측의 교육적인 배려감이 눈에 띈다.

5) 청·백군을 알리는 이름표 만들기

참석대상을 미리 파악하여 청·백군을 알리는 이름표를 만들고 아래와 같이 이름을 써 놓은 후 도착하는 대로 가슴에 붙여준다.

(이름표: 썬팅지를 둥글게 오려 유성매직으로 쓴 후 접착부분만 떼어 붙이면 간편하다. 이름표 모양은 다양하게 활용─예, 하트, 별…)

7. 프로그램 진행의 실제

1) 개회식

(1) 입장식 : 행진곡에 맞추어 청·백팀 유아와 부모님이 함께 입장한다.
태극기는 양 팀 2명씩 4명의 유아가 들고 입장

(2) 개회사 : 원장님 개회사
"지금부터 제○회 ○○○유치원 가을운동회를 시작하겠습니다."

(3) 국민의례 :
국기에 대한 경례, 애국가제창(1절만)
─ 참가자 모두 나라를 사랑하는 마음과 국기에 대한 올바른 자세와 태도를 갖는다.

(4) **대회사** : 원장님 말씀

(5) **선수선서** : 개회가 선언되면 선수 대표가 나와 선서를 한다.

하나, 넘어져도 울지 않는다.
하나, 끝까지 달린다.
하나, 열심히 한다.
하나, 정정당당하게 한다.
○○○○년 ○월 ○일
선수대표 이천사, 이예쁜

(6) **준비체조** : 구령에 맞춰 게임을 하기
전 관절을 유연하게 하는 준비체조를
한다.

(7) **응원전** : 청·백팀 응원전을 펼친다.
사전에 연습한 구호와 응원가를
응원단장의 지시에 맞춰한다.

(8) **선수단 퇴장** : 부모님과 분리되어 선수석으로 퇴장

(9) **본게임** : 운동회 게임은 여러 종류가 있다.
주요게임 몇 가지를 소개해 보면 다음과 같다.

헐레벌떡 차차차

1) 목　표 : 협동심을 기른다.
　　　　　지시어를 잘 듣고 행동한다.
　　　　　민첩성을 기른다.
2) 대　상 : 아빠, 엄마
3) 준비물 : PVC 막대(1m50cm), 풍선
4) 방　법
　　① 양 팀 2열 종대로 선다.
　　② PVC 막대를 잡고 움직일 사람을 선정한다.(2명)
　　③ 사회자의 지시어를 잘 듣고 움직인다.
　　　　예) 위로 - 막대가 머리 위로 지나갈 수 있게 팀원들은 고개를 숙인다
　　　　　　아래로 - 막대가 발밑으로 지나갈 수 있게 팀원들은 높이 뛴다.
　　④ 막대를 잡은 두 사람은 원점으로 와서 풍선을 가슴에 안고 터뜨린다.

 날으는 양탄자

1) 목　표 : 협동심을 기른다.
　　　　　균형감각 및 민첩성을 기른다.
2) 대　상 : 어린이, 엄마
3) 준비물 : 양탄자, 매트
4) 방　법

　　① 어린이, 엄마로 나누어 2열 종대로 선다.
　　② 엄마 4명이 양탄자 사방 끝을 잡는다.
　　③ 어린이 1명을 양탄자 위에 태운다.
　　④ 반환점에 매트를 깔고 그곳에 어린이를 내려놓고 돌아온다.
5) 주의점 : 매트에 어린이를 내려놓을 때 다치지 않도록 유의한다.
6) 응　용 : 아빠 4명이 엄마 1명을 양탄자 위에 태우고 같은 방법으로 한다.

3 색종이 뒤집기

1) 목　표 : 색 변별력을 기른다.
　　　　　민첩성을 기른다.
　　　　　수 개념을 돕는다.
2) 대　상 : 어린이
3) 준비물 : 색종이
　　　　　(앞면-파란색, 뒷면-흰색)
4) 방　법
　　① 색종이를 반씩 펼쳐 놓는다.
　　② 호루라기를 불면 청팀은 파란색, 백팀은 흰색이 보이도록 뒤집는다.
　　③ 종료 호루라기를 불면 자기가 속한 팀으로 되돌아간다.
　　④ 어떤 색깔의 색종이가 많은지 함께 세어본다.

4 개미들의 합창

1) 목　표 : 협동단결심을 기른다.
　　　　　대 근육 발달을 돕는다.
2) 대　상 : 어린이 또는 엄마
3) 준비물 : 5m줄 6개, 신호용 총
4) 방　법
　　① 각 팀 6열종대로 나누어 서서
　　　마주본다.
　　② 줄을 가운데 놓는다.
　　③ 총 소리가 나면 가운데 줄 있는
　　　곳까지 달려가 줄을 자기편으로
　　　끌어당긴다.
　　④ 종료형 총 소리가 나면 줄이
　　　어느 팀으로 많이 끌려왔는지 확인 후 평가한다.

5 바구니를 채워라

보조자가 어깨에 맨 바구니에 콩 주머니를 넣는 게임
1) **준비물** : 콩 주머니, 바구니 2개, 보조자 2명
2) **방 법**
　① 보조자는 끈 달린 바구니를 어깨에 메고 움직인다.
　② 출발신호와 함께 달려 나가 바닥에 있는 콩 주머니를 바구니에 던져 넣는다.
　③ 일정한 시간동안 많이 넣는 팀이 이긴다.

 6 아빠의 사랑

1) **방 법**
　① 6인 1조로 아빠는 출발선에 엄마는 대기 선에 선다.
　② 출발신호와 함께 아빠가 달려가 대기 선에 있는 엄마를 등에 업고 결승
　　선까지 달린다.
2) **유의점** : 부부가 같은 조에 있어야 한다. 업고 달릴 때 넘어지는 것에 주의한다.

 7 파도타기

1) **방 법**
　① 원아들을 1~2열로 정열 시킨다.
　② 부모님은 서로 손을 잡고 2열로 정열 한다.
　③ 원아를 한명씩 부모님의 팔위에 태우고 반동을 이용하여 앞으로 이동
　　시킨다.
2) **유의점** :원아를 태우는 부모와 내리는 곳의 보조자는 받을 때 조심한다.
　　　　　　 팔위에 태운 원아를 심하게 이동시키지 않는다.

 8 장애물 경기

1) **준비물** : 매트 3개, 터널 3개, 책상 3개, 사탕
2) **방 법**
　① 출발신호와 함께 달려가 매트에서 앞구르기를 하고 터널을 통과하여 사

탕을 손을 사용하지 않고 먹는다.

② 사탕을 먹은 원아는 출발선으로 달려온다.

③ 릴레이로 실시하며 먼저 끝난 팀이 이긴다.

3) **유의점** : 원아의 수를 조정한다.

　　　　　　사탕을 먹은 원아는 그냥 달려온다.

 ## 막대 릴레이

1) **준비물** : 막대 3개, 반환점 3개

2) **방　법**

① 3~4명이 한 팀이 되어 막대를 잡고 선다.

② 출발신호와 함께 달려가 반환점을 돌고 돌아와 막대를 다음 팀에게 인계한다.

③ 먼저 끝나는 팀이 이긴다.

 ## 굴렁쇠 굴리기

1) **준비물** : 굴렁쇠 3개, 반환점 3개

2) **방　법**

① 출발신호와 함께 굴렁쇠를 굴려 반환점을 돌아와 다음 사람에게 인계한다.

② 먼저 끝나는 팀이 이긴다.

 ## 곤장치기

1) **준비물** : 주걱 3개, 매트 3개, 풍선

2) **방　법**

① 부부가 한조로 출발선에 선다.

② 엄마는 주걱과 풍선을 준비하여 아빠와 함께 매트 앞으로 달려간다.

③ 매트에서 아빠는 엎드리고 엄마는 풍선을 불어서 아빠 엉덩이에 놓고 주걱으로 때려 터뜨린다.

풍선 터뜨리기

1) **준비물** : 풍선, 고무 밴드 다수
2) **방 법**

   ① 출발선에서 풍선을 불어 고무 밴드를 이용하여 발목에 묶는다.
   ② 출발신호와 함께 나가 상대편의 풍선을 발로 터트린다.
   ③ "그만"이라는 신호와 함께 출발선으로 돌아온다.
   ④ 풍선이 많이 남은 팀이 이긴다.

 # 아기엄마의 외출 – 유아게임

1) **준비물** : 아기포대기(4개),빨래바구니(2개), 빨래감, 세탁건조대(2대),
   인형(4대)
2) **방 법**

   ① 양 팀 각각 1줄로 서서 숫자 확인 후 신호와 함께 출발한다.
   ② 선수는 인형을 업고 빨래 바구니에 빨랫감을 담은 후 신호와 함께 출발
   하여 세탁건조대를 반환점으로 건조대에 빨랫감을 넣고 돌아온다.
   ③ 릴레이 게임으로, 다음 선수는 준비를 하고 있다가 빨래바구니를 바톤으로
   출발한다.
3) **유의점** : 준비물 중 세탁건조대는 풍선과 리본테이프를 이용하여 꾸며 놓는다.

 # 세발자전거 – 유아게임

1) **준비물** : 세발자전거(4대), 반환점(2개)
2) **방 법** : 양 팀 각각 1줄로 서서 신호와 함께 자전거를 타고 출발, 반환점
   을 돌아오는 게임
3) **유의점** : 자전거에 색 테이프를 이용하여 장식하고 자전거 뒷부분에는 깡
   통을 매달아 달릴 때 소리가 나도록 한다.

15 밤 줍기 – 유아게임

1) **준비물** : 집게(2개), 바구니(밤을 담을 수 있는 것 2개), 밤,
    디스코 음악Tape
2) **방 법** : 출발선에서 음악에 맞추어 춤을 추다가 음악이 멈추면 출발하여
    신호가 울릴 때까지 밤을 주워 돌아오는 게임
3) **유의점** : 밤을 많이 주워온 팀이 이긴다.

 16 접시를 깨뜨리자 – 아버지게임

1) **준비물** : 앞치마(4개), 프라이팬(2개), 풍선(참석하시는 아버지 개수만큼)
2) **방 법** : 출발선의 선수는 앞치마를 하고, 프라이팬을 들고 준비, 출발신호
    와 함께 책상 위의 풍선을 터뜨리고 돌아온다.
3) **유의점** :프라이팬이 바톤임. 릴레이 경기

 17 풍선 터뜨리기 – 아버지, 어머니를 위한 게임

1) **준비물** : 풍선
2) **방 법** : 엄마와 아빠가 손을 잡고 함께 출발하여 포옹으로 풍선을 터뜨
    리고 돌아오는 게임
3) **유의점** : 풍선은 운동회 전날 넉넉히 불어서 김장용 비닐에 넣어 묶어 놓는다.

 18 새색시 물 길어오기 – 할머니 게임

1) **준비물** : 반환점(2개), 투명한 통(게임 끝난 후 물의 양을 확인할 수 있는
    것으로 준비-2개)
2) **방 법** : 물이든 항아리를 머리에 이고 반환점을 돌아오는 릴레이 경기, 항
    아리를 바톤으로 넘겨받아 마지막 선수가 끝날 때까지 물이 많이
    남은 팀이 이긴다.

나도 잘해요

< 제기차기 – 유아 >
1) 대 상 : 모두
2) 준비물 : 제기 20개 정도
3) 방 법 : 제기 차기는 민속놀이 중에 하나이다. 유아는 발로하기 어렵기 때문에 두 손을 겹쳐 위로 쳐서 올린다.
4) 주의점 : 손바닥에서 50cm 정도 올라 갈 수 있도록 교사가 시범을 보이는 것도 좋다.

< 홀라후프 돌리기 >
1) 대 상 : 부모님
2) 준비물 : 홀라후프 20개 정도
3) 방 법 : 지정된 시간 안에 가장 많이 한 사람, 목, 허리, 다리, 자신 있는 부위에서 돌릴 수 있게 한다.

 ## 바벨탑 쌓기

1) 대 상 : 유아 및 부모님
2) 방 법 : 유아들이 점심에 먹은 우유팩과 캔 등을 버리지 않고 모아 두었다 각 팀에 골고루 나누어 준 다음 5분 이내에 가장 높이 쌓은 팀이 이긴다.
3) 효 과 : 단결력과 협동심을 길러
4) 유의점 : 유아랑 같이 쌓아주는 것이 바람직하며 높이가 올라갈수록 유아가 쌓을 수 있도록 우유팩과 캔 등을 올려 준다.

▶ 운동회 프로그램

< 단독운동회 >

시간	내 용	대 상	준비물
10:00 ~ 10:30	◇ 개회식 1.전체입장 2.개회선언 3.국민의례 4.원장님 말씀 5.선서	전체	행진곡 및 국민의례 TAPE 마이크 태극기 청백기
10:30~ 10:40	◇ 준비체조	전체	음악Tape
10:40 ~ 12:00	1.어린이달리기 2.지구나르기 3.움직이는 바구니 4.나는양탄자 5.박터트리기	원아전체 엄마 원아전체 원아,엄마, 아빠 원아전체	신호용총, 결승선 큰공 콩주머니,바구니 양탄자2,매트 박,콩주머니
12:00~ 13:00	점 심 식 사	전체	동요Tape
13:00 ~ 14:50	1.다함께 체조를 2.스트레스 해소 　하는 날 3.색종이 뒤집기 4.개미들의 대행진 5.장애물경기 6.졸업생달리기 7.나도 옛날에는 8.아빠의 사랑 9.줄다리기	전체 엄마 유아 유치또는 엄마 아빠 초등생 할아버지, 할머니 엄마,아빠 전체	음악Tape 매트,터널,유니 바,반환점 풍선,고무밴드 색종이 양탄자, 매트 신호용총,결승점 끈,반환점 바턴,결승선 줄다리기줄
14:50 ~ 15:20	◇ 폐회식 1.전체입장 2.정리체조 3.성적발표및시상 4.원장님 강평 5.광고 6.폐회선	전체	행진곡 및 체조 Tape 마이크 시상품
15:20~ 15:30	◇ 주변정리	자연보호	쓰레기봉투

< 연합운동회-3개유치원 >

시간	내 용	대 상	준비물
10:00 ~ 10:30	◇ 개회식 1.전체입장 2.개회선언 3.국민의례 4.원장님 말씀 5.선서	전체	행진곡 및 국민의례 TAPE 마이크 태극기 청백기
10:30~ 10:40	◇ 준비체조	전체	음악Tape
10:40 ~ 12:00	1.어린이달리기 2.지구 나르기 3.움직이는 바구니 4.나는 양탄자 5.박터트리기	원아전체 엄마 원아전체 원아,엄마, 아빠 원아전체	신호용총, 결승선 큰 공 콩주머니,바구니 양탄자2,매트 박,콩주머니
12:00~ 13:00	점 심 식 사	전체	동요Tape
13:00 ~ 14:50	1.다함께 체조를 2.스트레스 해소 　하는 날 3.색종이 뒤집기 4.개미들의 대행진 5.장애물경기 6.졸업생달리기 7.나도 옛날에는 8.아빠의 사랑 9.줄다리기	전체 엄마 유아 유치또는 엄마 아빠 초등생 할아버지, 할머니 엄마,아빠 전체	음악Tape 매트,터널,유니 바,반환점 풍선,고무밴드 색종이 양탄자, 매트 신호용총,결승점 끈,반환점 바턴,결승선 줄다리기줄
14:50 ~ 15:20	◇ 폐회식 1.전체입장 2.정리체조 3.성적발표및시상 4.원장님 강평 5.광고 6.폐회선	전체	행진곡 및 체조 Tape 마이크 시상품
15:20~ 15:30	◇ 주변정리	자연보호	쓰레기봉투

< ○○○유치원 가족운동회 >

시 간	내 용	대 상	준비물
10:30 ~ 10:50	◇ 개회식 1.어린이입장 2.개회선언 3.국민의례 4.원장님 말씀(선생님 소개) 5.선서 6.응원전	전체	마이크 음악테이프 태극기 선서판 구급약품
10:50 ~ 11:00	◇ 준비체조 1.동그라미 체조 2.스턴트 체조	전체	음악테이프
11:00 ~ 12:00	1.어린이 달리기 2.어머니 달리기 3.큰 공 굴리기 4.헐레벌떡 차차차 5.조심조심 뛰세요 6.나를 터뜨려 주세요	원아 엄마 원아, 엄마 아빠, 엄마 할아버지, 할머니 원아	신호용총, 결승선 신호용총, 결승선 큰 공, 반환점 P.V.C 풍선 큰 공, 풍선 박, 콩 주머니
12:00~ 13:00	◇ 즐거운 점심시간	전체	휴지통
13:00 ~ 14:00	1.가족에어로빅 (아기염소, 트위스트어게인) 2.날으는 양탄자 3.아빠의 사랑 4.나도 옛날에는 5.개미들의 합창 6.사뿐사뿐 달려요 7.색종이 뒤집기 8.줄다리기	전체 원아, 엄마 원아 원아 조부모 아빠, 엄마 형, 누나 전체	음악테이프 매트, 양탄자 선물 선물 줄 바턴, 결승선 색종이 줄다리기 줄
14:00 ~	◇ 폐회식 1.어린이입장 2.정리체조- 저팔계 3.성적발표 및 시상 4.원장님 강평 5.광고 6.원가제창 7.폐회선언	전체	마이크 시상품
	◇ 주변정리	자연보호	비닐봉지

2) 폐회식

(1) 입장식
개회식 때 입장하던 장소에 집결하여
입장한다.

(2) 정리체조
사회자의 인도에 따라 정리체조를
한다.

(3) 성적발표 및 선물증정
양 팀의 점수를 알아보고 선물을
증정한다. 가급적이면 총점으로
처리하여 어린이들 모두가 기쁨을
갖게 한다.

- M·V·P 가족 : 가장 열심히 게임에 참여한 가족
을 뽑아 MVP 가족상을 주어 격려한다.

원장님 말씀 : 하루 동안의 일을 생각하며 원장님의
말씀을 듣는다.

3) 운동회 평가 및 반성

(1) 모든 준비는 잘 진행 했는가?

(2) 뜻 깊은 하루가 되었는가?

(3) 모든 물건과 쓰레기는 잘 정리되었는가?

(4) 아이들이 질서와 규칙은 잘 지켰는가?

(5) 가장 힘들고 어려웠던 점은 무엇이며 왜 그랬을까 생각한다.

(6) 운동회가 끝나고 난 후 다음의 항목들을 점검한 후 내년 행사에 반영한다.

(7) 운동회에 많은 아이들이 참가할 수 있었는가?

(8) 날씨와 시기는 적절했는가?

(9) 유아에게 안전사고는 없었는가?

(10) 운동회의 프로그램은 잘 진행됐는가?

(11) 경기의 준비물은 적절히 사용했는가?

(12) 경기의 심사는 공정했는가?

(13) 준비, 진행하는 교사들의 호흡이 잘 맞았는가?

(14) 사후처리는 잘 되었는가?

4) 운동회를 끝내고

(1) 운동회가 끝난 뒤 참가자를 대상으로 운동회에 대한 평가를 받아 본다.

(2) 운동회의 한 영역에 '참가 소감란'을 두어 기록하게 한다.

(3) 가정 통신문이나 엽서를 보내어 소감을 받아본다.

(4) 운동회가 끝난 다음날 미술 영역시간에 유아에게 "기억에 남는 운동회"란 주제로 그림을 그려 보게 한다.

(5) 운동회 때 실시했던 간단한 경기나 게임을 야외놀이시간에 유아들 스스로 즐 길 수 있도록 유도한다.

(6) 교사들은 각자 평가서를 작성하여 반성의 시간을 갖는다.

★ 평가서의 예

○○○유치원의 운동회를 끝내고

코스모스반 교사 ○○○

　　운동회를 위한 예행연습 없이 진행하였기 때문에 유아들이 더욱 흥미롭게 참여했으나 진행 과정에서 약간의 미숙함이 보이기도 했다. 내년도에는 운동회 프로그램 안내장에 경기 참여 방법에 대한 소개도 삽입하기로 하였다.

　　운동회 일정은 별 무리 없이 잘 진행되었다.

　　그러나 운동회를 일정한 순서에 따라 전체적으로 진행할 경우 참여하는 시간보다는 순서를 기다리거나 참관하는 시간이 상대적으로 길어질 수 있다.

따라서 유아를 대상으로 하는 운동회에서는 자유선택활동방식을 운동회에 도입하여 운동장을 대략 15~20종 내외의 다양한 경기가 동시에 진행할 수 있도록 분할한 뒤, 활동을 준비해 주어, 유아와 학부모들이 정해진 시간동안 자유롭게 운동경기종목을 선택하며 활동할 수 있도록 계획해 보는 것도 고려해 볼 만한다.

부록 5

한마음 체육대회

1. 행사 목적

e-비즈니스 솔루션 시장의 리더로서 세계 최고의 기업으로 성장하기 위한 계기 마련 과 ○○년 IBM의 일류 인재와 조직의 협력을 위한 화합의 장을 마련

2. 행사 개요

행 사 명 : ○○년 한마음 체육대회
행사일시 : ○○년 ○월 ○○일(○)
행사장소 : 외환은행 신갈연수원 운동장
참석대상 : 한국 IBM(주) 임직원(약1,200명)
주   최 : 한국 IBM(주)

3. 행사 일정표

구 분	시 간	항 목	내 용
도착	09:00~09:30	도착 및 정렬	장소 집결, 도착 → 정렬
1부	09:30~10:00	공식 행사	입장 및 정렬 / 개회식 / 준비 체조
2부	10:00~10:20	한마음 체전 1	파도타기 / 퀴즈 OX / 배짱으로 합시다
	10:20~12:00		구기 종목 / 치어쇼 및 행운권 추첨
	12:00~13:00	점심 식사	점심식사, 점심식사 이벤트
	13:00~14:00	한마음 체전 2	명랑 운동 경기 4종목
	14:00~14:50	단축 마라톤대회	전원이 함께 하는 단축 마라톤
3부	14:50~15:50	단합의 한마당	단합의 시간 및 진기록 경연대회
4부	15:50~16:00	시상 및 폐회식	선수정렬 → 성적 발표 및 시상 → 폐회사 → 그린타임

4. 행사 기본 내용

▶ 개회식   시간   :
09:30~10:00

구 분	항 목	시 간	내 용	비고
개회사	개회 통고	09:30~09:31	한마음 체육대회의 시작을 알리는 멘트	공식MC
	개회 선언	09:31~09:32	개회 선언문 낭독	특수효과
	선수대표선서	09:32~09:38	남여 선수 대표의 선서	
	대 회 사	09:38~09:45	한국IBM(주) 대표이사의 말씀	
	공지사항 전달	09:45~09:50	행사 일정 및 주요 사항 안내	
	진행자 소개	09:50~09:52	총 진행자 인사 → 체조 안내	
	체 조	09:52~10:00	치어댄싱팀의 스트레칭의 율동 체조	

▶ 한마음 체전   시간   :
10:50~14:30

구 분	항 목	시 간	내 용	비고
한마음 체전 1	파도타기	10:00~10:10	- 단체전 도입 한마음 게임 - 10열종대로 선 상태에서 대표선수 2명이 2인1조로 짝을 이루어 긴 밧줄을 들고 앞에서 뒤로 갈 때는 발 아래로 통과하고, 앞으로 올 때는 머리 위로 줄을 잡고 뛰는 게임, 왕복 3회를 먼저 하는 팀이 승리	
	OX 퀴즈 팀 별 응원석 이 동	10:10~10:30	문제를 듣고 맞으면 O, 틀리면 X 쪽으로 이동하는 경기(시사, 회사 관련, 유머 문제로 구성) 팀 별 이동 : OX퀴즈에서 탈락한 인원은 각 팀 별 지정 위치로 이동하여 대형 정렬 → 구기 종목 경기 준비	

▶ 구기 종목

구 분	항 목	시 간	내 용	비고
한마음 체전 1	파도타기	10:20~12:00	-팀별응원전 : 치어리더의 리드에 맞추어 팀별로 개성 있는 팀 파워 연출	예선 전 후 치어리더 공연/ 행운권추첨 / 동점 시 승부차기 진행
	축 구		선수 구성 : 팀별 20명 방법 : - 예선전(전 후반 없이 20분, 2경기 진행) - 결승전(전후반 15경기, 휴식 5분) 규칙 : 총 4개 팀 중 2팀씩 예선전을 치루고 3,4위전 없이 결승전을 한다. 예선전 경기는 20명씩 운영하며 공은 2개로 운영한다. 결승전은 정식 축구 경기와 동일하며 FIFA규정에 준한다. 경기에 승리한 팀은 점수 배점에 의거하여 종합점수에 가산한다.	
	이 동		선수 구성 : 각 팀 30명 방법 : 3전 2선승제(예선 2, 결승 1경기) 규칙 : 공격권을 잡으면 3회 이내에 공격해야 하며 공을 공격수 위로 넘기면 공격권이 넘어간다. 5분 진행 후 수비수의 숫자로 승패 판정	
	족 구		선수 구성 : 팀별 10명(1,2세트 전원 인원 교체 / 3세트 인원 10명 중 자유 선발 5명) 방법 : 15점 1세트, 3전2선승제 규칙 : 총 4개 팀 중 2개 팀씩 예선경기를 치른다. 한국족구협회 규칙 적용	

점심식사 / 점심식사 이벤트

운영시간 : 12:00~13:00(60분)

참 가 자 : 전원, 자율 참여

상   품 : 최고 기록자 수상 (주최사와 협의)

기본운영 : 점심식사를 일찍 마친 참가자와 대기 중인 참가자는 누구나 손쉽게 참가할 수 있는 종목으로 진행, 일정 기준을 통과하면 즉석에서 상품 증정.

1. **행운의 다트 게임** : 제작된 대형 다트 판에 다트 판을 2회 던져 합한 점수를 측정해는 경기 최고 기록자 1명 수상(3세트)
2. **나도 찬호처럼** : 특수 제작된 피칭판에 일정 거리에서 스트라이크 존에 볼을 던져 통과하면 성공, 연속 성공자를 기록하여 최고 기록자 1명 시상.
3. **트리플 농구** : 링이 3개 달린 농구골대에 자유투를 시도하여 3개의 링을 모두 통과하면 성공, 최고 기록자 1명 시상(남, 여 거리 지정)
4. **토호 경기** : 일정 거리에서 떨어져 있는 항아리에 화살을 던져 넣는 경기, 연속으로 가장 많은 화살을 넣는 사람 1명에게 시상(5세트 설치)
5. **나이스 슛! 굿 슛!** : 일정 거리에 떨어져 있는 홀 컵에 퍼팅을 시도하여 성공시키는 경기 최고기록자 1명 시상(5세트 설치)
6. **해머 치기** : 망치로 목표물을 가격하여 남녀별로 가장 높은 높이까지 추가 올라가는가를 측정하는 경기, 최고 기록자 1명 시상

▶ 명랑운동회 세부 종목

구 분	항 목	시 간	내 용	비고
한마음 체전 1	한마음 응원전	13:00~13:10	- 단체전 도입 한마음 게임 - 10열종대로 선 상태에서 대표선수 2명이 2인1조로 짝을 이루어 긴 밧줄을 들고 앞에서 뒤로 갈 때는 발 아래로 통과하고, 앞으로 올 때는 머리 위로 줄을 잡고 뛰는 게임, 왕복 3회를 먼저 하는 팀이 승리	치어리더 팀별 2명
	특명! IBM	13:10~13:20	인원구성 : 각 팀 남 100, 여 10 방법 : 한 조의 남자 대표 선수 10명이 래프팅용 대형 보트를 들고 여자 대표 선수 1명을 태운 채로 반환점을 되돌아오는 릴레이 경기	
	IBM 드림팀	13:20~13:30	인원 구성 : 남 4, 여 2 방법 : - 참가자는 순서를 정하여 A지점 (무대 앞)과 B지점(무대 맞은편)으로 이동 - A지점 출발 자는 캐릭터 인형을 착용하고 1)터널통과, 2)악어통과 후 B지점의 주자에게 바통을 넘겨주면 B지점 주자는 3)그물통과, 4)타이어통과 후 A지점 주자에게 바통을 인계한다. 6명의 주자가 릴레이로 진행하여 가장 먼저 들어오는 팀이 승리하는 경기 - 각 팀원 1명은 운동장을 반 바퀴 돌면서 위의 4가지 장애물을 통과하는 경기 - 주자는 대형 바통을 이용한다.	

구 분	항 목	시 간	내 용	비고
한마음 체전 2	하모니 스페이스 하모니 IBM	13:30~13:45	인원 구성 : 각 팀 전체 방법 : - 모든 선수에게 팀별 색깔이 다른 풍선을 1개씩 나누어 주고 대형 투명 원형 비닐에 풍선을 담아 기둥을 만드는 경기 - 제한된 시간 내에 가장 규모 있고 멋진 모양으로 만든 팀이 승리	
	퓨처 시너지	13:45~14:00	인원 구성 : 각 팀 일반선수 남 200 대표선수 남 7, 여 3 방법 : 폭이 1m 정도 되는 대형 천을 서로 마주 잡고 반동을 이용하여 대표선수를 출 발선에서 도착점까지 나르면 도착지에 도착 한 대표 선수들이 반환점 앞에서 피라미드 를 만들고 최종 주자가 피라미드의 맨 위에 서 자기 팀의 현수막을 먼저 펼쳐 보이면 승리	
	단축 마라톤	14:00~14:45	모든 참가자가 참여 / 남자부와 여자부로 구별하여 10위까지 시상 방법 : - 경기 코스는 행사장 주변으로 결 정하며 도로를 가로지는 코스는 배제하고 최종 도착지인 운동장을 한바퀴 돈 후 결승 점에 골인하는 것으로 정한다. - 진행요원은 출발 지점, 도로 주변, 반환점 등에서 코스 이탈자를 사전에 방지한다. 낙오자를 위한 구급차를 동반한다. 참가자 음료 서비스는 2곳(1.5km, 2.5km)을 설치하 며 컵을 이용하여 지급한다.	

▶ 프로그램 배정표

구 분	종목 \ 배정	1위	2위	3위	4위	비고
한마음 체전 1	파도타기	150	100	80	50	
	OX 퀴즈	150	100	80	50	
	한마음 응원전	100	80	50	50	
	축 구	200	150	100	100	
	피 구	200	150	100	100	
	족 구	150	100	50	50	
한마음 체전 2	한마음 응원전	100	80	50	50	
	특명 IBM	150	100	80	50	
	IBM 드림팀	150	100	80	50	
	하모니 스페이스 하모니 IBM	150	100	80	50	
	진행자 소개	150	100	80	50	
	마 라 톤	100	50	50	50	

▶ 단합의 한마당 세부 내용

항 목	시 간	내 용	비 고
도 입	14:50~14:55	전체 임직원 무대 앞 집결 전원이 함께 부를 수 있는 노래 합창 및 게임 (재미있는 난센스 퀴즈와 유머로 분위기 유도)	레크리에이션 지도자
치어댄스	14:55~15:00	치어리더 응원단의 공연(전체 분위기 고조)	
도 전 진기록 대회	15:00~15:40	전원이 함께 즐기는 시간으로, 사회자의 재치 있는 진행으로 최고의 진 기록자 선발대회 : 팀별 대표 참가 희망자 선발 1) 맥주 빨리 마시기 대회 2) 몸무게 합이 120kg인 남녀 커플 뽑기 3) 사탕 많이 물기 4) 코로 풍선 크게 불기 5) 훌라후프 돌리기	즉석 상품지급
임원초대 시간	15:40~15:45	IBM 임원들을 즐거운 게임 진행(꽤꽥 소리 전 달 게임 / 풍선 펌프 대결)	
우리는 하나	15:45~15:50	손에 손 잡고 - IBM 임직원 모두가 한마음이 되어 손에 손 을 잡고 합창하며 단합의 한마당을 마무리 - 신입 사원이 노래를 리드하며 전 직원이 함 께 한다(임원 함께 참여) - 사랑으로	

▶ 시상식 및 폐회식 세부 내용

항 목	시 간	내 용	비 고
시상식 및 행운권 추첨	15:50~15:54	체육대회 시상 / 행운권 추첨 1,2,3 등	
대표이사 총평	15:54~15:59	IBM 대표이사 오늘 행사의 강평	
폐회 선언	15:59~16:00	IBM 클럽 회장님의 행사 폐회 선언 폐회 선언 시 팡파르 운영, 특수효과 연출	
그린타임	16:00~	각 팀별로 운동장, 행사장 주위를 청소	쓰레기통 준비

행사 기획법 – 가족행사

▶ 백일·돌잔치 일정표

순서	구 분	내 용	비 고
1	연회 준비	체육대회 시상 / 행운권 추첨 1,2,3 등 축하 카드 작성 : 덕담을 2~3줄 정도 주문	음 악
2	개식사	지금부터 ○○○ 린이의 백일잔치를 시작하겠습니다.	팡파르
3	주인공 입장	오늘 주인공인 ○○○ 어린이와 부모님께서 입장하시겠습니다. (어린이를 부모가 앉고 입장)	
4	주인공 소개	오늘 주인공은 ( )님과 ( )의 장남인 ( ) 어린이입니다.	카드함
5	돌잡이	미래의 직업을 생각해 보는 돌잡이를 진행하겠습니다. (쌀, 실, 연필, 붓, 돈, 등 준비)	
6	케이크 커팅	어머니 아버지께서 축하케이크 촛불에 점화하시겠습니다. 촛불을 점화하는 의미는 앞으로 더 열심히 그리고 건강하게 키우겠다는 다짐의 표현입니다.	케이크 음 악
7	덕담 및 카드 낭독	부모가 어린이를 앉고 테이블마다 인사들 드리면 각 테이블의 하객께서는 어린이에게 덕담을 한 마디씩 해주시기 바랍니다.	마이크 카드함
8	사진 촬영	행사가 끝나면 사진 촬영	

▶ 약혼식 일정표

순서	구 분	내 용
1	개식선언	오늘 ( )군과 ( )양의 약혼식 사회를 맡은 ( )입니다. 양가 어머니들께서는 주빈석에 마련된 초에 점화하여 주십시요. 바쁘신 중에도 식을 빛내주시기 위해 이 자리에 참석해 주신 데 감사드리며 지금부터 ( )씨의 ( )남 ( )군과 ( )씨의 ( )녀 ( )양의 약혼식을 거행하겠습니다.
2	예비신랑신부소개	예비 신랑 신부의 학력과 현재 하고 있는 일을 소개하고 예비 신부는 자리에서 일어나 인사한 뒤 자리에 앉는다.
3	양가 가족 소개	양가 가족을 소개하겠습니다. (신랑측 어른부터 차례대로 소개) 사주와 결혼 택일 단자 교환이 있겠습니다. 먼저 신랑측 어머니께서 신부측 어머니에게 사주를 전달해 주시기 바랍니다. 다음으로 신부측 어머니께서 신랑측 어머니께 결혼 택일 단자를 전달하시겠습니다. 신부 아버지는 사주를 꺼내 읽어보고 신랑 아버지는 택일을 확인한다 → 양가의 어머니는 예물을 꺼내본 후 각각 신랑 신부 앞에 놓는다.
4	예물교환	다음은 두 사람의 앞날에 축복이 함께 하고 영원한 사랑을 약속하는 뜻으로 정성껏 마련한 예물 교환이 있겠습니다. 예비신랑이 먼저 예비 신부에게 예물을 전달하고 이어서 신부가 신랑에게 전달한다.
5	케이크 커팅	두 주인공들이 미래를 축복하는 축하케이크 나눔의 시간입니다.
6	축 배	축배는 신랑 측이나 신부 측 어른 중 한 사람이 제의
7	축 가	예비 신랑 신부의 약혼을 축하하기 위한 축하 연주(축가)가 있겠습니다.
8	양가대표인사	양가 대표의 인사가 있겠습니다. 예비 신부 부모님께서 먼저 인사한 후 예비 신랑 측의 부모님이 인사를 한다.
9	여 흥	지금부터 즐겁게 식사를 해 주시고 간단한 한마음의 시간이 마련되어 있습니다.
10	폐회식	이상으로 ( )군과 ( )양의 약혼식을 모두 마치겠습니다. 양가를 대신하여 참석해 주신 여러분께 다시 한번 감사드립니다.
11	기념촬영	양가 가족께서는 기념 사진 촬영에 응해 주시기 바랍니다.

▶ 결혼식 일정표

순서	구 분	내 용
1	안내 방송	하객을 식장으로 유도(2~3회)
2	화촉 점화	이제 오늘의 성스러운 예식을 위하여 양가 모친께서 축복의 촛불을 점등하는 순서가 있겠습니다. '양가 모친께서는 손을 잡고 촛불에 점화하여 주십시오" (양가 어머님 맞절 및 내빈께 인사 후 자리에 착석)
3	사회자 인사	저는 오늘 사회를 맡은 신랑 ( )군의 친구 ( )합니다.
4	개식사	지금부터 내빈 여러분을 모신 가운데 ( )님의 ( )남 ( )군과 ( )님의 ( )녀 ( )양의 결혼식을 시작하겠습니다.
5	주례 입장	(사회자 유도에 따라) 주례 입장 : 주례선생님 약력 소개(사회자는 사전에 약력을 받아서 준비한다)
6	신랑신부 입장	신랑 입장이 있겠습니다. 뜨거운 격려의 박수로 축하해 주시기 바랍니다. 오늘의 주인공인 신부 입장이 있겠습니다. 축하의 박수로 맞이하여 주시기 바랍니다.
7	신랑신부 맞절	신랑 신부 맞절(서로 마주 본다 : 주례선생님이 유도) 이제 두 사람의 입장을 마치고 다음은 하객 여러분과 가족 앞에서 성인의 예를 드리는 맞절의 순서가 있겠습니다.
8	혼인서약	혼인서약(단상을 향해 선다) : 존경하는 주례선생님으로부터 귀중한 혼인서약을 받는 순서가 되겠습니다.
9	성혼성언문 낭독	성혼성언문 낭독 : 혼인서약에 이어 이제 두 사람의 완전한 부부 됨을 선언하는 혼인선언문 낭독이 있겠습니다.
10	주례사	주례사 전 : 다음은 존경하는 주례선생님으로부터 결혼생활의 좌우명으로 삼을 귀한 말씀을 듣는 순서가 되겠습니다. 주례사 후 : 두 사람에 대한 따뜻한 격려와 새 가정에 귀감이 될 소중한 주례사가 계셨습니다.
11	축하 연주	다음은 두 분의 행복을 기원하는 축하 연주가 있겠습니다.
12	내비께 인사	신랑, 신부 양가 부모님께 인사(신부측 / 신랑측) 신랑, 신부 내빈께 인사
13	신랑신부 행진	이제 신랑 신부의 행진이 있겠습니다.
14	폐식사	이상으로 신랑 ( )군과 신부 ( )양의 결혼식을 모두 마치겠습니다.
15	안내방송	식사 안내 방송 및 기념 촬영

행사 기획법 – 학교행사

▶ 뒤뜰 야영 일정표

구분	항목	시간	내용	비고
제1일	집결 및 이동		인원점검, 이름표 지급 부모님께 어린이 특별보호사항 취합 : 현재 먹고 있는 약, 습관, 잠버릇 등	
	도 착	~12:00	차내 개인 소지품 확인 / 참가자 행사장 안내 및 멀미 환자 파악 , 야영장 천막 설치	
	점심식사	12:00~13:00	야외취사 : 담임선생님은 식사 예절 지도	
	숙소이동	13:00~13:30	숙소 이동 및 개인 소지품 정리, 휴식	
	입촌식	13:30~14:00	캠프 대장 인사말, 담임선생님 소개, 일정 안내 : 실내행사장이 있을 경우 실내에서 진해	
	정적인 프로그램	14:00~15:00	숙소 이동 및 담임 선생님과의 대화 - 캠프 물자 배부 : 가방, 노트, 필기구 등 조별 단합대회 준비 : 팀명, 구호 깃발제작	
	수 영	15:00~17:00	안전요원 필히 배치, 식염수를 준비하여 수영 후 눈세척 샤워실 안전 사고 대비	
	휴 식	17:00~17:30	환자 파악 및 휴식	
	저녁식사	17:30~18:30	야외 취사 : 조별로 시간대를 편성하여 식사 조별 '참참참' 콘테스트(맛있는 음식을 만든 조에게 점수 부여)	
	만남의 밤	18:30~21:30	조별 단합대회 - 발표대회 : 팀명, 팀 구호, 팀 깃발 등 레크리에이션(전문 레크리에이션 강사를 섭외하여 진행) 캠프파이어 / 촛불 의식	
	정 리	21:30~22:00	환영의 밤 시간에 모기 방지를 위한 숙소 점검 / 숙소 이동 및 환자 파악, 간식 제공 : 과일 등으로 준비, 세면, 인원 점검, 취침 준비 : 청결 상태, 취침복 확인, 부모님께 편지 쓰는 행사도 가능	
	취 침	22:00~	진행본부는 불침번 운영 : 실내 온도 수시 확인(모기향 및 환자 파악)	
제2일	기 상	~07:00	기상 체조(레크 댄스/에어로빅)	
	아침체조	07:00~07:30	침구류 정리, 아침 체조, 세면 등 의상 및 양말을 새것으로 갈아입도록 유도	
	아침식사	07:30~09:00	야외 취사 식사 및 교육 준비	
	테마 프로그램	09:00~12:00	캠프 취지와 목적에 맞는 프로그램 운영 : 수영, 과학, 스포츠, 환경교실 등 명랑운동회나 수영 프로그램으로 진행 가능	
	점심식사	12:00~13:30	점심식사 숙소 정리 및 소지품 정리	
	퇴촌식	13:30~14:00	인사말 / 단체사진	
	이동 및 귀가	14:00~	야영 기간 특별 사항(생활기록부) 부모님께 전달 / 모든 참가자가 부모님과 만나는 것을 필히 확인하고 행사 종료	

▶ 1박 2일 캠프 일정표

구분	항 목	시 간	내 용	비고
제1일	집결 및 이동		사전 초편성 완료(조별 10~15명이 적당), 인원점검, 이름표 지급, 어린이 특별보호사항 취합(현재 먹고 있는 약, 습관, 잠버릇 등) 차내 레크리에이션 진행 : 차량 이동 시간은 2시간이 적당	
	도 착	~12:00	차내 개인소지품 확인 / 참가자 행사장 안내 및 멀미 환자 파악	
	점심식사	12:00~13:00	식당 메뉴 사전 확인 , 계약 : 필요하다면 간식까지 계약 / 담임선생님은 식사 예절 지도	
	숙소이동	13:00~13:30	식사 후 숙소 이동 / 개인 소지품 정리, 휴식	
	입촌식	13:30~14:00	캠프 대장 인사말, 담임선생님 소개, 일정 안내: 실내행사장이 있을 경우 실내에서 진행 단체 촬영 및 조별 촬영 : 촬영 후 인화하여 퇴촌식 시간에 배부	
	정적인 프로그램	14:00~15:00	숙소 이동 및 담임선생님과의 대화 - 캠프 물자 배부: 가방, 노트, 필기구 등 단합대회 준비 : 팀명, 구호, 깃발, 문패 제작	
	수 영	15:00~17:00	안전요원 필히 배치 식염수를 준비하여 수영 후 눈 세척 샤워실 안전사고 대비	
	휴 식	17:00~17:30	환자 파악 및 휴식	
	저녁식사	17:30~18:30	조별로 시간대를 편성하여 식사	
	만남의 밤	18:30~21:30	조별 단합대회 - 발표대회 : 팀명, 팀 구호, 팀 깃발 등 레크리에이션(전문 레크리에이션 강사를 섭외하여 진행) / 캠프파이어 / 촛불의식	
	정 리	21:30~22:00	환영의 밤 시간에 모기 방지를 위한 숙소 점검 / 숙소 이동 및 환자 파악 간식 제공 : 과일 등으로 준비 세면, 인원 점검, 취침 준비 : 청결 상태, 취침복 확인 부모님께 편지쓰기 행사도 가능	
	취 침	22:00~	진행본부는 불침번 운영 : 실내 온도 수시 확인(에어콘, 선풍기, 창문 등)	
제2일	기 상	~07:00	기상	
	아침체조	07:00~07:30	침구류 정리, 아침 체조, 세면 등 의상 및 양말을 새것으로 갈아입도록 유도	
	아침식사	07:30~09:00	식사 및 교육 준비	
	테마 프로그램	09:00~12:00	캠프 취지와 목적에 맞는 프로그램 운영 : 수영, 과학, 스포츠, 환경 교실 등 명랑운동회나 수영 프로그램으로 진행 가능	
	점심식사	12:00~13:30	점심식사 숙소 정리 및 소지품 정리	
	퇴촌식	13:30~14:00	인사말 / 단체사진 및 기념품 증정	
	이동 및 귀가	14:00~	캠프 특별사항(생활기록부 등)을 부모님께 전달 / 모든 참가자가 부모님과 만나는 것을 필히 확인하고 행사 종료	

▶ 1박 2일 O·T 일정표

항 목	시 간	내 용	비고
도 착	~00:00	사전 예약한 장소: 실내체육관 또는 시민회관, 예술회관 등 학부(학과)별로 사전 좌석 배정 / 입장 시 안내 행사 일정표 배부 : 기념품을 제작했다면 동시지급	
사회자 등 장	00:00~00:10	사회자 등장 : 사회자 인사 및 분위기 조성 프로그램 진행	
초청강연	00:10~00:50	학교 출신 유명 인사 또는 행사 의도와 부합되는 유명강사	
오리엔테이션	00:50~01:20	학생회 대표 인사 총장님 소개 및 환영 말씀 각 기관 소개, 부서장 인사, 학교생활 안내 학교 또는 학부, 학과 소개 총학생회 임원 소개 교가 배우기 행사 내용 소개 등	학교 자체 의전 행사에 맞게 구성
축하공연1	01:30~01:45	학교 응원단, 보컬, 댄스, 합창부, 풍물패와 같은 동아리의 축하공연 학교 출신 연예인 / 인기 연예인으로 구성	
게 임	01:45~02:00	사회자의 레크리에이션 : 학교 전통 게임도 병행하여 진행	
축하공연2	02:00~02:15	상기 출연진으로 구성	
베스트 새내기 선발전	02:15~02:50	OX 게임, 가위바위보왕, 댄스왕, 가수왕, 즉석 커플상 등의 내용과 학교 전통 아이템을 병행하여 진행	
대단원	02:50~02:55	피날레 퍼포먼스	
귀 가	02:55~	집으로 귀가	

▶ 2박 3일 스키캠프 일정표

시간/날짜	제1일	제2일	제3일
08 : 00	집결 / 점검	아침식사	
09 : 00	이동 차내 프로그램 점심식사	스키 스쿨 2	자유 스키
10 : 00			
11 : 00			
12 : 00			장비 반납 / 정리
13 : 00	오리엔테이션 스키반 배정	점심식사 / 휴식	점심식사
14 : 00		스키 스쿨 3	폐회식
15 : 00	스키 스쿨 1		서울로 이동 도착 해산
16 : 00			
17 : 00			
18 : 00	숙소 배정 / 자유시간	장비 보관 / 휴식	
19 : 00	저녁식사		
20 : 00			
21 : 00	레크리에이션 Group-dynamics	가요제 운영 캠프파이어	
22 : 00			
23 : 00	조별 시간 / 취침		

▶ 3박 4일 스키캠프 일정표

시간/날짜	제1일	제2일	제3일	제4일
08 : 00	집결 / 점검	아침식사		
09 : 00				
10 : 00	이동 차내 프로그램 점심식사	스키 스쿨 1	스키 스쿨 3	자유 스키
11 : 00				
12 : 00				장비 반납 / 정리
13 : 00		점심식사 / 휴식		점심식사
14 : 00	개회식			폐회식
15 : 00	오리엔테이션	스키 스쿨 2	스키 스쿨 4	
16 : 00				서울로 이동 도착 해산
17 : 00	숙소 배정 / 자유시간			
18 : 00		장비 보관 / 휴식		
19 : 00	저녁식사 / 자유 이벤트			
20 : 00				
21 : 00	환영의 밤	자유시간	댄스 · 가요제 운영	
22 : 00		FRIEND PARTY		
23 : 00		조별 모임	캠프파이어	

행사 기획법 – 기업 및 단체행사

▶ 창립 행사 일정표

구분	항목	시간	내용	비고
칵테일 파티	도 착		안내 데스크 운영 : 명찰, 방명록, 좌석 안내	
	칵테일 파티		조기 참석자를 위한 칵테일 바 운영 분위기 조성을 위한 실내 음악 운영	
	입 장		지정 테이블로 착석 VIP 안내 : 사전에 동선 계획 수립	
공식 행사	오프닝	5/5	프롤로그 퍼포먼스 형식으로 진행 - 테마 무용, 대북공연, 테크니컬 축하쇼 등	
	개회식	10/15	개회선언 국민의례 연혁 보고	
	시상식	10/25	우수 사원 수상 : 장기근속자 등	
	기념사	10/35	대표이사	
	축 사	5/45	내빈 대표	
만찬	케이크 커팅	5/50	대표이사, 사원 대표, 초청 인사	
	축배 제의		대표이사 : 사전에 주류 세팅	
	저녁식사	40/90	식사 중 BGM, 뮤직비디오, 현악단 등 운영	
단합의 한마당	축하공연	10/100	사내 및 외부 공연팀(Opening)	
	각종 경연대회	60/160	사회자 : 연예인이나 전문 강사 레크리에이션, 장기자랑, 댄스 및 가요 경연대회	
폐회식	시상 및 폐회식	15/75	경연대회 시상식 행운권 추첨 폐회사 사가 제창, 폐회 선언 등	
	피날레	5/180	전체 합창한 후 행사 마무리 퇴장할 때 기념품 증정	

▶ 야유회 일정표

구 분	시 간	내 용	비고
행사준비	~11:00	행사장 디스플레이 : 현수막 설치, 음향, 진행 소품, 상품	
행사장 도착	11:00~11:10	사회자 안내 멘트 행사장 분위기를 조성하는 경쾌한 음악 연주 행사장 입장식 대열로 정렬	
입장식	11:10~11:15	각 상가별 구성된 팀(2개팀 또는 4개팀)으로 입장	
개회식	11:15~11:30	대표이사 인사 개회 선언 경과보고	폭죽 특수효과 배경음악
중 식	11:30~13:00	준비된 도시락 식사 휴식 시간을 이용하여 자유 이벤트	
명랑운동회	13:00~14:30	정식 운동회가 아니라 누구나 참여할 수 있 는 명랑 운동 경기	
한마음의 시간	14:30~15:30	전체가 하나 될 수 있는 시간으로 노래자랑 위주로 운영 : 팀별 노래자랑, 팀별 장기자랑, 행운권 추첨	
폐회식	15:30~16:00	시상식 / 폐회선언 : 전체 행사의 마무리 시간으로 주변 정리 및 공지 사항 전달	
휴식 및 출발	16:00~	승차 : 인원 파악 및 출발 집으로 귀가	

▶ 송년 행사 일정표

구분	항 목	시 간	내 용	비고
열린마당 (개회식)	사전준비 및 점검	~18:00	시스템 및 디스플레이 최종 점검 : 음향, 무대, 특수효과, 현수막 등 시스템 기술 리허설 실시 행사 관련 인원 모두 대기	
	착석완료	18:00~·19:00	부서별로 좌석 배열 : 부서별 좌석 제일 앞에 본부 안내 표지 세팅 VIP 입장 완료	
	오프닝 댄스	19:00~19:05	MC 멘트로 행사의 의미와 시작을 고지 : 댄스팀의 화려한 댄스로 축제의 시작을 알리는 시간	
	개회선언	19:05~19:10	MC 등장, 인사 및 개회 선언	
	대 회 사	19:10~19:15	사장님 대회사 / 원고 별도 준비	
한마음 마당 (축제)	MC 등장	19:15~19:30	초청 진행자의 등장 → 단합의 한마당 시작 멘트 및 인사 : 대상에 맞는 시사 유머로 사전 분위기 조성	
	장기자랑 1	19:30~19:50	사전 예선을 통과한 장기자랑 1~3번 팀 공연	
	축하공연 1	19:50~20:10	축하공연1(이미테이션 가수 : 샤크라) : 히트곡 4~7곡 공연 후 인터뷰 / 행운권 추첨	
	장기자랑 2	20:10~20:40	장기자랑 참가팀 7~9팀 공연	
	장기자랑 3	20:40~21:00	장기자랑 참가팀 10~12팀 공연	
	MC 타임	21:00~21:20	관객 대상의 시간 : 난센스 퀴즈 / 댄싱퀸, 퀸선발	
	VIP와 함께	21:20~21:30	대표이사 및 임원을 무대로 모셔서 전 임직원에 대한 치하의 말씀과 노래를 들어 보는 시간(사전 섭외)	
	축하공연 2	21:30~21:50	축하공연 2(이미테이션 가수 : 핑클) : 히트 곡 2~3곡 공연 후 인터뷰	
	시상식	21:50~22:10	장기자랑 결과 발표 / 장기근속자 및 우수자 시상식 → 폐회사	
	피날레	22:10~22:30	초청 가수와 참가자가 모두 손에 손을 잡고 조용한 노래를 합창하며 행사의 의미를 되새겨 보는 시간	

▶ 산행대회 일정표

구분	항 목	시 간	내 용	비고
결의의장	집 결	08:00	행사장 세팅(현수막, 안내판) 개인별, 조별 지급품 준비, 지급(조 깃발, 조별 상황표, 의약품, 문구류)	참가자 복장(모자, 운동화)
	개회선언	08:00~08:30	지금부터 (주)이벤트링크 한마음 산행대회를 시작하겠습니다.	
	대표이사 말씀		대표이사의 인사말씀	
	한마음 선서		참가자 대표의 선서문 낭독(직급별)	선서문, 파일
실천의장	오리엔테이션 출발게임	08:30~09:00	진행자 소개 공지사항 전달 1. 산행의 목적 2. 출발, 도착 시 보고 요령(포스트 운영지침) 3. 평가기준 4. 사고방지를 위한 유의사항 간단한 준비운동 출발 시간 체크	
	1 포스트	09:00~12:00	체력 단련 : 산을 오르기 전에 기초 체력단련	쓰레기봉투 산불조심
	2 포스트		정상에서 만납시다(함성 포스트) : 정상에서 조 전체가 동시에 소음측정기에 소리를 질러 공동체 의식 표출	
	3 포스트		유연성 테스트(조별 난센스 퀴즈)	
성취의장	숲속음악회	12:00~13:30	도착 후 도착 보고 및 식사 → 모두 도착할 때까지 음악 감상 음악회는 다양한 장르의 음악으로 지루하지 않게 공연	
	단합의 시간 폐회식	13:30~15:00	한마음 합창, 분위기 조성 레크리에이션 조별 산행 소감 발표(몇 개 조만) 시상식(행운권, 삼행시), 대표 강평, 폐회식	

▶ 체육대회 일정표

구 분	시 간	내 용	비고
사전 준비 완료	~08:00	행사 준비, 최종 점검 및 리허설	
행사장 집결	08:00~09:00	참가자 입장 시 배경 음악	
개회식	09:00~09:20	선수 입장, 개회 선언, 국민의례, 개회식, 선수 선서	배경음악
준비체조	09:20~09:35	댄스 음악에 맞춘 율동 체조	전문지도자
파도타기	09:35~09:45	첫 번째 경기는 전체가 참여하는 경기	전체참여경기
전체 O X 게임	09:45~09:55	탈락한 참가자는 팀 좌석으로 이동	전체참여경기
응원전	09:55~10:00	구기 종목에 앞서 분위기 조성을 위한 합동 응원전	
구기 종목 예선	10:00~11:00	축구A조, 배구A조, 족구A조	
	11:00~12:00	축구B조, 배구B조, 족구B조	
점심식사	12:00~13:00	분위기에 맞게 도시락이나 뷔페 이용	10개 종목
중간 놀이마당	13:00~13:55	오후 행사 분위기를 조성하기 위한 치어공연	
치어쇼	13:55~14:00	행사 분위기 조성을 위한 치어쇼	
구기 종목 결승	14:00~15:00	축구 / 배구 / 족구	
명랑 운동 경기	15:00~16:00	의미를 부여하는 공동체 프로그램(가급적 많은 인원 참여)	4~6종목
글로벌 릴레이	16:00~16:20	400m, 600m 직급별 계주	
단합의 한마당	16:20~17:20	레크리에이션, 장기자랑, 축하공연, 댄스파티	
시상 및 폐회식	17:20~17:30	종합시상, 폐회사, 사가 제창, 행운권, 폐회선언, 공지사항	
그린 타임	16:30~16:40	팀별, 구역별로 정리정돈	

재미있는 유머모음

◑ 한석봉 아버지

어느 날 아들이 아버지에게 물었다.

"아빠! 아빠는 불 끄고 글씨 쓸 수 있어?"

아버지는 "물론이지" 하고 자신만만하게 대답했다.

그랬더니 아들이 하는 말,

"그럼, 불 끄고 여기 성적표에 사인 좀 해주세요."

◑ 레스토랑에서

오랜만에 고급 레스토랑에 간 가족, 부담스러운 가격임에도 스테이크를 시켰다.

배불리 먹었는데도 음식이 많이 남자, 그냥 두고 가기가 아까웠다.

아버지는 음식을 싸달라고 하기에 조금 민망한 생각이 들어 웨이터에게 둘러댔다.

"여보게, 웨이터! 남은 음식은 싸주게, 집에 개가 있어서....."

그때 너무 똑똑한 아들이 말했다.

"아빠, 집에 갈 때 개 사갈 거야?"

◑ 교회에서 생긴 일

아버지와 아들이 교회에 갔다. 한 참 기도 중에 아버지가,

"오, 우리 하나님 아버지....."

그러자 아들이 같이 눈을 감으며

"오 우리 하나님 할아버지......"

그러자 아버지는 아들에게 속삭였다.

"너도 하나님 아버지라고 하는 거야."

아들이 고개를 끄덕하며,

"아빠한테도 아버지고 나한테도 아버지야?"

아버지가,

"그렇지. 우리 아들 똑똑하구나! 이제 알겠지?"

아들이 마지못해 하는 말,

"그래 형............"

◑ 장래 희망은

아이가 하루는 어린이집에 갔다 와서는 말했다.

"엄마, 나 커서 아인슈타인 같은 사람이 될래요."

엄마는 아이가 기특해서 물었다.

"그래, 그런데 아인슈타인 이 뭐 하는 사람인데?"

그러자 아이가 말했다.

"아이 참, 엄마는 그것도 몰라? 우유 만드는 사람이지."

◑ 엽기적인 꼬마

대학을 졸업하고 처음 발령받은 유치원에서 생긴 일이다. 미술시간이었는데 특별히 주제가 생각나지 않아서,

"여러분~, 세상에서 가장 좋아하는 걸 그려보세요!"

라고 했더니 다들 열심히 그리기 시작했다. 꽃을 그리는 아이, 나비를 그리는 아이 등등 너무나 귀엽고 사랑스러웠다. 그런데 한 아이가 검정색 크레파스를 꽉 움켜쥐고서 스케치북에 마구 칠하는 게 아닌가! 순간 그 아이가 자폐증을 앓고 있다는 생각이 들어 조심스레 다가가 다정하게 물었다.

"지금 뭘 그리고 있니?"

아이가 대답하기를,

"김 그리는데요!"

◑ 아버지가 좋아하지 않으시겠지만

농장에서 일을 하던 젊은이가 실수하여, 옥수수를 잔뜩 실은 마차가 길에 쓰러졌다. 때마침 근처에 사는 농장 주인이 식사 준비를 하다가 그 모습을 보고는 소리쳤다.

"여보게 젊은이, 그런 건 잠깐 잊고 들어와서 저녁이나 함께하세! 저녁 먹고 나서 같이 마차를 세워 주겠네."

"고맙습니다만 아버지는 제가 그렇게 하길 원치 않으실 겁니다!"

"그러지 말고 어서 들어오게나."

농부의 끈질긴 권유에 마지못해 젊은이는 승낙해버렸다.

"아버지가 좋아하지 않으시겠지만, 그렇게 하지요."

그 젊은이는 저녁을 푸짐하게 잘 먹고 나서 주인에게 고맙다고 인사했다.

"이제 기분이 훨씬 좋아졌군요. 하지만 아버지가 노발대발하실 거에요."

"바보 같은 소리 좀 하지 말게. 그런데 자네 부친은 지금 어디 계신가?"

그러자 젊은이는 가슴 아픈 듯 한 표정으로 대답했다.
"마차 밑에 계십니다."

🌓 바닷가에서

어떤 가족이 여름 피서로 바닷가에 놀러 갔다.
파도가 좀 심했음에도 불구하고 튜브를 가지고 물속에 들어갔다. 아들이 좀 깊은 곳까지 가려고 하자 엄마가 붙잡았다.
"어디를 가니? 파도가 심한데, 위험하잖니!"
"근데 아빠는 왜 깊은 곳까지 가?"
아들이 물었다. 그러자 엄마가 말했다.
"아빠는 보험 들었잖아."

🌓 새 이름으로

만득이는 문서 작성 후 저장할 디스켓이 부족해서 친구의 것을 빌렸다.
그런데 친구의 디스켓에는 '참새.hwp', '까마귀.hwp', '독수리.hwp'등의 문서 이름이 잔뜩 있는 것이었다.
만득이는 너무도 궁금하여 친구에게 물었다.
"너 조류 연구하냐?"
"아니 왜?"
"근데 왜 문서 이름이 무슨 까마귀, 참새, 독수리냐?"
그러자 친구 왈,
"저장만 하려고 하면 컴퓨터가 '새 이름으로 저장' 하라잖아!"

🌓 소원을 들어주는 죽

한 선비가 마을을 지나다 어느 여인이 정한수를 떠 놓고 치성 드리는 것을 보았다.
"이보시오. 목이 말라 그러니 그 물을 마시게 해 주면 안 되겠소?"
여인이 말했다. "이것은 물이 아닙니다."
"물이 아니면 뭐요?"
"죽이 옵니다"
"아니, 죽을 떠 놓고 지금 뭐하는 거요?"
그러자 여인이 하는 말,
"옛 말에 죽은 사람 소원도 들어준다고 하지 않았습니까."

◑ 이상한 전화

젊은 여자가 의사를 찾아왔다.

양쪽 귀가 뻘겋게 부어올라 있었다.

"아니 세상에, 어쩌다 이렇게 된 거죠?" 놀란 의사가 소리쳤다.

"집에서 다리미질을 하고 있는데, 전화벨이 울리잖아요. 얼떨결에 그만 다리미로 전화를 받았지 뭐에요."

그녀가 설명했다.

"그런데, 다른 한쪽은 어떻게 된 거에요?"

의사가 다시 물었다.

여자가 대답했다.

"전화가 또 오더라구요."

◑ PT체조

군대에서 PT체조를 하고 있었다. PT체조를 할 때에는 반드시 마지막에 구호를 붙이지 않는다. 그런데 꼭 마지막에 어떤 군인이 "열!" 이러는 거였다.

열 받은 조교,

"다시 처음부터 시작한다~앗! 20회 실시!"

군인들 짜증내며 "하나! 둘! 셋......."

마지막에 또 그 남자, "스~물!" (ㅡ..ㅡ;)

여기저기서 들려오는 야유~. 그렇게 100회까지 실시를 해도 그는 마지막 구호를 꼭 붙이곤 했다.

더 이상 방법이 없다고 생각한 조교

"저놈 때문에 더 이상 안 되겠다. 이제부턴 노래에 맞춰 한다. 시작!"

그래서 군인들은 노래를 부르면서 PT체조를 시작했다.

(<둥글게 둥글게> 노래를 합창한다.)

　"둥글게 둥글게~ 하나

　　둥글게 둥글게~ 둘

　　빙글빙글 돌아가며 춤을 춥시다~ 셋

　　손뼉을 치면서~ 넷

　　랄라랄라 즐거웁게 춤추자!"

이렇게 노래가 끝나고, 구호도 끝나는 것이 원칙이다.

근데 뒤에서 은은히 들려오는 그 남자의 목소리,

"딩가 딩가 딩~가 딩가 딩가딩....."

황당한 산모 이야기

어느 산모가 진통이 시작되어 병원으로 실려 오는 도중 엘리베이터에서 아기를 낳고 말았다. 산모는 창피함과 민망함에 고개를 못 들고 눈물만 흘렸다.
간호사가 말하길,
"울지 마세요. 작년에는 병원 앞 풀밭에서 아기를 낳은 사람도 있어요."
그러자 산모가 더욱 크게 울며 하는 말이,
"그때 그 사람이 바로 저예요! 흑흑흑."

침대가 따뜻한 이유

아들이 성장하여 군대에 가게 되었다. 어머니는 추운 겨울 외아들을 군대에 보내고 난 후, 너무너무 보고 싶은 마음에 일주일에 한 번씩 편지를 보냈다.
시간은 흘러 어느 여름날, 어머니는 평소와 마찬가지로 아들에게 편지를 썼다.
'보고 싶은 내 아들. 네가 얼마나 그리운지 모른다. 아직도 네 침대에는 너의 온기가 그대로 어려 있는 듯 따스하구나. 흑~'
그로부터 한 달 후, 그토록 기다리던 아들에게서 편지가 왔다.
'보고 싶은 어머님께. 제 방 침대시트 밑에 있는 전기장판을 깜빡 잊고 그냥 입대 했네요. 꺼주세요.'

우는 아기 달래기

한 젊은 아버지가 골목에 나와 우는 아기를 달래느라 진땀을 흘리고 있었다.
"봉팔아 화내지 마라. 봉팔아 화내지 마."
마침 한 아주머니 가 길을 지나다 그 모습이 정겨워 보여 말을 건넸다.
"에그, 젊은 양반이 고생이네. 우는 아기 달래는 일은 짜증나기 마련이지. 참을성 많은 아빠로구먼. 근데, 아기 이름이 봉팔 이유?" 그러자 젊은 아버지가 대답했다.
"제가 봉팔 인데요."

시체들의 사연

부검실에 세 구의 시체가 들어왔다. 그런데 시체 모두 웃고 있는 것이었다. 그래서 검시관이 물었다.
"아니 시체들이 왜 웃는 거요?"
"첫 번째 시체는 일억 원짜리 복권에 당첨되어 심장마비로 죽은 사람이고, 두 번째 시체도 심장마비인데 자기 자식이 일등하자 충격을 받아서 죽은 사람입니다."

"그럼 이 세 번째 사람은요?"

"이 세 번째 사람은 벼락을 맞았습니다."

"벼락을 맞았는데 왜 웃고 있죠?"

"네, 사진 찍는 줄 알고 그랬답니다."

🕐 장수하는 비결

한 아가씨가 경치 좋은 시골 마을을 여행하다 호숫가 통나무집 앞에서 흔들의 자에 앉아 쉬고 있는 노인을 보았다.

"어르신, 참 행복해 보이시네요. 이렇게 장수하는 비결이 뭔가요?"

노인은 퉁명스럽게 대꾸했다."나는 하루에 담배 세 갑을 피우고 일주일에 위스키 한 상자를 마시며 기름진 음식을 즐겨먹소, 운동은 전혀 안 하오."

"정말 대단하시네요. 실례지만 연세가 어떻게 되시죠?"

"스물여섯이오."

🕐 황당한 낚시

정신병원에서 치료를 받고 있는 맹구가 변기통에서 신나게 낚시를 하고 있었다.

"고기 잘 잡혀요?"

"당신 미쳤어? 변기통에 물고기 가 어디 있어?"

그러자 의사는 맹구가 정신을 되찾았구나 하고 기뻐했다.

맹구는 의사가 돌아가자 주위를 둘러보더니 이렇게 말했다.

"휴~,좋은 낚시터 빼앗기는 줄 알았네."

🕐 수능시험

수능시험 보는 날이었다. 아무리 못 봐도 300점은 맞아야 한다고 다부지게 결심하고 집을 나선 수험생. 어머니가 시험 잘 보라고 격려하며 대문 밖까지 배웅해 주는데 옆에 있던 일곱 살짜리 여동생이 큰소리로 외쳤다.

"오빠, 100점 맞고 와!"

🕐 바다가 우리를 가를지라도

서울 여자가 애인에게 닭살 돋을 만큼 애교스런 목소리로 물었다.

"자기야. 음, 아주 차갑고 추운 바다를 뭐라고 하게?

애인 왈, "썰렁해."

서울 여자가 더욱 달라붙으며,

"그럼 자기야. 아주 뜨겁고 더운 바다를 뭐라고 그러게?"

애인은 얼굴 붉어지며. "음....그건 사랑해!"

"맞아, 맞아. 우리 자기 최고!"(쪼~옥)

그 광경을 지켜보던 경상도 여자가 남자인 자기 애인에게 무지 애교스럽게 말했다.

"이보라카예. 질문 하나 해도 되나예?"

"퍼득 해봐라."

"있잔아예. 억수로 차갑고예 살가죽 에리게끔 추운 바다를 뭐라카는 줄 아능교?"

"썰렁해 아이가."

"참말로 맞심니더. 그라믄예 겁나게 뜨거웁고 오라지게 더분 바다는 뭐라카능교?"

"아~참, 이 문디 가시나 그걸 문제라고 썼나?

억수로 열바다 아이가? 열바다!"

🕐 결혼작전

한 남자가 청혼하자 여자가 말했다.

"저는 용기 있고 머리도 좋은 남자와 결혼하고 싶어요."

"지난번 보트가 뒤집혔을 때 제가 당신을 구해주지 않았습니까? 그걸로 제 용기가 증명되지 않았나요?"

"그것으론 충분하지 않아요. 머리도 좋아야 되는걸요."

그러자 남자가 기뻐하면서,

"그거라면 염려 탁 놓으십시오. 그 보트 뒤집은 게 바로 저거든요."

🕐 할아버지의 소원

부부가 결혼한 지 25년이 되었다. 두 사람이 그 날을 기념하고 있는데 요정이 나타나서, 그 동안 두 사람 금실이 좋았으니 소원 한 가지씩을 들어 주마 했다. 부인이 먼저 말했다.

"우리는 그 동안 워낙 가난하다보니 세상구경을 못했어요. 세계일주를 해봤으면 좋겠네요."

요정이 지팡이를 흔들자 항공권이 나왔다. 다음은 남편 차례. 60세였던 그는 이렇게 말했다.

"난 나보다 서른 살 젊은 여자와 살았으면 좋겠구먼."

그 말을 들은 요정이 지팡이를 흔들자 남자는 90세 노인이 되었다.

🕐 섬마을 노처녀의 맞선

오랜만에 섬마을 처녀에게 맞선 자리가 하나 들어왔다. 드디어 맞선 보는 날이 되자 섬 처녀는 아침부터 때 빼고 광을 냈다. 그리고 미용실에 가서 아줌마한 테 김희선 보다 더 예쁘고, 심은하 보다 더 섹시하게 해달라고 했다.

앗, 근데 배 떠날 시간이 다 된 게 아닌가. 그래서 얼른 마무리를 하고 선착장 으로 달려갔다. 그 배를 놓치면 평생 후회하게 될 일이 생길지도 모르므로 젖 먹던 힘까지 내서 뛰었다.

아뿔싸, 이를 어쩌나! 벌써 배는 떠났는지 부두에서 2미터 정도 떨어져 있는 게 아닌가.

'저거 놓치면 안 된다. 무슨 수를 써서라도 저거는 꼭 타야 된다……'

그녀는 힐을 벗어 양손에 쥐고 배를 향해 점프!

그러나 죽을힘을 다해서 팔을 뻗었건만 바다로 빠지고 말았다.

이 광경을 지켜보던 뱃사람들이 일제히 나와 혀를 찼다.

"아, 뭐시 그리 급한겨. 10초만 기다리면 도착하는디……."

🕐 방귀소리 때문에

한 쌍의 연인이 커피숍에서 커피를 마시고 있었다. 그런데 여자가 갑자기 방귀 가 뀌고 싶어졌다.

여자는 한참을 고민하다 남자에게 '사랑해!' 라고 크게 외치며 그 순간을 이용 해 방귀를 뀌기로 결심했다.

여자는 자기가 생각해도 너무 기발한 아이디어라며 곧 실행에 옮겼다. 남자에 게 꼬옥 안기며 그녀는 "사, 랑, 해!" 라고 외쳤다. 그러고는 방귀를 뿡뿡뿡 뀌 었다. 여자가 성공이라고 생각하는 순간 남자 하는 말,

"뭐라고? 방귀소리 땜에 못 들었어!"

🕐 결혼한 이유

결혼한 지 삼 개월 지난 부부가 다정히 앉아 미스코리아 선발대회를 시청하고 있었다. 그런데 갑자기 부인이 남자의 팔짱을 끼면서 다정한 목소리로 말했다.

"여보, 자기는 내가 저 10번처럼 섹시해서 결혼했어? 아니면 16번처럼 예뻐서 결혼했어?"

한참을 멍하니 아내를 쳐다보던 남편이 말했다.

"그런 당신의 유머감각 때문에 결혼했지."

◑ 누굴 탓 하겠나

자유로에서 한 신사가 시속 130킬로미터로 차를 몰고 가다가 교통경찰관 에게 걸렸다. 그러자 신사는 자기보다 더 속도를 내며 지나가는 차들을 보고 너무 억울해서 경찰에게 대들었다.

"아니, 다른 차들도 다 속도위반인데 왜 나만 잡는 거요?"

그러자 경찰이 태연하게 말했다.

"그럼 댁은 낚시터에 있는 물고기를 몽땅 잡을 수 있소?"

◑ 버스기사 아저씨의 투철함

한 버스와 승용차가 앞서거니 뒷서거니 질주하고 있었다. 화가 난 승용차 운전사가 삿대질하며 버스를 세우라고 소리를 질러댔다. 버스기사가 조용히 차를 세우자 승용차 운전사가 욕을 해대며 올라탔다.

버스기사는 아무 대꾸도 없이 버스 문을 닫고 출발했다. 승용차 운전사가 급히 손잡이를 붙잡고는,

"니 지금 뭐 하노? 빨리 버스 못 세우나?"

라고 말하니까 버스기사 가 한마디 했다.

"벨 눌러!"

◑ "다"나"까"

작대기 한 개를 얻기 위해 모진 고생을 다하여 발발 기던 훈련소 시절이 있었다. 교관이 훈련병한테 말했다.

"너희들은 이제 더 이상 사회인이 아니다! 앞으로 사회에서 쓰던 말투를 버려라! 모든 질문에 대한 대답은 '다' 나 '까' 로 끝을 맺는다. 모두 알아듣겠나?"

"알았다."

그러자 교관이 버럭 화를 내며,

"다시 한 번 반복한다. 모든 질문의 끝은 항상 '다' 나 '까' 로 끝난다! 무슨 소린지 알아듣겠나?"

그러자 훈련병이 일제히 대답했다.

"알았다니까!"

◑ 얄미운 머리카락

한 대학생이 있었다. 그는 머리카락이 너무 없어서 고민을 하다가 마침내 심기로 결심을 했다.

대학 4년 간 열심히 아르바이트를 했다. 졸업할 즈음, 그동안 땀 흘려 번 돈을 몽땅 털어 머리를 심을 수 있었다. 그 남자는 머리를 보며 흡족했다.

움츠렸던 어깨를 쫙 펴고 기쁜 마음으로 집에 들어갔는데,

어머니 떨리는 목소리로,

".........너 영장 나왔어!"

🌓 엽기적인 그녀

늦은 오후, 북적이는 버스에 승객들 사이를 비집고 드센 아주머니 한 분이 탔다. 아주머니는 버스 안을 둘러보고는 가장 만만해 보이는 여학생의 자리로 갔다. 그러나 여학생은 모른 척 창밖을 내다보고 있었다.

그러자 아주머니 왈,

"아니, 요즘 애들은 버릇이 없어. 나이 많은 사람이 앞에 서 있으면 양보를 해야 하는데 좀처럼 양보를 안 한단 말이야."

그러자 그 여학생 왈,

"그럼 아줌마가 할머니에요?"

화가 난 아주머니가 소리를 지르며,

"아니, 어른이 말씀하시는데 어디다 눈을 똥그랗게 뜨고 있어?"

그러자 당돌한 여학생이 외치는 한마디,

"그럼 아줌마는 눈을 네모로 뜰 수 있어요?"

".............."

🌓 뛰 는 놈 위에 나 는 놈

어느 작은 마을에서 생긴 일이다. 장난감 가게 주인에게 속상한 일이 생겼다. 장사가 잘되기로 소문난 이 가게 바로 왼쪽 옆에 다른 장난감 가게가 들어선 것이다. 새로 문을 연 가게는 커다란 간판을 내걸었다.

'최상품 취급'

며칠 후, 이번엔 오른쪽에 또 다른 장난감 가게가 문을 열었다. 그 가게도 커다란 간판을 내걸었다.

'최저가격 보장'

졸지에 두 가게 중간에 끼이게 된 주인은 며칠 밤을 고민했다. 그리고 커다란 간판을 내걸었다.

그 간판에는 이렇게 씌여 있었다.

"출입구."

◑ 운전사의 협박

오늘도 승객들은 만원 버스 안에서 이리 밀리고 저리 밀리며 시달리고 있었다. 아침인데도 습하고 더운 기운이 버스 안을 꽉 메우자 운전기사는 에어컨을 틀었다. 사람들이 버스를 타면 뒤로 들어가야 될 텐데 앞쪽에 몰려 있자 버스기사는 "뒤로 좀 들어가세요." 라고 연신 큰소리로 말했다. 그러나 버스 안에 있던 대부분의 사람 들이 움직이질 않았다.

그러자 못 참겠다는 듯이 운전기사가 한마디 했는데, 그게 바로 효과가 있었다.

"그래도 안 들어가면 히터 틉니다!"

◑ 네가 비켜라

어두운 어느 날 밤, 선장이 저 멀리 희미한 불빛을 보고 신호를 보냈다.

"방향을 20도 바꾸시오!"

그러자 저쪽에서도 신호가 왔다.

"당신들이 바꾸시오!"

기분이 상한 선장은 다시 신호를 보냈다.

"난 이 배의 선장이다!"

"난 이등 항해사다!"

자존심이 상한 선장, 다시 신호를 보냈다.

"이 배는 전투함이다! 당장항로를 바꿔라!"

그러자 저쪽에서 오는 신호를 보고 선장의 얼굴이 빨개졌다.

"여긴 등-대-다!"

◑ 에디슨이 잘하는 것은?

어느 집에 공부를 못하는 한 아이가 있었다. 하루는 화가 난 어머니가 아들을 앉혀놓고 말했다.

"아니 넌 누굴 닮아서 그렇게 공부를 못하니? 제발 책상에 앉아서 공부 좀 해라!"

그러자 아들은 미안한 기색이 전혀 없이 당당하게 어머니에게 말했다.

"엄마, 엄마는 에디슨도 몰라? 에디슨은 공부는 못했어도 훌륭한 발명가가 됐어, 공부가 전부는 아니잖아!"

그러자 화가 난 어머니가 아들을 향해 소리쳤다.

"얌마! 에디슨은 영어라도 잘했지!"

◑ 수의사 의 명답

내노라 하는 의사들이 한자리에 모였다. 그 가운데에는 수의사 한 사람도 끼여 있었다. 늘 권위 세우기를 좋아하는 한 의사가 수의사를 향해 비아냥댔다.

"당신은 개나 돼지만 고친다면서요?"

그러자 수의사가 빙그레 웃으며 말했다.

"네, 그렇습니다만 어디가 불편하십니까?"

◑ 어느 철학교수

한 철학교수가 조그마한 배를 타고 강을 건너다가 사공에게 말을 걸었다.

"당신은 철학을 아시오?"

"웬걸입쇼" 하며 사공은 머리를 저었다.

교수는 "당신은 인생의 삼분의 일을 헛 살았구려. 그럼 문학은 좀 아오?" 하고 다시 물었다.

"아니요. 전혀 모르는 뎁쇼" 라고 사공이 대답 하자 교수는 대뜸,

"당신은 인생의 삼분의 이를 헛산 거요" 라고 말했다.

그때 마침 배가 바위에 부딪혀 가라앉게 되었다.

그때 사공이 교수에게,

"선생님, 수영할 줄 아십니까?" 라고 다급하게 물었다.

"아니오. 전혀 못 하오."

교수는 허우적거리며 겨우 말했다.

그러자 사공이,

"그럼 선생님은 인생을 몽땅 헛산 것이 되겠군요."

◑ 친구 바보 만들기

1. 친구에게 '코카콜라'를 입술 안 붙이고 말해보라고 시킨다.
   이상하게 입 모양을 해가며 헤 메는 친구를 향해,
   "코카콜라는 원래 입술 안 붙이고 말해."

2. "벙어리가 슈퍼에 가서 칫솔 달라고 어떻게 하는 줄 알아?"
   이러면 친구는 손으로 칫솔질 시늉을 하며, "이렇게.........."
   "음........그럼 장님이 슈퍼 가서 지팡이 달라 할 땐 어떻게 하는 줄 알아?"
   친구가 손으로 지팡이 질 시늉을 하고 있다면,
   "쯧쯧, 말로 하면 되는 걸 가지고."

3. "야, 새로운 아이큐 테스트 방법이 나왔는데 들어봐.

무슨 이야기를 했을 때 모르는 경우

아이큐 150은 "Oh, I do not know" 라고 하고

아이큐 130은 "I don't know."

아이큐 100은 "No."

그리고 아이큐 80 이하나 저능아는 "아니 또는 몰라 한데."

(그 다음 친구를 의심스럽게 바라보며 묻는다)

"너 이거 어디서 들은 거지?" "아니."

헉! 때는 늦었다. 친구는 아이큐80 이하로 떨어지고 만다.

4. "너 두 발로 걷는 쥐가 뭔지 알아?"

"아니."

"미키마우스잖아. 그럼 두 발로 걷는 개는?"

".........구피!"

"그럼 두 발로 걷는 오리는?"

(친구는 거의 반사적으로 말한다)

"도날드 덕!"

"원래 오리는 다 두발 로 걸어."

◑ 놀부와 스님

고약하고 인색하기로 소문난 놀부가 대청마루에 누워 낮잠을 자고 있었다.

그런데 한 스님이 찾아와 말했다.

"시주받으러 왔소이다. 시주 조금만 하시지요."

놀부는 코웃음을 치며 빨리 눈앞에서 사라지라고 소리쳤다. 그러자 스님이 눈을 감고 불경을 외우기 시작했다.

"가나바라 가나바라 가나바라……"

놀부가 그걸 듣고는 눈을 지그시 감고 중얼댔다.

"주나바라 주나바라 주나바라……"

◑ 힌트

역사 시험에 다음과 같은 문제가 출제되었다.

"조선시대 신분 계급 중 가장 낮은 계급은?"

선생님은 TV에서 사극을 한 번만 보았어도 충분히 맞힐 수 있는 문제라고 말

했다.

학생들은 대부분 '천민'이라고 정답을 적었지만, 엉뚱한 답을 쓴 학생도 있었다. 그 학생의 답안지에는 이렇게 적혀 있었다.

'쉰네'

◑ 포스터 그리기

고등학교 미술시간. 선생님께서는 화재 예방에 관한 포스터를 그리라고 하셨다. 나는 하얀 연기가 피어오르는 는 담배 위에 빨간색으로 금지표시판 달랑 그려놓고 오른쪽에 세로쓰기로 '자나 깨나 불조심 꺼진 불도 다시 보자'라고 써 넣었다. 너무도 간단히 그림을 마무리하고 심심했던 나는 다른 친구들의 그림을 감상하기로 했다. 여기저기 둘러보던 중 나는 엄청난 그림을 발견했다. 정말 천재가 아니고선 그릴 수 없을 것 같은 그 그림! 거기에는 소가 담배를 물고 있고 개가 라이터로 불을 붙여주는 그림이었다. 그리고 옆에 써 있는 표어는 '개나 소나 불조심'

◑ 학기말 시험

크리스마스 직전에 치른 학기말 시험지에 배짱 두둑한 학생이 이렇게 썼다.

'이 문제의 정답은 하나님만 아실 겁니다. 메리크리스마스!'

새해가 되어 돌려받은 시험지에는 이렇게 적혀있었다.

'하나님은 A, 너는 F다. 새해 복 많이 받아라!'

◑ 종례시간에

수업이 끝나고 종례를 기다리던 나는 생리적 현상을 더 이상 참을 수 없어서 몰래 화장실을 다녀왔다. 볼일을 끝낸 나는 담임선생님께 혼날까 봐 뒷문으로 조심스럽게 들어갔는데 이게 웬일인가.

반 아이들이 책상에 올라가 두 손을 든 채 눈을 감고 벌을 서고 있는 것이 아닌가.

'혹시 나 때문에?'

순간 난 가슴이 뜨끔했다. 선생님은 벌을 세우고 어디로 가셨는지 보이지 않았다. 그런데 내 자리엔 다른 학생이 벌을 서고 있었다.

'짜아식, 자기 자리에서 벌을 설 일이지.'

나는 하는 수 없이 빈자리로 재빨리 가 앉았다.

'도둑이 제 발 저리다'는 속담처럼 나는 아무 말도 못하고 참았다. 눈을 감고 벌을 선 지 10분쯤 지났을까.

"눈 떠!"

선생님의 지시에 눈을 뜬 순간 나는 기절하는 줄 알았다.

"야, 옆 반 놈이 왜 남의 반에 와서 벌을 서고 난리냐? 정신 나간 녀석. 얼른 너희 반으로 가."

🕐 반장의 선택

모 중학교 교실에 불이 났다. 아직 두 명의 학생이 교실에 남아 있다는 정보를 입수한 담임선생님이 반장을 불렀다.

"반장, 들어가서 애들 다 데리고 나와!"

반장은 연기를 가르며 교실 안으로 들어갔는데,

정말 그곳에 두 명의 학생이 나란히 앉아 있었다.

반장 야, 너희들 여기서 뭐해? 불 난 거 몰라?
　　　　선생님이 빨리 밖으로 나오래.

학생 어! 글쎄, 불난 거 알긴 아는데 우리는 당번이걸랑

이 말을 들은 반장이 난감한 표정을 지으며,

"그럼, 한명만 남아."

🕐 아버지 이름

한 학생이 전학을 왔다. 담임선생님이 학생기록부를 작성하려고, 학생에게 아버지 이름을 물었다.

"아버지 성함이 뭐니?"

"예, 김 가진 입니다."

"이 녀석아, 부모님 이름을 그렇게 막 부르면 쓰냐?"

"죄송합니다."

"다시 말해 봐"

학생은 작은 소리로,

"예, 아버지 성함은 김짜, 가짜 진짜입니다."

🕐 예의바른 학생

고등학교 때 일이다. 대부분 학교가 그렇듯이 우리 학교에도 무수히 많은 별명이 존재했다. 수업시간에 선생님이 부르실 때 외엔 항상 별명을 불렀다. 그러

던 어느 날 한 친구가 다른 친구 집에 전화를 했다.

(따르릉) "여보세요." 친구 어머니께서 받으셨다.

"저기........." 허걱! 갑자기 친구 이름이 생각나지 않았다. 그렇다고 어머니 앞에서 친구 별명을 부를 수도 없었다. 그 순간 생각난 말이,

"혹시 댁의 아들 있습니까?" 였다.

아! 이 얼마나 예의바른 학생인가!

◑ 가사 분담중

<여성학개론> 강의실에서 교수는 여성의 사회활동에 대한 강의를 하던 중, 가사 분담을 주제로 학생들에게 발표를 시켰다.

몇몇 학생들의 발표를 하고, 이윽고 문제의 두 학생 차례가 되었다.

앞에 나간 두 학생.

학생A 동해물 과 백두산이
학생B 마르고 닳도록
학생A 하느님 이 보우하사
학생B 우리나라 만세
교 수 야, 너희들 지금 뭐하냐?
두학생 가사 분담중인데요.

◑ 교수의 코멘트

어느 대학 수학과에는 학생들이 숙제하는 데 참고하라고 옛날 리포트를 많이 모아 두었다. 이런 걸 악용하는 사람은 어디나 있는 법이라,

리포트 쓰기가 귀찮아진 학생 한 명이 선배들의 리포트 가운데 A+를 받았다.

의기양양해 있던 이 학생, 리포트에 적힌 교수의 코멘트를 보고 가슴이 철렁 내려앉았다.

'이 리포트 내가 학부 때 냈다가 'A+ 받은 건데, 지금 내가 봐도 'A+'줄 만하다.'

◑ 버스 안에서

어떤 할머니가 버스에서 내리려고 벨을 누르는 것이었다.

화가 난 할머니가 하는 말,

"왜 _끄요?_"

🕐 내리기가 힘들어

시골에 사는 할머니가 서울 나들이를 와 버스를 탔다. 목적지에 도착한 할머니가 운전사에게 외쳤다.

"기사양반! 나 좀 내려주고 가슈."

"할머니, 내리시려거든 미리 벨을 누르셔야죠."

"누가 그걸 몰라? 허리도 아픈데 언제 저 많은 벨을 다 누르고 댕기란 말이여?"

🕐 여기가 맞소?

어떤 할머니가 버스에 오르자마자,

'이 버스 황산마을 가는 거 맞수?' 하고 묻더니 틈만 나면 묻기를 거듭했다. 대답하기 지친 운전기사는 "도착 하면 꼭 알려드릴 테니 잠이나 푹 주무 세요" 하고 안심 시켰다. 그런데 할머니가 잠든 사이 운전기사는 깜빡 잊고 황산마을을 두 정거장이나 지나치고 말았다. 아저씨는 하는 수 없이 승객들에게 양해를 구한 뒤 버스를 돌려 황산마을로 다시 와 할머니를 깨웠다. 그러자 잠에서 깬 할머니가 말했다.

"어, 그려? 고마 우이, 인제 여기서 두 정거장만 더 가면 돼."

🕐 할머니들 의 해외 연수

경상도 할머니와 전라도 할머니가 미국에 놀러갔다. 두 분은 안내하는 아가씨에게 틈틈이 영어를 배웠다. 하루는 저녁을 먹고 얘기를 나누다가, 뒤가 급해진 경상도 할머니는 호텔 로비에 있는 화장실로 급히 달려갔다.

한참을 변기에 앉아서 힘을 주고 있는데, 갑자기 노크 소리가 들렸다.

똑 똑! 문이 변기와 멀리 떨어져 있어서 당황한 할머니! 사람이 있다는 것을 알려야 하는데..... 정신을 가다듬은 경상도 할머니는 짬짬이 배웠던 영어를 극적으로 떠올렸다. "WHO꼬?"

전라도 할머니도 갑자기 소변이 마려워 화장실에 왔다가, 안에서 들리는 영어에 소스라치게 놀라며 하는 말, "me랑께!"

🕐 택시요금

한 할머니가 택시를 탔다. 목적지에 도착하자 요금이 6천 원 나왔는데 할머니는 3천 원만 냈다. 화가 난 택시기사가 따졌다.

"할머니 왜3천 원만 주세요?"

그러자 할머니 왈, "아니, 너도 같이 타고 왔는데 내가 왜 돈을 다내?"

◑ 밀수

스위스와 독일의 한 국경. 한 할아버지가 날마다 오토바이에 자갈을 싣고 두 나라를 오갔다. 세관원은 할아버지가 자갈 속에 분명 무엇을 숨겨 들어오는 것 같아 자갈을 몽땅 쏟아보았지만 아무것도 없었다. 심증은 있었지만 증거를 잡을 수 없자 하루는 세관원이 할아버지에게 물었다.

"할아버지가 뭘 밀수하는지 너무 궁금해서 잠도 못 자요. 밀수하는 것을 눈감 아줄 테니 그게 무엇인지만 가르쳐 주세요."

그러자 할아버지가 대답했다.

"보면 몰라? 오토바이잖아."

◑ 가방이 무거워

우편집배원이 편지가 가득 든 가방을 들고 오르막길을 힘들게 올라가고 있었다.

그때 옆을 지나가던 할머니는 딱해 보였는지,

"이보게. 자네, 어딜 가는데 그렇게 힘들게 올라가는가?" 하고 물었다.

"예, 편지 전해주러 갑니다."

그러자 할머니가 말하길,

"어이구, 저런! 사서 고생하고 있구먼. 우체통에 넣으면 될 것을. 쯧쯧."

◑ 목사님 의 질문

어느 교회에서 목사가 설교를 하고 있었다.

"여러분 중에 미워하는 사람이 하나도 없으신 분, 손들어 보세요."

아무 반응이 없자, 다시 물었다.

"아무도 없습니까? 손들어 보세요."

그때, 저 뒤에서 한 할아버지가 손을 들었다.

목사는 감격스러운 목소리로,

"할아버님, 어떻게 하면 그럴 수 있는지 우리에게 말씀해 주세요" 라고 말했다.

할아버지는 말하기조차 힘겨운 듯이 입을 열었다.

"응, 있었는데........다.......죽었어."

◑ 구두쇠 영감의 죽음

어느 지독한 구두쇠 영감의 죽음에 관한 이야기다. 그는 양배추를 재배하여 큰 돈을 벌자 다른 땅까지 모두 양배추 밭으로 바꿔버렸다. 그런데 어느 날 양배추 값이 폭락해 버렸다. 영감은 이것을 비관해 자살하기로 결심하고 극약 한

병을 샀다. 극약을 사서 돌아오는 길에 양배추 값이 정상을 되 찾았다는 뉴스를 접하게 되었다.

그는 기뻐하면서 집으로 돌아왔으나, 모처럼 산약이 아까워 그냥 먹어버렸다.

◑ 할머니니까

어느 날 한 할머니가 은행 문이 열리자마자 급히 들어왔다. 할머니는 통장과 도장이 찍힌 청구서를 창구 여직원에게 내밀었다. 인출을 하려던 여직원은 청구서에 찍힌 도장과 통장에 찍힌 도장이 다르자 상냥하게,

"할머니, 통장 도장을 가져오셔야 돼요."

"아이구, 급하게 서두르다 보니 실수했구만. 아가씨, 내 금방 갖다올 테니 조금만 기다려줘."

이 말을 남기고, 통장은 여직원에게 맡긴 채 은행 문을 나갔다. 그런데 금방 오겠다던 할머니가 마감시간이 될 때까지 안 오는 거였다. 여직원은 통장을 보관하고 있는 터라 할머니가 안 오시는 것이 은근히 걱정되었다. 그런데 드디어 내려지는 셔터 문을 통과하여 할머니가 들어오는 게 아닌가.

벅찬 숨을 고르며 할머니 하시는 말씀,

"아가씨, 미안한데 반장 도장으론 안 될까? 아무래도 통장 양반은 찾을 수가 없어서."

◑ 공부를 못하면 기술이라도

전철 안 앞에 서 있는 청년에게 어느 할머니가 물었다.

"젊은이, 어디까지 가나?"

"예, 00대까지 갑니다.

"어이구, 대학생이구먼. 참 똑똑하게도 생겼네."

이번에는 그 옆에 서 있는 청년에게 물었다.

"그런데 젊은이는 어디 다니나?"

청년이 목에 힘을 팍 주면서 대답한다.

"예, 저는 한국과학기술원에 다닙니다."

그러자 할머니 왈, "그랴, 공부 못하면 일찌감치 기술이라도 배워 야제."

◑ 남편의 배려

전쟁에 나가 있는 한 병사에게 아내로부터 편지가 왔다.

"밭에 감자를 심으려는데 일꾼 둘은 사야겠어요."

이에 병사는 답장을 보냈다.

"사랑하는 아내여, 밭은 절대로 갈아서는 안 되오. 거기다 무기를 감추어두었단 말이오."

며칠 뒤 병사의 집에 헌병이 들이닥치더니 밭 구석구석을 파 엎었다. 아무것도 발견하지 못한 헌병들은 투덜대며 돌아갔다. 아내는 이 사실을 편지로 남편에게 알렸다. 그러자 남편의 답장.

"사랑하는 아내여, 이제 감자를 심으시오."

🕐 사형수의 입맛

처형을 앞두고 사형수에게 마지막으로 먹고 싶은 것이 있으면 말하라고 했다. 사형수 는 피자를 청했다.

그에게 피자가 배달되었고, 그것을 먹은 후 그는 사형되었다.

다음 사형수의 차례, 그는 엉뚱하게 딸기가 먹고 싶다고 했다.

집행관이 좀 짜증스러운 듯이 말했다.

"이봐, 지금은 딸기 철이 아니야!"

그러자 사형수는 태연하게 말했다.

"그렇다면 기다리지요."

🕐 똑똑해지는 약

"이거, 똑똑해지는 약이야. 너도 먹어볼래?"

'그런 게 있을 리가 없잖아. 그래도 산수 성적이 나쁘니까 하나만 줘볼래?"

짱구가 한 알을 주자, 친구는 그 검은 알을 삼켰다.

"음........ 근데 전이랑 다른 것 같지 않은데? 이거 먹으면 진짜 똑똑해지기는 하는 거야?"

"아직 효과가 없으면 하나 더 줄게. 먹어봐."

친구는 두 번째 알을 삼켰다. 그리고 세 알, 네 알, 다섯 알, 여섯 알 째를 먹으려고 할 때, 그제서야 냄새가 이상하다는 것을 알고 소리쳤다.

"짱구 너!! 이거 토끼 똥이잖아."

그러자 짱구가 대답했다.

"어! 다섯 알 먹고 겨우 똑똑해졌네."

🕐 신문 파는 소년

한 소년이 "50명이 사기를 당했어요. 50명이"라고 소리치며 신문을 팔고 있었다. 한 신사가 호기심 어린 눈으로 소년에게서 신문을 사고는, 이리저리 훑어 보았다.

"애야. 50명이 사기당한 기사가 어디 있니? 아무리 찾아도 안 보이는데........."

그러자 소년이 소리쳤다.

"51명이 사기를 당했어요, 51명이."

◐ 초보운전

어느 아주머니가 오랜 노력 끝에 운전면허를 따게 되었다. 그래서 중고차를 뽑아 뒷 유리창에 '초보운전' 이라고 붙이고 다녔다. 그러던 어느 날, 차가 많은 도로 한복판에서 시동을 꺼트리고 말았다.

"야, 집에 가서 밥이나 해."

아주머니는 충격을 받아 다시는 운전을 안 하겠다고 다짐했다. 그런데 아주 급한 일이 생기게 되어 굳게 한 다짐을 깨고 차를 몰고 나갔다. 그리고 차의 뒤에는 이렇게 써서 붙였다.

'지금 밥하러 가는 중'

◐ 사자와 거북이

어느 날 길을 가다가 사자와 거북이가 마주쳤다.

심심한 사자가 거북이에게 시비를 거니까 거북이도 질세라 사자 약을 살살 올렸다.

양쪽 모두 열 받은 상태가 되었다. 사자가 금방이라도 달려들 기세로 자세를 취하며 하는 말,

"거북이 너 가방 벗어"

이때 거북이 왈.

"야! 잔말 말고 목도리나 풀러!"

◐ 착한 거북이

메뚜기가 강을 건너려고 하는데 강물이 너무 깊어서 엄두를 못 내고 있었다. 그때 착한 거북이가 나타났다.

"애! 걱정 마, 내가 태워줄게."

메뚜기는 "정말? 고마워" 하며 거북이 등에 타고 무사히 강을 건넜다.

그때 개미 한 마리가 강을 건너지 못해 쩔쩔매고 있는 것이 보였다. 착한 거북이가 또 나서며 말을 했다.

"애! 걱정 마, 내가 태워줄게."
그런데 거북이 옆에서 숨넘어갈 듯 쓰러져 있던 메뚜기가 하는 말,
"헉헉, 야, 타지 마. 쟤 잠수해."

교수님의 빨간 땡땡이 팬티

어느 대학의 강의시간이었다. 한 교수가 열심히 강의를 하고 있었는데, 바지가
터져서 빨간 땡땡이 팬티가 보이는 것이었다. 그것을 본 학생들의 입을 틀어막
고 웃었다. 그러자 참다못한 교수가
"조용히 해!"
하고 소리를 쳤다. 하지만 학생들은 계속 킥킥대며 웃었다. 그러자 교수님의
엄청난 한마디,
"웃는 놈보다 웃기는 놈이 더 나빠!"

북극에 사는 동물

선생님이 북극에 사는 동물 다섯 가지를 써 오라고 숙제를 내주었다.
반 아이들 중 북극동물이라고는 곰과 펭귄밖에 모르는 아이가 있었는데, 다음
날 숙제 검사를 했더니 그 아이의 숙제장 에는 이렇게 쓰여 있었다.
'북극곰3마리 ,펭귄2마리.'

노래하고 싶어요

세 살짜리 딸이 엄마와 결혼식장에 갔다. 주례사도중 갑자기 딸이 소리쳤다.
"엄마, 쉬 마려워!" 엄마는 창피해서 딸을 데리고 급히 나왔다.
"다음부터는 쉬 마렵다고 하지 말고 '노래하고 싶어요.' 라고해라"
며칠 뒤에 할아버지가 집에 오셨다. 할아버지는 손녀에게 옛날이야기를 해주
며 함께 잠이 들었다.
한밤중에 갑자기 손녀가 할아버지를 깨웠다.
"할아버지, 노래하고 싶어요."
할아버지는 한밤중에 노래를 하면 모두 깰 것 같아 손녀에게 조용히 말했다.
"애야, 노래하고 싶으면 할아버지 귀에다 대고 하렴."

군대는 줄을 잘 서야

영구와 맹구가 군대에 가기 싫어 이빨을 모두 뽑아 버리고 신체검사를 받으러
갔다. 줄을 서 있는데, 영구와 맹구 사이로 덩치가 크고 이상한 냄새가 나는

녀석이 끼어들었다. 영구의 차례가 되었다. 군의관은 어디 아픈 곳이 있느냐고 물었다. 그는 이빨이 아프다고 대답했다. 군의관은 영구의 입 속에 손가락을 집어넣어 확인을 해보았다.

"이빨이 하나도 없군, 불합격!"

다음은 이상한 냄새가 나는 사람의 차례였다. 그는 항문에 이상이 있다고 대답했다.

군의관은 손가락을 그의 항문에 넣고 살펴보았다.

"만성치질이군, 지저분한 놈. 불합격"

다음은 맹구의 차례였다.

"어디 아픈 곳은 없나?"

군의관이 묻자 맹구는 군의관의 손가락을 한참 쳐다보더니,

"아, 아닙니다. 아 아픈 곳은 전혀 없습니다!"

◑ 냄새 없는 방귀의 진실

한 남자가 있었다. 그 남자는 이상하게도 방귀를 뀌면 소리만 크게 날 뿐 냄새가 전혀 나지 않는 것이었다. 이를 이상하게 여긴 남자는 급히 병원으로 갔다.

"선생님, 전 방귀를 뀌면 소리만 크고 냄새가 전혀 나지 않아요. 무슨 병이라도 있는 건 아닌지 걱정 입니다."

"그럼, 방귀가 나올 때 까지 기다려 보죠."

시간이 좀 흘렀다. 그때 남자가 큰 소리로 방귀를 뀌었다. 그러자 얼굴이 누렇게 변한 의사가 하는 말,

"급히 코 수술부터 해야겠습니다."

◑ 때가 많은 소년

때가 유난히 많은 소년이 목욕탕에 갔다. 탕 안에서 여유 있게 때를 불린 소년은 때밀이 아저씨를 불렀다.

"아저씨, 때 좀 밀어주세요."

때밀이 아저씨가 때를 밀기 시작한 지 30분이 흘렀다.

"아저씨, 괜찮으세요?" 하고 소년이 묻자 때밀이 아저씨가 웃으며 말했다.

"그래, 괜찮다."

이윽고 1시간이 흘렀다.

"아저씨, 정말로 죄송해요. 때가 좀 많죠?"

때밀이 아저씨는 땀을 흘리며 말했다.

"괜찮다, 그럴 수도 있지 뭐."
2시간이 지나갔다.
소년은 정말 송구스러운 마음으로 물었다.
"아저씨 정말 괜찮으세요?"
때밀이 아저씨 탈진 한 듯,
"헉헉, 너........... 혹시..........지우개냐?

◐ 소원
한 여인이 길을 걷다가 바닥에 떨어져 있는 램프를 발견했다.
그녀는 그것을 들어 정성스럽게 닦았다. 그러자 안에서 램프의 요정이 나오는
게 아닌가!
"고맙소. 5천년 동안 갇혀있던 나를 구해줘서.
자! 어떤 소원이든지 한 가지를 말하시오. 내 다 들어 주리라."
그러자 그녀는 너무 좋아하며 지도를 폈다. 그러고는 미국, 영국, 중국, 일본
등등을 가리키며 "내가 이곳들을 다스릴 수 있는 황제가 되게 해주세요."
그러자 램프의 요정이 곤란한 표정을 지으며,
"아! 그건 너무 어려운 부탁이군요, 뭐 다른 건 없습니까?"
그러자 여자는 약간 실망한 표정을 짓다가 이내 표정을 바꾸며,
"그럼, 나를 김희선 처럼 바꿔주세요" 하며 눈을 초롱초롱 빛냈다.
그러자 램프의 요정이 한참을 쳐다보고는 말했다. 야! 지도 펴!"

◐ 활쏘기 대회
활쏘기 프로 대회가 열렸다. 우승조건은 나무 앞에 사람을 세워놓고 누가 활
로 몸에 제일 가깝게 쏘느냐 였다.
첫 번째 선수가 활을 쏘아 머리 1센티미터 위에 맞추었다.
"I am William Tell."(나는 윌리엄 텔이다)
이번엔 두 번째 선수가 활을 쏘았다. 그는 머리 결을 스쳐 나무를 맞추었다.
그러고는 그가 말했다.
"I am Robin Hood."(난 로빈 훗이다)
그리고 세 번째 선수가 활을 쏘았다. 그는 가슴을 정통으로 맞추었다. 그러고
는 그가 말했다.
"I am Sorry."

☻ 맹구의 경찰시험

맹구는 경찰이 되는 게 소원이었다. 그러던 어느 날 경찰이 되기 위해 시험을 치렀다. 필기시험에 겨우겨우 합격한 맹구는 드디어 면접을 보게 되었다.

시험감독 "자네 김구 선생이 누구에게 피살되었는지 아는가?"

맹구 (망설이다가) "저~ 내일 아침까지 알려드리겠습니다!"

대답을 마친 맹구는 시험장을 나서자마자 아내에게 전화를 걸어 이렇게 말했다.

"자기야, 나야, 첫날부터 살인사건 맡았어!"

☻ 비서가 일찍 퇴근한 날에는

장군이 서류 절단기 앞에 기밀서류 하나를 들고서 있었다. 그 앞을 지나던 신임장교가 큰소리로 경례를 하자 장군이 말했다.

"자네, 이 기계 어떻게 사용하는지 아나? 비서가 일찍 퇴근해서 말야."

신임장교는 알고 있다고 말한 뒤 절단기의 전원을 켜놓고 서류를 넣었다. 서류가 안으로 들어가고 있는데 장군이 말했다.

"한 장만 복사하면 되네."

☻ 헤드라인

동생이 헤드라인 뉴스를 보고 누나에게 물었다.

"누나, 헤드가 뭐야?"

"이 멍청아 머리 아냐, 머리!"

동생이 다시 물었다.

"그럼 라인은 뭐야?"

"이런 바보야! 선 아냐 선!"

동생이 또다시 물었다.

"그럼 헤드라인이 뭐야?"

누나가 한참을 생각하고 나서,

"음.......그건 가르마야!"

건강박수 치료기법

NO	박수이름	설 명	효 과
1	짝짝궁 박수	열 손가락을 쫙 펴서 마주대고 양손을 힘차게 맞부딪치는 박수.	혈액순환 장애로 손발 저림, 신경통, 심장에 효과
2	엄지불 박수	엄지손가락 밑에 불룩 한곳 끼리 마주 닿게 하고 치는 박수.	간장, 다리, 심장, 생식기, 하복부질환, 신장
3	손바닥 옆치기 박수	손바닥을 나란히 펴놓으면 새끼손가락 밑부분 손바닥 끼리 닿게 하며 치는 박수.	신장, 간장, 다리, 심장, 생식기, 하복부질환,
4	손바닥 박수	손을 쫙 펴고, 손가락을 뒤로 젖힌 뒤, 손바닥만으로 치는 박수. 손바닥에는 오장육부가 있으므로 강하게 자극을 준다.	심장과 내장 기능 특히 대장 활동에 탁월
5	꽃봉오리 박수	손끝과 손목을 서로 맞대고 꽃봉오리 모양을 만든 상태로 치는 박수. 손끝과 손목에 동시에 자극이 되므로 두 가지 효과를 낼 수 있다.	눈. 팔. 다리. 간. 신장. 폐. 시력. 만성비염. 코감기. 코피가 자주 나는 사람. 치매예방. 두통. 수족냉. 설사. 생식기. 방광. 자궁. 시력. 기관지. 전립선. 신장.
6	손등 박수	한쪽 손등을 다른 한 손으로 위에서 때리듯이 치기도 하고, 손등끼리 서로 맞대고 (더효과 있음)치기도하는 박수.	요통. 목통증. 척추
7	주먹 박수	손가락 끝을 손목 가까이 까지 주먹을 쥐는 것 같이 한 후 양손을 손가락이 맞닿고, 손목 부분도 맞닿으면서 치기도하고, 주먹을 쥐고도 치는 박수.	두통, 어깨 부위 통증
8	손가락 박수	양손 손가락끼리만 대고 손바닥은 뗀 채로 치는 박수.	기관지와 관련된 질병, 코
9	손가락 끝 박수	양손을 마주 대고 손가락 끝 부위만 댄 채로 치는 박수.	눈, 코, 팔, 다리, 간, 신장 폐,시력, 만성비염, 코감기, 코피가 자주 나는 사람, 치매예방
10	손목 박수	손목 끝 부분만 마주치는 박수.	방광과 전립선, 자궁, 생식기 기능 강화, 정력증강, 오줌소태

NO	박수이름	설 명	효 과
11	목 앞뒤 배 앞, 등 뒤 박수	양손을 얼굴 앞에서 치고 목뒤에서 치고, 배 앞에서 치고 등허리 뒤에서 치는 박수.	어깨 부위의 근육과 옆구리 근육의 피로 완화, 자세가 좋지 않거나 운동을 하지 않아서 몸 전체가 뻣뻣한 사람
12	곤지, 곤지	한손바닥은 쫙 피고 한손은 손가락을 모두 한 곳으로 모은 후 곤지 곤지 하며 치는 박수.	손바닥 경혈을 아주 많이 크게 작용하므로 특히 노인과 어린이의 신체 모든 기능이 좋아지고 두뇌 발육에도 탁월
13	귓바퀴 잡고 도리도리	귓바퀴, 귓불을 잡고 위로 아래로 앞으로 뒤로 비비기도 하고 잡아당기기도 하고 손끝으로 귀 전체의 이곳저곳 지압.	귀는 엄마의 자궁 속에서 아기가 웅크리고 있는 모습, 귀에도 오장육부 신체의 모든 기능이 있으므로 온몸에 혈이 통하고 기가 통하므로 피로가 풀림
14	팔, 다리를 옆으로 벌리고 엉덩이 흔들고 머리 위 박수	양다리는 어깨 넓이로 벌리고 양손도 옆으로 벌린 상태에서 엉덩이를 빠르게 좌우로 흔들고 박자에 맞추어 머리 위로 치는 박수.	뱃살과 옆구리 살을 자극하여 살을 빼주는 효과가 탁월

▶ 건강박수 기초 상식

· 박수는 손의 기맥과 경혈을 부분적으로 자극해서 손과 연결된 내장 및 각 기관을 자극함으로써 갖가지 질병을 예방하고 치료하는데 효과가 있습니다.
· 하나의 동작을 10초에 60회 빠른 속도로 쳐야 효과가 있습니다.
· 치다가 아픈 부위가 있는 경우는 30초~1분 정도 연속해서 쳐야 효과가 있습니다.
· 손에는 전신에 연결된 14개의 기맥과 340여 개의 경혈이 있어 박수만 잘 쳐도 각종 질병의 예방과 치료에 도움을 줄 수 있습니다.
· 박수가 머리부터 발까지 운동 효과가 있으므로, 전신운동을 하는 것과 비슷한 효과가 있고, 전신 혈액순환에 탁월한 효과가 있을 뿐 아니라 신진대사까지 촉진시키고, 스트레스 해소, 두통, 견비통, 기관지, 방광, 신장, 내장 등을 자극하며 치매 예방, 두뇌활성화, 체중감량, 집중력 향상에도 도움이 됩니다.

♣ 주의 : 손에 멍이 들게 치면 안 됩니다.
멍이 들게 되면 어혈로 장기에 무리가 가므로 좋지 않습니다.
특히 고혈압 환자는 서서히 심장에 무리가 가지 않도록 치십시오.

웃음 치료 개론

초판1쇄 - 2019년 07월 31일

지은이 - 이광재
펴낸이 - 이규종
펴낸곳 - 엘맨

서울시 마포구 토정로222
한국출판콘텐츠센터422-3
출판등록1985.10.29)제1998-000033호

Tel. / 02-323-4060,
Fax / 02-323-6416
e-mail / elman1985@hanmail.net
홈페이지/www.elman,kr
잘못된 책은 바꾸어 드립니다.
무단복제를 금합니다.

*값 30,000 원